KB074750

세계문학 브런치

지은이 정시몬은 딱히 장르를 가리지 않고 새로운 책을 기획, 집필하거나 좋은 책을 소개하고 번역하는 것을 좋아한다. 저서로는 인문학 브런치 시리즈인 『세계문학 브런치』, 『세계사 브런치』, 『철학 브런치』 외에 변호사 친구와 함께 써 호평을 받은 법률 교양서 시리즈 『미국을 발칵 뒤집은 판결 31』, 『세계를 발칵 뒤집은 판결 31』 등이 있다.

어렸을 때부터 하라는 공부는 안 하고 책만 읽다가 결국 음치나 박치보다 더 대책 없는 간서치(看書痴)가 되고 말았다. 그러다 보니 나이가 좀 들어서도 늘 어디 한적한 곳에서 책이나 실컷 읽고 글도 쓰고 음악도 들으며 유유자적 사는 것이 꿈이었다. 하지만 비정한 현실은 희망 사항과는 달리 전혀 엉뚱한 방향으로 흘러가 미국에서 학업을 마친 뒤에는 팔자에도 없던 공인 회계사(Certified Public Accountant) 및 공인 법회계사(Certified Fraud Examiner) 자격을 취득하여 기업 회계 감사, 경영 진단, 지식 재산 관리 분야에서 오랫동안 일했다. 하기야 회계장부도 영어로는 'books'라고 쓰니까 좋아하던 책(books)과의 인연은 어쨌거나 계속 이어진 셈이랄까. 그러던 어느 해 한국에 출장을 나왔다가 우연히 지인을 통해 출판사를 소개받아 진짜 '북스' 몇 권을 출간하면서 오늘에 이르고 있다. 쓰고 싶은 책은 많은데 요즘 여유 시간이 점점 줄어들고 있어 고민이다. Southern Illinois University Carbondale 졸업.

세계문학 브런치

2016년 11월 18일 초판 1쇄 발행
2021년 10월 12일 초판 4쇄 발행

지은이 정시몬
펴낸곳 부키(주)
펴낸이 박윤우
등록일 2012년 9월 27일 등록번호 제312-2012-000045호
주소 03785 서울 서대문구 신촌로3길 15 산성빌딩 6층
전화 02) 325-0846
팩스 02) 3141-4066
홈페이지 www.bookie.co.kr
이메일 webmaster@bookie.co.kr
제작대행 올인피앤비 bobys1@nate.com
ISBN 978-89-6051-571-0 03800

원전을 곁들인
맛있는 인문학

세계문학
브런치

정시몬 지음

부·키

세계문학,
그 소문난
맛집으로의 초대

내 경우 엄살이 아니라 책의 서문을 쓰는 일은 전체 집필 과정에서도 가장 어렵고 당혹스러운 작업 중 하나다. 서문은 저자가 독자에게 보내는 구애의 편지라고 할 수 있는데, 그래서인지 쓸 때마다 손발이 오그라드는 듯 부끄럽고 난감한 느낌이 든다. 짝사랑의 대상에게 보낼 편지를 썼다가 찢고 몇 번씩이나 다시 써 본 경험이 있는 독자라면 어느 정도 공감하지 않을까. 지금 『세계문학 브런치』의 서문을 끍적거리는 내 심정이 바로 그렇다. 그래도 어렵사리 용기를 내어 소개의 글을 써 보려 한다.

제목 그대로 이 책은 문학을 다루고 있다. 아니, 문학의 재미에 관한 책이라고 하는 편이 더 맞을지도 모른다. 문학 작품을 읽는 재미는 다양하다. 소설이나 희곡을 읽으면서 등장인물들의 기질, 그들 사이의 관계를 파악하고 사건이 어떻게 전개되는지를 알아 가는 과정은 호기심을 자극하며, 일단 책 속에 몰입하면 피날레가 가까워질수록 흥분은 증폭

된다. 추리 소설처럼 분명하고 깔끔한 결말뿐 아니라 열린 결말, 심지어 미완성 작품조차 그 자체로 긴 여운을 남기는 경우가 있다. 시를 읽다 보면 그 속에 담긴 어휘의 조합이 운문 고유의 리듬과 어울리면서 단지 종이 위에 뿌려진 잉크라는 2차원적 한계를 넘어 읽는 이의 이른바 '공감각적 정서'를 자극하기도 한다.

그뿐만 아니라 인간이라는 종 고유의 도구인 언어가 지닌 미학적 잠재력을 극대화하는 재능 있는 작가의 정교한 묘사와 서술은 그 자체로 감탄을 자아내고 때로는 심금을 울리기까지 한다. 한 걸음 더 나아가 나의 깨어 있는 의식, 나의 존재 전체를 포획해 버리는, 마치 세계의 비밀과 지혜에 대한 단서와도 같은 문장을 문학 작품 속에서 만나는 것도 아주 드문 경우는 아니다. 그런 경험을 한두 번씩 하다 보면 또 다른 책을 통해 새로운 자극을 얻으려는 시도로 계속 이어지고, 결국 그 치명적 유혹은 독서 '중독'의 단계에까지 이르게 만든다. 바로 '책벌레'의 탄생이다. 이 『세계문학 브런치』가 독자들이 그렇게 책벌레로 변신(?)하는 과정을 돕는 길잡이 혹은 촉매로서 기능할 수 있다면 정말 감사하고 보람된 일이 아닐 수 없다.

물론 문학 작품을 읽음으로써 번외의 소득을 얻을 수도 있다. 간단한 예로 현실에서 겪는 상황을 요약, 정리할 때 다른 무엇보다도 평소 읽었던 명작 소설이나 명시 속 한 문장이 아주 요긴하게 쓰인다. 또 스타벅스의 사례에서 알 수 있듯 문학 작품은 기업의 상호를 위시해서 여러 참신하고 요긴한 아이디어를 제공하기도 한다. 그런가 하면 넬슨 만델라처럼 문학을 마음의 등대 삼아 인생의 가장 험난한 시기를 헤쳐 갔던 세계적인 정치 지도자도 있다. 문학 역시 우리 인생의 반영인 만큼 책 속에서 이런저런 삶의 교훈을 건질 수도 있겠다. 모든 종류의 창조적 작업에 몸담고 있는 사람들에게 문학이 제공하는 상상력과 지적 자극이야 말할 것도 없다.

하지만 그 어떤 이득을 따지기에 앞서 문학 작품을 읽는 것은 즐거운 경험이어야 한다. 사과를 한입 베어 물면서 그로부터 섭취할 수 있는 각종 비타민과 풍부한 섬유소만 생각하는 사람은 뭔가 인생을 잘못 살고 있는 것 아닐까. 사과는 우선 맛으로 먹는 것이다. 독자 여러분이 이 책의 각 챕터에 엄선된 세계문학의 명장면, 명문장들을 통해 조금이나마 문학의 '맛'을 음미하는 기회를 누렸으면 한다.

『세계문학 브런치』에서 소개하는 책들은 전문가들이 흔히 '정전(canon, 正典)'이라고 부르는, 서구 문학의 기본이자 표준이라고 할 수 있는 텍스트들을 중심으로 구성했다. 호메로스의 서사시에서부터 셰익스피어의 희곡, 빅토리아 시대 영국 소설과 근대 러시아 문학, 그리고 상징주의 및 주지주의 시 운동의 성과물까지, 여기서 언급하는 작품들은 대부분 본래의 예술성과 함께 최소 수십 년, 최대 수천 년간 인류의 집단 기억에서 사라지지 않으며 끈질긴 생명력을 유지해 온 문자 그대로의 고전들이다. 다시 말해, 이미 그 저자들의 시대나 국적을 초월하여 세계사적 보편성을 획득한 작품들이니 일단 믿고 읽어 보면 후회하지 않을 것이라는 품질 보증 딱지가 붙어 있는 셈이다.

나 자신의 문학적 취향은 어느 쪽이냐 하면 비교적 마이너리티에 가깝다. 동시대 문학 작품 가운데서도 이른바 베스트셀러류에는 쉽게 손이 가지 않는 것은 물론, 내가 지금까지도 아끼는 고전 문학 리스트 역시 이른바 저주받은 걸작, 혹은 숨은 진주에 해당하는 작품이 많이 포함되어 있는 편이다. 하다못해 같은 작가의 작품들 가운데서도 널리 알려진 쪽보다는 대중에게 잊혀 버렸거나 관심에서 벗어나 있는 작품에 종종 더 애정이 간다. 이런 나의 다소 삐딱한 비주류형 입맛을 두고 사과나 변명을 할 생각은 없다. 하지만 그런 나조차도 만약 누가 묻는다면 일단은 문학의 정전에 해당하는 작품들을 읽는 쪽이 안전한 선택이라고 말해야 할 것이다. 이 책들은 말하자면 소문난 맛집에 진짜로 먹을 것도 많이 있는 경우라고 할까. 문학의 별전(別典), 외전(外典), 혹은 괴전(怪典) 에 해당하는 작품들은 정전의 책들을 한동안 섭렵한 다음에 슬슬 펼쳐 보더라도 늦지 않다. 이 책『세계문학 브런치』가 별미 내지 스페셜보다 는 기본 메뉴라고 할 정통 고전 문학 작품들을 소개하는 데 치중한 것은 그런 이유에서였다.

역시나『철학 브런치』,『세계사 브런치』때와 마찬가지로 막상 탈고를 하고 보니 책에 포함한 작가, 작품들보다 소개하지 못한 쪽에 자꾸 미련 이 남는다. 방주에 실을 동식물 샘플을 고르던 노아의 심정이 나 같았을 까? 방주는커녕 고작 수백 쪽에 불과한 책 한 권에 세계문학을 모두 담 을 수는 없으니 당연히 선택과 집중은 불가피했지만, 역시 그 과정은 안 타깝다 못해 거의 고통스러울 지경이었다. 무엇보다 동양 문학의 고전 들을 건너뛰게 되어 가슴이 아프다. 원래『삼국지연의』를 시작으로 중국 4대 기서와 한시 등을 아우르는 챕터, 내가 개인적으로 애착을 가지고 있는 일본 문학의 걸작들만 집중적으로 소개하는 챕터를 각각 기획했지 만 분량 문제를 비롯, 이런저런 사정으로 중도에 포기해야 했다. 이번에 아쉽게 소개하지 못하는 책들은 다음 기회를 기약해 본다.

늘 그랬듯이 저자의 부족한 부분을 채우고 가려 준 편집진의 노고에 감사드린다. 부키의 박윤우 사장님이 보내 주시는 신뢰와 격려는 언제 나 분에 넘친다. 계속 열심히 쓰는 것으로 보답하는 길밖에는 없겠다.

캘리포니아 북부 이스트베이에서

정시몬

원전
텍스트에
부쳐

이 책에서 고전 문학의 인용문과 함께 곁들인 영어 텍스트는 일종의 부가 서비스 차원에서 제공한 것이다. 따라서 인용한 지문은 영어를 완전히 무시하고 한글만 읽어도 내용 파악에는 전혀 문제가 없다는 점을 말씀드린다. 그럼에도 굳이 영어 텍스트를 포함시킨 것은 세계문학을 비롯한 인문학에서 영어의 역할에 대해 독자 여러분의 주의를 환기시키기 위해서였다. 한때 그리스어와 라틴어가 그랬듯이 영어는 우리 시대의 세계공용어(lingua franca)다. 지금 이 순간에도 전 세계의 모든 중요한 지적 논의는 영어로 이루어지고 있으며, 인문학도 예외가 아니다. 또한 동서양 인문학 고전의 번역 사업을 포함, 문화 콘텐츠를 위해 선택되는 표준어로서 영어의 지위 또한 다른 모든 지역어를 압도한다. 이미 인터넷에도 저작권이 만료된 동서양 인문학 고전의 영어 텍스트를 무료로 제공하는 사이트들이 즐비하다. 또한 독서용 단말기를 구입하면 저렴한 가격에 웬만한 도서관 분량의 인문학 고전 컬렉션을 영어로 즉각 다운 로드할 수 있다.

그뿐만 아니라 현대 영어는 그 자체로 인문학의 타임캡슐이라고도 할 수 있다. 워낙 여러 종류의 언어로부터 자양분을 빨아들이며 다양한 문화와 역사의 흔적을 계속 흡수해 온 영어의 특성 때문이다. 내가 이따금 인문학 관련 용어들의 해당 영어 표현을 어원학적으로 풀어서 보여 드린 것은 그런 이유에서다. 혹시 이런저런 이유로 영어 공부에 매진하고 있는 독자들이라면 영어를 단지 토익, 토플 점수에만 연결시키는 대신 인문학을 포함한 모든 지식의 커뮤니케이션을 돕는 쓸모 있는 도구로도 바라보시기를 권한다.

모든 인문학 텍스트 가운데서도 문학이야말로 각 나라 언어의 고유한 특성이 가장 강력하게 반영되는 영역이라고 할 수 있다. 하지만 동시에 세계문학의 담론을 주도하는 언어 역시 영어이며, 따라서 특정 언어로 쓰인 문학 작품이 지역성을 넘어 지구적 보편성을 획득하려면 역시 어떤 형식으로든 그 담론에 편입되어야 하는 현실은 아직 변하지 않았다. 다시 말해 비단 영미인들과 영미 문학의 전통을 논할 때뿐 아니라 이탈리아인들과 단테를, 중국인들과 이백, 두보를, 스페인인들과 세르반테스를 논할 때 그 대화는 십중팔구 영어로 이루어질 가능성이 가장 높은 것이다(물론 각 나라 언어를 모두 구사할 수 있다면 별개의 문제지만).

물론 대부분의 한국인이 영어를 몰라도 실제로 살아가는 데에 무슨 큰 지장이 있는 것은 아니다. 영어뿐 아니라 문학을 몰라도 마찬가지다. 어느 한국 시인은 「묘비명」이라는 시에서 "한 줄의 시는커녕 / 단 한 권의 소설도 읽은 바 없이" 큰돈을 벌고 높은 지위에 올라 평생을 잘살다가 간 어느 사내의 인생을 개탄했지만, 솔직히 그게 뭐가 문제인지 나는 잘 모르겠다. 이 시는 "시인은 어디에 무덤을 남길 것이냐"라는 비통한 문장으로 끝나는데, 정말 그렇게 분하면 그 시인은 시작이 아니라 다른 일에 인생을 투자했어야 하지 않을까.

삶은 우열이 아니라 선택의 문제라는 것을 강조하려다 보니 말이 좀 길어졌다. 다만 이 책을 골라 읽기로 한 독자 여러분의 선택이 후회 없는 것이 되도록 하기 위해 과연 내가 저자로서 최선을 다했는지는 별개의 문제다. 항상 책이 나온 뒤에 이런저런 뒷북 비슷한 상념이 드는 것을 보면 역시 아직 멀었다는 생각이다.

Preface 세계문학, 그 소문난 맛집으로의 초대 4 | 원전 텍스트에 부쳐 8

Chapter 1 『일리아스』와 『오디세이아』, 원전은 힘이 세다

● 메인 브런치: 『일리아스』 | 『오디세이아』 | 호메로스 포에버

● 원전 토핑: 『일리아스』 · 『오디세이아』 · 『포스터스 박사』 · 『펠로폰네소스 전쟁사』 ·
『역사』 · 『국가론』 · 『알렉산드로스 전기』 · 『트로이 여인들』 · 『제주를 바치는 여인들』

1st Brunch Time 『일리아스』 19

고전의 자격 19 | 『일리아스』에 있는 것과 없는 것 22 | 헬레네의 미모 25 | 『일리아스』의 리얼리즘 28 | 아킬레우스 vs. 헥토르 32

2nd Brunch Time 『오디세이아』 38

오디세우스, 꼼수의 왕자 38 | 노바디 이야기 40 | 오디세우스의 여인들 45 | 왕의 귀환 50

3rd Brunch Time 호메로스 포에버 54

투키디데스와 헤로도토스의 견해 54 | 호메로스를 대하는 철학자와 영웅의 자세
59 | 네버엔딩 스토리 66

Chapter 2 단테의 '여정', 괴테의 '흥정'

- 메인 브런치: 『신곡』, 영혼의 순례 | 『파우스트』, 악마와의 거래 장부 |
  신과 악마—오래된 질문의 새로운 변주
- 원전 토핑: 『신곡: 지옥 편』·『아이네이스』·『의지와 표상으로서의 세계』·
  『파우스트 제1부』·『빌헬름 마이스터의 수업 시대』·『데미안』·『로빈슨 크루소』

4th Brunch Time 『신곡』, 영혼의 순례 79

『신곡: 지옥 편』의 시작 79 | 지옥문 87 | 죄와 형벌 90

5th Brunch Time 『파우스트』, 악마와의 거래 장부 102

파우스트 vs. 메피스토펠레스 102 | 악마, 파이팅! 109

6th Brunch Time 신과 악마—오래된 질문의 새로운 변주 114

『데미안』의 도발 114 | 『로빈슨 크루소』, 야만인의 신학적 역습 123

Chapter 3 장르 문학의 모험

- 메인 브런치: 추리 소설의 걸작들 | 보물찾기 | 사이파이의 고전적 주제들
- 원전 토핑: 「도둑맞은 편지」·『주홍색 연구』·『네 개의 서명』·『셜록 홈스의 모험』·
  『셜록 홈스의 회상록』·『스타일스 저택의 괴사건』·「동기와 기회」·『몰타의 매』·『보물섬』·
  『솔로몬 왕의 보물』·『해저 2만 리』·『80일간의 세계 일주』·『세계들의 전쟁』·『타임머신』

7th Brunch Time 추리 소설의 걸작들 135

에드거 앨런 포의 「도둑맞은 편지」 135 | 셜록 홈스 시리즈—추리는 지적인 모험
141 | 푸아로와 마플—범죄의 여왕이 창조한 걸작 캐릭터 149 | 하드보일드—냉
혹한 현실을 '하드'하게 그리다 154

8th Brunch Time 보물찾기 160

『보물섬』, 해적선과 보물찾기의 로망 160 | 『솔로몬 왕의 보물』 166

9th Brunch Time 사이파이의 고전적 주제들 173

공간의 확장 173 | 외계인의 침공 178 | 시간 여행 182

Chapter 4 셰익스피어를 읽는 시간

● 메인 브런치: 희극 편 | 비극 편 | 역사극 편

● 원전 토핑: 『베니스의 상인』·『말괄량이 길들이기』·『뜻대로 하세요』·『맥베스』·
『햄릿』·『로미오와 줄리엣』·『시련』·『헨리 5세』·『리처드 3세』·『줄리어스 시저』

10th Brunch Time 희극 편 191

셰익스피어를 읽기 위하여 191 | 베니스의 '상인'은 누구인가? 195 | 『말괄량이
길들이기』, 보스의 조건 202 | 『뜻대로 하세요』, 엎치락뒤치락 사랑 이야기 207

11th Brunch Time 비극 편 213

『맥베스』, 궁극의 배신 이야기 213 | 『햄릿』, 생각이 너무 많은 왕자 이야기 221 |
『로미오와 줄리엣』, 지고의 사랑인가, 미성년자들의 불장난인가 228

12th Brunch Time 역사극 편 233

『헨리 5세』 233 | 『리처드 3세』와 장미 전쟁의 결말 239 | 『줄리어스 시저』 250

Chapter 5 근대 소설의 거인들

- 메인 브런치: 위고의 서사, 플로베르의 서술 | 영국 소설가들의 계보 |

  러시아 소설의 힘 | 미국의 대가들

- 원전 토핑: 『레 미제라블』·『보바리 부인』·『오만과 편견』·『막대한 유산』·

  『데이비드 코퍼필드』·『에드윈 드루드의 수수께끼』·『율리시스』·『전쟁과 평화』·

  『안나 카레니나』·『죄와 벌』·『카라마조프 가의 형제들』·『주홍 글씨』·『모비 딕』·

  『허클베리 핀의 모험』·『위대한 개츠비』·「부자 소년」·『분노의 포도』·

  『노인과 바다』·「킬리만자로의 눈」

13th Brunch Time 위고의 서사, 플로베르의 서술 259

『레 미제라블』과 장 발장의 죄 259 | 플로베르와 프랑스 사실주의 산책 266

14th Brunch Time 영국 소설가들의 계보 276

'칙릿'의 원조 제인 오스틴 276 | 디킨스가 남긴 위대한 유산 286 | 『율리시스』, 제임스 조이스 문학의 항해 일지 295

15th Brunch Time 러시아 소설의 힘 303

『전쟁과 평화』의 스케일 303 | 『안나 카레니나』의 포스 317 | 도스토옙스키의 경우 329

16th Brunch Time 미국의 대가들 341

너새니얼 호손과 『주홍 글씨』 341 | 허먼 멜빌과 『모비 딕』 346 | 마크 트웨인과 『허클베리 핀의 모험』 353 | '위대한' 피츠제럴드 361 | 스타인벡의 분노 368 | 『노인과 바다』, 마초의 노래 374

Chapter 6 세계문학의 악동들

• 메인 브런치: 풍자의 시대 | 어두운 마력의 문학 |

냉소와 독설의 대가 | 『1984』, 절망의 제국

• 원전 토핑: 『돈 키호테』·『걸리버 여행기』·『폭풍의 언덕』·「변신」·『심판』·『성』·

『드라큘라』·『도리언 그레이의 초상』·『바버라 소령』·『1984』

17th Brunch Time **풍자의 시대** 383

『돈 키호테』, 기사 문학 거꾸로 뒤집기 혹은 중세와의 유쾌한 결별 383 | 걸리버의
눈에 비친 인간 세계 392

18th Brunch Time **어두운 마력의 문학** 404

혼돈과 광기의 사랑 이야기 『폭풍의 언덕』 404 | 카프카의 소설들 411 | 고딕 소
설의 금자탑 『드라큘라』 422

19th Brunch Time **냉소와 독설의 대가** 431

오스카 와일드—가진 건 천재성뿐이었던 사내 431 | 버나드 쇼의 이유 있는 독설 439

20th Brunch Time **『1984』, 절망의 제국** 447

디스토피아의 전망 447 | 절망의 제국 453

Chapter 7 시의 향연

• 메인 브런치: 영국의 낭만주의 | 프랑스 상징주의 시편들 | 생과 신의 찬미 |

지성의 두 가지 양상—엘리엇과 프로스트

• 원전 토핑: 『워즈워스 시선』·『바이런 시선』·『악의 꽃』·『지옥에서 보낸 한 철』·

『말라르메 시선』·『발레리 시선』·『키플링 시선』·『헨리 시선』·『기탄잘리』·

『엘리엇 시선』·『프로스트 시선』

21st Brunch Time 영국의 낭만주의 461

워즈워스—이름값을 한 계관 시인 461 | 자고 일어나니 유명해진 바이런 468

22nd Brunch Time 프랑스 상징주의 시편들 473

상징주의란 무엇인가? 473 | 보들레르와 『악의 꽃』 476 | 랭보, 『지옥에서 보낸
한 철』 481 | 말라르메의 선언—모든 책을 읽었노라 487 | 발레리의 시 세계 493

23rd Brunch Time 생과 신의 찬미 501

키플링의 「만약—」, 헨리의 「인빅터스」 501 | 타고르, 『기탄잘리』와 「동방의 등
불」 사이 508

24th Brunch Time 지성의 두 가지 양상—엘리엇과 프로스트 515

「J. 앨프리드 프루프록의 연가」—그런데 연가 맞아? 515 | 「황무지」를 읽기 위하
여 519 | 프로스트의 선택 527

원전 인용 출처 및 참고 문헌 536 | 사진 출처 539

Chapter

1

『일리아스』와『오디세이아』,
원전은 힘이 세다

메인 브런치
· 『일리아스』
· 『오디세이아』
· 호메로스 포에버

원전 토핑
· 『일리아스』 호메로스
· 『오디세이아』 호메로스
· 『포스터스 박사』 크리스토퍼 말로
· 『펠로폰네소스 전쟁사』 투키디데스
· 『역사』 헤로도토스
· 『국가론』 플라톤
· 『알렉산드로스 전기』 플루타르코스
· 『트로이 여인들』 에우리피데스
· 『제주를 바치는 여인들』 아이스킬로스

1st Brunch Time

『일리아스』

고전의 자격

청소년들에게 '고전 읽기'가 권장되고 있다거나, 직장인들 사이에서 '고전 읽기 열풍'이 분다는 등의 소식은 어제오늘의 뉴스가 아니다. 요즘 한국에서는 무슨 교육 기관이나 협회에서 '필독 고전 50선'이니 '죽기 전에 읽어야 할 고전 100선' 등의 리스트를 발표하는 것도 부쩍 유행인 듯하다.

그런데 도대체 고전(古典)이란 정확히 어떤 책을 말할까? 좀 오래된 책이면 다 고전이 되는 걸까? 재치와 입담으로 유명한 미국의 작가 마크 트웨인(Mark Twain)은 고전을 다음과 같이 정의 내린 바 있다.

고전. 사람들이 칭찬은 하면서도 읽지는 않는 책.

Classic. A book which people praise and don't read.

제대로 읽어 보지도 않은 고전에 대해 왈가왈부하던 당대 일부 지식인들의 행태를 꼬집은 이 정의는 지금도 유효하다.

물론 고전의 사전적인 정의는 트웨인의 그것과는 조금 다르다. 『메리엄 웹스터 사전_Merriam-Webster Dictionary』에 따르면 고전, 즉 classic의 첫 번째 정의는 다음과 같다.

> 고대 그리스 혹은 로마의 저작물.
> a literary work of ancient Greece or Rome.

실제로 서양 인문학의 전통에서 본 고전의 정의는 바로 이것이다. 다시 말해 어떤 책이 자동으로 고전의 자격을 획득하려면 일단 연세부터 한 2천 살 잡수셔야 할뿐더러, 출생지도 고대 그리스나 로마 제국이어야 한다는 것이다. 그러고 보니 classic이라는 말 자체도 로마 시대에 뿌리가 닿아 있다. 로마 시대에는 세수 확보를 위해 시민들을 소유한 토지에 따라 여섯 그룹으로 분류했는데, 그 가운데서도 가장 많은 토지를 가진 계층을 '클라시스(classis)'라고 불렀다. 여기서 class(품격, 계급, 등급), classic(고전) 등의 영어 단어들이 유래했던 것이다.

다행히(?) 『메리엄 웹스터 사전』은 다음과 같은 고전의 두 번째 정의를 덧붙이고 있다.

> 지속적인 탁월함을 가진 작품.
> a work of enduring excellence.

첫 번째보다 약간 더 융통성이 있기는 한데, 그렇다고 해도 역시 고전의 자격을 획득하는 길은 멀고도 험하다. 비록 어떤 저작에 탁월함

(excellence)이 있다고 해도 그 탁월함이 과연 시간의 공세를 견뎌 내는 지속성(endurance)을 가진 것인지, 아니면 한때의 거품인지를 알려면 적어도 몇 세대 이상은 지켜봐야 할 것이기 때문이다. 왕년에 '현대의 고전'이니 '우리 시대의 고전', 심지어는 '즉석 고전'이라는 찬사를 듣다가 지금은 아무도 기억하지 않게 된 작품들이 얼마나 많은가?

『세계문학 브런치』의 첫 챕터를 위해 내가 선택한 『일리아스Iliad』와 『오디세이아Odyssey』가 고전의 사전적 정의 두 가지를 동시에 충족하는 작품이라는 데는 이론의 여지가 없을 것이다. 우선 둘 다 그리스 시인 호메로스(Homer, ?~?)에 의해 기원전 8세기경 쓰여졌다고 전해지는 서사시니까 '고대 그리스 로마 시대의 저작'이어야 한다는 자격 조건에 따라 자동으로 '고전 클럽'에 등록되는 것은 물론, 이야기가 처음 기록된 지 거의 3천 년이 지난 오늘날까지도 서양 문학의 원조로 사람들의 입에 오르내리는 것을 보면 두말할 나위 없이 '지속적인 탁월함' 역시 갖춘 걸작이기 때문이다.

또한 다른 많은 작품들처럼 이 두 저작 역시 마크 트웨인의 그 뼈 있는

프랑스 화가 윌리암 부그로가 그린 호메로스의 상상화. 그의 작품으로 알려진 『일리아스』와 『오디세이아』는 문자 그대로 서구 인문학의 원천이라고 할 수 있다.

고전의 정의에도 해당되는 듯하다. 그런데 나는 여기서 트웨인의 정의를 조금 뒤틀어 보려고 한다. 내가 보기에 『일리아스』와 『오디세이아』는 트웨인의 말처럼 "칭찬은 하면서도 읽지는 않는 책"일 뿐 아니라, 많은 경우 "사람들이 읽었다고 생각하지만 읽지 않은 책(people think they read, but they didn't)"이기도 하다. 왜 그럴까?

『일리아스』에 있는 것과 없는 것

이미 『일리아스』를 읽어 본 독자들에게 사지선다 퀴즈를 하나 내 보겠다.

> Q 다음 중 『일리아스』 속의 에피소드가 아닌 것을 고르시오.
> ① 트로이의 왕자 파리스로부터 황금 사과를 받은 미의 여신 아프로디테는 그 보답으로 세계 최고의 미녀이자 스파르타의 왕비인 헬레네를 소개한다.
> ② 파리스와 헬레네는 사랑에 빠져 트로이로 도주하고, 헬레네를 되찾기 위해 그리스 연합군이 결성된다.
> ③ 그리스 연합군 최강의 전사인 아킬레우스는 트로이군과의 전투 중 그만 유일한 약점인 발꿈치에 파리스가 쏜 화살을 맞고 전사한다.
> ④ 그리스군은 꾀돌이 영웅 오디세우스의 계략대로 목마를 만들어 트로이를 함락하고 드디어 전쟁을 승리로 이끈다.

여보쇼, 정말 사람을 무시해도 분수가 있지. 네 항목 중 마치 하나를 골라야만 하는 것처럼 함정 문제를 내 봐야 어림없다고. 왜냐하면 정답은 0이거든. 모두 너무나 유명한 『일리아스』의 에피소드들 아냐! —이렇게 나무라실 독자가 있을지도 모르겠다. 그런데 이 질문의 정답은 0이 아니라 'All'이다. 즉 네 가지 사건 가운데 『일리아스』에서 직접 다루는 사건은 하나도 없다(상기하자, 마크 트웨인!!). 그리고 독자 여러분이 읽었다고 생각하는 그 책이 무엇이었는지는 모르지만 분명 『일리아스』는 아니었음이 분명하다.

위: 풍만한 여체의 표현이 두드러지는 루벤스의 유명한 그림 〈파리스의 심판〉. 세 여신이 불화의 사과를 차지하기 위해 트로이 왕자 파리스 앞에서 교태를 부리고 있다.
아래: 이탈리아 화가 조반니 티에폴로의 〈목마를 끌고 가는 트로이 시민들〉. 말의 모습이 목마가 아니라 대리석상처럼 보이는 것이 흥미롭다.
두 작품 모두 트로이 전설을 소재로 삼고 있지만, 정작 『일리아스』에는 불화의 사과도, 목마도 등장하지 않는다.

고대 그리스에서 트로이 전쟁을 배경으로 한 신화, 설화, 전설 등은 무척이나 많았고, 호메로스의 시편이 전하는 이야기도 그 가운데 하나였다. 후대 작가들이 『일리아스』의 내용에다 기타 트로이 관련 전설들을 한데 버무려 읽기 편하고 흥미진진한 한 권의 이야기책으로 엮은 경우도 더러 있었다. 나 역시 트로이 전설과의 생애 최초의 만남은 어린 시절 계몽사 『소년소녀세계문학전집』 속에 들어 있던 『호머 이야기』를 통해서였다. 분명 그 『호머 이야기』는 불화의 여신 에리스(Eris)가 남긴 황금 사과를 둘러싼 여신들의 다툼에서 시작하여 오랜 전쟁 끝에 그리스군이 목마의 계책으로 트로이를 멸망시키는 것으로 끝났다. 하지만 『호머 이야기』가 아닌 원전 『일리아스』는 트로이 전쟁의 마지막 해, 그것도 50여 일이라는 짧은 기간에 초점을 맞추고 있다. 아킬레우스의 죽음이니 목마니 하는 것은 시점상 『일리아스』가 끝나고 한참 뒤에 벌어지는 사건들이라는 얘기다. 작품은 이렇게 시작된다.

오, 여신이여, 그리스인들에게 헤아릴 수 없는 고통을 초래한 펠레우스의 아들 아킬레우스의 분노를 노래하소서. 그 때문에 많은 용감한 이들의 영혼이 하데스에게 서둘러 보내졌고, 수많은 영웅들이 개와 독수리들의 먹이가 되었으니, 이는 인간들의 왕인 아트레우스의 아들과 위대한 아킬레우스가 처음 불화한 날로부터 제우스의 권고가 성취된 것이라.

Sing, O goddess, the anger of Achilles son of Peleus, that brought countless ills upon the Achaeans. Many a brave soul did it send hurrying down to Hades, and many a hero did it yield a prey to dogs and vultures, for so were the counsels of Zeus fulfilled from the day on which the son of Atreus, king of men, and great Achilles, first fell out with one another.

이게 무슨 소릴까? 오랜 원정에 지친 그리스군의 사기가 땅에 떨어지고 지휘관들의 의견도 사분오열된 상황에서 엎친 데 덮친 격으로 전염병이 퍼졌던 것이다. 하데스는 저승의 신이니까 "하데스에게 서둘러 보내졌다"는 것은 전염병으로 많은 장병들이 때 이른 죽음을 당했다는 뜻이다. 이렇게 서두를 연 『일리아스』는 이어서 그리스군 총사령관 아가멤논(Agamemnon)과 갈등을 빚은 영웅 아킬레우스(Achilles)가 더 이상 전투에 나가지 않겠다고 일종의 '파업'을 선언하는 장면을 보여 준다.

한편 『일리아스』라는 제목은 그리스어로 '일리움의 노래(song of Ilium)'라는 뜻이며, 일리움은 작품의 무대가 되는 전설의 왕국 트로이(Troy)의 별명이다. '노래'라는 표현도 그냥 폼으로 있는 게 아니다. 고대의 서사시란 원래 눈으로 읽기보다는 음유시인들이 청중에게 낭송해 주는 것을 목적으로 하여 지어진 것이다. 책이나 영화가 없던 고대에 음유시인들이 들려주는 서사시는 사람들이 즐길 수 있는 대표적인 문화 장르였다.

헬레네의 미모

트로이 전쟁의 직접적인 원인이 된 '그 여자', 그리스와 트로이의 장정들을 10년 동안이나 싸움터로 내몬 '문제의 여인' 헬레네(Helen)의 이야기에서부터 『일리아스』를 한번 들여다보자. 도대체 헬레네는 얼마나 예뻤던 것일까? 오죽이나 아름다웠으면 전쟁을 벌여서까지 되찾아오려고 했을까?

『일리아스』 제3권에는 트로이의 원로대신들이 성벽의 탑루 위로 오랜만에 모습을 드러낸 헬레네의 미모에 감탄하는 다음과 같은 장면이 나온다.

이 원로들은 싸우기에는 너무 늙었으나 유창한 달변가들이었고, 숲 속 어느 높은 나뭇가지에서 우아하게 맴맴거리는 매미들처럼 탑루에 앉아 있었다. 이윽고 헬레네가 탑루를 향해 다가오는 것을 본 그들은 서로에게 속삭였다. "저토록 놀랍고도 거룩하리만치 사랑스러운 여성을 위해서라면 트로이인들과 그리스인들이 그토록 오랫동안 엄청난 고난을 감당했다는 것도 그리 놀랄 일은 아니리. 그러나 아무리 아름답다 한들, 저들이 데려가도록 하지 않는다면 그녀는 우리와 우리 후손에게 슬픔만을 불러오리라."

These elders were too old to fight, but they were fluent orators, and sat on the tower like cicales that chirrup delicately from the boughs of some high tree in a wood. When they saw Helen coming towards the tower, they said softly to one another, "Small wonder that Trojans and Achaeans should endure so much and so long, for the sake of a woman so marvellously and divinely lovely. Still, fair though she be, let them take her and go, or she will breed sorrow for us and for our children after us."

명색이 트로이의 원로대신이라는 자들이 한다는 소리가 이 정도다. 헬레네를 전쟁의 원흉으로 비난하기는커녕 오히려 그런 미녀를 위해서라면 전쟁 불사도 당연하다고 결론짓고 있다. 한 여성의 아름다움에 바치는 이보다 더한 찬사도 찾아보기 힘들 것이다. 다만 잠시 무엇에 홀린 듯했던 대신들은 그나마 냉정을 찾고 그래도 나라의 안위를 위해서는 헬레네를 그리스군에 되돌려주는 게 좋으리라고 결론을 내리고 있다.

대신들의 수군거림에 이어 트로이의 군주이자 파리스의 아버지인 프리아모스 왕(King Priam)이 등장한다. 원로들의 의견은 그렇다 치고, 프리아모스는 헬레네를 어떻게 생각할까? 이미 남의 아내였던 몸으로 파

프랑스 고전주의 화가 다비드의 작품 〈헬레네와 파리스〉. 절세미인이며 스파르타의 왕비였던 헬레네와 트로이의 왕자 파리스의 애정 행각은 전설 시대 지중해 최대의 스캔들이었다.

리스와 사랑에 빠져 트로이를 오랜 전란으로 내몬 여자이니 무척 괘씸하게 여겼을 듯도 하다. 이윽고 좌정한 프리아모스는 헬레네에게 이렇게 말한다.

"아가, 네 전남편, 네 동포, 네 친구들을 볼 수 있도록 내 앞자리에 앉으려무나. 나는 너를 전혀 비난하지 않는단다. 비난받을 것은 네가 아니라 신들이지. 그리스인들과의 끔찍한 전쟁을 불러온 것은 그들이란다."

"My child, take your seat in front of me that you may see your former husband, your kinsmen and your friends. I lay no blame upon you, it is the gods, not you who are to blame. It is they that have brought about this terrible war with the Achaeans."

프리아모스는 헬레네를 나무라기는커녕 아예 전쟁의 책임을 신들에게 돌리고 있다. 그조차 며느리의 미모에 눈이 부셔 판단력을 상실한 것일까?

참고로 서구인들에게는 헬레네의 미모와 관련하여 '천 척의 배를 띄운 얼굴(the face that launched a thousand ships)'이라는 표현도 유명하다. 이는 『일리아스』가 아니라 영국의 극작가 크리스토퍼 말로(Christopher Marlowe, 1564~1593)의 희곡 『포스터스 박사Doctor Faustus』에 등장하는 다음과 같은 문장에서 유래했다.

> 이것이 천 척의 배를 띄워
> 일리움의 드높은 누각을 불태운 그 얼굴이었던가?
> 아름다운 헬레네, 나에게 불사의 키스를 주오.
> Was this the face that launched a thousand ships
> And burnt the topless towers of Ilium?
> Sweet Helen, make me immortal with a kiss.

미녀의 얼굴을 묘사하면서 눈이 어떻고 코와 입은 또 어떻다고 시시콜콜 따지는 것보다 그 얼굴이 "천 척의 배(a thousand ships)를 전쟁터로 보냈다"고 하는 한마디는 좌중을 한 방에 보내는 포스가 있다. 헬레네는 문자 그대로 '천년여왕', 아니 '천척여왕'이었던 것이다. 『포스터스 박사』는 독일의 문호 괴테(Goethe)의 걸작 『파우스트Faust』에도 많은 영향을 미친 작품이다.

『일리아스』의 리얼리즘

이번에는 『일리아스』에 등장하는 전투 장면을 하나 골라 감상해 보자.

전쟁을 다루는 서사시에서 전투 장면이 빠진다면 구식 표현 그대로 앙꼬 없는 찐빵이 아닐 수 없는데, 그 점에서『일리아스』는 독자의 기대를 백 퍼센트 충족한다. 소개할 대목은 한동안 소강상태에 있던 그리스군과 트로이군이 오랜만에 만나 벌인 대전투의 한 장면이다. 미리 경고하자면 노약자나 임산부는 읽는 데 약간의 주의가 필요하다.

먼저 안틸로코스가 맨 앞 열에서 싸우던 트로이의 전사이자 탈리시오스의 아들인 에케폴로스를 죽였다. 투구의 솟아오른 부분을 가격하여 창날을 이마 속으로 밀어 넣었던 것이다. 청동 창끝이 뼈를 뚫자 그의 눈 위로 어둠이 드리웠고 전투의 북새통 가운데 탑이 무너지듯 고꾸라졌다. 에케폴로스가 쓰러지자 칼코돈의 아들이자 자랑스러운 아반테 부대의 대장인 엘레페노르가 속히 갑옷을 벗겨 내려고 주위에 쏟아지던 화살이 닿지 않는 곳으로 시체를 끌고 가기 시작했다. 그러나 목적을 이룰 충분한 시간이 없었다. 아게노르가 시체를 끌던 엘레페노르를 보고 청동 창으로 그의 옆구리를 공격하는 바람에—엘레페노르가 몸을 구부리는 동안 측면이 미처 방패로 가려지지 못했기 때문이다—결국 그는 목숨을 잃었다. 그러자 그의 시신을 두고 트로이군과 그리스군 사이의 싸움이 격렬해져 마치 늑대처럼 서로에게 달려들었으며, 사람과 사람이 앞뒤로 충돌했다.

First Antilochus slew an armed warrior of the Trojans, Echepolus, son of Thalysius, fighting in the foremost ranks. He struck at the projecting part of his helmet and drove the spear into his brow; the point of bronze pierced the bone, and darkness veiled his eyes; headlong as a tower he fell amid the press of the fight. And as he dropped Elephenor, son of Chalcodon and captain of the proud Abantes began dragging him out of reach of the darts that were falling around him, in haste to strip him of his armour. But his purpose was not for long; Agenor saw him haling the body away, and smote him in the side with his bronze-shod spear—for as he stooped his side was left unprotected by his shield—and thus he perished. Then the fight between Trojans and Achaeans grew furious over his body, and they flew upon each other like wolves, man and man crushing one upon the other.

읽어 본 감상이 어떠한가? 전쟁터의 살기가 책갈피를 통해 그대로 전해지는 것 같다고 하면 지나친 과장일까?

호메로스의 필력이 전투 장면에서만 빛나는 것은 아니다. 다음은 트로이군 사령관이자 파리스의 형이기도 한 헥토르(Hector)와 어린 아들 사이의 에피소드다.

그〔헥토르〕는 아이를 향해 팔을 뻗었으나, 아비의 갑옷과, 투구 위에서 맹렬하게 흔들거리는 말갈기 장식에 겁을 집어먹은 사내아이는 울음을 터뜨리고 유모의 가슴 속에 얼굴을 묻어 버렸다. 그런 모습을 보고 아비와 어미는 웃음을 터뜨렸으나, 헥토르는 머리에서 투구를 벗어 그 번쩍이는 것을 땅 위에 내려놓았다. 이윽고 그는 사랑스러운 아이를 붙잡아 입을 맞추고 두 팔로 어르면서 제우스를 비롯한 모든 신들에게 아이를 위한 기도를 드렸다.

He stretched his arms towards his child, but the boy cried and nestled in his nurse's bosom, scared at the sight of his father's armour, and at the horse-hair plume that nodded fiercely from his helmet. His father and mother laughed to see him, but Hector took the helmet from his head and laid it all gleaming upon the ground.

Then he took his darling child, kissed him, and dandled him in his arms, praying over him the while to Zeus and to all the gods.

치열한 전투 장면만큼이나 리얼리티가 빛나는 대목이라 하지 않을 수 없다. 분명 고대에 전쟁터로 떠나는 남자라면 가족과 헤어지면서 이와 비슷한 경험을 하지 않았을까.

『일리아스』속의 많은 등장인물들은 한결같이 생생하게 살아 숨 쉬며, 이야기의 진행과 함께 매우 입체적인 면모를 드러낸다. 가령 헬레네가 전남편 메넬라오스와의 결투에서 쩔쩔매다 아프로디테 여신의 도움으로 간신히 살아 돌아온 파리스에게 어떻게 말하는지 한번 보자.

"그래서 당신은 싸움에서 돌아왔군요. 차라리 당신이 한때 내 남편이었던 그 용감한 사내의 손에 쓰러졌으면 좋았으련만. 당신은 맨손과 창으로 싸우면 메넬라오스보다 뛰어나다고 떠벌리곤 했죠. 그럼 가세요, 가서 그에게 다시 도전하세요―하지만 나는 당신에게 그러지 말라고 권해야 하죠. 왜냐하면 당신이 어리석게도 그 사람과 일대일 결투에서 마주한다면 곧 그의 창 날에 쓰러져 버릴 테니까요."

"So you are come from the fight. Would that you had fallen rather by the hand of that brave man who was my husband. You used to brag that you were a better man with hands and spear than Menelaus. Go, then, and challenge him again—but I should advise you not to do so, for if you are foolish enough to meet him in single combat, you will soon fall by his spear."

전남편에게 왕창 깨지고 망신을 당한 채 돌아온 파리스를 못마땅해하면서도 금세 그렇다고 멍청하게 또 도전하지는 말라며 걱정하는 헬레네. 만약 이 대목에서 헬레네가 파리스를 마냥 비겁자로 조롱했다든가, 반대로 아무런 불평 없이 남편이 살아 돌아온 것을 기뻐하기만 했다면 일차원적인 캐릭터로 남아 버렸을 것이다. 이렇듯 생생한 전투 장면이나, 고대인들의 일상에서 정말 있었을 법한 아기자기한 에피소드들, 그리고 등장인물들의 입체적 심리 묘사 등은 모두 『일리아스』를 고전 중의 고전으로 만드는 힘이다. 정말 명불허전이라고 할까.

아킬레우스 vs. 헥토르

『일리아스』의 실질적 주인공인 아킬레우스와 주연급 조연이라고 할 헥토르. 이 두 영웅의 일대일 대결은 작품의 전체 스토리라인에서도 클라이맥스를 이룬다. 아킬레우스와 헥토르는 여러모로 대조적인 캐릭터다. 우선 아킬레우스는 인간 펠레우스와 강의 요정 테티스 사이에서 태어난 반신반인(demigod)이지만 헥토르는 인간이다. 따라서 아킬레우스는 일단 DNA에서부터 상당 부분 먹고 들어간다. 다만 트로이 전쟁이 신들의 대리전 성격을 띠고 있기 때문에 헥토르도 주신 제우스와 바다의 신 포세이돈 등의 엄호를 받아 인간의 한계를 꽤 보완하고 있기는 하다.

『일리아스』의 초반 헥토르는 아킬레우스가 아가멤논과의 불화로 파업을 선언하자 이때다 싶어 트로이군을 몰고 그리스군을 마음껏 괴롭힌다. 하지만 헥토르가 전장에서 그만 아킬레우스의 절친 파트로클로스(Patroclus)를 죽이면서 상황이 바뀌어 버린다. 분노한 아킬레우스가 파업을 접고 헥토르를 죽일 것을 맹세했기 때문이다.

헥토르는 한동안 아킬레우스와의 정면 대결을 피한다. 이는 헥토르가 비겁해서라기보다는 분별력이 있기 때문이다. 될 일과 안 될 일을 구분

『일리아스』의 주인공 아킬레우스의 다양한 면
모를 묘사한 고대 도자기 장식화들.
위 왼쪽: 파트로클로스의 상처를 자상하게 돌
보는 아킬레우스.
위 오른쪽: 적장 트로일로스의 머리를 트로이
성벽으로 던지는 아킬레우스.
아래: 휴식을 취하는 아킬레우스. 침대 밑에 누
워 있는 인물은 과연 누구일까?

하는 것도 능력이다. 헥토르는 아킬레우스와 일대일 대결을 벌이게 되
면 이길 승산이 높지 않다는 것을 잘 안다. 일단 아킬레우스는 약점이
거의 없다. 전설에 따르면 모친 테티스는 아킬레우스가 태어나자마자
이승과 저승을 잇는 스틱스 강(Styx)에 데려가 몸을 씻겨 어떤 무기도 상
처를 낼 수 없도록 거의 불사신의 몸을 만들어 주었다. 단 테티스가 아
기 아킬레우스를 강물에 담글 때 쥐었던 발뒤꿈치만은 피부가 연약한
채로 남아 유일한 약점이 되었다. 치명적 약점을 일컫는 만국 공용 표현
'아킬레우스 건(Achilles' heel)'이 여기서 유래했음은 말할 나위도 없다.

　하지만 결국 아테나 여신의 술책에 빠져 트로이 성벽 밖에서 아킬레
우스와 마주할 수밖에 없게 된 헥토르는 결투에 앞서 라이벌에게 이렇

런던 하이드 파크에 있는 아킬레우스 상. 실은 워털루 전투에서 승리한 웰링턴 공의 공적을 기리기 위해 세운 것이다. 고대 그리스 시대부터 근대에 이르기까지 아킬레우스와 비교되는 것은 모든 군인과 영웅호걸의 로망이었다.

게 말한다.

"펠레우스의 아들이여, 나는 더 이상 너를 피해 다니지 않겠다. (…) 나는 너에게 맞서지 않고 세 차례나 프리아모스 왕의 튼튼한 도시를 돌며 도망 다녔으나, 이제 너를 마주하기로 마음을 정했으니 너를 죽이든가 죽임을 당하든가 할 뿐이다. 그러니 모든 언약의 가장 적합한 증인이자 수호자인 신들의 이름으로 우리 서로에게 맹세하자. 서로 동의하자, 만약 제우스께서 나를 좀 더 오래 살도록 허락하셔서 내가 너의 목숨을 빼앗는다면, 나는 너의 시신을 적절치 못한 방식으로 다루지 않고, 너의 갑옷만 벗겨 낸 뒤 그리스인들에게 돌려주겠다고. 그리고 너 역시 똑같이 하겠다고."

"I will no longer fly you, son of Peleus, (…) Three times have I fled round the mighty city of Priam, without daring to withstand you, but now, let me either slay or be slain, for I am in the mind to face you. Let us, then, give pledges to one another by our gods, who are the fittest witnesses and guardians of all covenants; let it be agreed between us that if Jove vouchsafes me the longer stay and I take your life, I am not to treat your dead body in any unseemly fashion, but when I have stripped you of your armour, I am to give up your body to the Achaeans. And do you likewise."

이긴 자가 죽은 자의 시신을 정중히 다루자는 헥토르의 신사협정 제의에 아킬레우스는 어떻게 반응했을까?

"어리석은 놈, 감히 나한테 언약이 어쩌고 주절대지 마라. 인간과 사자 사이에 언약은 있을 수 없고, 늑대와 양은 생각이 일치할 수 없으며 마지막까지 서로 증오만 할 뿐이야. 따라서 너와 나 사이에도 어느 한쪽이 쓰러지면서 잔혹한 아레스 신께 피를 듬뿍 공양할 때까지 그 어떤 양해나 언약도 있을 수 없는 것이다. 너의 모든 힘을 쏟거라. 이제 너는 진정 용감한 군인이자 전쟁의 사나이임을 증명해야 한다. 더 이상 기회는 없다. 그리고 아테나 여신이 당장 내 창끝을 빌려 너를 부숴 버릴 것이다. 너는 전장에서 네가 죽인 내 전우들 때문에 내가 겪은 비통의 대가를 치러야 할 것이다."

"Fool, prate not to me about covenants. There can be no covenants between men and lions, wolves and lambs can never be of one mind, but hate each other out and out all through. Therefore there can be no understanding between you and me, nor may there be any covenants between us, till one or other shall fall and glut grim Ares with his life's blood. Put forth all your strength; you have need now to prove yourself indeed a bold soldier and man of war. You have no more chance, and Pallas Athena will forthwith vanquish you by my spear: you shall now pay me in full for the grief you have caused me on account of my comrades whom you have killed in battle."

섬뜩하다. 먼저 신사협정을 제안했던 헥토르가 엄청 무안했을 것 같다. 아킬레우스가 이토록 헥토르에게 이를 가는 이유는 먼저 말했듯이 그가 파트로클로스를 죽였기 때문인데, 아무리 절친을 잃었다지만 그 분노에는 좀 유별난 면이 없지 않다. 실제로 아킬레우스와 파트로클로스가 정확히 어떤 관계였는지는 고대 그리스 시대부터 추측이 끊이지 않았다. 두 사람이 단순한 전우나 절친이 아니라 동성 애인이었다는 가설도 상당히 설득력이 있지만, 그렇다고 뭐 『일리아스』에 두 사람의 화끈한 러브 신이 등장하는 것도 아니라 결정적인 증거를 찾기는 힘들다. 게다가 아킬레우스는 아들이 있었을 뿐 아니라, 애초에 아가멤논과 불화한 것도 여자 문제 때문이었다.

이렇게 해서 두 영웅은 우여곡절 끝에 운명의 한판 승부를 벌이게 된다. 헥토르가 칼을 빼 들고 아킬레우스에게 돌진하는 장면을 감상해 보자. 호흡이 긴 두 문장으로 이루어져 있다.

헥토르는 옆구리에 차고 있던 날카로운 대검을 뽑아 기를 모은 뒤, 마치 저 상공의 독수리가 구름을 뚫고 급강하하여 양이나 겁먹은 토끼를 덮치듯 아킬레우스에게 무기를 휘두르며 달려들었다. 분노에 찬 아킬레우스는 화려하게 장식한 방패로 가슴을 보호한 채, 네 겹의 금속으로 만들어진 빛나는 투구가 격렬하게 앞으로 흔들리는 가운데 헥토르에게 돌진했다.

Hector drew the keen blade that hung so great and strong by his side, gathered himself, and sprang toward Achilles like a soaring eagle which swoops down from the clouds on to some lamb or timid hare, brandishing his weapon. Achilles, mad with rage, darted

그리스 로마 시대를 다룬 상상화를 전문으로 그렸던 영국 화가 알마타데마의 〈호메로스 서사시의 낭송〉. 호메로스의 작품들은 고대 그리스 로마 시대뿐 아니라 21세기의 독자들 역시 사로잡을 만한 강렬한 호소력과 예술성을 지녔다.

towards him, covering his chest with his wondrously decorated shield, and his gleaming helmet, made with four layers of metal, nodding fiercely forward.

전장의 긴박감이 책장을 타고 손끝으로 전해지는 느낌이다. 특히 "투구가 격렬하게 앞으로 흔들리는 가운데"와 같은 문구는 실제로 투구를 쓰고 전쟁터에서 달려 본 경험이 있지 않고서야 나오기 힘들 묘사다. 혹시 호메로스 역시 젊은 시절 군대에서 경험을 쌓았던 것일까? 맹인 시인으로 알려진 호메로스지만 아직 젊었을 때는 시력이 뛰어나 군 복무 면제 대상이 아니었을지도 모른다.

이렇게 전쟁터의 참상과 공포, 천상의 신과 지상의 인간을 아우르는 다양한 캐릭터, 등장인물들이 주고받는 흥미진진한 대화 등이 풍성한 『일리아스』는 그저 "칭찬만 하고 정작 읽어 보지 않는" 고전의 범주에 남겨 두기에는 정말 아까운 책이다. 칭찬은 일단 읽어 보고 나서 해도 늦지 않을 것이다.

2nd Brunch Time

『오디세이아』

오디세우스, 꼼수의 왕자

이제 『일리아스』와 쌍벽을 이루는 호메로스의 또 다른 서사시 『오디세이아』로 주의를 돌려 보자. 『오디세이아』는 바로 목마의 아이디어를 낸 꾀돌이 영웅 오디세우스(Odysseus)가 트로이 멸망 후 고향 이타카(Ithaca)로 돌아가기까지 겪는 온갖 모험과 고난을 그린 서사시다. 이런 배경 때문에 영어에서 odyssey는 보통 명사가 되어 '기나긴 여로', '대장정' 혹은 고생 끝에 목표한 바를 성취하는 '긴 과정'을 뜻하기도 한다.

『오디세이아』는 트로이를 함락한 오디세우스가 전리품을 챙겨 조국 이타카로 배를 출발시키는 대목에서 시작하여 온갖 모험을 겪은 끝에 고향으로 돌아와 가족과 재회하는 것으로 끝난다―정말? 우리는 역시 이 대목에서 다시금 마크 트웨인을 상기해야 한다. 『오디세이아』 또한 『일리아스』와 마찬가지로 사람들이 읽지는 않고 칭찬만 하는 책, 심지어 너무나 유명한 탓에 그에 관해 워낙 보고 들은 것이 많아 읽지도 않고

프랑스 화가 장자크 라그르네의 〈텔레마코스를 알아보는 헬레네〉. 텔레마코스가 부친 오디세우스의 소식을 찾아 스파르타를 방문하는 『오디세이아』의 에피소드를 묘사했다.

읽었다고까지 착각하는 저주받은 고전이기 때문이다. 실제로 『오디세이아』를 원작으로 하는 많은 이야기책, 만화, 영화들은 분명 그러한 직선적 연대기를 따르기는 한다. 하지만 원전 『오디세이아』를 직접 읽어 보면 정작 이야기는 트로이 멸망 뒤에도 거의 10년이 더 흐른 시점에서, 여신 아테나(Athena)가 오디세우스의 아들 텔레마코스(Telemachus) 앞에 나타나 아버지의 소식을 탐문해 볼 것을 권유하는 것으로 시작된다.

한편 이 무렵 주인공 오디세우스 본인은 항해 중 배와 부하들을 모두 잃고 요정 칼립소(Calypso)의 포로로 억류된 상태. 마침내 아테나의 호소에 마음이 움직인 제우스의 명령으로 칼립소에게서 풀려난 오디세우스는 뗏목을 타고 가다가 파에아키아(Phaeacia)라는 섬나라에 표류한다. 파에아키아의 왕 알키노스(Alcinous)의 환대를 받고 궁전에서 손님으로 머물게 된 오디세우스는 연회에서 눈먼 음유시인(호메로스가 자신을 모델로 한 것일까?)이 트로이 전쟁의 무용담을 노래하자 감정이 벅차올라 흐느낀다.

왕이 자초지종을 묻자 오디세우스는 비로소 자신의 신분을 밝힌다.

"그럼 먼저 어쩌면 여러분이 이미 아실지도 모를 제 이름을 말하겠습니다. 제가 만약 이 슬픔의 시간을 견뎌 낸다면 언젠가는, 비록 여러분과 멀리 떨어져 살겠지만 여러분이 제 손님이 되어 주실 수도 있겠죠. 저는 라에르테스의 아들 오디세우스라고 합니다. 사람들 사이에서는 온갖 꾀로 유명해서 제 명성은 하늘까지 닿습니다."

"Firstly, then, I will tell you my name that you too may know it, and one day, if I outlive this time of sorrow, may become my there guests though I live so far away from all of you. I am Odysseus, son of Laertes, reknowned among mankind for all manner of subtlety, so that my fame ascends to heaven."

오디세우스는 여기서 자신의 재능을 'subtlety'라고 불렀는데, 어떤 책에서는 'wile', 즉 '꼼수'라고 하기도 한다. 이렇게 신분을 밝힌 오디세우스는 드디어 트로이를 떠난 뒤 10년간 겪은 모험을 알키노스 왕과 파에아키아인들에게 털어놓는다. 이렇듯 『오디세이아』는 현재 시점(텔레마코스의 여행, 오디세우스의 파에아키아 도착)에서 시작하여 한참 이야기가 전개된 뒤에야 오디세우스 자신의 회상 형식을 빌려 그의 모험담을 소개하는 구성을 취한다. 호메로스는 사실상 현대 소설 기법으로 알려진 '의식의 흐름'의 원형을 『오디세이아』에서 구사한 셈이다.

노바디 이야기

오디세우스가 풀어 놓는 이야기는 모두 흥미진진하지만, 여기서는 오디세우스와 부하들이 외눈박이 거인족 키클롭스(Cyclops)들이 사는 섬에 도착해서 겪은 모험을 감상해 보자. 키클롭스족의 섬에서 폴리페모스(Polyphemus)라는 거인이 사는 동굴에 우연히 발을 들인 오디세우스 일행은 집주인으로부터 고대 그리스의 전통인 여행자에 대한 환대를 기대한다. 하지만 환대는 고사하고 폴리페모스는 이들을 보자마자 오디세우스의 부하 둘을 즉석에서 잡아먹고 나머지 일행은 동굴에 가두어 버린다. 이튿날 날이 밝자 폴리페모스는 기르는 양 떼를 몰고 목초지로 가면서 큰 돌로 동굴의 입구를 막아 오디세우스 일행이 도망가지 못하게 한다. 탈출을 위한 묘책을 찾던 오디세우스는 동굴 구석에서 큰 올리브나무 가지를 발견하고 그 끝을 뾰족하게 다듬어서 숨겨 둔다.

저녁이 되어 폴리페모스가 양 떼와 함께 돌아오자 오디세우스는 배에서 가져온 독한 포도주를 거인에게 권한다. 포도주를 마시고 얼큰하게 취한 폴리페모스가 오디세우스의 이름을 묻는 대목을 한번 살펴보자. 오디세우스가 일인칭 시점에서 알키노스 왕과 청중에게 이야기를 들려주고 있다는 점을 기억하자.

"그는 포도주 맛에 무척 기분이 좋아진 나머지 한 사발 더 달라고 간청했습니다. 이렇게 말하더군요. '친절을 베풀어 내게 술을 더 주고, 네 이름도 당장 말해 다오. 네가 기뻐할 선물을 주고 싶다.'"

"He was so delighted with the taste of the wine that he begged me for another bowl full. 'Be so kind,' he said, 'as to give me some more, and tell me your name at once. I want to make you a present that you will be glad to have.'"

아무리 거인이라도 포도주를 무슨 술잔도 아니고 사발(bowl)로 마셔 대니 취할 수밖에 없다. 괴물의 질문에 오디세우스는 본명 대신 다소 엉뚱한 대답을 한다.

> "'키클롭스족이여, 당신이 묻기에 이름을 말할 테니 약속한 선물을 주셔야 합니다. 내 이름은 노바디(Nobody)입니다. 이게 내 아버지, 어머니, 그리고 친구들이 항상 나를 불러 온 이름이죠.'
>
> 그러나 그 포악한 놈은 말했습니다. '그럼 나는 노바디의 동지들을 다 먹을 때까지 노바디를 살려 뒀다가 맨 마지막에 먹도록 하지. 이게 내가 그에게 주는 선물이다.'"
>
> "'Cyclopes, you ask my name and I will tell it to you; give me, therefore, the present you promised me; my name is Nobody; this is what my father and mother and my friends have always called me.'
>
> "But the cruel wretch said, 'Then I will eat all Nobody's comrades before Nobody himself, and will keep Nobody for the last. This is the present that I will make him.'"

여기서 Nobody(그리스어로 '오우티스 *Oûtis*')를 굳이 번역하자면 '아무도 아닌 자' 혹은 무협지 같은 데서 무사 이름으로도 종종 쓰이는 '무명(無名)' 정도가 된다. 그런데 이야기 속의 흐름을 보면 분명 오디세우스는 폴리페모스에게 자신의 이름을 '노바디'라며, 마치 그런 고유 명사인 이름이 있다는 식으로 말하고 있고, 멍청한 폴리페모스는 그걸 믿어 버리는 것이다(그리스어 원전의 문장 "*Oûtis emoí g' ónoma*"를 직역하면 "Nobody is my name" 즉 "내 이름은 노바디"가 된다). 조금 뒤 더 자세히 살펴보겠지만, 여기서 오디세우스가 본명을 밝히지 않고 신중하게 자신을 '노바디'라고 소개한 것은 이후의 상황 전개에 결정적인 역할을 한다.

폴리페모스가 술에 곯아떨어지자 오디세우스는 준비한 꼬챙이로 부하들과 함께 거인의 하나뿐인 눈을 찔러 버린다. 이 장면의 묘사는 상당히 잔혹하다.

"우리가 불에 달군 꼬챙이를 움켜쥐고 그의 눈 속으로 빙빙 뒤틀며 쑤셔 넣자 뜨거운 막대기 주변으로 피가 철철 흘러내렸습니다. 이어서 퍼져 나간 불길이 눈꺼풀과 눈썹을 태워 버렸고, 마찬가지로 눈알도 타 버려 그 뿌리가 불꽃 속에서 치직거리는 소리를 내었습니다."

"We seized the fiery-pointed brand and whirled it round in his eye, and the blood flowed about the heated bar. And the breath of the flame singed his eyelids and brows all about, as the ball of the eye burnt away, and the roots thereof crackled in the flame."

그런데 기습을 받고 눈을 잃은 폴리페모스가 비명을 질러 대자 이웃에 사는 거인들이 잠에서 깨어 꾸역꾸역 몰려드는 것이 아닌가! 폴리페모스 하나도 감당하기 힘든 판인데, 다른 괴물들까지 동굴로 들이닥치면 어쩌나? 오디세우스 일행에게는 절체절명의 순간이다. 동굴 밖에서 괴물들이 폴리페모스에게 묻는다.

"그들이 말했습니다. '웬일인가, 폴리페모스, 밤의 정적을 깨고 우리를 잠 못 들게 할 만큼 소리를 지르다니? 아무도 자네의 양 떼를 훔쳐 간 건 아니지? 아무도 자네를 속임수나 힘으로 죽이려고 하는 건 아닐 테지?'
그러나 폴리페모스는 동굴 안에서 그들에게 고함을 질렀습니다. '노바디가 나를 속임수로 죽이려 해! 노바디가 나를 힘으로 죽이려 해!'
그들이 말했습니다. '그럼 자네를 공격하는 사람이 아무도 없다면, 자넨 아픈 게 틀림없어. 제우스 신께서 자네를 아프게 하셨다면 도울 방법이 없지.'"

"'What ails you, Polyphemus,' they said, 'that you make such a noise, breaking the stillness of the night, and preventing us from being able to sleep? Surely nobody is carrying off your sheep? Surely nobody is trying to kill you either by fraud or by force?'

"But Polyphemus shouted to them from inside the cave, 'Nobody is killing me by fraud! Nobody is killing me by force!'

"'Then,' said they, 'if nobody is attacking you, you must be ill; when Zeus makes you ill, there is no help for it.'"

결국 거인들은 모두 그냥 제집으로 돌아가 버린다. 이게 대체 어찌 된 영문일까? 잘 생각해 보자. 이웃 거인들이 사정을 묻자 폴리페모스는 "Nobody is killing me by fraud!"라고 대답한다. 즉 오디세우스가 가

프랑스 화가 장레옹 제롬의 〈폴리페모스〉. 오디세우스를 잡아먹으려다 도리어 장님이 된 폴리페모스가 자기를 조롱하는 오디세우스의 목소리가 들리는 쪽을 향해 바위를 던지고 있다.

르쳐 준 Nobody를 그의 진짜 이름으로 알고 있는 탓에 문자 그대로 "'노바디'라는 놈이 속임수로 나를 죽이려 해!"라는 의미로 그렇게 말한 것이다. 하지만 전후 사정을 제대로 모르고 이 말만 들은 이웃 거인들은 "Nobody is killing me by fraud!"를 "아무도 속임수로 나를 죽이지 않아!"—즉 "난 괜찮아!"로 이해하고 그냥 돌아가 버린 것이다. 실로 커뮤니케이션 장애는 21세기를 살아가는 우리에게도, 먼 옛날 전설 시대의 괴물 동네에서도 중요한 문제다.

이렇게 '노바디'로 언어의 유희를 벌인 오디세우스의 꼼수에 힘입어 일행은 다음 날 아침 폴리페모스가 기르는 양 떼에 섞인 채 동굴을 탈출하여 배로 돌아온다.

오디세우스의 여인들

비록 세계 최고의 미녀 헬레네를 차지했던 파리스나 메넬라오스보다는 못하겠지만, 오디세우스도 여복이 상당히 많은 남자다. 우선 오디세우스는 키클롭스족의 손아귀를 빠져나온 뒤 키르케(Circe)라는 마녀가 사는 섬에 다다른다. 키르케는 인간을 소, 돼지 등의 동물로 만드는 마법을 지녔지만 결국 오디세우스에게 제압당하자 그를 연인이자 주인으로 모시게 된다. 이 섬에서 한동안 머물던 오디세우스가 다시 고향으로의 항해를 계속하려 하자 키르케는 이렇게 권유한다.

'라에르테스의 귀한 아들 오디세우스, 당신이 원치 않으시면 더 이상 머무르셔서는 안 되죠. 하지만 고향으로 항해하기 전 해야 할 또 다른 여행이 있답니다. 당신은 하데스와 페르세포네의 궁전에 가서, 아직도 정신이 또렷한 테베의 장님 예언자 테이레시아스의 망령에게서 의견을 구해야 해요.'

'Odysseus, noble son of Laertes, you shall not stay here any longer if you do not want to, but there is another journey which you have got to take before you can sail homewards. You must go to the house of Hades and of dread Persephone to consult the ghost of the blind Theban seer Teiresias whose mind is still in place within him.'

하데스와 페르세포네는 모두 저승의 신이니, 이들의 궁전에 가 보라는 말은 곧 저승에 갔다 오라는 얘기다. 망설이던 오디세우스는 키르케의 도움을 받아 살아 있는 몸으로 저승길 여행에 나서 대예언자 테이레시아스로부터 엄청 고생은 하겠지만 결국 고향 이타카로 돌아가 가족과 상봉할 것이라는 예언을 듣고 기운을 낸다.

키르케의 섬을 떠나 다시 온갖 모험과 난관을 겪은 끝에 오디세우스는 배와 부하들을 모두 잃고 요정 칼립소가 사는 오기기아(Ogygia)라는 섬나라에 표류한다. 칼립소는 오디세우스를 보고 한눈에 사랑에 빠진 나머지 그를 7년간 붙잡아 두는데, 미녀 요정의 끈질긴 구애에도 고향으로 돌아가고픈 오디세우스의 마음은 변하지 않는다. 결국 제우스의 명령으로 오디세우스를 놓아줄 수밖에 없게 된 칼립소는 그래도 미련이 남아 이별의 만찬 도중 다시 한 번 최후의 설득에 나선다.

"오디세우스, 라에르테스의 귀한 아들이여, 그럼 당신은 당장 고향 땅으로 출발하는 건가요? 행운을 빌어요. 하지만 만약 당신이 고국으로 돌아가기 전까지 얼마나 많은 고난이 대기하고 있는지 안다면, 당신이 날이면 날마다 항상 떠올리는 아내가 보고 싶어 얼마나 초조하건 간에, 당신은 지금 있는 곳에서 나와 같은 저택에 함께 머물며 내가 당신을 불사의 몸으로 만들어 주는 것을 승낙할 거예요. 자랑인 것 같지만 나로 말하면 당신 아내보다 키가 작거나 못생기지는 않았을걸요. 언젠가 죽어야 할 여자라면 미모에서 불사의 여신과 비교되리라고는 생각되지 않는군요."

"Odysseus, noble son of Laertes, so you would start home to your own land at once? Good luck go with you, but if you could only know how much suffering is in store for you before you get back to your own country, you would stay where you are, keep house along with me, and let me make you immortal, no matter how anxious you may be to see this wife of yours, of whom you are thinking all the time day after day; yet I flatter myself that I am no whit less tall or well-looking than she is, for it is not to be expected that a mortal woman should compare in beauty with an immortal."

어떤 인간 여성보다 아름다운 자신과 함께 불사의 몸이 되어 백년, 아니 천년만년 해로하자는 칼립소의 제안에 오디세우스는 이렇게 대답한다.

"여신이여, 이 문제로 내게 화내지 마십시오. 내 아내 페넬로페가 결코 당신처럼 늘씬하고 아름답지 않음을 나는 잘 알고 있습니다. 그녀는 그저 여자인 반면 당신은 불사의 요정이니까요. 그럼에도 나는 집에 가고 싶을 뿐 다른 것은 아무것도 생각할 수 없습니다. 내가 바다 위에 떠 있을 때 어느 신께서 나를 난파시킨다고 해도 나는 그것을 견뎌 내며 나름대로 최선을 다하겠소. 나로 말하면 이미 땅과 바다에서 끝도 없는 곤란을 겪은 몸이니 나머지 고난도 이번 항해로 기꺼이 겪겠소이다."

"Goddess, do not be angry with me about this. I am quite aware that my wife Penelope is nothing like so tall or so beautiful as

왼쪽: 에드먼드 뒬라크의 〈키르케와 오디세우스〉. 배경의 정원에는 이미 키르케의 마법으로 돼지로 변한 오디세우스의 부하들이 보인다.
가운데: 오디세우스와 나우시카. 파에아키아의 공주 나우시카는 표류한 오디세우스에게 의복을 주고 부친의 궁전으로 안내한다.
오른쪽: 오디세우스의 아내 페넬로페. 피렌체 베키오 궁전의 천장화로, 구혼자들로부터 시간을 벌기 위해 베를 짰다가 풀기를 반복하는 페넬로페를 묘사했다.

yourself. She is only a woman, whereas you are an immortal. Nevertheless, I want to get home, and can think of nothing else. If some god wrecks me when I am on the sea, I will bear it and make the best of it. I have had infinite trouble both by land and sea already, so let this go with the rest."

이렇게 아름다운 마녀와 요정의 구애도 모두 뿌리치고 고향 땅으로 향하게 할 만큼 사랑하는 아내를 둔 오디세우스를 행운아라고 해도 좋지 않을까. 솔직히 조금은 부럽기도 하다. 트로이 전쟁 발발 후 장장 20년 동안 텔레마코스와 함께 남편의 귀환만을 기다리며 정절을 지키는 페넬로페는 조강지처의 대명사다.

오디세우스가 파에아키아에 표류했을 때 도움의 손길을 준 공주 나우시카(Nausicaa)도 중요한 여성 캐릭터다. 나우시카는 오디세우스를 아버지 알키노스 왕에게 소개하고, 그의 행동거지와 인생 역정에 탄복한 알키노스는 흔쾌히 이타카로 돌아가는 배를 마련해 준다.

오디세우스가 누린 '여복' 가운데 아테나 여신 또한 빼놓을 수 없다. 『오디세이아』에서 아테나는 오디세우스를 끝까지 물심양면으로 도우며 챙기는 수호천사나 다름없다. 이야기가 나왔으니 말인데, 호메로스가 오디세우스와 아테나 사이의 로맨스를 작품 속에 슬쩍 끼워 넣었다고 해도 그리 무리한 설정은 아니었으리라고 생각한다. 아테나가 오디세우스에게 무한한 애정과 신뢰를 보내는 것은 그가 인간 중 가장 영리한 인물이기 때문이다. 신 중에서 가장 총명한 존재인 아테나였으니 결국 식스팩 근육이나 조각 같은 얼굴보다는 뛰어난 뇌세포를 가진 남성, 즉 요샛말로 '뇌섹남'에게 더 매력을 느꼈을 법하다. 그리스 신화에서 전쟁, 전략, 지혜의 여신으로 활약하는 아테나는 도시 국가 아테네(Athens)의 수호신이었으며, 로마 시대에는 미네르바(Minerva)라는 이름으로 계속 숭배되었다.

곰곰 생각해 보면 오디세우스의 여복, 다시 말해 오디세우스의 여행 길에서 그를 돕는 중요한 역할을 수행하는 인물들이 모두 여성이라는

루브르 박물관에 소장된 아테나 여신의 좌상. 『오디세이아』에 따르면 아테나는 모든 인간 가운데서도 꾀돌이 영웅 오디세우스를 유달리 편애했다.

것은 의미심장하다. 게다가 『오디세이아』는 서술이나 묘사 방식에서도 여성적인 섬세함과 꼼꼼함이 도처에서 드러난다. 이런 이유를 들어 19세기의 영국 작가 새뮤얼 버틀러(Samuel Butler)는 『오디세이아』가 실은 호메로스의 작품이 아니라 후대에 활동했던 여류 작가의 저작일 수 있다는 가설을 제시하기도 했다. 내 생각에도 그리 황당한 주장만은 아닌 듯하다.

왕의 귀환

파에아키아 왕 알키노스의 배려로 배를 얻어 타고 드디어 꿈에 그리던 고향 이타카에 도착한 오디세우스. 그러나 그리운 아내 페넬로페가 기다리고 있는 집에 곧장 가지도 못한다. 아테나 여신이 나타나 오디세우스의 왕궁에 눌러앉은 '구혼자들(suitors)'에 대해 경고했기 때문이다. 웬 '구혼자들'? 오디세우스에게 딸도 있었나?—그게 아니라, 이 구혼자들이란 바로 페넬로페와 결혼하려고 이타카 및 인근 지역에서 몰려든 귀족 자제들이었다. 이들은 오디세우스가 이미 오래전에 죽은 것으로 보고 페넬로페에게 결혼해 달라고 수년간 끈덕지게 조르고 있었다. 더구나 이들은 페넬로페를 진짜로 사랑하는 순정파가 아니라, 미망인이 된 왕비와 결혼하여 나이 어린 왕자 텔레마코스를 밀어내고 왕위를 차지하려는 속셈을 품고 있거나, 아예 구혼을 핑계로 식객이 되어 궁전에 들어앉아 먹고 마시며 오디세우스의 살림만 축내는 건달들이다.

이 많은 구혼자들을 어떻게 처치할 것인가? 아들과 감격적인 부자 상봉을 이룬 오디세우스는 구혼자들의 동태를 묻는다. 텔레마코스가 전하는 상황은 좀 비관적이다. 우선 궁전 안팎에 진을 친 구혼자의 숫자만 자그마치 2백 명에 가까운 데다 딸린 하인들을 합치면 수는 더 늘어난

『오디세이아』 후반부의 유명한 장면을 묘사한 기원전 6세기경의 그리스 테라코타 장식. 텔레마코스와 함께 거지로 변장하고 자기 저택을 방문한 오디세우스의 정체를 가장 먼저 알아채는 것은 아내 페넬로페가 아니라 그의 유모 에우리클레이아다. 오디세우스의 발을 씻겨 주다 어린 시절 입은 상처의 흉터를 발견했던 것.

다. 텔레마코스는 이렇게 말을 맺는다.

"우리가 그런 숫자에 맞선다면, 이는 아버님이 고향에 돌아와서 복수를 한다는 결정을 후회하실 이유가 될지도 모릅니다. 여기 와서 우리를 도와줄 용의가 있는 분이 있는지 생각해 보시죠."

"If we face such numbers as this, you may have bitter cause to rue your coming, and your revenge. See whether you cannot think of some one who would be willing to come and help us."

그러자 오디세우스는 차분히 대답한다.

오디세우스가 대답했다. "듣거라, 아테나 여신과 그분의 아버지이신 제우스라면 충분할지, 아니면 누군가를 더 찾아봐야 할지 생각해 보렴."

텔레마코스가 답했다. "말씀하신 분들이라면 한 쌍의 훌륭한 동맹군이로군요. 그분들은 저 높이 구름 속에 머무르시지만 신과 인간 모두에게 미치는 힘이 있으시니까요."

"Listen to me," replied Odysseus, "and think whether Athena and her father Zeus may seem sufficient, or whether I am to try and find some one else as well."

"Those whom you have named," answered Telemachus, "are a couple of good allies, for though they dwell high up among the clouds they have power over both gods and men."

주신 제우스와 아테나 여신이 도와준다면 그보다 더 강력한 '빽'이 어디 있단 말인가? 그런데도 "누구 더 찾아볼까?" 하며 아들을 놀리는 오디세우스의 여유가 돋보인다.

이렇게 해서 드디어 이야기는 클라이맥스인 오디세우스의 복수 혈전에 다다른다. 말 그대로 더 이상 극적일 수 없는 '왕의 귀환(return of the king)'이다. 자신의 궁전에 얹혀살며 재산과 음식을 탕진하고 아내에게

베네치아 국립박물관의 유명한 율리시스(오디세우스)상. 서기 2세기 초 로마 시대 작품으로, 무거운 갑옷을 벗어 두고 칼만 쥔 채 어디론가 조심스럽게 다가서는 율리시스를 잘 묘사했다.

추근거리던 구혼자들에게 오디세우스는 다음과 같이 사형 선고를 내린다.

"개 같은 놈들, 너희는 내가 트로이인들의 땅에서 집으로 결코 돌아오지 못하리라고 생각했겠지. 내가 아직 살아 있는 동안 너희는 내 집을 축내고 내 여종들을 강간하고, 무엄하게도 내 아내를 꼬드겼다. 너희는 넓은 하늘을 다스리는 신들도, 후세 사람들의 분노도 두려워할 줄 모르는 놈들이다. 하지만 이제 죽음의 사슬이 너희 모두에게 단단히 얽혔다."

"You dogs, you said in your hearts that I should never more come home from the land of the Trojans, in that you wasted my house and lay with the maidservants by force, and traitorously wooed my wife while I was yet alive, and you had no fear of the gods, that hold the wide heaven, nor of the indignation of men hereafter. But now the bands of death have been made fast upon you one and all."

말 잘하는 오디세우스답게 "너희는 다 죽은 목숨"이라는 걸 이렇듯 세련되게 표현한다. 이어지는 전투 장면 역시 『일리아스』에서와 마찬가지로 손에 땀을 쥐게 하는 현장 중계식 디테일 묘사가 압권이다. 거의 3천 년 전에 이런 작품이 정말 쓰였단 말인가?

3rd Brunch Time

호메로스 포에버

투키디데스와 헤로도토스의 견해

고대 그리스인들에게 호메로스의 서사시는 문학 작품이기 전에 역사책과 마찬가지였다. 사람들은 트로이 전쟁의 모든 이야기를 역사적 사실로 믿어 의심치 않았고, 지식인들은 단순히 수사를 위해서뿐 아니라 자신의 논리나 주장을 '실증적으로' 뒷받침하기 위해 호메로스를 빈번히 인용했다. 『펠로폰네소스 전쟁사 *The History of the Peloponnesian War*』를 쓴 아테네의 역사가 투키디데스(Thucydides, 기원전 460?~400?)도 예외가 아니었다. 그는 자기 당대 아테네의 해군력과 트로이 전쟁 당시 동원된 그리스의 군세를 비교하면서 다음과 같은 분석을 시도한다.

우리가 또한 여기서 시인이 스스로 차용한 특유의 과장에 현혹되지 않고 호메로스 시편의 증언을 받아들일 수 있다면, 그것(트로이 전쟁 당시 그리스군의 군세—옮긴이)은 우리의 군세와 전혀 상대가 되지 않았음을 알 수 있다. 호메로스는 원정군이 함선 1200척으로 구성되었다고 했다. 보이오티아인들의 경우 각 함선의 승선 인원이 120인, 필록테테스 함대의 경우는 50인이었다. 내 생각에, 이로써 호메로스는 당시의 최대 및 최소 승선 인원을 나타내고자 한 것이다. 어쨌든 그가 나열한 함선 목록에서 다른 함선들의 정원을 구체적으로 명기하지는 않았으니 말이다. 탑승자들이 모두 노 젓는 사공인 동시에 전사였음을 우리는 노 젓기에 배속된 자들이 궁수들이라고 한 호메로스의 필록테테스 함대 묘사에서 알게 된다.

If we can here also accept the testimony of Homer's poems, in which, without allowing for the exaggeration which a poet would feel himself licensed to employ, we can see that it was far from equalling ours. He has represented it as consisting of twelve hundred vessels; the Boeotian complement of each ship being a hundred and twenty men, that of the ships of Philoctetes fifty. By this, I conceive, he meant to convey the maximum and the minimum complement: at any rate, he does not specify the amount of any others in his catalogue of the ships. That they were all rowers as well as warriors we see from his account of the ships of Philoctetes, in which all the men at the oar are bowmen.

비록 "시인이 스스로 차용한 특유의 과장에 현혹되지 않고"라는 단서를 달기는 했지만, 투키디데스는 호메로스가 묘사한 그리스 함대의 디테일이 어느 정도 역사적 정확성을 띤 것으로 보고 있다. 그뿐 아니라 투키디데스는 계속해서 트로이 전쟁이 10년이나 끈 원인을 병력 배치의 선택과 집중 실패, 빈약한 보급 체제 때문에 그리스군이 걸핏하면 식량이 떨어져 인근 부락들을 노략질해야 했던 상황 등에 돌리고 있는데, 역시 문맥을 보면 그가 『일리아스』의 내용을 역사적 사실로 믿었던 것에는 의문의 여지가 없다.

그런가 하면 투키디데스와 쌍벽을 이루는 또 다른 그리스 역사가 헤로도토스(Herodotus, 기원전 484~425)는 저서 『역사 *Histories*』 제2권에서 트로이 전쟁과 관련해 거의 음모 이론(conspiracy theory)에 가까운 정보를 전하고 있다. 헤로도토스에 따르면 이집트 여행 중 그는 멤피스의 사제들과 여러 주제에 관해 대화를 나누었는데, 그 가운데는 바로 파리스와 헬레네의 이집트 방문이 포함되어 있었던 것이다.

그리고 내가 묻자 사제들은 헬레네에게 일어난 일을 말해 주었다. 헬레네를 데리고 스파르타를 떠나 고국으로 항해하던 파리스는 에게 해에서 맞바람을 맞아 원래 항로에서 벗어나 이집트 해에 이르렀고, 폭풍이 그치지 않은 탓에 이집트로 와 오늘날 나일 강 카노부스 어귀라고 불리는 지점에 이어 타리케이아이에 도착했다는 것이다.

And the priests told me, when I inquired, that the things concerning Helen happened thus:—Paris having carried off Helen was sailing away from Sparta to his own land, and when he had come to the Agean Sea contrary winds drove him from his course to the Sea of Egypt; and after that, since the blasts did not cease to blow, he came to Egypt itself, and in Egypt to that which is now named the Canobic mouth of the Nile and to Taricheiai.

이렇게 트로이 대신 이집트로 흘러 내려온 파리스와 헬레네는 멤피스의 지배자 프로테우스(Proteus) 앞에 출두하게 되었다. 파리스와 그의 부하들을 차례로 심문하여 자초지종을 알게 된 프로테우스는 스파르타까지 가서 손님의 자격으로 집주인의 아내와 보물을 훔쳐 도망친 파리스의 행동을 크게 꾸짖고 헬레네와 보물은 멤피스에 둔 채 혼자 떠나라고 명령했다는 것이다. 아니 그렇다면 트로이 전쟁은 대체 어떻게 된 거란 말인가? 헤로도토스는 다시 멤피스의 사제들이 전해 주었다는 트로이 전쟁의 진실을 털어놓는다.

그들(사제들)의 말에 따르면, 헬레네의 유괴 후 메넬라오스를 돕기 위해 그리스인들의 대군이 트로이 땅에 상륙한 것은 사실이었다. 그리고 군대가 배에서 내려 땅에 진지를 쌓은 뒤, 그들은 일리온(트로이)에 사신을 보냈는데 이때 메넬라오스 자신도 동행했다. 이들은 성벽 안으로 들어서서 파리스가 메넬라오스에게서 훔쳐 간 헬레네와 보물을 돌려줄 것을 요구하고, 잘못된 행위에 대한 배상 또한 요구했다. 그러자 트로이인들은 (…) 실로 자기들은 그리스가 요구하는 헬레네와 보물을 가지고 있지 않고 둘 다 이집트에 있으며, 이집트 왕 프로테우스가 가지고 있는 것을 자기들더러 배상하라고 강요하는 것은 부당하다고 말했다. 그러나 그리스인들은 트로이인들이 자신들을 놀린다고 생각하여 도시를 포위하고 결국 정복했다. 그들은 성을 함락했지만 헬레네를 찾을 수는 없었다.

After the rape of Helen there came indeed, they said, to the Trojan land a large army of Hellenes to help Menelaos; and when the army had come out of the ships to land and had pitched its camp there, they sent messengers to Ilion, with whom went also Menelaos himself; and when these entered within the wall they demanded back Helen and the wealth which Alexander had stolen from Menelaos and had taken away; and moreover they demanded satisfaction for the wrongs done: and the Trojans told (…) that in deed and in

위: 프랑스 화가 장 미뇽의 판화 〈헬레네의 유괴〉.
아래: 이탈리아 르네상스 화가 구이도 레니의 유명한 회화 〈헬레네의 유괴〉. 같은 테마를 다루고 있지만 두 작품의 분위기는 더할 나위 없이 대조적이다. 실제로 헬레네와 파리스의 스캔들에 대해서는 헤로도토스가 전하는 '음모이론'을 비롯하여 고대부터 다양한 버전의 전승이 존재했다.

truth they had not Helen nor the wealth for which demand was made, but that both were in Egypt; and that they could not justly be compelled to give satisfaction for that which Proteus the king of Egypt had. The Hellenes however thought that they were being mocked by them and besieged the city, until at last they took it; and when they had taken the wall and did not find Helen.

이것이 헤로도토스가 이집트에서 탐문한 충격적인 트로이 전쟁의 진실이다. 헤로도토스는 호메로스 역시 그 이야기를 알고 있었을 테지만, 원래 구상했던 서사시의 내러티브와는 맞지 않기에 일부러 무시했을 거라고 추리했다.

헬레네와 파리스의 존재가 그리스뿐 아니라 이집트 멤피스에까지 알려져 있었다고 전하는 헤로도토스의 증언은 매우 놀랍지만, 아주 터무니없는 얘기만은 아니다. 실제로 고대 그리스와 이집트는 청동기 시대부터 활발한 교역을 한 역사가 있다. 따라서 트로이 전쟁과 관련된 여러 전설 역시 그리스 상인들과 함께 이집트로 흘러들어왔고, 그중 일부가 호메로스가 채택한 스토리라인보다 이집트와 직접 연관되는 새로운 버전의 전설 내지 민담으로 변형되었을 가능성은 충분하다.

호메로스를 대하는 철학자와 영웅의 자세

투키디데스와 헤로도토스가 호메로스의 서사시를 역사의 일부로 생각했다면, 철학자 플라톤(Plato, 기원전 427?~347?)과 스승 소크라테스(Socrates, 기원전 470?~399)는 호메로스의 작품을 일종의 불온 문서로 취급했다. 이상적인 국가 체제는 어떤 것인가를 논하는 플라톤의 대표작 『국가론 The Republic』을 보면, 화자이자 주인공인 소크라테스가 이상 국가의 청소년들이 호메로스, 헤시오도스(Hesiod) 등 위대한 시인들의 작품을 배우는 것을 아예 금지하거나 적어도 집중 검열, 단속해야 한다고 주장하는 대목이 나온다. 소크라테스는 말한다.

그렇다면 우리는 운문부터 시작해서 많은 불쾌한 구절들을 지워야 할 것일세.

Then, we shall have to obliterate many obnoxious passages, beginning with the verses,

소크라테스가 이들 작품의 검열을 주장하는 이유는 자라나는 꿈나무들이 알아서는 좋을 것이 없는 부정적인 내용이 너무 많이 눈에 띈다는 것이다. 소크라테스가 특히 호메로스의 서사시에서 '청소년 감상 불가' 딱지를 붙인 문장들을 몇 개 소개해 본다. 가령 청소년들이 『일리아스』의 다음 구절을 알게 되면 곤란하다고 말한다.

하나는 행운으로, 다른 하나는 불운으로 가득 찬 두 항아리가 제우스의 문지방에 놓여 있나니

Two urns lie at the threshold of Zeus, full of lots, the one of good, the other of ill

피렌체 우피치 미술관에 소장된 제우스 상. 플라톤이 지적했듯이 호메로스가 묘사하는 제우스는 종종 신 중의 신다운 공정하고 위엄스러운 모습과 거리가 있다.

혹은 이런 문장도 문제란다.

우리에게 선과 악을 내려 주시는 제우스여
Zeus, who is the dispenser of good and evil to us

왜 그럴까? 소크라테스의 논리는 신이 인간을 마치 장난감처럼 다루면서 내키는 대로 행운과 불운, 선과 악을 번갈아 내려 주는 존재라고 믿는 것은 정신 건강에 해롭다는 것이다. 즉 올림포스의 신들은 항상 정의롭고 공정한 존재로 믿어야 하는데, 그런 신들을 때로 질투하고 탐욕스럽기도 하며 인간에게 병 주고 약 주는 존재로 알게 된다면 좋을 게 없다는 말이다. 소크라테스는 『오디세이아』에 나오는 다음 구절도 삭제 감이라고 선언한다.

죽은 자들 가운데 왕 중의 왕이 되느니 차라리 땅 위 어느 가난한 집의 새경 받는 하인이 되겠네.
I would rather be a paid servant in a poor man's house and be above ground than king of kings among the dead.

이 말을 한 것은 다른 사람도 아닌 아킬레우스다. 『오디세이아』에서 마녀 키르케의 권유로 저승에 간 오디세우스는 예언자 테이레시아스뿐 아니라 트로이 전쟁 중 죽은 옛 전우들도 만나게 되는데 그 가운데 아킬레우스가 끼어 있었던 것이다. 앞의 말은 오디세우스가 아킬레우스의 망령에게 죽어서도 '위대한 왕자(great prince)'처럼 늠름해 보인다고 치켜세우자 그가 나무라면서 한 이야기다. "똥밭에 굴러도 이승이 좋다"는 한국 속담과도 통한다고 하겠는데, 소크라테스는 최강 전사인 아킬레우스가 삶에 대한 미련을 가진 것처럼 묘사한 문장을 장차 국방의 의무를 짊어질 미래의 전사들이 알면 죽음을 두려워하게 될 수 있으니 검열 대상이라고 본 것이다. 그뿐 아니라 소크라테스는 『일리아스』 초입부에서 분노한 아킬레우스가 아가멤논을 조롱하면서 내뱉는 다음과 같은 말도 부적합하다고 지적했다.

오, 술에 절어 개의 눈과 수사슴의 심장을 지닌 자여,
O heavy with wine, who hast the eyes of a dog and the heart of a stag,

아무리 아킬레우스가 그리스군 대표 전사라고는 해도 직책상 상관인 아가멤논에게 그렇게 버릇없이 말했다는 것이 알려지면 상명하복이 중요한 군대의 단결에 좋지 않으니 금지라는 것이다. 그뿐 아니라 『오디세이아』의 다음 문장도 삭제감이다.

식탁이 빵과 고기로 가득 차고, 술 따르는 시종들이 포도주를 술통에서 길어 돌아다니며 술잔에 부을 때
When the tables are full of bread and meat, and the cup-bearer carries round wine which he draws from the bowl and pours into the cups

사람들이 먹고 마시는 장면을 묘사하는 대목 역시 자라는 꿈나무들의 식욕을 자극하여 감각적 쾌락에 빠지도록 할 수 있어 안 된단다. 이런 식으로 차 떼고 포 떼고 나면 그리스 문학에서 거의 남는 게 없을 지경이다. 정말 위대한 시인의 작품을 이렇게 검열이라는 이름으로 넝마로

만들어도 좋은 걸까? 소크라테스의 논리는 이렇다.

그래서 우리는 이것들과 또 비슷한 다른 구절들을 삭제하게 되면 호메로스를 비롯한 시인들께 화내지 마시라고 간청해야 한다네. 그 구절들이 시적이지 않거나, 대중의 귀에 매력적으로 들리지 않기 때문이 아니라, 시적인 매력이 더할수록, 자유로워야 할, 그리고 죽음보다도 예속을 더 두려워해야 할 소년들과 남성들의 귀에는 더욱 적절치 못하기 때문이지.

And we must beg Homer and the other poets not to be angry if we strike out these and similar passages, not because they are unpoetical, or unattractive to the popular ear, but because the greater the poetical charm of them, the less are they meet for the ears of boys and men who are meant to be free, and who should fear slavery more than death.

소크라테스가 이렇게 호메로스에 대한 대대적인 검열을 주장한 반면, 플라톤의 제자 아리스토텔레스를 스승으로 모셨던 전쟁 영웅 알렉산드로스 대왕(Alexander the Great)은 자타가 공인하는 호메로스 '빠'였다. 『영웅전 Lives of the Noble Greeks and Romans』의 저자로 유명한 역사가 플루타르코스(Plutarch, 46?~120?)는 『알렉산드로스 전기 Life of Alexander』에서 다음과 같은 에피소드를 전하고 있다.

다리우스로부터 빼앗은 보물과 여러 전리품 가운데 매우 귀중한 장식함이 하나 있었는데, 워낙 진귀한 물건이라 알렉산드로스에게 바쳐졌다. 그는 측근들에게 그 함 속에 무엇을 넣어 두면 좋을지 물었고, 그들이 다양한 의견을 내놓자 그는 호메로스의 일리아스를 보관하겠다고 말했다.

렘브란트의 유명한 그림 〈아리스토텔레스와 호메로스 흉상〉. 서로 다른 시대를 산 대시인과 대철학자의 색다른 조우와 교감을 표현하고 있는 걸작이다. 호메로스의 서사시를 비롯한 문학 작품 일반에 대해서 아리스토텔레스는 스승 플라톤과 매우 다른 견해를 가지고 있었다.

Among the treasures and other booty that was taken from Darius, there was a very precious casket, which being brought to Alexander for a great rarity, he asked those about him what they thought fittest to be laid up in it; and when they had delivered their various opinions, he told them he should keep Homer's Iliad in it.

전리품으로 얻은 진귀한 보물 상자에 『일리아스』, 즉 책을 담겠다고 한 알렉산드로스는 분명 싸움만 잘했던 것이 아니라 인문 군주, 철인 군주의 자질을 지닌 인물이었다. 알렉산드로스가 애독한 『일리아스』는 마침 스승 아리스토텔레스가 주해를 단 버전이었다고 하니 그 스승에 그 제자라고 하겠다.

알렉산드로스는 『일리아스』뿐 아니라 『오디세이아』의 내용에도 정통했다. 역시 플루타르코스에 따르면 이집트를 정복한 알렉산드로스가 그리스인들의 정착지를 어디에 지을지 고민하던 도중 어느 날 밤 꿈속에서 고귀한 용모의 백발노인이 나타나 다음과 같은 시구를 읊었다는 것

〈잠 못 이루는 알렉산드로스 대왕〉. 18세기 러시아 미술가 코즐롭스키가 헬레니즘 양식을 모방하여 만든 작품이다. 알렉산드로스는 자타가 공인하는 호메로스 광팬이었다.

이다.

> 이집트 해안에 파로스라 불리는,
> 물보라가 요란하게 피어오르는 섬이 있나니.
> An island lies, where loud the billows roar,
> Pharos they call it, on the Egyptian shore.

이 구절은 부친 오디세우스의 행방을 수소문하던 텔레마코스가 스파르타에 갔을 때 메넬라오스가 자신의 귀향길 경험을 털어놓으면서 등장하는 문장인데, 얼마나 『오디세이아』를 열심히 읽었으면 이런 꿈까지 꾸었을까. 결국 문제의 파로스 섬을 방문하여 이곳과 마주 보는 해안 지대가 큰 항구를 만들기에 적당한 구조임을 간파한 알렉산드로스는 대규모 도시를 건설할 것을 명하고 자신의 이름을 딴 알렉산드리아(Alexandria)라고 부르게 했다.

네버엔딩 스토리

이렇게 역사가, 철학자는 물론 불세출의 영웅까지 꽉 사로잡아 버린 호메로스라면, 하물며 후대의 문학에 끼친 영향력이야 말해 무엇하랴. 고대 그리스의 음유시인들이 『일리아스』와 『오디세이아』의 구절들을 낭송하며 먹고살았음은 주지의 사실이지만, 비극 작가들에게도 호메로스의 서사시는 새로운 작품의 소재이자 영감의 원천 그 자체였다. 이른바 고대 그리스 3대 비극 시인이라고 불리는 소포클레스(Sophocles, 기원전 496?~406?), 아이스킬로스(Aeschylus, 기원전 525?~456?), 에우리피데스(Euripides, 기원전 484?~406?)는 경쟁이라도 하듯 저마다 트로이 후일담, 즉 트로이가 그리스군에게 멸망당한 직후의 사건들을 다룬 걸작을 여럿 남겼다.

에우리피데스의 희곡 『트로이 여인들 *Trojan Women*』은 전쟁이 끝나고 포로로 잡힌 트로이 왕녀들의 기구하고도 참혹한 운명을 다룬 작품이다. 극의 초반 그리스군 막사에 감금된, 프리아모스의 왕비 헤카베(Hecuba)에게 탈티비오스(Talthybius)라는 전령이 찾아와 트로이 왕녀들의 신상과 관련된 최신 뉴스를 전한다. 과연 어떤 소식일까?

> 탈티비오스　배분이 이미 이루어졌습니다. (…) 당신네들은 각자의 주인에게 배분되었습니다.
>
> Talthybius　The assignments have already been made, (…) You were each assigned individually to separate masters.

다시 말해 전리품으로 전락한 트로이 여인들을 놓고 누가 누구의 차지가 되느냐 하는 합의가 그리스 장수들 사이에 이루어졌다는 얘기다.

아테나 여신상에 매달린 트로이의 공주 카산드라를 끌어당기는 아이아스. 기원전 4세기 이탈리아 캄파니아 지역에서 제작된 항아리의 그림.

헤카베는 가까스로 냉정을 찾고 탈티비오스에게 묻는다.

> 헤카베 그렇다면 말해 주게, 누가 내 딸, 불쌍한 카산드라를 가졌는지?
> 탈티비오스 그녀는 아가멤논 왕의 전리품으로 선택되었습니다. (⋯) 예언녀를 향한 사랑의 화살이 아가멤논의 마음을 뚫어 버린 게지요.
> Hecuba Then tell me, who got my daughter, poor Cassandra?
> Talthybius She has been chosen from all for King Agamemnon's prize. (⋯) Love's shafts pierced him for the prophetic maiden.

예언의 능력을 지닌 트로이의 공주였으나 아가멤논의 후첩으로 선택된 카산드라의 운명도 기구하기는 하지만 그래도 최악의 경우는 아니다. 헤카베가 또 다른 딸 폴릭세네(Polyxena)의 근황을 묻자 탈티비오스가 전하는 기막힌 답변을 보자.

> 탈티비오스 그녀는 아킬레우스의 무덤에서 봉사하도록 지명되었답니다.

아킬레우스의 무덤에서 트로이의 공주 폴릭세네를 산 제물로 바치는 그리스인들(기원전 6세기 초 아테네의 암포라. 대영박물관 소장). 전설에 따르면 트로이 함락 후 그리스군이 보인 오만하고 잔혹한 행동은 결국 올림포스 신들의 미움을 사 이들의 귀향길을 험난하게 만들고 만다.

헤카베 아아, 내 딸이 무덤지기라니? 말해 주게. 그리스인들이 무슨 새로운 법령이라도 만들었다는 겐가?

탈티비오스 당신의 자식에게 은총을. 그녀는 잘 쉬고 있답니다.

Talthybius She has been appointed to serve at the tomb of Achilles.

Hecuba Ah me! My daughter? To serve at a tomb? Speak, Friend? What fashion of the laws of Greece?

Talthybius God bless your child. She rests well.

잘 쉬고 있다—에둘러 말하기는 했지만 탈티비오스가 전하는 폴릭세네의 소식은 근황이 아니라 부고였다. 폴릭세네는, 트로이 전쟁 최고의 영웅이었으나 발뒤꿈치에 화살을 맞고 죽은 아킬레우스의 무덤에 산 제물로 바쳐졌던 것이다. 헤카베는 계속 묻는다.

헤카베 저 용감한 헥토르의 아내, 불쌍한 안드로마케는? 그녀는 어떻게 되었나?

탈티비오스 아킬레우스의 아들 피로스가 취했습니다.

Hecuba And what of iron-hearted Hector's wife, unhappy Androm-
ache? Where journeys she?

Talthybius Pyrrhus, Achilles' son, had taken her.

안드로마케는 바로 남편을 죽인 원수의 아들의 노예가 되는 기구한
운명을 맞은 것이다. 실로 잔인한 결정이 아닐 수 없다. 그런데 헤카베
자신은 누구의 차지가 되었을까?

헤카베 그럼 걸으려 해도 두 다리를 지탱해 줄 지팡이가 필요한 이 늙은
몸, 나는 누구의 종이 되는 건가?

탈티비오스 이타카의 왕 오디세우스가 당신을 노예로 얻었습니다.

헤카베 맙소사, 차라리 짧게 깎은 머리를 땅에 짓이기고 손톱으로 두 뺨
을 찢어 버리는 게 낫겠다! 신이여, 도와주소서. 저 역겹고 겉과 속이 다른
악당, 정의의 적, 법도를 모르는 괴물, 교묘한 언변으로 만사를 왜곡하는,
우정을 미움으로 바꿔 버리는 자가 내 주인이라니—오, 트로이의 여인들
이여, 나를 위해 울어 다오. 가장 불운한 운명의 제비뽑기에 내가 걸려들었
구나.

Hecuba And whose servant am I, this ancient body who needs a
staff in here hand to help her two legs to walk?

Talthybius The king of Ithaca, Odysseus, got you for his slave.

Hecuba O God! I'd rather smite my shaven head, tear my two
cheeks with my nail. God help me! Such an abominable, treacherous
scoundrel I have got for master, an enemy of justice, a lawless

monster, whose double tongue twists all things up and down and
down and up, who turns every friendship to hate, who—O women
of Troy, weep for me. I am a victim to the unluckiest lot!

나라를 멸망시킨 장본인 오디세우스의 노예가 되어야 하는 헤카베의
입장이야 물론 억장이 무너질 상황이지만, 좀 냉정하게 얘기하면 난공
불락으로 여겨지던 트로이 성벽을 목마 작전으로 돌파하는 아이디어를
낸 인물에게 내리는 포상치고는 좀 의외다. 무엇보다 "걸으려 해도 두
다리를 지탱해 줄 지팡이가 필요한" 노파를 노예로 삼아 봐야 무슨 큰
생산력을 얻을 것 같지가 않아서다.

  사실 오디세우스는 그리스군에게는 영웅일지 모르겠으나 트로이인들
입장에서 보면 '죽일 놈'에 불과하다. 『트로이 여인들』에서도 오디세우
스는 잔혹하고 교활하기 짝이 없는 인물로 묘사된다. 하기야 꼭 에우리
피데스의 캐릭터 묘사가 아니더라도 호메로스의 서사시에 등장하는 오
디세우스 역시 완전무결한 인간은 아니다. 의심과 호기심이 지나치게
많은 성격적 결함도 그렇고 무엇보다 리더십에 큰 문제가 있다. 비록 불
가항력적인 상황이 계속되었다고는 하지만 결과적으로 오디세우스가
장장 10년 동안 이국의 전쟁터에서 생사고락을 함께했던 부하들을 항해
중 모두 잃고 자기 혼자만 달랑 살아남아 이타카에 돌아간 것은 아무래
도 좀 염치없는 짓이 아니었을까. 또 그럼에도 오디세우스가 부하들의
죽음을 슬퍼하는 장면은 『오디세이아』 속을 뒤져 봐야 별로 눈에 띄지
않는다. 중국 역사 속의 영웅 항우는 유방에게 패한 뒤 강을 건너 강동
으로 혼자 도망갈 수도 있었지만 자기가 거느렸던 8천 명의 강동 출신
젊은이들이 모두 전사한 것에 책임을 느끼며 결국 배를 돌려보내고 스
스로 목숨을 끊었다. 비록 꾀가 모자라 오디세우스 같은 해피엔드를 못

본 비운의 영웅이지만, 그래도 항우는 막판에 오디세우스보다는 염치를 아는 인간이 되었던 것 같다.

한편 이렇게 전쟁의 승리에 취해 마구잡이로 전횡을 일삼는 그리스군과 지휘관들의 행태는 그만 올림포스 신들의 진노를 사고 만다. 특히 트로이에 잠입한 그리스군이 여러 신들의 신전에서까지 약탈과 살육을 함부로 자행한 것이 화근이었다. 『트로이 여인들』에서는 아테나와 포세이돈이 비밀 회동을 하여 신을 두려워할 줄 모르는 그리스 장수들에게 본때를 보일 계획을 세우는데, 이 대목도 직접 읽어 보면 매우 흥미진진하다.

이리하여 신들의 저주를 받게 된 그리스 장군들의 비참한 최후 가운데서도 가장 유명한 것이 아가멤논의 운명이다. 전설에 따르면 아가멤논은 그리스로 돌아가자마자 첩으로 삼은 카산드라와 제대로 즐겨 볼 틈도 없이 아내 클리템네스트라(Clytemnestra)와 그 정부 아이기스토스(Aegisthus)에게 암살당하고 만다. 그런데 클리템네스트라와 아가멤논 사이에서 태어난 두 자식 엘렉트라(Electra)와 오레스테스(Orestes)가 죽은 아버지의 복수를 맹세하면서 새로운 국면이 전개된다. 실제로 오레스테스-엘렉트라 남매의 복수극은 그리스 비극 시인들이 즐겨 다룬 소재이며 3대 시인 또한 다투어 작품을 남긴 바 있다. 여기서는 아이스킬로스의 작품인 『제주를 바치는 여인들Libation Bearers』에서 엘렉트라가 제목처럼 신에게 드릴 헌주를 아가멤논의 무덤에 나눠 뿌리며 부친의 혼령을 불러 복수를 맹세하는 장면을 잠깐 감상해 보자.

이제 죽은 이를 위해 이 정화의 물을 부으며 그 혼령을 부르나니,
아버지! 저와, 당신의 아들 오레스테스를 불쌍히 여겨 주세요. (…)
저는 노예처럼 살고 있어요. 오레스테스는 상속권을 잃고 사라져 버렸어

요. 거만하고 잔인한 어머니와 그 애인은 아버지가 일군 부귀에 희희낙락하고 있어요.

아버지, 오레스테스를 이리 데려오도록 행운을 내려 주세요! 제 기도를 듣고 응답해 주세요! (…) 아버지, 복수할 인물이 나타나, 아버지를 죽인 자들도 공정하게 그 대가로 죽음을 맞도록 해 주세요!

Now for the dead I pour water of purification, and call his spirit;

Father! Take pity on me and on Orestes your own son. (…)

I live like a slave; Orestes, banished, disinherited; They, arrogant, vicious, glitter in the wealth you won.

Father, let some good chance bring Orestes here! Oh, listen, answer my prayer! (…) Let your avenger, Father, appear; let those who killed you taste death for death, justly!

하지만 엘렉트라의 이 피 끓는 절규에는 모친 클리템네스트라의 입장에 대한 고려가 전혀 없다. 20년간 생과부로 수절한 오디세우스의 아내 페넬로페의 정절이야 기네스북 감이지만, 상식적으로 가장이 10년 이상 타지에 나가 있는 집안에 아무 일이 생기지 않는 것이 오히려 이상할 지경이다. 더구나 클리템네스트라는 헬레네와 자매간이었으니 나름 '한 미모' 했을 텐데 사달이 나지 않을 수 있겠는가.

그뿐 아니라 아가멤논은 일단 『일리아스』에서 보여 주는 행동거지만 봐도 크게 존경받을 만한 인물이 아니다. 또한 전설에 따르면 아가멤논은 처음 트로이에 출정할 때 항해를 위한 순풍을 얻기 위해 딸 이피게네이아(Iphigenia)를 아르테미스(Artemis) 여신에게 산 제물로 바쳤고, 딸을 잃은 클리템네스트라는 이를 두고두고 저주했다. 따라서 엘렉트라에게 아가멤논은 언니를 죽인 원수이기도 한 셈이다. 이렇게 엘렉트라의 아가멤논에 대한 비대칭적 편애에 힌트를 얻어, 오스트리아의 심리학자 프로이트(Sigmund Freud)와 그 제자 융(Carl Jung)은 딸의 아버지에 대한 유별난 집착을 가리키는 '엘렉트라 콤플렉스(Electra complex)'라는 용어를 만들기도 했다.

결국 엘렉트라의 소원대로 망명에서 돌아온 오레스테스는 아이기스토스를 살해한 뒤 다시 모친 클리템네스트라에게 향한다. 오랜만에 상봉한 모자간의 대화는 그리 다정하게 전개되지 않는다.

클리템네스트라 내가 너에게 생명을 주었으니 나도 내 삶을 살아가게 해 다오. (…) 네 아버지도 죄를 지었단다. 내 죄와 함께 그의 죄도 계산해 다오.

오레스테스 닥치시오! 그가 전쟁터에서 시간을 보내는 동안 당신은 집에 앉아 있었을 뿐이야.

클리템네스트라 아들아, 남편이 없는 여자의 고통도 결코 덜하지 않단다.

Clytemnestra I gave you your life; let me then live out my own. (…) Your father sinned too, Count his sins along with mine.

아가멤논의 자식인 오레스테스와 엘렉트라가 모친 클리템네스트라의 정부 아이기스토스를 살해하는 장면이 담긴 기원전 4세기의 도기. 이탈리아 체르베테리의 그리스 식민지에서 만들어진 작품으로 알려져 있다. 아가멤논 일가의 비극을 비롯, 트로이 전쟁의 여러 후일담은 그리스 비극 시인들이 즐겨 다룬 소재였다.

이탈리아 르네상스 화가 아고스티노 카라치의 판화 〈트로이를 탈출하는 아이네이아스 가족〉. 로마 시인 베르길리우스는 트로이 난민 출신 영웅 아이네이아스가 온갖 모험을 겪은 끝에 이탈리아 반도에 다다라 로마를 건설하는 내용의 『아이네이스』를 썼다.

> Orestes Silence! He spent himself in battle, you sat at home.
>
> Clytemnestra A woman without her man suffers no less, my son.

　　물론 오레스테스도 열 받을 만한 입장이기는 하지만, 클리템네스트라의 말도 틀린 것은 별로 없어 보인다. 과연 그녀는 아들을 설득하여 칼을 내려놓게 할 수 있을까?

　　트로이 전쟁 후일담 가운데 유명한 또 다른 작품으로는 로마의 국민 시인 베르길리우스(Virgil)의 서사시 『아이네이스Aeneid』를 들 수 있다. 오랜 내전 끝에 대권을 잡은 로마의 초대 황제 아우구스투스(Augustus)는 제국의 분위기를 일신하기 위해 각종 건설 프로젝트 및 문화 선전 사업을 벌였는데, 『아이네이스』 역시 그런 분위기 속에서 쓰였다. 즉 『아이네이스』는 로마 건국의 시조로 트로이의 영웅 아이네이아스(Aeneas)

를 내세워 국가적 자부심을 일깨우려는 프로파간다의 기능을 담당했던 것이다. 우리나라의 『용비어천가』와도 일맥상통하는 일종의 어용 문학 작품이지만, 그렇다고 작품성이 떨어지는 것은 아니다.

호메로스는 중세에는 이슬람 학자들에 의해 중동까지 그 이름이 알려졌고, 그 영향은 『아라비안 나이트*The Arabian Nights*』에서도 발견된다. 바로 '뱃사람 신드바드(Sindbad the Sailor)'의 항해와 모험에 관한 이야기 속 곳곳에 『오디세이아』의 그림자가 드리워 있다. 그런가 하면 러시아 민담에 등장하는 '애꾸눈 거인(One-Eyed Giant)' 이야기 역시 영락없이 오디세우스와 키클롭스 에피소드의 슬라브 버전이다.

프랑스 고전주의 화가 앵그르의 대형 회화 〈호메로스의 신격화〉. 호메로스를 비단 고대 그리스뿐 아니라 서구 문명의 전 시대를 통틀어 최고의 예술가로 묘사하고 있다. 호메로스에게 월계관을 씌워 주는 기예의 신 무사(뮤즈)를 비롯하여 작품 속에 등장하는 캐릭터들은 그리스 로마 시대에서 르네상스, 근대를 망라하는 시인, 작가, 음악가, 미술가들이다. 왼쪽 하단에서 호메로스를 가리키는 인물은 앵그르 자신이다. 루브르 박물관 소장.

유럽에서는 고대 그리스 로마 시대를 이상으로 여긴 르네상스의 시작과 함께 호메로스의 위상이 더욱 높아졌음은 물론이며, 이후 계몽 시대, 19세기를 거치면서 문학의 거장들 가운데 호메로스의 영향을 직간접적으로 받지 않은 경우는 찾아보기 힘들 정도다. 20세기 문학에서도 호메로스의 존재감은 여전히 막강하다. 종종 20세기의 가장 위대한 소설로 불리는 제임스 조이스(James Joyce)의 『율리시스*Ulysses*』는 그 제목부터가 오디세우스의 라틴식 이름이며, 그 밖에도 플롯, 소제목, 그리고 캐릭터까지 『오디세이아』에서 죄다 빌려 왔다.

비단 문학뿐 아니라 수년 전 할리우드에서도 『일리아스』를 소재로 브래드 피트 주연의 영화 〈트로이*Troy*〉를 만들어 톡톡히 재미를 본 적도 있으니, 『오디세이아』라고 그냥 놔둘 리는 없어 보인다. 조만간 우리는 클라이브 오언이나 제라드 버틀러가 오디세우스로 분한 할리우드 블록버스터 〈오디세이아〉를 멀티플렉스 상영관에서 만나게 될 것이다.

이렇게 끊임없이 후대의 작가, 예술가들에게 영감을 주며 온갖 장르에서 재해석과 재창조를 가능하게 하는 깊이와 작품성이야말로 고전의 힘이다. 독자 여러분이 오디세우스가 구혼자들을 향해 당긴 분노의 활 시위처럼 힘차게 울리는 이 고전의 내공을 이번 챕터에서 조금이나마 느껴 봤기를 바란다.

Chapter
2
단테의 '여정', 괴테의 '흥정'

메인 브런치

· 『신곡』, 영혼의 순례

· 『파우스트』, 악마와의 거래 장부

· 신과 악마—오래된 질문의 새로운 변주

원전 토핑

· 『신곡: 지옥 편』 단테 알리기에리

· 『아이네이스』 베르길리우스

· 『의지와 표상으로서의 세계』 아르투어 쇼펜하우어

· 『파우스트 제1부』 요한 볼프강 폰 괴테

· 『빌헬름 마이스터의 수업 시대』 괴테

· 『데미안』 헤르만 헤세

· 『로빈슨 크루소』 대니얼 디포

4th Brunch Time

『신곡』, 영혼의 순례

『신곡 : 지옥 편』의 시작

이탈리아 시인 단테 알리기에리(Dante Alighieri, 1265~1321)가 지은 서사
시 『신곡』의 영어 제목은 *Divine Comedy*이다(이탈리아어 원제는 '*Divina
Commedia*'). 한자어인 신곡(神曲)이 '신의 노래', '신성한 노래' 혹은 '성스
러운 노래'라는 뜻임을 생각해 보면 얼핏 영어로도 *Divine Song* 내지는
*Divine Ode*라고 해야 하지 않을까 싶은데 comedy라니, 그럼 *Divine
Comedy*를 직역하면 신성한 코미디, 신성한 희극이라는 뜻인가? 왜 지
옥, 연옥, 천국의 3계를 오가는 대서사시가 코미디로 불리게 되었을까?

　그리스 로마 시대에는 서사시나 연극을 비극(tragedy)과 희극(comedy)
으로 나누었는데, 꼭 배꼽 잡고 웃는 내용이 아니라고 해도 해피엔드로
끝나는 이야기는 일반적으로 희극, 즉 코미디(comedy)로 불렸다고 한다.
단테의 『신곡』 역시 긴 여정 끝에 결국 천국에 다다르며 구원을 얻는 것
으로 끝나는 일종의 해피엔드이기 때문에 고전의 전통에 따라 comedy

이탈리아 르네상스 시대의 거장 보티첼리가 그린 단테
의 상상화. 보티첼리는 단테가 묘사한 지옥을 정밀하게
화폭에 옮긴 〈지옥도〉를 그리기도 했다.

로 부른 것이다.

*Divine Comedy*와 비슷한 맥락의 표현으로는 프랑스 소설가 발자크
(Honoré de Balzac, 1799~1850)의 소설들을 한데 묶어 부르는 *The Human
Comedy*(프랑스어 '*La Comédie humaine*')라는 용어가 있다. 이것은 일종의
연작 소설의 개념으로 붙여진 이름인데, 그중 장편『고리오 영감*Le Père
Goriot*』이 특히 잘 알려져 있다. 이 *The Human Comedy*를 한국어로는
흔히 '인간 희극' 혹은 '인간 희극 연작'으로 번역하지만, 엄밀히 말하면
단테의『신곡』을 '신성한 희극'이라고 하는 것과 비슷한 오역이다. 발자
크는 무슨 폭소가 터지는 코미디 연작을 쓰겠다고 마음먹은 적이 없었
기 때문이다. 그의 목표는 바로『신곡』에 표현된 '신의 세계'와 대조되는
세계를 만들어 천국이 아닌 인간계, 즉 우리가 발 디디고 있는 현실 속
의 온갖 인간 군상이 사는 모습을 적나라하게 보여 준다는 원대한 것이
었다. 얼핏 한국 시인 고은의 작품『만인보』와도 비슷한 발상이다. 따라
서 근대 사실주의의 선구자로 대접받는 작가 발자크의 호기가 느껴지는
용어인 *The Human Comedy*를 굳이 한국어(한자어)로 옮긴다면 단테

의 『신곡』에 맞짱을 뜬 '인곡(人曲)'이 더 정확하다고 하겠다.

단테의 『신곡』은 원래 『지옥 편*Inferno*』, 『연옥 편*Purgatory*』, 『천국 편 *Paradise*』으로 이어지는 3부작이지만 그 가운데 가장 널리 읽히고 가장 유명한 것은 역시 제1부 『지옥 편』이다. 일단 지옥을 가리키는 영어 단어에는 물론 hell도 있지만, inferno는 이탈리아어가 영어에서 그대로 쓰이게 된 경우다. 그런데 지옥 하면 무엇보다 활활 타오르는 불길(fire)이 가장 먼저 연상되기 때문인지 영어 inferno에는 걷잡을 수 없는 불길, 대화재 등의 의미도 있다. 샌프란시스코에 세워진 초고층 건물의 화재 사건을 그렸던 추억의 미국 영화 〈타워링*The Towering Inferno*〉 역시 직역하면 '치솟는 화염'이라는 뜻이다.

『신곡 : 지옥 편』은 다음과 같은 구절로 시작한다.

> 우리 인생 여정의 중반에 나는
> 어두운 숲에서 갈 길을 잃고 말았다.
> Midway on our life's journey, I found myself
> In dark woods, the right road lost.

단테 연구가들은 이 "갈 길을 잃었다(the right road lost)"는 문장의 복합적인 의미에 주목한다. 정말 길을 걷다가 방향을 잃었다는 뜻에 덧붙여, 『신곡』을 쓸 무렵 30대 후반으로 일종의 '중년의 위기(midlife crisis)'를 겪고 있던 단테 자신의 심리적 상황을 비유한 구절로 볼 수 있다는 것이다. 당시 정치적인 이유로 고향 피렌체(Florence)를 떠난 낭인 신세였던 단테로서는 무언가 삶의 돌파구를 찾아야 할 시점이었고, 『신곡』의 집필 역시 그런 개인사와 떼어 놓고 생각하기는 어렵다. 뛰어난 심리학자라면 『신곡』을 단테가 개인적으로 정신적, 정서적 위기를 탈출하는 과정을 나타내는 하나의 거대한 상징체계로 읽어 낼 수도 있을 것이다. 몇 년 전 한국에서 유행한 '마흔' 시리즈를 본떠 말해 보면, 단테로서는 그야 말로 "마흔, 『신곡』을 써야 할 때다"였던 셈이다.

이렇게 숲에서 길을 잃고 방황하던 단테는 곧 목숨이 위험한 지경에 이른다. 어디서 나타났는지 맹수 세 마리가 그를 막아섰던 것이다.

그러자 맙소사! 산의 경사가 막 시작되는 지점에,
얼룩무늬 가죽을 덮어쓴 채,
무척이나 호리하고 재빠른 표범 한 마리!
(…)
하지만 내 앞에 등장한 한 마리 사자의 모습만큼
두려운 것도 없을지니.

몹시 허기진 채 머리를 곤추들고
사자가 내게 다가오자,
공기마저 사자를 두려워하는 듯했다.

이어서 세상의 모든 배고픔이란 죄다
짊어진 양 비쩍 마른 데다
많은 사람들을 비참하게 만들었을 암늑대 한 마리!
And lo! almost where the ascent began,
A panther light and swift exceedingly,
Which with a spotted skin was covered o'er!
(…)
But not so much, that did not give me fear

A lion's aspect which appeared to me.

Against me he were coming
With head uplifted, and with ravenous hunger,
So that it seemed the air was afraid of him;

And a she-wolf, that with all hungerings
Seemed to be laden in her meagreness,
And many folk has caused to live forlorn!

이렇게 『신곡』을 쓰기도 전에 호된 신고식부터 치를 위기에 몰린 단테가 맹수 삼총사의 추격을 피해 한창 달아나는 도중, 그의 눈앞에 희미한 목소리와 함께 의문의 그림자가 나타난다. 그러자 단테는 이렇게 울부짖는다.

"당신이 그림자인지 산 사람인지는 모르겠으나
어느 쪽이든 자비를 내려 주소서!"
"Have mercy on me!
Spirit! or living man! what e'er thou be!"

이렇게 도움을 청하는 단테에게 그림자는 다음과 같이 자신의 정체를 밝힌다.

"나 역시 한때는 산 사람이었으나 이제는 아닐세.
내 양친은 롬바르디아 출신으로 만토바가 고향이었네.

나는 율리우스 카이사르가 아직 권력을 공고히 하지 못한 시절 태어나,

훌륭한 아우구스투스 치하의 로마에서

우화의 신들, 거짓 신들의

시대에 삶을 보냈다네.

시인이었던 나는

일리움의 우뚝 솟은 탑루들이 불꽃에 휩싸였을 때

트로이에서 온 안키세스의 의로운 아들을 노래했다네."

"Now not man, man once I was,

My parents were from Lombardy and Mantuana their homeland.

I was born when the power of Julius yet was scarcely firm.

And at Rome my life was past

Beneath the good Augustus, in the time

Of fabled deities and false gods.

A bard was I, and sang

Anchises' upright son the subject of my song, who came from

Troy,

When the flames prey'd on Ilium's rising towers."

이 정도면 그림자의 정체에 대한 힌트는 나올 만큼 다 나온 셈이다. 단
테는 탄성을 지른다.

"그렇다면 당신은

그토록 충만한 언어를 쏟아 낸 원천인 베르길리우스란 말인가요?"

"Are you then Virgil, the fountainhead

that pours so full a stream of speech?"

그렇다. 단테 앞에 나타난 것은 바로 『아이네이스』를 쓴 로마의 국민 시인 베르길리우스, 정확히는 그의 혼령이었던 것이다. 단테는 흥분하여 말한다.

"당신은 나의 스승, 나의 시인이니,
나는 당신의 아름다운 문체를 채택하여
시인으로서 영광을 누렸습니다."
"Thou art my master, and my author thou,
Thou art alone the one from whom I took
The beautiful style that has done honour to me."

이렇게 단테가 평소 문학적 아이돌이자 스승으로 생각했던 인물(의 혼령)을 만나 감격스러워하는 사이 흥미롭게도 그를 죽어라 쫓던 야수 삼총사는 슬쩍 자취를 감춰 버린다. 베르길리우스의 출현에 겁을 먹은 것

프랑스 조각가 오귀스트 프레오의 작품 〈베르길리우스〉와 〈단테〉. 로마의 국민 시인 베르길리우스는 『신곡: 지옥 편』에서 단테를 지옥으로 안내하는 가이드 역할을 자청한다.

일까? 하지만 베르길리우스는 무슨 로마의 장군이나 무사가 아니라 단지 시인일 뿐이어서 그 점도 잘 납득이 가지 않는다. 혹시 이런 설정은 시인의 펜대, 혹은 붓끝이 야수의 발톱보다 강하다는 암시일까, 아니면 야수들 역시 실은 단테와 베르길리우스의 운명적 조우를 연출하기 위해 저 높은 곳에서 보낸 전령에 불과했던 것일까?

이윽고 단테가 평정을 되찾자 베르길리우스는 섬뜩하면서도 너무나 매력적인 제안을 한다.

"따라서 내 생각하고 판단하건대,
그대는 나를 따르고 나는 그대의 안내자가 되어
그대를 영원한 곳으로 인도하는 것이 좋으리.

그곳에서 그대는 단말마의 탄식을 듣고,
고대의 혼령들이 탄식하며
저마다 두 번째 죽음을 애원하는 것을 볼지니."
"Therefore I think and judge it for thy best
Thou follow me, and I will be thy guide,
And lead thee hence through the eternal place,

Where thou shalt hear the desperate lamentations,
Shalt see the ancient spirits disconsolate,
Who cry out each one for the second death;"

이미 죽은 영혼이 다시 죽여 달라고 애원하는 곳—지옥의 정의로 이만한 표현도 달리 없지 싶다. 이렇게 선배 시인 베르길리우스가 까마득한 후배 단테에게 투어 가이드 역할을 자청하고 단테가 응하면서 『신곡: 지옥 편』의 여정은 본격적으로 시작된다.

지옥문

지옥의 입구에 다다른 방문객 단테와 가이드 베르길리우스는 문에 새겨진 경고문을 본다.

> 여기 들어오는 자들이여, 모든 희망을 버릴지니라.
> Abandon all hope, ye who enter here.

이것은 긴 경고문의 맨 마지막 문장이다. 총 아홉 행으로 이루어진 경고문 전체를 읽는 느낌은 또 조금 다르다. 무엇보다 '지옥문'이 마치 살아 있는 생물인 양 스스로를 일인칭으로 부르고 있는 것이 눈길을 끈다.

프랑스 조각가 오귀스트 로댕의 대작 〈지옥문〉. 『신곡: 지옥 편』에 등장하는 지옥의 관문을 재현한 대작이다. 상단에 앉아 있는 남성의 모습은 후에 로댕의 또 다른 유명한 작품 〈생각하는 사람〉의 원형이 되었다.

고통의 도시로 가는 길이 나를 통하고,

영원한 고통으로 가는 길이 나를 통하며,

영원히 버려진 인간들에게 닿는 길이 나를 통한다.

정의가 조물주께 호소했나니,

나를 창조한 이는 신성한 권위이시며,

최고의 지혜이시며, 태고의 사랑이시니.

영원한 존재들 이외에 나보다 먼저 창조된 것이 없나니,

나 또한 영원히 지속된다.

여기 들어오는 자들이여, 모든 희망을 버릴지니라.

Through me the way into the suffering city,

Through me the way to the eternal pain,

Through me the way that runs among the people lost forever.

Justice urged on my high artificer;

My maker was divine authority,

The highest wisdom, and the primal love.

Before me nothing but eternal things were made,

And I endure eternally.

Abandon all hope, ye who enter here.

한마디로 지옥에서 패자부활전 따위는 없다는 거다. 인간은 미래에 대한 희망이 있기 때문에 현재의 고통을 견딘다. 그런데 희망을 버리라

니, 지옥 입장 오리엔테이션다운 으스스한 경고다.

 문 얘기가 나왔으니 말인데, 단테의 '아이돌' 베르길리우스의 『아이네이스』에는 아폴론 신전의 무녀가 아이네이아스에게 내리는 다음과 같은 경고의 구절이 등장한다.

> 지옥으로 내려가기는 쉬우리오.
> 밤이나 낮이나 어두운 죽음의 관문은 넓게 열린 채 서 있나니.
> 그러나 다시 올라가기가, 위쪽 하늘로 뒷걸음질 치기가
> 문제이리오, 힘든 일이리오.
> It is easy to go down into Hell;
> Night and day, the gates of dark Death stand wide;
> But to climb back again, to retrace one's steps to the upper air —
> There's the rub, the task.

 혹시 단테는 『아이네이스』의 이 대목을 읽으면서 베르길리우스를 자신의 작품 속에 등장시키기로 마음먹은 것이 아니었을까. 게다가 위의 문장은 성경의 「마태복음」에 등장하는 다음과 같은 구절을 묘하게 연상시키기도 한다.

> 좁은 문으로 들어갈지니라. 멸망으로 인도하는 문은 크고 그 길이 넓어 그리 들어가는 자가 많고,
> 생명으로 인도하는 문은 좁고 길이 척박하여 찾는 자가 적음이라.
> Enter through the strait gate. For wide is the gate and broad is the road that leads to destruction, and many enter through it.
> For the gateway to life is very narrow and the road is difficult, and

only a few ever find it.

두 구절이 상당히 닮았다. 베르길리우스는 예수와 그 사도들보다 앞선 시대를 산 인물이라 그가 「마태복음」을 읽었다는 것은 불가능한 일이다—혹시 거꾸로 「마태복음」의 저자가 단테처럼 『아이네이스』를 읽었던 것은 아닐까? 문득 궁금해진다.

죄와 형벌

단테에 따르면 지옥은 총 아홉 구역(circle)으로 구성되어 있으며, 아래로 내려갈수록 더욱 무거운 죄를 지은 자들이 고통받게 되어 있다. 지상에서 가장 가까운 지옥의 제1구역(the first circle)은 림보(limbo)라고 불린다. 한국어로 '망각의 구덩이', 혹은 '중간 지대'라고도 번역되는 limbo는 지혜로운 삶, 덕망 있는 삶을 살기는 했지만 유감스럽게도 신(=기독교의 신)을 믿지 않고 이승을 떠난 영혼들이 머무는 곳이다. 실은 단테의 안내역 베르길리우스가 사후 주민등록을 마친 곳도 바로 림보이며, 그뿐 아니라 호메로스, 소크라테스, 플라톤, 오비디우스(Ovid) 등 그리스 로마시대의 지성들도 모두 머물고 있다. 생각해 보면 이들은 모두 예수 그리스도가 태어나기 전 지중해 서쪽에서 활동한 인물들이라 머나먼 동방에서 유대인들이 믿던 부족신 여호와(Jehovah)는 들어 본 적도 없이 생을마칠 수밖에 없었다. 하지만 단테의 종교관에 따르면 모르는 것도 결격사유가 되며 따라서 천국에 갈 자격이 없다는 것이다.

그럼에도 그저 신에 대해 무지한 것이 죄라면 죄였던 인물들의 경우에는 이런저런 정상 참작의 여지가 있는 것 또한 사실이다. 그래서 단테는 림보를 산과 들도 있고 성곽도 있으며 영혼들이 저마다 사는 집도 있

르네상스 시대의 이탈리아 화가 조르조 바사리의 작품 〈최후의 심판〉에서 지옥으로 떨어지는 죄인들을 묘사한 부분. 단테의 고향 피렌체의 일 두오모 성당 천장화로 바사리가 코시모 데 메디치의 위촉을 받아 10년에 걸쳐 완성한 대작이다.

는 등 지옥치고는 상당히 목가적인 공간으로 그리고 있다. 굳이 비유하자면 가벼운 죄를 지은 경범죄자들을 주로 수용하는 개방형 교도소쯤 된다고 할까. 참고로 limbo는 영어에서도 '붕 뜬 상태', '어정쩡한 상태' 혹은 '무기한 연기된 상태'를 나타낼 때 곧잘 사용되는 표현이다. 몇 년 전인가 『뉴욕 타임스』는 2008년 금융 위기 전후로 대학을 졸업한 뒤 전공과 적성을 살릴 직업을 갖지 못하고 전망이 없는 아르바이트를 전전하는 미국 젊은이들을 '림보 세대(Generation Limbo)'라고 명명하기도 했다. 한국의 '88만원 세대'나 일본의 '프리터(후리타)'와 비슷한 느낌도 든다.

'모범수'들이 머무는 림보를 지나면, 살았을 때 욕정(lust)에 빠졌던 영혼들이 처벌을 받는 제2구역, 이어서 식욕(gluttony)에 탐닉했던 영혼들—이 대목에서 개인적으로 뜨끔하다—이 허우적거리는 제3구역 하는 식으로 지옥은 점점 아래로 내려간다. 그 가운데 제8구역은 사기꾼(the fraudulent)과 악한들(the malicious)을 모아 둔 곳인데, 여기서 죄인들은 다시 세부 죄목에 따라 열 개의 구덩이 속에서 형벌을 받는다. 호메로스 서사시의 영웅 율리시스(오디세우스)가 벌을 받고 있는 곳도 거기다. 율리시스의 죄목은 '사악한 조언자(Evil Counsellor)' 행세를 한 것. 그가 생전에 뽐냈던 화려한 말발이 도리어 부메랑이 된 셈이다. 제8구역의 아홉 번째 구덩이에서 마주치는 뜻밖의 유명 인사라면 예언자 마호메트(Muhammad/Mahomet)와 그의 사촌이자 사위이며 측근이었던 알리(Ali)가 있다. 이들에게 내려진 형벌은 마귀가 휘두르는 큰 칼에 맞아 몸이 반쪽으로 갈라졌다가 다시 붙기를 반복하는 것.

> 마호메트가 얼마나 난도질당했는지 보라!
> 내 앞에서는 알리가 눈물을 흘리며,
> 앞머리부터 턱까지 둘로 쪼개진 채 걸어가고.
> See how mutilated Mahomet is!
> Ahead of me walks Ali in his tears,
> Cleft in the face from forelock unto chin;

생각해 보면 그리스도교의 존재 자체를 알 턱 없었던 호메로스, 소크라테스, 베르길리우스도 림보로 보내 버린 마당에, 중세 그리스도교의 최대 라이벌 이슬람교의 창시자 마호메트를 단테가 봐줬을 리가 있겠는가. 마호메트와 알리에게 주어진 죄목은 '종파주의자(schismatic)'인데, 그렇다면 단테는 이슬람을 유대−그리스도교 전통을 깨고 나온 이단으로 본 것이다. 그런 맥락에서 보면 이들이 신체가 분리되는 형벌을 받는 것 역시 상징적이다. 이렇게 예언자 마호메트가 『신곡』에 등장한다는 것을 이슬람 국가(IS)의 테러리스트들은 아는지 모르겠다. 물론 테러리스트들이 코란 외에는 고전 독서에 별 흥미가 없어서 그런 사실을 잘 모른다면 다행이다. 만약 알았다가는 당장 전 세계 서점들을 습격하여 『신곡』을 불태우고, 단테의 무덤을 찾아 부관참시라도 하려 들지 않을까 싶다. 몇 년 전 프랑스에서 마호메트의 모습이 담긴 한 컷짜리 풍자만화를 실었다는 이유로 언론인들을 살해한 자들 아닌가.

단테와 베르길리우스는 돌고 돌아 마침내 지옥의 밑바닥인 제9구역에 다다른다. 이곳은 다름 아니라 인간이 저지를 수 있는 7대 죄 가운데서도 최악인 '배반(treachery)'의 죄를 지은 영혼들이 형벌을 받는 장소다. 제8구역도 그렇지만, 여기서도 단테는 이탈리아 역사 속에서 배신으로 악명 높은 여러 정계 및 종교계 인물들을 묘사하고 있어 흥미롭다. 그뿐 아니라 이곳에는 배신의 '대마왕', 즉 원래 천사였다가 '신을 배반한 죄(treachery against God)'를 저지른 사탄(Satan)이 유폐되어 있기도 하다. 단테에 의하면 사탄은 세 개의 머리를 가졌는데, 배반 하면 나름 한 건씩 크게 저지른 역사상 실존 인물 세 명을 그 머리들이 아작아작 씹어 먹고 있다고 한다. 대마왕 사탄한테 직접 씹히는 최악의 형벌을 받고 있는 자들은 과연 누굴까…? 이렇게 지옥의 바닥까지 들여다본 뒤 단테와 베르길리우스는 드디어 지상으로 향한다.

『신곡』은 『지옥 편』에 이어 『연옥 편』을 거쳐 단테가 그의 구원의 여성 베아트리체(Beatrice)의 인도를 받아 천국에 오르는 『천국 편』까지 계속된다. 하지만 워낙 『지옥 편』의 악몽 같은 이미지가 강렬해서인지 그 이후로는 뭔가 김이 빠진 듯한 느낌을 지울 수가 없다. 이런 점은 어쩐지 『삼국지연의』와도 비슷하다. 『삼국지연의』 역시 유비, 관우, 장비, 조조까지 죽은 뒤에도(하필이면 전부 비슷한 시기에 죽는다) 이야기가 한참 동안 이어지지만, 역시 유비 삼 형제가 제갈량의 보좌를 받아 조조와 건곤일척의 승부를 벌이는 장판교 대결이나 적벽대전 같은 극적인 장면은 재연되지 않는다. 또 제갈량마저 북벌에 실패하고 오장원에서 객사한 이후에는 이야기가 그 스케일이나 박진감, 캐릭터의 강렬함 등 여러 면에서 더 이상 회복이 불가능하리만큼 내리막길을 달린다. 『삼국지연의』의 이 야기는 결국 오나라가 진나라에 멸망할 때까지 꿋꿋하게 계속되지만, 역시 때를 놓쳐 풀풀 불어 버린 라면을 억지로 먹는 듯한 느낌을 지울 수 없다.

단테의 『신곡』 역시 그 영광과 짜릿함은 『지옥 편』에 집중되어 있는 것 같다. 그리고 이런 생각을 나 혼자만 한 것도 아니다. 왜 그렇게 되었 을까? 단테의 재능이 모자란 탓일까? 『지옥 편』을 쓰다 진이 다 빠져서? 그 점에 대해 흥미로운 분석을 펼친 이가 독일의 철학자 쇼펜하우어 (Arthur Schopenhauer, 1788~1860)다. 그는 저서 『의지와 표상으로서의 세 계 *The World as Will and Representation*』에서 단테의 『신곡』에 대해 다음과 같이 말하고 있다.

끝으로 만약 우리가 그 삶에 언제나 드리워 있는 끔찍한 고통과 불행을 누 군가에게 또렷이 보여 준다면, 그 사람은 공포에 사로잡힐 것이다. 그리고 우리가 그 확고한 낙관론자를 병원, 진료소, 수술실을 지나, 감옥, 고문실, 노예 우리를 거쳐, 전쟁터와 처형장으로 안내한다면, 차가운 호기심의 시선 으로부터 숨어 버린 고통의 온갖 어두운 현장을 그 사람에게 열어 보인다 면, 그리고 마지막으로 우골리노의 굶주린 지하 감옥을 구경하도록 한다면, 그 역시 '가능한 최선의 세계'라는 것의 본질을 비로소 이해할 것이다. 우리 의 현실 세계로부터가 아니라면 단테는 그의 지옥을 위한 소재를 대체 어디 서 취했단 말인가?

If, finally, we should bring clearly to a man's sight the terrible sufferings and miseries to which his life is constantly exposed, he would be seized with horror; and if we were to conduct the confirmed optimist through the hospitals, infirmaries, and surgical operating-rooms, through the prisons, torture-chambers, and slave-kennels, over battle-fields and places of execution; if we were to open to him all the dark abodes of misery, where it hides itself from the glance of cold curiosity, and, finally, allow him to glance into the starving dungeon of Ugolino, he, too, would understand at last the nature of this "best of possible worlds." For whence did Dante take the materials for his hell but from this our actual world?

쇼펜하우어에 의하면 지옥은 우리가 살고 있는 이 참담한 현실의 반영일 뿐이며, 단테의 『지옥 편』의 묘사가 그토록 비틀린 리얼리티를 띠는 것 역시 그 때문이라는 것이다. 위 문단에 등장하는 우골리노는 13세기 이탈리아 피사 출신의 정치가이자 군인으로 다른 도시 국가들과 내통하여 외세를 등에 업고 피사의 최고 권력자가 된 인물이다. "우골리노의 굶주린 지하 감옥"이란 그가 군중 폭동으로 실각한 뒤 아들, 손자 등 일가와 함께 갇혀 굶어 죽은 장소이다. 실제로 단테는 바로 지옥의 바닥인 제9구역에서 우골리노를 목격한 장면을 이렇게 묘사하고 있다.

나는 한 구덩이 속에서 얼어붙은 두 영혼을 보았는데,
그중 한 명의 머리가 다른 한쪽에 덮개처럼 포개져 있었다.

마치 굶주린 자가 빵을 게걸스럽게 삼키듯
위에 올라탄 자는 이빨을
다른 이의 머리가 목덜미와 만나는 부분에 꽂았다.

티데우스가 메날리포스의 머리를

경멸스럽게 씹어 삼킨 방식이

그가 다른 이의 두개골과 여타 부위에 한 짓과 다르지 않았으리.

I beheld two frozen souls in a single hole,

So that the head of one served as the hood of the other;

As a famished man devours his bread,

The one above the other set his teeth

There where the brain is to the nape united.

Not in another fashion Tydeus gnawed

The temples of Menalippus in disdain,

Than that one did the skull and the other parts.

여기서 '씹는' 쪽이 바로 우골리노이며, '씹히는' 쪽은 우골리노의 시

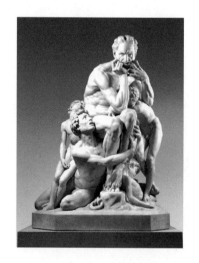

프랑스 조각가 카르포의 조각 〈우골리노와 그 아들들〉. 『신곡: 지옥 편』에서 단테는 한때 이탈리아 피사의 지배자였으나 실각한 뒤 자식들과 함께 감옥에서 비참하게 굶어 죽은 우골리노를 비롯한 이탈리아 및 세계의 역사적 인물들을 여럿 목격한다.

대에 피사의 대주교를 지낸 루지에리(Ruggieri degli Ubaldini)라는 인물이다. 원래 루지에리는 우골리노와 정치적 동지 관계였는데, 개인적인 문제로 앙심을 품은 끝에 우골리노의 실각과 투옥으로 이어지는 민중 봉기를 배후 조종했다. 단테는 피사 시민들을 배신한 우골리노와 그 우골리노를 배신한 루지에리가 함께 지옥의 한 구덩이 속에 떨어진 것으로 묘사하고 있다. 굶어 죽어 한이 맺힌 우골리노가, 그리스 신화에서 테베를 함락한 뒤 적장 메날리포스의 두개골을 쪼개 골수를 파먹은 티데우스처럼 루지에리의 머리를 씹는 것으로 묘사한 장면은 분명 엽기적이지만,『지옥 편』전체가 엽기의 컬렉션이라고 할 수 있으니 별로 특별할 것도 없다. 더군다나 쇼펜하우어에 의하면 인간의 삶 자체가 엽기나 다름없지 않은가.

그런데 단테가『지옥 편』을 마무리 짓고 이어서 천국을 묘사해야 하는 시점에 다다르자 상황이 달라진다. 쇼펜하우어의 말이다.

한데 그 반면에 그는 천국과 그 복락을 묘사하는 과제에 도달해서는 극복할 수 없는 난관을 눈앞에 맞은 셈이었는데, 우리의 세계란 천국을 위한 소재를 제공하지는 못하기 때문이다.

And when, on the other hand, he came to the task of describing heaven and its delights, he had an insurmountable difficulty before him, for our world affords no materials at all for this.

이제 단테가 소재 빈곤에 허덕이게 되었다는 것이다. 단테에게『천국 편』을 쓴다는 것은 곧 무에서 유를 창조하는 일이었으며, 결국 그렇게 맨땅에 헤딩하는 식으로 쓴 작품은 퀄리티가『지옥 편』에 비해 떨어질 수밖에 없었다는 말이다. 역시 유럽 지성사 최고의 염세주의자다운 시각이다.

『신곡』을 덮을 때마다 드는 생각은 언제나 비슷하다. 과연 지옥에서 내 자리는 어디쯤에 준비되어 있을까? 아니 혹시 내가 천국에 갈 자격이 조금은 있다고 생각한다면 무엄한 것일까? 하기야 인간이란 자신에 대한 평가에서는 너무도 쉽게 객관성을 상실하는 법이다. 프랑스 작가 마르셀 에메(Marcel Aymé, 1902~1967)의 우화 소설 「집달리*Bailiff*」의 주인공 말리코른(Malicorne)은 자기 나름대로 많은 선행을 쌓았다고 생각하지만, 정작 죽어서 저승에 가자 천국 입장의 자격을 결정하는 성 베드로가 자기의 생전 행적에 너무 야박한 점수를 주는 데 놀란다. 다행히 심사 막판에 그는 죽기 직전 행한 꽤 큼직한 선행(스스로는 그게 선행이라고 깨닫지도 못했지만) 한 건으로 다른 모든 죄를 상쇄받고 천국으로 들어간다. 그런가 하면 한국의 소설가 박민규는 어느 단편에서 대다수의 인간들이란 "천국에 들어가기에는 너무 부끄럽고, 그렇다고 지옥에 떨어지기에는 너무 억울한 존재들"이라고 예리하게 간파하기도 했다. 일단 우리는 그저 사는 동안 열심히 살고, 사후 심판은 또 그때 가서 닥치면 생각하는 편이 나을지도 모르겠다.

단테가 사후에 천국에 갔는지는 알 수 없지만, 살아 있는 동안 그토록 염원했던 고향 피렌체로의 귀향은 이루어지지 않았다. 당시 피렌체에서는 교황의 이탈리아 도시들에 대한 세속적 권위를 받드는 교황파와 신성 로마 제국 황제의 권위를 지지하는 황제파 사이의 갈등이 극심했다. 단테는 이런 권력 투쟁의 와중에 그만 반대파에게서 공권 남용 및 비리혐의까지 뒤집어쓴 끝에 1302년 피렌체를 떠나 망명길에 올랐다. 이후 영영 고향에 돌아가지 못하고 1321년 라벤나에서 숨을 거두었다. 피렌체 시가 공식적으로 단테를 복권시킨 것은 그의 사후 장장 7백 년에 가까운 시간이 흐른 2008년이었다.

왼쪽: 피렌체의 지배자 메디치 가의 거주지였던 베키오 궁전에 전시된 단테의 데스마스크. 미국 소설가 댄 브라운의 『신곡: 지옥 편』을 소재로 한 스릴러 『인페르노』에서는 바로 이 데스마스크를 둘러싸고 반전에 반전이 거듭된다.
오른쪽: 피렌체의 산타 크로체 성당 내부에 있는 단테의 가묘. 그의 진짜 무덤은 라벤나에 있다. 1302년 정치적 박해를 받고 피렌체를 떠나야 했던 단테는 결국 죽을 때까지 고향 땅을 다시 밟지 못했다.

　　단테가 『신곡』을 구상하고 집필한 것은 망명 생활 중이었는데, 걸작 시편을 쓰려는 야심도 야심이지만 집필 작업은 단테에게 어느 정도 스트레스 해소도 되었던 것으로 보인다. 『지옥 편』에는 당대의 피렌체 정치인들이 대거 등장하는데, 이 중에는 단테가 작품을 쓸 무렵 아직 생존해 있었던 사람들도 있다. 단테의 설명에 의하면 이들의 영혼은 이미 지옥에 떨어졌으며 피렌체에 남아 있는 것은 그들의 껍데기 내지 아바타라는 것이다—꽤 참신한 발상이지만, 얼마나 분했으면 그렇게라도 화풀이를 하고 싶었을까? 하지만 역설적으로 단테의 개인적 불행은 그의 사후 본격적으로 시작된 르네상스 운동은 물론 21세기 독자들에게도 행운이었다고 말해야 할 것이다.

　　단테의 영향을 입은 작가, 예술가들로 말하면 같은 피렌체 출신이자

북이탈리아의 고도 피렌체. 원래 로마 공화정 말기에 세워진 군사 요새에서 유래했으며 라틴어로는 '꽃이 만발한 도시'라는 뜻의 플로렌티아(Florentia)라고 불렸다. 단테의 사후 15~16세기에 피렌체는 메디치 가문의 지배 아래 유럽에서 가장 부유한 도시 국가로 이름을 떨쳤으며, 이탈리아 르네상스 운동의 중심지이기도 했다.

르네상스 운동의 시조로도 꼽히는 페트라르카(Petrarch)와 보카치오(Giovanni Boccaccio)를 시작으로 일일이 거론하기가 힘들 지경이다. 비단 문학, 철학뿐 아니라 보티첼리(Sandro Botticelli), 블레이크(William Blake), 들라크루아(Eugène Delacroix), 도레(Gustave Doré) 등 수 세기 동안 각국의 내로라하는 미술가들이 『신곡 : 지옥 편』(아니나 다를까 역시 화가들의 선택 역시 연옥이나 천국이 아닌 지옥이다!)의 여러 장면의 재현을 시도했는가 하면, 헝가리의 전설적 피아니스트이자 작곡가인 리스트(Franz Liszt)는 대작 〈단테 교향곡Dante Symphony〉을 쓰기도 했다(이 음악 또한 내용적으로 『신곡 : 지옥 편』에 집중한다).

이렇게 길고 긴 단테 '빠' 명단의 말석에는 2013년 『신곡 : 지옥 편』의 내용과 구성을 그대로 차용한 스릴러 『인페르노Inferno』를 발표한 미국 소설가 댄 브라운(Dan Brown)도 자리한다. 당연한 얘기지만 브라운의

『인페르노』는 단테의 오리지널 *Inferno*와는 비교할 수준이 못 된다. 다만 그의 전작『다빈치 코드*The Da Vinci Code*』와 마찬가지로 이탈리아, 특히 피렌체와 베네치아 여행을 계획하고 있는 사람이라면 여행 가이드북 삼아 읽을 만한 책이기는 하다.

5th Brunch Time

『파우스트』, 악마와의 거래 장부

파우스트 vs. 메피스토펠레스

단테의 뒤를 이어 이제 요한 볼프강 폰 괴테(Johann Wolfgang von Goethe, 1749~1832)의 문학 세계를 잠시 살펴볼 차례다. 내가 왜 이 두 거장을 연달아 소개하는 것일까? 단테, 괴테 하니까 한글 표기의 '테' 자 때문에 혹 촌수가 가까운 듯 들리기도 하지만, 이 두 사람은 국적, 생존 시기, 라이프 스타일이 모두 대조적이었다. 단테는 13~14세기의 이탈리아인이고 괴테는 18~19세기 초의 독일인이다. 단테가 권력 투쟁에서 밀려나 망명 생활을 했던 반면, 괴테는 관운도 좋아 불과 33세의 나이에 바이마르 공국(Weimar)의 수상에 올라 3년을 재직하기도 했다. 그리고 보니 두 사람은 똑같이 이탈리아 각지를 여행했다는 공통점이 있는데, 이 경우 역시 단테는 고향에서 쫓겨나 곳곳을 전전한 낭인 생활이었던 반면, 괴테는 독일에서의 삶에 권태를 느낀 나머지 1786~1788년에 이탈리아 전역을 돈 걱정 없이 유람하며 재충전의 기회로 삼았던 것이니 세상 참

왼쪽: 피렌체의 산타 크로체 성당 앞에 있는 젊은 단테의 입상.
오른쪽: 독일 라이프치히 증권거래소 앞에 서 있는 괴테의 상.
단테와 괴테는 각기 다른 국적, 생몰 연대, 삶의 궤적에도 불구하고 자신들의 대표작을 통해 신과 인간, 죄와 구원의 문제에 천착했다는 공통점이 있다.

불공평하다. 단테가 죽어서도 고향에 가지 못하고 라벤나에 묻힌 반면, 괴테는 풍성한 창작 활동과 함께 온갖 영광을 누리며 83세까지 장수했고 그의 유해는 성대한 장례식과 함께 바이마르에 묻혔다.

이렇게 삶을 영위한 시공뿐 아니라 팔자까지 대조적이었던 단테와 괴테였지만, 이들은 하나의 연장선상에서 생각해 볼 가치가 있는데, 이는 무엇보다도 두 사람의 대표작인 『신곡』과 『파우스트Faust』가 지닌 공통분모들 때문이다. 우선 두 작품 다 운문의 형식으로 장대한 드라마를 묘사하고 있다는 장르적 유사성이 있다. 그뿐 아니라 실존적 위기에 빠진 주인공이 그때까지의 평범한 삶과는 전혀 다른 경험을 누리며 거듭나는 기회를 얻는다는 전제도 비슷하다. 주인공 앞에 그 새로운 경험의 안내자를 자청하는 흥미로운 캐릭터가 등장하며, 종종 그 캐릭터가 주인공보다도 돋보인다는 점까지 닮았다. 그리고 무엇보다도 인성과 신성, 죄와 벌, 몰락과 구원 등 작품이 다루는 테마 역시 공통점이 많다.

이런 점을 염두에 두고, 흔히 『파우스트』라고 불리는 괴테의 극시 『파우스트 박사의 비극The Tragedy of Dr. Faust』을 살짝 맛보자. 잘 알려져 있다시피 작품의 주인공 파우스트는 악마 메피스토펠레스(Mephistopheles)에게 영혼을 파는 대신 지상의 모든 쾌락과 지식을 얻는 거래(bargain)를 하게 된다. 존경받는 학자가 악마에게 영혼을 판다는 전제는 괴테의 순수한 창작이 아니고, 중세 말 유럽의 실존 인물이자 연금술사였던 파우스트를 주인공으로 한 '파우스트 전설(Faust Legend)'에서 가져온 것이다. 영국의 극작가 말로 역시 그 전설을 토대로 희곡『포스터스 박사』를 썼으며, 괴테는 이 말로의 작품에서 영향을 받았다. 어쩌면 "악마에게 영혼을 판다"는 모티브는 이물질을 황금으로 바꾸는 데 혈안이 되었던 중세 연금술사들의 광적인 집착을 반영하는 것인지도 모른다. 직업 정신이 투철한 연금술사라면 금 만드는 비법을 전수받는 대가로 악마와 기꺼이 영혼을 거래했을 법하다.

괴테의『파우스트』는 현대(괴테 당시의 현대, 즉 19세기 독일)의 극장 관계자들의 대화를 다룬 첫 번째 프롤로그, 그리고 천국에서 벌어지는 에피소드를 다룬 두 번째 프롤로그를 거쳐 드디어 연구실에서 서성거리는 파우스트의 등장으로 본격적인 막을 연다. 본편의 시작과 함께 파우스트 박사는 다음과 같이 탄식한다.

나는 이제 철학과
법학, 의학,
그리고 심지어는, 오호라, 신학까지
철두철미 열심히 공부했다!
그런데 그 모든 지식을 가지고도 나는 여기에
전보다 조금도 현명하지 않은 가련한 바보로 서 있다.
I've studied now Philosophy
And Jurisprudence, Medicine,

독일 화가 요한 크라프트가 그린 〈부활절 아
침의 파우스트〉. 실의에 빠진 파우스트가 독
약을 먹고 자살하기 직전까지 가는 장면을 묘
사했다. 중세에 실존했던 연금술사 파우스트
와 관련된 전설은 괴테뿐 아니라 여러 작가와
예술가의 작품 소재가 되었다.

And even, alas! Theology

All through and through with ardour keen!

And here I stand, with all my lore,

Poor fool, no wiser than before.

학문이란 학문은 죄다 섭렵했지만 자신은 조금도 현명해지지 않았다
는 것이다. 아무리 지식이나 정보를 쌓아도 그것이 지혜로 이어지지 못
했다는 한탄인 것 같다. 게다가 그 잘난 공부 하느라고 나이는 나이대로
들어 버린 파우스트. 이런 신세를 탓하다 못해 심지어 자살까지 생각하
는 그에게 메피스토펠레스가 접근한다. 메피스토펠레스는 학자로서, 인
간으로서 정체 상태(gridlock)에 빠져 허우적대는 파우스트에게 자기가
그 고민을 해결해 주겠다고 제안한다. 그럼 파우스트와 메피스토펠레스
사이의 저 유명한 '딜'이 이루어지는 장면을 괴테는 어떻게 묘사했을까?
먼저 악마는 이렇게 제안한다.

당신의 진정한 동지가 되어 드리죠.

내가 당신이 원하는 대로 행동하게 되면

나는 그대의 하인, 그대의 노예가 되는 것이죠!

I'll be your comrade true

And if to your liking I behave,

I'll be your servant, be your slave!

이것 봐라? 악마가 나의 시중을 들겠다고? 역시 법률까지 통달한 학자답게 파우스트는 악마가 그 대가로 무엇을 원하는지 캐묻는다.

파우스트 그럼 나는 어떻게 그대의 봉사에 보답해야 할까?

메피스토펠레스 그건 아주 먼 뒷날의 문제입죠. 지금 당장 굳이 알려고 들 필요는 없습니다.

파우스트 아니, 아니, 악마란 이기적인 존재로

신의 영광을 위해서가 아니라

다른 필요를 위해서만 항상 사업을 벌이는 법.

네 조건을 명백하게 말해라!

못된 하인은 집안 가까이 위험을 들이는 법이지.

Faust And how must I your services repay?

Mephistopheles That is a long way off! Pray don't insist.

Faust No, no! The Devil is an egoist

And not "for God's sake!" only will he do

What will another's needs assist.

Tell me your terms both plain and clear!

Such servants in the house bring danger near

메피스토펠레스의 말은 어쩐지 우선 신용카드를 긁어 물건을 사고 보라는 인터넷 쇼핑몰 호스트의 어투와도 흡사하다. "뭐 일단 구입해 사용하시면서 지불은 차차…." 파우스트의 계속되는 추궁에 결국 악마는 거래의 반대급부를 밝힌다.

나는 이 자리에서 당신 곁에 딱 붙어 있다가 바로 시중을 드는

당신의 하인이 되기로 맹세하겠습니다.

하지만 우리가 저세상에 함께 나타날 때는

그럼 당신도 나를 위해 똑같이 해 주셔야 합니다.

(…)

계약을 합시다!

그럼 내 즉시 나의 기술로 당신을 매혹하는 작업에 착수하리다.

보통의 인간은 듣도 보도 못한 것들을 가져다드리겠소.

I'll pledge myself to be your servant here,

Still at your back alert and prompt to be;

But when together yonder we appear,

Then shall you do the same for me.

(…)

Make the compact!

Then I at once will undertake to charm you with my arts.

I will give you more than mortal eye has ever beheld before.

즉 일단 파우스트가 이승을 떠나 '저세상(yonder)'에 가면 메피스토펠레스가 이승에서 그랬듯이 파우스트 역시 악마가 "여봐라" 하고 부르면 "예" 하고 쏜살같이 튀어 올 하인이 되어야 한다는 얘기다. 이것이 바로

악마와의 딜에 담긴 조건의 핵심이다. 역시나 세상에 공짜 점심은 없다.

그렇다면 도대체 악마가 자기 임무를 완수하는 시점, 즉 메피스토펠레스가 파우스트의 욕망을 남김없이 만족시키고 나서 파우스트가 '보답'을 해야 할 시점은 언제가 될까? 파우스트와 악마는 '5년 무상 서비스', 혹은 '10년 봉사 뒤 재계약' 뭐 이런 식의 쫀쫀한 산수를 논하지 않는다. 파우스트가 제시하는 조건은 다음과 같다.

> 내가 어느 순간을 향해
> "아, 지속되어 다오, 너무도 아름답도다!" 말하는 바로 그때,
> 그대는 즉각 내게 족쇄를 채울 수 있으며,
> 나는 지옥의 심연으로 떠나리로다!
> If to the moment I shall say,
> "Ah, linger on, you're so fair!"
> Then mayst thou fetter me straightway,
> Then to the abyss will I depart!

파우스트에 따르면 지상에서 벌어지는 어떤 순간이 너무나 자극적이라 "조금 더 오래(Linger on)…"라는 집착이 일어날 때가 바로 악마의 의무가 소멸하는 시점이다. 역시 먹물을 먹을 대로 먹은 대학자 파우스트의 입심도 악마 못지않다. 그의 말이 끝나자마자 악마는 쿨하게 대답한다.

> 잘 생각하십쇼. 잊지 않을 거요.
> Consider it well. We will not forget.

자신 있다는 얘기다. 어쩐지 내기 바둑에서 고수가 하수에게 "두기 전

에 잘 생각해. 무르는 법 없기다" 하는 느낌이다. 하지만 파우스트 역시 자신만만하다.

> 그 문제에 대해 그대가 완벽한 권리를 가진다.
> 나는 분별없이 내 힘을 과대평가하지는 않는다네.
> You have a perfect right to that
> My strength I do not rashly overrate.

이렇게 해서 딜은 이루어진다. 당연한 얘기지만 분위기가 서로 상부 상조하는 계약을 체결하는 것이 아니라 건곤일척의 어떤 승부를 겨루는 듯하다. 영어에서는 이 『파우스트』에서 유래한 Faustian bargain(파우스트의 거래), 혹은 그 거래를 더 구체적으로 밝히는 sell soul to devil(악마에게 영혼을 팔다)이라는 표현이 심심찮게 사용된다. 이런 표현들은 양심에 반하는 행동을 한다든가, 평판이 좋지 않은 세력과 결탁한다든가, 하여간 무엇인가를 얻기 위해 불법적, 비도덕적, 비상식적 행동을 하는 것을 가리킨다.

악마, 파이팅!

그런데 이렇게 무슨 먹는 것도 아니고 무려 한 사람의 영혼을 놓고 장난 치려 드는 메피스토펠레스는 대놓고 미워할 수만도 없는 악역이다. 같은 악마의 족속이라고 해도 대마왕 사탄, 혹은 타락 천사 루시퍼는 이름만 들어도 으스스 소름이 돋는 반면 메피스토펠레스의 경우는 좀 다르다. 세계문학의 걸작에는 종종 매력적인 악당 캐릭터들이 등장하는데 메피스토펠레스 역시 바로 그런 경우다. 심지어 책을 읽다 보면 오히려

파우스트와 메피스토펠레스. 들라크루
아가 1828년도 프랑스어판 『파우스트』
를 위해 그린 삽화다. 메피스토펠레스
는 파우스트에게 "항상 악을 탐하면서
도 언제나 선을 행하는 힘의 일부"라고
자신을 소개한다.

"악마, 파이팅!" 하고 응원하게 되는, 독자와 악역 캐릭터 사이에 스톡
홀름 증후군(Stockholm syndrome) 비슷한 심리까지 생길 지경이다.

왜 그런 느낌이 드는가 곰곰 생각해 보면, 우선 메피스토펠레스는 비
단 파우스트뿐만 아니라 우리의 마음속 가려운 곳을 골라 팍팍 긁어 주
는 존재다. 즉 우리가 한번은 생각해 봤음 직하지만 체면이나 주변 분위
기 때문에 차마 말하지 못했던 것들을 거리낌 없이 털어놓는다. 그런 맥
락에서 메피스토펠레스가 처음 접근했을 때 정체를 밝히라고 다그치는
파우스트에게 내놓는 답변이 일단 걸작이다.

파우스트 그럼 너는 누구냐?
메피스토펠레스 나는 항상 악을 탐하면서도
언제나 선을 행하는 힘의 일부입니다.
Faust Who are you then?
Mephistopheles I am part of that power

Which eternally wills evil and eternally works good.

사기꾼이 스스로를 사기꾼이라고 소개하는 법은 없겠다. 하지만 역시 "나는 메피스토펠레스라고 합니다. 직업은 악마죠"라고 하는 것보다 위의 대답은 얼마나 시적인가? 악을 추구하면서도 결과적으로 선을 낳는다…. 어쩐지 예전 한국의 모 국가 기관의 모토였다는 "음지에서 일하고 양지를 지향한다"와 맥이 닿는 느낌이다. 또 "독재는 했지만 경제 부흥을 이룩했다"는 주장과도 얼핏 논점이 흡사하다. Mephistopheles라는 이름 역시 히브리어로 파괴자를 뜻하는 메피즈(mephiz)와 거짓말쟁이를 뜻하는 토펠(tophel)이 합쳐져서 탄생했다고 하니, 결국 그럴듯한 거짓말과 달콤한 감언이설로 인간을 파멸시키는 존재라는 뜻일까? 그렇게 우리의 숨은 본성과 욕망에 호소하는 어두운 힘이 바로 악마의 특기인지 모른다. 메피스토펠레스는 작품에서 이렇게도 말한다.

온갖 노력을 다해 알게 된 최고의 지식을
젊은것들에게 그냥 알려 주어서는 안 되죠!
The best things that you can ever know with all your labour
You dare not tell the youngsters, ever!

어른이 젊은이에게 자신의 경험과 지식을 스스럼없이 전수하는 것이 문명사회의 기본 매너이다. 그런데 메피스토펠레스는 고생해서 얻은 지식을 왜 맨입으로 가르쳐 주냐고 파우스트를 나무란다. 그런가 하면 파우스트의 젊은 제자 앞에서는 이렇게 말하기도 한다.

젊은 친구, 모든 이론은 회색이요,

삶의 푸르름이 황금 나무라네.

Young friend, all theory is grey:

And green of life the golden tree.

　책상물림으로 살지 말고 주어진 삶을 즐기라는 메피스토펠레스의 충고는 그리 사악하게 들리지도 않는다. 악마의 속삭임 속에도 배울 점은 있을지 모른다…. 파우스트도 결국 이런 식으로 점점 무너진 것일까? 자, 어쨌든 이제 거래가 성사되었으니 파우스트는 악마의 서비스를 받고 이승의 온갖 쾌락과 지식을 누릴 차례다. 파우스트가 메피스토펠레스와 맺은 딜의 좀 더 구체적이고 정확한 대차대조표가 알고 싶은 독자는 직접 『파우스트』를 펼치고 읽어 보는 것이 어떨까.

　괴테는 『파우스트 제1부』를 1806년 탈고했으며, 『파우스트 제2부』를 사반세기 후인 1831년 완성했다. 제1부와 제2부는 사실상 그 주제나

프랑스 출신 영국 화가 제임스 티소가 그린 〈파우스트와 마르가레테〉. 메피스토펠레스와의 거래로 젊음을 되찾은 파우스트는 청순한 마르가레테에게 접근한다. 괴테의 『파우스트 제1부』는 파우스트의 마르가레테에 대한 집착이 결국 파멸을 부르는 과정을 그린 비극이다.

말년의 괴테를 그린 독일 화가 슈틸러의 유명한 초상. 괴테는 『파우스트 제1부』를 1806년에 발표한 반면 『파우스트 제2부』는 죽기 1년 전인 1831년에야 완성했다.

성격이 여러모로 다른 작품이다. 제1부는 파우스트와 메피스토펠레스의 밀고 당기는 거래, 악마의 힘으로 젊음을 되찾은 파우스트가 마르가레테(Margarete)라는 여성을 연모하다가 결국 그녀를 파멸시키게 되는 극적인 과정에 초점을 맞추고 있다. 반면 제2부는 일국의 재상까지 지낸 괴테의 경험 탓인지 정치, 법률, 윤리, 문화 등 다양한 방면으로 토픽을 옮겨가며 파우스트, 메피스토펠레스를 비롯한 여러 등장인물들이 나누는 대화가 주를 이룬다.

물론 『파우스트 제2부』 역시 세계문학의 한 빛나는 금자탑임에 틀림없지만, 단테의 『신곡』 3부작 가운데 역시 『지옥 편』을 최고로 꼽을 수밖에 없는 것처럼 『파우스트』의 백미는 영혼의 거래를 둘러싸고 파우스트와 메피스토펠레스 사이의 밀고 당기는 대결이 벌어지는 제1부에 있다고 할 것이다. 이런 구성상의 특징(혹은 단점)을 비롯하여, 영혼의 '여정'을 묘사한 단테의 『신곡』과 영혼의 '흥정'을 담은 『파우스트』는 여러 면에서 많이 닮은 두 걸작이라 하지 않을 수 없다.

6th Brunch Time

신과 악마─오래된 질문의 새로운 변주

『데미안』의 도발

『파우스트』에 앞서 괴테가 좀 더 젊은 시절 발표한 작품으로는 유부녀를 향한 금지된 사랑에 몸부림치는 청년의 이야기 『젊은 베르테르의 슬픔 *The Sorrows of Young Werther*』, 고뇌하는 청춘의 성장 과정을 그린 『빌헬름 마이스터의 수업 시대*Wilhelm Meister's Apprenticeship*』 등이 유명하다. 괴 테가 말하는 '수업 시대(apprenticeship)'는 바로 우리가 무수한 시행착오 를 겪으며 인생을 사는 법을 배우는 청춘의 방황기를 일컫는다. 참고로 "눈물 젖은 빵을 먹어 보지 못한 자는 인생을 논하지 말라"는 명언이 바 로 『빌헬름 마이스터의 수업 시대』의 다음과 같은 대목에서 유래한 것 이다.

눈물 젖은 빵을 먹어 보지 않은 사람은,

울먹이며 다음날을 기약하면서

이탈리아 여행 중의 괴테(요한 티슈바인 작). 괴테는 1786~1788년 이탈리아의 여러 명소를 방문하며 재충전의 시간을 가졌다. 그가 성장 소설의 효시라고 할 『빌헬름 마이스터의 수업 시대』를 집필한 것은 바로 이 여행 직후다.

캄캄한 절망의 시간을 지내보지 않은 사람은,

그대 어두운 힘을 모르리.

Who never ate his bread in sorrow,

Who never spent the darksome hours

Weeping, and watching for the morrow,—

He knows ye not, ye gloomy Powers.

『빌헬름 마이스터의 수업 시대』는 '성장 소설(bildungsroman/coming of age novel)' 장르의 효시로도 꼽힌다. 성장 소설이란 주인공이 흔히 사춘기에서 성년으로 진입하는 동안 겪는 심리적, 도덕적, 사상적 성장 과정을 그린 작품을 일컫는다. 『빌헬름 마이스터의 수업 시대』 이후 이 성장 소설의 범주에 넣을 수 있는 작품들이 수없이 나왔다. 성장 소설은 대개

헤르만 헤세의 성장 소설 『데미안』의 1920년판 표지. '에밀 싱클레어의 젊은 날 이야기'라는 부제가 보인다.

저자 자신의 성장기 체험이 많이 담겨 있기 때문에, 특히 위대한 대가들의 경우 그들의 문학 세계가 어떤 과정을 거쳐 성숙되어 왔는지를 엿볼 수 있다는 점도 매력적이다.

내가 지금까지 읽어 본 여러 성장 소설 가운데서도 가장 인상적인 작품을 하나만 들라면 역시 스위스 작가 헤르만 헤세(Hermann Hesse, 1877~1962)의 『데미안Demian』을 꼽아야 할 것 같다. '에밀 싱클레어의 젊은 날 이야기(The Story of Emil Sinclair's Youth)'라는 부제가 붙은 『데미안』은 싱클레어가 10대 시절 만난 수수께끼 같은 소년 막스 데미안(Max Demian)과의 관계를 회고하는 내용이다. 데미안은 싱클레어의 친구이자 멘토 역할을 하며 싱클레어가 지금껏 전혀 알지 못했던 새로운 세계에 눈뜨도록 돕는다. 소설의 일인칭 화자이기도 한 싱클레어는 프롤로그에서 성인이 된 현재 자신이 감성적, 정신적으로 어떤 경지에 도달해 있는지를 이렇게 밝히고 있다.

나는 스스로를 대부분의 사람들보다 덜 무지하다고 여기지 않는다. 나는 지금껏 그래 왔듯이 여전히 구도자이지만, 별과 책을 향해 질문하는 것은 그만두었다. 나는 내 피가 내게 속삭이는 가르침을 경청하기 시작했다. 내 이야기는 즐거운 것이 아니다. 그것은 지어낸 이야기처럼 달콤하지도 조화롭지도 않으며, 난센스와 혼돈, 광기와 꿈의 분위기를 가졌다―마치 자신을 기만하기를 중단한 모든 사람들의 생처럼.

I do not consider myself less ignorant than most people. I have been and still am a seeker, but I have ceased to question stars and books; I have begun to listen to the teachings my blood whispers to me. My story is not a pleasant one; it is neither sweet nor harmonious, as invented stories are; it has the taste of nonsense and chaos, of madness and dreams—like the lives of all men who stop deceiving themselves.

여기서 특히 "별과 책을 향해 질문하는 것은 그만두었다. 나는 내 피가 내게 속삭이는 가르침을 경청하기 시작했다"는 곱씹을 만한 문장이다. 싱클레어는 이제 외부('별과 책')로부터의 인풋(input), 즉 남들이 건네주는 정보보다 '피'로 상징되는 자기 내면의 소리에 귀를 기울이겠다고 선언하고 있는 것이다.

작품 속에서 두 사람은 크로머(Kromer)라는 동네 소년에게 약점을 잡혀 꼼짝 못하는 신세가 된 싱클레어를 데미안이 구해 준 인연으로 친분을 맺기 시작한다. 싱클레어의 눈에 비친 데미안의 모습이다.

그는 모든 면에서 다른 이들과 달라서, 온전히 그 자신이었는데, 눈에 띄지 않으려고 안간힘을 썼음에도 자기를 드러나게 만드는 인격을 가지고 있었다. 그의 매너와 행동은 농장 소년들 사이에 숨어 그중 한 명처럼 보이느라 진땀을 빼는 왕자와도 같았다.

He was in every respect different from all the others, was entirely himself, with a personality all his own which made him noticeable even though he did his best not to be noticed; his manner and bearing was that of a prince disguised among farm boys, taking great pains to appear one of them.

싱클레어의 눈에 드러난 데미안의 모습은 고사성어로 말하면 '낭중지추(囊中之錐)' 혹은 '군계일학(群鷄─鶴)'이다. 낭중지추란 주머니 속에 있는 송곳이란 뜻으로, 뛰어난 인재는 가만있어도 저절로 남의 눈에 드러난다는 의미이다. 군계일학은 닭 떼 가운데 있는 한 마리 학이니, 그 우월한 자태란 숨기려 해도 결코 숨길 수 없는 것이다.

실제로『데미안』에는 감수성이 풍부한 청소년 독자가 성장 소설에서 기대할 수 있는 모든 것이 거의 플러스알파로 담겨 있다. 마치 식당에 갔는데 음식이 맛있을 뿐 아니라 주인아주머니가 "이것도 먹어 봐"하고 그날의 별미를 더 얹어 주는 분위기랄까. 청소년기의 혼란, 강력한 정신력과 지성을 가진 친구를 만난 데서 비롯된 놀람과 든든함, 여러 기존 가치와 질서에 대한 의문 제기, 연상의 여인에게서 느끼는 사랑의 감정…. 이 가운데서도 내게 강렬한 인상을 남긴 대목은 종교적 문제를 둘러싼 데미안과 싱클레어의 대화였다. 그러고 보니 그 일련의 대화의 핵심 주제가 또 단테와 괴테가 천착했던 문제, 즉 신, 인간, 악마 사이의 관계 설정을 어떻게 하느냐는 것이어서 공교롭다.

신앙심 깊은 부잣집에서 자라난 싱클레어에게 기존의 사고를 완전히 뒤집는 데미안의 사상은 말 그대로 충격 그 자체다. 일례로 데미안은 성경에 등장하는, 예수가 처형될 때 그 양쪽에서 함께 십자가에 매달렸던 두 강도(two robbers)에 대해 새로운 해석을 시도한다.

성경의 「누가복음 Gospel of Luke」에 따르면 함께 매달린 두 강도 중 한 명은 예수를 조롱했지만, 다른 한 명은 "우리는 우리가 저지른 범죄에 합당한 형벌을 정당하게 받고 있지만, 이분은 아무 잘못도 저지르지 않았네(We are punished justly, for we are getting what our deeds deserve. But this man has done nothing wrong)"라고 나무란 뒤, 예수에게 "주여, 당신의 왕국에 드실 때 저를 기억하소서(Lord, remember me when you come into your kingdom)"라고 말한다. 그러자 예수는 "진실로 이르노니 네가 오늘 나와 함께 천국에 있으리로다(Truly I tell you, today you will be with me in paradise)"라고 응답했다는 것이다. 그런데 데미안은 이 성서 속의 미담을 통렬하게 뒤집는다.

"싱클레어, 이 이야기에는 뭔가 내 마음에 들지 않는 게 있어. 다시 한 번 읽어 보고 엄격하게 분석해 보지그래? 뭔가 찝찝한 점이 있다니까. 그 두 도둑 건 말이야. 언덕 위에 나란히 선 세 십자가야 분명 인상적일 지경이지. 하지만 이윽고 착한 도둑에 대한 이 감정적 소론이 등장하지. 애초에 그는 온갖 흉악한 짓을 다 저지른 철저한 악당이었는데, 이제 갑자기 울음을 터뜨리더니 엄청난 개과천선과 회한의 눈물 젖은 향연을 자축하는 거야! 무덤에 갈 일밖에 남지 않았다면 회개가 도대체 무슨 의미인 거지?"

"There's something I don't like about this story, Sinclair. Why don't you read it once more and give it the acid test? There's something about it that doesn't taste right. I mean the business with the two thieves. The three crosses standing next to each other on the hill are almost impressive, to be sure. But now comes this sentimental little treatise about the good thief. At first he was a thorough scoundrel, had committed all those awful things and God knows what else, and now he dissolves in tears and celebrates such a tearful feast of self-improvement and remorse! What's the sense of repenting if you're two steps from the grave?"

아무리 흉악한 악당이라도 죽기 직전에 회개만 하면 평생을 착하게 산 비신자보다 천당에 갈 자격이 더 생긴다는 말을 교회에서 들어 본 독

독일 화가 한스 발둥 그륀의 〈십자가형〉. 『데미안』에서 주인공 막스 데미안은 『신약 성경』에 등장하는, 예수 그리스도와 함께 십자가형을 받은 두 강도를 놓고 독특한 해석을 제시한다.

자가 있는지? 그런 주장을 처음 듣는 순간 기독교 교리에 익숙하지 않은 사람이라면 느꼈을 갸우뚱한 심정을 데미안은 명쾌하게 지적하고 있는 것이다. 데미안을 통해 투사되는 세계관은 그보다 수백 년 전, 기독교적 믿음을 갖지 않았지만 선량하게 산 사람들을 모조리 도매금으로 연옥에 보내 버린 단테의 『신곡』 속 그것과는 확실히 다르다. 데미안은 계속한다.

"그 두 도적 가운데 친구를 골라야 한다든가 혹은 어느 쪽을 더 신뢰할 것인지 결정해야 한다면, 결단코 그 징징거리는 전향범을 택하지는 않겠어. 아니, 다른 쪽 녀석이야말로 강단이 있는 인물이거든. 그는 자기와 같은 처지에 있는 인간에게는 고작해야 예쁘장한 연설에 지나지 않는 그 '개종'에는 전혀 개의치 않아. 그는 예정된 종말을 향해 자기 운명을 따라가면서, 비겁해지지도, 그때까지 자신을 방조해 온 악마를 부인하지도 않아. 그는 기질이 있는 자이고, 한 기질 하는 사람들은 성서의 이야기에서는 부당한 취급을 받는 경향이 있지."

"If you had to pick a friend from between the two thieves or decide which one you'd rather trust, you most certainly wouldn't choose the sniveling convert. No, the other fellow, he's a man of character. He doesn't give a hoot for 'conversion', which to a man in his position can't be anything but a pretty speech. He follows his destiny to its appointed end and does not turn coward and forswear the devil, who has aided and abetted him until then. He has character, and people with character tend to receive the short end of the stick in biblical stories."

그뿐만 아니라 데미안은 또한 이 세계를 유지하는 것이 과연 '성스러운 것들(divine things)'만으로 가능하냐는 질문을 던지기도 한다.

"이 대목이 이 종교[기독교]의 빈곤을 가장 명확히 드러내는 곳 중 하나란 말이야. 요점은 이 신구약의 신이 확실히 비상한 존재이긴 하지만 그가 대표한다고 주장하는 그런 존재는 아니라는 거지. 그는 선하고 고귀하고 자애롭고 아름답고 고상하고 감성적인―그래, 그 모든 것이지! 하지만 세계는 그 외의 다른 무엇으로도 구성되어 있거든."

"This is one of the very places that reveals the poverty of this religion most distinctly. The point is that this God of both Old and New Testaments is certainly an extraordinary figure but not what he purports to represent. He is all that is good, noble, fatherly, beautiful, elevated, sentimental―true! But the world consists of something else besides."

그 '다른 무엇'이란 대체 뭘까? 여기서 우리에게 친숙한 단어가 다시 등장한다.

"그리고 그 나머지, 세계의 또 한 조각 전체, 이 세계의 절반이 유야무야 된 채 단지 악마의 탓으로 돌려지는 거지. 똑같은 방식으로 사람들은 신을 모든 생명의 아버지로 찬양하지만, 그 생명의 기초가 되는 성생활에 대해서 는 기회만 있으면 사악한, 악마의 작업으로 묘사하며 한마디도 하길 거부하 지. 나는 여호와 신을 숭배하는 것에 반대할 생각은 추호도 없어. 하지만 우 리는 단지 이 인위적으로 분리한 반쪽뿐만 아니라 모든 것, 세계 전체를 신 성하게 생각해야 해! 따라서 신과 더불어 악마도 경배해야 하지."

"And what is left over is ascribed to the devil, this entire slice of world, this entire half is hushed up. In exactly the same way they praise God as the father of all life but simply refuse to say a word about our sexual life on which it's all based, describing it whenever possible as sinful, the work of the devil. I have no objection to worshiping this God Jehovah, far from it. But I mean we ought to consider everything sacred, the entire world, not merely this artifi- cially separated half! Thus alongside the divine service we should also have a service for the devil."

즉 데미안의 주장은 이거다. 악마가 없이는 신도 없다. 양지와 음지, 선과 악, 성(聖)과 속(俗), 생명과 죽음은 항상 함께 간다… 이쯤에서 『파 우스트』에 나왔던 악마의 자기소개서를 상기해 보자.

나는 항상 악을 탐하면서도

언제나 선을 행하는 힘의 일부입니다.

데미안은 여기에 그치지 않고 성숙이란 결국 하나의 세계를 파괴하는 것이라고 싱클레어를 가르친다. 바로 그 유명한 아브락사스 구절이다.

"새는 알에서 나오기 위해 싸운다. 알은 세계다. 태어나려는 자는 먼저 하나의 세계를 파괴해야 한다. 새는 신에게 날아간다. 그 신의 이름은 아브락사스다."

"The bird fights its way out of the egg. The egg is the world. Who would be born must first destroy a world. The bird flies to God. That God's name is Abraxas."

부러우면 진다던가? 비록 픽션이지만 데미안이라는 멘토를 가졌던 싱클레어가 부럽다고 느낀 것이 나 혼자만은 아니었으리라고 본다.

『로빈슨 크루소』, 야만인의 신학적 역습

신과 악마, 그 사이에 낀 인간의 문제를 다룬 작품을 하나만 더 살펴보자. 바로 영국 작가 대니얼 디포(Daniel Defoe, 1660~1731)의 소설 『로빈슨 크루소Robinson Crusoe』다. 그런데 이 작품에서 당돌한 종교적 질문을 던지는 장본인은 주인공 로빈슨 크루소가 아니다. 그 부분을 자세히 소개하기 전에 일단 작품의 배경을 좀 설명해야 할 것 같다.

디포가 1719년 『로빈슨 크루소』를 처음 발표했을 때 붙인 제목은 어마어마하게 길었다. 아마도 세계에서 가장 긴 소설 제목으로 기네스북 같은 데 올라 있을지도 모르겠다. 그런데 그 제목이 또 작품의 전체 내용을 워낙 잘 요약하고 있어서 여기 소개해 본다. 독자 여러분은 읽기 전에 일단 심호흡을 한번 하시라. 정말이지 읽다 보면 숨이 찰 수도 있다.

『요크 출신 뱃사람 로빈슨 크루소의 생애와 기이하고 놀라운 모험: 배가 난파하여 모든 사람이 죽고 자신만 해변으로 떠밀려 온 뒤 28년을 혼자서 아메리카 해안의 오리노코 강어귀 근처 무인도에서 산 인물. 그가 어떻게 마침내 기적적으로 해적들에게 구조되었는지에 대한 이야기 또한 첨부』

The Life and Strange Surprising Adventures of Robinson Crusoe, of York, Mariner: Who lived Eight and Twenty Years, all alone in an un-inhabited Island on the Coast of America, near the Mouth of the Great River of Oroonoque; Having been cast on Shore by Shipwreck, wherein all the Men perished but himself. With An Account how he was at last as strangely delivered by Pirates.

이렇게 긴 제목을 읽다 보면 단순한 소설이 아니라 마치 한 편의 흥미진진한 논픽션 비슷하게도 생각된다. 실제로 책이 처음 출판되었을 때 많은 사람들이 로빈슨 크루소라는 실존 인물의 수기를 정리한 것으로 생각했다고 한다. 이는 사실 우연이 아니라 언론인 출신의 저자 디포가 처음부터 계획했던 바였다. 디포는 심지어 책의 편집자가 쓴 것으로 되어 있는 서문에 책의 내용이 사실을 기록한 것이라고 못 박기까지 했다 (물론 서문을 쓴 것도 디포 자신이다). 이것은 주로 액자 소설(frame story)의 형태로 잘 등장하는, 작가가 소개하는 내용이 실은 우연히 입수한 고문서의 내용을 그대로 옮긴 것이라고 말하면서 독자들의 흥미를 자극하는 수법이다. 하지만 디포가 활동하던 당시만 해도 그런 예가 아직 별로 없었기 때문인지 이 작전은 보기 좋게 성공을 거두어 『로빈슨 크루소』는 큰 베스트셀러가 되었다.

책의 길고 긴 원제에 잘 나타나 있듯이 『로빈슨 크루소』는 무인도에서 홀로 생존해야 하는 주인공의 모험과 투쟁에 초점을 맞추고 있다. 영어로는 castaway라고 표현하는, 고립된 지역에 남겨진 한 명 혹은 한 무리의 인간이 생존을 위해 벌이는 투쟁은 지금까지도 서구인들에게 매우 인기 있는 테마다. 다만 크루소는 탈출한 난파선에서 여러 생활 도구뿐 아니라 총과 화약까지 가지고 나올 수 있었기 때문에 정말 맨땅에 헤딩하며 시작해야 했던 것은 아니다. 또 배의 선장이 데리고 있던 개와 고양이까지 구출해서 무인도에서 함께 지냈으니 그만큼 외로움도 덜했다.

크루소는 독실한 그리스도교 신자로, 무인도에서의 긴 세월 동안 정신적으로 의지한 것 역시 신앙의 힘이다. 무인도에 고립된 자신의 처지를 비통해하기보다는 신의 은총으로 그래도 이만큼 사는 것에 감사하는 크루소의 찬양을 들어 보자.

"파괴의 힘에 압도당한 것 같은 상황에서조차 창조주께서는 그 피조물들을 참으로 자비롭게 돌봐 주시는구나! 진정 그분께서는 그 쓰디쓴 섭리를 달게 삼키도록 하시고 우리에게 지하실과 감옥에 대해서도 그분을 찬양할 이유를 주시는구나! 처음에는 굶어 죽는 것밖에는 아무 할 일도 보이지 않던 야생 속에서 여기 나를 위해 펼쳐진 식탁은 또 뭐란 말인가!"

"How mercifully can our Creator treat His creatures, even in those conditions in which they seemed to be overwhelmed in destruction! How can He sweeten the bitterest providences, and give us cause to praise Him for dungeons and prisons! What a table was here spread for me in a wilderness where I saw nothing at first but to perish for hunger!"

범사에 감사하라, 신께서 시련은 주실지언정 견디지 못할 만큼의 시련은 주지 않으신다…. 로빈슨 크루소의 다소 일차원적인 신앙관은 현대 문학 평론가들이 즐겨 타깃으로 삼는 이른바 작품 속 '옥에 티'다. 하지만 평론가들보다 앞서 크루소가 온갖 구실로 찬양해 마지않는 신의 역할에 근본적인 회의를 제기한 인물이 있었으니 바로 이 작품의 또 다른 중요 캐릭터인 프라이데이(Friday)다.

어느 날 크루소는 줄곧 무인도라고 생각했던 섬에서 인간의 발자국을 발견하고 흥분한다. 알고 보니 그 무인도에는 다른 지역 야만인들이 종종 찾아와 잠깐씩 머물며 축제를 벌이기도 했던 것이다. 이 축제의 하이라이트는 식인종인 야만인들이 포로를 요리해서 잡아먹는 것이다. 이들이 다른 부족과의 전투에서 붙잡은 포로 프라이데이를 막 '프라이(fry)' 하려는 찰나 크루소는 기지를 발휘해서 그를 구해 낸다. 덕분에 목숨을 건진 프라이데이는 스스로 크루소의 종을 자처한다. 물론 프라이데이라는 이름은 그의 본명이 아니다. 그가 목숨을 건진 날이 부활절 바로 전 주의 금요일을 일컫는 '성 금요일(Good Friday)'이었기 때문에 크루소가 붙여 준 이름이다.

크루소는 프라이데이와 함께 생활하면서 유럽의 기독교 문명인답게 영어를 가르쳐 주고, 또 식인종 출신 야만인의 죄 많은 영혼을 구제해야겠다는 일념으로 기회가 있을 때마다 신앙 이야기를 들려준다. 여기서 크루소가 프라이데이에게 신과 악마의 관계를 설명하는 대목을 잠깐 보자.

나는 그에게 어떻게 인간의 마음속에서 악마가 신의 적인지, 그리고 악마가 어떻게 신의 선한 구상을 패퇴시키고 이 땅의 그리스도 왕국을 파괴하기 위해 온갖 악덕과 기술을 사용하는지 따위를 얘기해 주었다.

왼쪽: 난파선에서 섬으로 물자를 옮기는 로빈슨 크루소.
오른쪽: 크루소가 프라이데이를 복종시키는 장면.
미국 화가 N. C. 와이어스의 삽화.

프라이데이가 말했다. "저, 하지만 주인님은 하느님 그렇게 강하고 위대하다고 말하는데, 그분이 악마만큼 강하고 힘센 것 아니죠?"

"아니, 아니, 프라이데이, 하느님은 악마보다 강하시다. 신은 악마 위에 계시지. 그래서 우리는 하느님이 악마를 우리의 발아래 깔아뭉개 주십사, 그리고 우리로 하여금 악마의 유혹에 대항하고 불화살을 끌 수 있도록 해주십사 기도하는 거란다."

I had been telling him how the devil was God's enemy in the hearts of men, and used all his malice and skill to defeat the good designs of Providence, and to ruin the kingdom of Christ in the world, and the like.

"Well," says Friday, "but you say God is so strong, so great; is He not much strong, much might as the devil?"

"Yes, yes," says I, "Friday; God is stronger than the devil—God is above the devil, and therefore we pray to God to tread him down under our feet, and enable us to resist his temptations and quench his fiery darts."

프라이데이의 질문 "Is He not much strong, much might as the devil?"을 보다 정확한 영어로 쓰면 "He is not as strong as the Devil, right? Or is He as mighty as the Devil(하느님이 악마만큼 강한 건 아니죠? 아니면 악마만큼 힘이 센가요)?" 정도가 되겠다. 이에 크루소는 딱하다는 듯이 물론 하느님은 악마보다 힘이 세며 우월하다고 말한다. 그런데 이 대목에서 프라이데이는 갑자기 주인님에게 다음과 같은 '돌직구'를 날린다.

그가 다시 말했다. "하지만 만약 하느님 훨씬 강하면, 악마보다 훨씬 힘세면, 왜 하느님 악마 죽여서 더 이상 사악 못하게 하지 않죠?"
"But," he says again, "if God much strong, much might as the Devil, why God no kill the Devil, so make him no more do wicked?"

이 날카로운 질문에 크루소는 한동안 말문이 막힌다. 그의 고백이다.

나는 그의 질문에 묘하게 놀랐다. (…) 그리고 처음에는 뭐라고 말해야 할지조차 몰라서 아예 그의 말을 못 들은 척하고는 뭐라고 했는지 물었다. 하지만 그는 질문을 잊어버렸다고 대답하기에는 너무 성실했던 터라, 위와 똑같은 엉터리 말로 질문을 반복했다.
I was strangely surprised at his question, (…) And at first I could not tell what to say, so I pretended not to hear him and asked what he said. But he was too earnest for an answer to forget his question, so

that he repeated it in the very same broken words as above.

크루소의 고백에는 '야만인'에게 불의의 일격을 받은 '문명인'의 당혹감이 묻어난다. 그리스도교적 교양으로 무장한 유럽인의 말문을 막은 것은 바로 교양을 쌓기는커녕 영어를 배운 지 얼마 되지도 않은 야만인 프라이데이였던 것이다. 학식과 지성(intelligence)이 꼭 함께 느는 것은 아니다. 심지어 프라이데이 같은 야만인도 충분히 지적일 수 있다. 영어 속담마따나 "중요한 것은 생각이다(It's the thought that counts)." 물론 매개체인 언어가 세련되면 생각의 전달도 더 순조롭고 효과적인 것은 물론이다. 그냥 재미 삼아서 프라이데이가 '브로큰 잉글리시'로 던진 돌직구 질문을 제대로 된 영어로 고쳐 보면 다음과 같다.

"하지만 만약 하느님이 그토록 전능하시다면, 악마보다도 훨씬 강하시다면, 왜 하느님은 악마를 죽여 그가 더 이상 사악한 짓을 저지르지 못하게 하시지 않는 겁니까?"

"But, if God is so mighty, if he is much mightier than the Devil, why doesn't God kill the Devil so that he can do no more wicked things?"

이렇게 프라이데이는 자신도 모르는 사이에 기독교 탄생 이래의 가장 근본적인 신학적 질문을 던진 것이다. 기독교에서는 신이 '전지전능(omnipotent)'하다고 말한다. 그런데 신이 전능하다면 왜 악의 존재를 용인하는 것일까? 악마의 존재는 신이 사실은 전지전능하지 않거나, 아니면 악마처럼 사악할 수도 있다는 반증 아닌가? 이것은 인류가 존재하는 한, 그리고 종교가 존재하는 한 아마도 영원히 계속될 질문이다.

르네상스 시대의 거장 미켈란젤로가 시스티나 성당 천장에 그린 〈아담의 창조〉. 인간을 창조한 신은 왜 하필 악마의 출현을 허락했을까? 괴테는 『파우스트』에서 그 대답을 시도한다.

약간 놀랍게도 괴테는 젊은 시절 『로빈슨 크루소』를 탐독했다고 전해진다. 『로빈슨 크루소』는 이미 1720년대에 독일어 번역본이 발행된 바있지만, 괴테라면 영어 원서로 읽었을 수도 있다. 어렸을 때부터 부친의 감독하에 라틴어, 그리스어, 프랑스어, 이탈리아어 조기 교육을 받았던 괴테는 영어 실력도 수준급이었다. 그는 "외국어를 전혀 모르는 사람은 자기 나라 말도 전혀 모른다(He who knows no foreign language knows nothing of his own)"는 명언을 남기기도 했다.

그뿐만 아니라 공교롭게도 『파우스트』의 프롤로그를 보면 마치 괴테가 『로빈슨 크루소』를 읽으면서 "왜 신께서 악마를 살려 두느냐"는 프라이데이의 질문을 꼼꼼히 기억해 두었다가 쓴 듯한 대목이 등장한다. 작품에서 신은 파우스트를 유혹할 수 있다고 장담하는 메피스토펠레스를 지상에 내려보내면서 이렇게 말한다.

그 점에 있어서도 너는 아주 자유롭게 네 역할을 하라.
네 족속을 나는 결코 증오하지 않노라.
모든 부정(否定)의 정령들 가운데서도

조롱하는 자가 내게는 가장 걱정이 덜 되느니라.

인간의 행위는 너무도 쉽게 소진되고,

인간은 곧 아무런 훼방꾼도 없는 휴식을 사랑한다.

하여, 기꺼이 나는 인간에게 너 같은 동무를 주나니,

휘젓고, 동요시키며, 악마로서 소임을 다할진저.

In that too you may play your part quite free;

Your kind I never did detest.

Of all the spirits of negation

The scoffer weighs least of all on me.

Mankind's activity can languish all too easily,

A man soon loves unhampered rest;

Hence, gladly I give him a comrade such as you,

Who stirs and works and must, as devil, do.

혹시 프라이데이가 이런 대답을 신으로부터 직접 들었다면 만족했을 까? 『파우스트』에서 신은 이렇게 나태해지기 쉬운 인간을 자극하기 위 한 '필요악(necessary evil)'으로서 악마의 책무를 일깨운 뒤 라파엘 (Raphael), 가브리엘(Gabriel), 미카엘(Michael) 등 세 천사장과 함께 천국 으로 퇴장한다. 뒤에 홀로 남은 메피스토펠레스는 파우스트에게 슬슬 작업을 걸기 위해 지상으로 내려가면서 이렇게 말한다.

이따금 저 어르신을 뵙는 것도 즐겁지 뭐야.

그리고 인연이 끊기지 않도록 나는 언제나 공손하게 굴거든.

신께서는 위대하신 만큼이나 친절하시기도 하지,

나 같은 악마에게까지 이리도 자상하게 말씀을 건네시니.

신을 알현한 뒤 파우스트와의 거래를 성사하기 위해 지상으로 내려오는 메피스토펠레스(들라크루아 작). 악마조차 결국 인간을 사랑하는 신의 도구에 불과한 것일까?

I like to see the Ancient One sometimes,
And not to break with him am always civil;
'Tis courteous in so great a lord as he,
To speak so kindly even to the devil.

이 장면에서 메피스토펠레스가 뿔 달린 머리를 흔들거리며 입가에 미소 짓는 모습이 눈에 잡히는 것 같다. 또 여기서 악마가 자신의 역할을 규정해 주는 신을 향해 "뭐, 그거야 어르신 생각이지 내 마음은 아니죠" 하면서 내뿜는 콧방귀가 느껴진다고 해도 행간을 그다지 무리하게 읽은 것은 아닐 듯하다.

이렇듯 신께서 내리신 그 자상한 '배려'가 악마의 '속셈'과 반드시 일치하지는 않는다는 데 우리 인간의 실존적 비극이 있는지 모른다. 그리고 그렇게 신과 악마 사이에 던져진 인간이 경험하는 속절없는 고난과 투쟁을 그려 보이는 것이야말로 문학의 역할이라고 할 수 있지 않을까.

Chapter

3

장르 문학의 모험

메인 브런치
· 추리 소설의 걸작들
· 보물찾기
· 사이파이의 고전적 주제들

원전 토핑
· 「도둑맞은 편지」 에드거 앨런 포
· 『주홍색 연구』 아서 코넌 도일
· 『네 개의 서명』 코넌 도일
· 『셜록 홈스의 모험』 코넌 도일
· 『셜록 홈스의 회상록』 코넌 도일
· 『스타일스 저택의 괴사건』 애거사 크리스티
· 「동기와 기회」 크리스티
· 『몰타의 매』 대실 해밋
· 『보물섬』 로버트 루이스 스티븐슨
· 『솔로몬 왕의 보물』 H. 라이더 해거드
· 『해저 2만 리』 쥘 베른
· 『80일간의 세계 일주』 베른
· 『세계들의 전쟁』 H. G. 웰스
· 『타임머신』 웰스

7th Brunch Time

추리 소설의 걸작들

에드거 앨런 포의 「도둑맞은 편지」

추리 소설이 인문학 고전의 반열에 들 수 있을까? 인문학이 상당 부분 인간 본성에 대한 연구 내지는 사색이라는 점을 받아들인다면, 흔히 '살인(murder)'이라는 가장 극단적인 범죄를 정면으로 다루며 그 원인과 결과를 파헤치는 추리물 혹은 탐정물은 분명 그 기본 설정부터 매우 인문학적이다. 그런 맥락에서 보면 추리물적인 요소가 눈에 띄는 고전들이 상당한 것 역시 우연만은 아니다. 가령 콜롬비아의 노벨상 수상 작가 가르시아 마르케스(Gabriel García Márquez)는 그리스 비극 시인 소포클레스의 『오이디푸스 왕*Oedipus Rex*』을 가장 좋아하는 추리물로 꼽기도 했다. 실제로 『오이디푸스 왕』은 테베의 군주 오이디푸스가 오래전 일어난 부친의 죽음에 대한 수사를 직접 진행하면서 결국 놀라운 반전으로 이어지는 한 편의 추리극으로 감상하기에 무리가 없다.

그뿐만 아니라 인문학 고전의 목적으로 흔히 거론되는 것이 사람들에게 생각하는 능력, 혹은 비판적 사고를 길러 주는 것이라고 한다면, 추리물만큼 책을 읽는 동안 집중하고 생각하게 만드는 장르도 드물지 않을까 싶다. 추리물을 읽는 동안 다른 건 제쳐 두고 범인이 누구인지 알고 싶어 페이지를 넘기는 데에 점점 가속이 붙는 경험을 우리 모두 한 바 있다. 정말 추리 소설을 읽을 때만큼의 집중력을 평소에 항상 발휘할 수 있다면 어떤 일을 하건 성공할 수 있지 않을까.

국가 조직인 경찰의 일원이 주인공인 추리물도 많기는 하지만, 역시 전통적 추리 소설의 스타는 사립 탐정이라고 해야 할 것이다. 한국에서 지금껏 세계적인 추리 문학 작품이 나오지 못한 이유 중 하나가 바로 오랫동안 정식 사립 탐정 면허 제도가 없었기 때문이라고 본다. 현실이 그러니 좋은 추리 소설을 위한 리얼리티 넘치는 상황 설정에서부터 제약이 따르는 것이다. 남의 뒷조사나 궂은일을 대신 해 주는 흥신소나 심부름센터가 있기는 하지만, 아무래도 흥신소 직원을 추리 소설의 주인공으로 삼기에는 몇 퍼센트 부족한 감이 있다. 멀리 영국, 미국까지 갈 것도 없이 가까운 일본의 경우만 해도 오래전부터 법률에 따라 정식 면허를 발급해 주는 사립 탐정 제도가 발달해서인지 추리 소설의 전통이 깊고 쟁쟁한 작가들이 계속 배출되고 있다.

그 일본에서 1930~1940년대에 활약한 에도가와 란포(江戶川亂步)라는 추리 소설가가 있다. 명탐정 아케치 고고로(明智小五郞)와 이십면 괴인(怪人二十面相)의 대결을 그린 연작으로 지금까지도 탄탄한 마니아층을 가지고 있는 작가다. 그런데 알고 보면 이 에도가와 란포라는 이름은 19세기 미국 작가 에드거 앨런 포(Edgar Allan Poe, 1809~1849)의 일본식 발음인 '에도가 아란 포'를 좀 더 일본풍으로 바꾼 필명이다. 저자의 본명은 히라이 다로(平井太郞)인데, 포를 워낙 존경한 나머지 자신의 필명을 포에게 바치는 일종의 오마주로 삼은 것이다. 언제나 모방과 창조를 적절히 혼

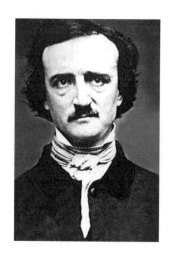

근대 추리 소설의 원조로 꼽히는 미국 작가 에드거 앨런 포. 비단 추리 소설뿐 아니라 다양한 장르에서 뛰어난 작품을 많이 남겼다.

합하는 일본인다운 재치가 엿보이는 일화다.

　실제로 포는 오귀스트 뒤팽(Auguste Dupin)이라는 아마추어 탐정을 등장시킨 「모르그 가의 살인 *The Murders in the Rue Morgue*」, 「마리 로제의 미스터리 *The Mystery of Marie Rogêt*」, 「도둑맞은 편지 *The Purloined Letter*」 등 세 단편을 통해 근대 추리 소설의 형식을 완성한 인물로 평가받는다. '나(I)'의 일인칭 화자 시점이라든가, 실제로 수사를 진행하는 공식 기관이면서도 사건을 해결하지 못해 쩔쩔매는 경찰 당국, 기존의 틀이나 조직에 속하지 않은 개인이면서도 사건을 꿰뚫어 보는 통찰력을 소유한 사립 탐정 등의 요소는 모두 포가 처음 개척한 것들이다. 세 작품 다 사건이 프랑스 파리를 배경으로 벌어진다는 특징도 있다.

　여기서는 그 뒤팽 3부작 가운데 「도둑맞은 편지」를 좀 더 상세히 알아보자. 작품은 파리 경찰청장 G씨(Monsieur G-)가 뒤팽을 찾아와 고민을 털어놓으면서 시작된다. G씨는 D장관(Minister D-)이라는 교활한 정부 관리가 민감한 내용이 담긴 어느 지체 높은 귀부인의 개인 편지를 훔쳐 내어 협박용으로 간직하고 있다고 이야기한다. 여러 정황으로 볼 때 D

장관이 편지를 자택에 보관하고 있는 것은 틀림없는데, 문제는 베테랑 수사관들을 동원해 장관이 부재중일 때 저택을 이 잡듯이 뒤지고도 편지를 찾는 데 실패했다는 것이다. 이때 뒤팽이 직접 편지를 찾아오겠다고 말하자 G씨는 반신반의한다. 하지만 G씨가 며칠 뒤 다시 뒤팽을 방문했을 때, 뒤팽은 정말로 그 문제의 편지를 G씨에게 건넨다.

실제로 이야기는 G씨가 귀신에 홀린 듯 어리둥절해하다가 편지를 들고 급히 사라진 뒤부터 본격적으로 시작된다고 할 수 있다. 이야기의 화자인 '나'가 뒤팽에게 자초지종을 물었기 때문이다. 경찰청의 수사 전문가들마저 모두 손들어 버린 물건을 뒤팽은 어디서 어떻게 찾아낸 것일까? 설명에 앞서 뒤팽은 경찰청 직원들의 근시안적 사고방식을 꼬집는다.

그[뒤팽]가 말을 이었다. "그들의 방식은 나름대로 훌륭했고 아주 잘 실행되었지. 맹점은 그 방식을 문제의 사건과 용의자에 그대로 적용할 수 없다는 데 있었어. 청장이 세운 대단히 교묘한 전략이라는 것은 마치 프로크루스테스의 침대와 같아서, 자기의 구상을 거기에 억지로 맞춘 셈이네. 하지만 그는 당면한 문제를 너무 신중하게 생각하거나 너무 피상적으로 생각함으로써 계속 실수를 범하는 것이라네. 어린 학생들 가운데도 그보다 나은 추론가가 많을 거야."

"The measures, then," he continued, "were good in their kind, and well executed; their defect lay in their being inapplicable to the case, and to the man. A certain set of highly ingenious resources are, with the Prefect, a sort of Procrustean bed, to which he forcibly adapts his designs. But he perpetually errs by being too deep or too shallow, for the matter in hand; and many a schoolboy is a better reasoner

파리의 중심부를 흐르는 센 강. 포의 추리 소설은 모두 파리를 배경으로 한다.

than he."

여기서 뒤팽이 경찰청장의 수사에 대한 고정 관념을 '프로크루스테스의 침대(Procrustean bed)'에 비유한 것이 우선 눈에 띈다. 이 표현은 프로크루스테스라는 괴물이 나그네들을 잡아다가 자기 집 침대에 눕힌 뒤 침대에 비해 신장이 짧으면 몸을 강제로 늘이고, 그보다 길면 그만큼을 싹둑 잘라 냈다는 그리스 신화에서 유래한 것이다. 뒤팽이 G씨를 비판한 것처럼 '프로크루스테스의 침대'는 철학이나 논리학에서 애초에 결론이나 가설을 미리 세운 뒤 거기에 맞춰 현실을 재단하는 모순을 꼬집는 표현이기도 하다.

이렇게 운을 뗀 뒤팽은 그가 언젠가 만난 여덟 살짜리 소년의 이야기를 '나'에게 들려준다. 소년은 친구가 손에 든 구슬의 숫자가 홀수인지 짝수인지 알아맞히는 홀짝 게임(game of even and odd)에서 절대 지는 법이 없었는데, 또래 친구들은 그저 소년이 항상 운이 좋다고 생각했지만 소년이 뒤팽에게 가르쳐 준 비결은 따로 있었다. 뒤팽이 전하는 소년의 말은 이렇다.

'어떤 사람이 얼마나 영리한지, 멍청한지, 착한지, 불량한지, 혹은 그 순간 무슨 생각을 하는지를 알고 싶을 때면 나는 내 얼굴 표정을 상대의 표정과 가능한 한 똑같이 지어요. 그러고는 그런 표정에 따라서 내 머릿속이나 마음속에 어떤 생각이나 감정이 떠오르는지 보는 거죠.'

'When I wish to find out how wise, or how stupid, or how good, or how wicked is any one, or what are his thoughts at the moment, I fashion the expression of my face, as accurately as possible, in accordance with the expression of his, and then wait to see what thoughts or sentiments arise in my mind or heart, as if to match or correspond with the expression.'

즉 소년의 비결은 한마디로 겨루는 상대의 기질과 지능 등을 고려해서 다음 수를 예측하는 것이었다. 뒤팽의 말이다.

"그들(파리 경찰청 요원들)은 자신들이 뛰어나다고 생각하는 아이디어에만 주의를 돌린다네. 그래서 어떤 숨겨진 물건을 찾을 때면 자기들이 이용했을 법한 방식에만 집착하지. 이런 점에서는 꽤 잘하고 있어—그들의 재주란 바로 보통 사람들의 전형적인 재주거든. 하지만 어떤 범인의 교활함이 성격상 전혀 다른 경우에는, 범인은 당연히 그들을 따돌린단 말일세."

"They consider only their own ideas of ingenuity; and, in searching for any thing hidden, advert only to the modes in which they would have hidden it. They are right in this much—that their own ingenuity is a faithful representative of that of the mass; but when the cunning of the individual felon is diverse in character from their own, the felon foils them, of course."

소년에게서 전수받았다는 뒤팽의 비결은 바로 "범인을 잡으려면 범인처럼 생각하라(To catch a criminal, think like a criminal)"였다.

흥미롭게도 포는 「도둑맞은 편지」의 서두에서 고대 로마의 철학자이자 정치가인 세네카(Seneca)의 다음과 같은 라틴어 경구를 소개하고 있다.

지나친 영리함보다 지혜와 먼 것은 없다.

Nil sapientiae odiosius acumine nimio.

Nothing is more hateful to wisdom than excessive cleverness.

하지만 과연 이 경구는 정작 누구를 겨냥한 것일까? 뒤팽이 D장관의 지나친 영리함을 '지혜'로 굴복시켰다고 볼 수 있을까? 뒤팽 역시 자신의 뛰어난 두뇌에 대한 자부심과 자만심으로 꽉 찬 인물이기는 마찬가지로 보이기 때문이다. 사실 이러한 지적 허영(intellectual vanity)은 추리 소설의 주인공들이라면 범인과 탐정을 막론하고 빠져드는 함정이다. 그 점에서는 다음에 소개할 세계 최고의 명탐정도 예외가 아니다.

셜록 홈스 시리즈―추리는 지적인 모험

런던의 베이커 가 221B번지(221B Baker Street)에 살며 방문하는 의뢰인들의 사건을 해결해 주는 사립 탐정. 바이올린 연주 솜씨가 수준급이며 복싱, 검술, 사격의 고수. 키가 원래도 크지만 말라서 더 커 보이는 인물―바로 셜록 홈스(Sherlock Holmes)의 프로필이다. 비록 포가 창조한

명탐정 셜록 홈스를 창조한 코넌 도일. 실제 삶도 매우 흥미로운 인물이며 뛰어난 역사 소설가이기도 했다.

뒤팽이 추리 소설 속 사립 탐정의 원형을 제공한 캐릭터이기는 하지만, 역사상 가장 유명한 픽션 속 사립 탐정의 영예는 역시 영국 작가 코넌 도일(Sir Arthur Conan Doyle, 1859~1930)이 창조한 셜록 홈스에게 돌아가야 할 것이다.

홈스라고 하면 최근의 할리우드 영화 〈셜록 홈스〉에서 주연을 맡았던 로버트 다우니 주니어(Robert Downey Jr.)의 이미지를 먼저 떠올릴 독자들이 많겠지만, 원작 소설 속의 홈스와 다우니가 재현한 홈스 사이에는 용모뿐 아니라 성격과 기질 면에서도 상당한 갭이 있다. 홈스가 그의 주치의이며 조수이자 평생의 동지라고 할 왓슨 박사(Dr. Watson)를 처음 만나는 것은 『주홍색 연구*A Study in Scarlet*』라는 소설을 통해서인데, 거기서 스탬퍼드(Stamford)라는 인물이 아직 홈스를 만난 적이 없는 왓슨에게 그가 어떤 인간인지 설명하는 대목이 흥미롭다.

"홈스는 내 취향에는 좀 너무 과학적이랄까—거의 냉혈한 같은 수준이지. 나는 그가 친구에게 최신의 식물 알칼로이드를 조금 권하는 장면을 상상할 수 있다네. 물론 짓궂어서가 아니고 단지 그 효능에 대해 정확한 정보를 얻으려는 호기심의 발로이기는 하지만 말이지. 공평하게 말하자면, 그는 자신에게도 똑같이 시험해 볼 것이네. 명확하고 정확한 지식에 대한 열정이 있는 것 같아."

"Holmes is a little too scientific for my tastes—it approaches to cold-bloodedness. I could imagine his giving a friend a little pinch of the latest vegetable alkaloid, not out of malevolence, you understand, but simply out of a spirit of inquiry in order to have an accurate idea of the effects. To do him justice, I think that he would take it himself with the same readiness. He appears to have a passion for definite and exact knowledge."

이번에는 『네 개의 서명The Sign of Four』에 등장하는 홈스 자신의 말을 한번 들어 보자.

"사랑은 감정적인 거라네. 뭐든지 감정적인 것은 내가 가장 중요하게 여기는, 진실로 냉철한 이성에 반하는 것이지. 판단력을 흐리지 않기 위해서 난 결혼은 절대 하지 않겠네."

"Love is an emotional thing, and whatever is emotional is opposed to that true cold reason which I place above all things. I should never marry myself, lest I bias my judgement."

이런 차가움, 냉철함은 피가 끓는 젊은이라면 좀 이해하기 힘든 품성이 아닐까 싶다. 적어도 내게는 그랬다. 한창 추리 소설에 빠져 있던 청소년 시절, 솔직히 처음에는 홈스라는 캐릭터에 쉽게 마음을 열지 못했던 기억이 있다. 오히려 마음이 끌린 것은 프랑스 작가 모리스 르블랑(Maurice Leblanc)이 창조한, 도둑이 본업인 주제에 파트타임으로 탐정 노릇도 하는 아르센 뤼팽(Arsène Lupin) 쪽이었다. 승승장구하다가도 결정적 순간에 거의 예외 없이 여자 문제로 곤경에 빠지는 등 홈스보다 훨씬 인간적인 매력이 있어 보였기 때문이다. 하지만 처음에 건조하고 평면적인 캐릭터로 다가왔던 홈스 역시 여러 작품을 계속 읽어 가다 보니 생각보다 훨씬 입체적인 인물이라는 것을 발견하게 되었다.

「보헤미아 왕국의 스캔들A Scandal in Bohemia」이라는 단편을 보면, 결혼한 뒤 오랜만에 찾아온 새신랑 왓슨의 옷차림을 보자마자 그가 당일 어디를 다녀왔는지부터 시작해서, 그가 집에서 고용한 하녀의 성격까지 홈스가 추리해 내는 장면이 나온다. 여기에 놀란 왓슨은 감탄과 푸념의 감정을 뒤섞은 듯 다음과 같이 말한다.

"이보게 홈스, 이건 좀 심하군. 수 세기 전에 살았다면 자넨 틀림없이 화형에 처해졌을 거야."

"My dear Holmes," said I, "this is too much. You would certainly have been burned, had you lived a few centuries ago."

이렇게 홈스의 추리력은 다른 사람들에게 마술처럼 보이지만 정작 홈스 본인에게는 하나의 기술에 불과하다. 실제로 여러 작품 속에서 홈스는 기회가 있을 때마다 자신의 추리력과 그 작동 방식을 설명한다. 그중에서도 「다섯 개의 오렌지 씨The Five Orange Pips」라는 단편에 등장하는 다음의 문장이 아마도 그의 방법론이랄까 추리론을 명확하게 대변하는 것 같다.

왼쪽: 셜록 홈스가 거주했던 것으로 묘사된, 세계에서 가장 유명한 주소인 런던 베이커 가 221B번지. 현재는 홈스 박물관이 들어서 있다.
오른쪽: 베이커 가에 있는 셜록 홈스 상. 영국의 현대 조각가 존 더블데이의 작품이다.

"이상적인 추론가라면, 일단 어떤 단 한 가지 사실의 전모가 보이면, 거기까지 이어지는 일련의 모든 사건뿐 아니라 그 사실로부터 발생할 결과까지도 추리할 것일세."

"The ideal reasoner would, when he had once been shown a single fact in all its bearings, deduce from it not only all the chain of events which led up to it but also the results which would follow from it."

홈스의 방식이란 바로 제한된 단서들을 가지고 인과 관계를 재구성해 가는 논증을 일컫는다. 실제로 이런 홈스의 추리력은 너무도 유명해서 '홈스식 추리법(Holmesian deduction)'이라는 용어가 따로 생겼을 정도다.

홈스의 추리력과 관련하여 「실버 블레이즈의 모험*Adventure of the Silver Blaze*」에 등장하는 "밤 시간 개에게 일어난 수상쩍은 상황(the curious incident of the dog in the night-time)" 또한 오랫동안 서구 지식인들의 사랑을 받아 온 표현이다. 추리력과 개가 무슨 관계가 있을까? 유명한 경주마 실버 블레이즈의 사육사가 살해된 사건을 조사하던 홈스는 살인 사건이 일어나던 밤 마구간을 지키던 개가 짖는 소리를 들은 사람이 사건 관계자 가운데 아무도 없다는 사실을 발견한다. 홈스가 이 단서와 관련하여 런던 경찰청(Scotland Yard)에서 파견된 그레고리 경사(Inspector Gregory)와 나누는 대화를 잠깐 감상해 보자. 참고로 런던에 소재한 경찰청을 영어로 Scotland Yard라고 부르는 이유는 잉글랜드와 스코틀랜드가 합병되기 전, 지금의 런던 경찰청 자리에 스코틀랜드 사신들이 머무는 숙소가 있었기 때문이다.

"주의를 기울여야 할 만한 사항이라도 있나요?"
"밤 시간에 개에게 일어난 수상쩍은 상황을 생각해 보시죠."
"밤에 개는 아무 짓도 하지 않았는데요."
"그게 수상쩍다는 겁니다." 홈스가 말했다.
"Is there any point to which you would wish to draw my attention?"
"To the curious incident of the dog in the night-time."
"The dog did nothing in the night-time."
"That was the curious incident," remarked Sherlock Holmes.

"아니 땐 굴뚝에 연기 나랴"라는 우리 한국의 옛 속담을 생각해 보자. 연기가 난다는 것은 불을 지피는 활동이라는 원인(cause)에 의한 결과(result)다. 따라서 이 속담을 거꾸로 풀어 보면, 굴뚝에 연기가 나지 않는다면 밑에서 불을 지피지 않았다는 얘기가 된다. 다시 실버 블레이즈 사건으로 돌아가 보자. 개는 낯선 사람을 보면 짖게 되어 있다. 그런데 사건이 일어나던 밤 개가 짖지 않았다는 것은 아무도 나타나지 않았거나

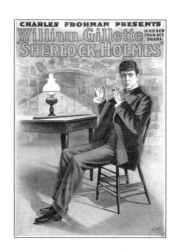

20세기 초 셜록 홈스 전문 배우로 유명했던 윌리엄
질렛이 등장하는 연극의 포스터.

아니면…. 이 대목부터 홈스의 추리력은 불붙기 시작한다. 예전 제프리
폭스(Jeffrey Fox)라는 미국의 경영서 저술가가 쓴『CEO 되는 법*How to
Become CEO*』이라는 커리어 개발서를 읽다가 다음과 같은 대목이 눈에
띄었던 적이 있다.

아서 코넌 도일 경의 셜록 홈스가 짖지 않은 개의 소리를 들었던 것처럼
미처 말로 표현되지 않은 것이라도 읽어 내야 한다.
You have to hear the unsaid, just as Sir Arthur Conan Doyle's
Sherlock Holmes heard the dog that didn't bark.

개가 짖지도 않았는데 그 소리를 들으라니, 셜록 홈스를 모르는 사람
이라면 "이게 무슨 '개'소리인가?" 할 수도 있겠지만, 홈스의 팬이라면
저자가 전하려는 메시지를 비교적 분명하게 이해할 수 있다. 셜록 홈스
가 들은 '짖지 않은 개의 소리'란 바로 「실버 블레이즈의 모험」에서 홈스
가 사건이 일어난 밤 사이 개가 짖지 않았다는 사실로부터 찾아낸 단서

를 의미한다. 짖지도 않은 개의 소리를 듣는 능력—즉 저자의 주장은 홈스식 추리력이 탐정뿐 아니라 회사의 최고경영자에게도 필요한 자질이라는 것이었다.

홈스의 친구이자 조수인 왓슨은 이야기 속에서 다양한 역할을 맡으며 활약을 펼치지만, 역시 그가 가장 잘하는 것은 사건에 대한 홈스의 설명이 끝나면 그에 탄복하는 것이 아닐까 싶다. 사실 그것은 매우 중요한 역할이기도 하다. 천재성도 알아주는 사람이 있어야 빛나는 것 아닌가. 「꼽추 사내*The Crooked Man*」라는 단편에 다음과 같은 대화가 나온다. 여기서 '나'는 왓슨이고 '그'는 홈스다.

"훌륭하네." 내가 소리쳤다.
"기본이지." 그가 말했다.
"Excellent," I cried.
"Elementary," said he.

여기서 유래한 "기본이지(Elementary)"라는 한마디는 셜록 홈스의 추리력과 관련된 트레이드마크 표현이 되었다. 특히 홈스를 주인공으로 하는 영화에서는 왓슨이 어떤 궁금증을 풀지 못해 끙끙거릴 때 홈스가 이렇게 말하는 장면이 약방에 감초처럼 등장한다.

"기본이지, 왓슨 이 사람아."
"Elementary, my dear Watson."

셜록 홈스를 창시한 코넌 도일 역시 매우 흥미로운 인물이다. 우선은 추리 소설 쓰기가 그의 본업이 아니라 부업이었다는 사실이 놀랍다. 그의 본업은 의사로 젊은 시절에는 포경선과 여객선의 선의로 일했으며, 나중에는 안과의로 개업을 하기도 했다. 그뿐만 아니라 의회에 진출하기 위해 여러 번 선거에 도전했을 만큼 정치에도 관심이 많았고, 독심술, 심령술에 관한 책을 쓰고 강연을 다니기도 했다. 홈스 시리즈 외에도 공룡들이 사는 미지의 땅을 찾아 모험을 떠나는 일단의 탐험가들을 그린 『잃어버린 세계Lost World』라는 소설을 쓰기도 했으며, 흥미롭게도 본인 스스로는 추리 소설이 아니라 역사 소설에 가장 재능이 있다고 믿었다고 한다.

처음 세상에 등장한 지 백 년이 훨씬 지났지만 아직도 홈스와 그의 조수 왓슨 박사가 활약하는 작품들의 인기와 영향력은 여전하다. 미국이나 영국에서 홈스는 좀 잊힐 만하면 영화나 TV 시리즈로 새롭게 부활하여 대중을 끌어당긴다. 출판계에서도 많은 작가들이 여전히 홈스와 왓슨을 등장시킨 소설을 끊임없이 써 내고 있는 터라 코넌 도일의 유족 재단(The Doyle Estate)은 그 가운데 뛰어난 작품을 골라 정식 셜록 홈스 시리즈로 인증해 주기도 한다.

푸아로와 마플 — 범죄의 여왕이 창조한 걸작 캐릭터

'범죄의 여왕(Queen of Crime)'은 무슨 마피아 조직의 여자 보스가 아니라 영국 출신의 여류 추리 작가 애거사 크리스티(Agatha Christie, 1890~1976)의 별명이다. 크리스티의 추리 소설은 지금까지 전 세계적으로 10억 권(1억이 아니다)이 넘게 팔려 명실공히 그녀를 역사상 최고의 베스트셀러 작가로 만들었다. 해리 포터 시리즈(Harry Potter series)로 기염을 토한 같은 영국의 여류 작가 롤링(J. K. Rowling)조차도 판매 부수로만 따지자면 아직 크리스티를 따라잡기에는 어림도 없는 수준이다.

하지만 크리스티의 소설이 이렇게 많이 팔린 것도, 남성의 기사 작위와 비슷한 '데임(Dame)'을 부여받은 것도 결코 우연이나 요행이 아니다. 크리스티의 작품을 읽는 것은 잘 차려진 정찬 코스를 먹는 것과 같다. 독특한 도입부, 뜻밖의 시점에 발생하는 살인, 꼬리에 꼬리를 물며 이어지는 퍼즐 조각들, 전혀 예상치 못했던 살인범의 정체…. 이런 식으로 차근차근 순서를 밟아 가며 어김없이 추리 소설 독자가 기대하는 바를 110퍼센트 충족해 준다.

크리스티는 추리 소설 역사상 셜록 홈스에 버금가는 명성을 누리는 탐정을 한 명도 아니고 두 명이나 창조해 냈다. 우선 벨기에 출신의 사립 탐정 에르퀼 푸아로(Hercule Poirot)가 있다. 푸아로는 같은 사립 탐정이지만 홈스와는 전혀 다른 이미지의 캐릭터다. 푸아로가 처음 등장하는 장편 『스타일스 저택의 괴사건The Mysterious Affair at Styles』의 한 대목을 보자.

푸아로는 묘한 용모의 자그마한 인물이었다. 5피트 4인치(약 163센티미터—옮긴이)가 채 되지 않았으나, 태도에서는 위엄이 넘쳐흘렀다. 머리는 완전한 달걀형인데, 언제나 한쪽으로 약간 갸우뚱한 모습이었다. 콧수염은 매우 뻣뻣한 군인식이었다. 옷차림은 어찌나 말끔한지 믿기 어려울 정도였다. 먼지 한 올이 그에게는 총탄으로 인한 상처보다 더 큰 고통을 줄 것만 같았다. 하지만 이처럼 이상할 정도로 멋을 부린 조그마한 남자는 유감스럽게도 다리를 몹시 절고 있었는데, 한때 벨기에 경찰의 가장 이름난 형사 중 한 사람이었다. 형사로서 그의 재능은 남달리 뛰어나서, 당대의 가장 복잡한 사건 몇 건을 해결하는 업적을 이룩한 인물이었다.

Poirot was an extraordinary looking little man. He was hardly more than five feet, four inches, but carried himself with great dignity. His

런던 코번트 가든 근처에 세워져 있는 애거사 크리스
티 기념비. 크리스티는 역사상 가장 많은 판매 부수를
기록한 초베스트셀러 작가다.

head was exactly the shape of an egg, and he always perched it a little on one side. His moustache was very stiff and military. The neatness of his attire was almost incredible. I believe a speck of dust would have caused him more pain than a bullet wound. Yet this quaint dandyfied little man who, I was sorry to see, now limped badly, had been in his time one of the most celebrated members of the Belgian police. As a detective, his flair had been extraordinary, and he had achieved triumphs by unravelling some of the most baffling cases of the day.

같은 작품에서 푸아로는 자기 머리를 가리키며 "이 작은 회색 세포들. 당신네 영국인들이 말하듯이 바로 '여기에 달려 있는' 셈이죠(These little grey cells. It is 'up to them' as you say over here)"라고 말하기도 하는데, 이로부터 유래한 '작은 회색 뇌세포(little grey cells)'라는 표현은 푸아로의 추리력을 표현하는 대명사가 되었다. 크리스티가 계속 이 표현을 즐겨 쓰기도 했지만, 푸아로를 주인공으로 하는 책이나 영화 등을 홍보할 때 "그의 회색 뇌세포가 이번에는 어떻게 작동하는지 보시라(See how his little grey cells work this time)!" 하고 강조하는 경우가 흔하다.

크리스티의 작품에 단골로 등장하는 또 다른 명탐정은 마플 양(Miss Marple)이다. 영국 어느 교외에 살며 뜨개질과 과자 만들기 솜씨가 뛰어난 나이 지긋한 여성이지만, 추리력은 푸아로에 결코 뒤지지 않는다. 나이가 지긋한 여성이지만 호칭이 Mrs.가 아니라 Miss라는 점에 주목할 것. 한국어판에서는 흔히 마플 '여사'라고 번역하지만 나이에 상관없이 미혼은 미혼이니까 마플 '양'이라고 해야 하지 않을까. 참고로 한국에서 노처녀를 부르는 올드미스(old miss)는 사실 정체불명의 '콩글리시'이며 보다 정확한 영어 표현은 old maiden이라는 것을 기억해 두자. 물론 진짜 노처녀를 앞에 두고 old maiden 운운하는 행동은 매우 실례라는 것은 말할 나위도 없다. 다음은 그 마플 '양'이 등장하는 「동기와 기회 *Motive vs. Opportunity*」라는 단편 속의 한 대목. 마플 양의 세상사에 대한 예리한 통찰력을 느낄 수 있다.

의아하게 그녀를 바라보며 레이먼드가 말했다. "제인 이모님, 어떻게 그러실 수가 있죠? 그렇게 평안한 삶을 사셨는데도 아무것에도 놀라시질 않는군요."

"난 언제나 세상이란 어디를 가나 아주 비슷하다는 걸 깨달았단다." 마플 양이 말했다. "그린 여사는 다섯 자식을 묻었는데, 모두 다 보험에 들어 있었단 말이지. 흠, 그렇다면 자연히 의심이 들게 되는 거지."

그녀는 머리를 저었다.

"시골 마을의 생활에는 엄청난 사악함이 도사리고 있단다. 우리 젊은이들이 세상이 얼마나 사악한지 결코 깨닫지 못했으면 좋으련만."

"Aunt Jane," said Raymond, looking at her curiously, "how do you do it? You have lived such a peaceful life and yet nothing seems to surprise you."

"I always find one thing very like another in this world," said Miss Marple. "There was Mrs. Green, you know, she buried five children —and every one of them insured. Well, naturally, one began to get suspicious."

She shook her head.

"There is a great deal of wickedness in village life. I hope you dear young people will never realize how very wicked the world is."

그런데 이 대목은 「너도밤나무 집의 모험The Adventure of the Copper Beeches」 속에서 셜록 홈스가 하는 다음과 같은 말과 묘하게 겹친다.

"런던의 가장 저급하고 거친 골목이 화사하고 아름다운 교외보다 더 끔찍한 죄의 기록을 가지고 있는 건 아니지."

"The lowest and vilest alleys in London do not present a more dreadful record of sin than does the smiling and beautiful country-side."

맥락이 비슷한 발상이다. 추리 소설을 읽을 때마다 종종 느끼지만 역시 시대와 성별을 막론하고 명탐정들 사이에는 통하는 데가 있는 것 같다.

혹시 아직도 '범죄의 여왕'의 세례를 받지 못한 독자가 있다면 먼저 『열세 개의 문제The Thirteen Problems』를 읽어 보기를 권하고 싶다. 매주 화요일 마플 양의 집에 모이는 여섯 사람이 돌아가면서 자신이 듣거나 직접 경험한 수수께끼 같은 사건을 얘기하고 다른 사람들이 추리하는 게임을 벌인다는, 마치 『데카메론』이 연상되는 설정이 빛나는 연작 단편 소설집이다. 말할 필요도 없이 매회 마치 사건 현장에 직접 있었던 것처럼 명쾌하게 상황을 파악하고 범인을 찍어 내는 것은 슬슬 뜨개질을 하거나 손님들에게 차를 대접하는 우리의 마플 양이다. 모두 흥미롭지만 앞서 잠깐 언급한 「동기와 기회」, 「이슈타르 여신의 신전The Idol House of Astarte」, 「푸른 제라늄The Blue Geranium」 등의 에피소드가 특히 인상적이다.

많은 사람들이 크리스티의 최고 걸작으로 꼽는 작품은 『그리고 아무도 없었다And Then There Were None』이다. 추리 소설을 좋아하는 사람이라면 이 소설을 읽지 않고 사는 것 자체가 거의 범죄에 속한다. 그런데 아이러니하게도 이 소설에는 그 유명한 푸아로도, 마플 양도 등장하지 않는다. 제목이 암시하듯 『그리고 아무도 없었다』는 어느 섬의 휴양지에 모인 열 명의 남녀가 하나둘 살해당해서 결국에는 모두 죽는다는 내용인데, 수수께끼의 핵심은 완전히 고립된 장소에 모인 사람들이 모두 죽어 버린다면 도대체 범인은 누구냐는 데 있다. 추리 소설의 고전적인 장치인 밀실 수수께끼(locked room mystery)를 외딴섬이라는 공간으로 옮겨 살짝 비튼 크리스티의 솜씨는 그녀에게 주어진 '범죄의 여왕'이라는 찬사가 허명이 아님을 다시 증명한다.

하드보일드—냉혹한 현실을 '하드'하게 그리다

'hard-boiled(하드보일드)'라는 영어 표현을 들어 보신 적이 있는지? 원래는 계란을 단단하게 삶는다(hard: 단단한+boil: 삶다)는 뜻에서 출발하여 비정한, 냉철한 등의 파생적 의미를 갖게 된 표현이다. 그런데 이 '하드보일드'는 특히 미국에서 1930~1940년대에 다양한 읽을거리를 저렴한 가격에 공급하던 이른바 펄프 잡지(pulp magazine)에 수록되어 인기를 끌었던 범죄 소설들을 가리키는 문학 용어이기도 하다. 정작 고전적 추리 소설의 개척자 에드거 앨런 포를 배출했으면서도 그 이후로는 한동안 바다 건너 유럽의 명탐정들이 펼치는 활약만 지켜봐야 했던 미국으로서는 드디어 20세기에 접어들고도 한참 지나서야 미국식의 독특한 추리물(detective story)을 탄생시킨 셈이다.

따지고 보면 유럽계 추리 소설 속의 탐정은 현실과는 좀 괴리가 있는 것이 사실이다. 홈스나 푸아로는 사립 탐정이되, 경찰이 풀지 못하는 살인 사건만 골라 해결하는 자문역 비슷한 폼 나는 역할만 한다. 하지만 현실의 사립 탐정이란 대개 의뢰인의 청탁을 받아 특정 인물의 뒷조사 따위를 하는 약간 우중충한 직업이다. 영미권에서는 여자들이 남편이나 남자 친구의 부정에 관한 증거를 수집하는 데 사립 탐정을 고용하는 경우도 흔하다.

대서양 건너 미국의 하드보일드 소설에 등장하는 탐정 캐릭터에는 이렇듯 냉엄한 탐정계의 현실이 잘 반영되어 있다. 하드보일드계 탐정들은 우선 전직 형사 출신이 많고(흔히 뭔가 미심쩍은 이유로 경찰직을 떠났다), 필요한 정보나 단서를 손에 넣기 위해 수단 방법을 가리지 않는 게 보통이며, 돈독이 잔뜩 올라 있다. 사실 돈 문제는 가볍게 넘길 사안이 아니다. 아무리 뛰어난 탐정이라도 이슬만 먹고 살 수야 없지 않은가.

태생부터가 대공황 시절 시간 때우기용 읽을거리로 출발한 하드보일드 추리 소설들이 모두 뛰어난 작품성을 가진 것은 아니다. 하지만 그중에서도 대실 해밋(Dashiell Hammett, 1894~1961)이 쓴 『몰타의 매 The Maltese Falcon』는 최고 걸작의 하나로 꼽는다. 값을 매기기 힘든 전설의 매 조각상을 둘러싸고 벌어지는 배신, 치정, 음모 이야기인데, 실제로 저자 해밋이 소설가가 되기 전 세계적인 사립 탐정 에이전시인 핑커턴 사무소

하드보일드 추리물의 걸작 『몰타의 매』의 무대는 지중해의 섬나라 몰타가 아니라 미국 샌프란시스코다. 샌프란시스코는 지금도 초현대식 빌딩과 고풍스러운 건축물이 조화를 이룬 아름다운 경관을 자랑한다.

(Pinkerton Agency)에서 근무했던 경험이 작품 속에 녹아 있다. 소설의 주인공인 사립 탐정 샘 스페이드(Sam Spade)는 하드보일드 추리 소설 주인공의 전형이라고 할 수 있는 인물이다.

『몰타의 매』는 스페이드의 샌프란시스코 사무실에 묘령의 여인이 찾아오면서 시작된다(대개의 하드보일드 소설이 이런 패턴을 따른다). 원덜리 양(Miss Wonderly)이라는 이름의 그 '미녀(knockout)'는 스페이드와 그의 동업자 아처(Archer)에게 가출한 동생을 찾아 줄 것을 부탁하며 착수금 조로 핸드백에서 백 달러 지폐 두 장을 내놓는다. 의뢰인을 배웅한 뒤 두 사립 탐정이 대화를 나누는 장면을 잠깐 보자.

스페이드는 원덜리 양을 복도로 난 출입문까지 배웅했다. 그가 돌아오자 아처는 책상에 놓인 백 달러짜리 지폐를 보며 고개를 끄덕이더니 "진짜 지폐 맞아" 하고 만족스러운 듯 나직이 속삭이고는 한 장을 집어 반으로 접은 다음 조끼 주머니에 끼워 넣었다. "그리고 그 여자 핸드백에는 이 녀석 형제들이 더 있더군."

스페이드는 나머지 한 장을 주머니에 챙기고 나서 자리에 앉았다. "흠, 너무 흥분하진 말라고. 그 여자 어때?"

"귀엽더군! 그런데 나더러는 흥분하지 말라니." 아처는 소란을 떨지는 않았지만 문득 키득거렸다. "샘, 그 여자를 자네가 먼저 보기는 했겠지만 말은 내가 먼저 걸었다고." 그는 양손을 바지 주머니에 넣은 채 구두 뒤축을 들어 보였다.

"그러다 자네 그 여자를 망쳐 놓겠어" 하며 스페이드는 씩 하고 이까지 다 드러내면서 음흉스럽게 미소 지었다.

Spade went to corridor-door with Miss Wonderly. When he returned to his desk Archer nodded at the hundred-dollar bills there, growled complacently, "They're right enough," picked one up, folded it, and tucked it into a vest-pocket. "And they had brothers in her bag."

Spade pocketed the other bill before he sat down. Then he said: "Well, don't dynamite her too much. What do you think of her?"

"Sweet! And you telling me not to dynamite her." Archer guffawed suddenly without merriment. "Maybe you saw her first, Sam, but I spoke first." He put his hands in his trousers-pockets and teetered on his heels.

"You will play hell with her, you will." Spade grinned wolfishly, showing the edges of teeth far back in his jaw.

샘 스페이드가 사는 모습을 보면 유럽 신사의 매너와 여유로 무장한 홈스, 푸아로 부류와는 분명 차이가 난다. 홈스라면 의뢰인 여성의 뒤에 대고 이렇게 입맛을 쩝쩝 다시는 식의 행동은 절대로 하지 않았을 것이다. 실제로 스페이드는 사건 해결을 위해 수단 방법을 가리지 않는 것은 물론 아처의 아내와도 혼외정사를 벌이는 등 여러 면에서 고전적인 '정의의 싸나이'와는 거리가 멀다. 그가 상대하는 사람들도 지체 높은 귀족이나 경찰의 고위 간부가 아니라 어딘가 수상쩍고 찜찜한 범죄형 인간들이 많다. 당연히 스페이드의 삶도 그다지 여유롭지 않다. 그가 단골 식당에서 식사하는 장면을 잠깐 보자.

그는 존즈 그릴로 가서, 웨이터에게 폭찹 스테이크, 구운 감자, 그리고 잘게 썬 토마토를 서둘러 내오라고 시킨 뒤 허겁지겁 먹고, 커피와 함께 담배를 한 대 피우고 있었다. 창백한 눈 위로 체크무늬 모자를 삐딱하게 쓴 채 거칠고 쾌활한 얼굴을 한, 튼튼한 몸집에 젊어 보이는 어떤 남자가 식당으로 들어와 그의 테이블로 다가온 것은 그때였다.

He went to John's Grill, asked the waiter to hurry his order of chops, baked potato, and sliced tomatoes, ate hurriedly, and was smoking a cigarette with his coffee when a thick-set youngish man with a plaid cap set aside above pale eyes and a tough cheery face came into the Grill and to his table.

역시나 유럽 신사 같은 느긋함은 보이지 않는, 대공황 시대 미국에서 삶에 부대끼는 생활인의 모습이다. 여담이지만 여기 존즈 그릴(John's Grill)은 저자인 해밋의 실제 단골 식당이었으며, 아직도 샌프란시스코에서 성업 중이다. 『몰타의 매』에서 딱 한 차례 언급된 것을 밑천으로 이 존즈 그릴은 1, 2층 구석구석을 소설과 관련된 사진, 기념품 따위로 치

샌프란시스코의 명물 존즈 그릴. 『몰타
의 매』의 배경으로 유명해져 지금까지
성업 중이다. 입구의 차양에 '『몰타의
매』의 고향'이라는 문구와 소설에 등장
하는 송골매 상 그림이 보인다.

장하고 원조 『몰타의 매』 식당이라고 선전하며 톡톡히 재미를 보고 있다
(나 역시 그 명성에 낚여서 한번 가 본 적이 있음을 고백해야겠다).

　참고로 1941년 만들어진 영화판 〈몰타의 매〉에서 스페이드를 연기한
것은 명배우 험프리 보가트(Humphrey Bogart)였다. 소설도 그렇지만 영
화 역시 상당한 수작이다. 흥미롭게도 보가트는 1946년 소설가 레이먼
드 챈들러(Raymond Chandler)의 출세작을 영화로 만든 〈깊은 잠*The Big
Sleep*〉에서 주인공 사립 탐정 필립 말로(Philip Marlowe)를 연기하여 하드
보일드 문학계의 대표적인 두 히어로를 모두 스크린에 재현하는 기록을
남겼다. 특별히 미남도 아니며 체격이 큰 것도 아니지만 중절모를 쓰고
담배를 문 '보기'(보가트의 별명)의 쿨한 모습은 하드보일드 탐정의 이미지
에 매우 잘 어울린다. 다만 로버트 다우니 주니어가 연기한 홈스와 마찬
가지로 보가트가 연기한 스페이드와 말로는 정작 원작 소설 속에 묘사
된 캐릭터와는 다소 거리가 있다.

8th Brunch Time

보물찾기

『보물섬』, 해적선과 보물찾기의 로망

보물찾기(treasure hunt)는 이른바 모험물(adventure story)의 대표적인 소재다. 오지에 숨겨진 전설의 보물을 찾아 모험을 떠나는 주인공과 그 일행이라는 설정은 항상 흥분과 기대를 낳아 계속 책장을 넘기게 만든다. 보물찾기 이야기에는 종종 해적(pirate)이 등장한다. 해적들이 바다에서 노략질한 재물을 모아서 어딘가에 숨겨 두었을지 모른다는 해묵은 대중적 상상을 작가들이 적극 활용한 결과다.

　이렇게 보물찾기와 해적이 만나서 탄생한 걸작 모험 소설이 영국 작가 로버트 루이스 스티븐슨(Robert Louis Stevenson, 1850~1894)의 『보물섬 Treasure Island』이다. 작품은 전설적인 해적 플린트 선장(Captain Flint)이 감춘 보물을 둘러싸고 벌어지는 일련의 사건을 짐 호킨스(Jim Hawkins)라는 인물의 회상 형식으로 흥미진진하게 풀어 나간다. 때는 대서양에서 해적들이 한창 활약하던 18세기 중엽, 영국 남부의 작은 마을에서 호

해적이 숨겨 둔 보물을 소재로 한 걸작 모험 소설 『보물섬』의 저자 로버트 루이스 스티븐슨.

킨스는 어머니가 운영하는 여관의 허드렛일을 돕고 있다. 여관에 빌리 본스(Billy Bones)라는 수수께끼의 인물이 투숙하면서 사건은 시작된다. 이 사람은 실은 해적 출신으로 왕년에 플린트 선장의 부하였다. 그런데 그를 찾아 여관까지 온 또 다른 '플린트파' 해적 퓨(Pew)를 만난 뒤 본스는 공포에 떨며 경련을 일으킨 채 죽어 버리고, 그날 밤 여러 명의 해적들이 여관에 쳐들어와 본스의 방을 뒤지려다 세관 관리들에게 발각되어 빈손으로 도망친다. 우연히 빌리 본스가 남긴 작은 꾸러미를 손에 넣게 된 짐 소년은 이것을 마을의 의사인 리브시 박사(Dr. Livesey)와 유지 트렐로니(Trelawney)에게 가져간다. 세 사람이 그 꾸러미를 여는 장면을 잠깐 보자. 이 이야기의 화자 '나(I)'는 짐 소년이다.

종이 꾸러미는 내가 선장[빌리 본스]의 포켓에서 발견한 골무를 봉인 삼아 사용했던 듯 몇 군데가 봉인되어 있었다. 의사 선생님이 봉인을 조심스럽게 열자 어떤 섬의 지도가 툭 떨어졌는데, 지도에는 위도와 경도며 수심, 구릉의 이름, 크고 작은 만 등을 비롯하여 배를 해안에 안전하게 정박시키는 데 필요한 모든 사항이 담겨 있었다. 그 섬은 길이가 약 9마일, 폭이 5마일로, 마치 뚱뚱한 용이 서 있는 듯한 모양이었고, 육지로 둘러싸인 좋은 정박지 두 곳, 그리고 중심부에 '망원경'이라고 표시된 구릉이 있었다. 지도에는 후일 덧붙여진 내용이 몇 가지 있었는데, 그 가운데서도 빨간 잉크로 된 십자 표시 세 개―둘은 섬의 북쪽, 하나는 남서쪽, 그리고 이 남서쪽 십자표 곁에는 같은 빨간 잉크로 선장의 불안정한 글씨체와는 전혀 달리 깔끔하고 아담한 솜씨로 이런 말이 적혀 있었다. "보물 더미는 여기."

The paper had been sealed in several places with a thimble by way of seal; the very thimble, perhaps, that I had found in the captain's pocket. The doctor opened the seals with great care, and there fell out the map of an island, with latitude and longitude, soundings, names of hills, and bays and inlets, and every particular that would be needed to bring a ship to a safe anchorage upon its shores. It was about nine miles long and five across, shaped, you might say, like a fat dragon standing up, and had two fine land-locked harbours, and a hill in the centre part marked "The Spy-glass." There were several additions of a later date; but above all, three crosses of red ink—two on the north part of the island, one in the southwest, and, beside this last, in the same red ink, and in a small, neat hand, very different from the captain's tottery characters, these words: — "Bulk of treasure here."

그 종이는 바로 플린트 선장이 남긴 보물섬의 지도였던 것이다. 해적 잔당들이 빌리 본스를 마을까지 쫓아온 것도 바로 이 지도를 손에 넣기 위해서였다. 지도 뒤쪽에는 십자가 지점에 다다르면 다시 어떻게 보물을 찾을 수 있는지에 대한 자세한 설명까지 나와 있다. 지도를 본 트렐

「로빈 후드의 모험」, 「아서 왕 이야기」 등으로 유명
한 미국의 작가이자 삽화가 하워드 파일의 작품 〈해
적은 그림같이 멋진 친구〉.

로니 씨는 흥분해서 이렇게 말한다.

유지 나리가 말했다. "리브시, 이 구질구질한 개업의 노릇은 당장 그만두
게. 내일 나는 브리스틀 항에 가겠네. 세 주의 시간, 세 주! 아니 두 주, 아니
단 열흘이면, 우리는 영국에서 가장 훌륭한 배와 승무원들을 보유할 걸세.
호킨스는 사환으로 오는 거야. 호킨스, 너는 유명한 사환이 될 거다. 리브시
자네가 선의고, 내가 선장이지."

"Livesey," said the squire, "you will give up this wretched practice
at once. Tomorrow I start for Bristol. In three weeks' time—three
weeks!—two weeks—ten days—we'll have the best ship, sir, and
the choicest crew in England. Hawkins shall come as cabin-boy.
You'll make a famous cabin-boy, Hawkins. You, Livesey, are ship's
doctor; I am admiral."

대박이다! 로또다! 배를 구해서 항해를 떠나 보물을 가져오기만 하

면 된다···. 물론 모든 것이 이렇게 간단하고 순조롭다면 모험 소설이
아니다.

브리스틀 항구에 간 트렐로니 씨는 '히스파니올라(Hispaniola)'라는 이
름의 배를 임대한 뒤 키다리 존 실버(Long John Silver)라는, 전쟁에서 한
쪽 다리를 잃었다는 인물을 배의 조리장으로 고용한다. 실버는 "은화 여
덟 냥(Pieces of eight)!"이라고 연거푸 빠르게 말하는 앵무새를 키우고 있
는데, 그 새를 유명한 해적의 이름을 따와 플린트 선장이라고 부른다.
브리스틀에서 '망원경(Spyglass)'이라는 이름의 술집도 운영하는 실버는
현지 사정에 어두운 트렐로니 씨를 위해 배의 승무원 후보자들도 추천
하는 역할까지 맡는다··· 여기서 잠깐, 앞서 배운 홈스식 추리력을 한번
발휘해 보자. 홈스는 「신랑의 정체A Case of Identity」라는 단편에서 이렇
게 말한 바 있다.

"작은 단서들이 한없이 중요하다는 것이 내 오랜 좌우명이라네."
"It has long been an axiom of mine that the little things are
infinitely the most important."

여기서 홈스의 말처럼 '작은 단서'들을 모아 보자. 보물 타령을 하는
앵무새를 플린트 선장이라고 이름 붙여 기르는 외다리 남자. 그런데 그
가 운영하는 술집 이름 '망원경'은 문제의 보물섬 지도에서 바로 보물이
숨겨져 있는 구릉을 부르는 이름이기도 하다. 게다가 실버는 배의 조리
장으로 자원하고 다시 기타 승무원들을 추천한다. 그렇다면··· 이쯤에서
홈스의 어록을 하나 더 꺼내 볼 차례다. 역시 『네 개의 서명』에서 또 인
용한다.

"불가능한 것을 제거하고 나면 아무리 부조리하더라도 마지막에 남는 가능성이 사실일 수밖에 없다고 내가 몇 번이나 말했나?"

"How often have I said to you that when you have eliminated the impossible, whatever remains, however improbable, must be the truth?"

이 정도면 이제 우리 모두 "기본이지, 왓슨 이 사람아(Elementary, my dear Watson)" 하고 말할 때도 되지 않았을까? 곧이어 밝혀지지만 키다리 실버는 왕년에 플린트 선장의 해적선에서 갑판장(quartermaster)까지 지낸 인물이었다. 그가 추천한 승무원들 역시 알고 보면 모두 플린트와 실버의 옛 부하들. 이야기 초엽에 빌리 본스의 추적을 배후 조종한 것도 바로 실버였다. 이들이 신분을 감추고 히스파니올라 호에 승선한 것은 옛 두목이 숨긴 보물을 시골 신사들이 챙겨 가도록 순순히 도와주기 위해서가 아님은 분명하다. 하지만 이런 사실을 모르는 짐 소년 일행은 결국 해적들을 모두 데리고 보물섬을 향해 배를 출발시킨다. 이렇게 고양이에게 생선, 아니 해적들에게 배를 맡겼으니 상황이 앞으로 어떻게 전개될까? 과연 짐 소년과 시골 신사들은 해적들을 물리치고 보물을 차지할 수 있을까?

스티븐슨은 『보물섬』 외에 『지킬 박사와 하이드 씨의 이상한 사건*The Strange Case of Dr. Jekyll and Mr. Hyde*』의 저자로도 유명하다. 작품 속에서

저자 스티븐슨이 직접 그린 보물섬 지도.

주인공 지킬은 자신이 발명한 약품을 마시고 포악한 하이드 씨로 변했다가 다시 존경받는 의사 지킬 박사로 돌아오기를 되풀이한다. 지킬과 하이드의 이야기는 이제 설정 자체가 '이중인격(dual personality)'의 대명사로 너무도 유명한 데다 뮤지컬 등 다른 장르를 통해서도 큰 인기를 끌고 있지만, 스티븐슨의 원작 소설 역시 독특한 분위기와 매력을 가진 읽을거리임에 분명하다. 아직 읽어 보지 못한 독자들에게 일독을 권한다.

『솔로몬 왕의 보물』

때는 1885년 어느 여름날. 영국 작가 해거드(H. Rider Haggard, 1856~1925)는 동생과 함께 이런저런 얘기를 나누며 런던 거리를 걷고 있었다. 그런데 화제가 문득 당시 출판되어 선풍적인 인기를 끌고 있던 스티븐슨의 『보물섬』으로 이어졌다. 이때 동생으로부터 형은 『보물섬』처럼 뛰어난 보물찾기 이야기는 쓰지 못할 것이라는 말을 듣고 발끈한 해거드는 그 자리에서 동생과 5실링짜리 내기를 걸고 새로운 소설을 쓰기 시작했다. 그로부터 불과 몇 주 만에 완성된 작품이 바로 『솔로몬 왕의 보물King Solomon's Mines』이며, 이 책은 『보물섬』을 능가하는 대박을 치게 된다.

『솔로몬 왕의 보물』은 솔로몬의 보물을 찾아 아프리카 오지에 들어갔다가 행방불명된 형제를 찾아 달라는 의뢰인의 요청을 받은 모험가 쿼터메인(Allan Quatermain)이 수색 작전에 나섰다가 겪는 모험을 그렸다. 해거드의 여러 작품에 단골로 등장하는 주인공 쿼터메인은 비록 고고학 박사 학위 같은 것은 없지만 아프리카 원주민의 언어와 역사에 해박하고, 항상 보물과 모험을 찾아다니는, 말하자면 인디애나 존스(Indiana Jones)의 대선배쯤 되는 인물이다.

"아프리카에 웬 솔로몬?" 하며 의아해할 독자들이 있을지도 모르지

스티븐슨과 동시대에 활동했던 모험 소설의 대가
H. R. 해거드. 인디애나 존스의 대선배 격인 앨런
쿼터메인을 주인공으로 한 여러 걸작을 남겼다.

만, 알고 보면 솔로몬은 아프리카와 인연이 꽤 깊다. 『구약 성경』에 따르면 다윗(King David)의 뒤를 이어 이스라엘의 왕이 된 솔로몬은 지혜가 뛰어나기로 유명한 데다 재테크에도 능해서 중개 무역 등을 통해 엄청난 부를 쌓은 인물이다. 그런데 전설에 의하면 솔로몬은 시바의 여왕(Queen of Sheba)과의 사이에 메넬리크(Menelik)라는 아들을 두었다. 우리에게는 대개 찢어지게 가난한 것으로만 알려진 아프리카의 에티오피아(Ethiopia)는 바로 이 메넬리크를 시조로 모시는 솔로몬 왕조가 비교적 최근이라고 할 1974년까지 지배했던 나라다. 이런 인연으로 에티오피아는 아프리카에서는 20세기까지도 유일하게 정교(Ethiopian Orthodox Christianity)를 국교로 삼았던 그리스도교 왕조 국가였다.

그러니 솔로몬의 막대한 보물이 그의 아들을 통해 아프리카 어딘가로 흘러들어왔다고 해도 전혀 터무니없는 소리는 아니다. 실제로 영국의 유명한 논픽션 작가 그레이엄 핸콕(Graham Hancock)은 아예 한술 더 떠, 성서에 나오는 '언약의 궤(the Ark of the Covenant)'가 메넬리크를 통해 에티오피아로 들어왔고, 지금도 현지의 한 교회에 보관되어 있다고 자신

이탈리아 화가 조반니 데 민의 〈솔로몬과 시바의 여왕〉. 고대 이스라엘의 황금기를 열었던 솔로몬은
의외로 아프리카와도 인연이 깊은 인물이다.

의 저서 『기호와 봉인*The Sign and the Seal*』에서 주장하기도 했다.

책을 처음 읽은 지 이제 30년도 더 지났지만 『솔로몬 왕의 보물』에서 아직도 생생하게 기억나는 대목은 쿼터메인 일행이 개기 월식(total eclipse of the moon)을 이용해서 원주민들을 압도하는 장면이다. 월식이 주기적으로 일어난다는 사실을 모르는 원주민들은 백인들이 엄청난 마법을 지녔다고 믿게 되는 것이다. 얼핏 대동강 물 팔아먹는 봉이 김선달보다도 어설픈 설정 같지만, 실제로 작품을 읽어 보면 꽤 그럴듯하다.

그 배경은 이렇다. 쿼터메인이 이끄는 원정대는 남아프리카 지역 깊숙이 위치한 쿠쿠아나 왕국(Kukuana)이라는 곳에 다다르는데, 그곳은 트왈라 왕(Twala)이라는 폭군이 다스리고 있다. 트왈라의 군대에 잡혀 목숨이 위태롭게 된 쿼터메인 일행은 우여곡절 끝에 자기네를 '별에서 온 흰색 인간(white men from the stars)'이라고 원주민들이 믿도록 만드는 데 성공하며 한고비를 넘긴다.

한편 퀴터메인 일행에는 짐꾼으로 가담한 움보파(Umbopa)라는 수수께끼의 인물이 끼어 있었는데, 알고 보니 그는 트왈라가 왕위를 차지하기 위해 죽인 친형의 아들로 본명은 이그노시(Ignosi)이다. 원래는 쿠쿠아나족의 정당한 왕위 계승자가 되어야 했던 이그노시는 드디어 짠 하고 자신의 정체를 밝히고 나서 트왈라의 폭정에 지친 원로 부족장들에게 정권 교체를 위한 도움을 청한다. 하지만 족장들은 그저 반신반의하는 분위기다. 그가 진짜 왕이라는 것을 증명하려면 부족민들에게 뭔가 화끈한 인상을 줄 수 있는 특별 이벤트가 필요했던 것이다. 퀴터메인 일행 역시 솔로몬의 보물은 고사하고 목숨을 부지하기 위해서라도 이그노시를 적극 밀어 줘야 할 상황이다.

이때 일행 중에서 굿 선장(Captain John Good)이 아이디어를 내는 대목을 잠깐 보자. 여기서 일인칭 '나(I)'는 퀴터메인이다.

굿이 흥분하여 말했다. "좋은 방법이 생각났소. 우리에게 생각할 시간을 달라고 부탁하시오."

내가 그렇게 하자 추장들이 물러갔다. 그들이 가자마자 굿은 자기 의약품을 보관하는 작은 상자로 가서 이것을 열더니 공책 한 권을 꺼냈는데, 공책 속 면지(面紙)에 책력(冊曆)이 있었다. "자, 여기를 보시오. 여러분, 내일이 6월 4일 아닌가요?" 그가 말했다.

우리는 날짜를 조심스럽게 살펴본 뒤 그렇다고 대답할 수 있었다.

"아주 좋아. 그럼 된 거야. 6월 4일, 그리니치 시간 8시 15분에 개기 월식이 시작되오. 남아프리카 테네리프에서도 보이죠. 그것이 자네[이그노시]를 위한 징표라네. 그들에게 우리가 내일 밤 달을 가리겠다고 말하게."

"I think that I have it," said Good exultingly; "ask them to give us a moment to think."

I did so, and the chiefs withdrew. So soon as they had gone Good went to the little box where he kept his medicines, unlocked it, and took out a note-book, in the fly-leaves of which was an almanack. "Now look here, you fellows, isn't tomorrow the 4th of June?" he said.

We had kept a careful note of the days, so were able to answer that it was.

"Very good; then here we have it—'4 June, total eclipse of the moon commences at 8.15 Greenwich time, visible in Teneriffe, South Africa. There's a sign for you. Tell them we will darken the moon to-morrow night."

고대의 원시 부족 사회에서는 제사장, 마법사 따위가 자연 현상을 이용해서 혹세무민하는 경우가 많았다. 쿼터메인 일행은 자연 현상에 민감한 아프리카 부족의 심리를 그것도 거의 천문학급으로 역이용하려는 것이다. 정말 대담무쌍한 아이디어지만 위험이 없는 것은 아니다. 혹시라도 월식이 일어나는 타이밍이 틀리다면, 일행이 원주민들 앞에서 면목을 잃고 썰렁해지는 것은 둘째 치고 목숨을 부지하지 못할 수도 있다. 계속되는 쿼터메인의 회상이다.

그 아이디어는 훌륭했다. 정말이지, 유일한 약점이라면 굿의 책력이 부정확할지 모른다는 두려움뿐이었다. 만약 그런 주제에 대해 잘못된 예언을 한다면, 우리의 위신은 영영 사라져 버리고, 이그노시가 쿠쿠아나의 왕좌를 차지할 기회도 함께 사라진다.

The idea was a splendid one; indeed, the only weak spot about it was a fear lest Good's almanack might be incorrect. If we made a false prophecy on such a subject, our prestige would be gone for ever, and so would Ignosi's chance of the throne of the Kukuanas.

과연 그들은 지상 최대의 천체 쇼를 제대로 연출하여 야만인들을 제압할 수 있을까…. 해거드는 『솔로몬 왕의 보물』을 필두로 하여 모험가 쿼터메인을 주인공으로 내세운 시리즈물 외에도, 한국과 일본에는 『동굴의 여왕』이라는 제목으로 잘 알려진 또 다른 판타지 모험 소설 『그 여자She』를 쓰기도 했다. 자그마치 2천 년 동안 애인의 환생을 기다리며 야만족 위에 무자비한 여왕으로 군림하는, '죽어도 안 죽는' 여자의 이야기이다. 『솔로몬 왕의 보물』과 비교해도 정말 황당무계한 스토리지만 한번 읽기 시작하면 끝까지 페이지를 넘기도록 만드는 묘한 매력이 있다. 놀라운 점은 이 소설이 무성 영화 시절 두 번을 포함해서 지금까지

일몰 무렵에 바라본 런던의 빅 벤과 의사당. 용감한 탐험가들이 보물을 찾아 미지의 땅으로 떠난다는 플롯을 지닌 스티븐슨, 해거드류의 모험 소설은 제국주의적 팽창 정책의 절정을 구가하던 당대 영국의 국가적 정서를 반영하기도 한다.

다섯 번이나 영화화되었다는 것이며, 더욱 놀라운 점은 다섯 번 모두 흥행과 작품성 양면에서 철저하게 망했다는 것이다. 하지만 이제는 저작권 시효도 끝난 작품이니 가뜩이나 소재 고갈에 허덕이는 할리우드가 '동굴의 여왕' 카드를 가까운 미래에 다시 꺼내 든다고 해도 놀랍지 않을 것이다.

『보물섬』을 쓴 스티븐슨과『솔로몬 왕의 보물』을 지은 해거드가 활동하던 당시 영국은 전 세계에 식민지를 거느리고 '해가 지지 않는 제국 (the empire on which the sun never sets)'이라 불리며 전성기를 누리고 있었다. 이런 사회 분위기가 탐험가, 모험가들이 세계 곳곳에서 활약하는 이야기 속에 반영되어 있었음은 물론이다. 마르크스주의 문학 평론가 루카치(György Lukács)는 소설을 '부르주아 계급의 서사시(bourgeois epic)'라고 불렀는데, 빅토리아 시대 영국의 모험 소설은 말하자면 '제국주의자들(imperialists)의 서사시'이기도 했다.

9th Brunch Time

사이파이의 고전적 주제들

공간의 확장

사이파이(sci-fi)는 영어 science fiction의 간략형(abbreviation)이다. 보통 한국에서는 공상 과학 소설이라고 번역하지만, 엄밀하게 말하면 그냥 '과학 소설'이다. 굳이 '공상'에 더 무게를 둔 분야라면 판타지(fantasy)라는 장르가 따로 있다. 판타지, 특히 스페이스 판타지(space fantasy)는 대개 '머나먼 우주의 어느 왕국'에서 펼쳐지는 주인공의 모험과 사랑을 다루는, 어떻게 보면 사이파이의 탈을 쓴 무협지라고도 볼 수 있다.

이런 판타지와 선을 긋는 정통 사이파이는 과학의 진보, 미래 사회, 외계 생물과 인간의 관계 등 보다 심각한 주제를 정면으로 솜씨 있게 다루기 마련이다. 여기서는 현대 사이파이 소설의 선구자로 꼽히는 쥘 베른과 H. G. 웰스의 작품 몇 편을 살펴보자.

프랑스 작가 쥘 베른(Jules Verne, 1828~1905)은 우선 『해저 2만 리*Twenty Thousand Leagues Under the Sea*』의 저자로 유명하다. 한국어 제목 속의

현대 사이파이 소설의 원형을 제공한 프랑스 소설가 쥘 베른. 미래 세계를 내다본 그의 혜안은 지금 봐도 감탄스럽다.

'리'는 영어 제목의 '리그(league, 프랑스어로 '리외lieue')'를 일본인 번역자가 중국의 전통 거리 단위인 '리(里)'로 슬쩍 바꿔치기한 것이다. 일본어로나 우리말로나 그 발음이 league 혹은 lieue와 비슷하니 상당한 솜씨라고 하겠다. 단 리그는 3해리(nautical mile)를 표현하는 영국식 단위로 현대 해상 교통에서는 잘 사용되지 않는다. 『해저 2만 리』에서 줄기차게 등장하는 또 다른 독특한 단위로 노트(knot)가 있다. 영어 knot의 원래 의미는 '매듭'인데, 이 단위는 배나 잠수함의 속도를 나타내는 데 사용된다. 19세기 당시 배의 속도를 측정할 때 매듭이 여러 개 달린 밧줄을 이용했던 데서 비롯되었다고 한다. 배 뒤에 밧줄을 맨 다음 정해진 시간 동안 밧줄에 달린 매듭이 몇 개나 눈앞을 통과하느냐로 속도를 매긴 것이다. 참고로 tie the knot라고 하면 '결혼하다'라는 의미의 관용구다(서로에게 꽉 엮이니까).

『해저 2만 리』의 주인공 네모 선장(Captain Nemo)은 잠수함 노틸러스호(Nautilus)를 직접 설계했을 정도의 뛰어난 공학 지식에다 여러 나라말을 자유자재로 구사하는 등 온갖 재능을 가진 천재형 인물. 하지만 어느 나라 출신인지, 왜 육지에는 나가지 않고 바닷속에서만 사는지 등 여러 가지가 베일에 싸인 수수께끼의 인물이기도 하다. 네모(Nemo)라는 이름 자체가 라틴어로 아무도 아닌 자, 존재하지 않는 자라는 의미로 물론 본명이 아니다. 이 네모 선장은 평소 냉철하고 이성적인 성격의 소유자이지만, 영국 군함만 보면 흥분해서 공격을 가해 침몰시키는 무지막지한 일면도 있다. 말이 나온 김에 노틸러스 호가 뾰족한 선수를 이용하여 영국 전함을 침몰시키는 장면을 잠깐 살펴보자. 여기서 화자 '나(I)'는 네모 선장이 아니라 잠수함에 우연히 승선하게 된 해양학자 아로낙스 박사다.

노틸러스는 속도를 올렸다. 돌진 준비를 하고 있는 것이다. 잠수함 전체가 부르르 떨렸다. 갑자기 나는 비명을 질렀다. 비교적 가볍긴 했지만 충격을 느꼈던 것이다. 나는 강철 돌출부의 돌파력을 느꼈다. 드르륵거리면서 긁는

태평양 심해에서만 발견되는 노틸러스(앵무조개). 『해저 2만 리』에 등장하는 잠수함의 이름이기도 하다.

미국 최초의 원자력 추진 잠수함 노틸러스 호의 위용. 「해저 2만 리」 속 잠수함의 이름을 그대로 가져왔다. 소설 속의 노틸러스는 원자력 대신 전기를 동력으로 쓴다.

소리가 들렸다. 하지만 노틸러스는 모터의 추진력으로 움직이며 마치 바늘이 돛을 뚫듯 전함의 선체를 통과해 버렸다.

The speed of the Nautilus was accelerated. It was preparing to rush. The whole ship trembled. Suddenly I screamed. I felt the shock, but comparatively light. I felt the penetrating power of the steel spur. I heard rattlings and scrapings. But the Nautilus, carried along by its propelling power, passed through the mass of the vessel like a needle through sailcloth!

이렇게 때로 무자비하게 변하는 네모 선장—이자의 정체는 뭘까?

『해저 2만 리』가 19세기 당시 아직 존재하지도 않았던 최첨단 기기인 전기 잠수함 노틸러스 호로 7대양을 헤엄치는 이야기라면, 바다뿐 아니라 6대주를 종횡무진 누비는 모험을 다룬 쥘 베른의 또 다른 소설이 『80

일간의 세계 일주*Around the World in 80 Days*』다. 작품의 주인공인 영국 신사 필리어스 포그(Phileas Fogg)는 런던에서 출발해서 전 세계를 돌아 80일 만에 런던으로 돌아오기 위해 여행의 모든 세부 사항을 처음부터 끝까지 철저하게 계획하고 계산한다. 포그 씨가 여행을 떠난 것은 그가 평소 많은 시간을 보내는 혁신 클럽(The Reform Club)의 동료 회원들과 세계를 80일 만에 일주하는 내기를 걸었기 때문. 지금 상식으론 좀 이해 가 가지 않지만, 전기 잠수함으로 바다를 누비는 것만큼이나 19세기 중엽 '고작' 80일 만에 세계를 일주한다는 것은 거의 공상 과학 수준에 가까운 발상이었다. 다만 포그가 장담을 한 것은 증기선, 기차 등 당대 막 도입된 첨단 운송 수단들이 여행 시간을 많이 절약해 줄 것으로 확신 했기 때문이다. 다음은 철두철미한 인물 포그를 소개하는 소설의 도입 부다.

필리어스 포그 씨는 1872년 당시 벌링턴가든스 새빌 로 7번지의, 셰리든 (영국의 정치가―옮긴이)이 1814년 사망한 바로 그 집에 살았다. 항상 주목받 는 일을 피하는 편이기는 하지만, 그는 혁신 클럽의 가장 두드러지는 회원 중 한 명이었다. 견문이 넓고 세련된 인물이라는 것 외에는 알려진 바가 거 의 없는 수수께끼의 인물. 사람들은 그가 바이런을 닮았다고―적어도 바이 런 같은 두상이라고 말했다. 하지만 그로 말하자면 턱수염을 기른 차분한 바이런으로, 늙지 않으면서 천년은 살 것 같은 느낌의 인물이었다.

Mr Phileas Fogg lived, in 1872, at No. 7, Saville Row, Burlington Gardens, the house in which Sheridan died in 1814. He was one of the most noticeable members of the Reform Club, though he seemed always to avoid attracting attention; an enigmatical personage, about whom little was known, except that he was a polished man of the world. People said that he resembled Byron,—at least that his head was Byronic; but he was a bearded, tranquil Byron, who might live on a thousand years without growing old.

그런데 이 침착, 냉정한 포그 씨가 미처 계산에 넣지 못한 여러 가지 변수가 여행길에 도사리고 있었으니…. 인도, 일본, 미국을 가로지르면서 겪는 숱한 우여곡절은 물론 여행이 끝나고 런던에 도착한 뒤까지도 반전이 이어지는 『80일간의 세계 일주』는 그야말로 손에 땀을 쥐게 하는 걸작 모험 소설이다.

외계인의 침공

한국에서는 『우주 전쟁』이라는 제목으로 친숙한 영국 작가 H. G. 웰스 (H. G. Wells, 1866~1946)의 소설 『세계들의 전쟁 The War of the Worlds』은 바로 사이파이의 대표적 테마인 '외계인의 침공(alien invasion)'을 본격적으로 소개한 기념비적 걸작이다. 다음은 작품의 유명한 도입부다.

19세기 말에는 인간보다 지능이 뛰어나면서도 인간처럼 유한한 존재가 인류의 삶을 주도면밀하게 관찰하고 있으리라고는 아무도 생각지 못했을 것이다. 사람들이 저마다 살아가느라 바쁜 사이, 마치 물방울 속에서 무리 짓고 번식하는 미생물들을 인간이 현미경으로 살펴보듯 인류를 치밀하게 분석하고 있었던 것이다. 현실에 언제까지나 안주하면서 인간은 세상을 지배하는 자신들의 제국에 대한 확신으로 평온한 가운데 보잘것없는 일상사를 돌보느라 지구 이곳저곳을 돌아다녔다. 현미경 아래의 원생동물들 역시 똑같은 일을 할 것이다.

No one would have believed, in the last years of the nineteenth century, that human affairs were being watched keenly and closely by intelligences greater than man's and yet as mortal as his own; that as men busied themselves about their affairs they were scrutinized and studied, perhaps almost as narrowly as a man with a microscope might scrutinize the transient creatures that swarm and multiply in a drop of water. With infinite complacency men went to and fro over this globe about their little affairs, serene in their assurance of their empire over matter. It is possible that the infusoria under the microscope do the same.

그런데 이 '인간보다 지능이 뛰어난 존재'는 어디서 온 것일까?

기껏해야 지구의 인간들은 화성에 다른 인류가 있다고 한들 아마 자기들보다 열등하며 선교 활동을 기꺼이 환영하지 않을까 상상했다. 하지만 우주 공간의 심연 너머 화성인들이 우리를 생각하는 것은 우리가 죽어 없어질 짐승들을 생각하는 것과 같다. 왕성하고 차분하며 동정심이라고는 없는 지적 생명체들이 지구를 부러운 눈으로 바라보며, 우리를 위협할 계획을 착실히 세운 것이다. 마침내 20세기 초에 엄청난 환멸이 도래했다.

At most, terrestrial men fancied there might be other men upon Mars, perhaps inferior to themselves and ready to welcome a missionary enterprise. Yet, across the gulf of space, minds that are to our minds as ours are to those of the beasts that perish, intellects vast and cool and unsympathetic, regarded this earth with envious eyes, and slowly and surely drew their plans against us. And early in the twentieth century came the great disillusionment.

지구를 관찰하며 호시탐탐 남침(南侵), 아니 '지침(地侵)'의 기회를 노리던 외계인의 본거지는 바로 화성(Mars)이었던 것이다. 그런데 여러 행성 가운데서도 하필 화성에 인류보다 지능이 높은 생명체가 있다는 생각은 어디서 비롯됐을까? 19세기 말 스키아파렐리(Giovanni Schiaparelli)라는 이탈리아의 천문학자는 천체 망원경으로 화성의 표면을 관찰하던 중 수로의 흔적을 발견했다고 주장했다. 이 수로, 즉 channel은 한때 물이 흘렀던 자리가 마르면서 그 물이 흐르던 패턴이 자연스럽게 모래 위에 남은 것이다. 문제는 그의 저술이 영어로 번역되면서 수로(channel)를 뜻하는 이탈리아어 canali가 운하(canal)로 잘못 번역된 데 있었다. 두 단어가 상당히 비슷하게 보여서 오역이 된 것도 이해할 만하다. 당연히 운하라고 하면 자연적으로 생기는 수로와는 달리 인공적으로 뚫린 물길을 의미한다.

지구 이외의 행성에 외계 문명이 있을지 모른다는 생각은 예전에도 있어 왔지만, 이렇게 해서 결국 오역 하나가 화성에 지능을 가진 생명체

 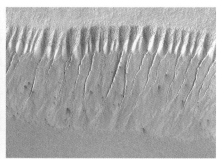

왼쪽: 전통적으로 사이파이 문학의 단골 배경이 되어 온 화성의 아름다운 모습.
오른쪽: 한때 화성에 물이 존재했음을 암시하는 물길 흔적. 물길을 뜻하는 이탈리아어 카날리가 어느 잡지에서 운하로 오역되면서 19세기 말 영어권 작가들과 대중의 상상력에 불을 지폈다.

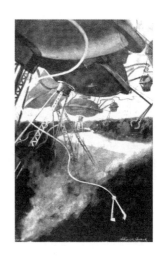

1897년판 『우주 전쟁(세계들의 전쟁)』에 실린 삽화. 실제로 전쟁이라기보다는 화성인들에게 영국이 일방적으로 유린당하는 얘기다.

가 있을 가능성에 대한 작가들과 대중의 상상력에 불을 댕겼던 것이다. 이 때문에 우리가 아직까지 즐기고 있는 화성 사이파이 장르가 탄생했으니 오히려 감사할 일이다.

그런데 『세계들의 전쟁』은 실은 뭐 전쟁이랄 것도 없이 영국이 화성인들의 침략을 받고 일방적으로 깨지는 내용이다. 물론 화성에서 지구까지 날아올 정도의 과학 기술을 가진 외계 문명이라면 19세기 말 지구인들 정도는 문자 그대로 갖고 놀았으리라고 보는 편이 논리적이기는 하다. 하지만 『세계들의 전쟁』 속에는 세계 각처에 식민지를 건설하고 번영을 누리던 대영제국에 대한 저자 웰스의 비판 의식이 반영되어 있다. 당대 지구라는 세계의 최강자라고 할 수 있었던 영국이 또 다른 세계 화성에서 온 침략자들에게 속수무책으로 무너지는 모습을 묘사하면서 웰스가 스스로 묘한 희열을 느꼈으리라고 여겨지는 대목이 곳곳에서 눈에 띈다. 정치적으로는 꽤나 철저한 사회주의자였고 본업은 역사학자였던 웰스이고 보니, 어쩌면 코르테스가 이끄는 스페인 철갑군의 공격을 받아 변변한 저항도 못하고 살육당했던 남미 잉카 제국의 주민들과 같은 역사적 예로부터 작품의 영감을 얻었으리라고 추론해 보는 것도 그리 어렵지 않은 일이다.

정작 우리가 '우주 전쟁' 하면 떠올리는 그 이미지—악의 제국과 선의 세력이 머나먼 우주 공간에서 크게 한판 붙는 대결을 묘사한 작품이라면 미국 작가 프랭크 허버트(Frank Herbert)의 대작 『듄Dune』을 추천한다. 우주 사회의 유서 깊은 두 귀족 가문이 '생명의 몰약(spice of life)'이 채취되는 행성에 대한 주도권을 놓고 벌이는 총력전 이야기다. 한국에서는 크게 유명하지 않지만 미국에서는 골수팬들에 의해 컬트의 경지에 이른 작품으로 그 인기는 〈스타 워즈〉 시리즈에 버금간다. 영화와 TV 미니시리즈 등도 있지만 역시 원작 속에 묘사된 스케일과 박력, 신비스러운 분위기에 미칠 바는 아니다.

시간 여행

웰스는 외계인의 침략과 함께 사이파이의 또 다른 영원한 단골 테마인 시간 여행(time travel)을 최초로 본격적으로 다룬 『타임머신The Time Machine』(1896)도 썼다. 소설은 '시간 여행자(Time Traveler)'라고 불리는 주인공과 그의 친구들이 시간과 공간의 본질을 놓고 벌이는 토론으로 막을 연다. 시간 여행자는 시간이란 결국 길이, 폭, 두께의 특성을 지닌 현실 공간의 네 번째 구성 요소일 뿐이라고 역설한다.

"실제로는 네 개의 차원이 있네. 그중 세 개를 우리는 공간의 세 가지 측면, 그리고 네 번째를 시간이라고 부르지. 하지만 앞의 세 가지 차원을 뒤엣 것과 비현실적으로 구분하려는 경향이 있는데, 이는 우리 의식이 우리 생의 시작부터 종말까지 끊임없이 시간을 따라 한 방향으로 움직이기 때문이지.

(…) 정말로 네 번째 차원이란 이것을 뜻하는 것일세. 비록 그것을 거론하는 사람들 일부는 자기가 하는 말의 뜻이 무엇인지조차 모르고 있지만 말이야. 그것은 시간을 바라보는 또 다른 방식에 지나지 않네. 공간의 세 가지 차원 중 어느 하나와 시간 사이에는 우리 의식이 그것을 따라 움직인다는 것 외에 아무런 차이점이 없네."

"There are really four dimensions, three which we call the three planes of Space, and a fourth, Time. There is, however, a tendency to draw an unreal distinction between the former three dimensions and the latter, because it happens that our consciousness moves intermittently in one direction along the latter from the beginning to the end of our lives. (…) Really this is what is meant by the Fourth Dimension, though some people who talk about the Fourth Dimension do not know they mean it. It is only another way of looking at Time. There is no difference between Time and any of the three dimensions of Space except that our consciousness moves along it."

글쎄, 정말 그럴까? 참석자들 가운데 '의학자(Medical Man)'와 '심리학자(Psychologist)'가 "사람은 시간 속을 움직일 수는 없네. 지금 바로 이 순간에서 벗어날 수가 없으니까(You cannot move at all in Time, you cannot get away from the present moment)"라고 말하자 시간 여행자는 이렇게 응수한다.

"하지만 우리가 시간 속을 움직일 수 없다고 말하는 것은 잘못일세. 예를 들어 내가 어떤 사건을 아주 생생하게 회상한다면 나는 바로 그 사건이 일어난 순간으로 돌아가는 셈이지. 즉 사람들 말마따나 다른 데 정신이 팔려 버리는 경우일세. 나는 한순간 점프를 하는 것이지. 물론 우리에게는 일정한 시간 동안 과거 시점에 머물러 있게 하는 수단이 없네. 원시인이나 동물이 땅에서 6피트 위에 머무를 방도가 없는 것과 마찬가지지. 하지만 문명인은 이 점에서 원시인보다 상황이 낫지. 기구를 타고 중력을 거슬러 위로 올라갈 수 있으니까. 그렇다면 문명인이 궁극적으로 시간 차원을 따르는 이동을 멈추거나 혹은 가속하거나, 심지어 방향을 바꿔 반대쪽으로 여행할 수 있으리라 희망하지 못할 이유는 뭔가?"

"But you are wrong to say that we cannot move about in Time. For instance, if I am recalling an incident very vividly I go back to the instant of its occurrence: I become absent-minded, as you say. I jump back for a moment. Of course we have no means of staying back for any length of Time, any more than a savage or an animal has of staying six feet above the ground. But a civilized man is better off than the savage in this respect. He can go up against gravitation in a balloon, and why should he not hope that ultimately he may be able to stop or accelerate his drift along the Time-Dimension, or even turn about and travel the other way?"

이윽고 시간 여행자는 지난 수년간 자신이 공들여 온 연구가 드디어 결실을 맺었음을 암시하는데…. 시간 여행은 정말 상상만 해도 흥분되는 일이지만, 막상 세부 사항에 들어가면 여러 가지 기술적 문제점이 존재한다. 웰스의 시간 여행자가 뭐라고 하건 물리적 공간이 아닌 시간을 여행한다는 것 자체가 '여행(travel)'이라는 말의 고전적 정의와는 전혀 다른 무엇임이 분명하다. 하물며 이를 현실 세계에서 기술적으로 가능하게 하려면 완전한 패러다임의 전환이 필요하다. 게다가 막상 시간 여행이 가능하게 된다고 해도 더욱 심각한 문제에 직면할 수 있다.

'시간 여행 패러독스(time travel paradox)' 혹은 '할아버지 패러독스 (grandfather paradox)'라는 이론이 있다. 간단히 말해 어떤 사람이 과거의 어느 시점으로 가서 잘못하여 누군가를 죽였다고 가정해 보자. 그런데 만약 죽은 사람이 그 시간 여행자의 먼 직계 조상이라면 어떤 일이 벌어 질까? 만약 사망자가 당시 아직 미혼이었다면, 그래서 후손을 남기지 못 하고 죽게 되었다면, 그의 후손인 시간 여행자의 현존재 역시 무사할 수 있을까? 영화 〈터미네이터Terminator〉 시리즈에서 사이보그 암살자가 타깃을 줄기차게 쫓아다니는 이유 역시 바로 과거를 재조정하여 미래를 바꾸기 위해서, 즉 기계 군단에 위협이 될 인간 반란군 지도자의 어머니 가 될 여자를 미리 제거하여 저항의 싹을 자르기 위해서다. 결국 과거로 가서 역사를 바꾸게 되면 그 역사의 결과인 현재에도 변화가 올 수밖에 없다는 얘긴데, 좀 머리가 지끈거리는 주제다.

그런데 웰스의 『타임머신』에서 시간 여행자는 과거가 아니라 80만 년 후의 미래로 날아가 일생일대의 모험을 겪는다. 이런 선택은 소설가이 자 동시에 저명한 역사학자였던 웰스 자신의 배경을 생각하면 약간은 의외다. 전공 지식을 살려 주인공을 과거의 역사적 대사건의 현장으로 보내 인류 역사의 방향을 바꾸려고 시도하는 내용의 소설을 쓰려고 했 을 것 같은데 웰스는 그렇게 하지 않았다. 혹시 그가 시간 여행 패러독 스의 원칙을 이미 이해하고 있었던 것일까? 생각해 보면 역사가 또한 일 종의 시간 여행자다. 물론 역사가는 인류의 과거를 연구하는 직업이지 만 E. H. 카의 말처럼 역사란 "현재와 과거의 대화(dialogue between the present and the past)"이며, 역사가는 이를 통해 인류의 미래 행보에 대한 단서와 암시를 제공할 수도 있다. 그런 맥락에서 웰스가 『타임머신』을 썼을 뿐 아니라 그 주된 배경을 머나먼 미래의 시간으로 선택했다는 것

말년의 H. G. 웰스. 본업이 역사가였기 때문인지 그의 사이파이 소설들은 한결같이 장르 문학적 흥미를 넘어 인간과 과학 기술에 대한 놀라운 통찰력과 예지력을 보이는 걸작이다.

은 새삼 역사가로서 그의 인식이 이미 고도의 경지에 다다랐다는 반증이기도 한 것 같다.

외계인 침략과 시간 여행이라는 주제를 본격적으로 소개한 웰스는 그뿐 아니라 『투명 인간 The Invisible Man』이라는 작품도 썼다. 소설에서 빛의 투과성(permeability)을 연구하던 과학자 그리핀(Griffin)은 결국 스스로를 투명 인간으로 만드는 데 성공한다. 그러나 다시 보통의 인간으로 되돌아올 수 없게 된 그리핀은 점점 미쳐 가는데…. 흥미롭게도 역사를 보면 신비한 초능력 가운데서도 이 보이지 않음(invisibility), 즉 투명 인간에 대한 인류의 동경이 꽤 뿌리 깊다는 것을 알 수 있다. 중세 독일의 영웅 서사시 『니벨룽의 노래 Nibelungenlied』에 등장하는 지크프리트의 망토, 영국 작가 톨킨(J. R. R. Tolkien)의 대하소설 『반지의 제왕 Lord of the Rings』에서 악의 제왕 사우론(Sauron)이 만든 절대 반지(One Ring)는 사람을 투명 인간으로 만든다. 한국의 전래 동화 「도깨비감투」 역시 도깨비 코털을 뽑아 만든 감투를 쓴 사람은 투명 인간이 된다는 이야기. 하지만 옛날에는 투명 인간이 되는 능력이 있으면 좋았을지 모르지만, 요즘 같은 문명이 발달한 세상에서는 꼭 유리한 것만은 아닌 듯하다. 가령 교통이 혼잡한 서울 시내를 투명 인간이 되어 활보하다가는 버스나 트럭에 치여 투명 인간이 아니라 투명 '쥐포'가 되는 건 시간문제 아닐까?

참고로 웰스의 『투명 인간』의 원제 *The Invisible Man*에서 정관사 The를 떼어 내면 미국 작가 랠프 엘리슨(Ralph Ellison)이 1946년 발표한 소설 『투명 인간*Invisible Man*』이 된다. 한국에는 별로 알려져 있지 않지만, 미국에서는 거의 하퍼 리(Harper Lee)의 『앵무새 죽이기*To Kill a Mockingbird*』만큼이나 현대의 고전으로 불리며 엄청난 대접을 받는 작품이다. 여기서 제목 속의 '투명 인간'이란 다름 아니라 미국 흑인들을 지칭한다. 즉 웰스의 소설이 정말 물리적으로 눈에 보이지 않는 투명 인간을 소개한 반면, 엘리슨의 작품은 20세기 중반까지도 미국 사회에서 투명 인간 취급을 당한 흑인들의 처지를 묘사한 사회 고발 소설이다. 즉 우리나라에서 사람을 왕따 시킬 때 "투명 인간 취급한다"고 말하는 것과 비슷한 맥락이다.

웰스의 작품 가운데는 『모로 박사의 섬*The Island of Doctor Moreau*』도 있다. 괴짜 과학자 모로 박사와 그가 만들어 내는 말 그대로 반인반수의 생명체들이 사는 섬에 관한 스토리인데, 식사 시간 전후에 읽는 것은 그리 권장하고 싶지 않은 책이다. 모로 박사는 괴물들을 만들어 내기 위해 '비비섹션(vivisection)'이라는 신기술을 사용하는데, 유전 공학(genetic engineering)의 원형으로 봐도 무리가 없다. 요즘 일고 있는 유전자 복제, 줄기세포 연구에 대한 논란을 생각해 보면 웰스의 혜안은 정말 놀랍기만 하다.

Chapter
4
셰익스피어를 읽는 시간

메인 브런치
· 희극 편
· 비극 편
· 역사극 편

원전 토핑
· 『베니스의 상인』 윌리엄 셰익스피어
· 『말괄량이 길들이기』 셰익스피어
· 『뜻대로 하세요』 셰익스피어
· 『맥베스』 셰익스피어
· 『햄릿』 셰익스피어
· 『로미오와 줄리엣』 셰익스피어
· 『시련』 아서 밀러
· 『헨리 5세』 셰익스피어
· 『리처드 3세』 셰익스피어
· 『줄리어스 시저』 셰익스피어

10th Brunch Time

희극 편

셰익스피어를 읽기 위하여

윌리엄 셰익스피어(William Shakespeare, 1564~1616)가 활동한 영국 엘리
자베스 1세 여왕의 시대로부터 수백 년이 흘렀지만 그가 창조한 문학
세계는 21세기에도 여전히 작가들에게는 영감을, 독자들에게는 재미와
감동을, 연구자들에게는 끊임없는 질문과 고민거리를 제공한다. 셰익스
피어와 동시대를 산 극작가 벤 존슨(Ben Jonson)은 이미 당대에 셰익스피
어의 작품들이 "한 시대가 아닌 모든 시대(not of an age, but for all time)"에
읽히리라고 예견한 바 있다. 19세기 영국의 비평가이자 저술가인 칼라
일(Thomas Carlyle)은 심지어 다음과 같이 말했다.

인도 제국이야 있거나 말거나 우리는 셰익스피어 없이 살 수 없다!

Indian Empire, or no Indian Empire, we cannot do without
Shakespeare!

왼쪽: 셰익스피어 초상. 그의 사후 불과 7년 뒤인 1623년 출판된 전집의 표지에 실린 그림으로, 생전의 모습에 비교적 가까울 것으로 추정된다.
오른쪽: 미국의회도서관 발코니에 세워져 있는 셰익스피어 상. 미국 역사와 지적 전통에서 셰익스피어가 차지하는 위상은 영국에서의 그것에 결코 뒤지지 않는다.

당시 영국의 가장 큰 식민지였던 인도와 비교하며 셰익스피어의 작품 세계를 찬양한 것인데, 한국과 일본에서는 약간 변형되어 "셰익스피어는 인도와도 바꿀 수 없다"는 식으로 알려져 있는 문장이다. 물론 여기에는 낭만주의 시대를 대표하는 지식인 칼라일의 과장과 호들갑이 반영되어 있다. 그리고 우리끼리 얘기지만 셰익스피어를 읽지 않아도 사는 데 무슨 지장이 있는 것은 아니다.

셰익스피어를 흔히 '에이번의 시인(Bard of Avon)'이라고도 부른다. 여기서 Avon은 그의 출생지이자 활동 무대였던 스트랫퍼드어폰에이번 (Stratford upon Avon)을 가리킨다. 셰익스피어는 에이번을 떠나 1585년경 런던으로 상경하여 배우, 극작가, 공연 기획자 등으로 활동한 것으로 알려져 있는데, 동시대의 여러 유명인들과 비교하면 그의 행적과 관련된 당대의 기록이 좀 빈약한 편이기는 하다. 이렇게 약간은 베일에 가려진 그의 삶은 후대에 이런저런 억측을 불러일으켰고, 심지어 셰익스피어가 실은 가공의 인물이라는 주장까지 대두되었다. 셰익스피어가 동시대의 정치가이자 사상가였던 프랜시스 베이컨(Francis Bacon)의 필명이었다는 주장은 대표적인 셰익스피어 음모론이며, 지금도 그렇게 확신하는 사람들을 종종 찾아볼 수 있다. 하지만 대부분의 주류 학자들은 셰익스피어가 실존 인물이라는 것을 거의 의심하지 않는다. 셰익스피어가 쓴 것으로 전해지는 희곡 작품은 전부 37편(희극 17, 비극 10, 역사극 10)에 달하는데, 여기서는 그 가운데 몇 편만 골라 가볍게 감상해 보자.

본격적으로 진도를 나가기 전에, 혹시 여기서 소개하는 셰익스피어 작품의 영어 원문에 도전해 보려는 독자들을 위해서 미리 말씀드리자면, 셰익스피어가 구사한 영어는 16~17세기 영국의 고어체로 현대 영어와는 상당히 다르다. 고풍스러운 단어나 어구가 다수 등장하는 것은 물론 우리에게 익숙한 단어조차 셰익스피어 당대에는 전혀 다른 의미로 쓰인 것들이 허다하다. 그가 구사하는 문장 또한 기본적으로 산문이 아닌 운문에 가깝기 때문에 문장 구조나 문법도 곳곳에서 파격을 보인다. 따라서 셰익스피어식 영어를 처음 접하는 사람은 당혹감을 느끼기 쉬운데, 이는 비단 외국인뿐 아니라 영어를 모국어로 쓰는 원어민도 마찬가지다. 마치 우리가 한글 고어체로 쓰인 『용비어천가』나 『홍길동뎐』, 『춘향뎐』을 처음 접하고 난감해하는 것과도 같다. 최근 영미권에서는 셰익스피어의 난해한 영어가 신세대 독자와 관객의 접근을 가로막는 장벽이니 현대 영어에 가깝도록 보다 쉽게 풀어 쓴 셰익스피어를 적극 보급해야 한다는 주장과, 셰익스피어를 고쳐 쓰는 것은 그 독창성과 예술성을 파괴하는 것이므로 신중히 생각해야 한다는 반론이 팽팽하게 맞서고 있다.

어차피 영어가 모국어가 아닌 우리들이야 이런 논쟁에서 한 발짝 벗

위: 셰익스피어의 출생지 스트랫퍼드어폰에이번에 있는 로열 셰익스피어 극장.
가운데: 셰익스피어와 그의 작품들을 소재로 한 영화, 드라마, 다큐멘터리 등 다양한 멀티미디어 상품들.
아래: 셰익스피어의 작품들을 각색한 망가 시리즈. 셰익스피어는 비단 희곡과 연극이라는 원형으로뿐
만 아니라 다양한 형태의 콘텐츠로 재생산되는 영국 최고의 문화 상품이다.

어나 있기는 하다. 솜씨 좋은 번역가가 우리말로 옮겨 놓은 셰익스피어를 읽을 수 있는 옵션이 항상 있기 때문이다. 하지만 혹시라도 영어 원문으로 셰익스피어에 도전하겠다는 '야심'을 품은 독자가 있다면, 이런 논쟁의 주요 쟁점을 한번쯤 생각해 보는 것도 나쁘지 않을 것이다. 본 챕터에서 인용하는 셰익스피어의 작품들은 원래의 문장을 충실하게 따랐음을 밝힌다.

베니스의 '상인'은 누구인가?

처음 소개할 셰익스피어의 작품은 『베니스의 상인*The Merchant of Venice*』이다. 작품을 이미 읽은 독자라면 못 맞힐 리가 없는 아주 쉬운 퀴즈부터 하나 풀어 보자.

Q 제목 『베니스의 상인』 속의 '상인'은 누구를 지칭하는가?

"아니, 이것도 질문이라고. 도대체 『세계문학 읽은 척 가이드』 등으로 갈고닦은 나의 내공을 뭘로 보고… 그거야 물론 샤일록(Shylock)이지!" 하는 독자가 있을까. 그럼 나의 반응은 "쩝, 문제가 너무 쉬웠나?"였으면 좋겠는데, 유감스럽게도 '샤일록'은 틀리는 답 되시겠습니다! 언제나처럼 이건 함정 문제였다. 분명 샤일록은 『베니스의 상인』의 주요 등장인물이자 '돈벌레'와 동의어가 되어 버린 불멸의 문학적 캐릭터이기는 하지만 상인(merchant)은 아니었다. 샤일록의 직업은 물건을 팔고 이윤을 남기는 상인이 아니라 돈을 빌려주고 이자를 받는 고리대금업자(usurer)다. 흔히 구어체 영어에서 loan shark[loan(대부)＋shark(상어)＝악덕 대부업자]라고도 불리는 직업이다.

독일 화가 구스타프 바르치의 〈셰익스피어〉. 셰익스피어뿐 아니라 그가 창조한 캐릭터들이 화면을 가득 채우고 있다. 그 가운데서도 샤일록의 모습이 가장 먼저 눈에 들어온다.

정작 제목 속의 상인은 작품의 주인공 안토니오(Antonio)를 지칭한다. 무역업을 하는 안토니오가 결혼 비용이 필요한 친구 바사니오(Bassanio)를 위해 유대인 고리대금업자 샤일록에게 3천 두카트(ducat)의 돈을 빌리러 가는 것이 이야기의 시작이다. 명색이 사업가인 안토니오가 평소 돈이 없는 건 아니지만 공교롭게도 물건을 가득 실은 그의 상선이 아직 항해 중이어서 당장에 유통할 현금이 없는 것이다. 이런 경우를 경영학 용어로는 "현금 유동성(cash flow)이 좋지 않다"고 한다. 평소 돈놀이나 하는 유대인이라고 온갖 모욕을 주던 안토니오가 급전을 빌리러 오자 샤일록은 이게 무슨 영문이냐는 투로 비꼰다. 그 대목을 감상해 보자.

샤일록 훌륭하신 나리, 지난 수요일에 저한테 침을 뱉으셨죠.
또 어떤 날에는 저를 걷어차기도 하셨고, 언젠가는
개새끼라고 부르셨죠. 나를 이런 식으로 대접한 분에게
그 많은 돈을 빌려드리라굽쇼?

안토니오 나는 그대를 다시 그리 부를 것이고,
다시 침을 뱉을 것이며, 다시 걷어차기도 할 것이다.
그러니 나한테 돈을 빌려주려거든
친구한테 빌려주는 것처럼 하지 말게. 친구로부터
이자를 받는 우정이란 게 어디 있던가?
오히려 그대의 적에게 빌려주듯 하게.
만약 약조를 어기거든, 그대가 웃는 얼굴로
정확히 처분을 내릴 수 있게 말이지.

Shylock Faire sir, you spet on me on Wednesday last;

You spurn'd me such a day; another time

You cald me dog: and for these curtesies

Ile lend you thus much moneyes.

Antonio I am as like to call thee so againe,

To spet on thee againe, to spurne thee too.

If thou wilt lend this money, lend it not

As to thy friends, for when did friendship take

A breede of barraine mettall of his friend?

But lend it rather to thine enemie,

Who if he breake, thou maist with better face

Exact the penalties.

이렇게 안토니오가 자신 있게 장담하자 샤일록은 자신의 특기인 고리
의 대출 대신 다소 엉뚱한 조건을 제안한다.

샤일록 내가 얼마나 너그러운지 보여 드리죠.

저하고 공증인에게 가서 도장을 찍읍시다.

당신에게 걸릴 조건은 단 하나, 그저 즐거운 장난이죠.

계약서에 표현된 대로 정해진 장소에서

정해진 금액을 만기일까지 내게 갚지 못하면

나리의 고운 살점 1파운드를

나리의 신체 어디든 내가 원하는 부위에서

잘라 내어 가지는 걸로

몰수에 대신한다고 말이죠.

안토니오 좋군, 그런 조건에 도장을 찍지.

그리고 심지어 유대인도 친절할 때가 다 있다고 말해 주지.

Shylock This kindnesse will I showe,

Goe with me to a Notarie, seale me there

Your single bond, and in a merrie sport

If you repaie me not on such a day,

In such a place, such sum or sums as are

Exprest in the condition, let the forfeite

Be nominated for an equall pound

Of your faire flesh, to be cut off and taken

In what part of your bodie it pleaseth me.

Antonio Content infaith, Ile seale to such a bond,

And say there is much kindnesse in the Jew.

바로 그 유명한 '살 1파운드(a pound of flesh)'가 등장하는 대목이 여기다.

그런데 자꾸 비즈니스 얘기를 해서 안됐지만 앞서 언급한 현금 유동

베니스(베네치아)의 정치, 문화, 종교 중심지인 피아차 산 마르코. 18세기 이탈리아 화가 카날레토의 그림이지만 지금의 풍경도 그리 다르지 않다. 영국국립미술관 소장.

성은 만만히 볼 문제가 아니다. 재무 구조가 건실한 회사도 큰 거래처에서 수금이 잘되지 않는 사이 채권자들로부터 날아온 만기 어음을 처리할 현금을 확보하지 못해 이른바 '흑자 부도'를 내고 남의 손에 넘어가는 일이 생긴다. 『베니스의 상인』에서 자신만만해하던 안토니오 역시 비슷한 경우를 당한다. 제때 돌아와야 할 그의 상선이 바다에서 실종되면서 결국 기일 안에 샤일록에게 돈을 갚지 못하게 된 것이다. 덕분에 샤일록은 평소 이를 갈면서 미워했던 안토니오의 몸에 그것도 합법적으로 칼을 대고 '회를 뜰' 찬스를 잡는다.

　상황이 이렇게 흘러가자 이를 보다 못한 안토니오의 친구 살라리노(Salarino)가 샤일록에게 도대체 인간의 살 1파운드를 얻는 게 무슨 의미가 있냐고 다그친다. 그러자 샤일록은 기다렸다는 듯이—사실 오래 기다렸다—베니스에서 유대인으로 살아가는 동안 겪었던 온갖 모욕과 수모에 대한 '한풀이 마당굿' 비슷한 열변을 토하는데, 그 일부를 여기 발췌한다.

　유대인은 눈이 없습니까? 유대인이라고 손, 내장, 기질, 감각, 애정, 정열이 없을까요? 유대인도 기독교인과 같은 음식을 먹고, 같은 무기에 상처를 입고, 같은 병에 걸리고, 같은 치료법으로 치유되고, 겨울에는 따뜻하게 여름에는 시원하게 지내고 싶지 않을까요? 우리를 찌르면 피가 안 나는 줄 아쇼? 간지럽히면 깔깔 웃지 않을까요? 우리에게 독약을 먹이면 죽지 않을 재주 있나요? 그런데도 우리에게 잘못을 저지르면 우린 복수도 하지 않을 것 같소?

　Hath not a Iew eyes? hath not a Iew hands, organs, dementions, sences, affections, passions, fed with the same foode, hurt with the same weapons, subiect to the same diseases, healed by the same meanes, warmed and cooled by the same Winter and Sommer as a Christian is. If you pricke vs doe we not bleede? if you tickle vs, doe we not laugh? if you poison vs doe we not die? and if you wrong vs shall we not reuenge?

　특히 "우리에게 잘못을 저지르면 우린 복수도 하지 않을 것 같소(And if you wrong us, shall we not revenge)?" 하고 묻는 마지막 문장에서는 마치 이미 칼 장수에게 특제 생선회 칼을 주문하고 배달을 기다리는 듯 회심의 미소를 짓는 샤일록의 표정이 손에 잡힐 듯하다. 그런데 이렇게 샤일록이 그동안 쌓이고 쌓였던 울분을 토해 내는 장면을 실제 연극으로 보거나 책으로 읽어 가노라면 그 증오와 광기에 소름이 돋기보다는 어쩐지 측은한 마음이 슬슬 들기 시작한다. 당시 유대인에 대한 편견과 차별이 오죽 심했으면 저렇게 거품을 물까 싶은 것이다. 그뿐 아니라 한 걸

베네치아 국립박물관에 소장되어 있는 르네상스 시대
회화 〈어느 젊은이의 초상〉. 제작 시기나 복장, 뒷배경
에 등장하는 상선 등을 고려하면 「베니스의 상인」의 주
인공 안토니오의 이미지라고 해도 손색이 없을 정도다.
화가의 이름조차 공교롭게도 안토니오 레오넬리다.

음 더 나아가 샤일록을 은근히 응원까지 하게 된다.

사실 샤일록 같은 고리대금업자는 작품의 무대가 되는 르네상스 시대
에 무역업으로 전성기를 누린 베니스(베네치아)에 상인 안토니오만큼이
나 꼭 필요한 존재였다. 이런저런 이유로 사업상 급전이 필요한 상인들
에게 자금을 유통해 주는 돈놀이꾼들이 없었다면 무역업 역시 제대로
작동할 수가 없었던 것이다. 이렇게 제조업, 무역업, 금융업은 실제로
자본주의라는 솥을 지탱하는 세 개의 발로 모두 똑같은 중요성을 차지
한다. 아무리 잘 만든 물건이라도 팔지 못하면 소용이 없고, 아무리 좋
은 상품이나 서비스 아이디어가 있어도 필요한 투자 자금을 빌리지 못
하면 실현될 수가 없다.

결국 샤일록은 현대로 치면 '무역 금융(merchant banking)'에 종사하는
인물이자 베니스의 번영을 위해 반드시 필요한 존재였음에도 단지 돈을
만지는 유대인이라는 이유로 인간 이하의 대접을 받는 것이다. 비단 베
니스뿐 아니라 유럽에서 반유대주의(antisemitism)의 역사는 뿌리 깊다.
유대인에 대한 심각한 편견과 차별이 이미 존재하지 않았다면 독일의

히틀러가 그토록 쉽게 유대인들을 공공의 적으로 몰아세울 수도 없었을 것이다. 실제로 히틀러가 집권하고 나서 한동안 독일에서 『베니스의 상인』은 절찬리에 상영되는 연극 중 하나였다고 한다.

그럼 과연 우리의 안티히어로 샤일록은 안토니오의 살 1파운드를 받아 내서 복수를 마무리할 수 있을까? 아직 작품을 읽어 보지 못한 독자들을 위해 결말이 어떻게 맺어지는지는 언급하지 않겠다.

『말괄량이 길들이기』, 보스의 조건

셰익스피어의 또 다른 걸작 희극으로는 『말괄량이 길들이기Taming of the Shrew』를 꼽을 수 있다. 영어 원제 속의 shrew는 원래 설치류의 일종을 가리키는 말인데, 쥐가 뾰족한 이빨로 다른 동물을 깨문다는 이미지 때문에 왕왕거리는 성질 더러운 여자, 혹은 말괄량이로 의미가 확대된 것으로 보인다. 이 작품은 페트루치오(Petruchio)라는 젊은이가 이탈리아 파도바의 명문가 미놀라(Minola) 집안의 첫째 딸이자 장안에 악명 높은 왈가닥인 카테리나(Katherina)를 신붓감으로 점찍고 길들여 가는 과정을 그리고 있다.

미놀라 댁에 당도한 페트루치오가 카테리나를 굴복시키기 위해 어떤 작전을 세우고 있는지 보자.

(나는) 그녀가 나타나면 새로운 기분으로 구혼하리라.
욕설을 퍼부으면, 오히려
그녀가 나이팅게일처럼 달콤하게 노래한다고 말해 주리라.
눈살을 찌푸리면, 그녀가 아침 이슬에 씻긴
장미처럼 맑다고 말해 주리라.

『말괄량이 길들이기』 4막 3장의 한 장면을 묘사한 판화. 페트루치오는 카테리나를 위해 만든 멀쩡한 드레스가 잘못되었다고 터무니없는 트집을 잡으며 재봉사에게 호통을 친다.

입을 다물고 한마디도 하지 않으면,

그녀의 달변을, 그 예리한 말재주를 칭찬하리라.

만약 나더러 짐을 싸라고 하면, 마치 곁에서

일주일간 지내도록 허락한 양 감사를 표하리라.

만약 결혼을 거절하면, 결혼을 발표하고

예식을 올릴 날을 간청하리라.

(I will) woo her with some spirit when she comes.

Say that she rail; why, then I'll tell her plain

She sings as sweetly as a nightingale:

Say that she frown; I'll say she looks as clear

As morning roses newly wash'd with dew:

Say she be mute, and will not speak a word;

Then I'll commend her volubility,

And say she uttereth piercing eloquence:

If she do bid me pack, I'll give her thanks,

As though she bid me stay by her a week:

If she deny to wed, I'll crave the day

When I shall ask the banns, and when be married.

페트루치오가 이렇게 '작전 계획'을 짜자마자 카테리나가 등장한다. 이 두 젊은 남녀의 다정한(?) 대화를 좀 들어 보자.

페트루치오 안녕, 케이트가 당신 이름이라고 들었소.

카테리나 허, 그렇게 들으셨어요? 그럼 귓구멍에 뭔가 단단한 게 끼었나 보네.

나에 대해 말하려는 사람이라면 모두 나를 카테리나라고 부르니까.

페트루치오 일부러 거짓말하는구려. 당신은 분명히 케이트야.

예쁜 케이트, 그리고 때로는 말괄량이 케이트라고도 불리지.

하지만 기독교 세계에서 가장 예쁜 케이트요,

케이트 홀의 케이트, 깜찍한 여자들은 모두 케이트이니

나의 가장 깜찍한 케이트요, 나의 안식처인 케이트지.

그대의 상냥함, 그대의 미덕, 그대의 아름다움이

도처에서 칭송되는 것을 들었소만,

그대의 실체에는 미치지 못하는구려.

나는 감동한 나머지 그대를 내 아내로 만들고 싶소.

카테리나 감동을 받으셨다? 흠, 당신을 이쪽으로 움직였던 자가

당신을 내쫓도록 해야겠군. 내 한눈에 알아봤는데 당신은 옮길 수 있는 물건 같은 하찮은 인간이라고요.

페트루치오 '옮길 수 있는 물건'이라면 어떤 것 말이오?

카테리나 조립식 의자 같은 거지.

페트루치오 당신 말이 맞소. 그러니 이리 와서 내 위에 앉으시오.

카테리나 나귀는 짐을 옮기기 위해 있는 거지. 당신도 그렇고.

페트루치오 여자는 아이를 낳기 위해 있는 거지. 당신도 그렇고.

카테리나 당신 같은 약골과는 어림도 없는 소리지.

PETRUCHIO Good morrow, Kate; for that's your name, I hear.

KATHERINA Well have you heard, but something hard of hearing:

They call me Katherine that do talk of me.

PETRUCHIO You lie, in faith, for you are call'd plain Kate,

And bonny Kate, and sometimes Kate the curst;

But, Kate, the prettiest Kate in Christendom,

Kate of Kate Hall, my super-dainty Kate,

For dainties are all cates: and therefore, Kate,

Take this of me, Kate of my consolation;

Hearing thy mildness prais'd in every town,

Thy virtues spoke of, and thy beauty sounded,—

Yet not so deeply as to thee belongs,—

Myself am mov'd to woo thee for my wife.

KATHERINA Mov'd! in good time: let him that mov'd you hither

Remove you hence. I knew you at the first, you were a moveable.

PETRUCHIO Why, what's a moveable?

KATHERINA A joint-stool.

PETRUCHIO Thou hast hit it: come, sit on me.

KATHERINA Asses are made to bear, and so are you.

PETRUCHIO Women are made to bear, and so are you.

KATHERINA No such jade as bear you, if me you mean.

능청남 페트루치오와 독설의 대가 카테리나의 성 대결, 과연 어떤 결과가 나올까?

비단 『말괄량이 길들이기』에서뿐만 아니라 남녀 관계에서 어느 쪽이 주도권을 잡느냐는 문제는 동서고금을 막론하고 민감한 이슈다. 우디 앨런(Woody Allen)은 비록 양녀와 결혼하는 바람에 한동안 추문의 화신이 되기도 했지만, 전성기인 1970~1980년대에는 상당한 수준의 코미디 영화를 여럿 만든 미국 영화인이다. 그가 언제나처럼 주연, 각본, 감독을 도맡았던 영화 〈마이티 아프로디테Mighty Aphrodite〉(1995)에는 앨런이 분한 남자 주인공 레니(Lenny)가 어린 아들 맥스(Max)와 나누는 다음과 같은 대화가 등장한다. 아이들은 항상 무리에서 누가 '대장'인지 알고 싶어 하는 법이다.

맥스 아빠랑 엄마 둘 중에서 누가 대장이에요?

레니 누가 대장이냐고? 그걸 물어봐야 아니? 내가 대장이지. 엄마는 그냥 결정권자일 뿐이야. 엄마는 우리에게 뭘 할지 지시를 내리고, 나는, 음, 나는 TV 리모컨 통제권이 있지.

Max Who is the boss between you and mommy?

Lenny Who is the boss? You have to ask that? I'm the boss. She is only the decision maker. Mommy tells us what to do and I, umm, I have control over the channel changer.

레니가 말을 빙빙 돌리기는 했지만, 결국 대장, 즉 보스는 아빠가 아니라 엄마라는 얘기다.

『뜻대로 하세요』, 엎치락뒤치락 사랑 이야기

『뜻대로 하세요As You Like It』는 셰익스피어의 희극 가운데 현대 연극 무대에서 가장 인기 있는 작품으로 손꼽힌다. 제목 『뜻대로 하세요』는 정작 작품 속 이야기와는 별 관련이 없으며 그저 관객이나 독자들이 이야기를 원하는 대로 즐기고 해석하면 된다는 의미라고 한다. 작품 속에서는 형에게 재산을 다 뺏기고 낭인 신세가 된 올랜도(Orlando)와, 동생 프레더릭 공작(Duke Frederick)에게 영지를 빼앗기고 밀려난 태공(Duke Senior)의 딸 로절린드(Rosalind) 사이에 벌어지는 연애를 뼈대로 등장인물들의 얽히고설킨 관계가 흥미진진하게 펼쳐진다.

『뜻대로 하세요』에는 셰익스피어 작품 가운데서도 몇 손가락에 꼽힐 만큼 명장면, 명문장이 대거 등장한다. 먼저 3막 4장에서 목동 실비어스(Silvius)의 구애를 튕기는 양치기 소녀 피비(Phebe)에게 주인공 로절린드가 충고하는 장면을 잠깐 감상해 보자. 그 배경을 조금 설명하자면, 로절린드는 아버지가 권좌에서 밀려나 숲 속으로 은거하자 절친한 사촌 동생(그러니까 프레더릭 공작의 딸이다) 실리아(Celia)와 함께 궁전을 도망쳐 나온 후 '개니미드(Ganymede)'라는 가명으로 남장을 한 채 여행하는 중이다. 그런데 길에서 만난 양치기 소녀 피비가 이렇게 남장을 한 로절린드-개니미드를 짝사랑하게 되면서 상황이 좀 어색해진다. 난처해진 로절린드는 피비를 좋아하는 목동 실비어스와 맺어 주기 위해 설득을 시도하는데…. 글쎄, 제대로 될는지 한번 보자. 로절린드는 먼저 실비어스를 질책한다.

바보 같은 목동, 아니 왜 비바람을 흩뿌리는

안개 낀 남풍처럼 그녀를 쫓아다니지?

자네는 그녀보다 천배는 잘생겼다고.

바로 자네 같은 바보들이 이 세상에

쓸모없는 자식들을 잔뜩 만들어 놓는 거야.

그녀를 우쭐거리게 만드는 건 거울이 아니라 자네라고.

자네 때문에 그녀는 자기 용모가

실제보다 더 예쁘다고 생각하는 거야.

You foolish Shepheard, wherefore do you follow her

Like foggy South, puffing with winde and raine,

You are a thousand times a properer man

Then she a woman. 'Tis such fooles as you

That makes the world full of ill-fauourd children:

'Tis not her glasse, but you that flatters her,

And out of you she sees her selfe more proper

Then any of her lineaments can show her.

　실비어스를 이렇게 나무란 로절린드는 이제 피비에게 상당히 '독한 충고'를 전한다.

하지만 낭자, 자기 자신을 알아야지. 무릎을 꿇고

단식이라도 하면서 한 착한 남자의 사랑을 하늘에 감사드리렴.

네 귀에 대고 우정에 찬 충고를 하노니,

팔 수 있을 때 팔렴, 너는 모든 시장에서 팔릴 물건감은 못 되니.

그[실비어스]에게 용서를 빌고, 그를 사랑하며, 그의 청을 받아들이도록.

못생겨도 가장 못생긴 주제에 남을 흉봐서야 되겠나.

그러니 그녀를 데려가게, 목동. 잘 가게.

But Mistris, know your selfe, downe on your knees

And thanke heauen, fasting, for a good mans loue;

For I must tell you friendly in your eare,

Sell when you can, you are not for all markets:

Cry the man mercy, loue him, take his offer,

Foule is most foule, being foule to be a scoffer.

So take her to thee Shepheard, fareyouwell.

"팔 수 있을 때 팔렴, 너는 모든 시장에서 팔릴 물건감은 못 되니"—그러니까 로절린드는 피비에게 자신의 신붓감으로서의 상품 가치를 알고, 즉 '주제 파악'을 하고 지금 구애하는 남성이 있을 때 빨리 기회를 잡으라며 다그치고 있다. 물론 로절린드는 피비가 여자인 자신을 좋아하는 난처한 상황을 벗어나기 위해 일부러 심한 말을 하는 것이지만, 그렇

영국 화가 월터 데버렐이 그린 『뜻대로 하세요』의 4막 1장. 개니미드라는 이름의 남성으로 변장한 로절린드, 그 사촌 실리아, 그리고 로절린드의 정체를 눈치채지 못한 올랜도가 보인다.

다고 해도 여자를 장터에 내놓은, 그것도 별로 인기가 없는 상품에 비교하는 것은 짓궂기 짝이 없다.

하지만 이런 잔인한 '돌직구'에도 개니미드 때문에 눈에 콩깍지가 씐 피비는 아랑곳없고, 따라서 개니미드(=로절린드)는 더욱 난감해진다.

> 피비 사랑스러운 젊은이, 바라건대 함께 있으면서 일 년 동안 계속 꾸짖어 주세요.
> 이 사람의 구애를 듣느니 당신의 꾸지람을 듣겠어요.
> (…)
> 로절린드 제발 나와 사랑에 빠지지 마.
> 취중에 하는 맹세보다 더 거짓이 많은 게 나라고.
> 게다가 나는 너를 좋아하지 않는다니까!
> Phebe Sweet youth, I pray you chide a yere together,
> I had rather here you chide, then this man wooe.
> (…)
> Rosalind I pray you do not fall in loue with mee,
> For I am falser then vowes made in wine:
> Besides, I like you not.

싫어하는 사람에게 구 '애'를 받느니 좋아하는 사람에게 구 '박'을 받는 게 더 행복하다고 우긴다면 심히 난감하다. "취중에 하는 맹세보다 더 거짓이 많은 나"라는 로절린드의 경고도 인상적이다. 왜냐하면 그 말은 진심이기 때문—개니미드는 피비가 짝사랑하는 그 '남자'가 아닌 것이다! 이렇게 남장 여자라는 독특한 설정 때문에 『뜻대로 하세요』는 동성연애를 다루는 이른바 '퀴어 문학(queer literature)'의 선구적 작품으로도 평가받는다.

한편 『뜻대로 하세요』에는 숲 속으로 망명한 태공을 따라다니며 매번 중요한 순간에 썰렁한 대사를 읊어 흥겨운 분위기에 찬물을 끼얹는 '썰렁맨' 자크(Jacques)라는 캐릭터가 등장한다. 그가 2막 7장에서 중얼거리는, "세계는 하나의 연극 무대(All the world's a stage)"로 시작하는 독백 또한 셰익스피어 대사의 백미로 꼽힌다.

세계는 하나의 무대요,

모든 남녀는 배우일 뿐.

사람들은 저마다 퇴장과 등장이 있고,

살아가는 동안 여러 배역을

일곱 시절에 걸쳐 소화하죠.

All the world's a stage,

And all the men and women, meerely Players;

They haue their Exits and their Entrances,

And one man in his time playes many parts,

His Acts being seven ages.

이어서 그는 아기 역(infant)부터 시작되는 일곱 역할을 각각 묘사하는데, 학생, 연인, 군인을 거쳐 커리어와 허세를 좇는 중년과 장년의 배역을 소화하고 나면 끝으로 노년이 온다. 인간이 그 마지막 일곱 번째 배역을 어떻게 마무리 짓는지 보자. 심히 우울하다.

이 이상하고 파란만장한 역사를 끝맺는

최후의 장면은

두 번째의 철없는 아동기, 그리고 다만 망각뿐이죠,

이도 없이, 눈도 없이, 입맛도 없이, 아무것도 없이.

Last Scene of all,

That ends this strange euentfull historie,

Is second childishnesse, and meere obliuion,

Sans teeth, sans eyes, sans taste, sans euery thing.

　자크에 의하면 사람은 이렇게 삶이라는 무대 위에서 7단계의 변신 연기를 시행하는데, 그래 봤자 결국 마지막에는 아무것도 남지 않는다. 이쯤 되면 썰렁맨 정도가 아니라 아예 지독한 허무주의자(nihilist)에 가깝다. 하지만 얼핏 『뜻대로 하세요』라는 코미디와는 맞지 않을 듯이 약간 터무니없는 이 자크라는 캐릭터는 묘하게도 작품 속에 이질적이지 않게 녹아들어 있다. 약간 맛이 떨떠름한 감초 역할이라고나 할까.

11th Brunch Time

비극 편

『맥베스』, 궁극의 배신 이야기

이쯤에서 분위기를 180도 바꿔 셰익스피어의 비극 세계로 한번 들어가
보자. 셰익스피어는 여러 비극 작품을 썼지만 그중에서도 『햄릿*Hamlet*』,
『맥베스*Macbeth*』, 『리어 왕*King Lear*』, 『오셀로*Othello*』 등 네 작품은 흔히
'4대 비극(Four Great Tragedies)'으로 불리는 걸작들이다.

여기서는 이 가운데 『맥베스』와 『햄릿』, 그리고 비록 4대 비극에 들지
는 못하지만 대중적 명성과 인기에서라면 뒤지지 않는 『로미오와 줄리
엣*Romeo and Juliet*』을 살펴보자. 『오셀로』와 『리어 왕』을 깊게 다루지 않
는 데는 지면의 제한이라는 문제와 더불어 내가 개인적으로 두 작품을
그다지 좋아하지 않는다는 이유도 있다. 아무리 비극이라고는 하지만
이야기가 너무나 우울하기도 하거니와, 두 작품의 주인공인 오셀로와
리어 왕이 하는 짓거리가 너무나 한심하기 짝이 없어 도무지 공감이 가
지 않는다. 이 경우 적어도 내게는 그 위대한 셰익스피어조차 설득력 있

는 캐릭터 창조에 조금 실패한 듯한 느낌이다. 다만 『리어 왕』의 경우 바른말만 하는 효녀 코딜리아(Cordelia), 쫄딱 망해서 낭인 신세가 된 리어를 충직하게 따라다니는 광대(Fool), 그리고 『오셀로』의 경우는 종종 오셀로에게서 무대의 스포트라이트를 훔쳐 버리는 악역 이아고(Iago) 등 주연이 아닌 조연들의 생생한 존재감이 그나마 위안이 되기는 한다.

『리어 왕』과 『오셀로』까지 포함해서 셰익스피어 4대 비극을 흐르는 일관된 주제는 한마디로 '배신 때리기'다. 셰익스피어는 작품에서 주인공이 철석같이 믿었던 자식, 친지, 측근 등으로부터 배신당하는 상황을 즐겨 다룬다. 그 가운데서도 『맥베스』는 주인공 맥베스가 저지르는 배신에서 시작하여 꼬리에 꼬리를 무는 배신으로 이어지는 처절한 비극이다. 마녀, 역모, 암살, 광기 등 으스스한 분위기가 전편을 감도는 『맥베스』는 내가 가장 좋아하는 셰익스피어 희곡 작품이기도 하다. 이야기는 반란군을 쳐부수고 개선하는 영웅 맥베스 앞에 세 마녀가 나타나 다음과 같이 예언을 하는 것으로 시작된다.

첫 번째 마녀 맥베스 만세! 글라미스의 영주 만세!

미국 화가 에드윈 오스틴 애비가 그린 『리어 왕』의 한 장면. 진심에서 우러나온 충고를 하다가 부친의 신임을 잃고 떠나는 막내딸 코딜리아의 모습을 그렸다.

영국 화가 조지 롬니의 〈맥베스와 세 마녀〉. 덩컨 왕의 충직한 신하였던 맥베스가 마녀들의 예언을 듣고 딴마음을 먹게 되면서 처절한 배신의 드라마가 시작된다.

두 번째 마녀 맥베스 만세! 코더의 영주 만세!

세 번째 마녀 맥베스 만세! 장차 왕이 될 분이여!

FIRST WITCH All hail, Macbeth! hail to thee, Thane of Glamis!

SECOND WITCH All hail, Macbeth! hail to thee, Thane of Cawdor!

THIRD WITCH All hail, Macbeth! that shalt be king hereafter!

맥베스는 당시 이미 글라미스의 영주였다. 그런데 두 번째와 세 번째 마녀의 말은 무슨 뜻일까? 마녀들이 사라진 직후 덩컨 왕(King Duncan)의 전령이 나타나 전쟁에서 세운 공으로 코더의 영주 자리가 하사되었다는 소식을 전하자, 맥베스는 슬슬 딴마음이 생긴다. 그렇다면 왕이 되어 대권을 잡는다는 예언도 이루어지지 않을까? 이렇게 맥베스의 마음속에서는 배신의 싹이 트기 시작한다.

곧이어 덩컨 왕이 맥베스의 성에서 만찬을 열기로 하면서 예언을 이룰 기회가 빨리 찾아온다. 그런데 왕을 암살하고 대권을 잡을 절호의 찬스를 맞은 그 순간 맥베스는 양심의 가책으로 머뭇거린다. 이때 흔들리는 맥베스를 '국왕 시해'의 길로 이끄는 결정적인 인물은 바로 아내 맥

스코틀랜드 하일랜드에 있는 오 호수와 그 뒤로 보이는 벤루이 산. 스코틀랜드의 아름다우면서도 어딘지 우울한 경관은 배신과 광기의 드라마 『맥베스』의 배경으로 나무랄 데가 없다.

베스 여사(Lady Macbeth)다. 마녀들의 예언을 남편에게서 전해 들은 여사는 그의 착한 성품이 출세를 그르칠까 염려한다.

> 그대는 글라미스와 코더의 영주이시며,
>
> 장차 약속받은 존재가 되실 몸. 하지만 진실로 염려되는 것은
>
> 가장 빠른 기회를 잡기에는
>
> 인간적인 친절함으로 가득 차 버린 당신의 성품이에요.
>
> Glamis thou art, and Cawdor; and shalt be
>
> What thou art promis'd; yet do I fear thy nature;
>
> It is too full of the milk of human kindness
>
> To catch the nearest way.

결국 맥베스 여사는 덩컨 왕의 근위병들에게 수면제가 든 술을 먹인

뒤 망설이는 맥베스를 왕의 침실로 거의 우격다짐하듯 밀어 넣는다. 여기에 그치지 않고 부인은 왕을 살해한 맥베스가 공황 상태에서 우왕좌왕하자 범행에 사용된 단검을 직접 살인 현장까지 갖다 놓고 덩컨 왕이 흘린 피를 근위병의 몸에 뿌리는 등 죄를 엉뚱한 곳에 뒤집어씌우는 완전 범죄를 꾀한다. 어찌 보면 국왕 시해는 맥베스의 손을 빌려 실제로는 맥베스 부인이 저지른 셈이다. 여사는 그뿐 아니라 맥베스의 친구이며 신뢰하는 신하인 뱅쿼(Banquo)의 살해를 모의하기도 한다. 이런 배경으로 인해 Lady Macbeth는 현대 영어에서 악역을 도맡는 인물, 혹은 총대를 메는 인물이라는 뜻의 인기 있는 관용 표현이 되었다.

그러나 그토록 용의주도했던 맥베스 부인은 정작 남편이 대권을 잡은 이후 서서히 양심의 가책으로 미쳐 간다. 부인은 손에 덩컨 왕의 피가 묻어 있다는 환상에 사로잡혀 손을 씻고 또 씻으며 이렇게 읊조린다.

아직도 피 냄새가 있다. 온갖 아라비아 향수를 다 쓴다 해도 이 작은 손을 향기롭게 하지 못하리라.

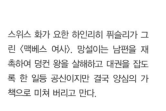
스위스 화가 요한 하인리히 퓌슬리가 그린 〈맥베스 여사〉. 망설이는 남편을 재촉하여 덩컨 왕을 살해하고 대권을 잡도록 한 일등 공신이지만 결국 양심의 가책으로 미쳐 버리고 만다.

Here's the smell of the blood still: all the perfumes of Arabia will not sweeten this little hand.

결국 맥베스 여사는 덩컨 왕과 뱅쿼의 악령에 시달리다 스스로 목숨을 끊고 만다. 아내의 죽음을 전해 듣고 맥베스는 인생의 덧없음을 노래하는 '망부가(亡婦歌)'와 같은 독백을 날린다.

인생은 움직이는 그림자에 불과하니,
무대 위에서 우쭐대다가 투덜대다가 곧 사라지고 마는 삼류 배우 같은 것.
음향과 분노로 가득하지만 아무 의미도 없는 바보의 이야기와 같도다.
Life's but a walking shadow; a poor player,
That struts and frets his hour upon the stage, and then is heard no more:
It is a tale told by an idiot, full of sound and fury, signifying nothing.

인생이란 결국 아무리 야단법석 떨어 봐야 다 죽음을 향한 여정에 불과하다는 것. 『뜻대로 하세요』의 썰렁맨 자크의 허무주의를 연상시키기도 하는 이 독백에서 특히 '음향과 분노(sound and fury)'라는 표현은 현대 영어에서도 기세등등, 허풍, 헛소동 등을 뜻하는 관용구로 자리 잡았다. "무대 위에서 우쭐대다가 투덜대다가 곧 사라지고 마는 삼류 배우"라는 대목 역시 『뜻대로 하세요』에 등장했던 "세계는 하나의 연극 무대"와 맥락이 닿는다. 이렇게 작품 속에 종종 등장하는 연극 무대와 관련된 비유는 셰익스피어가 천생 연극인이었음을 일깨우는 증거라고 볼 수 있다.

이렇게 국왕 시해의 공범이자 정적 암살, 공작 정치의 배후였던 강심장 아내가 갑자기 양심의 가책으로 미쳐서 자살하는 것도 일종의 배신이라면 배신이지만, 아직도 최후의 반전, 최후의 배신이 남았다. 맥베스는 철석같이 믿었던 마녀들에게서마저 배신을 당하게 되는 것이다. 정작 대권을 잡은 뒤부터 워낙 일이 꼬여만 가자 맥베스는 다시 마녀들을 찾아가 조언을 구한다. 맥베스의 청에 따라 마녀들이 불러낸 세 악령(apparition)은 차례로 다음과 같은 예언을 한다.

첫 번째 악령 맥베스, 맥베스, 맥베스! 맥더프를 조심하라.
파이프의 영주를 조심하라. 나는 물러간다, 이만.
(…)
두 번째 악령 잔인하고 대담하고 단호하라! 인간의 힘 따위는
비웃으라. 여자에게서 태어난 자는 아무도
맥베스를 해치지 못하리니.
(…)
세 번째 악령 사자처럼 용맹하고 위풍당당하라. 그리고 누가 도발하는지,
누가 투덜대는지, 모사꾼들이 어디 있는지 괘념치 말라.
광대한 버넘 숲이 높다란 던시네인 언덕을
타고 올라오기 전에는
맥베스는 패배하지 않는다.
APPARITION Macbeth! Macbeth! Macbeth! Beware Macduff;
Beware the Thane of Fife.—Dismiss me:—enough.
(…)
APPARITION Be bloody, bold, and resolute; laugh to scorn
The power of man, for none of woman born

Shall harm Macbeth.

(…)

APPARITION Be lion-mettled, proud; and take no care

Who chafes, who frets, or where conspirers are:

Macbeth shall never vanquish'd be, until

Great Birnam wood to high Dunsinane hill

Shall come against him.

이 세 가지 예언은 모두 얼핏 불가능해 보이는 조건을 내세워 맥베스를 안심시킨다. 우선 파이프의 영주 맥더프(Macduff)는 맥베스에게 쫓겨 망명 중인 신세. 하지만 마녀들을 만나고 성에 돌아온 맥베스에게 바로 그 맥더프가 스코틀랜드로 돌아와 대항군을 조직했다는 보고가 들려온다. 황급히 전투 준비를 하는 맥베스에게 이번에는 또 다른 전령의 보고가 들어온다. 버넘의 숲이 움직이기 시작했다는 것이다! 실은 맥더프의 군대가 숲에서 나뭇가지를 잘라 몸에 두르고 위장한 채 언덕을 올라가는 모습이 멀리서는 숲이 움직이는 양 보인 것이지만, 결국 불가능할 것 같던 예언이 실현된 셈이다.

하지만 아직 맥베스에겐 최후의 보루가 남아 있다. 바로 두 번째 악령이 "여자에게서 태어난 자는 아무도 맥베스를 해치지 못한다"고 했으니—맥더프 역시 그냥 하늘에서 떨어진 건 아니고 분명 낳아 준 엄마가 있었을 것 아닌가? 하지만 이 마지막 예언마저도 결국 맥베스를 '배신'하고 마는데…. 그 내용은 아직 『맥베스』를 읽어 보지 못한 독자들을 위해 여기서는 언급하지 않기로 하자. 굳이 힌트를 주자면 말이라는 게 '아' 다르고 '어' 다르다는 사실이라고 할까?

『햄릿』, 생각이 너무 많은 왕자 이야기

『햄릿』은 원제 『덴마크 왕자 햄릿의 비극Tragedy of Hamlet, Prince of Denmark』에서 알 수 있듯이 원래는 중세 덴마크 전설에서 모티브를 따온 작품이다. 주인공 햄릿은 삼촌 클로디어스(Claudius)에게 암살당한 부왕의 복수를 꿈꾸지만 막상 행동으로 옮기지는 못하고 망설이는 인물이다. 그래서 좋게 말하면 심사숙고형, 비판적으로 말하면 이러지도 저러지도 못하는 우유부단성의 상징으로 꼽히기도 한다. 이 햄릿의 트레이드마크처럼 되어 있는 대사는 역시 이것이다.

> 사느냐 죽느냐, 그것이 문제로다.
> To be or not to be: that is the question.

이 문장은 『햄릿』을 읽어 본 적이 없는 사람들도 잘 알고 있지만, 이 뒤로 계속 이어지는 독백을 조금 더 읽어 봐야 왜 햄릿이 '우유부단' 계의 기린아로 문학사에 남게 되었는지 보다 확실한 감이 온다.

> 사느냐 죽느냐, 그것이 문제로다.
> 가혹한 운명의 돌팔매와 화살을 견디는 것이 과연 고귀한 일인가,
> 아니면 고난의 바다에 맞서 싸워 물리치는 것이 장한 일인가?
> 죽는 건 그저 잠드는 것일 뿐. 잠들면
> 우리 마음의 고통, 그리고 육체에 끊임없이 따라붙는
> 천 가지 고통이 모두 끝난다. 이야말로 우리가 열렬히 바라는
> 삶의 결말이 아닌가. 죽는 건 그저 잠드는 것.
> 잠드는 것이라면, 어쩌면 꿈을 꾸겠지. 아, 그게 문제로군.

이 세상의 번뇌를 벗어나 죽음의 잠에 잠길 때,

우리에게 어떤 꿈이 나타날지 생각하면

다시 망설일 수밖에 없다.

To be, or not to be,—that is the question:—

Whether 'tis nobler in the mind to suffer the slings and arrows of

outrageous fortune

Or to take arms against a sea of troubles, and by opposing end

them?

To die,—to sleep,—No more; and by a sleep to say we end

The heartache, and the thousand natural shocks

That flesh is heir to,—'tis a consummation

Devoutly to be wish'd. To die,—to sleep;—

To sleep, perchance to dream:—ay, there's the rub;

For in that sleep of death what dreams may come,

When we have shuffled off this mortal coil,

Must give us pause.

　햄릿은 이렇게 자살의 가능성을 숙고하고 있지만, 물론 그렇다고 실천에 옮기지도 못한다. 이유인즉 죽는 건 잠든다는 것인데, 그냥 잠들면 좋겠지만 거기서 또 꿈을 꾸게 된다면 결국 사는 것과 마찬가지로 번거로울 것 아닌가….

　이렇듯 꼬리에 꼬리를 무는 상념 때문에 햄릿은 절호의 찬스를 놓치기도 한다. 3막 3장에서 햄릿은 바로 형(햄릿의 부친)을 죽인 죄를 뉘우치며 혼자 기도하고 있는 삼촌 클로디어스를 발견하고 원수를 단칼에 해치울 것을 결심한다. 거기까진 좋았는데, 아니나 다를까, 갑자기 또 그

에드윈 오스틴 애비가 그린 『햄릿』의 한 장면. 부친의 혼령에게서 들은 엄청난 비밀을 확인하기 위해 숙부와 모친 앞에서 극중극을 펼쳐 보이는 햄릿의 모습을 묘사하고 있다.

놈의 우유부단, 과잉 분석의 버릇이 머리를 쳐들고 마는 것이다.

이건 생각해 볼 문제군.

악당이 나의 아버님을 살해했는데, 그 보답으로

하나뿐인 아들인 나는 복수랍시고 이 악당을 천당으로 보내?

아, 이건 복수가 아니라 일자리도 주고 봉급도 주는 셈 아닌가.

저자에게 살해당하셨을 때 아버님은 현세의 온갖 욕망을 그대로 짊어진 상태였다.

그 죄악이 마치 5월의 꽃처럼 활짝 피어 있을 때 아니었던가.

그러니 아버님이 저승에서 무슨 심판을 받을지는 하느님 말고 알 수 없지 않은가?

그러나 아무리 생각해도 중형을 면키는 어려웠을 것이야.

그런데 이제 저자가 저렇게 기도하면서 영혼을 깨끗이 씻고 지금 천국에 갈 준비를 잘하고 있는 판에 죽여 버린다?

이게 바로 내가 원했던 복수란 말인가? 안될 일이지.

That would be scann'd:

A villain kills my father; and for that,

I, his sole son, do this same villain send to heaven.

O, this is hire and salary, not revenge.

He took my father grossly, full of bread;

With all his crimes broad blown, as flush as May;

And how his audit stands, who knows save heaven?

But in our circumstance and course of thought,

'Tis heavy with him: and am I, then, reveng'd,

To take him in the purging of his soul,

When he is fit and season'd for his passage? No.

　물론 깊은 생각 없이 행동을 하는 것도 문제지만 사색이 너무 깊어도 문제다. "장고 끝에 악수를 둔다"는 말도 있지 않은가? 때로는 일을 저질러 놓고 생각은 나중에 하는 무모함도 필요한 것이 인생이다.

　『햄릿』에서 "사느냐 죽느냐"만큼 잘 알려진 또 다른 명대사는 여자를 향한 질타다.

　약한 자여, 그대 이름은 여자니라!

　Frailty, thy name is woman!

　이 문장은 부왕이 죽자마자 기다렸다는 듯이 시동생과 재혼해 버린 햄릿의 모친이자 왕비인 거트루드(Gertrude)를 질타하는 긴 독백 속에 등

덴마크의 헬싱외르에 있는 크론보르 성. 헬싱외르는 셰익스피어의 희곡 「햄릿」에서 엘시노어라는 이름으로 등장한다. 덕분에 크론보르 성은 연극 〈햄릿〉의 공연장이나 영화판 〈햄릿〉의 배경 세트로 인기가 높은 장소다.

장한다. 조금 감상해 보자.

생각하고 싶지도 않다. 약한 자여, 그대 이름은 여자니라!

고작 한 달이면, 어머니가 니오베처럼 눈물이 가득한 채

불쌍한 아버지의 시신을 따라가며 신은 신발이 닳기도 전이다.

어머니는, 하느님 맙소사, 이성을 모르는 야수도

그보다는 오래 슬퍼했을 터인데,

고작 한 달 만에 숙부와 결혼했다.

비록 아버지의 형제라고는 하나 내가 헤라클레스가 아니듯

아버지와는 전혀 닮지도 않은 인물과.

억지로 흘린 눈물 속의 소금기가

그 째진 눈을 미처 붉히기도 전에

그녀는 재혼했다. 그리고 사악하리만치 빠른 속도로,

근친상간을 위해 준비된 침대보에 솜씨 있게 몸을 던졌다.

그것은 좋은 일일 수가 없으며, 앞으로 좋은 결실을 맺을 가망도 없다.

하지만 나는 입을 다물고 있어야 하니 가슴만 찢어진다.

Let me not think on't,—Frailty, thy name is woman!—

A little month; or ere those shoes were old

With which she followed my poor father's body

Like Niobe, all tears;—why she, even she,—

O God! a beast that wants discourse of reason,

Would have mourn'd longer,—married with mine uncle,

My father's brother; but no more like my father

Than I to Hercules: within a month;

Ere yet the salt of most unrighteous tears

Had left the flushing in her galled eyes,

She married:—O, most wicked speed, to post

With such dexterity to incestuous sheets!

It is not, nor it cannot come to good;

But break my heart,—for I must hold my tongue!

　셰익스피어를 읽다 보면 그가 자신의 필력에 스스로 도취한 '삼매경' 상태에서 쓴 것처럼 보이는 대목과 종종 마주치는데, 위의 독백이 그런 경우다. "이성을 모르는 야수도 그보다는 오래 슬퍼했으리"라든가 "억지로 흘린 눈물 속의 소금기가 그 째진 눈을 미처 붉히기도 전" 등은 셰익스피어적 수사의 극치를 보여 준다. 과거 형수와 시동생 사이였던 거트루드와 클로디어스의 결혼을 "사악하리만치 빠른 속도로, 근친상간을 위해 준비된 침대보에 솜씨 있게 몸을 던진 것"이라고 일갈하는 대목

「햄릿」 5막 1장의 장면을 묘사한 들라크루아의 그림. 햄릿은 자신의 어린 시절 좋은 친구가 되어 주었던 궁정 광대의 유해를 보며 삶의 덧없음을 한탄한다.

도 마찬가지다. 만약 셰익스피어 아닌 다른 작가가 그렇게 무지막지한 과장을 시도했더라면 분명 어딘가 부자연스러워졌을 것이다.

모친의 행태에 충격을 받고 여성의 정결에 근본적인 회의를 품게 된 햄릿은 여자 친구 오필리아(Ophelia)를 보며 이렇게 중얼거리기도 한다.

수녀원으로 가라. 왜 죄인들의 어미가 되려느냐? 나는 공평하고 정직한 인간이지만, 나 역시도 내 어머니가 나를 낳지 않았더라면 더 좋을 뻔했다고 말하련다.

Get thee to a Nunnerie. Why would'st thou be a breeder of Sinners? I am my selfe indifferent honest, but yet I could accuse me of such things, that it were better my Mother had not borne me.

"엄마, 왜 나를 낳으셨나요?"가 셰익스피어의 손을 거치면 이렇게 우아한 문장이 된다. 출생에 대한 불평이 꼭 가난한 집 자식의 전유물만은 아닌가 보다.

이렇게 극 중 내내 이런저런 장광설을 읊어 대는 햄릿은 덴마크의 왕자, 망설임의 왕자일 뿐 아니라 '독백의 왕자(Prince of Soliloquy)'이기도 하다. 많은 연극배우들이 햄릿 역을 반드시 맡고 싶어 하면서도 동시에 가장 부담스러워하는 것은 이런 독백을 소화해야 하기 때문이기도 하다. 여기서는 햄릿의 독백을 소개하는 데 주력했지만, 『햄릿』은 마지막까지 반전에 반전을 거듭하는 플롯으로 재미를 배가시키는 셰익스피어의 스토리텔링이 돋보이는 작품이기도 하다.

『로미오와 줄리엣』, 지고의 사랑인가, 미성년자들의 불장난인가

『로미오와 줄리엣』은 이탈리아 베로나에서 철천지원수 사이인 두 가문 카풀렛(Capulet)과 몬터규(Montague) 출신의 두 선남선녀가 벌이는 금지된 사랑 이야기다. 내가 여기서 '금지된 사랑'이라고 한 것은 꼭 두 가문이 원수지간이기 때문만은 아니다. 우선 줄리엣의 아버지 카풀렛 공(Lord Capulet)의 대사를 들어 보자.

> 내 여식은 아직 세상이 낯선 나이지요.
> 14년의 세월이 흐르는 걸 아직 목격하지 못했답니다.
> 무더운 여름이 두 번만 더 지나면
> 성숙한 신붓감이라고 봐 줄 수도 있겠죠.
> My child is yet a stranger in the world;
> She hath not seen the change of fourteen years,
> Let two more summers wither in their pride,
> Ere we may think her ripe to be a bride.

14년의 세월이 흐르는 걸 아직 목격하지 못했다—다시 말해 줄리엣은 열세 살이라는 얘기다. 한편 작품 속 로미오의 나이는 15세다. 아무리 배경이 중세 유럽이라고는 하지만 둘 다 사랑과 결혼보다는 청소년 선도를 따라야 할 나이 아닌가.

하지만 시쳇말로 '머리에 피도 안 마른' 아이들이 나누는 대사는 꽤나 맹랑하다. 줄리엣이 로미오가 듣고 있는 줄도 모르고 자신의 감정을 고백하는 그 유명한 발코니 장면(balcony scene)으로 잠깐 현장 중계를 나가보자.

> 오, 로미오, 로미오! 왜 당신은 로미오인가요?
>
> 아버지를 부정하고 이름을 거부하세요!
>
> (…)
>
> 몬터규가 뭔가요? 손도 아니고 발도 아니고,
>
> 팔도, 얼굴도, 사람의 신체 어느 것도 아닌 것을.
>
> 오, 다른 이름이 되세요!
>
> 이름 속에 뭐가 있다는 거죠? 우리가 장미라고 부르는 그것은
>
> 다른 어떤 이름이더라도 달콤한 향기가 나겠죠.
>
> 그러니 로미오를 로미오라고 부르지 않는다고 해도
>
> 로미오는 이름과 상관없이
>
> 그 완벽한 매력을 유지하겠죠.
>
> O Romeo, Romeo! Why are thou Romeo?
>
> Deny thy father and refuse thy name!
>
> (…)
>
> What's Montague? It is nor hand, nor foot,
>
> Nor arm, nor face, nor any other part

Belonging to a man. O, be some other name!

What's in a name? That which we call a rose

By any other name would smell as sweet,

So Romeo would, were he not Romeo called,

Retain that dear perfection which he owes,

Without that title.

줄리엣은 "우리가 장미라고 부르는 그것은 다른 어떤 이름이더라도 달콤한 향기가 날 것"이라며 로미오에게 이름을 포기하라고 종용한다 (물론 이 장면에서 줄리엣은 로미오가 숨어서 다 듣고 있다는 것을 모른다). 이름이 뭐 대수인가? 로미오면 어떻고 오미로면 어떤가? 이름이 존재를 결정하는 것은 아니지 않은가?

그러나 줄리엣의 대사는 때로, 아니 많은 경우 형식이 존재를 결정한다는 기호학의 명제와 부딪힌다—이 대목에서도 줄리엣이 말은 화려하게 하지만 부친의 표현마따나 "14년의 세월이 흐르는 걸 아직 목격하지 못한" 풋내기 어린아이라는 것이 증명된다고 할까? 이와 관련해 한국 시인 김춘수의 시 「꽃」의 한 대목을 보자.

내가 그의 이름을 불러 주기 전에는

그는 다만

하나의 몸짓에 지나지 않았다.

내가 그의 이름을 불러 주었을 때,

그는 나에게로 와서

꽃이 되었다.

즉 시인에 따르면 '이름'을 받기 전까지 존재는 아직 존재가 아닌 것이 된다. 『모모*Momo*』로 유명한 독일 작가 미하엘 엔데(Michael Ende)의 또 다른 대표작 『네버엔딩 스토리*The Neverending Story*』에서도, 멸망의 위기에 처한 신비의 나라 '판타지아(Fantasia)'를 구할 수 있는 유일한 길은 인간의 아이 바스티안(Bastian)이 판타지아의 여왕에게 새로운 이름을 지어 주는 것이었다.

『세일즈맨의 죽음*Death of a Salesman*』과 함께 미국 극작가 아서 밀러(Arthur Miller)의 대표작으로 쌍벽을 이루는 작품이 『시련*The Crucible*』이다. 『시련』은 초기 미국 역사의 가장 어두운 한 페이지라고 할 세일럼 마녀 재판 사건(Salem Witch Trial)의 전말을 그린 희곡이다. 작중의 등장인물 프록터(Procter)는 재판정이 요구하는, 자신이 악마의 꾀임에 빠졌다는 것을 인정하는 서류에 서명하기를 거부한다. 사실 프록터는 '뗑깡'을 부릴 처지가 아니다. 서류에 서명하면 살고, 안 하면 당장 악마에 씐 혐의로 교수형을 당해야 하는 상황. 그런데 왜 서명을 거부할까? 그는 그 이유를 이렇게 말한다.

그건 내 이름이기 때문이오! 내 삶에서 또 다른 이름을 가질 수는 없기 때문이오! 거짓말을 한 뒤 내 이름을 거기 서명해야 하기 때문이오! 나는 목매달린 자들의 발끝 먼지만큼의 가치도 없게 되기 때문이오! 이름 없이 내가 어떻게 산단 말이오? 내 영혼을 넘겼으니 이름은 내게 남겨 주시오!

Because it is my name! Because I cannot have another in my life! Because I lie and sign myself to lies! Because I am not worth the dust on the feet of them that hang! How may I live without my name? I have given you my soul; leave me my name!

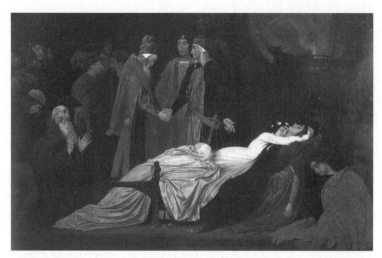

영국 화가 프레더릭 레이턴이 그린 〈몬터규와 카퓰렛 가문의 화해〉. 셰익스피어의 비극 『로미오와 줄리엣』의 피날레 장면이다.

프록터에게는 영혼보다도 소중한 것이 이름이다. 이름, 줄리엣 같은 13세 소녀에겐 별것 아닐지 모르지만 때로 목숨보다 소중한 것이기도 하다.

프록터가 이름에 목숨을 거는 반면 셰익스피어의 히로인 줄리엣은 사랑에 목숨을 건다. 줄리엣은 분명 사랑에 관해서는 이것저것 재지 않는 화끈하고 용감한 소녀다. 작품의 클라이맥스에서 자신을 찌를 단검을 어루만지며 "오, 행복한 단검이여(O happy dagger)!"라고 외치는 줄리엣의 강단—앞날이 구만리 같은 소녀는 그러나 사랑 없이 사느니 차라리 죽음을 택하려 한다. 그 순수한 용기는 어떤 논리나 사색도 초월하는 것이다.

12th Brunch Time

역사극 편

『헨리 5세』

셰익스피어는 역사극의 대가이기도 했다. 셰익스피어의 역사극은 역사적 사건이나 인물에 특별히 새로운 시각을 부여하지는 않지만, 기존 역사 기록의 내러티브를 충실히 따르면서도 특유의 언어 마술로 등장인물에게 새로운 활력을 불어넣으며 역사의 명장면을 생생하게 재현한다. 실제로 셰익스피어 역사극 속 대사나 연설 가운데는 너무나 유명해져서 많은 사람들이 역사적 사실로 믿어 버리게 된 경우도 많다.

셰익스피어가 1599년경 집필한 희곡 『헨리 5세 *Henry V*』는 백년 전쟁 당시 프랑스를 정복하기 직전까지 갔던 영국의 젊은 군주 헨리 랭커스터(Henry Lancaster, 1386~1422)의 활약을 그린 작품이다. 백년 전쟁은 영국과 프랑스 왕가 사이의 복잡한 친척 관계에 따른 왕위 계승권 및 영토 분쟁에서 비롯되어 1337년부터 1453년까지 이어진 장기전이었다(그렇다고 백 년 내내 쉬지 않고 싸운 것은 아니고 중간중간 상당한 공백기가 있기도 했다). 헨

헨리 5세의 초상. 백년 전쟁의 영웅이자 셰익스피어의
희곡 「헨리 5세」의 주인공이다.

리 5세는 1415년 약 6천 명의 병력을 이끌고 프랑스에 침입하여 아쟁쿠
르 전투(Battle of Agincourt)에서 다섯 배가 넘는 프랑스군을 무찌르는 대
승을 거둔 영웅이었다.

　셰익스피어의 『헨리 5세』에서도 역시 헨리가 아쟁쿠르 전투에 앞서
프랑스군의 규모와 위세를 염려하는 장병들을 격려하기 위해 연설을 펼
치는 4막 4장은 작품의 클라이맥스를 이룬다. 그 연설의 일부를 감상해
보자. 전투 당일 아침 사촌 웨스트모얼랜드를 비롯한 휘하 장수들이 프
랑스군의 기세를 염려하자 헨리는 자기를 바라보는 장병들을 향해 일장
훈시를 시작한다.

　　우리가 죽어야 한다면 국가의 손실로는
　　우리면 족하다. 그리고 우리가 산다면
　　적은 숫자일수록 각자 나눌 명예의 몫도 커질지니.
　　신이여, 한 명의 장병도 더 보태지 마소서!
　　If we are mark'd to die, we are enow

To do our country loss; and if to live,

The fewer men, the greater share of honour.

God's will! I pray thee, wish not one man more.

헨리 5세는 원정군이 소수의 병력이라는 약점을 일종의 궤변으로 미화하고 있다. 만약 자기들이 전투에서 패해 전사한다면 어차피 소수니까 영국에 큰 부담이 되지 않아서 좋고, 만에 하나 이기게 되면 소수일수록 적을 무찌른 전공이 더욱 칭송받고 돌아갈 전리품의 몫도 커질 테니 이 아니 좋을쏘냐! 헨리는 계속한다.

신께 맹세코 나는 황금에 눈멀지 않았으며,

나의 비용으로 누가 먹든 상관하지 않는다.

누가 내 옷을 입는다고 해도 언짢아할 바 아니다.

나는 이런 눈에 보이는 것들에 대한 욕심이 없노라.

그러나 명예를 탐하는 것이 죄라면,

나야말로 살아 있는 자 중 가장 죄 많은 영혼일지니.

By Jove, I am not covetous for gold,

Nor care I who doth feed upon my cost;

It yearns me not if men my garments wear;

Such outward things dwell not in my desires.

But if it be a sin to covet honour,

I am the most offending soul alive.

이렇게 자신을 재물에 눈먼 쫀쫀한 속물이 아닌 명예욕의 화신이라고 대놓고 밝힌 헨리는 전투 당일인 10월 25일이 마침 가톨릭의 순교 성인

크리스피누스 형제를 기리는 성 크리스피누스 축일(St. Crispin's Day)임을 상기시킨다. 아쟁쿠르의 용사들은 그날을 이제 단순히 종교 제일이 아닌 전혀 다른 차원에서 기억하고 기념하게 될 것이다.

> 오늘 살아남아 노년을 볼 자는
>
> 해마다 밤늦도록 이웃들과 잔치를 벌이며
>
> "내일은 성 크리스피누스 축일이지" 말하리라.
>
> 이어서 소매를 걷어 올려 상처를 보이며
>
> "내가 성 크리스피누스 축일에 입은 부상일세" 말하리라.
>
> (…)
>
> 선량한 자는 이 승전담을 자식에게 가르칠 테고,
>
> 크리스피누스 형제의 축일은 결코
>
> 오늘부터 세상이 끝날 때까지 잊히지 않으리.
>
> He that shall live this day, and see old age,
>
> Will yearly on the vigil feast his neighbours,
>
> And say "To-morrow is Saint Crispian."
>
> Then will he strip his sleeve and show his scars,
>
> And say "These wounds I had on Crispin's day."
>
> (…)
>
> This story shall the good man teach his son;
>
> And Crispin Crispian shall ne'er go by,
>
> From this day to the ending of the world,

이제 '형제들의 무리(band of brothers)'라는 유명한 표현이 등장하는 피날레다.

우리는 소수, 행운의 소수, 우리는 형제들의 무리.

오늘 나와 함께 피를 흘리는 자는

내 형제가 되리라. 아무리 미천한 자라도

오늘의 업적이 그에게 고귀함을 부여할지니.

그리고 지금 영국에서 침대에 누운 양반들은

이 현장에 있지 못한 것을 저주로 여길 것이다.

We few, we happy few, we band of brothers;

For he to-day that sheds his blood with me

Shall be my brother; be he ne'er so vile,

This day shall gentle his condition;

And gentlemen in England now a-bed

Shall think themselves accurs'd they were not here;

물론 이 연설은 셰익스피어의 창작에 가깝지만, 실제 역사 기록을 봐도 1415년 10월 25일 크리스피누스 축일에 헨리 5세는 아쟁쿠르에서 장궁수를 적극 활용한 입체 작전을 펼쳐 중무장 기사와 보병이 주축이 된 프랑스군에게 엄청난 피해를 입히며 대승했다. 마침 전날 비가 내려 싸움터가 질척해진 것 역시 프랑스군 주력의 빠른 진격을 방해하여 영국군의 승리에 기여했다고 한다.

실제 역사에서 헨리 5세는 아쟁쿠르의 여세를 몰아 2년 뒤인 1417년 프랑스의 유력 귀족 가문이던 부르고뉴파와 동맹을 맺고 수도 파리를 함락하는 기염을 토했다. 그리고 프랑스 국왕 샤를 6세를 조종하여 그의 사후 자신을 시작으로 영국 왕의 후손들이 프랑스 왕위를 계승하게 된다는 트루아 조약(Treaty of Troyes)을 승인하도록 하는 등 프랑스 정복을 성취하기 일보 직전까지 갔다. 셰익스피어의 희곡은 헨리 5세가

샤를 6세의 딸 카트린. 셰익스피어의 『헨리 5세』 후반부에는 헨리와 카트린의 로맨스가 등장한다. 실제 역사에서도 헨리 5세는 카트린과의 결혼을 통해 프랑스 왕가 발루아 가문의 사위가 되어 문자 그대로 프랑스 왕위에 오르기 직전까지 갔다.

1420년 샤를 6세의 딸 카트린(Catherine of Valois)과 결혼하는 해피엔드로 막을 내린다.

여담이지만 제2차 세계대전 중 독일 공군이 런던을 융단 폭격하며 영국의 전의를 꺾으려 했을 때, 당대의 명배우 로런스 올리비에(Laurence Olivier)는 라디오에서 바로 그 『헨리 5세』의 '성 크리스피누스 축일 연설'을 낭독하여 국민들의 사기를 북돋았다. 이때 공교롭게도 수상 윈스턴 처칠(Winston Churchill)이 그 방송을 들었는데, 처칠은 깊은 인상을 받은 나머지 아예 대국민 사기 진작용으로 『헨리 5세』의 영화화를 결정하고 올리비에에게 제작의 전권을 부여했다. 영화는 처칠이 직접 대본의 손질을 요청하는가 하면 야외 촬영이 독일군 폭격기의 공격으로 중단되는 등 여러 우여곡절 끝에 1944년 당시로서는 드문 총천연색 필름으로 완성되어 흥행에서도 큰 성공을 거두었다. 이때 제작, 감독, 주연의 1인 3역으로 고군분투하며 〈헨리 5세〉를 만든 공로로 올리비에는 기사 작위를 받았다.

『리처드 3세』와 장미 전쟁의 결말

파죽지세로 프랑스를 몰아붙이던 헨리 5세가 급성 풍토병에 걸려 1422년 35세의 나이로 요절하지만 않았더라면 영국과 프랑스는 그때 정말 한 나라로 통합되었을지도 모른다. 하지만 헨리의 때 이른 죽음은 프랑스에 숨 돌릴 여유를 주었고, 곧 끝날 것 같았던 전쟁도 수십 년을 더 끌게 되었다. 결국 영국군은 헨리 5세의 영광을 영영 재현하지 못한 채 1453년 프랑스 본토에서 완전히 퇴각했다.

백년 전쟁 실패의 후폭풍은 곧 내전의 형태로 영국을 강타했다. 막대한 전비 때문에 이미 국고는 거덜 났고, 전쟁 패전의 책임을 두고 벌어진 공방은 급기야 왕권의 정통성을 둘러싼 해묵은 논쟁까지 불러일으켜 국론 또한 극도로 분열시켰다. 결국 영국은 1455년부터 1487년까지 각기 정당한 왕위 계승의 법통을 주장하는 요크 가문(House of York)과 랭커스터 가문(House of Lancaster), 그리고 이들을 지지하는 여러 군소 귀족 세력들이 정면충돌한 '장미 전쟁(Wars of the Roses)'을 치르게 되었다. 치열한 내전이 엉뚱하게 '장미 전쟁'으로 불리게 된 이유는 전쟁 중 요크 가는 흰 장미를, 랭커스터 가는 붉은 장미를 각기 가문의 문장으로 삼고 깃발과 갑옷 등을 장식했기 때문이다.

전쟁에서 먼저 승기를 잡은 쪽은 요크 가문이었다. 요크 가와 그 연합 세력은 1461년 랭커스터파에 결정적 대승을 거두며 가문의 수장이던 에드워드 공(Edward, Duke of York)을 에드워드 4세(Edward IV)로 왕위에 밀어 올리는 기염을 토했다. 요크 가문은 이후 랭커스터 잔존 세력의 산발적 저항마저 분쇄하면서 한동안 정세를 안정시킬 수 있었다.

이렇게 장미 전쟁을 좀 길게 설명한 것은 셰익스피어의 희곡『리처드 3세Richard III』를 제대로 이해하고 즐기는 데 필요한 배경지식이기 때문이다. 장미 전쟁의 전반부를 랭커스터 가문에 대한 요크 가문의 승리로 요약할 수 있다면, 그 후반부는 글로스터 공 리처드(Richard, Duke of Gloucester)의 부상과 몰락으로 정리할 수 있다. 에드워드 4세의 막냇동생인 리처드 글로스터는 형의 죽음과 함께 대권을 잡고 리처드 3세가 되는데, 그 등극 과정을 둘러싼 논란 때문에 오랫동안 영국 역사상 최악의 폭군으로 악명을 떨친 인물이다. 이 리처드 글로스터의 만행을 정면으로 다룬 작품이 바로 셰익스피어의 『리처드 3세』다.

작품의 막이 오르면 먼저 리처드의 유명한 독백이 시작된다. 독백은 왜 그가 모든 반란이 평정되어 모처럼 찾아온 태평성대를 다시 혼돈으로 빠뜨리려 하는지, 또 자신의 목적을 성취하기 위한 전략은 무엇인지 등을 극의 본격적인 진행에 앞서 관객에게 통고하는 일종의 오리엔테이션 역할을 한다.

이제 우리 불만의 겨울은

요크의 태양 덕에 찬란한 여름이 되었다.

그리고 우리 가문을 덮었던 먹구름은

깊은 바닷속에 묻혀 버렸지.

이제 우리는 승리의 화환을 머리에 쓰고

파손된 무기는 벽에 장식품으로 걸었다.

전투 나팔은 흥겨운 파티를 알리는 팡파르가 되고

지긋지긋했던 행군의 동작은 유쾌한 춤사위로 바뀌었다.

전장에서 짓던 심각한 표정 대신 찌푸린 주름을 펴고 온화하게 군다.

그리고 이제, 우리 가문의 남자들은 갑주를 두른 말 위에 올라

두려움에 떠는 적들의 영혼을 겁주는 대신

현악기의 음탕한 가락에 맞춰

여인의 내실에서 유쾌하게 뛰논다.

Now is the winter of our discontent

Made glorious summer by this sun [son?] of York;

And all the clouds, that lour'd upon our house,

In the deep bosom of the ocean buried.

Now are our brows bound with victorious wreaths;

Our bruised arms hung up for monuments;

Our stern alarums chang'd to merry meetings,

Our dreadful marches to delightful measures.

Grim-visag'd war hath smooth'd his wrinkled front;

And now, —instead of mounting barbed steeds,

To fright the souls of fearful adversaries, —

He capers nimbly in a lady's chamber

To the lascivious pleasing of a lute.

리처드는 이렇게 랭커스터계와의 싸움에서 최종 승리한 뒤 행복해하
는 요크 집안의 분위기를 전하고 있다. "이제 우리 불만의 겨울은 요크
의 태양 덕에 찬란한 여름이 되었다"는 첫 문장 속 '요크의 태양'은 리처
드의 큰형으로 국왕에 등극한 에드워드 4세를 가리킨다. 영어 sun(태양)
은 son(아들)과 같은 발음이 나기 때문에 극장에서 이 대사를 듣는 관객
들은 '요크의 아들'이라고 이해할 수도 있으며, 실제로 어떤 판본에는
sun 대신 son으로 쓰여 있기도 하다. 즉 리처드의 말은 우리 큰형 에드
워드 덕에 나라에는 평화가, 가문에는 영광이 찾아왔다는 것이다.

이렇게 무기는 벽에 걸렸고 전쟁 나팔도 무도회에나 쓰이게 되었으니
이제부터는 부귀영화를 즐기기만 하면 되는 것 아닌가? 그런데 리처드

리처드 3세의 초상. 그가 오랫동안 영국 역사상 최악의 폭군으로 악명을 누린 데는 셰익스피어의 희곡도 큰 역할을 했다. 하지만 시간이 갈수록 리처드 3세의 공과에 대한 재평가가 힘을 얻고 있다.

는 그 파티에 별로 가고 싶지 않다. 아니 그럴 수 없다. 그의 말을 더 들어 보자.

하지만 나는, 성적 희롱을 부릴 만한 용모도,

거울 앞에서 스스로에게 감탄할 만한 용모도 아니다.

나는 기형으로 찌부러진 탓에

한가하게 농탕치는 미녀 앞에서 뽐낼 만한 용모가 아니다.

나로 말하면 이런 유희로부터 매우 소외된 자다.

자연은 내게서 미남자의 용모를 앗아 갔나니,

나는 뒤틀린 모습의 미숙아로 때 이르게

절반도 제대로 몰골을 갖추지 못한 채 이 활기찬 세상에 나와 버렸지.

워낙에 변변찮고 인기가 없는 탓에

개들도 내가 곁에 멈춰 서면 짖어 댄다.

(…)

나는 연인이 되어 사람들이 칭송해 마지않는

이 아름다운 평화의 세월을 즐길 수 없는 신세라,

차라리 악한이 되어

이 나른한 쾌락의 나날을 증오해 주리라.

But I, —that am not shap'd for sportive tricks,

Nor made to court an amorous looking-glass;

I, that am rudely stamp'd, and want love's majesty,

To strut before a wanton ambling nymph;

I, that am curtail'd of this fair proportion,

Cheated of feature by dissembling nature,

Deform'd, unfinish'd, sent before my time

Into this breathing world, scarce half made up,

And that so lamely and unfashionable,

That dogs bark at me, as I halt by them,—

(…)

And therefore, since I cannot prove a lover

To entertain these fair well-spoken days,

I am determined to prove a villain

And hate the idle pleasures of these days.

이게 무슨 소릴까? 두 형 에드워드와 조지(작품에서는 클래런스 공이라 불린다)는 모두 뛰어난 용모의 소유자였던 데 비해 막내인 리처드는 험상궂은 얼굴, 작은 키에 등까지 굽은 곱사등이였다. 즉 리처드의 독백은 나라에 평화가, 가문에 영광이 돌아왔지만, 거기에는 외모가 받쳐 주지 못하는 자신이 끼어들 자리가 없다는 얘기다. 여자들을 희롱하고 유혹할 수 없는 외모의 소유자인 자신이 태평성대라고 해 봐야 무슨 큰 재미를 보겠냐는 것이다.

자기보다 잘난 선남선녀들이 이 나른한 평화와 풍요에 희희덕거리는 꼴을 못 봐 주겠다는 리처드는 어차피 세기의 연인으로 대성하지 못할 바에는 희대의 악인으로 이름을 남기겠노라 결심한다. 그리고 이를 위한 구체적인 계획을 세운다.

> 내가 짠 계획은 위험천만한 유인책이지.
> 터무니없는 예언, 중상, 꿈 이야기 등으로
> 내 형제 클래런스와 왕이
> 서로를 격렬하게 미워하도록 만드는 것이다.
> 그리고 만약 에드워드 왕이 진실하고 공정한 만큼
> 내가 교묘하고, 거짓되고, 배반을 일삼을 수 있다면
> 오늘 클래런스는 런던 탑에 갇힐 것이다.
> (…)
> 온 힘을 다해 좋은 생각을 짜내야지.
> Plots have I laid, inductions dangerous,
> By drunken prophecies, libels, and dreams,
> To set my brother Clarence and the king
> In deadly hate: the one against the other.
> And if King Edward be as true and just
> As I am subtle, false, and treacherous,
> This day should Clarence closely be mew'd up,
> (…)
> Dive, thoughts, down to my soul.

『리처드 3세』의 주요 무대가 되는 런던 탑. 원래는 노르만 왕족의 거주지 겸 요새로 지어졌으나 이후 거물급 정치범들을 수용하는 감옥이자 처형장으로 이름을 높였다.

　친형제들을 서로 이간하려는 리처드의 계획은 순조롭게 진행되어 큰형 에드워드의 신임을 잃은 작은형 클래런스는 런던 탑에 유폐되고, 이어 리처드가 보낸 자객들에게 암살당한다. 한편 큰형이자 국왕인 에드워드가 급서하면서 리처드는 형의 어린 두 아들의 후견인으로 지명되는데, 이거야 삼촌에게 조카를 맡긴 건지 고양이에게 생선을 맡긴 건지…. 이렇게 영국 역사상 최강급의 악한이 등장하고, 원제도『리처드 3세의 비극Tragedy of Richard III』이라고 되어 있기는 하지만, 이 작품은 완전한 비극도 아니고 무슨 공포물도 아니다. 오히려 작품 곳곳에는 블랙 코미디적 요소도 적지 않다. 클래런스를 죽이기 위해 리처드가 런던 탑으로 보낸 자객들이 거사에 앞서 나누는 대화를 조금 들어 보자.

　자객 2 클래런스가 자는 사이 찔러 죽일까?
　자객 1 안 되지. 그가 깨어나면 비겁한 짓을 했다고 말할걸.
　자객 2 그가 깨어나면이라니! 바보야, [일단 죽고 나면] 그는 최후 심판일까지 결코 깨어날 일이 없잖아.

　자객 1　흠, 그럼 최후 심판일에 우리가 자기를 자는 도중 찔렀다고 〔하느님한테〕 일러바치겠지.

　자객 2　그 '심판'이라는 말이 내 속에 약간의 회한을 일으키는구먼.

　자객 1　뭐가 두려운 겐가?

　자객 2　여기 명령서도 가지고 있으니 클래런스를 죽이는 건 문제가 아니야. 하지만 그를 살해한 것 때문에 신의 저주를 받는다면 어떤 명령서도 나를 변호해 주지 못한다고.

　자객 1　자네는 결심이 굳게 섰다고 생각했는데.

　자객 2　클래런스를 살려 주는 쪽으로 결심이 섰다네.

　자객 1　리처드 공에게 가서 그렇게 말해야겠군.

　자객 2　아니, 부탁인데 잠깐 기다려 봐. 내 종교적 감상이야 바뀔 수도 있으니까. 보통 한 20초 지속되거든.

　자객 1　지금은 기분이 어때?

　자객 2　아직 내 속에 양심의 찌끄러기 비슷한 게 남았어.

　자객 1　일이 끝나면 받을 보수를 생각해 봐.

　자객 2　이런, 클래런스를 죽여야겠군! 보수 건을 깜박했지 뭐야.

　자객 1　자네 양심은 이제 어딨나?

　자객 2　리처드 공의 지갑 속에 있지.

　자객 1　그렇다면 리처드 공이 지갑을 열고 우리에게 보수를 줄 때 자네 양심이 튀어나오면 어쩌려고?

　자객 2　문제없어. 그냥 떠나보내 버리면 돼. 아무도 신경 쓰지 않을 거야.

SECOND MURDERER What, shall we stab him as he sleeps?

FIRST MURDERER   No; he'll say 'twas done cowardly, when he wakes.

SECOND MURDERER When he wakes! why, fool, he shall never wake until the great judgment-day.

FIRST MURDERER Why, then he'll say we stabb'd him sleeping.

SECOND MURDERER The urging of that word "judgment" hath bred a kind of remorse in me.

FIRST MURDERER What, art thou afraid?

SECOND MURDERER Not to kill him, having a warrant for it; but to be damned for killing him, from the which no warrant can defend me.

FIRST MURDERER I thought thou hadst been resolute.

SECOND MURDERER So I am, to let him live.

FIRST MURDERER I'll back to the Duke of Gloster and tell him so.

SECOND MURDERER Nay, I pr'ythee, stay a little: I hope my holy humour will change; it was wont to hold me but while one tells twenty.

FIRST MURDERER How dost thou feel thyself now?

SECOND MURDERER Faith, some certain dregs of conscience are yet within me.

FIRST MURDERER Remember our reward, when the deed's done.

SECOND MURDERER Zounds, he dies: I had forgot the reward.

FIRST MURDERER Where's thy conscience now?

SECOND MURDERER O, in the Duke of Gloster's purse.

FIRST MURDERER So, when he opens his purse to give us our reward, thy conscience flies out.

SECOND MURDERER 'Tis no matter; let it go; there's few or none will entertain it.

정말 사람 목숨을 앞에 놓고 농담 따먹기를 하고 있으니 기가 찰 노릇이다. 역시 그 두목에 그 부하들이라고 할까.

리처드의 온갖 만행을 더 자세히 알고 싶은 독자는 작품을 직접 읽어보면 되겠지만, 『리처드 3세』가 셰익스피어의 역사극 가운데서도 가장 정치색이 진한 작품 중 하나라는 점은 염두에 둘 만하다. 실존 인물 리처드 3세는 에드워드 4세에 이어 왕위에 오른 지 고작 2년 만인 1485년 랭커스터의 잔존 세력을 통합한 헨리 튜더(Henry Tudor)와 맞붙은 보즈워스 전투에서 전사했다. 그 결과 헨리 튜더가 왕위에 올랐으니 그가 헨리 7세(Henry VII)다. 오랜 장미 전쟁의 최후 승자는 요크 가도 랭커스터 가도 아닌 튜더 가문이었던 것이다. 이 헨리 7세의 아들이 바로 헨리 8세이며, 엘리자베스 1세는 그 딸이다. 따라서 엘리자베스 1세 시대에 활동했던 셰익스피어로서는 당대의 지배층에 잘 보이기 위해서라도 튜더 가문의 정적 리처드 3세를 가능한 한 더욱 악인으로 묘사할 동기가 충

엘리자베스 1세의 초상. 리처드 3세를 제거하고 영국의 왕좌를 차지한 헨리 튜더는 엘리자베스의 조부가 된다.

분했던 셈이다.

한편 영국에서는 리처드 3세에 대한 재평가 움직임이 꾸준히 있었다. 리처드 3세를 옹호하는 쪽은 일단 그가 작은형의 죽음과 직접 관련이 없다고 강조한다. 클래런스는 20대 초반부터 정신병을 앓았고, 급기야 에드워드 4세를 암살하려는 음모에까지 엉겁결에 연루되면서 형과 급격히 거리가 멀어진 끝에 런던 탑에 유폐되어 죽음을 당하게 되었다. 어떻게 보면 우리 조선 시대의 사도세자와도 좀 닮은 케이스다. 조선 얘기가 나왔으니 말이지만, 형 에드워드의 두 아들을 죽인 리처드 3세는 말하자면 영국판 수양대군으로 오랫동안 악명이 자자했던 셈인데, 정작 그가 조카들을 죽였다는 직접적인 증거 역시 존재하지 않는다고 한다. 오히려 런던 탑에 유폐된 두 왕자를 죽인 진범으로, 리처드 3세를 제거하고 대권을 잡은 헨리 튜더를 지목하는 역사가들도 있다. 이 주장이 사실이라면 리처드 3세는 수십 년간 영국을 골병들게 했던 장미 전쟁의 모든 업보를 덤터기 쓰고 역사의 죄인으로 기록된, 지독히 불운한 사내였을 수도 있다.

2012년 영국 레스터 시(Leicester)에서는 공영 주차장을 만들기 위해 땅을 파다가 드러난 수백 년 된 교회터에서 유골 한 구가 수습되었다. 흥미롭게도 유골의 형태는 그 주인이 생전에 척추측만증 환자, 즉 곱사등이였음을 명백하게 암시하고 있었다. 게다가 레스터 시가 마침 보즈워스 전투의 현장과 멀지 않은 곳에 위치했던 터라 문제의 유골이 리처드 3세의 것일지 모른다는 기대감이 역사학계는 물론 전 영국을 강타했다.

결국 캐나다에 거주하는 요크 가의 직계 후손까지 어렵사리 찾아 정밀 DNA 분석을 한 끝에 2013년 레스터 대학교 고고학 조사단은 문제의 유골을 리처드 3세의 것으로 최종 결론 내렸다. 조사단은 유골의 뒤

통수와 등 쪽에서 둔기로 심각한 타격을 입은 흔적을 확인했다고 발표하기도 했는데, 이는 리처드가 보즈워스 전투 중 전사했다는 역사 기록과 일치하는 것이었다. 셰익스피어가 희곡 속에서 그린 리처드 3세의 행적이 역사상 실존 인물과 얼마나 일치하는지는 앞으로도 두고두고 논란이 되겠지만, 적어도 그의 외모와 최후를 둘러싼 정황만은 정확하게 묘사했다는 것이 밝혀진 셈이다.

『줄리어스 시저』

로마 역사에 관심이 있는 독자라면 로마 공화정 말기의 독재자 율리우스 카이사르(Julius Caesar)의 최후를 잘 알고 있을 것이다. 카이사르는 기원전 44년 3월 15일 원로원에 출두했다가 공화파 의원들에게 암살당했다. 이때 암살자들 틈에서 아들처럼 아꼈던 브루투스(Brutus)마저 칼을 든 것을 보고 카이사르가 "브루투스, 너마저(You too, Brutus)?"라는 말을 남기며 숨을 거두었다는 일화는 유명하다. 그런데 라틴어 "에 투, 브루테(Et tu, Brute)?"로 더 잘 알려져 있는 이 표현은 실은 역사책이 아니라 셰익스피어의 희곡 『줄리어스 시저Julius Caesar』를 통해 유명해진 것이었다. 셰익스피어가 시저, 즉 카이사르의 최후의 순간을 어떻게 묘사하고 있는지 잠시 감상해 보자.

> 카스카 손이여, 나를 위해 말해 다오!
> (카스카가 시저의 목을 찌른다. 시저는 그의 팔을 잡아 쥔다. 그는 이어서 다른 여러 음모자들에게, 마지막으로 마르쿠스 브루투스에게 찔린다.)
> 시저 에 투, 브루테[브루투스, 너마저]? 그럼 시저도 마지막이군.
> (시저 죽는다. 원로원 의원들과 사람들 혼란 속에 퇴장.)

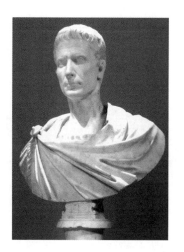

빈 국립박물관에 있는 줄리어스 시저(율리우스 카이사르)의 흉상. 셰익스피어의 희곡 「줄리어스 시저」는 공화정 말기 로마의 숨 가쁜 정국을 리얼하게 그렸다.

(…)

브루투스 시민들과 원로원 의원들, 두려워하지 마시오. 도망가지 말고 가만 계시오. 야망의 대가가 치러졌을 뿐이니.

CASCA Speak, hands, for me!

[Casca stabs Caesar in the neck. Caesar catches hold of his arm. He is then stabbed by several other Conspirators, and at last by Marcus Brutus.]

CAESAR *Et tu, Brute?* Then fall, Caesar.

[Dies. The Senators and People retire in confusion.]

(…)

BRUTUS People and Senators, be not affrighted; Fly not; stand still; ambition's debt is paid.

시저에게 처음 '칼질'을 하는 인물은 원로원 의원 카스카(Casca)이다. 이미 당대에 거의 신으로 대접받던 엄청난 거물에게 칼을 겨누면서 느낀 긴장감을 카스카는 "손이여, 나를 위해 말해 다오!"라고 표현하고 있

이탈리아 화가 빈첸초 카무치니가 그린 〈카이사르의 죽음〉. 셰익스피어의 『줄리어스 시저』에서 시저 (카이사르)는 "브루투스, 너마저?"라는 유명한 말을 남기고 숨을 거둔다.

다. 즉 시저를 향해 (손으로) 칼을 휘두를 용기를 내야 한다고 자신을 재 촉하는 것이다.

시저가 내뱉은 "에 투, 브루테?"는 셰익스피어의 완전한 창작은 아니 고, 분명 그 당시까지 전해 내려오던 시저의 죽음에 관한 기록과 전설 등을 참고해서 쓴 대사일 것이다. 실제로 시저의 마지막 말이 무엇이었 는가는 역사가들마다 주장이 다르다. 플루타르코스의 경우는 그저 시저 가 브루투스의 모습을 본 뒤 말없이 저항을 포기하고 칼질에 몸을 맡겼 다고만 적고 있다.

『줄리어스 시저』에서 시저의 암살보다 더 극적인 장면이 있을까? 있 다. 실제로 작품의 클라이맥스는 시저의 장례식에서 암살을 주도했던 브루투스와 시저의 오른팔이자 정치적 후계자였던 안토니우스(Mark Antony)가 벌이는 연설 대결이다. 장례식에서 먼저 군중 앞에 선 브루투 스는 "시저를 덜 사랑한 것이 아니라 로마를 더 사랑했기(Not that I loved Caesar less, but that I loved Rome more)" 때문에 거사에 가담할 수밖에 없었다고 변명한다. 즉 공화정을 독재자로부터 지키기 위해, 개인적인 친분을 뒤로하고 대의를 위해 칼을 휘둘렀다는 것이다. 군중도 그의 진심이 담긴 연설에 고개를 끄덕이며 수긍하는 태도를 보인다.

브루투스가 퇴장하자 그 뒤를 이어 안토니우스가 연단에 오른다. 브루투스와 카시우스가 안토니우스에게 추모 연설을 허용한 것은 결과적으로 대실수였다. 안토니우스는 시저가 죽은 뒤 브루투스 일당에게 협력하는 척하면서 군중을 선동할 명연설을 준비했던 것이다. 드디어 안토니우스는 입을 열어, 비록 픽션이지만 세계에서 가장 유명한 연설 가운데 하나인 문제의 추모 연설을 시작한다.

친구들이여, 로마 시민들, 동포들이여, 그대들의 귀를 빌려 주오.

나는 시저를 찬양하기 위해서가 아니라 묻으러 왔소.

사람이 저지른 악행은 사후에도 남지만

선행은 종종 그 유해와 함께 묻히는 법.

그러니 시저도 그렇게 되도록 둡시다.

고매한 브루투스는 여러분에게 시저가 야심이 있었다고 했습니다.

정말 그랬다면 그건 심각한 과실이오.

그래서 시저는 대가를 치른 것이오.

여기 브루투스와 기타 제위의 양해하에 말이오.

브루투스는 존경할 만한 분이니까.

그렇게, 모두 다 존경할 만한 분이니까.

Friends, Romans, countrymen, lend me your ears;

I come to bury Caesar, not to praise him.

The evil that men do lives after them;

The good is oft interred with their bones:

So let it be with Caesar.

The noble Brutus hath told you Caesar was ambitious:

If it were so, it was a grievous fault;

And grievously hath Caesar answer'd it.

Here, under leave of Brutus and the rest,

—For Brutus is an honourable man;

So are they all, all honorable men.

이렇게 시작된 연설에 암살자들은 아뿔싸 하고 무릎을 치지만 이미 때는 늦었다. 안토니우스는 계속한다.

그는 많은 포로들을 로마로 데려와

그들의 몸값으로 국고를 불렸소.

이런 행동을 한 시저가 야심가였습니까?

빈자들이 울 때 시저도 울었소.

야심가라면 그보다는 더 단호한 기질을 가졌을 터.

그럼에도 브루투스는 시저가 야심가였다고 말합니다.

그리고 브루투스는 존경할 만한 분이오.

여러분은 루페르칼리아 축제에서 내가 그에게 왕관을 세 번 바쳤을 때

그가 세 번 거절하는 것을 보았을 것이오. 이런 게 야심인가요?

그러나 브루투스는 그가 야심가였다고 합니다.

그리고, 아무렴요, 그는 존경할 만한 분이오.

He hath brought many captives home to Rome,

Whose ransoms did the general coffers fill:

Did this in Caesar seem ambitious?

When that the poor have cried, Caesar hath wept:

Ambition should be made of sterner stuff:

Yet Brutus says he was ambitious;

And Brutus is an honourable man.

You all did see that on the Lupercal I thrice presented him a kingly

crown,

Which he did thrice refuse: was this ambition?

Yet Brutus says he was ambitious;

And, sure, he is an honourable man.

이렇게 안토니우스는 브루투스의 말 "시저가 야심가였다"는 한마디
를 계속 물고 늘어지며 반박하는, 선택과 집중의 전략을 택한다. 그리고

로마 시대 정치와 문화의 중심지였던 포룸 유적. 셰익스피어의 역사극 『줄리어스 시저』의 클라이맥스
는 포룸에서 열린 시저의 장례식에 참석한 브루투스와 안토니우스가 벌이는 연설 대결이다.

반박을 한 뒤에는 또 꼬박꼬박 "브루투스는 존경할 만한 분이죠"를 덧붙인다. 이런 식으로 안토니우스는 결국 브루투스의 선택이 명예롭기는커녕 파렴치한 것이었다는 점을 역설적으로 강조한 것이다. 우리말로 치면 "그래 너 잘났어, 인마"를 반복하는 것과 같다.

브루투스가 이성에 호소한 반면 안토니우스는 군중의 감성에 호소한다. 이미 이 기본 전략에서부터 승부는 갈린 것이다. 대중 연설이란 이성이 아니라 감성에 호소하는 것이 훨씬 효과가 빠르다. 더구나 로마 시민들은 가뜩이나 시저라는 희대의 영웅을 잃고 정신적 공황을 겪고 있던 참이었으니. 작품에서 안토니우스의 이러한 '감성팔이'에 군중은 슬슬 동요하기 시작한다.

분위기가 무르익었다고 본 안토니우스는 슬슬 최후의 한 방, 비장의 카드를 꺼낸다. 그는 군중 앞에서 시저의 유언장을 '발견'했다고, 그럼에도 그 내용을 로마 시민에게 공개하면 너무나 큰 물의가 일어날 것 같아 그러지 못하겠다며 문자 그대로 '셰익스피어적' 뺑끼를 치는 것이다. 안토니우스의 뜸 들이기에 안달이 난 군중은 빨리 유언장 내용을 공개하라고 다그치고…. 물론 실제 역사에서 펼쳐진 구체적인 상황은 연극의 묘사와 다르겠지만, 셰익스피어는 특유의 상상력으로 시저 암살 막후 로마의 긴박한 정국, 그 에센스만은 제대로 포착한 듯하다. 역사적 사실과 예술가적 상상력의 행복한 만남—요샛말로 이른바 '팩션'의 대가인 셰익스피어의 솜씨가 유감없이 드러난 작품 『줄리어스 시저』—이 참에 독자 여러분의 독서 목록에 한번 포함해 보는 것이 어떨까.

Chapter

5

근대 소설의 거인들

메인 브런치
· 위고의 서사, 플로베르의 서술
· 영국 소설가들의 계보
· 러시아 소설의 힘
· 미국의 대가들

원전 토핑
·『레 미제라블』빅토르 위고
·『보바리 부인』귀스타브 플로베르
·『오만과 편견』제인 오스틴
·『막대한 유산』찰스 디킨스
·『데이비드 코퍼필드』디킨스
·『에드윈 드루드의 수수께끼』디킨스
·『율리시스』제임스 조이스
·『전쟁과 평화』레프 톨스토이
·『안나 카레니나』톨스토이
·『죄와 벌』표도르 도스토옙스키
·『카라마조프 가의 형제들』도스토옙스키
·『주홍 글씨』너새니얼 호손
·『모비 딕』허먼 멜빌
·『허클베리 핀의 모험』마크 트웨인
·『위대한 개츠비』F. 스콧 피츠제럴드
·「부자 소년」피츠제럴드
·『분노의 포도』존 스타인벡
·『노인과 바다』어니스트 헤밍웨이
·「킬리만자로의 눈」헤밍웨이

13th Brunch Time

위고의 서사, 플로베르의 서술

『레 미제라블』과 장 발장의 죄

프랑스 작가 빅토르 위고(Victor Hugo, 1802~1885)의 소설 『레 미제라블Les Misérables』의 주인공 장 발장(Jean Valjean)은 기구한 인생의 대명사 격인 인물이다. 우리말로는 경음화 현상 때문에 보통 장 발 '짱'으로 발음(원래 발음은 '장 브좌앙' 정도)되는 이 이름을 들으면 거의 조건반사적으로 떠오르는 인상은 바로 "빵 한 덩이(a loaf of bread)를 훔친 죄로 19년을 감옥에서 보낸 인물"이다. 정말 18세기 말(그가 감옥에 처음 들어간 해가 1796년) 프랑스의 형벌은 그토록 가혹했던 걸까? 그런데 정작 위고의 책을 읽어 보면 일이 그 지경까지 된 데는 장 발장의 자업자득적인 면도 적지 않다는 것을 알 수 있다. 제2권 속에 실제로 다음과 같은 문장이 등장하기는 한다.

> 1815년 10월 그는 풀려났는데, 그가 창유리 한 장을 깨고 빵 한 덩이를 훔친 죄로 그곳(감옥)에 들어선 것이 1796년이었다.

In October, 1815, he was released; he had entered there in 1796, for having broken a pane of glass and taken a loaf of bread.

1815 - 1796 = 19, 그러니까 19년이 맞기는 맞다. 불쌍한 장 발장. 하지만 장 발장의 19년 감옥살이는 그 셈법이 '빵 한 덩이 훔친 죄'라는 한마디로 처리될 만큼 간단치 않다. 원래 장 발장이 유리를 깨고 빵을 훔친 죄로 받은 형벌은 툴롱 형무소(Prison of Toulon)에서의 5년 징역이었다. 그런데 이 5년 형이 거의 네 배로 '따따블'이 되어 장장 19년의 장기 수형 생활로 변한 것은 실은 장 발장의 계속된 탈옥 시도 때문이었다. 그 대목을 잠깐 살펴보자. 약간의 산수 실력도 필요한 문단이다.

4년이 끝나 갈 무렵 장 발장이 탈옥할 차례가 왔다. 그 가련한 장소의 관습대로 동료들이 그를 도왔다. 그는 탈출했다. 그는 이틀 동안 자유롭게 들판을 돌아다녔다. 그 '자유롭게'라는 것이 쫓기는 것, 주변의 모든 상황에 두

파리 근교의 어느 고서점에 진열된 빅토르 위고 전집. 19세기 프랑스 낭만주의를 대표하는 작가 위고는 『레 미제라블』, 『파리의 노트르담』, 『에르나니』 등 수많은 걸작을 남겼다.

리번거리는 것, 미세한 소리에도 화들짝 놀라는 것, 그리고 연기가 오르는 지붕, 지나가는 행인, 짖는 개, 달리는 말, 울리는 시계, 사람 눈에 띄는 낮, 아무것도 볼 수 없는 밤, 도로, 샛길, 덤불, 잠들기 등 모든 것을 두려워하는 그런 것이라면 말이다. 둘째 날 저녁 그는 잡혔다. 그는 서른여섯 시간 동안 먹지도 자지도 못했다. 이 범죄에 해양재판소는 유죄 판결을 내리고 그의 형기에 3년을 추가해서 도합 8년 형을 만들었다. 6년째 해에 그가 다시 탈옥할 차례가 돌아왔다. 그는 기회를 이용했지만 탈출을 완전히 이루지 못했다. 그는 점호에 빠졌다. 대포가 발사되었으며, 밤중에 순찰대가 건조 중인 배의 용골 밑에 숨어 있던 그를 찾아냈다. 그는 자기를 붙잡은 선박 경비원들에게 저항했다. 탈출 시도 및 반항죄. 이 경우에는 특별 조항에 의거 5년이 추가로 구형되었는데, 그중 2년은 두 겹의 쇠사슬로 묶여 지내도록 되어 있었다. 13년.

Towards the end of this fourth year Jean Valjean's turn to escape arrived. His comrades assisted him, as is the custom in that sad place. He escaped. He wandered for two days in the fields at liberty, if being at liberty is to be hunted, to turn the head every instant, to quake at the slightest noise, to be afraid of everything,—of a smoking roof, of a passing man, of a barking dog, of a galloping horse, of a striking clock, of the day because one can see, of the night because one cannot see, of the highway, of the path, of a bush, of sleep. On the evening of the second day he was captured. He had neither eaten nor slept for thirty-six hours. The maritime tribunal condemned him, for this crime, to a prolongation of his term for three years, which made eight years. In the sixth year his turn to escape occurred again; he availed himself of it, but could not accomplish his flight fully. He was missing at roll-call. The cannon were fired, and at night the patrol found him hidden under the keel of a vessel in process of construction; he resisted the galley guards who seized him. Escape and rebellion. This case, provided for by a special code, was punished by an addition of five years, two of them in the double chain. Thirteen years.

즉 두 번의 탈출 시도가 실패하는 바람에 8년이 추가되어 5년이 13년으로 늘어났다는 것이다. 우리 속담대로 "호미로 막을 것을 가래로 막게 된" 경우다. 이 정도 했으면 포기할 법도 한데, 장 발장은 전혀 그런 기미가 없다. 도대체 생각이 있는 건지….

10년째 해에 그의 차례가 다시 돌아왔다. 그는 다시 기회를 이용했지만 이전보다 성공한 것도 아니었다. 이 새로운 시도에 대해 3년 추가. 16년. 끝으로, 13년째 해였던 것으로 생각되는데, 그는 최후의 시도를 벌였고 겨우 네 시간의 부재 끝에 다시 잡히고야 말았다. 이 네 시간의 대가로 3년 추가. 19년. 1815년 10월 그는 풀려났는데, 그가 창유리 한 장을 깨고 빵 한 덩이를 훔친 죄로 그곳에 들어선 것이 1796년이었다.

In the tenth year his turn came round again; he again profited by it; he succeeded no better. Three years for this fresh attempt. Sixteen years. Finally, I think it was during his thirteenth year, he made a last attempt, and only succeeded in getting retaken at the end of four hours of absence. Three years for those four hours. Nineteen years. In October, 1815, he was released; he had entered there in 1796, for having broken a pane of glass and taken a loaf of bread.

파리 빅토르 위고 박물관에 있는 위고의 초상화(왼쪽)와 흉상(오른쪽). 초상화는 화가 레옹 보나, 흉상은 조각가 로댕의 작품이다.

이제는 정말로 막가는 분위기다. '만성 탈옥 증후군(chronic escape syndrome)'에라도 걸렸던 걸까? 좀 모자라다고 해야 할지, 그 끈기 하나만은 알아줘야 할지 잘 모르겠다. 물론 애초에 빵 한 덩이 훔친 죄(정확히 말하면 가게의 유리를 깨고 침입해서 빵을 훔쳤으니까 기물 훼손＋무단 침입＋절도)로 징역 5년이라면 상당히 가혹한 처벌임에는 분명하지만, 그렇다고 해도 장 발장의 계속된 탈옥 시도는 무모해 보인다. 즉 장 발장은 5년 형기를 말썽 없이 만기 복역하고 일찌감치 새 삶을 살 수 있었건만 스스로 무덤을 판 셈이다.

게다가 첫 번째 탈옥이라는 게 5년 형 가운데 이미 4년을 복역한 시점에서 저지른 것이다. 차라리 투옥 직후였으면 모를까 1년만 더 있었으면 만기 출소할 수 있었는데 그걸 못 참았다니 딱할 뿐이다. 사정이 이러하니 장 발장 하면 짠 하고 떠오르는 "빵 한 덩이를 훔친 죄로 감옥살이 19년"만큼 문학 작품에서의 맥락(context)을 무시하고 저 혼자 생명력

1862년판 「레 미제라블」에 실린 삽화 속의 어린 코제트(왼쪽). 브로드웨이의 장수 뮤지컬 〈레 미제라블〉의 포스터(오른쪽)를 장식하면서 전 세계적으로 유명해졌다.

을 얻어 돌아다니는 표현도 드물 것이다.

장 발장이 치른 기나긴 감옥살이의 전말을 제대로 아는 것은 실제로 그의 출소 후 벌어지는 사건을 이해하는 데도 매우 중요하다. 장 발장이 출옥 당시 망가질 대로 망가진 인간이었다는 사실을 알고 있어야 왜 그가 자신을 집에 들여 먹여 주고 재워 준 미리엘 주교(Bishop Myriel)의 호의에도 배은망덕으로 반응하는지 납득이 가기 때문이다. 또 그래야만 장 발장의 이후 개과천선 과정을 더욱 극적으로 감상할 수 있다. 너무나 오랫동안 피폐해진 영혼이 다시 구원의 빛을 발견하기에는 상당한 고난과 시행착오가 필요했던 것이다.

『레 미제라블』은 이렇게 장 발장이라는 악질 전과자의 일생을 따라가면서 그를 구심점으로 온갖 인연으로 얽히고설키는 인간 군상들 저마다의 삶과 사랑, 절망과 희망을 그린 작품이다—라고는 하지만 이 방대한 작품의 내용을 한마디로 요약하는 것은 불가능하다. 전체로『레 미제라블』은 한 편의 대하소설이지만, 그 내용을 들여다보면 수많은 등장인물들의 삶이 각기 한 편의 독립된 단편이나 중편 소설처럼 쓰여 있어서 각각 따로 떼어 별도의 책을 만들어도 되었을 정도다. 예를 들어 총 열네 챕터로 이루어진 제1권은 순전히 미리엘 주교의 삶에 관한 이야기다.

하지만 이 모든 지류와도 같은 이야기들은 결국에는 다시 장 발장이라는 큰 강물 속으로 흘러들어간다. 다시 말해 각자 따로 시작된 캐릭터들의 삶이 소설의 어느 시점부터 장 발장이라는 인물과 서서히 얽히면서 결국 『레 미제라블』이라는 큰 이야기를 구성하는 개개의 무늬가 되는 것이다. 지면 제약 때문에 이 정도에서 마무리할 수밖에 없지만, 『레 미제라블』에는 이렇게 처음부터 끝까지 극적인 장면, 감동적인 에피소드들이 가득하다. 정말 눈물 없이는 읽을 수 없는, 『레 미제라블』 속 이야기 가운데 내가 가장 좋아하는 팡틴(Fantine)과 코제트(Cosette) 모녀의 사연을 소개하지 못해 못내 아쉽다.

위고가 무결함의 작가인 것은 아니다. 소설 『레 미제라블』이나 『파리의 노트르담Notre-Dame de Paris』 속에는 우연을 남발하는 플롯상의 결함

1862년판 『레 미제라블』에서 묘사된 주인공 장 발장의 모습. 미리엘 주교의 사랑으로 구원의 빛을 본 장 발장은 신분을 감추고 마들렌이라는 가명으로 큰돈을 벌어 자선 사업에 힘쓰다 코제트의 존재를 알게 된다.

도 더러 보이며, 간혹 문장의 정교함이 떨어질 뿐 아니라 종종 신파 조로 흐르기까지 한다. 하지만 그가 창조한 강렬한 캐릭터들이 서로 부딪치며 일으키는 에너지는 책장을 넘기는 독자의 손을 바쁘게 만든다. 역시 소설은 '읽히는 힘'을 가진 것이 좋은 작품이다.

위고의 삶 자체도 『레 미제라블』의 저자답게 혁명가, 반항가적 기질이 다분하다. 그는 나폴레옹 3세의 쿠데타에 반기를 들었다가 반체제 인사로 찍혀 한동안 해외에서 망명 생활을 해야 했다. 이후 정부의 사면령으로 신원이 회복되었지만 위고는 나폴레옹 3세의 반동적인 독재 정권이 존재하는 한 프랑스에 돌아가지 않겠다고 선언하는 등 평생 현실과 타협하지 않는 마이 웨이의 삶을 산 인물이었다.

플로베르와 프랑스 사실주의 산책

프랑스에서 위고로 대표되는 낭만주의(French Romanticism)의 대척점에 선 문학 사조는 사실주의(Realism)라고 할 수 있는데, 소설가 귀스타브 플로베르(Gustave Flaubert, 1821~1880)는 이 프랑스 사실주의의 완성자로 꼽힌다. 그의 대표작 『보바리 부인*Madame Bovary*』(1857)은 프랑스 지방 도시에서 실제로 있었던 사건을 보도한 신문 기사에서 힌트를 얻어 집필한 것으로, 사치와 방종을 일삼다가 파산 선고를 받고 자살하는 중산층 여성의 삶을 사실주의의 원칙에 따라 정밀하게 조명한 작품이다. 이렇듯 내용상으로는 19세기 프랑스판 '된장녀'라고 할 에마 보바리(Emma Bovary)라는 여성의 몰락을 다룬 것이지만, 플로베르가 이 소설을 쓴 이유는 동시대 여성들에게 정조 있는 삶, 분수를 아는 삶을 살라는 식의 교훈을 주기 위해서가 아니었다. 위고가 보여 준 것이 서사의 힘이라면, 플로베르가 평생을 천착한 주제는 서술 내지 묘사의 힘이라고 규정할

19세기 후반 프랑스 사실주의를 대표하
는 소설가 귀스타브 플로베르.

수 있다. 여기서 서술이란 문장을 통해 가능한 한 실제에 가까운 상황을
연출하는 것을 의미한다.

플로베르가 성취하고자 한 목표는 어떤 대상—한 여성의 내면이건,
남녀의 대화건, 전원의 풍경이건, 혹은 실내의 가구 배치건 간에—을 가
능한 한 현실에 가깝도록 가감 없이 정확, 정밀하게 묘사하는 것이었다.
그러한 묘사의 객관성을 확보하기 위해서는 집필 과정에서 작가의 견해
나 개인 감정은 철저하게 배제되어야 했다.

"항상 감정이 모든 것이라고 생각해서는 안 된다. 형식 없는 예술은
아무것도 아니다(One must not always think that feeling is everything. Art is
nothing without form)"라는 것이 그의 주장이었다. 19세기 독일 실증주의
사학의 거두였던 랑케(L. Ranke)는 역사학자의 임무란 "실제로 일어난
것을 보여 주는 것(to show what actually happened)"이라고 말했는데, 플로
베르의 문학관은 바로 이 실증주의 사관의 문학적 변주로 느껴지기도
한다. 플로베르는 문장에 대해 결벽증을 보인 작가로도 유명하다. 하기
야 사실주의의 구현을 위해 가장 중요한 것은 문장이다. 마치 카메라 렌

즈의 초점이 흐릿하면 사물을 제대로 볼 수 없는 것처럼, 플로베르에게 모호한 문장, 부적절한 어휘가 포함된 문장을 쓴다는 것은 용납될 수 없는 일이었다. 어느 정도냐 하면 한 문장에서 사용된 단어 속 모음들이 비슷한 발음이 나는 이른바 '유사음(assonance)'을 피하는 데도 병적으로 집착했다고 한다. 아마 유사음이 독자의 집중력을 분산한다고 본 듯하다.

그렇다면 『보바리 부인』은 플로베르가 추구했던 사실주의의 이상이 과연 제대로 구현된 작품일까? 그렇기도 하고, 아니기도 하다. 우선 표현하려는 대상에 어떤 감정의 이입도 허용치 않는다는 플로베르의 목표는 대체로 성공을 거두었지만, 백 퍼센트는 아니다. 플로베르가 극도의 신중을 기울였음에도 불구하고 역시 저자로서의 감정 이입을 완전히 배제할 수는 없었다는 얘기다. 가령 작품의 초반, 의사 샤를 보바리(Charles Bovary)가 왕진 의뢰를 받고 한 농가를 찾는 대목을 보자.

샤를은 환자를 보러 2층으로 올라갔다. 취침용 면모자를 막 던져 버린 환자는 이불 속에서 땀을 뻘뻘 흘리고 있었다. 창백한 피부에 푸른 눈을 가진 쉰 살의 작고 뚱뚱한 남자로, 앞머리는 벗어졌고 귀걸이를 하고 있었다. 그 곁 의자 위에는 큰 브랜디 병이 놓여 있었는데, 그가 때때로 기분을 돋울 요량으로 조금씩 마셔 온 터였다. 하지만 의사의 모습을 보자마자 기분이 가라앉아, 지난 열두 시간 내내 해 오던 욕질 대신 거침없는 신음을 내뱉기 시작했다.

Charles went up the first floor to see the patient. He found him in his bed, sweating under his bed-clothes, having thrown his cotton nightcap right away from him. He was a fat little man of fifty, with white skin and blue eyes, the forepart of his head bald, and he wore

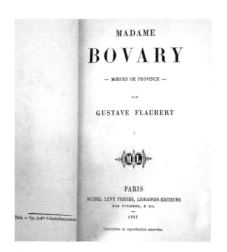

『보바리 부인』의 1857년 초판본 표제지.
'시골 풍속(Mœurs de province)'이라는
부제가 눈에 띈다.

earrings. By his side on a chair stood a large decanter of brandy,
whence he poured himself a little from time to time to keep up his
spirits; but as soon as he caught sight of the doctor his elation
subsided, and instead of swearing, as he had been doing for the last
twelve hours, began to groan freely.

왕진 현장의 정확한 묘사이기는 하지만, 동시에 등장인물에 대한 은근
한 냉소 내지 경멸이 느껴진다. 이때 샤를이 치료한 농장주 루오 씨
(Monsieur Rouault)의 딸이 바로 작품의 주인공 에마다. 샤를은 여기서 '루
오 양(Mademoiselle Rouault)', 즉 에마를 처음 만나 반한 끝에 결혼에 골인한
다. 이번에는 결혼 뒤 에마의 따분한 일상을 묘사하는 대목을 잠깐 보자.

그녀는 역사와 철학 독서를 깊이 있게 해 보려 했다. (…) 하지만 그녀의
독서 습관은 뜨개질과 비슷해서 고작 시작했다가, 장롱을 뒤적였다가, 다시
책을 들었다가, 내려놓았다가, 다른 책으로 옮겨 가는 그런 식이었다.

She tried serious reading, history and philosophy. (…) But her reading fared like her pieces of embroidery, all of which, only just begun, filled her cupboard; she took it up, left it, passed on to other books.

나름 인문학 독서를 시작했다가 곧 흥미를 잃고 마는 주인공의 얄팍한 독서 취향을 묘사한 이 대목에서도 플로베르가 자신의 주인공에게 별로 애정이 없음을 짐작할 수 있다. 다시 말해 완전히 균형 잡힌 객관성이라고는 할 수 없는 악감정마저 느껴진다. 또한 된장녀는 대개 지적 수준이 떨어지는 여자라는 은근한 암시까지 읽을 수 있는데, 역시 인과 관계를 중시해야 할 사실주의 원칙에는 맞지 않는다. 된장녀(혹은 된장남)라고 해서 꼭 만화책만 읽고 예능 잡지나 뒤적거리는 것은 아니다. 인문학 분야의 독서를 즐기는 사람들 가운데서도 된장남녀는 얼마든지 나올 수 있다.

작품 속 등장인물들은 대부분 사실감 있게 다가오지만, 에마의 남편이자 소설의 또 다른 주요 캐릭터인 샤를 보바리의 경우는 좀 예외이다. 그리고 바로 이 점이 소설 전체의 사실감에 상당한 먹구름을 드리운다. 명색이 사람을 돌보는 의사치고 샤를의 행태는 정말 멍청하기 짝이 없다. 도대체 아내가 낮에 무슨 짓을 하고 돌아다니는지에 그토록 깜깜했던 것은 워낙 진료가 바빴으니 그럴 수 있다고 치자. 하지만 직업적으로 이미 죽음과 피, 고통에 익숙한 남성이, 비록 아내였을지언정 자신을 전혀 사랑하지 않은 채 외도를 하고 다니던 여자가 가산을 모두 탕진하고 자살했다고 그 직후부터 충격과 상심에 완전히 폐인이 되어 버린다는 이 '사실주의' 소설의 설정은 도무지 사실적으로 와 닿지가 않는다. 내가 개인적으로 아는 의사들 역시 그렇게 약한 정신력의 소유자는 아니다. 흥미로운 사실은 다른 사람도 아닌 플로베르의 부친이 당대에 상당한 명망을 누린 외과의였다는 것이다. 그렇다면 그가 묘사한 샤를 보바리라는 캐릭터에는 부친의 이미지가 다소 부정적인 형태로 반영되어 있는 것 아닐까─이런 가설을 플로베르 연구가들이 어떻게 생각할지 궁금하다.

이런 요소들 때문인지 『보바리 부인』을 19세기 신흥 부르주아 계급의 속물근성에 대한 일종의 풍자 소설로 해석하는 평론가들도 있지만, 그것이 플로베르의 애초 의도는 아니었던 것으로 보인다. 철저한 계획을 세우고 집필한 소설이 결국 작가의 통제를 벗어나─즉 원래 의도와는 달리 스스로의 생명을 얻어 엉뚱한 방향으로 내달리는 경우는 드물지 않은데, 플로베르 역시 여기에 걸려든 것이 아닐까 생각해 본다.

『보바리 부인』은 일부 평론가들과 프랑스 정부 당국에 '외설'로 낙인찍혀 저자 플로베르가 법정에서 자기 작품을 변호해야 했던 필화로도 유명하다. 여기서 『보바리 부인』이 외설적 작품이라는 근거로 비판 진영이 즐겨 인용했던 대목을 잠깐 보자. 워낙에 낯 뜨거운 장면이니 혹시라도 어린 자녀, 형제가 엿보지 못하도록 극도로 주의하면서 몰래몰래 읽어 보실 것을 권한다. 소설에서 에마 보바리는 애인인 법률 사무소 서기 레옹(Léon Dupuis)과 루앙에서 밀회하는데, 밀회 장소에서 레옹이 갑자기 택시(마차)를 부르면서 상황이 본격적으로 시작된다.

"아! 레옹! 정말─모르겠어요, 이래도 되는 건지" 하고 그녀가 속삭였다.
그러고는 좀 더 진중한 분위기로 덧붙였다. "당신 알아요? 이것이 얼마나 부적절한 일인지─"
서기〔레옹〕가 대꾸했다. "왜죠? 파리에서도 다들 이러는걸요."
그것이야말로 대항할 수 없는 논리가 되어 그녀의 행동을 결정지었다.

"Ah! Leon! Really—I don't know—if I ought," she whispered.
Then with a more serious air, "Do you know, it is very improper—"

"How so?" replied the clerk. "It is done at Paris."

And that, as an irresistible argument, decided her.

레옹의 한마디 "파리에서도 다들 이러는걸요"에 역시 파리의 유행에
민감한 에마의 된장 '심(心)'이 요동친 것이다. 파리에서 좋은 거라면 당
연히 루앙에서도 좋으리라.

　드디어 마차가 나타났다.

　"어디로 갈깝쇼?" 마부가 물었다.

　"어디든 좋을 대로 가게" 하면서 레옹이 에마를 억지로 마차에 밀어 넣
었다.

　그러자 그 슬슬 움직이는 기구가 출발했다. 마차는 그랑퐁 가로 내려가 예
술 광장, 나폴레옹 강변로, 뇌프 다리를 지난 뒤 피에르 코르네유 상 앞에 잠
시 정차했다.

　"계속 가게" 하는 목소리가 안에서 터져 나왔다.

　마차는 다시 계속 달렸고, 라파예트 교차로에 닿자마자 내리막길로 접어
들어 단숨에 정류장으로 진입했다.

　"아니, 직진하게!" 같은 목소리가 외쳤다.

　마차는 출구를 나와 곧 산책로에 이르렀으며, 조용히 느릅나무 아래를 총
총 지나갔다. 이마의 땀을 닦은 마부는 가죽 모자를 무릎 사이에 놓고, 물가
의 목초지 곁 좁은 길 너머로 마차를 몰았다.

　마차는 강변의 뾰족한 자갈로 포장된 예선로를 따라 한동안 섬 건너의 오
이셀 방향으로 갔다.

그러다가 갑자기 방향을 서둘러 바꾼 마차는 카트르마르, 소트빌, 그랑드 쇼세, 엘뵈프 거리를 지나 식물원에서 세 번째로 멈춰 섰다.

"계속 가라니까?" 더욱 화가 난 듯 목소리가 외쳤다.

At last the cab appeared.

"Where to, sir?" asked the coachman.

"Where you like," said Leon, forcing Emma into the cab.

And the lumbering machine set out. It went down the Rue Grand-Pont, crossed the Place des Arts, the Quai Napoleon, the Pont Neuf, and stopped short before the statue of Pierre Corneille.

"Go on," cried a voice that came from within.

The cab went on again, and as soon as it reached the Carrefour Lafayette, set off down-hill, and entered the station at a gallop.

"No, straight on!" cried the same voice.

The cab came out by the gate, and soon having reached the Cours,

왼쪽: 프랑스 인상주의 화가 모네의 〈햇빛 속의 루앙 대성당〉.
오른쪽: 피사로의 〈빗속의 그랑퐁〉.
플로베르의 소설에서 에마 보바리는 루앙 대성당에서 법률 서기 레옹과 밀회한 뒤 함께 마차를 타고 그랑퐁 주변을 드라이브한다.

trotted quietly beneath the elm-trees. The coachman wiped his brow,
put his leather hat between his knees, and drove his carriage beyond
the side alley by the meadow to the margin of the waters.

It went along by the river, along the towing-path paved with sharp
pebbles, and for a long while in the direction of Oyssel, beyond the
isles.

But suddenly it turned with a dash across Quatremares, Sotteville,
La Grande-Chaussee, the Rue d'Elbeuf, and made its third halt in
front of the Jardin des Plantes.

"Get on, will you?" cried the voice more furiously.

계속 이런 식으로 몇 페이지에 걸쳐 마차의 동선을 묘사하던 이 '19
금' 장면은 다음과 같이 마무리된다.

6시경에 마차는 보부아진 구역의 뒷거리에 멈추었고, 한 여성이 마차에서
나와 베일을 쓴 채 고개도 돌리지 않고 걸어갔다.

At about six o'clock the carriage stopped in a back street of the
Beauvoisine Quarter, and a woman got out, who walked with her
veil down, and without turning her head.

이토록 '충격적인' 외설 콘텐츠를 감상한 소감이 어떤가(이제 주변의 미
성년자들을 도로 불러와도 된다)? 순전히 독자의 상상력에 디테일을 맡겨 버
린 이런 장면들이 외설로 찍혀 재판을 받을 정도였으니 요즘과는 격세
지감 정도가 아니라 지구와 안드로메다 사이쯤 되는 거리감이 느껴지지
만, 당대에는 그리 놀라울 것도 없는 일이었다. 바로 이웃 영국에서는

19세기 내내 연주회 때 피아노 다리에 양말을 씌우는 것이 관례였다. 이유는 피아노 다리가 여성의 다리를 연상시킬 수 있다는 것. 다행히 플로베르는 무죄로 풀려났고, 이 사건은 도리어 『보바리 부인』의 판매 부수를 늘리는 역할만 했다고 한다. 그나마 당대 파리의 재판정은 예술과 외설을 구별할 수 있는 안목이 있었던 모양이다.

　다른 걸 다 떠나서 『보바리 부인』은 비단 일반 독자뿐 아니라 특히나 미래의 작가를 꿈꾸는 문학도들의 필독서다. 또한 플로베르는 분명 후대 작가들의 모범이 되는 '작가들의 작가'다. 예술 양식으로서 소설의 완성도를 높이기 위해 끝까지 노력한 그의 프로페셔널리즘과 완벽주의는 단순히 직업을 떠나 수도승 내지 구도자를 연상시킨다. 비록 그 결과가 보는 사람에 따라 절반의 성공으로 비칠 수 있다고 하더라도 말이다.

14th Brunch Time

영국 소설가들의 계보

'칙릿'의 원조 제인 오스틴

영국의 여류 소설가 제인 오스틴(Jane Austen, 1775~1817)은 젊은 처녀 (young maiden)가 배우자를 고르는 과정상의 우여곡절을 즐겨 그렸다. 그래서 종종 깊이가 없다, 혹은 가볍다는 비판을 받기도 하지만, 19세기 초 당시 영국 사회에서 결혼 적령기 여성이 처한 상황을 사실적으로 묘사한 솜씨와 감각은 단연 발군이다.

사실 오스틴이 다룬 주제는 남녀의 사랑과 결혼 제도가 존재하는 한 비단 19세기 영국뿐 아니라 시공을 초월한 것이기도 하다. 예를 들어 신세대 여성들의 고민과 연애 등을 전문적으로 다루면서 21세기에 각광받고 있는 이른바 '칙릿(chick lit)'이라는 문학 장르가 있다. 칙릿은 '계집애' 정도의 의미인 구어체 영어 chick에다가 literature의 lit을 붙여 만든 용어인데, 따지고 보면 제인 오스틴은 이 용어가 탄생하기 2백 년 전에 이미 칙릿의 대가였던 셈이다.

결혼 적령기 선남선녀들이 겪는 다채로운 상황과 정서를 유머러스하고도 섬세한 필치로 그려 낸 영국 여류 작가 제인 오스틴. 본인은 평생 독신으로 살았다.

오스틴은 사후 출판된 작품까지 포함해서 총 여섯 권의 장편 소설을 남겼는데, 여기서는 그중에서도 최고 걸작으로 흔히 꼽히는 『오만과 편견Pride and Prejudice』을 잠깐 맛보자. 제목 속의 오만(pride)은 남녀 주인공이 스스로에게, 그리고 자신의 출신 성분에 가진 자부심 혹은 자존심을 일컬으며, 편견(prejudice)은 상대의 첫인상이나 사회적 지위, 혹은 허세 때문에 그 뒤에 숨은 진실한 인간성과 감정을 보지 못하는 것을 가리킨다. 『오만과 편견』의 첫 문장은 비단 제인 오스틴의 작품 가운데뿐만 아니라 영문학사상 가장 유명한 문장 중 하나일 것이다.

상당한 재산을 가진 독신 남성에게 아내가 꼭 필요하다는 것은 보편적으로 인정되는 진리다.

It is a truth universally acknowledged, that a single man in possession of a good fortune, must be in want of a wife.

그런데 냉정하게 말하면 사실 남자만큼이나, 아니 그 이상으로 오스틴 당대의 여성들은 재산을 가진 남편감을 원했다. 그 당시 영국 여성들에게 결혼 외에 자신의 이상, 꿈, 야망을 실현할 수 있는 옵션은 거의 존재하지 않았기 때문이다. 경제권을 남성이 온통 쥐고 있는 상황에서 신분 상승과 생활 수준의 개선을 이룰 가장 빠른 방법은 경제력이 있는 남성의 마음을 사로잡아 결혼하는 것이었다. 또한 이혼이 보편화되어 있지 않았던 사회 분위기 때문에 이상적인 배우자를 고르기 위해 여성에게 주어지는 기회는 단 한 번이었다. 한번 결혼하면 무를 수가 없었던 것이다. 그야말로 원샷뿐이었다. 그런 점을 감안하면 『오만과 편견』의 첫 문장에는 다음과 같은 두 번째 의미가 숨어 있는 셈이다.

상당한 재산이 없는 독신 여성에게 부유한 남편이 꼭 필요하다는 것 역시 보편적으로 인정되는 진리다.

It is also a truth universally acknowledged, that a single woman in lack of a good fortune, must be in want of a wealthy husband.

그러나 남성보다 훨씬 사회적, 경제적으로 성공한 여성이 늘어나는 21세기는 더 이상 순전히 경제적인 어려움 때문에 여성이 결혼을 해야 하는 시대가 아니다. 심지어 많은 성공적인 여성들은 오히려 결혼을 커리어를 방해하는 장애물로 보기도 한다. 혹시 누군가 21세기판 칙릿으로 『오만과 편견』을 다시 고쳐 쓴다면 다음과 같은 문장으로 시작하지 않을까 싶다.

상당한 재산을 가진 독신 여성이 무슨 수를 써서라도 결혼을 피하려 든다는 것은 보편적으로 인정되는 진리다.

It is a truth universally acknowledged, that a single woman in possession of a good fortune, must be in avoidance of a marriage at all cost.

『오만과 편견』은 런던 교외의 중류층 집안인 베넛 가(Bennet Family)의 딸들, 그 가운데서도 특히 둘째 딸 엘리자베스의 남성 교제와 결혼을 둘러싼 에피소드를 잔잔하게 그려 내고 있다. 오스틴은 원래 책 제목을 『첫인상First Impressions』으로 지었다고 하는데, 실제로 작품 속 남자 주인공 다시(Darcy)는 엘리자베스에게 그 첫인상이 잘못 찍혀 두고두고 마음고생을 한다. 게다가 일단 다시가 엘리자베스를 마음에 두기 시작하면서 상황이 더욱 악화된다. 보통 남자는 마음에 드는 여자 앞에서 원래의 모습보다 더 허세를 부리고 평소 안 하던 짓도 하기 마련이다. 이미 엘리자베스가 주변 인물들의 재잘거림으로 다시의 인간성에 대해 부정적으로 '세뇌'를 당한 판에, 다시의 과장스럽게 차갑고 당당한 태도는 엘리자베스의 선입견에 기름을 부은 격이 되고 만다.

오스틴이 살았던 영국의 바스에 있는 로마 시대 대욕탕의 유적. 바스는 이미 로마 식민지 시대부터 온천으로 유명한 휴양 도시였으며, 그 이름이 그대로 목욕을 뜻하는 영어 단어 bath가 되었다.

엘리자베스와 다시가 무도회에서 함께 춤을 추며 나누는 대화는 아직 서로의 심중을 잘 모르는 두 남녀가 밀고 당기며 벌이는 탐색전의 분위기를 잘 표현하고 있으며, 그 와중에 고전적인 영국식 유머의 맛도 느낄 수 있다. 엘리자베스는 이미 다시에 대한 인상이 별로 좋지 않다. 하지만 그래도 이 남자에게 전혀 끌리지 않는 것은 아니다. 다시는 그런 정황을 정확히 알지 못한 채 엘리자베스에게 좋은 인상을 주려고 나름 노력 중이다. 평소보다 예민한 여자, 평소보다 허세를 부리는 남자의 삐걱거리는 대화의 이중주를 조금 감상해 보자.

"다시 씨, 이제 당신이 뭔가 말씀하셔야 할 차례예요. 제가 춤에 대해 말했으니 당신은 무도회장의 규모나 커플의 숫자에 대해 뭔가 말씀하셔야 한다고요."

(…)

"당신은 춤추는 동안 정해진 규칙에 따라 말을 하나요?"

"때로는요. 조금은 말을 해야죠. 함께 춤추는 30분간 완전히 침묵한다면 이상해 보이겠죠. 하지만 가급적 조금만 말하기가 힘든 사람들이야 대화 내용이 미리 정리되어 있는 편이 이득이기도 하죠."

"지금의 경우 당신은 자신의 감정에 충실한 겁니까, 아니면 내 기분에 맞춘다고 생각합니까?"

엘리자베스는 장난스러운 표정으로 대답했다. "둘 다예요. 왜냐하면 우리는 생각하는 방식이 매우 비슷하거든요. 우리 둘 다 별로 사교적이지 못하고 뚱한 성격이라, 무도회장 전체를 놀라게 해서 자자손손 속담 비슷한 대접을 받으며 전해질 만한 뭔가 대단한 것을 말하지 않을 바에야 아예 말하기를 꺼릴 정도니까요."

"이런 면은 분명 당신 자신의 진짜 성격과는 전혀 닮지 않았으리라고 확신합니다. 그리고 당신의 말이 얼마나 내 진짜 성격에 가까울지는 감히 말할 수가 없군요. 당신은 틀림없이 매우 잘 묘사했다고 생각하겠지만."

"자화자찬을 할 수야 있나요."

"It is your turn to say something now, Mr. Darcy. I talked about the dance, and you ought to make some sort of remark on the size of the room, or the number of couples."

(…)

"Do you talk by rule, then, while you are dancing?"

"Sometimes. One must speak a little, you know. It would look odd to be entirely silent for half an hour together; and yet for the advantage of some, conversation ought to be so arranged, as that they may have the trouble of saying as little as possible."

"Are you consulting your own feelings in the present case, or do you imagine that you are gratifying mine?"

"Both," replied Elizabeth archly; "for I have always seen a great similarity in the turn of our minds. We are each of an unsocial, taciturn disposition, unwilling to speak, unless we expect to say something that will amaze the whole room, and be handed down to posterity with all the eclat of a proverb."

"This is no very striking resemblance of your own character, I am sure," said he. "How near it may be to mine, I cannot pretend to say. You think it a faithful portrait undoubtedly."

"I must not decide on my own performance."

춤추는 도중 누가 끼어드는 바람에 잠시 끊겼던 두 사람의 대화는 다시 이어진다.

"윌리엄 경이 끼어드는 바람에 우리가 무슨 말을 하고 있었는지 잊어버렸습니다."

"우리는 아무 말도 하지 않고 있었다고 생각해요. 윌리엄 경은 무도회장에서 서로 가장 할 말이 없는 두 사람 사이에 끼어드신 셈이죠. 두세 가지 주제에 대해 말해 봤지만 소득이 없었는데 다음에는 또 무슨 얘기를 나눠야 할지 상상이 가지 않네요."

"Sir William's interruption has made me forget what we were talking of."

"I do not think we were speaking at all. Sir William could not have interrupted two people in the room who had less to say for themselves. We have tried two or three subjects already without success, and what we are to talk of next I cannot imagine."

엘리자베스의 말에서는 '찬바람'이 쌩쌩 인다. 게다가 대화가 진행될수록 상황은 점점 더 꼬여만 가는 분위기다.

"책에 대해 어떻게 생각하세요?" 그는 미소 지으며 말했다.

"책요. 아, 아니에요. 우리는 절대 같은 책을 읽지 않으리라 확신해요. 설사 읽더라도 같은 종류의 감동을 느끼는 일은 없겠죠."

"그렇게 생각한다니 유감입니다만, 그렇다면, 적어도 새로운 대화 주제를 찾을 필요는 없겠네요. 그저 우리의 의견 차이를 비교만 하면 될 테니."

"아니요─무도회장에서 책에 대한 얘기를 할 수는 없어요. 그리고 제 머리는 항상 다른 것들로 가득 차 있거든요."

"What think you of books?" said he, smiling.

"Books—oh! no. I am sure we never read the same, or not with the same feelings."

"I am sorry you think so; but if that be the case, there can at least be no want of subject. We may compare our different opinions."

"No—I cannot talk of books in a ball-room; my head is always full of something else."

결국 이런 식의 뜬금없는 대화는 의미가 없다고 생각한 엘리자베스는 마음에 담아 두었던 것을 말하기 시작한다.

"다시 씨, 언젠가 당신이 좀처럼 용서를 하지 않는다고, 한번 화가 나면 가라앉지 않는다고 말씀하신 걸 들은 기억이 있어요. 그럼 화가 일어나지 않도록 매우 조심하시겠군요."

"그렇소." 그가 굳은 목소리로 말했다.

오스틴의 활동 시기이기도 한 18세기 말 왕족들의 아파트로 바스에 지어진 로열 크레센트. 초승달 (crescent) 모양의 걸작 건축물로 지금까지도 바스의 명물이다.

"그럼 자신이 편견에 눈멀도록 결코 용납하지도 않으시겠네요?"

"그러지 않기를 바라죠."

"자기 의견을 결코 바꾸지 않는 사람들에게는 애초에 적절한 판단을 확실히 내리는 것이 더욱 필요하겠군요."

"질문의 의도가 뭔지 물어봐도 될까요?"

"그저 당신이 어떤 분인지 알아보려는 것뿐이에요." 심각하게 보이지 않으려고 애쓰면서 그녀가 말했다.

"그래서 무슨 성공을 거뒀나요?"

그녀는 머리를 저었다. "전혀 모르겠어요. 당신에 대해 갖가지 이야기를 듣는 터라 상당히 혼란스러워요."

"나와 관련된 풍문들이 큰 편차가 있으리라 믿습니다. 하지만 베닛 양, 어느 쪽이건 점수를 딸 일은 없다고 우려할 만한 이유가 있으니, 지금 이 순간 당신이 내 사람됨을 그려 내지 않았으면 좋겠군요." 그는 신중하게 대답했다.

"하지만 지금 당신을 좋아하게 되지 않는다면, 아마 또 다른 기회는 없을 거예요."

"당신의 즐거운 인생을 막아설 의도는 전혀 없습니다." 그는 차갑게 대꾸했다. 그녀는 더 이상 말하지 않았고, 두 사람은 다른 춤을 춘 뒤 조용히 헤어졌다.

"I remember hearing you once say, Mr. Darcy, that you hardly ever forgave, that your resentment once created was unappeasable. You are very cautious, I suppose, as to its being created."

"I am," said he, with a firm voice.

"And never allow yourself to be blinded by prejudice?"

"I hope not."

"It is particularly incumbent on those who never change their opinion, to be secure of judging properly at first."

"May I ask to what these questions tend?"

"Merely to the illustration of your character," said she, endeavouring to shake off her gravity. "I am trying to make it out."

"And what is your success?"

She shook her head. "I do not get on at all. I hear such different accounts of you as puzzle me exceedingly."

"I can readily believe," answered he gravely, "that reports may vary greatly with respect to me; and I could wish, Miss Bennet, that you were not to sketch my character at the present moment, as there is reason to fear that the performance would reflect no credit on either."

"But if I do not take your likeness now, I may never have another opportunity."

"I would by no means suspend any pleasure of yours," he coldly replied. She said no more, and they went down the other dance and parted in silence.

다시는 이 악화된 상황을 극복하고 엘리자베스에게 결혼 승낙을 받아 낼 수 있을까? 독자들은 마치 실내악처럼 잔잔하면서도 흥미로운 오스 틴의 이야기 솜씨에 점점 빠져든다.

이렇게 당대의 여성들에게 결혼의 중요성, 결혼 상대를 고르는 테크 닉 등을 일깨웠던 오스틴 자신은 정작 독신으로 평생을 마쳤다. 부유한 오빠가 돌봐 준 덕에 경제적으로 남편에게 의지해야 할 만큼 궁핍하지 않았던 것도 한 이유이겠지만, '19세기판 칙릿', 또는 '결혼 소설'의 전문가가 평생 결혼을 하지 않았다는 것은 의외다. 문득 스님이 제 머리 못 깎는다는 우리 속담이 생각난다. 그러고 보니 혹시 요즘 출판, 방송 등에서 활약하는 이른바 남녀 관계 전문가들이 정작 본인의 연애 전선, 결혼 전선에서는 정말 얼마나 잘하고 있는 것일까 하는 궁금증도 든다.

디킨스가 남긴 위대한 유산

19세기는 소설의 황금기(golden age)였다. 20세기 초엽부터 소설 장르에 다양한 실험적 요소와 사유가 합류하면서 소설의 양식과 내용이 더욱 풍요로워진 것은 사실이지만, 순수하게 스토리와 캐릭터로 승부를 거는 전통적 의미의 소설이 최고 인기 문학 장르로 대접받던 시절과 장소는 바로 19세기 유럽이었다고 해도 과언이 아니다.

그중에서도 특히 빅토리아 여왕(Queen Victoria) 재위기(1837~1901)의 영국에서는 뛰어난 소설들이 엄청나게 쏟아졌다. 세계 최대의 식민지 제국을 건설한 영국은 그 물질적 풍요가 제공한 상류층과 중산층의 여가를 위한 엔터테인먼트가 필요했고, 아직 영화나 TV가 없던 시절 '이야기'의 즐거움을 줄 수 있는 미디어로서 소설을 대체할 만한 것이 별로 없었기 때문이다. 영어에서 흥미진진한 상황이나 인물을 가리키는 관용구로 a scene from a Victorian novel(빅토리아 시대 소설의 한 장면), a character from a Victorian novel(빅토리아 시대 소설에서 튀어나온 듯한 인물) 등의 표현이 아직도 쓰이는 것은 우연이 아니다.

이 빅토리아 시대를 풍미했던 영국 소설가들의 리스트를 뽑자면 길고 길지만, 그중에서도 최고의 '전투력', 다시 말해 최고의 글힘을 과시했던 지존의 영예는 역시 찰스 디킨스(Charles Dickens, 1812~1870)에게 돌아

런던 켄징턴 공원에 있는 빅토리아 여왕의 상. 빅토리아 여왕의 긴 재위 기는 대영제국의 황금기와 그대로 겹친다. 이 시기는 또한 영국 소설의 황금기이기도 했다.

가야 할 것이다. 디킨스는 발표하는 책마다 베스트셀러를 기록하며 예술적 성취와 대중적 인기를 동시에 거머쥔 거장이다. 어떤 의미에서 19세기 영국인과 미국인들에게 디킨스의 소설을 읽는 것은 지금의 우리가 스티븐 스필버그(Steven Spielberg)나 조지 루커스(George Lucas)가 만든 오락 영화를 보는 것과도 비슷한 경험이 아니었을까 싶다. 만약 디킨스가 우리 시대에 다시 살아났다면 그 역시 소설가보다는 자신이 직접 각본을 쓰고 제작, 연출까지 도맡는 영화인이 되지 않았을까 하는 생각을 해본 적도 있다.

디킨스는 처녀작 『픽윅 클럽The Pickwick Club』부터 시작해서, 순진무구하다 못해 좀 모자라 보이기까지 하는 소년 올리버(Oliver)가 가정을 찾게 되는 과정을 그린 『올리버 트위스트Oliver Twist』, 돈벌레의 대명사 에비니저 스크루지(Ebenezer Scrooge)라는 불멸의 캐릭터를 소개한 중편 『크리스마스 캐럴A Christmas Carol』, 프랑스 혁명을 배경으로 한 러브 스토리 『두 도시 이야기A Tale of Two Cities』 등 많은 작품을 남겼다. 엄청난 다작가였음에도 그 가운데 퀄리티가 떨어지는 책은 한 권도 없다.

　디킨스의 여러 소설 가운데서도 최고 걸작으로 1, 2위를 다투는 작품
이 『막대한 유산 *Great Expectations*』(1861)이다. 『막대한 유산』은 보잘것없
는 배경에서 자라난 소년 핍(Pip)이 돈과 권력의 힘에 휘둘려 타락 직전
까지 갔다가 다시 본래의 순수한 심성을 되찾는 과정을 그린다. 흔히 한
국에는 『위대한 유산』이라는 제목으로 알려진 작품인데, 『막대한 유산』
쪽이 더 어울리는 번역이라고 하겠다. great는 '위대한' 외에도 '막대
한', '상당한' 등의 의미로 쓰인다. 또한 expectation은 '기대', '예상' 등
의 의미와 함께 '예상되는 유산 상속', '유산 상속의 가망'이라는 의미도
있다. 작품 속에서 평민 출신의 핍은 어느 날 미지의 인물이 자기에게
소설의 제목처럼 '막대한 유산(great expectations)'을 물려주기로 했다는
소식을 접하고 놀란다. 도대체 그 인물이 누구일까를 알아내는 것이 이
소설을 읽는 재미 가운데 하나다.

　『막대한 유산』은 애틋한 사랑 이야기이기도 하다. 핍은 에스텔라
(Estella)라는 소녀를 사모한다. 에스텔라는 양모 해비셤 여사(Miss
Havisham)와 함께 새티스 궁(Satis House)이라고 불리는, 거의 폐허가 된

대저택에 사는 소녀이다. 해비셤 여사는 젊은 시절 결혼식 당일 약혼자에게 버림받은 것에 한이 맺혀—그래서 Mrs.가 아니라 Miss—평생 그날 입었던 웨딩드레스를 입고 사는 엽기적인 인물이며, 수양딸 에스텔라 역시 남자들에게 마음을 열지 못하는 차가운 여자로 키운다. 어느 날 밤 핍은 그의 자형이자 보호자 역할을 하는 대장장이 조(Joe)와 함께 밤하늘의 차가운 별빛을 바라본다.

메마르고 추운 밤이었다. 바람이 매섭게 몰아치고 흰 서리가 단단히 내려 있었다. 오늘 같은 밤 늪지에 사람이 쓰러지면 죽을 것이라는 생각이 들었다. 이어서 나는 별을 쳐다보고, 누군가가 얼어 죽어 가면서 별들에게 고개를 돌렸지만 저 빛나는 온 무리 속에서 어떤 도움이나 연민조차 볼 수 없다면 얼마나 끔찍할까 상상했다.

It was a dry cold night, and the wind blew keenly, and the frost was white and hard. A man would die to-night of lying out on the marshes, I thought. And then I looked at the stars, and considered how awful it would be for a man to turn his face up to them as he froze to death, and see no help or pity in all the glittering multitude.

이 별들은 바로 핍이 곧이어 운명적으로 만날 에스텔라를 상징한다. Estella라는 이름 자체가 라틴어 스텔라(stella), 즉 별(star)에서 따온 것인데, 이는 별처럼 빛나는 동시에 언제나 감정적으로도 다른 사람들과는 저 멀리 떨어져 홀로 있으려 하는 에스텔라의 심리를 상징한다. 사실 서민 출신의 핍이 시골에서 나와 런던으로 가서 젠틀맨으로 거듭나려는 것도 자신보다 신분이 높은 에스텔라의 마음을 사로잡으려는 목적이 크다.

온갖 우여곡절을 거친 핍은 결국 소설의 말미에 그토록 연모했던 에스텔라와 새티스 궁에서 재회한다. 해비셤 여사는 이미 죽은 지 오래이며, 에스텔라 역시 핍이 거의 여신처럼 숭배하던 과거의 그 에스텔라가 더 이상 아니다. 하지만 핍은 석양 속에서 오히려 솟아오르는 밝은 미래를 본다. 이 대목은 작품 속에서 가장 아름다운 장면 가운데 하나이며, 앞서 소개한 차가운 별무리의 장면과 대조된다. 내가 가장 좋아하는 디킨스 소설의 문단 가운데 하나이기도 하다.

런던 다우티 가의 찰스 디킨스 박물관에 보존되어 있는 디킨스의 집필실. 디킨스가 『픽윅 클럽』, 『올리버 트위스트』 등의 걸작을 집필한 책상이 보인다.

나는 그녀의 손을 잡았고, 우리는 폐허 밖으로 나갔다. 그러자 내가 처음 대장간을 떠나던 오래전 아침 피어올랐던 안개처럼, 그렇게 저녁 안개가 이제 솟아오르고 있었고, 그 넓게 퍼져 가는 고요한 빛무리 속에서, 그녀와의 또 다른 이별의 그림자는 볼 수 없었다.

I took her hand in mine, and we went out of the ruined place; and, as the morning mists had risen long ago when I first left the forge, so, the evening mists were rising now, and in all the broad expanse of tranquil light they showed to me, I saw no shadow of another parting from her.

『막대한 유산』과 어깨를 나란히 하는 걸작으로는 디킨스의 가장 자전적인 소설이기도 한 『데이비드 코퍼필드*David Copperfield*』(1849)를 꼽을 수 있다. 『데이비드 코퍼필드』 역시 주인공 데이비드가 스스로 화자를 맡아 유년 시절부터 자신의 성장 과정을 생생하게 들려준다. 데이비드 는 비록 아버지의 얼굴도 모르는 유복자로 태어났지만 모친과 유모 페 고티 양(Miss Peggotty)의 보살핌 속에 행복하게 자란다. 데이비드가 일곱 살이던 해의 어느 날 페고티 양은 불쑥 데이비드에게 자기 고향 야머스 (Yarmouth)에서 어부로 일하는 동생 집에 며칠간 함께 놀러 가지 않겠느 냐고 제안한다. 당연히 데이비드는 좋다며 유모를 따라 여행길에 나선 다. 야머스로 가는 마차를 탄 데이비드는 즐겁기만 하다.

페고티는 간식 바구니를 무릎 위에 올려놓았는데, 우리가 똑같은 탈것으 로 런던까지 가고 있었더라도 충분히 먹을 수 있을 정도였다. 우리는 꽤나 먹어 댔고, 꽤나 잤다. 페고티는 언제나 바구니의 손잡이로 턱을 괴고 잤는 데, 그렇게 바구니를 잡은 모양새는 절대로 흐트러지는 법이 없었다. 그리 고 내가 직접 들었으니 망정이지, 무방비 상태의 여성 한 사람이 그토록 심 하게 코를 골 수 있다고는 믿지 못했을 것이다.

Peggotty had a basket of refreshments on her knee, which would have lasted us out handsomely, if we had been going to London by the same conveyance. We ate a good deal, and slept a good deal. Peggotty always went to sleep with her chin upon the handle of the basket, her hold of which never relaxed; and I could not have believed unless I had heard her do it, that one defenceless woman could have snored so much.

드디어 페고티 양의 동생 페고티 씨(Mr. Peggotty)의 집에 당도한 데이비드는 낡은 폐선을 고쳐 만든 아담한 건물을 보고 기쁘고 신기해서 어쩔 줄을 모른다. 페고티 씨에게는 에밀리(Em'ly)라는 딸이 있는데, 같은 또래인 데이비드와 에밀리는 급속도로 가까워진다. 이 두 소년 소녀의 우정 내지 풋풋한 사랑을 그린 다음 대목은 어쩐지 『막대한 유산』의 마지막 부분과 묘하게 겹쳐지는 느낌이 있다.

당연히 나는 에밀리와 사랑에 빠져 있었다. 나는 그 아이를 매우 진정으로, 매우 소중히, 인생의 후반기에 빠지는 고귀하고 고결한 최고의 사랑보다도 더 크나큰 순수함과 청렴함으로 사랑했음을 확신한다. 그 푸른 눈의 아이에게는 나를 끌리게 하는 무언가, 그 아이를 천사처럼 신비롭게 만드는 무언가가 있었음이 확실하다. 만약 어느 맑은 아침에, 그 아이가 작은 날개 한 쌍을 펴고 내 눈앞에서 날아가 버렸다 해도 그런 일이 있으리라고 예상할 이유가 있었다고밖에 달리 생각할 여지가 없다.

우리는 야머스의 어둑한 평지를 몇 시간이고 다정히 걷곤 했다. 나날이 즐겁기만 했는데, 마치 시간 역시 자라지 않은 아이여서 항상 놀기만 하는 듯했다. 나는 에밀리에게 사랑한다고 말했는데, 만약 에밀리가 나를 사랑한다고 고백하지 않는다면 칼로 스스로를 찌르고 싶을 정도로 비참해질 지경이었다. 에밀리는 자기도 나를 사랑한다고 말했고, 그것은 의심할 여지가 없었다.

Of course I was in love with little Em'ly. I am sure I loved that baby quite as truly, quite as tenderly, with greater purity and more disinterestedness, than can enter into the best love of a later time of life, high and ennobling as it is. I am sure my fancy raised up something round that blue-eyed mite of a child, which etherealized, and made a very angel of her. If, any sunny forenoon, she had spread a little pair of wings and flown away before my eyes, I don't think I should have regarded it as much more than I had had reason to expect.

We used to walk about that dim old flat at Yarmouth in a loving manner, hours and hours. The days sported by us, as if Time had not grown up himself yet, but were a child too, and always at play. I told Em'ly I adored her, and that unless she confessed she adored me I should be reduced to the necessity of killing myself with a sword. She said she did, and I have no doubt she did.

정말 읽으면서 입가에 미소를 짓게 하는 장면이지만, 며칠간의 꿈같은 시간은 금세 지나가 버리고 작별의 시간이 오고야 만다. 집으로 돌아갈 때가 된 것이다. 가뜩이나 에밀리와 헤어지는 것도 슬프기 짝이 없는 판에, 마차를 타고 귀가하는 길에 데이비드는 페고티로부터 청천벽력 같은 소식을 듣는다. 실은 페고티가 데이비드를 고향으로 데리고 간 데

영불 해협을 건너는 디킨스를 묘사한 캐리커처. 뛰어난 낭독가이기도 했던 디킨스는 영국뿐 아니라 유럽 각지와 미국까지 방문하여 자기 소설을 청중에게 직접 들려주는 순회 낭독 공연을 절찬리에 열었다.

런던 말리번 로에 있는 디킨스 부조. 크게 새긴 디킨스의 얼굴 옆으로 『크리스마스 캐럴』의 스크루지, 『골동품 가게』의 리틀 넬, 『데이비드 코퍼필드』의 코퍼필드 등 유명한 디킨스 소설의 주인공들이 보인다.

에는 미처 말 못할 사정이 있었던 것이다. 그리고 그 시점부터 데이비드의 평화로운 유년 시절은 급격하게 변하기 시작하는데….

디킨스는 천부적인 이야기꾼이었을 뿐 아니라 사업 수완도 좋았다. 디킨스는 한 번에 단행본을 발표하는 대신 작품을 여러 편으로 쪼개어 주마다, 혹은 달마다 출판하는 분할 판매/발행 방식을 동원, 다음 회를 사 보지 않고는 못 배기도록 독자의 흥미를 돋우고 판매 부수도 늘리는 '클리프행어(cliffhanger)'식 수법으로 대성공을 거두었다. 디킨스가 『골동품 가게The Old Curiosity Shop』라는 작품을 연재 발표할 당시 미국의 뉴욕 항에서는 작품의 여주인공 리틀 넬(Little Nell)의 운명을 알려는 미국인 독자들이 영국에서 오는 여객선을 진을 치고 기다리는 사태까지 벌어진 일화는 유명하다. 처음 부두에 발을 디디는 승객에게 리틀 넬이 어떻게 되었는지 물어보려고 그랬던 것이다. 아무리 전화나 전보가 없던 시절의 얘기라고는 하지만 이쯤 되면 신드롬을 넘어 집단 광기다.

한편 디킨스의 독특한 작품으로 그의 유작이 된 추리 소설『에드윈 드루드의 수수께끼*The Mystery of Edwin Drood*』가 있다. 이 소설은 디킨스가 완성하지 못하고 사망하는 바람에 범인이 누군지 결국 영원히 알지 못하게 되고 말았다. 말하자면 그는 마지막 작품에 영원한 클리프행어를 걸고 떠난 셈이다. 그 소설 속의 한 문장을 감상하며 잠시 디킨스와 이별을 고하자.

사랑의 지혜야말로 (…) 이 세상에 알려진 가장 고결한 지혜다.
The wisdom of Love (…) the highest wisdom ever known upon this earth.

디킨스의 모든 작품은 사랑과 지혜가 함께 넘친다―거기다 재미까지.

『율리시스』, 제임스 조이스 문학의 항해 일지

흔히 20세기 최고의 소설로 꼽히는『율리시스*Ulysses*』의 작가 제임스 조이스(James Joyce, 1882~1941)는 아일랜드 출신이다. 영어로 쓰인 가장 위대한 20세기 소설의 영예가 미국이나 영국이 아닌, 항상 이웃 영국의 기세에 눌려 기지개를 펴지 못했던 나라 아일랜드에 돌아간 것이다. 아일랜드는 오랫동안 영국의 속국으로 있다가 1937년 공화국으로 독립했다. 혹 아일랜드인이 들으면 펄쩍 뛸지도 모르지만, 캐나다와 미국의 관계에서도 보이듯 영국과 같은 언어, 지역적 인접성, 엇비슷한 문화 속에서 성장한 아일랜드 문학을 크게 범영문학권에 포함해도 별 무리는 없다고 본다.

그런데『율리시스』는 도대체 뭐가 그리 대단하길래 종종 '20세기 최

20세기 최고의 소설로 흔히 꼽히는 『율리시스』의 저
자 제임스 조이스의 초상.

고'라는 수식이 붙는 걸까? 소설 『인도로 가는 길A Passage to India』로 유
명한 영국의 소설가 겸 평론가 E. M. 포스터(E. M. Forster)는 『율리시스』
에 대해 이렇게 말했다.

> 『율리시스』는 아마도 우리 시대의 가장 흥미진진한 문학적 실험일 것이
> 다. (…) 그것은 세계를 진흙으로 덮으려는 끈질긴 시도, 전도(顚倒)된 빅토
> 리아 시대정신, 우아함과 지성이 실패한 자리에 심술과 추잡함을 성공시키
> 려는 시도, 지옥을 위해 행하는 인간성의 단순화이다.
>
> *Ulysses* is perhaps the most interesting literary experiment of our
> day (…) it is a dogged attempt to cover the universe with mud, an
> inverted Victorianism, an attempt to make crossness and dirt succeed
> where sweetness and light failed, a simplification of the human
> character in the interests of Hell.

문제는 이런 식으로 평해 놓은 것을 사람들이 듣고 나면 읽고 싶은 마

음이 생기기보다는 주눅이 들어 감히 책을 펴 보기도 전에 포기하기 쉽다는 것이다. 『율리시스』는 이렇게 작품을 둘러싼 주변의 엄청난 찬사와 담론에 휩쓸려 오히려 독자를 많이 놓친, 전형적인 저주받은 고전의 하나다. 독자 입장에서는 일단 기죽지 말고 책을 집어 들어—이렇게 말하기에는 책이 좀 두껍기는 하다. 보통 8백 페이지, 거기다 후대 평론가나 편집자의 상세한 주석이 달린 경우에는 1천 페이지를 훌쩍 넘어가기도 하니까—시작해 보라고 권하고 싶다.

제목 『율리시스』는 호메로스의 서사시 『오디세이아』의 주인공 오디세우스의 라틴식 이름이다. 조이스는 단지 제목뿐 아니라 『오디세이아』로부터 작품의 플롯, 소제목, 그리고 캐릭터까지 차용한 뒤 다시 온갖 양념을 뿌려 완전히 새롭게 재창조했다.

그 한 예로 이 소설의 시간적 배경은 『오디세이아』처럼 10년 세월이 아니라 1904년 6월 16일 단 하루다. 의식의 흐름 기법으로 주인공 리오폴드 블룸(Leopold Bloom)이 아일랜드의 더블린(Dublin)에서 보낸 하루 일과를 수백 페이지에 걸쳐 묘사한 것이다.

아일랜드 출신 남성들은 그 전설적인 술 실력에 더해 재치 있는 말솜씨로도 유명하다. 별것 아닌 얘기도 아일랜드 남자들이 풀어 놓으면 구수하고 재미있게 들린다. 『율리시스』 역시 그 법칙에서 예외가 아니어서, 작품을 읽다 보면 이른바 아일랜드식 입담의 재미가 곳곳에서 드러난다. 너무 지레 겁먹지 않고 책장을 넘기기 시작하면 『율리시스』는 한 번 읽어 볼 만한 책일 뿐 아니라, 쏠쏠한 재미도 느낄 수 있다. 예를 들어 주인공 리오폴드 블룸이 처음 등장하는 장면을 보자. 그의 식성에 대한 소개로 시작된다.

리오폴드 블룸 씨는 짐승과 가금의 내장을 즐겨 먹었다. 걸쭉한 내장 수

프, 고소한 모래주머니, 속을 채운 염통구이, 빵가루를 입힌 간튀김, 대구 곤이튀김을 좋아했다. 무엇보다도 미각에 희미하게나마 오줌 향의 톡 쏘는 맛을 주는 양 콩팥 석쇠구이를 좋아했다.

Mr Leopold Bloom ate with relish the inner organs of beasts and fowls. He liked thick giblet soup, nutty gizzards, a stuffed roast heart, liverslices fried with crustcrumbs, fried hencods' roes. Most of all he liked grilled mutton kidneys which gave to his palate a fine tang of faintly scented urine.

식도락을 즐기는 주인공의 취향이 잘 나타나 있는 아기자기한 인물 소개일 뿐이지 "세계를 진흙으로 덮으려는 끈질긴 시도, 전도된 빅토리아 시대정신" 운운하는 포스터의 거창한 찬사와는 별 상관이 없어 보인

『율리시스』의 무대인 아일랜드 수도 더블린의 19세기 말 풍경. 지금도 가이드와 함께 『율리시스』의 내용을 따라 더블린 시내를 누비는 관광 상품은 여행객들에게 인기 만점이다.

다. 그런가 하면 다음 문장은 또 어떤가?

아직 태어나지 않은 아들은 미녀를 망치지. 일단 태어나면 고통을 가져오고, 사랑을 나눠 가고, 신경이 쓰이게 해. 그놈은 새로운 남성이거든. 그의 성장은 아버지의 쇠락이요, 그의 젊음은 아버지의 질투이며, 그의 친구는 아버지의 적이지.

The son unborn mars beauty: born, he brings pain, divides affection, increases care. He is a new male: his growth is his father's decline, his youth his father's envy, his friend his father's enemy.

"아직 태어나지 않은 아들은 미녀를 망치지"라는 문장은 아무리 미녀라도 임신을 하면 배가 불룩 나와 용모가 망가지는 것을 뜻하는 듯싶다. 또 산후 조리를 잘못하면 여성의 몸매가 망가지기도 한다. 그런가 하면 삼강오륜을 떠나 한 여성의 애정을 차지하기 위해 벌이는 투쟁, 즉 프로이트적인 심리 분석에 집중해 보면 아버지와 아들은 서로에게 여러 문제점을 초래하는 위협적인 존재다.

한편 주인공 블룸이 유대인으로 설정되어 있는 탓에 작품에는 유대인과 관련된 대화가 많이 나온다. 그중 한 대목.

─그가 말했다. 난 그저 사람들 말마따나 아일랜드가 유대인을 박해한 적이 없는 유일한 나라라는 영예를 가졌다는 것을 말하고 싶었을 뿐이라고. 그걸 아나? 아뇨. 그럼 당신은 왜 그런지 아나요?

그는 맑은 하늘에 굳은 표정으로 눈살을 찌푸렸다.

─왜인가요, 선생님? 스티븐이 미소를 띠며 물었다.

─왜냐하면 유대인들을 받아들인 적이 전혀 없기 때문이지. 디지 씨가 정

색을 하고 말했다.

—I just wanted to say, he said, Ireland, they say, has the honour of being the only country which never persecuted the jews. Do you know that? No. And do you know why?

He frowned sternly on the bright air.

—Why, sir? Stephen asked, beginning to smile.

—Because she never let them in, Mr Deasy said solemnly.

이 대화에 담긴 아일랜드식 유머, 즉 아일랜드의 유대인 차별도 다른 나라들보다 더했으면 더했지 덜하지 않았다는 메시지는 무슨 의식의 흐름 기법도 아니거니와 그 대목을 이해하기 위해 꼭 『주해 율리시스 Annotated Ulysses』를 찾아 읽을 필요도 없다. 블룸의 다음과 같은 푸념도 마찬가지다.

멘델스존은 유대인이었고, 카를 마르크스와 메르카단테(이탈리아 작곡가— 옮긴이)와 스피노자도 그랬지. 그리고 구세주도 유대인이었고 그의 아버지 도 유대인이었지. 당신네 신 말이야.

Mendelssohn was a jew and Karl Marx and Mercadante and Spinoza. And the Saviour was a jew and his father was a jew. Your God.

알고 보면 예수 그리스도 역시 유대인 아닌가? 유럽인들이여, 그러니까 불지 말지어다. 너희는 우리 유대인들을 떠받들어도 모자랄 지경이다.

『율리시스』는 여느 문학 작품처럼 술술 읽히지는 않지만 일단 책을 집어 보면 생각보다 그렇게 어렵다고 느껴지지는 않는, 아니 읽을수록 재

영국 화가 존 워터하우스의 〈율리시스와 사이렌〉. 부하들은 귀를 밀랍으로 막도록 하고 혼자서 돛대에 몸을 묶은 채, 뱃사람들을 유혹하여 죽음으로 모는 요정 사이렌의 노래를 듣는 율리시스(오디세우스)를 묘사하고 있다. 제임스 조이스의 소설 『율리시스』는 사이렌의 에피소드를 비롯, 호메로스의 『오디세이아』에 등장하는 다양한 캐릭터와 사건들을 차용하여 현대적으로 재해석했다.

미가 우러나는 그런 책이다. 『율리시스』에 앞서 제임스 조이스의 또 다른 대표작 『젊은 예술가의 초상A Portrait of the Artist as a Young Man』을 먼저 읽는 것도 좋다. 일단 분량도 짧고, 더 술술 읽힌다. 주인공 스티븐 디덜러스(Stephen Dedalus)가 『율리시스』에서도 주요 인물로 재등장하는 등 이 두 소설은 서로 깊게 얽혀 있다.

이들 작품 말고 조이스가 정말 난해함, 아니 차라리 '독서 불가(unreadable)'란 무엇인가를 보여 주려 작정하고 쓴 것 같은 작품은 단연 『피네건의 경야Finnegans Wake』이다. 『피네건의 경야』는 난해하다 못해 영어를 모국어로 쓰면서 고등 교육을 받은 원어민들조차 이해할 수 없다고 던져 버리기 일쑤인 책이며, 따라서 당연히 다른 외국어로의 번역 역시 거의 불가능한 작품으로 여겨진다. 여기 그 첫 문장을 소개하니 독자 여러분이 스스로 한번 판단을 내려 보시기를. 번역은 생략(내지는 포기)한다. 이쯤에서 내가 드릴 수 있는 말은 단 한마디—Good luck(행운을 빕니다)!

riverrun, past Eve and Adam's, from swerve of shore to bend of bay, brings us by a commodius vicus of recirculation back to Howth Castle and Environs.

15th Brunch Time

러시아 소설의 힘

『전쟁과 평화』의 스케일

몇 년 전 영국 런던에 갔을 때의 일이다. 모처럼 틈을 내서 피커딜리 광장 근처에 있는 한 대형 서점에서 다양한 책들을 기웃거리고 있었다. 슬슬 한 층씩 걸어 올라가던 중 4층에선가 출판 기념회가 열리는 것을 보게 되었다. 호기심에 다가가 봤더니 말끔하게 차려입은 남녀들이 와인 잔을 기울이는 가운데 저자로 보이는 사람이 자기 책을 잔뜩 쌓은 테이블 옆에서 사람들과 담소하고 있었다. 내가 테이블에 너무 가까이 다가갔던 모양이다. 저자가 내게 먼저 말을 걸어왔고 결국 우리는 짧은 대화를 나누게 되었다.

"축하합니다. 그런데 어떤 책을 쓰신 건가요?"

"『21세기의 톨스토이들 The Tolstoys in the 21st Century』이라는 책입니다."

21세기의 톨스토이들? 아니 그럼 혹시?

"톨스토이 가문 후손들에 관한 책인가요?"

"그렇습니다. 러시아뿐 아니라 전 세계에 흩어져 사는 톨스토이 가문 사람들이 지난해 야스나야폴랴나(Yasnaya Polyana)에 모였지요. 이 책은 그때 찍은 사진들을 모은 앨범입니다."

아, 그랬구나. 야스나야폴랴나는 러시아가 배출한 위대한 소설가 레프 톨스토이(Leo Tolstoy, 1828~1910)의 출생지다. 하기야 톨스토이는 도합 열네 명의 자녀를 생산했으니 그 후손들이 지금까지 남아 있는 것도 놀랄 일은 아니다. 또한 제정 러시아 시대의 유서 깊은 귀족 가문인 톨스토이 가(The Tolstoys)는 소설가 톨스토이뿐 아니라 수백 년에 걸쳐 러시아의 저명한 정치가, 군인 등을 배출한 바 있다. 내가 다시 물었다.

"당신도 톨스토이의 후손인가요?"

"그렇습니다."

그러면서 자기와 레프 톨스토이의 관계를 말해 주었는데 지금은 정확히 기억이 나지 않는다. 톨스토이의 직계 후손은 아니었고, 촌수가 그리 가깝지도 않았던 것 같다. 저자의 이름은 올레크 톨스토이(Oleg Tolstoy)로 런던에서 활동하는 전문 사진작가였다(그러니 사진첩을 펴낼 아이디어를 냈겠지). 그가 계속 말했다.

"책을 구입하면 사인을 해 드리겠습니다. 저와 사진도 같이 찍을 수 있고요."

"아, 네…"

나는 망설였고, 저자는 곧이어 다른 이들에게 몸을 돌렸다. 아마 내가 결국 자기 책을 사 주지 않을 걸 눈치챈 모양이었다. 내가 그때 망설인 이유는 단지 만만찮은 책 가격(한 30파운드 했던 것 같다) 때문만은 아니었다. 사실 원하는 책을 사는 데 돈을 아껴 본 기억은 별로 없다. 가격보다 더 큰 이유는 그 책이 별 쓸모가 없을 것 같았기 때문이다. 작가 톨스토이와는 그 성씨와 거의 묽어질 대로 묽어진 약간의 유전자를 공유하는

왼쪽: 40대의 톨스토이 초상.
오른쪽: 말년의 톨스토이 사진.
전형적인 제정 러시아 귀족이나 인텔리겐치아의 이미지는 분명 아니다.

것이 전부인 후손들의 사진첩을 내가 사서 뭐에 쓸 것인가 싶었다.

하기야 레프 톨스토이 자신의 사진이나 초상을 모은 화보집이었다고 해도 별로 살 마음이 들지는 않았을 것이다. 무엇보다 톨스토이는 현존하는 사진이나 초상화를 봐도 일단 포토제닉이 아니다. 그의 생전 지위는 백작이었는데, 그렇다고 귀족답게 늠름하고 우아한 풍채는 별로 없다. 어떻게 보면 수수하게 생겼다고 할지, 우락부락하게 생겼다고 할지 한마디로 정의할 수 없는 용모다. 그러고 보니 외모상으로는 철학자는 커녕 거의 슈렉을 연상케 하는 소크라테스의 상과도 닮은 구석이 꽤 있다. 여기에는 톨스토이가 말년에 점점 박애주의와 신비주의로 기울면서 외모나 복장이 농부, 성자, 혹은 홈리스 비슷하게 변해 간 탓도 있다.

분명 '비주얼'이 우수한 작가는 아니었지만, 톨스토이가 러시아 문학을 넘어 세계문학 전체에 남긴 족적만은 너무도 '비저블(visible)'하다. 톨스토이는 세계문학사에서 문호(文豪)라는 표현이 어울리는 몇 안 되는 작가다. 일단 그가 평생 쓴 저작의 분량이 어마어마하다. 장편, 중편, 단편 소설에다 동화, 여행기, 회고록, 그리고 철학 및 종교 저작을 모두 모으면 수십 권짜리 전집이 나온다. 그렇다고 쓸데없이 많이 쓰기만 한 것이 아니라 모든 장르를 막론하고 작품 하나하나의 완성도가 뛰어나기 짝이 없다. 내가 맨 처음 읽은 톨스토이의 글은 「사람은 무엇으로 사는가*What Men Live By*」라는 동화였다. 그 속에 묘사된, 인간의 모습을 하고 지상으로 내려와 인간의 삶과 본성을 이해하려 노력하던 천사 미하일(Michael)에 대한 기억은 지금도 생생하다. 하지만 역시 톨스토이가 세계 문학의 거인으로 평가받도록 만든 작품이라면 소설『전쟁과 평화*War and Peace*』, 그리고『안나 카레니나*Anna Karenina*』를 꼽아야 할 것이다.

톨스토이가 39세 때인 1867년 완성한『전쟁과 평화』는 대하소설(epic novel)이라는 칭호가 손색이 없다. 제목처럼 전쟁과 평화라는 두 가지 대조적 상황 속에서 휴먼 드라마가 생생하게 펼쳐진다. 작품의 시대적 배경은 나폴레옹이 이끄는 프랑스와 유럽 열강이 끊임없이 다툰 이른바 '나폴레옹 전쟁(Napoleonic Wars)'이 한창이던 1805~1812년이다. 소설의 도입부 역시 1805년 당시 긴박하게 돌아가던 유럽의 정세와 관련된 언급으로 시작된다.

"공작님, 그렇다면 제노바와 루카는 이제 보나파르트 가문의 영지가 됐군요. 하지만 그대가 이런 상황이 전쟁을 의미한다고 말하지 않는다면, 그대가 계속해서 그 안티크리스트—나는 정말로 그자가 안티크리스트라고 믿어요—가 일으키는 악행과 공포를 변호하려 든다면, 나는 그대와 인연을 끊을 것이고, 더 이상 친구로도, 그대 스스로 일컫듯 더 이상 나의 '충실한 종'으로 삼지도 않겠어요. 하지만 어떻게 지내요? 내가 겁을 좀 준 것 같군요—여기 앉아서 최근 소식을 좀 전해 주세요."

"Well, Prince, so Genoa and Lucca are now just family estates of the Buonapartes. But I warn you, if you don't tell me that this means war, if you still try to defend the infamies and horrors perpetrated by that Antichrist—I really believe he is Antichrist—I will have nothing more to do with you and you are no longer my friend, no longer my 'faithful slave,' as you call yourself! But how do you do? I see I have frightened you—sit down and tell me all the news."

여기서 화자가 안티크리스트라고 부르는 인물은 물론 나폴레옹 보나파르트다. 실제로 1805년 나폴레옹은 이탈리아의 도시 국가인 제노바와 루카를 프랑스의 보호령으로 접수한 뒤 자신의 형제들을 왕으로 앉혔다. 이런 말을 하는 사람은 누굴까? 지금 나폴레옹에게 적의를 품은 러시아 장군들이 전략 회의라도 벌이고 있는 것일까? 정확한 분위기 파악을 위해 조금 더 읽어 보자.

때는 1805년 7월이었고, 이렇게 말한 사람은 황후 마리아 표도로브나를 모시는 수행원이자 측근으로 유명한 안나 파블로브나 셰레르였다. 이렇게 말하면서 그녀는 리셉션에 가장 먼저 도착한 고위 인사 바실리 쿠라긴 공작을 맞이했다. 안나 파블로브나는 며칠간 감기를 앓았다. 그녀의 말마따나 '라 그리프(유행성 감기)'를 앓았던 것인데, 그리프는 상트페테르부르크에서 당시 엘리트들만이 사용하는 새로운 어휘였다.

파블로브나가 예외 없이 프랑스어로 써서 그날 아침 주홍색 제복을 차려입은 하인에게 배달토록 한 초대장에는 다음과 같이 쓰여 있었다.

"백작님(혹은 공작님), 특별히 할 일이 없으시면, 그리고 한 불쌍하고 연약한 여성과 저녁을 보내는 것이 너무 큰 무리가 아니라면, 오늘 밤 7시에서

10시 사이에 귀하를 뵐 수 있으면 기쁘겠나이다―아네트 셰레르."

It was in July, 1805, and the speaker was the well-known Anna
Pávlovna Schérer, maid of honor and favorite of the Empress Márya
Fëdorovna. With these words she greeted Prince Vasíli Kurágin, a
man of high rank and importance, who was the first to arrive at her
reception. Anna Pávlovna had had a cough for some days. She was,
as she said, suffering from la grippe; grippe being then a new word
in St. Petersburg, used only by the elite.

All her invitations without exception, written in French, and
delivered by a scarlet-liveried footman that morning, ran as follows:

"If you have nothing better to do, Count (or Prince), and if the
prospect of spending an evening with a poor invalid is not too
terrible, I shall be very charmed to see you tonight between 7 and
10―Annette Schérer."

즉, 이 말은 러시아군 사령부나 황제의 어전 회의에서가 아니라 상류
층 귀부인이 파티에 온 손님을 환대하며 나온 것이었다. 이렇게 소설
『전쟁과 평화』는 전쟁이 아니라 평화로부터 시작된다. 톨스토이는 독자
들을 황후의 최측근 안나 파블로브나가 주최한 상트페테르부르크의 호
화로운 파티로 안내하는 것이다.

"맙소사! 이 무슨 매서운 공세람!" 이런 식의 영접에 조금도 당황하지 않
고 공작이 대답했다. 그는 수놓은 궁정 예복에 반바지와 구두 차림으로 가
슴에는 성장(盛裝)을 여럿 달고 납작한 얼굴에는 차분한 표정을 띤 채 막 입
장한 참이었다.

(…)

"저녁 내내 머무실 거죠?"

"영국 대사가 주최하는 행사는 어쩌고? 오늘이 수요일이잖소. 거기 눈도 장을 찍어야 한다오. 우리 딸이 와서 나를 그리로 안내할 거요."

"오늘 행사는 취소되었다고 생각했는데. 고백하자면 이런 축제니 불꽃놀이니 하는 게 죄다 지루해지지 뭐예요."

"Heavens! what a virulent attack!" replied the prince, not in the least disconcerted by this reception. He had just entered, wearing an embroidered court uniform, knee breeches, and shoes, and had stars on his breast and a serene expression on his flat face.

(…)

"You are staying the whole evening, I hope?"

"And the fete at the English ambassador's? Today is Wednesday. I must put in an appearance there," said the prince. "My daughter is coming for me to take me there."

"I thought today's fete had been canceled. I confess all these festivities and fireworks are becoming wearisome."

이것이 톨스토이가 전하는 1805년 상트페테르부르크의 분위기다. 나폴레옹이 전 유럽을 유린하고 있었지만, 아직도 러시아 귀족들은 호화 파티를 즐길 여유가 있다. 파티의 호스트인 안나 파블로브나는 나폴레옹에 대한 분명한 반감을 표현하지만, 톨스토이가 소설의 주인공인 피에르 베주호프(Pierre Bezukhov)와 그의 절친 안드레이 볼콘스키(Andrei N. Bolkonsky)를 통해 묘사하듯이 당시 러시아 젊은이들 사이에서는 나폴레옹을 우상화하는 분위기마저 상당했다. 이상주의에 도취되기 쉬운 청년들에게 나폴레옹은 독재자, 전쟁광이기에 앞서 프랑스 혁명 정신을 전 유럽에 전파하는 메신저로 비쳤기 때문이다.

태평한 분위기와 함께 눈에 띄는 점은 언어의 문제다. 안나 파블로브나는 초대장을 프랑스어로 쓴 것은 물론 마지막의 서명도 안나가 아니라 프랑스식 이름인 아네트라고 붙이는가 하면, 파티에 온 손님들과도 프랑스어로 대화를 나눈다. 감기를 뜻하는 신종 유행어 '라 그리프' 역시 프랑스어에서 온 것이다. 실제로『전쟁과 평화』에는 프랑스어 표현, 문장들이 대거 등장하는데, 이는 일상생활에서 러시아어 대신 프랑스어를 주로 사용하던 19세기 초 러시아 상류 사회의 모습을 사실적으로 반영하는 것이다. 당시 러시아 귀족들 사이에서는 프랑스어를 얼마나 유창하게 구사할 수 있는지가 신분과 지적 수준을 결정하는 척도였다. 프랑스어는 유럽에서 오랫동안 외교 및 문화를 위한 공용어였고, 이런 트렌드는 당시 나폴레옹이 지배하는 프랑스가 러시아에 매우 위협적인 존재로 부상하는 상황에서도 전혀 변화할 기미가 없었던 것이다. 요즘 중국의 상류층 젊은이들이 파티나 모임에서 중국어 대신 영어로 대화하는 것이 유행인 것도 비슷한 맥락이다. 반대로 가까운 미래에 뉴욕이나 런던에서 영어 대신 중국어로 의사소통을 하는 것이 신분의 상징이 되는 날도 올 수 있을까?

톨스토이는 이어서 표트르 대제(Peter the Great)가 상트페테르부르크로 천도하기 전까지 러시아의 수도였던 모스크바에 거주하는 로스토프 백작(Count Rostov) 집안으로 이야기의 초점을 옮겨 가족 분위기며 흥겨운 파티 등을 소개한다. 소설의 또 다른 주인공이자 로스토프 백작이 애지중지하는 딸 나타샤(Natasha)가 등장하는 것도 이즈음이다. 이때까지만 해도 나타샤는 아직 파티에서 연미복과 제복을 멋지게 차려입은 젊은이들의 모습에 마음이 설레는 어린 소녀에 불과하지만, 이후 소설이 진행되는 동안 다양한 종류의 사랑의 감정을 경험하며 여인으로 성숙해 간다.

하지만 이렇듯 평화롭던 분위기는 오래가지 않는다. 1805년 러시아 황제 알렉산드르 1세(Alexander I)와 오스트리아의 프란츠 2세(Francis II)가 나폴레옹의 팽창을 저지하기로 합의했던 것이다. 그 결과 러시아-오스트리아 연합군과 프랑스군은 당시 오스트리아 제국 북쪽 변경의 아우스터리츠(Austerlitz)에서 대전투를 벌이게 된다. 전쟁이 시작되자 안드레이 볼콘스키는 병영으로 귀대하고, 로스토프 가의 장남 니콜라이 로스토프(Nikolai Rostov) 역시 젊은 혈기를 참지 못하고 자원입대하여 경기병대에 배속된다. 아우스터리츠 전투에 앞서 러시아와 오스트리아의 두 황제는 연합군을 열병하며 사기를 북돋는데, 이때 로스토프는 지근거리에서 황제를 보는 기회를 누린다. 소설 제1권에 등장하는 장면을 잠깐 감상해 보자.

기병 제복 차림에 앞뒤 뾰족한 삼각모를 썼으며, 쾌활한 표정과 크지는 않지만 낭랑한 목소리를 지닌 젊고 잘생긴 알렉산드르 황제는 모든 이의 이목을 끌었다.

나팔수들로부터 멀지 않은 곳에 있던 로스토프는 날카로운 시력으로 차르를 알아보고 그가 다가오는 것을 지켜보았다. 황제가 20보 이내에 들자, 니콜라이는 그의 잘생기고 행복한 젊은 얼굴의 구석구석을 분명히 분간할 수 있었고, 일찍이 알지 못했던 다정함과 황홀감을 경험했다. 그에게는 차르의 모든 특징과 거동이 매혹적이었다.

파블로그라드 연대 앞에 멈춘 황제는 오스트리아 황제에게 프랑스어로 뭔가 말한 뒤 미소 지었다.

그 미소를 본 로스토프는 저도 모르게 따라서 미소 지었고, 군주에 대한 사모의 감정이 더욱 강렬히 밀려드는 것을 느꼈다. 그는 어떤 식으로든 그 애정을 과시하기를 갈망했으며, 그것이 불가능하다는 것을 알기에 거의 울어 버릴 지경이었다. 차르는 연대를 이끄는 대령을 불러 몇 마디를 건넸다.

'맙소사, 황제께서 내게 말을 걸어온다면 무슨 일이 일어날까?' 하고 로스토프는 생각했다. '나는 행복에 겨워 죽으리라.'

차르는 또한 장교들에게도 연설을 했다. "제군들 모두에게 진심으로 감사하는 바이다." 로스토프에게는 한마디 한마디가 천상에서 들려오는 소리 같았다. 차르를 위해서라면 단번에 기꺼이 죽었으리라!

(…)

차르가 무언가 더 말했지만 로스토프는 듣지 못했고, 이윽고 장병들은 폐를 쥐어짜듯 "만세!"를 외쳤다.

The handsome young Emperor Alexander, in the uniform of the Horse Guards, wearing a cocked hat with its peaks front and back, with his pleasant face and resonant though not loud voice, attracted everyone's attention.

Rostóv was not far from the trumpeters, and with his keen sight had recognized the Tsar and watched his approach. When he was within twenty paces, and Nicholas could clearly distinguish every detail of his handsome, happy young face, he experienced a feeling of tenderness and ecstasy such as he had never before known. Every trait and every movement of the Tsar's seemed to him enchanting.

Stopping in front of the Pávlograds, the Tsar said something in French to the Austrian Emperor and smiled.

Seeing that smile, Rostóv involuntarily smiled himself and felt a still stronger flow of love for his sovereign. He longed to show that love in some way and knowing that this was impossible was ready to cry. The Tsar called the colonel of the regiment and said a few words to him.

"Oh God, what would happen to me if the Emperor spoke to me?" thought Rostóv. "I should die of happiness!"

The Tsar addressed the officers also: "I thank you all, gentlemen, I thank you with my whole heart." To Rostóv every word sounded like a voice from heaven. How gladly would he have died at once for his Tsar!

(…)

The Tsar said something more which Rostóv did not hear, and the soldiers, straining their lungs, shouted "Hurrah!"

이렇게 로스토프는 군주에게 단순한 충성심을 넘어 거의 동성애급 애정을 느끼며 황홀감에 겨워 졸도 직전까지 이르는데, 아마 당시 현장에서 황제를 본 대부분의 장병들은 정도의 차이는 있을지언정 비슷한 감정을 느꼈을 것이다. 물론 군주들이 이따금 자신의 군대 앞에 모습을 드러내는 것은 동기를 부여하고 충성심을 자극하기 위해 잘 연출된 이벤트이기도 하다.

위의 문단은 저자의 묘사력이 돋보이는 대목(그런 대목이야 거의 매 페이지마다 있지만)이기도 하거니와, 비록 로스토프의 시점을 빌리고 있지만 제정 러시아 명문 귀족인 톨스토이가 로마노프 왕조에 가진 애정과 존경이 은근히 드러나는 것 같기도 하다. 반면에 프랑스 황제 나폴레옹에 대한 톨스토이의 묘사는 은근히도 아니고 거의 대놓고 적대적이다. 톨스토이는 툭하면 "그 작은 나폴레옹(that little Napoleon)" 운운하며 나폴레

아우스터리츠 전투의 승리를 보고받는 나폴레옹. 1805년 러시아-오스트리아 동맹군과 프랑스군 사이에 벌어졌던 아우스터리츠 전투는 나폴레옹의 유럽 패권을 사실상 확립시킨 사건이었다. 톨스토이의 『전쟁과 평화』 역시 이 전투의 전말을 상세하게 다루고 있다.

옹의 작은 키를 거론하기도 하고, 전투가 끝난 뒤 전장을 돌아보는 나폴레옹이 "타인의 불행에서 느끼는 근시안적인 즐거움에 젖어 동정심 없는 표정(unsympathizing look of shortsighted delight at the misery of others)"을 지었다고 묘사하기도 한다. 하지만 '그 작은 나폴레옹'은 아우스터리츠 전투에서 충성스러운 정예 프랑스 장병들과 자신의 천재적인 용병술에 힘입어 수적으로 우세했던 러시아-오스트리아 연합군을 궤멸시켰다. 이 1805년 전투의 승리로 나폴레옹의 유럽 맹주 지위는 확고해졌다.

『전쟁과 평화』의 후반부는 나폴레옹이 영국을 견제하기 위해 내린 이른바 '대륙 봉쇄령(Continental Blockade)'의 위반을 징벌하기 위해 40만 대군을 이끌고 감행한 러시아 원정에 맞서는 러시아 지도층과 민중의 저항을 그리고 있다. 이 후반부의 하이라이트라면 역시 러시아군과 프랑스군이 모스크바 근교 보로디노(Borodino)에서 맞붙은 1812년의 대전투라고 하겠다. 톨스토이는 장장 10여 챕터를 이 전투에 할애하면

러시아에서 퇴각하는 나폴레옹군. 대륙 봉쇄령을 위반한 러시아를 벌하고자 대군을 일으켰던 나폴레옹은 결국 엄청난 인적, 물적 피해를 입은 뒤 혹심한 겨울을 피해 군대를 돌려야 했다. 『전쟁과 평화』 후반부는 프랑스군을 막아 낸 러시아군과 민중의 영웅적 저항을 그렸다.

서 그 배경 및 경과, 각 시간별 상황, 러시아군과 프랑스군 지휘부의 동태 등을 서술한다. 또한 전투 현장의 총성과 포성, 병사들의 함성과 비명, 불꽃과 연기, 공포와 흥분 등을 남김없이 담아내는 디테일 묘사는 일품이다. 이렇게 역사적 사건을 마치 현장에 있었던 것처럼 전하는 톨스토이의 필력은 재능뿐 아니라 경험이 합쳐지지 않고는 발휘되기 어려운 것이다. 젊은 시절 포병 장교로 크림 전쟁에 참전했던 톨스토이의 경험이 『전쟁과 평화』의 곳곳에 녹아 있으리라는 것은 쉽게 짐작할 수 있다.

결국 러시아는 엄청난 인적, 물적 희생을 감수하면서 프랑스를 패퇴시켰고, 이는 나폴레옹 몰락의 시발점이 된다. 참고로 『전쟁과 평화』와 더불어 이 프랑스 침략군에 대한 러시아의 극적인 승리를 뛰어나게 묘사한 또 다른 예술 작품으로는 차이콥스키(Pyotr I. Tchaikovsky)의 서곡 〈1812년 *The Year 1812*〉을 꼽을 수 있다. 러시아 황제 찬가에다 곡중 대

포까지 동원되어 나폴레옹을 패퇴시킨 영광의 역사를 장엄하게 자축하는 곡인데, 이 음악을 틀어 놓고 『전쟁과 평화』 속 관련 챕터들을 읽어 보는 것도 나쁘지 않을 듯싶다.

내친김에 혹시 영상으로 『전쟁과 평화』를 감상하고 싶은 독자에게는 여러모로 엉성한 1956년 할리우드판이나 대화와 연기는 맛깔나지만 스펙터클한 볼거리가 좀 '안습'인 2016년 영국 BBC TV 시리즈 같은 것 말고, 원작의 고향 러시아에서, 정확히는 소비에트 연방 시절인 1967년에 만들어진 〈전쟁과 평화〉(제작, 감독, 주연: 세르게이 본다르추크Sergei Bondarchuk)를 강추한다. 소련의 국영 영화사 모스필름(MosFilm)이 제작한 러닝 타임만 장장 아홉 시간에 이르는 대작인데, 그 서슬 퍼런 냉전 시대에 미국 아카데미 외국어 영화상을 받을 정도로 서방에서도 인정을 받았다. 영상미와 스케일이 뛰어날 뿐 아니라 긴 상영 시간만큼 비교적 여유롭게 소설의 주요 내용들을 충실하게 화면에 재생하고 있어 톨스토이가 살아 돌아와서 봤더라도 칭찬을 아끼지 않았을 만한 작품이다.

사회주의 국가의 동원 체제는 투자 회수율을 먼저 따지는 자본주의 영화 산업에서는 엄두도 못 낼 엄청난 프로젝트를 거국적 차원에서 종종 감행하곤 했다. 물론 인력과 자원을 쏟아붓고도 작품성에서 망하는 경우도 많았지만, 이 영화는 예외다. 가령 소설처럼 영화의 클라이맥스는 수만 명의 소련 정규군을 엑스트라로 대거 투입해서 찍은 보로디노 전투 신인데, 롱 테이크 기술 등을 동원하여 거의 10분 가까이 전장의 이쪽 끝에서 저쪽 끝까지를 샅샅이 드러내 보이는 정밀 묘사와 편집 등은 지금 봐도 기가 막힌 솜씨다. 이 모스필름의 〈전쟁과 평화〉는 소비에트 연방이 전 인류를 위해 남긴 드문 성취물 가운데 하나다.

『안나 카레니나』의 포스

한 명의 독자로서 견해를 밝히자면 『전쟁과 평화』는 분명 세계문학사의 한 금자탑이긴 하지만 완벽한 소설은 아니다. 제대로 다 읽으려면 최소 일주일은 밤낮을 투자해야 하는 분량도 분량이지만, 나폴레옹을 지극히 단순한 악당으로 만들어 버리는 일차원적 접근, 프랑스군이 러시아에서 패퇴한 뒤 살아남은 등장인물들이 모두 한결같이 너무나 평범한 삶으로 돌아가 버리는 맹탕 해피엔드 등은 모두 '옥에 티'다. 또한 책 속에서 상당한 분량을 차지하는 저자의 '역사 철학 강의'도 문제다. 농담이 아니다. 실제로 한참 읽으면서 이야기에 열중하다 보면 갑자기 소설이 사라지고 무슨 역사학자나 철학자의 논문 비슷한 챕터가 불쑥 튀어나오면서 톨스토이의 역사 이론이 장황하게 이어지는 경우가 한두 번이 아니다. 이때 톨스토이 '교수님'의 치밀한 논리와 박식함에 감탄하기보다는 은근히 부아가 난 것은 나 혼자만의 경험은 아니라고 본다.

톨스토이가 소설 내내 그토록 공들이는 장광설을 대충 요약하자면, 역사란 거대한 힘(혹은 신의 섭리)에 의해 일정한 방향으로 진행되는 운동이며, 종종 역사의 흐름을 바꾼다고 생각되는 인물들도 알고 보면 그 힘의 꼭두각시, 혹은 말하자면 창끝의 장식에 지나지 않는다는 것이다. 톨스토이는 작품의 에필로그에서 우리가 지구의 움직임을 느끼지는 못하지만 그렇다고 지구가 고정되어 있다고 주장하는 것이 황당하듯, 비록 역사의 거대한 흐름을 느끼지는 못하지만 그렇다고 우리가 그 흐름을 거부하고 개개인의 자유 의지로 역사를 바꿀 수 있다고 믿는 것도 어리석다는 결론을 내리고 있다. 나름 그럴듯한 논리이기는 하지만, 솔직히 그런 거 알자고 소설을 읽을 사람이 몇이나 되는지 모르겠다. 차라리 톨스토이가 그러한 철학을 대변하는 인물이나 상황을 소설 속에 잠깐 등장시키는 정도로 그쳤더라면 어땠을까 생각해 본다.

톨스토이는 『전쟁과 평화』를 쓰고 나서 약 10년 만인 1878년 소설 『안나 카레니나*Anna Karenina*』를 완성했다. 『안나 카레니나』는 기혼자의 외도라는 가장 통속적일 수 있는 주제를 씨줄로 삼아 최상층 귀족부터 지식인, 농민에 이르기까지 19세기 말 제정 러시아에 존재했던 다양한 인간 군상을 파노라마처럼 펼쳐 보인다. 톨스토이가 철학자, 사상가로서의 면모를 과시하느라 어깨에 힘을 잔뜩 주는 대신 전통적 소설의 문법을 충실하게 사용하여 작가로서의 내공을 남김없이 발휘한 완벽에 가까운 걸작이다. 작품은 다음과 같은 유명한 문장으로 시작한다.

행복한 가정은 다 엇비슷하다. 불행한 가정은 저마다 이유가 있다.
Happy families are all alike; every unhappy family is unhappy in its own way.

그렇다면 물론 다음은 행복한 가정이 아니라 불행한 가정을 하나 골라 그 속사정을 들여다볼 차례다. 톨스토이는 모스크바의 명문 귀족이자 관료인 오블론스키(Oblonsky) 가족의 사정을 클로즈업한다.

오블론스키 가에서는 모든 것이 엉망이었다. 남편과 전 프랑스어 가정교사 사이의 은밀한 관계를 알아챈 아내는 더 이상 그와 한 지붕 아래 함께 살지 않겠다고 선언했다. 이런 상황이 사흘간 계속되었고, 남편과 아내뿐 아니라 집안의 전 가솔이 영향을 받았다. 그들이 함께 모여 사는 게 의미가 없고, 여인숙에서 우연히 만난 사람들 무리가 오히려 자기들보다 더 공통점이 많으리라고 모두가 느꼈다. 아내는 자기 방에서 나오지 않았고, 남편은 하루 종일 집에 들어오지 않았다. 아이들은 온 집 안을 불안하게 뛰어다녔다.

톨스토이의 대표작 『전쟁과 평화』, 『안나 카레니나』의 주 무대인 모스크바(위)와 상트페테르부르크(아래)의 19세기 말 풍경. 모스크바는 15세기 이반 3세에 의해 크게 확장된 이후 러시아의 전통적 수도이자 정치, 경제의 중심지였다. 반면 상트페테르부르크는 러시아의 유럽화를 최우선 과제로 삼았던 18세기 계몽 군주 표트르 대제에 의해 새로운 수도로 건설되어 번영한 도시로, 소비에트 연방 시절에는 볼셰비키 혁명의 주역 레닌의 이름을 딴 레닌그라드로 개명되기도 했다.

가정부와 말다툼을 벌인 영어 가정교사는 친구에게 다른 일자리를 알아봐 줄 수 있냐고 부탁하는 편지를 썼다. 요리사는 전날 저녁 식사 때 외출하더니 돌아오지 않았다. 주방 하녀와 마부는 그만두겠다는 뜻을 밝혔다.

Everything was upset in the Oblonskys' house. The wife had

discovered an intrigue between her husband and their former French governess, and declared that she would not continue to live together under the same roof with him. This state of things had now lasted for three days, and not only the husband and wife but the rest of the family and the whole household suffered from it. They all felt that there was no sense in their living together, and that any group of people who had met by chance at an inn would have had more in common than they. The wife kept to her own rooms; the husband stopped away from home all day; the children ran about all over the house uneasily; the English governess quarrelled with the house-keeper and wrote to a friend asking if she could find her another situation; the cook had gone out just at dinner-time the day before and had not returned; and the kitchen-maid and coachman had given notice.

솔직히 여기까지 읽다 보면, 모든 게 엉망인 오블론스키 집안의 상황에 안타까운 마음이 들기보다 우선 그 규모에 입이 벌어진다. 프랑스어뿐 아니라 영어 가정교사에다 요리사, 주방 하녀, 가정부, 마부, 여기에다 몇 줄만 더 읽어 보면 오블론스키의 개인 비서와 시종까지 등장한다. 실제로 소설에서 오블론스키와 그 아내가 집안 대소사에 필요한 돈 문제로 고민하는 대목이 종종 나오기도 하지만 어쨌든 찢어지게 가난한 집구석이 아닌 것만은 분명하다.

톨스토이가 이렇게 오블론스키 집안에서 벌어진 가벼운 외도 소동으로 소설을 시작하는 것은 나중의 사건을 위한 일종의 분위기 잡기 내지 전주곡 연주다. 작품의 실제 메인이벤트는 주인공 안나 카레니나(Anna

Karenina)와 알렉세이 브론스키(Alexei Vronsky)가 벌이는 정사(情事)이다. 실제로『안나 카레니나』를 읽는 재미는 미모와 지성, 자상함과 강단을 겸비한 여성 안나와, 아마도 세계문학 사상 최고의 훈남으로 다섯 손가락에 꼽힐 브론스키 백작 사이의 '케미'를 감상하는 것이 큰 부분을 차지한다. 안나는 황제까지 직빵으로 선이 닿는 막강한 영향력을 자랑하는 상트페테르부르크의 고위 관리 알렉세이 카레닌(Alexei Karenin)의 아내이며, 미혼의 브론스키는 명문가 출신의 러시아 육군 기병 장교다. 이두 사람이 처음 만나는 장소는 다름 아닌 모스크바 역, 정확히는 막 상트페테르부르크에서 도착한 기차의 객실 안이다. 그 장면을 잠깐 감상해 보자.

브론스키는 역무원을 따라 객차로 들어가다 객실 입구에서 어느 여성이 먼저 지나가도록 멈춰 섰다.

상류 사회 남성의 훈련된 통찰력으로 브론스키는 한눈에 그 여성이 최상류 사회 출신임을 간파했다. 그는 길을 가로막은 것을 사과하고 막 객차 안으로 들어가려 했으나 다시 한 번 그녀를 보아야 할 의무감에 사로잡혔다. 그녀의 엄청난 미모나 온 자태가 뿜어내는 우아함과 단정한 품위 때문이 아니라, 그녀가 그를 지나칠 때 그 상냥한 얼굴에서 뭔가 다정하고 친절한 분위기를 보았기 때문이다. 그가 돌아보았을 때 그녀 역시 고개를 돌렸다. 검은 눈썹 탓에 짙은 분위기를 내는 그녀의 밝은 회색 눈빛은 잠시 그를 알아보기라도 한 듯 그의 얼굴에 머물다가, 이윽고 분명 누군가를 찾으려는 듯 지나치는 군중에게 돌아섰다. 그 짧은 응시의 순간도 그녀의 얼굴에 잔잔한 생기로 활력이 돋고 밝은 두 눈 사이가 파닥거리며 장밋빛 입술에 간신히 알아볼 정도로 미소가 그려지는 것을 브론스키가 알아채기에는 충분했다. 마치 그녀의 노력에도 불구하고 그녀 안에 가득한 생기가 그 미소 속에서,

그리고 눈빛 속에서 넘쳐흐르는 듯했다.

Vronsky followed the guard to the carriage and had to stop at the entrance of the compartment to let a lady pass out.

The trained insight of a Society man enabled Vronsky with a single glance to decide that she belonged to the best Society. He apologized for being in her way and was about to enter the carriage, but felt compelled to have another look at her, not because she was very beautiful nor because of the elegance and modest grace of her whole figure, but because he saw in her sweet face as she passed him something specially tender and kind. When he looked round she too turned her head. Her bright grey eyes which seemed dark because of their black lashes rested for a moment on his face as if recognizing him, and then turned to the passing crowd evidently in search of some one. In that short look Vronsky had time to notice the subdued animation that enlivened her face and seemed to flutter between her bright eyes and a scarcely perceptible smile which curved her rosy lips. It was as if an excess of vitality so filled her whole being that it betrayed itself against her will, now in her smile, now in the light of her eyes.

아무리 숨기려 해도 미모와 우아함이 철철 넘쳐흘러 주변 사람들이 주의를 기울이지 않을 수 없게 만드는 그 여성, 안나 카레니나는 모스크바의 오빠네 집을 방문하려고 막 도착한 참이었다. 안나의 오빠는 공교롭게도 소설의 서두에 언급된 그 문제의 '불행한 가정'의 가장인 오블론스키인데, 안나의 방문 역시 상심한 올케를 위로하기 위한 것이었다. 그런데 안나는 마침 상트페테르부르크에서부터 브론스키의 모친과 우연히 옆자리에 앉아 여행을 한 참이었고, 모친을 마중하러 역에 왔던 브론스키는 이미 안나의 인간적인 매력에 홀딱 빠진 모친에 의해 안나를 정식으로 소개받게 된다. 사람 인연이라는 게 참 묘하고도 우습다.

오빠네 가족의 위기를 수습하려고 모스크바까지 온 안나는 그만 브론스키와의 운명적 조우로 자기 결혼 생활이 위기에 빠지는 아이러니한 상황을 맞고 만다. 모스크바에 체류하는 내내 끈질기게 접근하는 브론스키의 존재에 마음이 흔들리는 것을 깨달은 안나는 원래의 일정을 대거 단축하고 서둘러 남편과 아들이 있는 상트페테르부르크행 열차에 몸을 싣는다. 정차 중인 기차의 객실 안

19세기 말 러시아 화가 일리야 레핀의 작품 〈폰 힐덴반트 남작 부인의 초상〉. 『안나 카레니나』의 표지에도 등장한 적이 있는 유명한 그림이다.

에서 답답함을 느낀 안나가 잠시 신선한 공기를 마시러 나간 플랫폼은 눈보라 치는 날씨 속에서도 인파로 북적이고 있다. 그런 광경을 잠시 바라보던 안나가 겨우 마음을 추스르고 막 객차 안으로 다시 돌아가려는 순간에 벌어지는 상황을 조금 읽어 보자.

두 남성이 불붙은 담배를 입술에 문 채 그녀를 지나쳤다. 그녀가 신선한 공기를 마시기 위해 한 번 숨을 깊게 들이쉰 뒤 이미 토시에서 뺀 손으로 난간을 잡고 막 열차 안으로 들어서려 할 때, 군복 외투를 입은 또 다른 남성이 그녀와 흔들리는 등불 사이로 끼어들었다. 그녀는 몸을 돌렸고 곧바로 브론

스키를 알아봤다. (…) 잠시 동안, 그녀는 대답 없이 그의 얼굴을 들여다보았고, 비록 그가 그늘 속에 서 있기는 했지만, 그의 얼굴과 눈빛의 표정을 읽을 수 있었다. 혹은 그랬다고 그녀는 생각했다. 그것은 그 전날 밤 그토록 그녀의 마음을 흔들었던 것과 똑같은 존경이 담긴 황홀함의 표정이었다. 그녀는 지난 며칠 동안 몇 번이나, 그리고 바로 조금 전에도 브론스키와 자신의 관계는 그녀가 어디에서나 만난 수백 명의 사실상 동일한 젊은 남성들과의 그것과 다를 바 없다고, 그리고 다시는 그를 생각하는 것을 용납하지 말자고 다짐했던 터였다. 그런데 이제, 그를 다시 본 그 첫 순간에, 그녀는 기쁨에 찬 자부심에 사로잡히고 말았던 것이다. 그가 왜 거기 있는지 물어볼 필요조차 없었다. 마치 그가 직접 고백한 것처럼, 그녀는 그가 그녀와 함께하려고 거기 있다는 것을 잘 알고 있었다.

Two gentlemen passed her with glowing cigarettes between their lips. She took another deep breath to get her fill of fresh air and had already drawn her hand out of her muff to take hold of the handrail and get into the train, when another man wearing a military overcoat came close between her and the wavering light of the lamp. She turned round, and instantly recognized Vronsky. (…) For some time, she looked into his face without answering, and, though he stood in the shade she noticed, or thought she noticed, the expression of his face and eyes. It was the same expression of respectful ecstasy that had so affected her the night before. She had assured herself more than once during those last few days, and again a moment ago, that Vronsky in relation to her was only one of the hundreds of ever-lastingly identical young men she met everywhere, and that she would never allow herself to give him a thought; yet now, at the first moment of seeing him again, she was seized by a feeling of joyful pride. There was no need for her to ask him why he was there. She knew as well as if he had told her, that he was there in order to be where she was.

이어서 두 사람은 열정적인, 하지만 외견상으로는 상당히 정제된 대화를 계속 나누는데, 그사이 마치 기차조차도 이 두 남녀의 열정에 놀라 발차 시간을 잊어버린 듯한 분위기다. 여기서 짚고 넘어갈 것은 브론스키가 단순한 플레이보이 타입의 인물은 아니라는 것이다. 브론스키는 분명 자신과 인연을 맺는 여성들을 종종 불행하게 만들지만, 이는 그가 못된 천성을 가졌다기보다는 자신의 존재가 뭇 여성들의 마음에 어떤 파멸적 불길을 일으키는지를 스스로도 잘 깨닫지 못하기 때문이라고 할 수 있다. 육체적 매력, 화술, 지성에 냉정과 열정을 동시에 지닌 브론스키는 『보바리 부인』에서 에마를 유혹해서 재미나 보려는 로돌프(Rodolphe)나 카(마차)섹스 전문 레옹 따위 찌질남들과는 비교를 불허한다.

『보바리 부인』 얘기가 나왔으니 말인데, 두 작품은 공통점이 많다. 둘다 실화에서 저자가 힌트를 얻어 작품을 구상했으며, 가정이 있는 유부녀의 일탈을 다룬 점도 비슷하고, 플로베르의 소설이 프랑스 사실주의의 완성작으로 불리는 것처럼 톨스토이의 작품 역시 러시아 사실주의 문학의 최고봉으로 꼽힌다.

하지만 자잘한 소설적 테크닉의 문제는 뒤로하고, 무엇보다 등장인물들이 전하는 '포스'에서부터 두 작품의 격차는 분명해 보인다. 가령 안나의 존재감이 에마를 압도하는 이유는 단순히 용모나 신분, 지성이 더 뛰어나다는 것 때문만은 아니다. 기본적으로 에마 보바리의 일탈은 사치를 부리고 쾌락을 누리려는 것에 지나지 않는다. 그녀에게는 실존적,

철학적 고민은커녕 하다못해 체제 비판적인 계급 의식조차 찾을 수 없는 대신 어떻게 해서든지 상류층, 파리, 혹은 최신 유행 등을 카피하고 좇으려는 강박 관념과 허영만 넘실거린다. 에마는 빚잔치에 덜미를 잡히지만 않았다면 아마 계속 애인을 바꿔 가며 남편의 등골을 빼먹는 재미에 치중하지 않았을까.

반면 안나는 뒤늦게 진정한 사랑을 발견하고 한번 마음을 정하자 그 사랑의 쟁취를 위해 모든 것을 희생하려 한다. 남편 카레닌뿐 아니라 자기 삶의 터전이었던 상류 사회 전체와 등을 지는 것도 서슴지 않는다. 물론 그토록 강렬한 사랑의 불꽃도 결국은 꺼지게 마련임을 미처 깨닫지 못한 것이 안나의 한계이기는 했다. 또한 남편을 필두로 주변과의 갈등에 지친 안나는 점점 애초의 쿨한 성격과 지성을 잃고 브론스키에 대한 집착과 신경쇠약 등으로 안에서부터 무너진다. 결국 안나는 브론스키와 자신을 운명적으로 연결해 준 기차에 다시 오른다. 이번에는 상트페테르부르크나 모스크바, 혹은 브론스키와 잠시 도피처로 선택했던 이탈리아보다도 좀 더 멀리 가기 위해서다….

안나와 브론스키의 존재감이 너무 강렬해서 그렇지, 『안나 카레니나』는 단지 두 주인공뿐 아니라 기타 등장인물들의 삶과 생각을 들여다보는 재미도 쏠쏠하다. 가령 매우 상처받기 쉬운 감성의 소유자 콘스탄틴 레빈(Constantine Levin)의 경우가 그렇다. 레빈은 친구 오블론스키처럼 연줄과 수완으로 중앙 무대의 관직에 진출하지 못하고 그저 지방에서 영지를 돌보는 귀족이다. 평론가들은 톨스토이가 중년 이후 점점 러시아 농민들의 생활 방식에 공감하여 자신의 삶도 여기에 맞춰 바꾸려 했던 스스로의 경험과 기질을 이 레빈이라는 캐릭터에 많이 나눠 주고 있다고 지적한다. 『전쟁과 평화』의 주인공 피에르 역시 톨스토이의 자전적 요소가 상당히 들어간 캐릭터라고 하는데, 내 생각에 톨스토이가 피에르에게는 자신의 좀 덜떨어진 면을 나눠 준 반면—가령 피에르는 나타샤에게 다음과 같이 사랑을 고백하는데, 상당히 냉정한 자기 평가라고 할 수 있다. "내가 만약 나 자신이 아니라면, 세상에서 가장 잘생기고 똑똑하고 선량한 미혼 남자라면, 나는 이 순간 무릎을 꿇고 당신의 손길과 사랑을 청하겠습니다(If I were not myself, but the handsomest, cleverest, and best man in the world, and were free, I would this moment ask on my knees for your hand and your love)!"—레빈에게는 훨씬 애정을 가지고 보다 순수하고 긍정적인 면을 많이 부여한 것으로 보인다.

그런가 하면 오블론스키는 물론이요, 레빈의 이복형 코즈니셰프 (Koznyshev), 친구 스비야시스키(Sviyazhsky) 등 제정 러시아 말기의 계몽 귀족, 혹은 지식인들의 초상은 읽는 이로 하여금 쓴웃음을 짓게 만든다. 이들은 대개 제정 러시아의 구조적 모순을 비판하고 보다 급진적인 사회 변혁을 지지하지만, 동시에 자신의 출신 성분이 보장하는 경제적 안정과 풍요를 향유하는 데는 아무런 모순을 느끼지 못한다. 그뿐 아니라 기층 민중에 대한 이해 역시 기껏해야 피상적이고 관념적인 단계에 머물며, 심한 경우 속으로는 경멸하면서도 겉으로는 농민, 노동자의 대변인을 자임하는 이중성을 보이기도 한다. 가령 레빈의 친구 스비야시스키에 대한 다음의 묘사는 어떤가.

스비야시스키는 극단적인 자유주의자였다. 그는 지주 계급을 경멸했고, 귀족들 대부분이 은밀히 농노제를 지지하지만 그걸 표현할 용기가 없을 뿐이라고 생각했다. 그는 러시아를 터키처럼 실패할 운명의 나라로 간주하고, 러시아 정부는 워낙에 엉망인지라 그 행태를 진지하게 비판할 가치가 있다고도 생각지 않았다. 하지만 그러면서도 귀족 자치단체의 장이라는 공식 직함을 유지하고 있었고, 여행을 할 때면 항상 귀족 계급을 나타내는 표지와 붉은 띠를 단 모자를 썼다. 그는 인간으로서 존엄하게 사는 것은 오직 외국에서만 가능하다고 생각하여 기회가 있을 때마다 외국에 가서 머물렀다. (…) 그는 러시아 농민을 발전 단계에서 겨우 유인원보다 한 단계 높은 존재 정도로 간주했지만, 그러면서도 구역 선거철이 되면 누구보다도 더 농민들과 악수를 나누고 그들의 의견을 경청해 마지않았다.

Sviyazhsky was an extreme liberal. He despised gentry and considered the majority of noblemen to be secretly in favor of serfdom, and only prevented by cowardice from expressing their views. He considered Russia to be a doomed country like Turkey, and the Russian government so bad that he did not think it worth while seriously to criticize its actions; yet he had an official position, was a model Marshal of the Nobility, and when he travelled always wore a cockade and a red band to his cap. He imagined that to live as a human being was possible only in foreign countries, where he went to stay at every opportunity; (…) He considered the Russian peasant to be one degree higher than the ape in development, yet at district elections no one shook hands with the peasants and listened to their opinions more willingly than he.

혹시 러시아 혁명 당시 이들 코즈니셰프-스비야시스키류의 지식인들이 어떤 운명을 맞이했을지 궁금해진다. 이들은 위선적 반혁명 분자로 제거되었을까? 아니면 혁명의 와중에도 말발과 정치적 수완을 동원해서 숙청당하기는커녕 공산당의 요직까지 차지했을까? 인텔리겐치아(intelligentsia)의 생존력은 의외로 끈질기다.

이렇게 『안나 카레니나』는 안나와 브론스키라는 강력한 투톱 아래 카레닌, 레빈, 키티(Kitty. 레빈이 짝사랑하지만 정작 본인은 브론스키를 짝사랑했던 소녀로 『전쟁과 평화』의 나타샤를 많이 연상시킨다) 등의 주연급 조연, 그리고 비록 큰 비중은 아닐지라도 등장할 대목이 되면 자신의 존재감을 유감없이 드러내는 다양한 캐릭터들, 거기에 모스크바와 상트페테르부르크의 귀족 사회를 아우르는 스케일과 복잡다단한 플롯이 곁들여진 걸작 소설이다. 아직 읽어 보지 못한 독자 여러분의 일독을 권한다.

도스토옙스키의 경우

러시아 문학의 또 다른 거인 표도르 도스토옙스키(Fyodor Mikhailovich Dostoyevsky, 1821~1881)는 톨스토이의 동시대 인물이지만 삶의 궤적도 작품 세계도 톨스토이와 큰 차이를 보인다. 톨스토이가 세계문학의 큰 봉우리라면 도스토옙스키는 심해, 혹은 심연이라고 할까. 톨스토이가 화려한 러시아 상류 사회로부터 민초들의 삶까지를 아우르는 스케일 속에서 인간의 지성과 인식 확장을 도모한다면, 도스토옙스키는 인간의

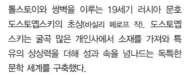

톨스토이와 쌍벽을 이루는 19세기 러시아 문호 도스토옙스키의 초상(바실리 페로프 작). 도스토옙스키는 굴곡 많은 개인사에서 소재를 가져와 특유의 상상력을 더해 성과 속을 넘나드는 독특한 문학 세계를 구축했다.

정신 속에서 요동치는 가장 근본적인 문제들을 끈질기게 물고 늘어지며 마치 강력한 자기장처럼 주변 세계 역시 그 질문 속으로 빨아들이는 일종의 문학적 '흡성대법(吸星大法. 중국 무협지나 무협 영화를 좋아하는 독자라면 이 용어를 잘 알리라)'을 구사한다. 톨스토이의 소설은 페이지를 넘길 때마다 감탄을 자아내는 반면, 도스토옙스키의 소설은 약간만 과장하자면 페이지를 넘길 때마다 전율이 느껴진다.

개인적인 삶을 들여다봐도 톨스토이가 말년에 이상주의, 무정부주의에 빠지며 기행을 일삼기 전까지는 귀족으로서 비교적 풍족하고 순탄한 삶을 살았던 반면, 도스토옙스키는 삶 자체가 소설이 되는 인물이었다. 우리 어르신들이 종종 하는 "내가 살아온 얘기를 소설로 쓰면 몇 권짜리는 될 거야"라는 말씀은 바로 도스토옙스키를 위한 것이다. 우선 도스토옙스키는 고작 27세 때인 1849년 반체제 인사들의 서클에 연루되어 그만 반역죄로 재판에서 사형 선고까지 받았다가 황제의 특사로 목숨을 건지는 극적인 경험을 한 인물이다. 그런가 하면 도박 중독으로 인생의 대부분을 노름빚에 쪼들리며 살았는데, 실제로 그의 소설들 가운데 상당수가 이 빚을 갚기 위해 쓴 것이었다. 가까운 친구들에게 특히 금전 문제로 항상 신세를 지는 주제에 또 아주 지엽적인 예술적, 사상적 견해 차 때문에 절교하기를 밥 먹듯 하는 등 성격적 결함도 심했다. 그가 쓴 소설 제목들을 봐도 『가난한 사람들Poor Folk』, 『지하 생활자의 수기Notes from Underground』, 『악령The Demons』, 『망자들의 집The House of the Dead』 등 어딘지 음침하고 흉흉하다.

도스토옙스키의 대표작 『죄와 벌Crime and Punishment』은 내가 투르게네프(Ivan Turgenev)의 『첫사랑First Love』(당연히 제목에 낚였다), 고골(Nikolai Gogol)의 『대장 불리바Taras Bulba』에 이어 세 번째로 읽은 러시아 소설로 기억한다. 너무나 유명한 작품이라 배경이나 줄거리 등을 여기서 일

반체제 활동에 연루되어 재판에서 사형 선고까지 받았던 도스토옙스키를 특사로 구제해 준 러시아 황제 니콜라이 1세. 이때 사형에서 유배지 군역형으로 감형된 도스토옙스키는 7년간의 형기를 마칠 즈음에는 열렬한 왕당파이자 신앙인이 되어 있었다.

일이 거론할 필요는 없으리라. 하지만 독자를 빨아들이는 이 소설의 흡입력은 주인공 라스콜리니코프(R. Raskolinikov)가 전당포 노파에게 시계를 맡기고 푼돈을 얻은 뒤 술집에 들렀다가 알코올 중독자 마르멜라도프(Marmeladov)를 만나는 장면에서 잘 드러난다. 내게는 마르멜라도프가 일면식도 없던 라스콜리니코프 앞에서 흐물흐물 늘어놓는 장황한 독백을 읽었을 때 받았던 가벼운 충격이 지금도 생생하다. 소설을 이런 식으로 쓸 수도 있구나 하고 생각했던 것 같다.

"가난은 악이 아니라는 말은 진실입니다. 하지만 나는 취기가 미덕이 아니라는 것이 더욱 진실임도 알지요. 그러나 존귀하신 나리, 구걸은 악이랍니다. 가난 속에서도 사람은 타고난 영혼의 고귀함을 유지할 수 있지만, 구걸을 하게 되면 아무도 결코 그럴 수 없지요."

"Poverty is not a vice, that's a true saying. Yet I know too that drunkenness is not a virtue, and that that's even truer. But beggary, honoured sir, beggary is a vice. In poverty you may still retain your innate nobility of soul, but in beggary—never—no one."

이렇게 시작된 독백은 거의 한 챕터를 삼키며 계속되는데, 지겹다는 느낌보다는 점점 화자와 그 가족이 처한 참담한 상황에 공감하며 내러티브 속으로 빨려 들어가게 된다.

도스토옙스키가 장광설의 테크닉을 또 다른 경지로 끌어올린 것은 필생의 역작이자 유작이기도 한 『카라마조프 가의 형제들The Karamazov Brothers』에서다. 톨스토이의 『전쟁과 평화』가 역사상의 대사건인 나폴레옹 전쟁을 다루고 있다면, 도스토옙스키의 『카라마조프 가의 형제들』은 인간의 내면세계와 영혼의 영역에서 벌어지는 전쟁을 정면으로 다룬 작품이라고 할 수 있다. 소설은 지주 가문인 카라마조프 가의 삼 형제 드미트리(Dmitri), 이반(Ivan), 알료샤(Alyosha)의 행적을 쫓아가는데, 이들의 캐릭터는 대조적이면서 상징적이다. 큰아들 드미트리는 쾌락주의자(여기서 쾌락은 무슨 에피쿠로스 학파의 고상한 정신적 쾌락이 아니라 백 퍼센트 감각적 쾌락일 뿐이다), 둘째 이반은 지적인 회의주의자, 막내 알료샤는 종교적 구도자의 면모를 보인다.

문제의 장광설은 이반이 알료샤에게 자기가 구상 중인 이야기 시의 줄거리라며 들려주는 우화 내지 판타지의 형태를 띠는데, 이 대목은 「대심문관The Inquisitor」이라는 별도의 소제목으로 불린다. 이반의 판타지는 16세기 스페인의 세비야를 배경으로 당시 악명 높던 스페인 종교 재판을 지휘하던 대심문관을 등장시키고 있다. 이야기는 그가 한바탕 이단들의 대규모 화형식을 치른 다음 날 도시에 한 방문객이 나타나면서 시작된다.

"'그'는 살며시, 눈에 띄지 않게 왔지만, 이상하게도 모든 사람이 '그'를 알아보았지. (…) 사람들은 어쩔 수 없다는 듯 그에게 끌려, 그를 둘러싸고, 그의 둘레로 모여들고, 그를 쫓아다니는 거야. 그는 무한한 연민의 미소를 머금고 그들 사이를 조용히 움직인다. 사랑의 태양이 그의 마음속에서 불타고, 사랑의 빛과 힘이 그의 눈동자로부터 반짝이며, 그 광채가 사람들을 비추어, 그들의 마음 또한 사랑의 힘으로 흔들어 놓지. 그는 사람들에게 손을 펼쳐 축복을 내리고, 그와 스치면, 심지어 그의 옷깃만 스쳐도 치유의 효과가 일어나는 거야."

"He came softly, unobserved, and yet, strange to say, everyone recognised Him. (…) The people are irresistibly drawn to Him, they surround Him, they flock about Him, follow Him. He moves silently in their midst with a gentle smile of infinite compassion. The sun of love burns in His heart, and light and power shine from His eyes, and their radiance, shed on the people, stirs their hearts with responsive love. He holds out His hands to them, blesses them, and a healing virtue comes from contact with Him, even with His garments."

여기서 '그(He)', 혹은 '그분'이 누구인지는 따로 말할 필요도 없을 것이다—대심문관 역시 사람들이 구름처럼 '그분'에게 몰려드는 광경을 보고 상황을 파악한다. 그는 너무도 감격한 나머지 '그분' 앞으로 달려가 무릎을 꿇고 '그분'의 발에 입을 맞추며 소리친다. "이 누추한 세비야를 재림의 장소로 선택하시다니 영광이옵니다. 역시 이단놈들을 족족 화형대로 보낸 저의 충성심과 믿음이 하늘까지 닿은 건가요… 할렐루야! 임마누엘!"—뭐 이렇게 얘기가 진행되어야 할 것 같은데 분위기가 좀 이상해진다. 이반(의 목소리를 빌린 도스토옙스키)의 묘사다.

"그[심문관]는 모든 것을 본단다. 군중이 '그분'의 발아래 관을 내려놓자 [죽었던] 아이가 일어나는 것을 보고 그의 얼굴이 어두워지는 거야. 그는 짙은 회색 눈썹을 찌푸리고 그 눈은 불길한 불꽃으로 빛나지. 그는 위병들에게 손짓하여 '그분'을 연행하라고 명령하지. (…) 군중은 늙은 심문관 앞에서 곧장 일제히 머리를 땅에 조아리지. 그는 조용히 사람들을 축복하고 지나친다. 위병들은 죄수를 어두운 아치형 감옥으로 끌고 가서 (…) 가둬 버리지."

"He sees everything; he sees them set the coffin down at His feet, sees the child rise up, and his face darkens. He knits his thick grey brows and his eyes gleam with a sinister fire. He holds out his finger and bids the guards take Him. (…) The crowd instantly bows down to the earth, like one man, before the old Inquisitor. He blesses the people in silence and passes on. The guards lead their prisoner to the

왕궁의 탑루에서 내려다본 세비야 시. 스페인 종교 재판의 중심지로 악명을 떨친 도시이기도 하다. 도스토옙스키의 『카라마조프 가의 형제들』에 수록된 유명한 챕터 「대심문관」은 이 종교 재판 당시의 세비야를 배경으로 한다.

close, gloomy vaulted prison (⋯) and shut him in it."

이렇게 '그분'은 갑자기 다른 사람도 아닌 대심문관에 의해 '죄수(prisoner)'의 신분으로 떨어진다. 도대체 어떻게 된 영문인가? 날이 저물고 세비야에 더운 여름밤이 드리우자 대심문관은 홀로 '그분'이 머무는 감방을 방문한다. 그리고 이렇게 말한다.

"'당신인가요? 당신입니까?' 하지만 대답도 듣지 않고 곧바로 덧붙이지. '대답하지 말고 그저 침묵하시오. 정말 당신이 무슨 말을 할 수 있겠소? 나는 당신이 뭐라고 말할지 너무 잘 아오. 그리고 당신은 오래전 당신이 말했던 것에 아무것도 덧붙일 권리가 없소. 그렇다면, 당신은 왜 와서 우리를 방해하는 거요?'"

"'Is it Thou? Thou?' but receiving no answer, he adds at once. 'Don't answer, be silent. What canst Thou say, indeed? I know too well what Thou wouldst say. And Thou hast no right to add anything to what Thou hadst said of old. Why, then, art Thou come to hinder us?'"

아니 이 무슨 신성 모독인가? 말할 나위도 없이 '그분'의 재림은 그리스도교 교리의 핵심이다. 그런데 모든 성직자들의 '드림 컴 트루(dream come true)'가 이루어졌는데도 대심문관은 '그분'의 발 앞에 엎드리기는커녕 오히려 대체 여기가 어딘 줄 알고 왔냐며 질책하는 것이다. 이런 대심문관의 행태를 어떻게 이해해야 할까? 알료샤는 이야기를 듣다 말고 견딜 수 없다는 듯이 이렇게 외친다.

"형의 심문관은 신을 믿지 않아. 그것이 그의 비밀이야!"

"Your Inquisitor does not believe in God, that's his secret!"

글쎄, 꼭 그럴까? 물론 대심문관의 주장은 책을 직접 읽어 보면 더 자세히 알 수 있겠고, 이반의 우화/판타지 자체에 대한 전문가들의 해석도 다양하다. 하지만 단순하게 생각해 보면 대심문관의 태도는 원래 각본에도 없었던 '블랙 스완급 사건(black swan event)'이 실제로 벌어졌을 때 겪는 인간의 당혹, 혼란을 상징하는 것으로 읽을 수 있지 않을까 싶다. 종교라는 것이 신의 부재 속에 인간이 인간들을 위해 만든 것임을 생각하면, 신의 재림은 바로 그 종교, 나아가 그 종교에 기초한 인류 문명 자체의 종말을 의미한다. 당연히 대심문관이나 교황 같은 종교인들의 존재 이유 역시 사라진다. 그런 점을 생각하면, 신의 재림은 적잖은 인간들에게 문자 그대로 초대받지 않은 손님, 아니 초대는 했지만 정작 찾아오리라고는 생각지 않았던 손님의 방문이 된다는 역설도 성립될 수 있다. 이반의 이야기 속에서 '그분'은 떠나지 않으면 화형에 처하겠다고 최후통첩까지 내리는 대심문관을 껴안고 입 맞춘 뒤 사라진다. 역시 신은 인간의 고뇌와 두려움을 이해한 것일까, 아니면 혹시 인간은 가망 없는 족속이라고 결론짓고 완전히 손을 씻기로 한 것일까?

잠시 「대심문관」 챕터를 맛봤지만, 『카라마조프 가의 형제들』은 그 방대한 분량에 걸맞게 여러 층위를 가진 소설이다. 종교, 윤리, 철학적 요소 외에도 막장 드라마적 요소, 추리 소설적 요소까지 다양한 플롯과 내러티브가 존재한다. 작품 속의 풍부한 블랙 유머와 아이러니의 미학 역시 놓칠 수 없는 감상 포인트다.

한편 집안의 가장이자 삼 형제의 아버지인 표도르 파블로비치(Fyodor Pavlovich Karamazov. 공교롭게도 도스토옙스키와 이름이 같다)의 존재감과 활약은 이따금 아들들을 압도하는 수준까지 이른다. 장년의 나이에도 불구하고 여전히 거의 '발정 난 개'급의 색마(色魔)인 표도르 파블로비치는 큰아들 드미트리와는 그루센카(Grushenka)라는 여성을 두고 부자 상박의 격렬한 막장극을 벌이는 연적 사이이며, 먹물 아들 이반의 지적 고뇌나 수도사 아들 알료샤의 성자급 신앙 따위는 아예 싸잡아 우습게 여기는 인물이다. 「브랜디 한 잔을 놓고Over a Glass of Brandy」라는 제목으로 알려진 챕터에서 그가 이반과 알료샤를 골고루 비웃어 주는 대목은 소설 속 명장면 가운데 하나다. 그 한 토막.

"알료샤, 영혼은 불멸이냐?"

"네."

"그럼, 신도 있고 불멸성도 있는 게로군?"

"네, 신과 영혼의 불멸이죠. 불멸성은 신에게 깃들어 있어요."

"흠, 이반이 옳은 것 같군. 맙소사, 수천 년간 이따위 헛된 희망에 인간은 얼마나 많은 믿음과 정력을 허비했다는 건가! (…) 그럼 인류를 그토록 잔인하게 조롱하는 건 대체 누구란 말이냐, 이반?"

"아마 악마겠죠." 이반 표도로비치는 미소 지었다.

"악마는 존재하냐?"

"아뇨, 악마 같은 것도 없지요."

"Alyosha, is the soul immortal?"

"Yes."

"So, there is God and immortality?"

"Yes, both God and immortality of the soul. Immortality is in God."

"Hm, I'd say Ivan's right. Oh, Lord, to think how much faith, how

much energy man has wasted on this forlorn hope for thousands of
years! (…) Who is it then who's been mocking mankind so cruelly,
Ivan?"

"The devil, perhaps," Ivan Fyodorovich smiled.

"Does the devil exist?"

"No, there's no devil either."

그런데 이렇게 두 아들과 테이블을 마주하고 자못 진지하게 시작된
신학적 논쟁은 몇 페이지를 거치다 보면 표도르 파블로비치의 다음과
같은 '심오한' 결론으로 귀결된다.

"세상에는 언제나 신사와 사기꾼이 있어 왔고, 또 언제까지고 그럴 것이
며, 모든 보잘것없는 부엌데기 하녀들도 언제나 받들어 모실 주인님이 생길
테니 진정 놀라운 일 아닌가—삶에서 무슨 행복이 이보다 더 필요하단 말
이냐!"

"It's truly wonderful, there always have been and always will be
gentlemen and scoundrels in this world, and every little skivvy will
always have her very own lord and master—what more does one
need for happiness in life!"

신의 존재와 영혼의 불멸에 대한 대화가 어쩌다가 이런 섹시스트적인
'매니페스토'로 전락한 것일까…. 실제로 작품 속 표도르 파블로비치의
비중을 생각하면『카라마조프 부자(父子)』, 혹은 아예『카라마조프 가』라
는 제목이 더 어울리지 않았나 싶기도 하다.

흔히『카라마조프 가의 형제들』의 주제로 드는 것은 '인간 본성의 이

러시아 소설가 투르게네프. 도스토옙스키는 투르게네프에게 많은 신세를 입은 주제에 또 몇 번이나 다투고 절교를 하는 찌질한 행태를 보인 바 있다.

중성(duality)'이다―혹은 삼중성, 사중성이라고 해도 좋다. 그런데 멀리 갈 것도 없이 현실에서 그런 '다중 인격'의 극명한 사례를 선보인 것은 바로 저자 도스토옙스키 자신이었다. 그의 삶 속에는 성(聖)과 속(俗), 선과 악, 거룩함과 비루함, 자비와 분노의 그림자가 골고루 흩어져 있다. 1867년 스위스에서 도박으로 돈을 모두 날리고 오도 가도 못하게 된 도스토옙스키는 친구 아폴론 마이코프(Apollon Nikolaevich Maikov)에게 편지를 써서 지금 쓰고 있는 소설의 선인세가 들어오기까지 버틸 두 달간의 생활비를 빌려달라고 청한다. 편지를 읽어 보면 그가 얼마나 절박한 상황이었는지 실감이 간다.

150루블을 빌려주게. 돈을 제네바로, 우체국 보관 편으로 보내 주게. (…) 친구여, 날 좀 구해 주게! 영원한 우정과 애정으로 보답하겠네. 자네가 돈이 없다면, 나를 위해 누군가에게서 빌리게. 이렇게 편지를 쓰는 나를 용서하게. 하지만 결국 난 지금 물에 빠진 신세일세!

I'm asking you for 150 rubles. Send it to me in Geneva, poste restante. (…) Dear friend, save me! I'll repay you with eternal friendship and attachment. If you don't have any, borrow from someone for me. Forgive me for writing like this: but after all, I'm a drowning man!

마이코프가 가진 돈이 없다고 할 것을 미리 알았는지 그럼 어디 가서 빌려서라도 돈을 보내 달라고 선수를 치는 도스토옙스키. 이걸 꼼꼼하다고 해야 할지 뻔뻔하다고 해야 할지 모르겠다. 실제로 마이코프는 돈을 마련해서 보냈고, 도스토옙스키가 그렇게 악전고투하며 탈고한 소설이 바로 그의 또 다른 걸작인『백치*The Idiot*』다. 인간성의 가장 깊은 내면을 훔쳐보고 성찰할 수 있는 능력을 지녔던 대작가와 돈 문제 및 대인관계의 '백치' 내지 '등신'은 이렇게 도스토옙스키라는 한 몸 속에 존재했다.

16th Brunch Time

미국의 대가들

너새니얼 호손과 『주홍 글씨』

이제부터는 대서양을 건너 미국으로 가 보자. 먼저 살펴볼 작품은 너새니얼 호손(Nathaniel Hawthorne, 1804~1864)의 장편 소설 『주홍 글씨*The Scarlet Letter*』다. 작품은 17세기 미국이 영국의 식민지였던 시절, 매사추세츠의 보스턴을 배경으로 주변의 멸시와 오해 속에서도 용기와 품위를 잃지 않고 꿋꿋이 살아가는 여인 헤스터 프린(Hester Prynne)의 삶을 그렸다.

영국에서 종교적 자유를 찾아 대서양을 건너온 퓨리턴(puritan), 즉 청교도들로 시작된 초기 북아메리카 대륙의 개척 사회는 한동안 청교도 성직자들의 입김이 사회 곳곳에 드리운, 마치 고대의 신정 정치를 방불케 하는 경직된 사회였다. 심지어 보스턴에서 그리 멀지 않은 세일럼(Salem)이라는 마을에서는 1692년 중세 유럽에서나 있었음 직한 마녀 재판으로 무고한 수십여 명 정착민이 억울하게 처형당하는 사태까지 벌

초기 아메리카 식민지 시대 청교도 사회의 위선을 폭로한 『주홍 글씨』의 저자 너새니얼 호손.

어졌다. 앞서 잠깐 언급한 아서 밀러의 희곡 『시련』은 바로 이 세일럼 마녀 재판을 정면으로 다룬 것이며, 호손의 경우 증조부가 세일럼 재판에 참여한 판사들 가운데 한 명이었던 가족사가 있다.

작품의 제목인 '주홍 글씨'란 이렇게 엄격한 청교도 사회에서 결혼한 몸으로 부정을 저지르고, 그 결과 아이까지 낳은 헤스터 프린에게 도시의 지도자들이 내린 형벌이다. 작품 속에서 '수치의 표시(a mark of shame)'라고 표현된 이 형벌은, 주홍색으로 영어 대문자 A가 수놓인 큼직한 홍대를 가슴에 평생 차고 다녀야 하는 것이었다. A는 '간부(姦婦)'를 의미하는 adulteress의 머리글자다. 역사적으로 17세기 미국의 청교도 사회에서는 비단 간음뿐 아니라 기타 여러 가지 죄에 이렇게 글자를 이용한 '굴욕형'을 가했다. 가령 술을 너무 많이 마시면 drunk(술 취한)의 D, 도둑의 경우에는 thief(도둑놈)의 T, 함부로 하느님 이름을 부른 자는 blasphemy(신에 대한 불경)의 B 등 각종 글자를 일정 기간 몸에 차든가, 혹은 재수 없는 경우에는 아예 몸에 새기든가 해야 했다. 이런 전통은 미국이 영국에서 독립한 후에도 살아남아, 남북 전쟁 당시 전투에서 도망치거나 대열에서 이탈한 병사의 경우 deserted(탈주병)를 뜻하는 D 자를 등에 인두로 지지고 내쫓는 형벌도 있었다고 한다.

『주홍 글씨』의 이야기는 약간 엉뚱하게 「세관*The Custom House*」이라는 제목의, 앞서 말한 그 마녀 재판으로 악명 높은 세일럼 세관에 대한 일종의 에세이로 시작된다. 저자의 당대(1850년대)보다 2백여 년 전에 살았던 헤스터 프린이 남긴 흉대, 즉 '주홍 글씨'를 발견한 곳이 바로 그 세관의 창고였던 것이다. 호손이 그 전설의 주홍 글씨를 처음 마주하는 순간을 그린 대목을 잠깐 감상해 보자.

　　물리적인 것은 아니지만 거의 비슷한, 마치 그 글자가 붉은 천이 아니라 이글거리는 뜨거운 쇠붙이로 만들어진 양 불타는 열기를 느낀 것 같았다. 나는 몸을 부르르 떨면서 나도 몰래 그것을 바닥에 떨어뜨리고 말았다.

　　It seemed to me, then, that I experienced a sensation not altogether physical, yet almost so, as of burning heat; and as if the letter were not of red cloth, but red-hot iron. I shuddered, and involuntarily let it fall upon the floor.

호손은 물론 훌륭한 작가지만 여기서는 약간 표현상의 '오버'가 있지 않나 싶다. 무슨 '불타는' 천 조각이 다 있을까? 이어서 화자-작가는 세관 문서 보관소에서 찾아낸 프린의 생애를 소개한다고 밝히지만, 물론 이야기는 호손의 순수한 창작물이다. 작품의 첫 장에서 타운 사람과 낯선 나그네가 나누는 대화를 잠깐 소개해 본다. 먼저 타운 주민의 말.

　　"하지만 자비와 관용을 베풀어서 그분들은 유죄 판결을 받은 프린 여사에게 사형대 발판 위에 세 시간만 서 있도록 하고, 그 뒤로는 여생 동안 가슴에

르네상스 시대 이탈리아 화가 팔마 베키오의 〈그리스도와 간부〉. 간음을 저지른 여성을 예수 그리스도가 변호하는 『신약 성경』의 에피소드를 묘사했다. 『주홍 글씨』는 '간부'를 뜻하는 영어 단어 adulteress의 첫 글자 A가 수놓인 흉대를 입어야 했던 헤스터 프린이라는 여성의 기구한 삶을 펼쳐 보인다.

수치의 표시를 입도록 했지요."

"But, in their great mercy and tenderness of heart, they have doomed Mistress Prynne to stand only a space of three hours on the platform of the pillory, and then and thereafter, for the remainder of her natural life, to wear a mark of shame upon her bosom."

감히 다른 여성의 사생활에 온갖 간섭을 하며 극도의 굴욕을 안긴 주제에, 그나마 교수형에 처하지는 않았으니 마을 원로들께서 '자비와 관용'을 베푸셨단다. 그런데 이에 대한 나그네의 반응은 어떨까? "거참 딱하게 됐군요…" 이랬을까?

"현명하신 선고요! (…) 그렇게 하면 그 수치스러운 글자가 그녀의 묘비에 새겨질 때까지 그녀는 죄악에 대한 살아 있는 설교가 될 테죠. 그렇지만 그 부정의 파트너가 적어도 그녀 곁에서 교수대에 서지 않는다는 점이 참으로 부아를 돋우는군요. 하지만 그놈의 정체가 알려지겠죠! 알려지고말고요!"

"A wise sentence! (···) Thus she will be a living sermon against sin, until the ignominious letter be engraved upon her tombstone. It irks me, nevertheless, that the partner of her iniquity should not, at least, stand on the scaffold by her side. But he will be known!—he will be known!—he will be known!"

왜 나그네가 이렇게 남의 동네일에 그 동네 주민보다 더 흥분해서 방방 뛰는 걸까? 나중에 밝혀지지만 실은 이 나그네는 사람들이 바다에 빠져 죽었다고 믿는 헤스터의 남편 프린 씨(Mr. Prynne)다. 즉 헤스터는 이미 남편이 있는 몸으로 부정을 저질렀던 것이다. 보스턴에 온 프린 씨는 로저 칠링워스(Roger Chillingworth)라는 가명으로 거주하면서 헤스터와 함께 부정을 저지른 남자가 누구인지를 추적하며 복수를 노린다. 작품의 또 다른 주요 등장인물은 도시에서 가장 존경받는 성직자인 딤즈데일 목사(Reverend Arthur Dimmesdale)다. 그는 헤스터의 부정에 대한 재판에서 아이의 아버지가 누군지 고백하라고 추궁하는 인물인데, 그에게도 숨겨야 할 비밀은 있다···. 이들과 비교할 때, 작품 속에서 마지막까지 진실, 양심, 그리고 염치를 잃지 않는 인물은 바로 우리의 '화냥년' 헤스터 프린뿐이다. 헤스터는 비록 가슴에 주홍 글씨를 입었을지언정 사생아인 펄(Pearl)을 홀로 키우며 주변의 시선에 아랑곳 않고 열심히 살아간다. 호손은 『주홍 글씨』에서 헤스터의 삶을 통해 불관용과 위선으로 가득 차 있던 당시 청교도 사회 속 인간 군상들의 행태를 꼬집고 있다.

호손은 장편뿐 아니라 단편들도 많이 남겼다. 그 가운데 어느 시골 마을의 자랑거리인 큰 바위의 형상처럼 생긴 위대한 인물을 기다리는 소년 어니스트(Ernest)의 성장 과정을 그린 「큰 바위 얼굴 *The Great Stone Face*」이 유명하다. 어니스트는 위인(great man)이 나타나기를 기다리지만 알고 보니 그 위대한 인물은 아주 가까운 곳에 있었다는 내용인데, 행복을 찾아 돌아다녔지만 실은 행복이 아주 가까운 데 있었다는 메시지를 담은 벨기에 작가 마테를링크(Maurice Maeterlinck)의 『파랑새*The Blue Bird*』와도 알게 모르게 닮아 있다.

허먼 멜빌과 『모비 딕』

호손은 『주홍 글씨』를 발표한 뒤 매사추세츠의 레녹스라는 곳에 정착했는데, 그 이웃에는 허먼 멜빌(Herman Melville, 1819~1891)이라는 젊은 작가가 살고 있었다. 두 사람은 곧 친구가 되었고, 호손은 선배 작가로서 멜빌에게 조언을 아끼지 않았다. 1851년의 어느 날, 멜빌은 호손에게 보낸 편지에서 의기양양한 어조로 "아주 사악한 책을 한 권 썼답니다(I have just written a very wicked book)"라고 했다. 그 책이 바로 19세기 미국 문학사의 기념비적 걸작 중 하나로 꼽히는 『모비 딕*Moby Dick*』이다.

『모비 딕』은 보통은 소설이라고 말하지만 문학적 장르 구분을 거부하는 작품이기도 하다. 때로는 산문적인, 때로는 시적인 문장이 튀어나오는 데다 등장인물과 배경에 풍부한 상징이 담겨 있고, 때로 고래의 습성과 생태에 대한 박물지 역할까지 하는 등 여러 장르가 한데 섞인 비빔밥적 작품이기 때문이다. '모비 딕'은 작품 속에 등장하는 거대한 흰색 향유고래(sperm whale)의 이름으로, 이 책이 종종 『백경』이라고 번역되는 것은 그 때문이다. 이야기는 이슈마엘(Ishmael)이라는 도회 출신 젊은이의 일인칭 관찰자 시점으로 시작된다.

내 이름은 이슈마엘이라 하자. 수년 전―정확히 몇 년 전인지는 묻지 마시라―거의 빈털터리가 된 데다 뭍에서의 삶에 별다른 흥미를 느끼지 못한

미국 문학사의 기념비적 걸작으로 꼽히는 『모비 딕』의 저자 허먼 멜빌.

나는 항해를 좀 해서 세상의 젖은 구석을 보리라 생각했다.

Call me Ishmael. Some years ago—never mind how long precisely—having little or no money in my purse, and nothing particular to interest me on shore, I thought I would sail about a little and see the watery part of the world.

이렇게 사실상 별생각 없이 선원이 되어 올라탄 포경선 피쿼드 호 (Pequod. 인디언 부족에서 따온 이름)에서 이슈마엘은 일생일대의 모험을 겪게 된다. 피쿼드 호는 에이해브 선장(Captain Ahab)이라는 인물이 지휘하고 있는데, 항해 중 누구든지 흰 고래를 보면 즉각 보고하라는 그의 명령이 떨어지자 선원들은 웅성거린다. 혹시 에이해브가 포경업계의 전설이 되어 버린 모비 딕을 쫓고 있는 건 아닐까? 그렇죠, 선장님? 모비 딕 맞죠?—식인종 출신 퀴퀘그(Queequeg), 인디언 출신 다구(Daggoo), 거구의 흑인 타슈테고(Tashtego) 등 저마다 포경 작살계에서 한가락 하는 부하들의 이어지는 질문에 에이해브는 대답한다.

19세기의 유명한 미국 포경선 찰스 모건 호. 「모비 딕」의 주 무대는 피쿼드 호라는 포경선이다.

"그래, 퀴퀘그, 작살들이 그놈 안에 죄다 꼬이고 비틀린 채 꽂혀 있지. 그 래, 다구, 놈의 분기공은 밀단 묶음만큼이나 크고, 놈은 연례 털깎기가 끝난 뒤 쌓인 낸터킷 섬의 양털 더미처럼 하얗고말고. 그래, 타슈테고, 놈은 돌풍 속에 둘로 쪼개진 작은 돛처럼 꼬리 치며 헤엄치지. 지독한 놈! 여보게들, 그렇다면 너희는 모비 딕을 본 거야—모비 딕—모비 딕을!"

"aye, Queequeg, the harpoons lie all twisted and wrenched in him; aye, Daggoo, his spout is a big one, like a whole shock of wheat, and white as a pile of our Nantucket wool after the great annual sheep-shearing; aye, Tashtego, and he fan-tails like a split jib in a squall. Death and devils! men, it is Moby Dick ye have seen—Moby Dick—Moby Dick!"

에이해브 선장은 모비 딕에 대한 복수의 일념으로 사는 인물. 왜 고래 와 철천지원수를 졌을까? 에이해브는 계속한다.

"그래, 이 자리에 모인 장정들. 나를 불구로 만든 건 모비 딕이었어. 모비 딕이 내가 지금 디디고 있는 이 죽은 의족을 준 셈이지. 그래, 그래." 그는 마치 슬픔에 젖은 큰사슴처럼 크고 소란스럽게 흐느끼며 외쳤다. "그래, 그래! 나를 잘라 버리고, 나를 영원히 땅이나 박아 대는 가련한 느림보로 만든 것은 그 저주받은 흰 고래 놈이었지!"

"Aye, my hearties all round; it was Moby Dick that dismasted me; Moby Dick that brought me to this dead stump I stand on now. Aye, aye," he shouted with a terrific, loud, animal sob, like that of a heart-stricken moose; "Aye, aye! it was that accursed white whale that razeed me; made a poor pegging lubber of me for ever and a day!"

에이해브는 왕년에 잘나가던 시절, 모비 딕과 한번 맞짱을 떴다가 그만 고래에게 물려 다리를 잃었던 것이다. 에이해브가 자신을 pegging lubber, 즉 의족을 한 탓에 못을 박듯 갑판 위나 콩콩 찍고 다니는 굼뜬 느림보라고 부르는 데서도 사무친 원한이 느껴진다. 참고로 이 '다리'를 잃은 것이 에이해브가 성불구라는 점의 은유라는 해석도 있는데, 좀 비약인 듯하다. 에이해브는 계속한다.

"나는 놈을 쫓아 희망봉을 돌아, 혼 곶을 돌아, 노르웨이의 소용돌이치는 바다를 돌아, 지옥의 불길을 돌고 나서야 놈을 포기할 테다. 장정들! 놈이 검은 피를 뿜고 꼬리를 돌려 뻗을 때까지 태평양과 대서양, 지구의 모든 곳에서 놈을 쫓는 것, 이것이 너희가 배를 탄 이유라네. 장정들, 이제 약속하겠나? 모두들 용감해 보이는구나."

"예, 예!" 작살수와 선원들이 흥분한 늙은이[에이해브] 가까이로 달려들면서 외쳤다. "흰 고래를 찾아 눈을 날카롭게 뜨자. 모비 딕을 노려 창을 갈자!"

"I'll chase him round Good Hope, and round the Horn, and round the Norway Maelstrom, and round perdition's flames before I give him up. And this is what ye have shipped for, men! to chase that white whale on both sides of land, and over all sides of earth, till he spouts black blood and rolls fin out. What say ye, men, will ye splice hands on it, now? I think ye do look brave."

"Aye, aye!" shouted the harpooneers and seamen, running closer to the excited old man: "A sharp eye for the white whale; a sharp lance for Moby Dick!"

역시 조직의 리더답게 에이해브는 개인의 분노를 승화하여 부하들에게 동기 부여를 한다. 그 저주받을 고래 놈이 나를 이렇게 만들었다. 그러니 여러분은 나의 복수혈전에 동참하라…. 그런데 책이 발표될 당시인 19세기 중엽의 독자들이 이 텍스트에 어떤 식으로 반응했는지는 모르겠지만, 지금에 와서 보면 에이해브와 그 부하들이 이렇게 "영차, 영차" 하며 흰 고래에 대한 전의를 다지는 장면은 글쎄 엄숙, 장엄하다기보다는 조금 코믹하게까지 보인다. 아마도 산문체와 운문체가 뒤섞여 왠지 뮤지컬 대본 같은 느낌을 주는 문체에 더해 과장된 수사가 남용되기 때문인 것 같다. 예를 들어 이슈마엘이 에이해브 선장의 모비 딕에 대한 증오를 표현하고 있는 다음과 같은 문장도 마찬가지다.

그는 아담 이래로 인류 전체가 느낀 모든 분노와 증오의 합산을 고래의 하얀 등짝에 쌓아 놓았던 것이다.

He piled upon the whale's white hump the sum of all the general rage and hate felt by his whole race from Adam down.

뭐든지 너무 진지해지면 역효과가 나는 법이다. 아까 멜빌이 자기 책을 "아주 사악한 책"으로 평했다고 했지만, 까딱하다가는 가까운 장래에 평론가와 독자들에게 "아주 웃기는 책"으로 찍힐 위험도 있어 보인다.

피쿼드 호의 일등 항해사 스타벅(Starbuck) 역시 눈길을 끄는 인물이다. 작품에서 스타벅은 시간이 갈수록 에이해브 선장을 교주로 모시고 모비 딕 잡기를 사명으로 여기는 사이비 종교 집단 비슷하게 변해 가는 피쿼드 호 속에서 냉정을 유지하는 몇 안 되는 인물 중 하나다. 에이해브와 스타벅이 나누는 대화를 잠깐 보자.

"하지만 스타벅 군, 이 시무룩한 얼굴은 뭐지? 자네는 흰 고래를 쫓지 않을 건가? 모비 딕 사냥에 참여하지 않을 셈인가?"

"에이해브 선장, 만약 놈이 우리가 따라가는 항해 경로에 나타난다면야 나는 그놈의 사악한 턱주가리를, 아니 저승사자의 턱뼈라도 사냥하겠습니다. 하지만 나는 여기 고래를 잡으러 왔지, 내 지휘관의 복수를 위해서 온 게 아닙니다. 에이해브 선장, 설령 성공한다고 해도 당신의 그 복수심이 고래기름을 도대체 몇 배럴이나 생산할까요? 낸터킷의 고래 기름 시장에서 큰돈을 벌지는 못할 겁니다."

"But what's this long face about, Mr. Starbuck; wilt thou not chase the white whale? art not game for Moby Dick?"

"I am game for his crooked jaw, and for the jaws of Death too, Captain Ahab, if it fairly comes in the way of the business we follow; but I came here to hunt whales, not my commander's vengeance. How many barrels will thy vengeance yield thee even if thou gettest it, Captain Ahab? it will not fetch thee much in our Nantucket market."

세계적인 커피 전문 기업 스타벅스의 상호는 「모비 딕」의 등장인물 스타벅에게서 따온 것이다.

에이해브와 그 똘마니들의 으쌰으쌰 분위기에 찬물을 끼얹는 스타
벅. 하지만 비록 동료들 사이에서는 인기가 없었는지 몰라도 그의 이름
은 『모비 딕』에 등장하는 어떤 캐릭터보다도 더 현대인들의 입에 많이
오르내리고 있다. 왜냐하면 세계 최고의 커피 브랜드라고 할 스타벅스
(Starbucks)가 바로 그의 이름에서 탄생했기 때문이다. 회사 창립자들 중
한 명이 『모비 딕』의 광팬이라는 인연 덕분이었다.

한편 우여곡절 끝에 피쿼드 호는 모비 딕을 찾아내고 드디어 흰 고래
와 에이해브의 리턴 매치가 시작된다. 현장 중계를 잠깐 나가 보자.

(…) 흰 고래는 맹렬한 속도로 거의 눈 깜짝할 사이에 보트들 틈으로 뛰어
들어 아래턱을 벌리고 꼬리를 세차게 흔들며 사방에 섬뜩하게 싸움을 걸어
왔다. 각 보트에서는 고래에게 엉겁결에 작살들을 던졌는데, 마치 배의 판
자를 하나씩 뜯어내 버릴 속셈으로 그런 것만 같았다.

(…) the White Whale churning himself into furious speed, almost in an instant as it were, rushing among the boats with open jaws, and a lashing tail, offered appalling battle on every side; and heedless of the irons darted at him from every boat, seemed only intent on annihilating each separate plank of which those boats were made.

어쩐지 에이해브의 복수혈전은 그리 순조롭게 마무리되지 않을 것 같은 분위기다…. 흰 고래 모비 딕이 무엇을 상징하는가 하는 질문은 평론가들 사이에서 오랫동안 논란거리였다. 한동안 악의 힘을 나타낸다는 견해가 지배적이었지만, 점점 현대로 오면서 '무심한 우주(indifferent universe)'를 상징한다는 의견이 더 힘을 얻는 상황이다. 내가 생각해 봐도 이쪽이 더 그럴듯하다. 사실 고래가 먼저 싸움을 건 것도 아니고, 가만히 바다에서 잘 노는 고래를 찾아 쓸데없이 평지풍파를 일으키는 건 에이해브와 그 일당이 아니고 뭔가. 『모비 딕』을 '고래 = 대자연 = 우주' 앞에서 겁도 없이 까불던 인간들이 소란의 대가를 치르는 인과응보의 이야기로 이해해도 무리는 없을 듯하다.

마크 트웨인과 『허클베리 핀의 모험』

마크 트웨인(Mark Twain, 1835~1910)이 1884년 발표한 『허클베리 핀의 모험 The Adventures of Huckleberry Finn』은 미국 문학사에서 가장 위대한 책 가운데 하나로 종종 꼽힌다. 이 책에 대해서는 후대의 작가 헤밍웨이가 다음과 같이 말했을 정도다.

모든 현대 미국 문학은 허클베리 핀이라는 마크 트웨인의 책 단 한 권에

미국의 문호 마크 트웨인의 1907년 모습. 반세기가 넘는 오랜 집필 활동을 통해 소설, 기행문, 에세이, 칼럼, 논픽션 등 다양한 분야에서 엄청난 분량의 작품을 남겼다.

뿌리를 둔다. (…) 미국식 글쓰기가 그 책에서 유래한다. 그 이전에는 아무것도 없었다. 그 이후에 그만큼 좋은 작품은 나오지 않았다.

All modern American literature comes from one book by Mark Twain called Huckleberry Finn. (…) American writing comes from that. There was nothing before. There has been nothing as good since.

한마디로 전무후무한 책이라는 것이다. 하지만 『허클베리 핀의 모험』은 굳이 영미 문학에서의 '위치' 따위 거창한 주제를 생각하지 않고 그냥 재미 삼아 읽어도 결코 실망하지 않을 책이다. 책 첫머리에는 저자의 '고지 사항(notice)'이 붙어 있다.

이 이야기에서 무슨 동기를 찾으려는 독자는 고발당할 것이다. 교훈을 찾으려는 독자는 쥐도 새도 모르게 사라질 것이다. 줄거리를 찾으려는 독자는 총에 맞을 것이다.

Persons attempting to find a motive in this narrative will be prosecuted; persons attempting to find a moral in it will be banished; persons attempting to find a plot in it will be shot.

앞서 소개한 것처럼 헤밍웨이를 비롯한 후대의 호사가와 평론가들이 자기 작품에 대해 뭐라고 할지 미리 알았더라면 트웨인은 아마 이런 경고도 덧붙이지 않았을까?

이 이야기의 미국 문학 속 위치를 찾으려는 독자는 목이 졸릴 것이다.

Persons attempting to find its place in the American literature will be choked.

『허클베리 핀의 모험』은 실은 마크 트웨인의 또 다른 작품 『톰 소여의 모험 The Adventures of Tom Sawyer』의 후속편이다. 원래 톰과 둘도 없는 친구 사이인 헉(허클베리 핀의 별명)은 『톰 소여의 모험』 마지막 대목에서 톰에게 설득당해 미망인 더글러스 부인(Widow Douglas)의 양자로 들어간다. 『허클베리 핀의 모험』의 서두에서 헉 역시 『톰 소여의 모험』을 언급한다.

톰 소여의 모험이라는 제목의 책을 읽어 보지 않은 독자라면 나에 관해 알리가 없지만, 뭐 괜찮습니다. 그 책은 마크 트웨인 씨가 지었는데, 그분은 대체로 사실을 말했죠. 과장한 부분도 있지만 대체로 사실입니다.

You don't know about me without you have read a book by the name of the Adventures of Tom Sawyer; but that ain't no matter. That book was made by Mr. Mark Twain, and he told the truth, mainly.

『허클베리 핀의 모험』 초판본에 수록된 삽화. 『허클베리 핀의 모험』은 가장 위대한 미국 문학 작품으로 종종 평가받는 걸작이지만, 아이러니하게도 현재 미국 중고교에서는 금서로 되어 있다.

There was things which he stretched, but mainly he told the truth.

위의 영어 문장을 유심히 살핀 독자라면 뭔가 이상한 낌새를 느꼈을 것이다. 『로빈슨 크루소』의 프라이데이 수준은 아니지만 문법적으로 잘못된 대목이 곳곳에서 눈에 띈다. 그 이유는 트웨인이 화자인 허클베리 핀의 평소 어투를 그대로 따라가고 있기 때문이다. 헉이 구사하는 19세기 미국 남부의 구수한 사투리 영어를 만끽하는 것도 『허클베리 핀의 모험』을 읽으면서 얻는 재미다.

비록 친구 톰의 음모(?)에 빠져 더글러스 여사의 집에 들어가기는 했지만, 이전까지 거의 타잔 내지는 모글리 비슷한 생활을 했던 헉이 낯선 문명인의 생활에 힘들어하리라는 것은 이미 예상된 일이다. 신앙심 깊은 더글러스 여사의 성경 강독을 들은 헉의 반응을 보자.

저녁 식사 후 더글러스 여사는 책[성경]을 꺼내 모세니 고랭이니 하는 것을 배우게 해서, 나는 애써 모세에 대해 다 알게 되었습니다. 하지만 알고 보니 모세는 상당히 오래전에 죽은 사람이지 뭡니까? 그러자 그 사람에게 흥미가 뚝 떨어지고 말았습니다. 죽은 사람들에게는 별 관심이 없는 나니까요.

After supper she got out her book and learned me about Moses and the Bulrushers, and I was in a sweat to find out all about him; but by and by she let it out that Moses had been dead a considerable long time; so then I didn't care no more about him, because I don't take no stock in dead people.

이렇게 투덜대면서도 그럭저럭 새 생활에 적응해 가던 혁은 곧 여러 우여곡절에 휘말린 끝에 새로운 모험길에 오른다. 이 모험의 파트너는 흑인 노예 짐(Jim). 짐은 주인인 왓슨 부인(Mrs. Watson)이 자신을 노예 시장에 내다 팔려는 것을 알고 탈출한 상태다. 혁은 짐의 소재를 왓슨 부인에게 알려야 하나 말아야 하나 고민하다가 결국 단념한다. 다음 문장은 짐이라는 '짐(부담)'을 어떻게 할 것인가 고심하다가 마침내 탈출을 도와주기로 결심하면서 혁이 뇌까리는 말.

좋아, 그럼 까짓거 지옥에 가면 되지 뭐. 그러고는 편지를 찢어 버렸습니다.
All right, then, I'll go to hell—and then tore it up.

"지옥에 가면 되지 뭐(I'll go to hell)" 하는 대목에서 혁다운 여유와 당당함이 느껴진다.

허클베리 핀을 창조한 마크 트웨인의 본명은 새뮤얼 클레멘스(Samuel Clemens)다. Mark Twain이라는 필명은 그가 젊은 시절 미시시피 강의 증기선에서 일할 때 배운 수부들의 언어로, 강심이 배가 안전하게 통과할 정도로 깊다는 의미라고 한다. 트웨인은 비록 정규 교육을 많이 받지는 못했지만 뛰어난 소설가였을 뿐 아니라 흑인 인권, 미국 정치, 외교 등 각종 현안에 거침없는 의견을 개진하던 당대의 논객이기도 했다. 워낙 입심이 좋아 전 세계를 돌며 강연으로 벌어들인 돈이 책을 써서 받은 인세보다 더 많을 정도였다.

이렇게 소설뿐 아니라 신문 칼럼, 에세이, 강연, 연설 등을 통해 마크 트웨인이 남긴 명언들은 미국에서 즐겨 인용된다. 아직도 미국의 정치가나 사업가들은 연설을 할 때 서두에 "마크 트웨인이 언젠가 말하기를 (Mark Twain once said)" 하면서 분위기를 잡아 나가는 경우가 매우 흔하다. 그가 남긴 재치 있는 명언을 몇 개 살펴보자.

인간은 얼굴을 붉힐 줄 아는, 혹은 그럴 필요가 있는 유일한 동물이다.
Man is the only animal that blushes or needs to.

은행가란 해가 빛날 때 자기 우산을 빌려주고 비가 내리기 시작하는 순간 도로 내놓으라고 하는 자다.
A banker is a fellow who lends you his umbrella when the sun is shining and wants it back the minute it begins to rain.

나는 절대 막말을 쓰지 않는다, 집세와 세금을 논할 때만 빼고.
I shall never use profanity except in discussing house rent and taxes.

거짓말과 새빨간 거짓말, 그리고 통계가 있다.
There are lies, damned lies and statistics.

강연장의 트웨인을 묘사한 캐리커처. 트웨인은 작
가로뿐만 아니라 강연 연사로도 국제적인 명성을
누렸다.

이렇듯 트웨인의 명언들은 유머러스할 뿐 아니라 인간의 내면과 세상
사의 본질을 꿰뚫는 촌철살인의 식견을 보여 준다. 다음은 내가 가장 좋
아하는 그의 발언 가운데 하나.

　입을 다물고 멍청하게 보이는 편이 입을 열어 의혹을 씻어 주는 편보다
낫다.
　It is better to keep your mouth shut and appear stupid than to
open it and remove all doubt.

이게 무슨 뜻일까? 가령 회사의 회의에 참석할 일이 있다고 생각해 보
자. 그런데 사전에 준비한 게 별로 없어서 회의 안건에 대해 그다지 좋
은 아이디어나 의견이 없을 경우가 있을 것이다. 트웨인의 말은 이럴 때
회의 내내 한마디도 안 해서 심지어 참석자들이 "저 사람 혹시 바보 아
냐?"라고 의심하게 만드는 쪽이, 계속 입을 다물고 있기가 민망하다는
이유로 엉뚱한 질문, 주제와 관계없는 얘기나 동문서답을 해서 "거봐,

바보 맞잖아" 하고 확인시켜 주는 쪽보다는 낫다는 것. 내가 회의나 모임에 갈 일이 있을 때 항상 염두에 두는 트웨인 선생의 말씀이다. 다음과 같은 말도 상당히 심오하다.

역사가 되풀이되지는 않지만 운(韻)은 맞춘다.
History doesn't repeat itself, but it does rhyme.

즉 트웨인에 따르면 역사적인 사건이 그대로 반복되지는 않지만 적어도 운율(rhyme)을 맞추는 정도는 된다. 다시 말해 어느 정도 공통점을 지닌 사건들이 시대를 지나 반복된다는 것이다. 기왕 살펴보는 김에 몇 개만 더 보자.

학교가 내 교육을 방해하도록 결코 내버려 둔 적이 없다.
I've never let my school interfere with my education.

날씨를 즐기려면 천국에 갈 일이지만 동무가 필요하면 지옥이 낫다.
Go to Heaven for the climate, Hell for the company.

세상이 당신에게 빚진 것이 있다고 말하면서 돌아다니지 말라. 세상은 당신에게 신세 진 것 없다. 세상이 먼저 있었다.
Don't go around saying the world owes you a living. The world owes you nothing. It was here first.

트웨인이 출생한 1835년은 마침 핼리 혜성(Halley's Comet)이 출현한 해였는데, 이를 두고 그는 이렇게 말한 적이 있다.

내가 핼리 혜성과 운명을 같이하지 않는다면 인생 최대의 실망이 아닐 수 없다. 신께서 "이 두 사고뭉치들이 함께 왔으니, 갈 때도 함께 가거라" 말씀하셨음이 분명하다.

It will be the greatest disappointment of my life if I don't go out with Halley's Comet. The Almighty has said, no doubt: "Now here are two unaccountable freaks; they came in together, they must go out together."

그가 사망한 해는 1910년—바로 핼리 혜성이 75년의 주기로 다시 나타난 해였다.

'위대한' 피츠제럴드

트웨인의 사망 후 10여 년이 지난 1920년대 들어 미국은 전대미문의 번영을 구가하고 있었다. 주식 시장이 활황인 데다 국민들의 주택 보급률이 계속 올라가고 가격을 획기적으로 인하한 포드 사(Ford)의 승용차 T-30가 널리 보급되면서 중산층의 '마이홈+마이카' 시대가 열렸다. 스포츠, 영화, 재즈 음악 등 대중을 위한 다양한 엔터테인먼트가 공급되었다. 1차 대전의 승전국으로서 미국의 국제적인 위상도 끝내줬다. 당시의 활기차고 풍요로운 분위기를 대변하는 표현이 '광란의 20년대 (Roaring Twenties)'이다. 보다 정확히 번역하면 '포효하는 1920년대'쯤 되겠는데, 한마디로 너무 잘나가 기염을 토하던 당시 미국 사회의 기상을 표현한다고나 할까. 당시 미국인들은 돈이 넘쳐 나는 가운데 즐거운 비명을 지르고 있었다.

이런 1920년대 미국의 시대정신과 분위기, 그 명암을 문학으로 표현

미국 소설가 F. 스콧 피츠제럴드의 1937년 모습. 흔히 재즈의 시대, 광란의 시대로 불리는 1920년대 미국 사회의 명암을 가장 잘 포착한 작가로 평가받는다.

한 대표적인 인물이 F. 스콧 피츠제럴드(F. Scott Fitzgerald, 1896~1940)이다. 그의 소설 『위대한 개츠비 The Great Gatsby』는 20세기 미국 문학의 최고 걸작 가운데 하나로 평가받는다. 소설의 주인공 제이 개츠비(Jay Gatsby)는 무일푼으로 시작해서 엄청난 부를 쌓은 입지전적 인물이면서도 어딘지 공허함, 슬픔, 수수께끼를 숨긴 듯한 인물이다. 작품은 화자인 닉 캐러웨이(Nick Carraway)가 개츠비와의 조우를 회상하는 것으로 시작된다.

지난 가을 동부에서 돌아왔을 때, 세상이 제복을 입고 말하자면 영원히 도덕적인 차렷 자세를 취하기를 내가 원하는 것만 같았다. 나는 더 이상 특권을 가진 자의 시선으로 인간의 마음속까지 들여다보는 시끌벅적한 답사는 원하지 않았던 것이다. 오직 이 책에 자기 이름을 내준 개츠비만이 내 그런 반응에서 예외를 인정받은 존재였다―내가 사정없이 경멸하는 것을 죄다 대표하는 개츠비 말이다. 만약 인격이란 것이 실은 일련의 끊기지 않은 성공적인 제스처들이라고 한다면, 마치 만 마일 멀리의 지진을 알아차릴 수 있는 복잡한 기계 한 대와 연결되어 있는 듯, 그에게는 뭔가 몹시 아름다운 것, 삶의 가능성에 대한 고양된 감수성 같은 것이 있었다.

When I came back from the East last autumn I felt that I wanted the world to be in uniform and at a sort of moral attention forever; I wanted no more riotous excursions with privileged glimpses into the human heart. Only Gatsby, the man who gives his name to this book, was exempt from my reaction—Gatsby who represented everything for which I have an unaffected scorn. If personality is an unbroken series of successful gestures, then there was something gorgeous about him, some heightened sensitivity to the promises of life, as if he were related to one of those intricate machines that register earthquakes ten thousand miles away.

여기서부터 캐러웨이의 회상을 통해 독자들은 뉴욕에서 약 20마일 떨어진 롱아일랜드(Long Island) 근처의, 하늘에서 보면 마치 거대한 달걀 두 개처럼 생겨 이스트에그(East Egg)와 웨스트에그(West Egg)로 불리는 지역을 자세히 들여다보게 된다. 여기는 재벌과 부호들이 대저택을 짓고 그들만의 세계를 이루며 살아가는 곳이다. 소설은 이 동네에 새로 이사 온 수수께끼의 인물 개츠비, 캐러웨이의 대학 동창이자 엄청난 부잣집 도련님인 톰 뷰캐넌(Tom Buchanan), 그의 아내 데이지(Daisy Buchanan)의 복잡한 사연과 관계를 중심으로 펼쳐진다.

『위대한 개츠비』는 기본적으로 비극적 러브 스토리다. 원래 개츠비는 롱아일랜드의 '귀하신' 분들과는 전혀 다른 삶을 살아온 인물인데, 엄청난 재산을 모은 뒤 뷰캐넌 부부에게 접근할 기회를 노린다. 사실 개츠비의 물질적 성공 뒤에는 바로 톰의 아내 데이지의 존재가 있었다. 오늘날의 그를 만든 것은 개츠비가 캐러웨이에게 털어놓은, 5년 전 데이지와의 첫 키스의 추억이라고 해도 과언이 아니다. 어느 한국 시인의 말마따나 "날카로운 첫 키스의 추억"이 개츠비의 "운명의 지침을 돌려" 놓은 것이다.

데이지의 하얀 얼굴이 그의 얼굴로 다가오자 그의 심장이 점점 빠르게 고동쳤다. 그는 이 여인에게 키스하여 자기의 말로 표현할 수 없었던 꿈들과 그녀의 유한한 호흡이 영원히 결합하면, 그의 생각이 결코 다시는 신의 생각처럼 자유롭게 뛰어놀 수는 없으리라는 것을 알았다. 그래서 별을 두들기는 굽쇠의 소리를 듣는 듯 한순간 더 기다렸다. 이윽고 그는 그녀에게 키스했다. 그의 입술의 감촉에 그녀는 그를 위해 꽃처럼 피어올랐고 삶은 완성되었다.

His heart beat faster and faster as Daisy's white face came up to his own. He knew that when he kissed this girl, and forever wed his unutterable visions to her perishable breath, his mind would never romp again like the mind of God. So he waited, listening for a moment longer to the tuning-fork that had been struck upon a star. Then he kissed her. At his lips' touch she blossomed for him like a flower and the incarnation was complete.

개츠비가 수단 방법을 가리지 않고 돈을 벌려 했던 이유 역시 젊은 시절 한때의 연인이었지만 지금은 부잣집 안주인이 된 데이지를 이제라도 돈의 힘으로 다시 차지할 수 있으리라는 믿음 때문이었다. 실제로 데이지가 돌아온 개츠비와 남편 톰 사이에서 최종적으로 어느 쪽을 선택할 것이냐는 소설의 흥미로운 요소 가운데 하나다.

그러나 톰 뷰캐넌으로 대변되는 상류층의 세계와, 밑바닥부터 치고 올라와 인생 역전을 이룬 개츠비의 세계를 모두 샅샅이 보고 듣고 이해하는 캐러웨이는 점점 개츠비의 데이지에 대한 집착이 통제 불능의 위험 수위로 치닫고 있음을 발견한다. 문제는 개츠비가 그토록 꿈꾸는 데이지가 현실의 데이지와는 일치하지 않는다는 점이었다. 제삼자인 캐러웨이가 보기에, 데이지는 현재의 남편 톰과 마찬가지로 돈의 힘과 신분에 대한 집착에 사로잡힌 속물일 뿐, 개츠비가 상상하는 꿈속의 여인이 아니다. 한때 데이지가 정말 그런 적이 있었는지는 모르지만, 어쨌든 지금은 아닌 것이다.

또한 아름다운 꿈을 성취하기 위해서 개츠비가 택한 수단이 결국 돈, 그것도 금주령 시대에 수상쩍은 사업으로 벌어들인 돈이라는 것 또한 문제라면 문제다. 목적만 아름다우면 수단이야 더러워도 상관없는 걸까? '도그'처럼 벌어서 '로맨티스트'처럼 쓴다는 것은 정말 가능할까?

『위대한 개츠비』속에 묘사된 개츠비 소유 대저택의 모델로 알려져 있는 오헤카 캐슬. 롱아일랜드 지역의 명물로, 20세기 초 금융 재벌 오토 허먼 칸의 별장으로 지어졌으나 지금은 호텔로 개조되었다.

여러 정황을 보건대 개츠비 역시 인간 만사의 영원한 주제인 '파우스트적 거래'의 희생물이 될 가능성이 크다. 결국 이런 철학적, 존재적 성찰이야말로 『위대한 개츠비』가 재벌 2세, 무일푼의 야심 많은 젊은이, 그를 사랑하지만 돈과 지위를 더 사랑하는 여성 사이의 삼각관계라는, TV 연속극의 단골 소재가 될 요소를 모두 갖추었으면서도 그보다 한 수준 위일 수밖에 없는 이유다. 비평가들은 『위대한 개츠비』의 주제를 흔히 '낭만적 물신주의(romantic materialism)'라고 부른다. 피츠제럴드의 단편 「부자 소년 The Rich Boy」에 등장하는 다음과 같은 대목 역시 개츠비의 비극적 운명에 대한 단서를 제공한다.

엄청난 부자들에 대해 말해 보죠. 그들은 당신이나 나와는 다르답니다. 일찍 부를 소유하고 누린 덕에 그 경험이 어떤 작용을 하여 우리가 어렵게 생각하는 것을 쉽게 여기고 우리가 믿는 것을 경멸하는데, 이는 부자로 태어나지 않은 다음에야 정말 이해하기 어려운 것이죠. 마음 깊은 곳에서 그들은 우리보다 우월하다고 느끼는데, 왜냐하면 우리는 스스로 돈을 벌고 삶의 비빌 언덕을 찾아야 하기 때문이죠. 심지어 그들이 우리의 세계로 깊숙이 들어오거나 우리보다 저속한 상황으로 가라앉는 경우에도, 우리보다 우월하다고 생각한답니다. 그들은 별종입니다.

Let me tell you about the very rich. They are different from you and me. They possess and enjoy early, and it does something to them, makes them soft where we are hard, and cynical where we are trustful, in a way that, unless you were born rich, it is very difficult to understand. They think, deep in their hearts, that they are better than we are because we had to discover the compensations and refuges of life for ourselves. Even when they enter deep into our world or sink below us, they still think that they are better than we are. They are different.

즉 자수성가한 것이 아니라 대를 이어 부를 물려받은 재벌 2, 3세들은 사고방식부터가 '당신과 나(you and me)' 같은 보통 사람들과는 전혀 다른 별종이라는 것이다. 문득 "길동 영특하나 근본 천생이라…" 하는 『홍길동뎐』의 서두가 떠오르는 대목이다. 『위대한 개츠비』에서 개츠비의 몰락 역시 그 '근본 천생'의 한계를 결국 극복하지 못한 데서 비롯된 것이라고 봐야 한다. 무일푼으로 시작해서 아무리 자수성가해 봐야 톰 뷰캐넌 같은 갑부 2세들이 속한 '그들만의 리그'가 뿜어내는 특유의 신분적 아우라만은 어쩔 수 없었던 태생적 한계—『위대한 개츠비』는 요샛말로 하면 개츠비라는 흙수저 출신의 인물이 금수저로 변신하는 연금술을 무리하게 부리려다 무너지는 비극이라고 요약할 수도 있지 않을까.

실제로 개츠비를 창조한 피츠제럴드 역시 세습된 부에 대한 질시와 선망을 몸소 경험했던 인물이다. 평생을 할리우드, 뉴욕 등 상류 사회의 언저리에 살면서 결국 그 중심부로는 진입하지 못하고, 돈을 벌기 위해 할리우드 시나리오 구성 등에 재능을 낭비하다 술독에 빠져 44세에 사망한 피츠제럴드. 그러고 보면 『위대한 개츠비』의 개츠비와 캐러웨이는 둘 다 피츠제럴드의 분신들이다. 피츠제럴드의 유작은 미완성 장편 『마지막 타이쿤의 사랑 The Love of the Last Tycoon』인데, 소설의 주인공인 할리우드 영화사의 경영자 먼로 스타(Monroe Stahr) 역시 돈은 많지만 정작 사랑하는 여자와 함께하지 못하는 저주에 몸서리치는 인물로 묘사된다. 개츠비의 변주라고 할까?

일본의 세계적인 소설가 무라카미 하루키는 피츠제럴드의 광팬으로 유명하다. 하루키는 『노르웨이의 숲』에서 등장인물의 입을 빌려 "개츠

비를 세 번 이상 읽은 사람만이 나와 친구가 될 수 있겠지"라고 선언하
는가 하면, 피츠제럴드의 작품 여러 편을 일본어로 번역하기도 했다. 하
루키가 아예 피츠제럴드를 주인공으로 등장시킨 작품을 한 권 쓴다고
해도 놀랍지 않을 듯하다―아니면 벌써 썼나? 하루키 소설을 읽은 지도
한참이 지났다.

스타인벡의 분노

미국이 누렸던 전대미문의 호경기이자 피츠제럴드의 시대, 재즈와 풍요
의 시대였던 광란의 20년대는 1929년 10월 시작된 주식 시장의 폭락과
함께 끝났다. 이후 미국은 약 10년 동안 이른바 대공황(Great Depression)

주가 폭락을 맞은 1929년 10월 29일 뉴욕 증권거래소 밖에 모인 군중. 화려했던 1920년대가 주식
시장의 붕괴와 함께 극적인 막을 내린 뒤 미국은 대공황이라는 길고 캄캄한 터널을 지나야 했다.

존 스타인벡이 살았던 캘리포니아 주 몬터레이에
있는 작가의 흉상. 캘리포니아는 『분노의 포도』,
『에덴의 동쪽』 등 그의 여러 소설의 배경이 되었다.

이라는 사상 최악의 경기 침체를 겪게 된다. 미국의 소설가 존 스타인벡
(John Steinbeck, 1902~1968)이 1939년 발표한 『분노의 포도 The Grapes of
Wrath』는 이 대공황 시대에 붕괴한 미국 농촌, 특히 오클라호마 출신 실
향민들의 삶을 그린 결작 소설이다.

　미국에서 대공황을 겪은 것은 단지 증권 투자가들이나 제조업 회사들
만이 아니었다. 경기 부진에 따라 농작물 소비가 위축되면서 농촌 역시
막대한 타격을 입었다. 그 가운데서도 중서부 농업 지대에는 엎친 데 덮
친 격으로 1930년대 중반부터 먼지를 동반한 '더스트 볼(Dust Bowl)'이
라는 모래 폭풍이 들이닥치는 이상 기후 현상이 매년 일어났다. 더스트
볼은 농작물에 엄청난 피해를 입히며 이 지역 농민들이 몰락하는 결정
적인 계기가 된다. 『분노의 포도』는 당시 모든 것을 잃어버렸지만 인간
으로서 존엄성만은 지키려고 했던 실향민들의 처절한 투쟁을 정면으로
다룬 소설이다. 작품의 도입부는 이 더스트 볼이 쓸고 지나간 뒤 완전히
망가진 옥수수밭을 바라보는 오클라호마 농민들의 모습을 다음과 같이
묘사하고 있다.

조금 뒤 밭을 바라보던 남자들의 얼굴은 망연자실하는 대신 굳건함과 분노와 저항의 표정으로 변했다. 그제야 여자들은 남자들이 괜찮다는 것을, 무너져 버리지는 않으리라는 것을 알았다. 이윽고 여자들이 물었다. 우린 어떡하죠? 남자들이 대답했다. 모르겠어.

After a while the faces of the watching men lost their bemused perplexity and became hard and angry and resistant. Then the women knew that they were safe and that there was no break. Then they asked, What'll we do? And the men replied, I don't know.

불황과 악천후, 이에 따른 흉작이라는 악순환이 계속되자 수입이 없는 농민들은 결국 은행에 농장을 넘기는 처지가 된다. 게다가 마침 농업 생산 현장에 불어닥친 대규모 기계화의 바람 역시 전통적인 방식으로 농사를 짓던 농민들을 점점 한계 상황으로 내몬다. 그런데 이때 이들에게 한 줄기 빛 같은 소문이 들려온다. 캘리포니아는 더스트 볼이 없을 뿐 아니라 농장에서 높은 임금을 받으며 일할 수 있다는 것이다! 이렇게

모래가 뒤덮인 농지에서 일하는 오클라호마 농민. 1930년대 미국과 캐나다를 덮친 가공할 모래 폭풍 '더스트 볼'은 가뜩이나 경제 불황으로 한계 상황에 내몰린 미국 중서부 지역 농민들에게 최후의 일격이 되었다. 스타인벡의 대표작 『분노의 포도』는 그 당시 정든 고향을 버려야 했던 오클라호마 농민들의 투쟁기이자 인간의 이기심과 잔인성에 대한 고발, 그리고 당대의 인간 존엄성을 다룬 대서사시다.

하여 가재도구를 모두 팔아 얻은 단돈 18달러를 들고 일자리를 찾아서 오클라호마를 떠나 캘리포니아로 향하는 조드 일가(Joad Family)를 중심으로 『분노의 포도』의 이야기가 전개된다.

실제로 미국에서는 수많은 오클라호마 농민들이 1930년대 후반 일자리를 찾아 캘리포니아로 대거 이주한 탓에 온갖 사회 문제가 야기되어 심지어는 캘리포니아 주정부가 오클라호마 출신의 이주를 제한하는 법령을 공포할 정도였다. 스타인벡은 조드 일가의 수난기를 통해 당시 캘리포니아에 만연했던 농장주들의 임금 착취와 학대를 고발하는 한편 핍박받는 가난한 사람들 사이에 꽃피는 인간애와 삶의 의지를 증언하기도 한다. 조드 일가의 구심점 역할을 하는 '엄마(Ma. mother의 구어체)'의 다음 한마디는 인상적이다.

"한 가지 좋은 것을 배우네요. (…) 곤경에 처하거나 다치거나 도움이 필요하면, 가난한 사람들에게 가야 해요. 그들이야말로 도움을 줄 유일한 존재─유일한 존재죠."

"I'm learnin' one thing good. (…) If you're in trouble or hurt or need─go to poor people. They're the only ones that'll help─the only ones."

Ma의 말은 "있는 놈이 더한다"는 한국 속담과도 통하는 것 같다. '있는 놈', 즉 부자일수록 인색하다는 말을 반대로 하면 가난할수록 더 나누고 사는 법이라는 의미가 될 테니까.

비록 정당방위 끝에 사람을 죽인 전과자 출신이기는 하지만, 주인공 톰이 캘리포니아로 가는 길에 만난 '애꾸눈 사내(one-eyed man)'와 나누는 대화는 그가 매우 현명하며 건전한 생각을 가진 인물이라는 것을 보여 준다. 사물을 제대로 볼 수 없기 때문에 애꾸눈으로 사는 게 정말 힘들다고 불평하는 사내를 나무라며 톰은 이렇게 말한다.

"어리석은 소리. 내가 옛날에 외다리 창녀를 만난 적이 있지. 그 여자가 뒷골목에서 푼돈을 받으며 일한 줄 알지? 천만에! 50센트를 더 받았어. 그녀는 이렇게 말하지. '외다리 여자랑 자 본 적 있어요? 한 번도 없죠!' 그러면서 '좋아요, 당신은 여기서 아주 특별한 경험을 할 수 있으니까 50센트를 더 내요.' 이러거든. 그런데 맙소사, 그렇게 손님들을 잡았다고. 그리고 그 친구들은 일을 끝내고 나오면서 자기가 아주 운이 좋았다고 생각하는 거야. 그녀가 자기는 행운을 가져다준다고 말하거든. 그리고 내가 있던 곳의 꼽추를 한 명 아는데, 그 친구는 자기 혹이 행운을 준다며 사람들에게 혹을 문지르게 해 주면서 생계를 모두 해결했다고. 세상에, 당신은 눈이 하나 없을 뿐이잖아."

"Ya full of crap. Why, I knowed a one-legged whore one time. Think she was takin' two-bits in a alley? No, by God! She's gettin' half a dollar extra. She says, 'How many one-legged women you slep' with? None!' she says. 'O.K.,' she says. 'You got somepin pretty special here, an it's gonna cos' ya half a buck extra.' An' by God, she was gettin' 'em, too, an' the fellas comin' out thinkin' they're pretty lucky. She says she's good luck. An' I knowed a hump-back in—in a place I was. Make his whole livin' lettin' folk rub his hump for luck. Jesus Christ, an' all you got is one eye gone."

『분노의 포도』는 이렇게 때로 감동적이고, 때로 엉뚱하고, 때로는 웃음 끝에 슬쩍 눈물이 나올 법한 장면들로 가득한 걸작이다. 작품의 결말부에, 다시 어쩔 수 없는 상황에 몰려 도망자 신세가 된 톰은 어머니에게 어디를 가더라도 약자를 도우며 살겠다고 다짐한다.

"어디든 배고픈 사람들이 먹을 것을 위해 싸우는 곳이라면 나는 거기 있을 겁니다. 어디든 경관이 사람을 때리는 곳이라면 나는 거기 있겠어요. (…) 분노로 사람들이 소리치는 곳에, 배가 고프지만 저녁밥이 준비되어 있다는 걸 아는 아이들이 웃는 곳에 있을 거예요. 그리고 우리 동네 사람들이 손수 기른 것을 먹고 손수 지은 집에 살 때 나는 거기 있을 겁니다."

"Wherever they's a fight so hungry people can eat, I'll be there. Wherever they's a cop beatin' up a guy, I'll be there. (…) I'll be in the way guys yell when they're mad an'—I'll be in the way kids laugh when they're hungry an' they know supper's ready. An' when our folks eat the stuff they raise an' live in the houses they build—why, I'll be there."

이를 스타인벡이 1962년 노벨 문학상 수상 연설에서 한 다음과 같은 말과 비교해 보자.

작가는 마음과 정신의 위대함—패배 속에서 보이는 당당함—용기, 동정, 그리고 사랑—같은 인간의 입증된 능력을 선언하고 찬양하는 임무를 위임받은 존재입니다. 유약함 및 절망과의 끝없는 전쟁에서, 이러한 자질들은 희망과 모범이 되는 밝은 응원 깃발인 것입니다.

the writer is delegated to declare and to celebrate man's proven capacity for greatness of heart and spirit—for gallantry in defeat—for courage, compassion and love. In the endless war against weakness and despair, these are the bright rally-flags of hope and of emulation.

　이 문단은 스타인벡의 문학관을 잘 드러냄과 동시에 『분노의 포도』에 대한 해설로도 손색이 없다고 하겠다.

『노인과 바다』, 마초의 노래

어니스트 헤밍웨이(Ernest Hemingway, 1899~1961)가 1951년 발표한 중편 소설 『노인과 바다*The Old Man and the Sea*』는 산티아고(Santiago)라는 늙은 어부가 사흘간 멕시코 만 연안에서 겪는 경험을 힘 있는 필치로 묘사한 작품으로, 서정성, 상징성, 사색이 넘쳐흐른다. 헤밍웨이는 '거대한 물고기(big fish)'와의 대결에 이어 다시 상어 떼와 사투를 벌이는 늙은 어부를 통해 자연의 도전에 맞서는 인간 정신의 위대함을 묘사하고 있다. 그뿐 아니라 노인이 사흘간의 항해 동안 겪는 온갖 현상과의 교감을 통해 인간의 자연 정복을 넘어 인간과 자연의 상호 의존성에 대한 명상에까지 이른다.

미국 소설가 어니스트 헤밍웨이의 1930년대 모습. '독수리 타법'으로 타자기를 치는 모습이 인상적이다.

작품 속에서 노인과 함께 중요한 역할을 하는 캐릭터는 노인이 잡으려고 하는 거대한 물고기다. 작품의 중반쯤에야 비로소 모습을 드러내는 그 거대한 고기의 정체는 뿔처럼 길게 돌출된 턱을 가진 청새치 (marlin)다. 청새치는 보통 길이 3미터, 때로 그 이상짜리도 있다고 하는데, 작품 속에 등장하는 청새치는 이보다 훨씬 큰 대물이다. 드디어 노인 앞에 물고기가 그 위엄 있는 모습을 나타내는 장면을 감상해 보자.

그[물고기]가 한없이 떠오르면서 바닷물이 몸체 양쪽으로 쏟아져 내렸다. 그는 햇빛에 반짝였고, 머리와 등이 짙은 자줏빛이었는데 옆구리의 줄무늬는 햇빛을 받아 널찍한 연보랏빛으로 빛났다. 주둥이는 야구 방망이만큼이나 길었고 가느다란 쌍날칼처럼 끝이 뾰족했다. 그의 전신이 물 위로 솟구쳤다가 잠수부처럼 능숙하게 잠겨 들어갈 때, 노인은 큰 낫처럼 생긴 꼬리가 물속으로 들어가면서 줄이 달음질치듯 풀려 나가는 것을 보았다.

He came out unendingly and water poured from his sides. He was bright in the sun and his head and back were dark purple and in the sun the stripes on his sides showed wide and a light lavender. His

열대 및 온대 바다에 서식하는 청새치. 원래도 큰 물고기이지만 헤밍웨이의 소설 「노인과 바다」에서 늙은 어부 산티아고와 한판 대결을 벌이는 놈은 대어 중의 대어다.

sword was as long as a baseball bat and tapered like a rapier and he
rose his full length from the water and then re-entered it, smoothly,
like a diver and the old man saw the great scythe-blade of his tail go
under and the line commenced to race out.

문득 헤밍웨이가 책 제목을 『어부와 대왕 물고기의 대결 *The Duel of the
Fisherman and the King Fish*』이라고 했으면 어땠을까 하는 생각이 든다.
산티아고 노인은 드디어 낚싯밥을 문 고기와 밀고 당기는 지구전을 끈
질기게 벌이면서 점점 둘 사이의 교감을 느낀다. 고수가 고수를, 영웅이
영웅을 알아본다는 말처럼 노인은 이 일생에 두 번 다시 안 올 왕초 고
기와의 대결을 겸허하고 존경스러운 마음으로 맞이하는 것이다.

"고기야, 나는 너를 아주 사랑하고 존경한단다. 하지만 나는 오늘 날이 저
물기 전에 너를 죽일 것이다."
"Fish," he said, "I love you and respect you very much. But I will
kill you dead before this day ends."

하지만 물론 시각을 바꿔 청새치의 관점에서 본다면 노인은 자신을
죽이려는 적이고, 노인과의 대결은 목숨을 건 사투일 뿐이다.

너는 나를 죽이려 하는구나, 고기야, 하고 노인은 생각했다. 하지만 너도
그럴 권리가 있지. 나는 너보다 더 크고 아름다우면서도 침착하고 품위 있
는 것을 본 적이 없다, 형제여. 날 죽이려무나. 누가 누굴 죽이든 상관없다.
You are killing me, fish, the old man thought. But you have a right
to. Never have I seen a greater, or more beautiful, or a calmer or

more noble thing than you, brother. Come on and kill me. I do not care who kills who.

홍미롭게도 왕초 고기에게는 형제애까지 느끼던 산티아고도 피 냄새를 맡고 달려온 상어 떼에게는 갑자기 『모비 딕』의 에이해브 선장 못지 않은 적개심을 드러낸다. 약간 시니컬하게 보자면, 노인의 '큰 고기'에 대한 애정이란 결국 어쩌면 고기를 잡아서 얻을 물질적 보상, 명예 등에 대한 기대가 좀 엉뚱한 형태로 나타난 것일지도 모른다. 노인은 자기가 포획한 전리품(잡은 물고기)을 뺏어 가려는 상어에게는 "그래, 너도 먹고 살아야지" 하는 식의 너그러움, 관조의 자세를 전혀 보여 주지 않는 것이다. 헤밍웨이는 『노인과 바다』를 발표하기 전 수년간 작가로서 일종의 슬럼프에 빠져 있었고, 당시 비평가들로부터 한물간 작가라고 공격을 받기도 했다. 그래서 『노인과 바다』에 묘사된 상어들에 대한 산티아고의 적개심은 비평가들에 대한 헤밍웨이의 감정을 상징한다고 보는 해석도 있다. 달려드는 상어 떼와 사투를 벌이면서 산티아고는 이렇게 외친다.

"하지만 인간은 패배하도록 만들어지지 않았어. 인간은 파멸할지언정 패배할 수는 없지."

"But man is not made for defeat," he said, "A man can be destroyed but not defeated."

산티아고의 외침은 작가 헤밍웨이의 사상을 표현하는 대표적인 문장이기도 하다. 헤밍웨이의 이름에 일종의 작위 비슷하게 종종 따라붙는 표현이 '마초(macho)'라는 것에서도 알 수 있듯이 이 남성다움, 혹은 힘을 향한 동경은 헤밍웨이의 인생과 작품을 이해하는 열쇠다. 비단 『노인과 바다』뿐 아니라 헤밍웨이의 작품들은 강인한 성격의 남성이 역경을 헤쳐 나가다가 장엄하게 무너지는 과정을 그린다. 언젠가 여류 작가이자 언론인인 도러시 파커(Dorothy Parker)가 헤밍웨이와의 인터뷰에서 영어로 '배짱'을 뜻하는 'guts'의 정의를 내려 달라고 부탁한 적이 있다. 그러자 헤밍웨이는 서슴없이 이렇게 말했다고 한다.

압박 속에서도 품위를 잃지 않는 것이죠.
Grace under Pressure.

어쩐지 스타인벡이 말한 "패배 속에서 보이는 당당함(gallantry in defeat)"과도 일맥상통하는 듯하다. 역시 위대한 작가들은 비슷한 생각의 결을 보이는 것일까. 헤밍웨이 소설의 주인공들 역시 대부분 이렇게 압박과 위험 속에서도 품위를 유지하는 '폼생폼사'의 인물들이다. 『노인과 바다』에서 상어와의 사투 끝에 결국 빈손으로 집에 돌아와 그래도 정신 못 차리고 사자 꿈이나 꾸는 산티아고, 『누구를 위하여 종은 울리나*For Whom the Bell Tolls*』에서 음모와 불신으로 삐걱대는 빨치산 부대를 이끌고 프랑코군의 요충지인 다리의 폭파를 감행하는 로버트 조던(Robert Jordan) 등이 그렇다. 또한 산티아고의 외침을 통해 드러나듯 '비참한 성공'보다는 차라리 '화려한 몰락'이 낫다는 헤밍웨이식 세계관은 단편 「킬리만자로의 눈*The Snow of Kilimanjaro*」의 도입부에서도 드러난다.

서쪽 봉우리 가까운 곳에 말라서 얼어붙은 표범의 시체가 있다. 그 표범이 그 높은 곳에서 무엇을 찾고 있었는지 아무도 설명하지 못했다.
Close to the western summit, there is a dried and frozen carcass of a leopard. No one has explained what the leopard was seeking at

케냐의 암보셀리 국립공원에서 바라본 킬리만자로의 장관. 눈 덮인 봉우리가 손에 잡힐 듯하다.

that altitude.

그의 작품 세계에서는 인간뿐 아니라 맹수 역시 폼생폼사의 법칙에서 예외가 아닌 것이다.

마초, 남성성, 용기 등 헤밍웨이 문학의 주제와 함께 주목할 것은 그의 문체다. 『노인과 바다』는 헤밍웨이에게 퓰리처상에 이어 1954년 노벨 문학상까지 안기는데, 당시 노벨상 위원회는 "『노인과 바다』에서 보여 준 서술력의 완성도, 그리고 저자가 현대 문체(contemporary style)에 끼친 영향력을 기리기 위해"라고 선정 이유를 발표한 바 있다. 여기서 "현대 문체에 끼친 영향력"이란 헤밍웨이의 군더더기 없고 호흡이 짧은 문체를 말한다. 그는 젊은 시절 기자 생활을 하면서 익힌, 상황의 핵심을 빨리 집어내는 짧고 명쾌한 문체를 더욱 갈고닦아 자신만의 독특한 간결체를 만들었다. 실제로 헤밍웨이는 큰돈은 장편 소설들로 벌었지만, 지금까지 높게 평가받는 대표작들은 역시 그의 독특한 문체와 명료한 어휘가 빛나는 중·단편들이다.

평생 문학을 통해 힘, 남성성, 담백함 등을 추구했던 헤밍웨이. 하지만 말년에는 중증의 우울증을 겪는가 하면 우울증 치료에 따른 후유증에 고민하다가 1961년 엽총 자살로 도피하듯 생을 마감했다. 새삼 인생이 참 아이러니하다는 것을 느낀다.

Chapter
6
세계문학의 악동들

메인 브런치

· 풍자의 시대
· 어두운 마력의 문학
· 냉소와 독설의 대가
· 『1984』, 절망의 제국

원전 토핑
· 『돈 키호테』 미겔 데 세르반테스
· 『걸리버 여행기』 조너선 스위프트
· 『폭풍의 언덕』 에밀리 브론테
· 「변신」 프란츠 카프카
· 『심판』 카프카
· 『성』 카프카
· 『드라큘라』 브램 스토커
· 『도리언 그레이의 초상』 오스카 와일드
· 『바버라 소령』 조지 버나드 쇼
· 『1984』 조지 오웰

17th Brunch Time

풍자의 시대

『돈 키호테』, 기사 문학 거꾸로 뒤집기
혹은 중세와의 유쾌한 결별

그리스도교와 더불어 중세 유럽을 오랫동안 옥죄었던 대표적인 이데올로기가 기사도(chivalry)다. 기사도를 한마디로 정의하면 중세의 지배 계급이었던 기사들이 현실에서는 제대로 지키지도 못할 무지막지한 행동 규범을 세워 놓고 자기들을 정의와 이상을 추구하는 구도자인 양 포장한 실속 없는 잔치였다고 할 수 있다. 이 기사도, 나아가 기사도가 상징하는 중세적 위선의 가면을 철저하게 깨뜨린 대표적인 문학 작품이 16세기 스페인 작가 세르반테스(Miguel de Cervantes, 1547~1616)가 쓴 걸작 소설 『돈 키호테Don Quixote』다.

『돈 키호테』는 현실과 괴리된 중세적 패러다임이 더 이상 통하지 않는 새로운 시대가 이미 한참 전에 도래했음을 알리는 근대의 행진곡이다. 하지만 그 행진곡은 무슨 장중하고 위엄 있는 곡조가 아니라 오히려 경

영국 화가 프랜시스 딕시의 작품 〈기사도〉. 기사도는 중세 사회의 기둥이었던 기사 계급의 행동 규범으로 포장되고 홍보되었지만, 현실과는 동떨어진 이상주의에 가까웠다.

쾌한 스케르초의 무곡 내지는 광시곡에 가깝다. 중세와의 결별을 위해 정연한 논리를 앞세워 교황청으로 상징되는 낡은 그리스도교 전통과의 정면 대결을 택한 신학자이자 근대의 또 다른 영웅 마르틴 루터(Martin Luther)와는 달리 세르반테스는 유쾌하고도 즐거운 전략, 즉 풍자를 무기로 택했다. 독자를 끌어들이는 특유의 매력과 재미가 아니었으면 『돈 키호테』가 구텐베르크 성경(Gutenberg Bible), 『마오쩌둥 어록Quotations from Chairman Mao』에 이어 역사상 가장 많이 인쇄된 책이라는 명예를 얻을 수는 없었을 것이다.

『돈 키호테』의 원제는 『라만차의 뛰어난 신사 돈 키호테The Ingenious Gentleman Don Quixote of La Mancha』. 작가의 주인공에 대한 애정 어린 냉소주의가 느껴지는 제목이다. 『돈 키호테』는 다음과 같이 시작된다.

얼마 전, 이름조차 떠오르지 않는 라만차의 어느 마을에 안 쓰는 창과 낡은 방패, 경주용 개며 말라깽이 늙은 말을 거느린 신사가 살았다.

Not so long ago, in a place in La Mancha, whose name I do not

「돈 키호테」의 1883년도 영어판 표지. 스페인 작가 세르반테스가 쓴 「돈 키호테」는 기사도로 대표되는 중세적 가치와 위선을 비웃은 풍자 소설이다.

care to recall, there dwelt a gentleman who kept an unused lance, an old shield, a greyhound for racing, and a skinny old horse.

이 노인의 이름은 알론소 키하나(Alonso Quixana). 그런데 이 할 일 없는 시골 노인의 유일한 낙은 중세 기사들의 무용담을 읽는 것이다. 요즘으로 치면 무협 판타지의 광팬이었던 셈이다. 중세 유럽의 기사 문학 작품은 많고 많지만, 키하나 노인이 유난히 탐독한 책은 스페인 작가 데 실바(Feliciano de Silva)가 쓴, 왕자로 태어났으나 버림받은 비운의 기사가 겪는 모험을 다룬 『갈리아의 아마디스Amadis of Gaul』 시리즈였다.

물론 보통의 은퇴한 노인이라면 독서는 매우 바람직한 여가 활동이었을 테지만, 뭐든지 너무 무리하다 보면 탈이 나는 법이다. 독서, 그것도 한 분야의 책만 편식하는 건 문제가 아닐 수 없다. 집안 대소사를 팽개치고 오직 기사 모험담만 읽어 대던 키하나 옹이 결국 어떻게 됐는지 보자. 이 대목에서는 어쩐지 현대의 비디오 게임이나 스마트폰 중독이 연상되기도 한다.

요컨대 그는 그런 기사 로망스에 너무 몰입한 나머지 밤낮없이 책에 파묻히다가, 잠도 거의 자지 않고 너무 읽어 댄 탓에 뇌가 말라비틀어져 결국 판단력을 잃고 말았다.

In short, he so immersed himself in those romances that he spent whole days and nights over his books; and thus with little sleeping and much reading, his brains dried up to such a degree that he lost his wits.

이렇게 현실과 픽션을 구분하는 판단력을 잃은 키하나 노인은 스스로 기사가 되기로 결심하고 모험을 떠날 준비에 착수한다. 돈 키호테는 키하나 옹이 궁리 끝에 지어 낸 기사 칭호다. 그 이름을 좀 더 뜯어보면 우선 Don Quixote의 Don은 스페인어에서 영어의 Mr.나 프랑스어의 Monsieur에 해당한다. Quixote는 자기 이름 키하나(Quixana)를 좀 더 있어 보이도록 만든 것이다. 또 '갈리아의 아마디스'에서도 알 수 있듯이 기사들이 자신의 출신지나 왕국을 이름에 갖다 붙이는 것이 전통이다. 멀리 갈 것도 없이 『삼국지』만 봐도 상산 조자룡, 연인 장비, 서량의 마초 등 예가 수두룩하다. 그래서 키하나, 아니 키호테 역시 자기 출신지를 끌어다가 라만차의 돈 키호테(Don Quixote of La Mancha)라고 부르기로 한다.

기사에게 가장 필요한 소품이라면 단연 명마를 들 수 있다. 그래서 집에 있는 '말라깽이 늙은 말(skinny old horse)'을 로시난테(Rocinante)로 이름 짓고 그냥 전설의 명마로 대우하기로 한다. 또한 기사 곁에는 전투에 앞서 갑옷도 입혀 주고, 밥도 짓고, 말도 먹이는 등 잔일을 하는 시종(squire)이 따르는 법이다. 돈 키호테는 이웃에 사는 막일꾼 산초 판사(Sancho Panza)에게 모험에서 영지를 얻으면 총독을 시켜 주겠다고 꼬드

달빛 아래서 기사가 되는 판타지에 젖은 키하나 노인. 기사 문학에 심취한 촌로 키하나는 결국 라만차의 기사 돈 키호테가 되어 세상의 불의를 바로잡기로 결심한다.

겨 시종으로 삼는다.

끝으로 무릇 기사에게는 항상 마음에 품고 지켜 주어야 하는 이상의 귀부인(lady)이 있어야 한다. 지크프리트의 크림힐트 공주, 랜슬롯의 귀네비어 왕비 같은 그 이상의 귀부인 역할에는 이웃 마을에서 한 번 만나고 키하나 노인 혼자 마음에 둔 적이 있는 시골 처녀 알돈사 로렌소(Aldonza Lorenzo)가 본인도 모르는 사이에 당첨된다. 하지만 돈 키호테가 받들어 모시는 귀부인이 되려면 알돈사 로렌소라는 이름은 뭐랄까 2퍼센트 부족하다.

그녀의 본명과 조화를 이루면서도 공주와 귀부인 같은 느낌을 제시하고 나타낼 이름을 찾으려는 다소의 탐색 끝에, 그는 엘토보소 출신의 그녀를 '둘시네아 델 토보소'라고 부르기로 결정했다. 그의 생각에는 자신과 기타 소유물에 이미 수여한 모든 호칭과 마찬가지로 음악적이고 독특하면서도 심오한 이름이었다.

After some search for a name which should not be out of harmony with her own, and should suggest and indicate that of a princess and great lady, he decided upon calling her Dulcinea del Toboso—she being of El Toboso—a name, to his mind, musical, uncommon, and significant, like all those he had already bestowed upon himself and the things belonging to him.

명마, 시종, 귀부인… 이렇게 만반의 준비(?)를 끝낸 돈 키호테와 산초 판사는 드디어 모험을 떠난다. 돈 키호테의 '무용담'은 많지만 그중 가장 유명한 것 중 하나인 풍차와의 대결을 잠깐 감상해 보자. 길을 가던 돈 키호테는 벌판에 늘어선 수십 대의 풍차를 보더니 갑자기 흥분하기 시작한다.

"행운은 우리가 스스로 우리의 욕망을 그리는 것보다 더 능란하게 만사를 정리해 주시는군. 내 친구 산초 판사여, 저기 서른 명이 넘는 괴물 거인들이 나타난 것을 보라. 내가 전투에 임해 놈들을 죄다 처치하면 그 전리품으로 우리는 부자가 되기 시작하는 거지. 이것은 정의로운 싸움이며, 사악한 종족을 이 지상에서 쓸어버리는 것은 신께 대한 봉사이기도 하니까."

"Fortune is arranging matters for us better than we could have shaped our desires ourselves, for look there, my friend Sancho Panza, where thirty or more monstrous giants present themselves, all of whom I mean to engage in battle and slay, and with whose spoils we shall begin to make our fortunes; for this is righteous warfare, and it is God's good service to sweep so evil a breed from off the face of the earth."

비록 땅을 준다는 꼬임에 빠져 고생길을 따라나서긴 했지만 상식이 통하는 인물인 산초는 돈 키호테의 무모한 짓을 말린다.

"보소, 나리. 우리가 저기 보고 있는 것은 거인이 아니라 풍차입니다요. 그리고 그 팔처럼 보이는 건 바람에 돌아가 맷돌을 움직이는 날개굽쇼."

돈 키호테가 대답했다. "자네가 아직 모험에 익숙하지 않다는 것을 쉽게 알겠군. 저놈들은 거인이야. 정 두렵다면 자네는 내가 치열하고도 불리한 전투에 돌입하는 동안 멀리 떨어져 기도나 드리게."

"Look, sir," said Sancho; "what we see there are not giants but windmills, and what seem to be their arms are the sails that turned by the wind make the millstone go."

"It is easy to see," replied Don Quixote, "that you are not used to this business of adventures; those are giants; and if you are afraid, away with you out of this and betake yourself to prayer while I engage them in fierce and unequal combat."

돈 키호테와 풍차의 대결을 그린 귀스타브 도레의 삽화. 무슨 대결이랄 것도 없이 돈 키호테는 그냥 풍차의 날개에 맞아 나가떨어지고 만다.

말을 마친 돈 키호테는 로시난테를 몰고 풍차로 돌진한다. 그 결과가 어떠했는지는 짐작이 간다. 이 에피소드에서 'tilting at windmills(풍차 공격하기)'라는 영어 관용 표현이 나왔다. 짐작되듯이 '엉뚱한 상대를 향해 공격하다', '얻을 게 없는 싸움을 벌이다'라는 의미다. 하지만 온갖 비판과 역경에도 굴하지 않고 돈 키호테는 이 세상에 정의를 세우고 덤으로 금은보화도 차지하기 위해 전진, 또 전진한다…. 이런 어처구니없는 인물을 어떻게 이해해야 할까? 다시 얘기하지만 세르반테스는 그가 활동하던 16세기 무렵까지도 스페인 사회 곳곳에 남아 있던 중세의 잔재가 얼마나 시대착오적인지를 풍자하기 위해 『돈 키호테』를 썼다. 분명 세르반테스의 돈 키호테는 풍차를 공격하는, 즉 이상주의에 도취되어 무모한 짓을 일삼는 일종의 '또라이'이자 반영웅(anti-hero)이다. 이 책이 동시대 독자들의 폭발적인 반향을 끌어낸 것도 예리한 풍자의 힘 덕분이었다.

그런데 지나간 중세를 동경의 눈으로 바라보는 경향이 있는 낭만주의가 19세기 초부터 유행하면서 기사 영웅담 역시 새롭게 조명받았고(대표적인 작가로 월터 스콧Sir Walter Scott을 들 수 있다), 이에 따라 돈 키호테의 정체성에도 덩달아 변화가 일기 시작했다. 구체적으로 말하면 돈 키호테를 자신의 꿈과 이상을 절대 포기하지 않은, 그러다가 결국 비극적인 최후를 맞는 낭만주의적 히어로로 해석하는 사람들이 늘어난 것이다. 이러한 경향은 20세기에 들어서며 더욱 가속화하여, 많은 사람들에게 돈 키호테를 자신과 동일시하는 것이 일종의 명예의 증표가 되기에 이른다. 이들에게 돈 키호테는 정신 나간 노인네가 아니라 불가능한 일에 도전하는 이상주의자(idealist)의 상징이다. 그러고 보니 『돈 키호테』를 각색한 뮤지컬 〈라만차의 사나이Man of La Mancha〉에서 가장 유명한 아리아의 제목도 〈불가능한 꿈Impossible Dream〉이 아닌가.

캘리포니아 주 샌프란시스코 골든게이트 파크에 있는 세르반테스, 돈 키호테, 산초 판사의 상. 스페인은 전성기 시절 캘리포니아를 비롯하여 북아메리카 여러 지역을 식민지로 거느렸다.

쿠바 혁명에 참여했던 남미의 전설적인 혁명가 체 게바라(Che Gueva-ra)는 1965년, 새로운 혁명 사업을 벌이러 볼리비아로 떠나기 직전 부모에게 보낸 편지에 이렇게 썼다.

다시 한 번 내 발꿈치에 로시난테의 갈비뼈가 느껴집니다. 한 번 더 팔에 방패를 걸치고 길을 나서야겠습니다.
Once again I feel between my heels the ribs of Rosinante; once more I must hit the road with my shield upon my arm.

말할 필요도 없이 체 게바라는 자신을 로시난테 위에 올라탄 돈 키호테에 견주고 있는 것이다. 일생을 사회주의 폭력 혁명에 바치면서도 책을 여러 권 쓰기도 했던 그의 문학적 감성이 느껴지는 문장이기도 하다. 실제로 이 편지를 남기고 볼리비아 반군에 참가한 게바라는 얼마 뒤 정부군에 붙잡혀 총살당했다. 어쩌면 혁명가에게 돈 키호테적인 무모함은 선택이 아니라 필수적 자질일지도 모른다.

스스로를 적극적으로 돈 키호테와 동일시한 또 다른 근래의 인물로는 전 베네수엘라 대통령 우고 차베스(Hugo Chávez)가 있다. 실제로 차베스는 『돈 키호테』 출간 4백 주년이 되던 2005년, 정부 예산으로 『돈 키호테』 백만 권을 인쇄해서 국민들에게 무상으로 배포하는 정말 돈 키호테스러운 짓을 한 적도 있다. 그 국책 사업의 이름이 또 걸작으로, '둘시네아 작전(Operation Dulcinea)', 바로 돈 키호테가 모시던 공주(사실은 이웃 시골 아낙)의 이름 아닌가!

차베스가 이렇게 돈 키호테 홍보에 열을 올린 이유는 간단했다. 베네수엘라는 국제 미인 대회에서 당선자를 많이 배출하는 미인들의 나라일 뿐 아니라 세계에서 석유 매장량이 가장 많은 국가 가운데 하나이기도 하다. 이 석유를 국내뿐 아니라 주변 국가에 헐값으로 공급하며 미국의 영향력에 맞서 남미의 맹주가 되려 했던 차베스는 바로 자신을 거인들, 즉 미 제국주의자들과 싸우는 돈 키호테로 보았던 셈이다. 비록 암 투병 끝에 2013년 사망했지만 차베스는 좋은 의미에서건 나쁜 의미에서건 정말 '돈 키호테적인(quixotic)' 인물이었다.

걸리버의 눈에 비친 인간 세계

아일랜드 작가 조너선 스위프트(Jonathan Swift, 1667~1745)의 1726년도 소설 『걸리버 여행기Gulliver's Travels』는 우리에게도 비교적 친숙한 작품이지만, 흔히 알려져 있듯이 어린이들에게 꿈과 희망을 주려고 쓴 아동 문학 작품이 결코 아니다. 『걸리버 여행기』는 스위프트가 당대 영국과 아일랜드 사회를 풍자하기 위해 예의 날카로운 필봉을 마음껏 휘두른 작품이었다. 실제로 당시 사회 비평가, 풍자가로도 이름을 떨쳤던 스위프트는 정부로부터 언제라도 가택 수색을 당할 가능성이 있는 요주의

촌철살인의 입담과 지성을 겸비했던 아일랜드의 성직자, 작가, 사회 평론가 조너선 스위프트의 초상. 『걸리버 여행기』를 통해 당대 영국 및 유럽 사회뿐만 아니라 인류 문명 자체에 대한 통렬한 풍자를 펼쳐 보였다.

인물이었던 탓에, 『걸리버 여행기』 역시 당국의 눈을 피해 몰래 원고를 인쇄소에 넘긴 뒤 밤에 책을 찍어 내는 등 극도의 신중을 기해야 했다.

보통 아동 문학용으로 요약된 『걸리버 여행기』나 원작을 각색한 영화 등은 영국인 레뮤엘 걸리버(Lemuel Gulliver)가 항해 중 표류 끝에 소인국 릴리펏(Lilliput)에 다다르는 1차 항해와 거인국 브롭딩내그(Brobdingnag)를 방문하는 2차 항해를 중점적으로 다룬다. 하지만 원전 『걸리버 여행기』의 진짜 흥미진진한 이야기는 걸리버의 3차 항해에서부터 펼쳐진다고 해도 과언이 아니다. 스위프트의 풍자가 본격적으로 빛을 발하는 시점도 여기부터다.

걸리버는 소인국과 거인국에서 돌아온 지 얼마 되지 않아 다시 높은 보수의 선의(船醫. 걸리버의 원래 직업은 의사다) 자리를 제안받고 서인도 제도로 향하는 배에 몸을 싣는다. 그러나 배가 해적에게 포획된 뒤 가까스로 목숨을 건진 걸리버는 작은 배를 타고 표류한 끝에 우연히 '나는 섬 (flying island)' '라퓨타(Laputa)'에 승선(?)하게 된다. 라퓨타는 하늘에 떠 움직이는 거대한 섬으로, 그 지배층은 놀라운 수준의 과학 기술과 지성

위: 소인국 릴리펏의 해변에 표류한 걸리버.
아래: 거인국 브롭딩내그 국왕의 손바닥에 놓인
걸리버.
비단 소인국과 거인국뿐 아니라 걸리버는 여러 기
상천외한 별천지들을 방문한다.

을 소유하고 있지만 그것을 당장 국민의 생활을 개선할 수 있는 실용적
인 방면으로 응용하는 데는 무심하기 짝이 없다. 라퓨타의 지배층은 고
등 수학과 음악의 달인인데, 그런 지식을 어떤 데에 사용하는지 보자.

   그들은 언제나 선과 숫자를 이용해서 서로 생각을 나눈다. 가령 여성이나
   혹은 다른 동물의 아름다움을 칭찬하려 할 때면, 그것을 마름모, 원, 평행사
   변형, 타원, 기타 기하학적인 용어나 혹은 음악에서 가져온 예술 용어로 묘
   사한다.
   Their ideas are perpetually conversant in lines and figures. If they

would, for example, praise the beauty of a woman, or any other animal, they describe it by rhombs, circles, parallelograms, ellipses, and other geometrical terms, or by words of art drawn from music.

라퓨타인들은 그런 고상한 지식과 교양을 실생활에 적용하는 데는 별 관심이 없다.

이곳의 주택은 매우 빈약하게 지어져 어떤 방이든 벽이 직각이 아니라 비스듬하게 기울어져 있다. 이런 결함은 이들이 천박하고 기계적인 것이라고 깔보는 실용적 기하학에 대한 경멸에서 비롯된 것이다.

Their houses are very ill built, the walls bevil, without one right angle in any apartment; and this defect arises from the contempt they bear to practical geometry, which they despise as vulgar and mechanic.

이들 수학과 음악의 천재들에 대한 걸리버의 관찰기는 계속된다.

그리고 비록 그들은 종이 위에서 자, 연필, 분할기를 다루는 데는 충분히 능란하지만, 생활에서의 평범한 움직임이나 행동거지로 말하면 나는 그보다 더 서투르고 어설프고 투박한 데다, 수학과 음악을 제외하면 다른 모든 주제를 이해하는 데 그토록 느려 터지고 혼란스러워하는 사람들을 본 적이 없다.

And although they are dexterous enough upon a piece of paper, in the management of the rule, the pencil, and the divider, yet in the common actions and behaviour of life, I have not seen a more clumsy, awkward, and unhandy people, nor so slow and perplexed in their conceptions upon all other subjects, except those of mathematics and music.

스위프트는 여기서 당대 유럽 지성계 일부에 만연하던 비현실적인 학문 풍조를 풍자하고 있지만, 어쩐지 꼭 남의 일 같지만은 않다. 그가 조소하는 라퓨타 지식인들의 모습에서, 시서화(詩書畵)에 두루 능했지만 평생 쟁기 한 번 들어 본 적도, 밥 한 솥 지어 본 적도 없이 실사구시적인 학풍은 무시하고 관념론과 명분론에 빠져 있던 조선 시대 양반들이 겹쳐 보이기 때문이다. 그런가 하면 라퓨타의 지식인들은 인류의 미래, 태양계의 미래를 걱정하느라 다른 일을 돌볼 겨를도 없다.

이 사람들은 언제나 불안한 심리 상태라 단 일 분도 마음의 평화를 누리지 못한다. 그들의 심리적 장애는 우리 나머지 인간들에게는 거의 영향을 미치지 않는 사안들에서 기인한 것이다. 이런 우려는 그들이 두려워하는 여러 가지 천체 변화 때문에 촉발된다. 예를 들면, 지구가 태양을 향해 계속 접근함에 따라 시간이 경과하면 결국 흡수되거나 삼켜지리라는 것, 태양의 표면이 조금씩 스스로 발산한 연기에 덮여 더 이상 지구에 빛을 보내 주지 못하리라는 것, 지구가 지난번 혜성의 끝자락과 부딪혀 잿더미가 될 뻔한 위기를 가까스로 피했다는 것 등이다. (…) 그들은 언제나 이런 문제들 및 그 비슷한 임박한 위험들에 대한 걱정으로 워낙에 촉각이 곤두서 있어 침대에서 조용히 잘 수도, 삶의 평범한 쾌락이나 유희를 즐길 수도 없다. 아침에 만나면 첫 번째로 서로에게 묻는 것은 밤새 태양이 안녕한지, 태양이 지고 뜰 때 어떻게 보였는지, 그리고 미래에 닥칠 혜성의 충돌을 피할 가망이 있는지 등이다.

These people are under continual disquietudes, never enjoying a minutes peace of mind; and their disturbances proceed from causes which very little affect the rest of mortals. Their apprehensions arise from several changes they dread in the celestial bodies: for instance, that the earth, by the continual approaches of the sun towards it, must, in course of time, be absorbed, or swallowed up; that the face of the sun, will, by degrees, be encrusted with its own effluvia, and give no more light to the world; that the earth very narrowly escaped a brush from the tail of the last comet, which would have infallibly reduced it to ashes; (⋯) They are so perpetually alarmed with the apprehensions of these, and the like impending dangers, that they can neither sleep quietly in their beds, nor have any relish for the common pleasures and amusements of life. When they meet an acquaintance in the morning, the first question is about the sun's health, how he looked at his setting and rising, and what hopes they have to avoid the stroke of the approaching comet.

만약 내일 지구가 멸망한다면 그것을 오늘 미리 아는 게 좋을까, 아니면 모르는 게 더 나을까? 적어도 라퓨타의 지식인들은 아는 게 너무 많아 탈인 듯싶다. 이렇게 쓸데없는, 아니 쓸데없다기보다는 인간의 통제 바깥에 있는 상황에 대한 근심 때문에 지금 살고 있는 순간을 제대로 즐기고 감사히 여길 줄 모른다면 그것도 문제는 문제다. 극단적 '식자우환(識字憂患)'을 꼬집은 스위프트의 비판은 비단 그의 당대뿐 아니라 21세기에도 여전히 유용하다.

걸리버는 라퓨타에 이어 라가도(Lagado), 글럽덥드리브(Glubbdubdrib),

러그내그(Luggnagg) 등 이름도 희한하기 짝이 없는 여러 나라를 방문하며 온갖 진기한 경험을 누린다. 스위프트는 걸리버의 눈을 통해 단지 그가 평소 희화화하기를 즐겼던 당대 아일랜드와 영국 사회뿐 아니라 인류 문명 전체의 명암을 독자에게 드러내 보인다. 특히 스위프트는 걸리버가 네 번째이자 마지막 항해 중 방문하게 되는 별천지 후이넘랜드(Houyhnhnmland)에 대한 묘사를 통해 인간의 본성 자체에 대한 고발 내지 풍자를 냉정하면서도 경쾌한 필체로 시도한다.

후이넘랜드는 문자 그대로 후이넘(Houyhnhnm)들이 다스리는 땅이다. 후이넘은 어떤 존재일까? 걸리버는 항해 중 선상 반란을 일으킨 선원들에 의해 오스트레일리아 남쪽 어느 미지의 섬에 버려지는데, 어쩔 줄 몰라 하는 그 앞에 나타난 것은 두 마리의 말이었다. 그런데 이 말들의 행동거지가 심상치 않다.

그 두 말은 내게 가까이 다가서더니 내 얼굴과 손을 매우 진지하게 바라보았다. (⋯) 그들은 내 신발과 양말에 매우 당혹스러워했는데, 종종 그렇게 당혹감을 느낄 때마다 서로에게 히힝거리는가 하면, 철학자가 어떤 새롭고 난해한 현상을 풀어헤치려 시도할 때나 취할 법한 다양한 제스처를 사용하는 것이었다.

전반적으로 이 동물들의 행동이 너무나 차분하고 이성적인 데다 예리하고도 신중했던 터라, 나는 결국 이들이 마법사이며 어떤 계획에 따라 스스로 변신하여 좀 재미를 보리라 마음먹고 이방인을 그런 식으로 바라보는 것이 틀림없다고 결론지었다.

The two horses came up close to me, looking with great earnestness upon my face and hands. (⋯) They were under great perplexity about my shoes and stockings, which they felt very often, neighing to each other, and using various gestures, not unlike those of a philosopher, when he would attempt to solve some new and difficult phenomenon.

Upon the whole, the behaviour of these animals was so orderly and rational, so acute and judicious, that I at last concluded they must needs be magicians who had thus metamorphosed themselves upon some design, and seeing a stranger in the way, resolved to divert themselves with him.

하지만 알고 보니 이곳은 마법사가 아니라 후이넘이라는 고도로 지능과 감성이 발달한 말들이 다스리는 나라였다(후이넘이라는 이름은 아마 스위프트가 말의 울음소리를 모방하여 지었을 것이다). 이때부터 걸리버는 말 한 마리(혹은 한 분?)를 스승으로 모시고 후이넘의 풍속과 언어를 익히기 시작하는데, 알면 알수록 후이넘들의 생활 양식과 고매한 덕성에 매료되어 간다.

한편 후이넘랜드에는 야후(Yahoo)라는 야수들이 후이넘의 통제를 받으며 무리를 이루어 살고 있다. 이 야후에 대한 걸리버의 묘사를 잠깐 보자.

내가 관찰한 바에 따르면, 야후는 모든 동물들 가운데서도 가장 가르치기 힘든 동물인 듯하다. 그들의 지적 능력은 짐짝을 끌고 나르는 수준을 넘지 못한다. 다만 내 의견으로는, 그들의 결함은 완고하고 참을성 없는 기질에서 기인한다. 또한 교활하고 심술궂으며 속임수에 능한 데다 복수심에 불타기 때문이다. 건장하고 강인하지만, 천성이 비겁하며, 그 결과 무례하고 비굴하며 잔인하다.

By what I could discover, the Yahoos appear to be the most

unteachable of all animals: their capacity never reaching higher than to draw or carry burdens. Yet I am of opinion, this defect arises chiefly from a perverse, restive disposition; for they are cunning, malicious, treacherous, and revengeful. They are strong and hardy, but of a cowardly spirit, and, by consequence, insolent, abject, and cruel.

그뿐이 아니다. 야후들은 아무리 먹을 것을 많이 줘도 결코 사이좋게 나눠 먹는 법이 없으며, 아무런 특별한 이유도 없이 패거리를 지어 싸우기를 즐기고, 땅에서 나는 여러 색깔로 빛나는 돌 조각을 너무나 좋아하여 악착같이 모은다. 야후들 사이에서 가장 맹렬한 싸움이 벌어지는 순간은 바로 그 아무짝에도 쓸모없는 빛나는 돌덩이가 풍부한 장소가 발견되었을 때다. 무슨 이런 형편없는 동물이 있단 말인가. 이런 야후들에 대한 후이넘의 생각은 그들의 언어에 반영되어 있다. 걸리버의 설명이다.

후이넘들은 자기네 언어에 야후들의 흉측함과 불량한 성정으로부터 차용한 것들 외에는 사악한 것을 표현할 어떤 단어도 가지고 있지 않다. 따라서 그들은 하인의 우둔함, 어린 망아지의 실종, 말굽에 낀 돌 조각, 사나운 날씨나 계절에 맞지 않는 날씨가 계속되는 경우 등을 표현할 때 '야후'를 덧붙인다. 예를 들어 흠 야후, 휘녀흠 야후, 일름드윌마 야후, 그리고 엉성하게 지어진 주택은 이놈롤 야후라고 한다.

(The) Houyhnhnms have no word in their language to express any thing that is evil, except what they borrow from the deformities or ill qualities of the Yahoos. Thus they denote the folly of a servant, an omission of a child, a stone that cuts their feet, a continuance of foul or unseasonable weather, and the like, by adding to each the epithet of Yahoo. For instance, hhnm Yahoo; whnaholm Yahoo, ynlhmndwihlma Yahoo, and an ill-contrived house ynholmhnmrohlnw Yahoo.

한마디로 후이넘의 언어에서 '야후스럽다'는 말이 최고의 욕이 된다는 것이다.

이제 와서 하는 얘기지만 야후들의 특징은 '문득' 우리에게도 친숙한 어떤 종(species)을 연상시킨다. 역시 야후에 관해 처음 알게 되었을 때부터 그 점을 인지하고 있었지만 한동안 일종의 '자기 부정(self-denial)'에 빠졌던 걸리버는 드디어 더 이상 진실을 외면할 수 없는 경험을 하게 된다. 어느 더운 날 걸리버가 강에서 목욕을 하고 있는데 욕정에 불탄 젊은 암컷 야후 한 마리가 그에게 접근하는 사건이 일어났던 것이다. 간신히 위기를 모면한 걸리버는 이렇게 말한다.

이 사건은 내게 큰 굴욕이었을 뿐 아니라 내 스승과 그 가족들에게도 화젯거리였다. 이제 나는 내가 모든 신체적 특징에 있어 실제로 한 마리의 야후임을 더 이상 부인할 수 없었다. 암컷들이 자기 종의 일원으로 여기며 내게 자연스럽게 끌리는 경향이 있지 않은가.

This was a matter of diversion to my master and his family, as well as of mortification to myself. For now I could no longer deny that I was a real Yahoo in every limb and feature, since the females had a natural propensity to me, as one of their own species.

이렇게 걸리버는 자신이 한 마리 야후에 불과함을 깊이 자각하고, 끊

헝가리 조각가 예노 유스코가 동판에 새긴 말년의 볼테르. 볼테르는 젊은 시절 정치적 이유로 영국에서 망명 생활을 하던 중 『걸리버 여행기』를 접하고 큰 영향을 받았다.

임없이 그 '야후스러움'을 탈피하기 위해 노력하면서 고매한 후이넘들의 사회에 갈수록 동화된다. 하지만 그래 봐야 결국 근본적으로 야수, 아니 야후에 불과한 그가 언제까지나 그런 복된 삶을 지속할 수 있을까.

물론 여기서 스위프트는 우리가 흔히 가축으로 부리는 말이 반대로 인간들을 지배하는 가상의 세계 후이넘랜드를 통해 인간성 자체를 풍자하고 있다. 또한 그런 설정을 통해 우리보다 훨씬 뛰어난 지성체가 인간의 행태와 기질을 냉정하게 관찰하는 상황을 가정한다. 심지어 후이넘들은 의사 결정 기구인 집회(assembly)에서 "야후는 지상에서 멸종되어야 하는가(whether the Yahoos should be exterminated from the face of the earth)?"라는 주제를 놓고 열띤 토론을 벌이기까지 한다. 다른 동물들과 환경에 심각한 악영향을 끼치는 야후들을 살려 두어 무슨 좋은 일이 있겠느냐는 것이다. 혹시 지구를 방문한 우주인들이 인간 사회를 바라보고 비슷한 결론을 내리면 어떻게 될까? 아니 우주인까지 갈 필요도 없이 인간이 개발한 인공지능체 혹은 슈퍼컴퓨터가 정작 인간들을 자신의 생존과 환경에 위협적인 요소로 간주한다면?

1726년 당시 런던에는 프랑수아마리 아루에(François-Marie Arouet)라는 32세의 프랑스인이 체류 중이었다. 원래 파리에서 극작가로 활동하다가 프랑스에서 정치적인 이유로 요주의 인물로 찍힌 끝에 영국으로 피신한 아루에는 마침 출판된 『걸리버 여행기』를 읽고 크나큰 감명을 받은 나머지 프랑스어로 번역하기까지 했다. 소개가 늦었는데, 아루에는 후대에 볼테르(Voltaire, 1694~1778)라는 필명으로 더 많이 알려져 있다. 스위프트의 문체와 풍자 정신은 이후 두고두고 볼테르의 집필 활동에 큰 영향을 끼쳤다. 볼테르의 걸작 소설 『캉디드 Candide』, 『미크로메가스 Micromégas』 등에서 스위프트에게 바치는 오마주를 찾기는 그리 어려운 일이 아니다.

18th Brunch Time

어두운 마력의 문학

혼돈과 광기의 사랑 이야기 『폭풍의 언덕』

19세기 영국의 여류 작가 에밀리 브론테(Emily Brontë, 1818~1848)가 남긴 유일한 소설 『폭풍의 언덕 *Wuthering Heights*』은 두 남녀 주인공 히스클리프(Heathcliff)와 캐서린 언쇼(Catherine Earnshaw)의 사랑을 그린 작품이다. 앞서 살펴본 제인 오스틴의 『오만과 편견』이 교양 있는 남녀가 체면과 격식에 풍성한 가식까지 두르고 벌이는 점잖고도 절제된 짝짓기 게임 이야기라면, 『폭풍의 언덕』은 두 강렬한 성격의 남녀가 우지끈 뚝딱 야성 넘치게 벌이는 광란의 사랑을 그린 작품이다. 남녀 간의 사랑을 다룬 문학 작품이야 무수하지만, 이 작품 속 히스클리프와 캐서린의 관계는 그저 사랑뿐만 아니라 증오, 질투, 회한 등이 복잡하게 엉킨 것이다. 이에 비하면 『오만과 편견』의 다시와 엘리자베스가 벌이는 신경전은 말할 것도 없고 『로미오와 줄리엣』의 그 불타는 사랑도 말 그대로 애들 불장난에 불과하다. 또한 캐서린은 단테의 베아트리체, 파우스트의 마르가

레테 같은 교과서식 '구원의 여인'이 절대 아니며, 히스클리프 역시 『전쟁과 평화』의 볼콘스키 같은 신사도, 『안나 카레니나』의 브론스키 같은 매력남도 아니다.

이에 필적할 대상을 찾자면 미국 소설 『바람과 함께 사라지다Gone with the Wind』의 주인공 스칼렛 오하라와 레트 버틀러의 애증 관계 정도를 들 수 있겠지만, 역시 그조차도 히스클리프와 캐서린의 그것에 비하면 좀 필이 약하다. 영화로 만들어져 유명한 실존 인물 보니와 클라이드 (Bonnie and Clyde)는 1920년대 미국을 공포에 떨게 한 은행 강도 커플이었지만, 이들 역시 적어도 서로에게 총을 겨누지는 않았다. 히스클리프와 캐서린의 사랑은 그야말로 '자기 파괴적(self-destructive)'이라고 볼 여지도 충분하다.

'폭풍의 언덕'은 히스클리프와 캐서린이 유년 시절을 함께 보낸 유서 깊은 저택으로 스토리 전반에 걸쳐 주요 배경이 되는 장소다. 책을 펼치면 이 '폭풍의 언덕'을 방문한 록우드(Lockwood)라는 인물이 전하는 저택 묘사가 나온다.

'폭풍의 언덕'은 히스클리프 씨의 거처 이름이다. '워더링(wuthering)'은 심한 지역 사투리로, 폭풍이 몰아치는 날씨 속에서 이 장소가 맞닥뜨리는 대기의 요동을 묘사하고 있다. 이곳에서는 정말이지 언제나 순수하고도 상쾌한 공기의 흐름이 느껴진다. 저택 언저리의 심하게 기울어진 채 제대로 자라지 못한 전나무 몇 그루와, 마치 태양을 향해 동정이라도 구하듯 한쪽으로만 가지를 뻗친 앙상한 가시덤불을 보면, 미칠 듯이 불어닥치는 북풍의 힘을 느낄 수 있다. 건축가가 이를 내다보고 건물을 튼튼하게 지은 것은 다행이라 하겠다. 좁은 창문이 벽 깊숙이 설치되어 있고, 귀퉁이는 큼직하게 돌출된 석재로 보강되어 있다.

문턱을 넘기 전, 나는 멈춰 서서 저택의 정면에 넘쳐 나는 기괴한 조각 더미에 감탄했다. 특히 정문 위의 무너져 가는 그리핀이며 벌거벗은 꼬마들 무더기 틈에서, 나는 '1500년'이라는 시기와 '헤어턴 언쇼'라는 이름을 찾아 냈다.

Wuthering Heights is the name of Mr. Heathcliff's dwelling. 'Wuthering' being a significant provincial adjective, descriptive of the atmospheric tumult to which its station is exposed in stormy weather. Pure, bracing ventilation they must have up there at all times, indeed: one may guess the power of the north wind blowing over the edge, by the excessive slant of a few stunted firs at the end of the house; and by a range of gaunt thorns all stretching their limbs one way, as if craving alms of the sun. Happily, the architect had foresight to build it strong: the narrow windows are deeply set in the wall, and the corners defended with large jutting stones.

Before passing the threshold, I paused to admire a quantity of grotesque carving lavished over the front, and especially about the principal door; above which, among a wilderness of crumbling griffins and shameless little boys, I detected the date '1500,' and the name 'Hareton Earnshaw.'

인용문에서 알 수 있듯이 wuthering은 weathering(비바람이 치는, 바람이 부는)의 사투리. 한눈에도 그리 편안하고 아늑한 '보금자리'는 아님을 알 수 있다. 간단히 말해 '바람 잘 날 없는 집'이다. 말할 나위도 없이 폭풍의 언덕은 바로 히스클리프와 캐서린 사이의 애증을 상징하는 메타포이기도 하다.

이 '폭풍의 언덕'이라는 대저택에 찾아와 묵게 된 나그네 록우드에게 저택의 가정부 및 집사 격인 여성 넬리 딘(Nelly Dean)은 집주인 히스클리프와 지금은 죽고 없는 캐서린 언쇼라는 여성의 오랜 사랑 이야기를 들려준다. 넬리 딘은, 저택의 원래 주인이며 캐서린과 힌들리(Hindley) 남매의 아버지였던 언쇼 씨(Mr. Earnshaw)가 어디선가 고아인 히스클리프를 데려와 가족으로 삼은 날부터 이들의 성장을 지켜본 유일한 인물이다. 가문의 상속자인 힌들리는 히스클리프를 증오하고 박해한다. 캐서린과 히스클리프는 서로 끌리는 감정을 주체할 수 없게 되지만, 캐서린은 대저택 주인의 딸인 자신과 근본도 모르는 히스클리프가 결혼하기는 불가능하다는 현실 또한 인정한다. 지역 유지 에드거 린턴(Edgar Linton)의 청혼을 받아들인 캐서린은 넬리 딘에게 다음과 같이 말한다.

"내가 에드거 린턴과 결혼한다는 건 천당에 가는 것보다 더 황당한 일이지. 그리고 그 사악한 인간이 히스클리프를 그토록 비천하게 만들지만 않았다면, 나는 그런 일을 생각할 필요가 없었겠지. 이제 와서 히스클리프와 결혼하는 것은 나 스스로를 깎아내리는 일이 되어 버렸어. 그래서 그는 내가 자기를 얼마나 사랑하는지 몰라야 해. 그리고 넬리, 내가 그 사람을 사랑하는 것이 그가 잘나서가 아니라 그가 나보다도 더욱 나 자신이기 때문이라는 것도."

"I've no more business to marry Edgar Linton than I have to be in heaven; and if the wicked man in there had not brought Heathcliff so low, I shouldn't have thought of it. It would degrade me to marry Heathcliff now; so he shall never know how I love him; and that, not because he's handsome, Nelly, but because he's more myself than I am."

여기서 캐서린이 '그 사악한 인간(the wicked man)'이라고 부르는 것은 바로 친오빠 힌들리다. 캐서린은 계속한다.

"린턴에 대한 내 사랑이야 숲의 나뭇잎 같은 거지. 겨울이 되면 나무가 변하듯 시간이 지나면 바뀌리라는 걸 나는 잘 알고 있어. 히스클리프에 대한 내 사랑은 그 아래의 영원한 돌덩이를 닮았어—눈에 띄는 즐거움을 줄 일은 거의 없지만 필요한 존재지. 넬리, 나는 히스클리프야! 그는 언제나, 언제나 내 마음 속에 있어—내가 나 자신에게 기쁨이 되는 것 이상의 어떤 기쁨으로서가 아니라, 나 자신의 존재 자체로서 말이야."

"My love for Linton is like the foliage in the woods; time will change it, I'm well aware, as winter changes the trees. My love for Heathcliff resembles the eternal rocks beneath—a source of little visible delight, but necessary. Nelly, I am Heathcliff! He's always, always in my mind—not as a pleasure, any more than I am always a pleasure to myself, but as my own being."

문제는 공교롭게도 캐서린이 넬리에게 하는 고백을 히스클리프가 창문 너머로 엿듣게 되었다는 것이다. 이 말을 듣고 충격을 받은 히스클리프는 저택을 떠났다가 3년 뒤 큰돈을 벌어 마을로 돌아온다(그가 어떻게 돈을 벌었는지는 확실치 않다. 저자인 브론테 자신도 히스클리프가 어떻게 돈을 벌었는지 전혀 몰랐을 것이다). 하지만 캐서린은 이미 린턴과 결혼한 사이다.

질투와 복수심에 불탄 히스클리프는 자신에게 한눈에 반해 버린 린턴의 여동생 이사벨라와 결혼한 뒤 가정 폭력을 일삼고, 이어서 술과 도박으로 가산을 탕진한 왕년의 라이벌 힌들리를 더욱 망가뜨려 놓은 뒤 문제의 저택 폭풍의 언덕마저 사들인다. 히스클리프의 교묘한 복수극이 모두 자신을 향한 사랑 때문이라는 것을 아는 캐서린은 얼마 뒤 아이를 낳다가 사망한다. 이제 사랑하는 여인의 죽음에 대한 히스클리프의 반응을 보자.

"캐서린 언쇼, 내가 살아 있는 한 너는 편히 쉬지 못할 거야. 너는 내가 너를 죽였다고 말했지―그럼 귀신이 되어 나를 쫓아다녀. 피살자는 살인자를 쫓아다니는 법이니까. 나는 귀신들이 이승을 떠돈다는 것을 믿어―아니, 알아. 항상 나와 함께 있어 줘―어떤 모습이라도 띠고―나를 미치게 만들어. 다만 나를 당신을 찾을 수 없는 이 심연 속에 남겨 두지만 말아 줘! 맙소사! 이건 말도 안 돼! 내 생명 없이 나는 살 수가 없어! 내 영혼 없이 나는 살 수가 없어!"

"Catherine Earnshaw, may you not rest as long as I am living. You said I killed you―haunt me then. The murdered do haunt their murderers. I believe―I know that ghosts have wandered the earth. Be with me always―take any form―drive me mad. Only do not leave me in this abyss, where I cannot find you! Oh, God! It is unutterable! I cannot live without my life! I cannot live without my soul!"

"이제 편히 눈을 감아"라고 차분히 말하기는커녕 "죽어도 죽지 마!" 하며 이미 숨을 거둔 캐서린에게 저주를 퍼붓는 히스클리프. 하지만 이는 그가 캐서린을 너무나 사랑하기 때문이다. "내 생명 없이 나는 살 수가 없어! 내 영혼 없이 나는 살 수가 없어!"라는 절규는 앞서 소개했던 캐서린이 히스클리프를 "나보다도 더욱 나 자신"이라고 규정한 대목과도 통한다.

왼쪽: 영국 문학사에서 독특한 위치를 차지하고 있는 브론테 자매의 초상. 왼쪽부터 막내 앤, 둘째 에밀리, 첫째 샬럿. 브론테 가문의 유일한 아들인 브랜웰 브론테의 그림으로 알려져 있다. 최근의 분석 결과 원래 브랜웰이 에밀리와 샬럿 사이에 자신의 초상을 그리다가 중도에 지운 사실이 밝혀지기도 했다. 희미하게 남아 있는 그의 실루엣이 그림 전체에 어딘지 오싹한 분위기를 더한다.
오른쪽: 브랜웰이 그린 것으로 알려진 또 다른 에밀리의 초상. 에밀리 브론테는 단 한 편의 소설 『폭풍의 언덕』을 남기고 30세에 요절했다.

  더구나 『폭풍의 언덕』이 묘사하는 세계에서 죽음은 그저 다음 단계로 가기 위해 거쳐야 할 과정일 뿐으로, 히스클리프는 캐서린이 죽은 뒤에도 그녀와 '천녀유혼'적으로 교류한다. 캐서린이 죽는 것을 공개했다고 해서 내가 작품 전체의 스포일러를 친 것도 아니다. 캐서린의 죽음은 소설의 끝이 아니라 중반부의 일이며, 이후에도 히스클리프의 악마성이 번뜩이는 사건들이 본격적으로 꼬리를 물고 일어나니 아직 책을 읽지 않은 독자 여러분은 기대하셔도 좋다.

  에밀리 브론테는 『폭풍의 언덕』 단 한 권을 남기고 30세에 독신으로 사망했고, 실제로 당대에 브론테 가문의 문명을 빛낸 것은 에밀리의 언니이자 소설 『제인 에어*Jane Eyre*』의 저자인 샬럿 브론테(Charlotte Brontë)였다. 하지만 19세기 후반부터 이 음산하면서도 기묘한 매력을 지닌

『폭풍의 언덕』에 대한 재평가가 비평가와 독자들 사이에서 본격적으로 이루어지기 시작했으며, 결국 에밀리 브론테는 이 소설 한 편으로 제인 오스틴이나 샬럿 브론테의 전체 작품 세계에 맞먹는 문학적 명성을 누리게 되었다. 무릇 양(quantity)보다 질(quality)이다.

카프카의 소설들

예전 어느 문학 해설서에서 독일 문학 연구가들에게 독일어로 작품을 쓴 가장 위대한 20세기 작가가 누구냐고 묻는다면 토마스 만(Thomas Mann), 헤르만 헤세(Hermann Hesse), 귄터 그라스(Günter Grass) 등 여러 대가들의 이름이 거론되겠지만, 가장 문제적인 작가, 혹은 가장 독특한 작가가 누구냐고 하면 체코 출신 작가 프란츠 카프카(Franz Kafka, 1883~1924)를 꼽는 데 아무도 이견이 없을 거라는 대목을 읽은 적이 있다. 도대체 무엇이 카프카를 그토록 특별한 자리에 올려놓았을까?

카프카의 소설은 전통적인 의미에서 매우 잘 쓴 작품은 분명 아니다. 그의 소설에는 아름답고 유려한 문장도 별로 없고, 소개되는 캐릭터의 묘사가 생생하거나 매력적인 것도 아니며, 그렇다고 등장인물들의 말이나 행동을 통해 무슨 위대한 사상이 표현되는 것도 아니다. 빅토르 위고나 찰스 디킨스의 소설같이 손에 땀을 쥐게 하는 박력이나 재미도 없다. 카프카는 애초에 전통적인 소설 문법에는 도무지 관심이 없는 것처럼 보인다. 그런데도 그의 소설들은 한번 읽기 시작하면 눈을 뗄 수 없게 하는 마력 같은 것이 있다. 그가 죽은 지 백 년이 다 되어 가는 오늘날까지도 사람들이 계속 카프카의 소설을 찾는 이유는 분명 있다. 그 이유가 정확히 뭔지 딱 꼬집어 얘기할 수 없는 게 문제이기는 하지만, 그래서 또 더 매력적이다.

법학 학위를 막 취득한 1906년의 카프카. 당시 보험 회사에 법률 서기로 취업한 카프카는 자기 직업을 '빵을 얻으려고 하는 일(bread job)'이라고 불렀다.

　카프카의 소설에는 어딘지 고려 불상 같은 분위기가 있다. 우리나라 삼국 시대 및 통일신라 시대 불상이 깔끔한 균형미를 자랑하는 반면, 고려 불상은 종종 머리와 신체의 균형이 맞지 않고, 때로는 쓸데없이 덩치만 크고, 때로는 마음에서 고귀한 불심이 일어나기는커녕 심지어 좀 무섭다는 느낌이 들기도 한다. 하지만 그러면서도 자꾸 또 눈길이 가는 것이 고려 불상의 매력이다. 내게는 카프카의 소설이 좀 그런 느낌이다. 분명히 별로 아름답지도 않고, 심지어는 조금 무서우면서도 한번 보면 눈을 뗄 수 없는 그런 것.

　카프카 문학의 매력을 잘 드러내는 작품 중 하나로, 하루아침에 벌레로 변신한 그레고어 잠자(Gregor Samsa)라는 사나이의 기구한 사연을 그린 단편 소설 「변신The Metamorphosis」이 있다. 카프카의 소설들은 우선 다짜고짜 제시되는 상황 자체가 난데없는 경우가 많은데, 「변신」도 그렇다. 첫 문장부터 자못 당혹스럽다.

　어느 날 아침 그레고어 잠자가 불안한 꿈에서 깨어나고 있을 때, 그는 침대에서 자신이 흉측한 해충으로 변했음을 발견했다.

One morning, as Gregor Samsa was waking up from anxious dreams, he discovered that in bed he had been changed into a monstrous vermin.

말 그대로 잠자는 '잠자'다가 깨어 보니 벌레가 되어 있었던 것이다. 어떻게 포유류(mammal)인 인간이 뜬금없이 곤충류(insect)로 변할 수 있을까? 찰스 다윈이 울고 갈 이 기막힌 역진화 현상에 대해 어떤 과학적 설명도 없다. 그냥 변했다면 변한 거다. 그러고 보니 소설 속에서 잠자가 둔갑한 그 벌레가 정확히 어떤 종류인가도 확실히 설명되어 있지 않다. 이 문제는 지금까지도 카프카 연구가들 사이에서 논란거리로 남아 있는데, 껍질이 있는 딱정벌레나 말똥구리라는 주장이 대세이기는 하다—솔직히 참 별게 다 연구 주제가 된다 싶다. 『카프카의 「변신」에 등장하는 벌레의 생물학적 정체성 연구』 같은 제목으로 논문을 써서 문학 박사 학위를 받은 사람이 정말 있을까—아마 있을 것이다.

실제로 이야기의 초점은 그렇게 변신한 잠자를 대하는 가족들의 자세에 맞춰진다. 잠자가 영업 사원으로 일하면서 부양했던 부모님, 그리고 조신한 여동생 그레테(Grete)는 곤충으로 변신한 잠자를 이해하고 도와줄 수 있을까? 벌레로 변한 그레고어가 방에서 기어 나오는 모습을 목격한 아버지의 반응을 보자.

왼손으로 아버지는 테이블에서 큰 신문지를 집어 들었다. 그러고는 바닥에다 발을 쿵쿵거리며, 지팡이와 신문지를 휘둘러 대면서 그레고어를 방으로 몰아넣기 시작했다.

With his left hand, his father picked up a large newspaper from the

table and, stamping his feet on the floor, he set out to drive Gregor
back into his room by waving the cane and the newspaper.

이게 벌레로 변한 아들을 대하는 아버지 잠자 씨의 자세다. 간단히 말
해 바퀴벌레를 때려잡으려는 노인의 전투태세 바로 그것이다. 잠시 후
그레고어의 상사는 그의 출근이 늦자 집에까지 찾아와 해고를 통보하고
(정말 비정한 회사다. 하루 지각하면 바로 해고라니!), 가족들은 그레고어를 방에
유폐한다. 그나마 가족 가운데 그레테는 그레고어에게 나름 동정심을
가지기도 하지만, 역시 시간이 지나면서 여동생의 오빠에 대한 마음도
'변신'한다.

그레고어에게서 나오던 수입이 끊기자 가족은 생계를 위해 방을 세놓
는다. 그런데 방에서 기어 나온 벌레(=그레고어)를 본 세입자들이 기겁하
며 도망가 버리는 사건이 연이어 발생하자 드디어 그레고어를 어떻게
할지를 두고 긴급 가족회의가 벌어진다. 우리는 그 현장에 나가 그레테
에게 마이크를 돌려 보자.

"우리는 그것을 제거해야 해요." 여동생은 이제 아버지에게 단호하게 말
했는데, 어머니는 연거푸 기침을 하다 못해 아무것도 듣지 못하는 지경이었
기 때문이다. "그것이 두 분을 죽이고 있어요. 그렇게 될 것이 보여요. 우리
처럼 열심히 일해야 하는 사람들이 집에서 이런 끝없는 고역을 감당할 수는
없다고요. 저는 더 이상 이렇게 지낼 수 없어요." 그러고서 크게 울음을 터
뜨리는 바람에 그 눈물이 어머니의 얼굴 위로 쏟아졌다. 그녀는 기계적인
손동작으로 어머니의 얼굴에서 눈물을 닦아 냈다.

"We must try to get rid of it," the sister now said decisively to the
father, for the mother, in her coughing fit, wasn't listening to any-

thing, "it is killing you both. I see it coming. When people have to work as hard as we all do, they cannot also tolerate this endless torment at home. I just can't go on any more." And she broke out into such a crying fit that her tears flowed out down onto her mother's face. She wiped them off her mother with mechanical motions of her hands.

그래도 한때 동기였던 오빠(가 변한 벌레)를 인칭 대명사 he/him 대신 사물, 동물(곤충도 포함)을 지칭하는 it으로 부르는 것부터가 심상찮다. 또 눈물을 흘렸다지만, 그 눈물이란 거의 '악어의 눈물(crocodile tears)'과 다름없는 듯 보인다. 이런 당돌한 말을 들은 아버지는 어떤 반응을 보일까? "아니 아무리 그래도 어떻게 오빠(였던 벌레)에 관해 그런 말을…" ― 물론 짐작하시겠지만 전혀 그런 분위기는 아니다. 아버지 잠자 씨의 반응이다.

아버지는 분명 고마워하는 태도로 동정적으로 말했다. "애야, 그럼 우리는 어떻게 해야 할까?"

"Child," said the father sympathetically and with obvious appreciation, "then what should we do?"

이쯤 되면 가족들 모두 이미 해충 방제 회사의 파견 직원급으로 '변신'을 이룬 수준이다. 소설의 시작보다 더 황당한 것은 마무리(ending)이다. 결국 가족들의 염원대로 벌레(=그레고어)는 쓸쓸히 자기 방에서 죽음을 맞이한다. 그렇게 미워하고 귀찮아했던 벌레(=아들이자 오빠)가 죽은 뒤 가족은 양심의 가책이라도 느끼지 않았을까? 상황이 종료된 뒤 잠자

부처가 무엇을 생각하는지 보자.

(…) 대화를 하던 도중 잠자 씨 부부는 거의 동시에, 자기네 딸이 얼마나 건강하고 아름다운 젊은 여성으로 피어나고 있었는지를 생각하고 놀랐다. 침묵이 익어갈수록 거의 무의식적으로 그냥 눈짓만으로 서로를 이해하면서, 부부는 이제 딸을 위해 성실하고 정직한 남성을 찾아야 할 시간이 왔다고 생각했다.

(…) while they were talking, Mr. and Mrs. Samsa were struck, almost simultaneously, with the thought of how their daughter was blossoming into a well built and beautiful young lady. Growing more silent and almost unconsciously understanding each other in their glances, they thought that the time was now at hand to seek out a good honest man for her.

벌레가 되어 죽은 아들의 비극을 뒤로하고, 이제 딸을 위해 사윗감을 찾아 준단다. 이 정도면 해피엔드라고 할 수 있을까? 정말 비틀스(Beatles)의 노래 가사처럼 어쨌거나 "랄랄랄라, 삶은 계속된다(La, la, la, la, life goes on)."

카프카의 소설 『심판The Trial』의 오프닝 역시 「변신」처럼 황당하기는 마찬가지다.

누군가 요제프 K에 대해 모함을 한 것이 틀림없다. 그는 자신이 아무런 잘못도 하지 않았음을 알았지만, 어느 날 아침 체포되었다.

Someone must have been telling lies about Josef K., he knew he had done nothing wrong but, one morning, he was arrested.

「변신」의 그레고어 잠자가 느닷없이 벌레로 변했듯이, 『심판』의 요제프 K 역시 느닷없이 체포된다. 그나마 "모함을 한 것이 틀림없다"고 추측은 했으니 「변신」보다는 조금 친절한 작가의 배려가 느껴진다고 해야 할까. 체포되어 조사를 받고 귀가한 K가 다시 자신의 혐의를 다루는 심리에 참석하기 위해 법원에 출두하는 장면도 초현실주의적인 분위기가 흐른다.

K는 심리가 열리기로 되어 있는 방으로 가려고 계단으로 발을 옮겼지만, 그 계단 외에도 계단 입구가 세 개나 더 보이는 바람에 그냥 멈춰 서 버렸는데, 마당 끝에도 두 번째 마당으로 이어지는 작은 복도가 있는 것 같았다. 그 방으로 가는 보다 정확한 안내를 받지 않은 것에 그는 짜증이 났는데, 그것은 당국이 그에게 특별히 부주의하거나 특별히 무관심하다는 것을 의미했고, 그는 그 점을 그들에게 매우 떠들썩하게 그리고 매우 분명하게 강조하기로 결심했다. 결국 그는 계단을 올라가기로 결정했는데, 생각을 거듭하다 보니 경관 빌렘이 그에게 법원은 죄에 이끌리며, 그러므로 K가 우연히 고르는 계단이 틀림없이 법정으로 향할 것이라고 해 준 말이 기억났기 때문이다.

K. went over to the stairway to get to the room where the hearing was to take place, but then stood still again as besides these steps he could see three other stairway entrances, and there also seemed to be a small passageway at the end of the yard leading into a second yard. It irritated him that he had not been given more precise directions to the room, it meant they were either being especially neglectful with him or especially indifferent, and he decided to make that clear to them very loudly and very unambiguously. In the end he decided to climb up the stairs, his thoughts playing on something that he remembered the policeman, Willem, saying to him; that the court is attracted by the guilt, from which it followed that the court-room must be on the stairway that K. selected by chance.

자신의 심리가 열리는 법정을 찾지 못해 짜증이 난 K는 결국 아무 방에나 들어가기로 한다. 이미 자포자기한 것일까?
이번에는 카프카의 미완성 장편 『성 *The Castle*』의 첫 장면이다.

K가 도착한 때는 늦은 저녁이었다. 마을은 눈에 묻혀 있었다. 성 언덕이 있다는 어떤 조짐도 없었다. 안개와 어둠이 그 지역을 둘러싼 탓에 큰 성곽이 있다는 것을 암시하는 희미한 빛조차 없었다. K는 중심 도로에서 마을로 들어서는 나무다리 위에 한참을 서서 고개를 든 채 텅 빈 듯한 공간을 응시했다.

It was late evening when K. arrived. The village lay under the snow. There was no sign of the castle hill, fog and darkness surrounded it, not even the faintest gleam of light suggested the large castle. K. stood a long time on the wooden bridge that leads from the main road to the village, gazing upward into the seeming emptiness.

주인공인 토지 측량사 K는 자신을 고용한 성이 있는 마을에 도착하지만, 정작 성은 눈에 보이지도 않는다. 앞서 소개한 「변신」이나 『심판』처럼 쇼킹한 시작은 아니지만, 성에서 일하기 위해 도착한 K에게 아예 성이 보이지 않는다는 것부터가 주인공이 앞으로 겪을 상황이 녹록지 않음을 예견하는 듯하다. 즉 카프카가 이번에도 독자들의 기대를 충족하리라는 예감이 드는 것이다. 다시 말해, 기묘하고도 기분 나쁜, 약간 삐딱한 환상의 세계로 인도하리라는.

이렇게 성을 찾지도 못한 K는 결국 여관에 들어가 피곤한 몸을 누인다. 그런데 잠든 지 얼마 지나지 않아 "도회지 복장에 배우 같은 얼굴을 한 젊은이(A young man in city clothes, with an actor's face)", 즉 "성 집사의 아들(son of the Castle steward)"이 나타난다. 그와 K 사이에 이런 대화가 오간다.

"이 마을은 성의 소유로, 여기 살거나 하룻밤 묵어가는 사람이면 누구나 사실상 성에서 밤을 지내는 셈입니다. 백작님이 발행한 허가증 없이는 아무도 그렇게 할 수 없습니다. 하지만 당신은 그 허가증이 없거나 아직 제시하지 못했습니다."

"내가 흘러들어온 마을은 어떤 곳인가요? 그래 여기 성이 있기는 한 거요?"

"왜요? 물론 (…) 베스트베스트 백작의 성이지요."

"그렇다면 내가 가서 직접 허가증을 얻어야겠군요." 마치 일어나려는 듯 하품을 하고 이불을 치우면서 K가 말했다.

"네, 하지만 누구한테서요?" 젊은이가 물었다.

"백작님한테서죠. 다른 대안이 있는 것 같지도 않고." K가 말했다.

"지금 한밤중에 백작님에게 허가증을 받겠다고요?" 젊은이가 한발 물러서며 소리쳤다.

"그게 가능하지 않은가요? 그럼 대체 나를 왜 깨운 거요?" K가 침착하게 물었다.

"This village is castle property, anybody residing or spending the night here is effectively residing the night at the Castle. Nobody may do so without permission from the Count. But you have no such permission or you haven't shown it yet."

"What village have I wandered into? So there is a castle here?"

"Why? Of course, (…) the Castle of Count Westwest."

"Then I must go and get myself permission," said K., yawning and pushing off the blanket, as if he intended to get up.

"Yes, but from whom?" asked the young man.

"From the count," said K., "there doesn't seem to be any other alternative."

"Get permission from the Count, now, at midnight?" cried the young man, stepping back a pace.

"Is that not possible?" K. asked calmly. "Then why did you wake me up?"

아직도 순진한(?) K는 성에 들어가는 허가증을 얻는 일이 얼마나 엄청난 노력과 시간을 요구하는지 전혀 감을 못 잡고 있다. 실제로 『성』의 스토리 대부분은 문제의 허가증을 받기 위한 K의 '영웅적' 투쟁을 그린다.

이렇게 카프카의 작품에서는 사람이 하루아침에 벌레로 변하는가 하면(『변신』), 아무 죄가 없는 사람이 재판정에 서고(『심판』), 기술자가 정작 일하러 온 성에 들어가지 못하고 아랫마을에서 자기 일과는 아무 상관도 없는 온갖 상황에 직면한다(『성』). 한마디로 카프카가 소설을 통해 제시하는 상황은 부조리하다. 그런데 부조리(absurdity)라면 바로 실존주의(existentialism)에서 세계를 해석하는 데 사용하는 키워드 아닌가! 실존주의는 세계 속에 던져진 인간이 맞닥뜨린 상황, 즉 실존의 조건이 부조리하다고 믿는 데서 출발한다. 많은 사람들이 카프카를 본격적으로 실존주의 문학의 물꼬를 튼 인물로 높이 평가하는 것은 이 때문이다.

카프카 연구가들은 카프카의 작품 내용을 그의 개인사와 관련짓기 좋아한다. 우선 카프카의 삶을 「변신」에 연결 지어 보면, 직업적으로는 보험 회사의 법무 담당으로 따분한 일을 했으며, 신체적으로는 결핵으로 오래 고생한 카프카가 스스로를 쓸모없는 벌레처럼 여겼으리라는 것이다. 또 카프카가 법률을 전공했다는 사실은 『심판』에도 어느 정도 그의 개인적인 경험이 깃들어 있다는 단서를 제공한다. 『성』의 경우에는, 쉽게 성 안으로 들어가지 못하는 K의 처지를 실존주의의 중요한 테마이기도 한 인간의 부름에 대한 신의 침묵으로 해석한다. 그런가 하면, 이 작품이 카프카가 보험 회사 직원으로서 경험했던 관료주의를 고발한다든가, 혹은 체코의 프라하에서 독일어를 사용하는 유대인 가정에서 태어난 다문화적 배경 탓에 어디에도 백 퍼센트 속하지 못한 작가의 소외감

체코의 수도 프라하의 구시가지 광장. 카프카 당대의 체코(보헤미아)는 오스트리아-헝가리 제국의 일부였다. 체코의 독일어를 사용하는 유대인 가문에서 출생한 카프카는 자신의 복잡한 국가적, 문화적 정체성에 민감했던 것으로 보인다.

을 반영한다고도 한다. 하지만 카프카 작품의 부조리성을 감상하는 데 이런 배경지식이 반드시 필요한 것은 아니다.

카프카는 1924년 41세의 한창 나이로 사망하면서 절친한 친구이자 유언 집행인인 막스 브로트(Max Brod)에게 자신의 모든 유고를 소각하라고 지시했다. 그런데 브로트는 도리어 카프카의 유작을 단계적으로 출판하기 시작하며 그에 대한 평가가 올라가는 데 결정적인 공을 세운다. 친구의 배신 아닌 배신 덕에 죽은 뒤 불멸의 명성을 누리게 된 작가— 역시 카프카는 사후에도 '부조리'를 벗어나지 못한 작가였다.

고딕 소설의 금자탑 『드라큘라』

어느 나그네가 외딴 절벽에 세워진 고성에서 하룻밤 묵게 된다. 그는 성의 어느 방 벽에 걸려 있는 미인의 초상화를 본다. 성의 주인에게서 그 초상화와 주인공에 대한 얘기를 듣게 된 나그네. 그날 밤 잠 못 이루는 나그네는 성 밖을 산책하다 어느 여인과 마주치는데⋯. 18~19세기 유럽에서 유행한 고딕 소설(Gothic novel)은 보통 이런 식으로 이야기가 전개된다.

원래 로마 시대 게르만족의 일족인 '고트족(Goth)'의 이름에서 유래한 '고딕(Gothic)'은 중세 시대 건축 양식을 칭하는 미술 용어였다. 대표적인 고딕 양식 건물로는 독일의 쾰른 대성당, 프랑스 파리의 노트르담 사원 등이 있다. 그런데 중세에 지어진 고딕 성당을 생각할 때면 하늘을 찌르는 첨탑, 드높은 천장 등을 먼저 연상하기 쉽지만, 자세히 들여다보면 지붕이나 아치, 문짝 등에서 으스스한 괴수, 괴물 등의 조각이 흔히 발견된다. 이런 연유로 고딕은 건축 양식뿐 아니라 어둡고 으스스한 분위기를 가진 이른바 괴기 문학 작품을 가리키는 표현이 되었다.

이 고딕 문학의 걸작으로 대접받는 작품들 가운데는 우리 귀에도 익숙한 이름이 꽤 있다. 우선 근대 추리 소설의 원조로 대접받는 에드거 앨런 포는 고딕 소설 쪽에서도 일가를 이룬 인물이다. 「어셔 가의 몰락 *The Fall of the House of Usher*」, 「검은 고양이 *The Black Cat*」 등은 쓰인 지 한 세기가 훌쩍 넘었지만 아직도 읽는 내내 등골을 오싹하게 만드는 힘을 가졌다. 「검은 고양이」는 내가 맨 처음 읽은 포의 작품이기도 한데, 농담이 아니라 읽은 뒤 며칠 밤 꿈자리가 뒤숭숭할 지경이었다.

영국의 삽화가 오브리 비어즐리가 묘사한 에드거 앨런 포의 「검은 고양이」 마지막 장면. 실제로 작품을 읽어 본 사람은 이 그림이 얼마나 섬뜩한 순간을 묘사하고 있는지 안다.

영국 낭만주의 시인 퍼시 셸리(Percy Shelley)의 아내로서 본인도 상당한 문학적 재능을 뽐냈던 작가 메리 셸리(Mary Shelley, 1797~1851)의 『프랑켄슈타인 *Frankenstein*』 역시 고딕 소설이면서 사이파이 소설의 효시로도 평가받는 작품이다. 소설의 부제는 '현대의 프로메테우스(Modern Prometheus)'. 책을 읽지 않은 사람들은 흔히 소설에 등장하는 괴물의 이름이 프랑켄슈타인이라고 알고 있다. 하지만 프랑켄슈타인은 그 괴물을 창조한 작품 속의 주인공 프랑켄슈타인 박사(Dr. Frankenstein)를 일컫는다. 이야기 속 괴물에게는 정확한 이름이 없다. 다만 따지고 보면 프랑켄슈타인 박사가 그의 창조주이자 부모인 셈이니 같은 성씨로 불려도 큰 문제는 없을 듯하다.

그러나 고딕 문학 장르의 최고봉, 그 찬란한 금자탑의 영예는 아무래도 아일랜드 출신 영국 작가 브램 스토커(Bram Stoker, 1847~1912)가 1897

『드라큘라』의 저자 브램 스토커. 여러 편의 소설과 희곡
을 발표한 작가이지만 본업은 극장 지배인이었다.

년 발표한 소설 『드라큘라Dracula』에 돌아가야 할 것 같다. 스토커가 창
조한, 치명적인 매력과 공포를 발산하는 흡혈귀 드라큘라 백작(Count
Dracula)의 강렬한 존재감은 지금까지도 독자들을 사로잡는다. 소설은
조너선 하커(Jonathan Harker)라는 영국인 변호사의 트란실바니아 여행
일지로부터 시작된다. 19세기 말 유럽에서도 거의 오지에 해당하는 트
란실바니아까지 하커가 간 것은 다름 아니라 드라큘라 백작이라는 미지
의 인물이 런던에 부동산을 구입하는 일을 돕기 위해서였다. 자신의 성
채에서 하커를 맞이한 백작은 조만간 런던으로 이주해서 살 자신의 계
획을 이렇게 설명한다.

"당신네 위대한 런던의 번잡한 거리를 걷고, 사람들의 부대낌 가운데 서
고, 그 도시의 삶과 변화와 죽음, 그리고 런던이 런던이도록 하는 모든 것을
나누고 싶소."
"I long to go through the crowded streets of your mighty London,
to be in the midst of the whirl and rush of humanity, to share its life,

its change, its death, and all that makes it what it is."

즉 드라큘라의 속셈은 19세기 말 세계 최고의 도시였던 런던에 정착해서 국제 신사, 아니 국제 요괴(international monster)로 발돋움하려는 것이었다.

그런데 드라큘라 백작이 런던에서 활동하는 데 가장 필요하다고 생각하는 것은 무엇일까? 집도 돈도 아닌 바로 영어다. 백작은 영어가 '짧은' 자신의 신세를 한탄하며 하커와 이런 대화를 나눈다.

"하지만 슬프게도 아직 나는 당신네 언어를 책으로만 알지요. 친구여, 당신에게는 내가 말을 할 만큼 영어를 아는 것처럼 보이겠지만."

"하지만 백작님, 당신은 영어를 완벽하게 알고 구사하십니다!" 내[하커]가 이렇게 말하자 그는 깊이 고개를 숙였다.

"친구여, 당신의 너무나 너그러운 평가에 감사하오. 하지만 나는 내 여정의 길목에 아직 조금밖에 나서지 않은 것 같구려. 문법과 어휘야 알지만, 아직 회화는 잘 모른다오. (…) 바라건대 당신이 여기서 나와 한동안 머물면서, 우리가 나누는 대화를 통해 내가 영어의 억양을 배울 수 있었으면 좋겠소. 그리고 내가 말하는 도중 실수를 하면, 아주 자그마한 실수라고 해도 지적해 주시오."

"But alas! As yet I only know your tongue through books. To you, my friend, I look that I know it to speak."

"But, Count," I said, "You know and speak English thoroughly!" He bowed gravely.

"I thank you, my friend, for your all too-flattering estimate, but yet I fear that I am but a little way on the road I would travel. True, I know the grammar and the words, but yet I know not how to speak them. (⋯) You shall, I trust, rest here with me a while, so that by our talking I may learn the English intonation. And I would that you tell me when I make error, even of the smallest, in my speaking."

여기서 몇 가지 짚고 넘어가자. 첫째는 흡혈귀도 영어를 배우고 싶어 한다는 것. 왜냐하면 트란실바니아의 산골을 벗어나 런던까지 주름잡는 '국제 괴물'이 되려면 영어가 필수이기 때문이다. 두 번째는 바람과 구름을 부리고 박쥐 떼와 늑대로도 둔갑이 가능한 드라큘라 백작조차도 영어 실력만은 저절로 얻지 못한다는 것. 아, 흡혈귀에게도 영어는 어렵다!—혹시 토익 점수 때문에 스트레스 받는 독자가 있다면 위안을 받으시길. 그런데 영어에 접근하는 드라큘라의 자세는 영어 학습자들에게 귀감이 되는 모습이다. 그는 책으로만 하는 공부에 한계를 느끼고 하커와 함께 실전 회화 연습을 하고 싶어 하는 것이다. 까딱했으면 드라큘라를 저자로 하는 『뱀파이어식 영어 학습법』 같은 책이 나왔을지도 모른다—제목이 좀 으스스한가?

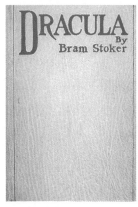

『드라큘라』의 1897년 초판본 표지. 드라큘라 백작이라는 신비스럽고 매력적인 뱀파이어를 세상에 소개한 고딕 소설의 최고 걸작이다.

애기가 약간 엉뚱한 방향으로 흘렀는데, 스토커는 흡혈귀라는 초현실적인 소재를 그린 이야기에 사실감을 불어넣기 위해 단순한 서술체를 벗어나 이른바 서간체 소설(epistolary novel)의 기법을 도입했다. 작품 속에 차용된 여행 일지, 일기, 편지, 신문 기사 등 다양한 스토리텔링 매체들이 기본적으로 황당무계한 판

타지에 불과한 이야기에 독특한 긴장과 함께 상당한 사실감까지 부여한
다. 하커의 일기와 더불어 러시아 범선 데메테르 호(Demeter) 선장의 항
해 일지 역시 좋은 예다. 일지에 따르면 7월 6일 영국을 최종 목적지로
불가리아를 출발한 배에는 선장을 비롯하여 선원 다섯, 항해사 둘, 조리
사 등이 승선해 있었다. 배에 실린 화물은 트란실바니아산 모래와 눅눅
한 흙무더기를 담은 상자들이 전부였다. 보스포루스 해협과 다르다넬스
해협을 통과하며 순조롭게 항해하던 배에 본격적으로 심상찮은 조짐이
인 것은 14일경부터였다. 선원들이 배에 자기들 외에 다른 누군가가, 혹
은 무언가가 있는 것 같다고 말하기 시작한 것이다. 선장의 일지 몇 쪽
을 골라 읽어 보자.

    7월 16일, 항해사가 아침에 승무원 페트로프스키가 보이지 않는다고 보고
했다. 영문을 알 수 없었다. 지난밤 8점종이 칠 때까지 좌현 뱃전에서 당직을
서다가 아브라모프와 교대했으나, 선실로 가지 않았다. 선원들이 전에 없이
의기소침. 모두들 그런 일이 벌어질 것을 예상했다고 말했지만, 배에 무언가
가 있다는 말만 하고 입을 다물었다. 항해사가 승무원들 때문에 점점 안절부
절못하고 있다. 조만간 무슨 사고가 터질까 우려하기 때문.

    On 16 July mate reported in the morning that one of crew, Pet-
rofsky, was missing. Could not account for it. Took larboard watch
eight bells last night; was relieved by Abramoff, but did not go to
bunk. Men more downcast than ever. All said they expected some-
thing of the kind, but would not say more than there was something
aboard. Mate getting very impatient with them; feared some trouble
ahead.

7월 17일, 어제, 선원 올가렌이 내 방으로 와서 공포에 질린 모습으로 배에 이상한 남자가 있는 것 같다고 토로했다. 당직을 서던 중 폭풍우 때문에 갑판실 뒤로 피신해 있었는데, 승무원 누구와도 닮지 않은 큰 키의 마른 사나이가 계단을 올라와 갑판을 따라 걷다가 사라지는 것을 보았다고 했다. 그가 조심스럽게 쫓아갔으나, 뱃머리에 다다랐을 때 아무도 보이지 않았으며 창구(艙口)도 모두 닫혀 있었다는 것이다.

On 17 July, yesterday, one of the men, Olgaren, came to my cabin, and in an awestruck way confided to me that he thought there was a strange man aboard the ship. He said that in his watch he had been sheltering behind the deck-house, as there was a rain-storm, when he saw a tall, thin man, who was not like any of the crew, come up the companion-way, and go along the deck forward, and disappear. He followed cautiously, but when he got to bows found no one, and the hatchways were all closed.

7월 24일. 이 배에 어떤 저주가 내린 듯하다. 이미 승무원 한 명이 모자란 상황에서 비스케이 만에 진입하자 날씨가 거칠어졌고, 드디어 지난밤 선원 한 명이 또 사라졌다. 지난번 경우처럼 당직을 마치고 나서 다시는 보이지 않게 된 것이다. 모두 두려움으로 공황에 빠졌다. 선원들이 혼자 있기가 두렵다며 두 명씩 당직을 서게 해 달라고 요구했다.

24 July.—There seems some doom over this ship. Already a hand short, and entering on the Bay of Biscay with wild weather ahead, and yet last night another man lost—disappeared. Like the first, he came off his watch and was not seen again. Men all in a panic of fear; sent a round robin, asking to have double watch, as they fear to

19세기 말 영국에서 셰익스피어 전문 배우로 명성을 날렸던 헨리 어빙의 초상. 브램 스토커는 바로 이 어빙으로부터 드라큘라의 외모와 분위기에 대한 영감을 얻은 것으로 알려져 있다.

be alone.

짐작했겠지만 데메테르 호에는 드라큘라 백작이 승선해 있었고, 화물로 실린 트란실바니아산 모래와 흙은 드라큘라의 원기를 유지시켜 주는 토양이었다(신토불이?). 또한 선원들은 긴 항해 중 드라큘라가 짬짬이 즐기는 간식이 된 것이다. 과연 데메테르 호의 승무원 가운데 살아서 영국 땅에 도달한 사람은 몇 명일까? 거기에 더해, 이제 영어 공부도 열심히 하는 노력파 흡혈귀 드라큘라가 영국 땅을 밟게 되면 과연 어떤 일이 벌어질까?

괴물 드라큘라의 모델은 15세기에 오늘날의 루마니아 땅에 해당하는 트란실바니아 지역을 지배했던 블라드 체페슈(Vlad Tepes)라는 실존 인물로 알려져 있다. 체페슈는 생전에 포로나 정적을 꼬챙이로 찔러 죽이는 잔인한 수법으로 악명을 떨쳤다. 그의 출신 가문 이름은 루마니아어로 용을 의미하는 드라쿨(Dracul)이었다. 한눈에 봐도 용을 뜻하는 영어 단어 dragon과 발음이나 철자가 비슷하다. 용은 라틴어로는 드라코

(*draco*)다. 이렇게 draco(라틴어)-dragon(영어)-dracul(루마니아어)의 관계를 보면 역시 유럽의 언어들이 한 뿌리에서 나왔다는 것을 느낄 수 있다. 스토커는 19세기 말 영국에서 유행하던 고딕 괴담집 등을 통해 처음 이 체페슈의 존재를 접하고 힌트를 얻었다고 한다.

『드라큘라』의 성공 이후 흡혈귀를 소재로 한 다양한 문학 작품이 계속 쏟아져 나왔지만, 이 모두를 다 합쳐 본들 역시 스토커의 원조『드라큘라』 한 권의 존재감에는 못 미치는 느낌이다. 원래 스토커는 책의 제목을 『불사신*Un-dead*』으로 붙이려 했다고 한다. 즉 '죽어도 안 죽는' 불사의 몸을 지닌 흡혈귀의 특징을 제목으로 잡으려 한 것. 실제로 런던의 별 볼일 없는 극장 지배인이자 파트타임 작가였던 스토커는『드라큘라』 한 편으로 영원히 떴다―영생을 얻은 것이다.

냉소와 독설의 대가

오스카 와일드—가진 건 천재성뿐이었던 사내

1882년 1월 미국 뉴욕 항에 대서양을 건너온 한 젊은이가 나타났다. 미
국 입국을 위해 세관을 통과할 때 세관원이 뭔가 신고할 물품이 없냐고
묻자 그는 이렇게 대답했다.

내 천재성 외에는 신고할 게 없군요.
I have nothing to declare but my genius.

"가진 건 돈밖에 없다"는 얘기는 그렇다 치고 가진 건 천재성밖에 없
다니—이렇게 맹랑한 소리를 표정도 바꾸지 않고 한 인물은 당시 겨우
28세의 나이에 이미 영국 런던 사교계의 스타로 떠오른 아일랜드 출신
작가 오스카 와일드(Oscar Wilde, 1854~1900)였다. 19세기 말 "예술을 위
한 예술(art for art's sake)"이라는 구호를 앞세우고 영국에서 일어난 탐미

"예술을 위한 예술"을 주창한 탐미주의의 대표 작가 오스카 와일드. 경쾌하고도 신랄한 필체로 특히 빅토리아 시대 영국 지배 계급의 도덕적, 사상적 위선을 벗겨 내는 활약을 펼쳤다.

주의 운동(aestheticism movement)의 선두 주자였던 와일드는 미국의 각 주를 돌며 미학 강연을 하기 위해 막 도착한 참이었다. 주변에서 반신반의하는 가운데 강행한 이 전미 순회강연은 대박을 터뜨려, 와일드는 한동안 미국에서 영국보다도 더 큰 인기를 누리며 돈과 명성을 동시에 거머쥐었다.

당시 미국에서는 남북 전쟁 이후 자본주의가 본궤도에 오르면서 신흥 부유층과 중산층이 폭발적으로 증가하고 있었다. 미국의 상류층은 교양에 대한 욕구와 지적 호기심 또한 왕성했는데, 와일드가 들고나온 미학이라는 주제가 이들의 입맛에 딱 들어맞았던 것이다. 그의 깔끔한 외모, 화려한 패션 감각, 영국 사교계에서 갈고닦은 매너, 그리스 로마의 고전부터 르네상스 예술은 물론 괴테와 칸트까지 인용하는 박식함도 한몫했음은 물론이다. 미국 강연을 성공적으로 마치고 영국으로 돌아온 와일드는 이후 10여 년간 『살로메Salome』, 『진지함의 중요성The Importance of Being Earnest』 등 걸작 희곡으로 극장가를 들썩인 데 이어 소설 『도리언 그레이의 초상The Picture of Dorian Gray』을 발표하는 등 왕성한 작품 활동을 벌이며 영국 문단에서 이름을 날렸다.

여기서는 와일드가 쓴 유일한 소설이자 탐미주의 문학의 극치로 평가받는 『도리언 그레이의 초상』을 조금 감상해 보자. 와일드는 책의 서문에서 독자들에게 무슨 권선징악 따위 시시한 교훈을 주기 위해 소설을 쓰지 않았음을 다음과 같이 분명히 밝히고 있다.

도덕적인 책이나 부도덕한 책 같은 것은 없다. 책은 잘 씌었거나 못 씌었거나 할 뿐이다.

There is no such thing as a moral or an immoral book. Books are well written, or badly written.

작품은 도리언 그레이라는 놀랍도록 잘생긴 용모를 가진 청년과 그 주변 인물들 사이의 관계, 그리고 그 외모와 젊음에 대한 집착 때문에 도리언이 서서히 파멸해 가는 과정을 냉소적이면서도 화려한 문체로 펼쳐 보인다.

우리는 『일리아스』에서 세계문학 사상 최고의 여자 얼짱 헬레네의 용모와 관련된 문장을 몇 가지 살펴본 바 있는데, 그렇다면 세계문학 사상 최고의 남자 얼짱이라고 할 도리언 그레이는 또 어떻게 표현되어 있을까? 이 이야기의 중심이 되는 문제의 초상화를 그린 화가 배질 홀워드(Basil Hallward)가 어느 파티에서 도리언을 처음 만났을 때를 묘사하는 대목을 잠깐 들어 보자.

"글쎄, 내가 그 방에서 한 10분간 과하게 치장한 미망인들이며 지루한 학자들과 대화를 나누고 있을 때, 나는 문득 누군가가 나를 바라보고 있음을 알아차렸네. 그래서 몸을 반쯤 돌려 처음으로 도리언 그레이를 보았지. 우리의 눈이 마주쳤을 때, 나는 창백해지는 느낌이었어. 의문스러운 공포감이 나를 덮쳤네. 나는 그 사람됨이 너무나 매력적이어서 만약 내가 허락만 한다면 내 온 천성, 내 온 영혼, 내 예술 자체를 빨아들일 법한 자와 대면했다는 것을 깨달았지. (…) 운명이 나를 위해 격렬한 기쁨과 격렬한 슬픔을 함께 준비해 둔 것 같은 느낌을 강하게 받았네. 나는 두려워져서 몸을 돌려 방을 나가 버렸지. 의식적으로 그렇게 한 것은 아니야. 일종의 비겁함 때문에 그랬지."

"Well, after I had been in the room about ten minutes, talking to huge overdressed dowagers and tedious academicians, I suddenly became conscious that some one was looking at me. I turned half-way round and saw Dorian Gray for the first time. When our eyes met, I felt that I was growing pale. A curious sensation of terror came over me. I knew that I had come face to face with some one whose mere personality was so fascinating that, if I allowed it to do so, it would absorb my whole nature, my whole soul, my very art itself. (…) I had a strange feeling that fate had in store for me exquisite joys and exquisite sorrows. I grew afraid and turned to quit the room. It was not conscience that made me do so: it was a sort of cowardice."

너무나 잘생겨서 보는 사람에게 공포감을 불러일으키는 얼굴의 소유자 도리언 그레이. 그런데 소설의 주인공은 도리언이지만, 헨리 경(Lord Henry)이라는 인물의 비중도 크다. 도리언은 역시 젊은 탓에 순진한 구

19세기 말 런던 피커딜리 광장의 풍경. 와일드는 독특한 외모와 패션 감각, 화술로 런던 사교계의 스타로 군림했다.

석도 많은데, 그의 인생관과 예술관에 결정적인 영향을 끼치는 인물이 바로 런던 사교계의 악동 헨리 경이기 때문이다.

작품 전체를 통해 헨리 경의 입에서 나오는 말은 정말 한마디 한마디가 인생과 세상을 향한 지독한 냉소, 풍자, 조롱, 그리고 허영과 쾌락에 대한 집착 등으로 가득하다. 다만 그가 내뱉는 문장마다 영국인 특유의 유머 감각이 살아 있어 겨우 견딜 만한 정도다. 게다가 헨리 경이 그저 소설 속에서 필요한 역할을 맡은 캐릭터가 아니라, 저자 와일드의 그야말로 와일드(wild)한 인생관과 예술관을 대변하는 인물이라는 느낌을 지울 수가 없다. 헨리 경의 말은 곧 와일드 자신의 육성이라고 봐도 크게 틀리지 않을 것이다. 여기 헨리 경의 어록에서 몇 가지를 소개하니 감상해 보시라.

"정절을 놓고 사람들이 호들갑 떠는 꼴을 좀 보게! (…) 사랑에서조차 그 건 순전히 생리학적 문제지. 우리 자신의 의지와는 아무 상관이 없다고. 젊은이들은 정절을 지키고 싶지만 그럴 수가 없고, 늙은이들은 정절을 저버리고 싶지만 그럴 수가 없을 뿐이야."

"What a fuss people make about fidelity! (…) Why, even in love it is purely a question for physiology. It has nothing to do with our own will. Young men want to be faithful, and are not; old men want to be faithless, and cannot."

"내게, 미(美)는 경이 중의 경이일세. 오직 천박한 인간들만이 외모로 모든 걸 판단하지 않는 걸세. 세상의 진정한 비밀은 보이지 않는 것이 아니라 보이는 것에 있다고."

"To me, beauty is the wonder of wonders. It is only shallow people who do not judge by appearances. The true mystery of the world is the visible, not the invisible."

"사람들 입에 오르내리는 것보다 더 나쁜 게 세상에 딱 한 가지 있는데, 그건 전혀 거론되지 않는 것이지."

"There is only one thing in the world worse than being talked about, and that is not being talked about."

"남자는 지쳐서, 여자는 호기심에 결혼하지. 그래서 둘 다 실망한다네."

"Men marry because they are tired; women, because they are curious; both are disappointed."

"유혹을 제거하는 유일한 방법은 그에 굴복하는 것이라네."

"The only way to get rid of a temptation is to yield to it."

이런 철학으로 무장한 인간에게 장래가 창창한 젊은이의 멘토 역할을 맡긴다면, 그 멘티의 인생은 어떤 영향을 받을까? 도리언 그레이가 그 답이다.

그러고 보면 와일드가 서문에서 밝힌, 교훈이라곤 전혀 없는 탐미적인 소설을 쓰겠다던 목표는 일부 실패한 것 같다. 『도리언 그레이의 초상』은 적어도 젊은 날 멘토를 잘 만나야 한다는 교훈 하나는 확실히 우리에게 심어 주기 때문이다. 만약 『데미안』의 싱클레어가 데미안 대신 헨리 경 같은 인물을 멘토로 만났다면 그 인생은 어떻게 되었을까? 물론 싱클레어의 용모는 도리언에게 비할 바가 아니었을 테니 헨리 경의 관심을 끌기도 힘들었겠지만 말이다.

어떻게 보면 헨리 경은 『파우스트』에서 파우스트 박사를 파멸로 이끌려는 악마 메피스토펠레스와도 닮아 있다. 실제로 괴테의 작품에서 파우스트가 메피스토펠레스의 마법을 빌려 젊음을 되찾은 것처럼, 도리언 역시 자신의 젊음을 영원히 유지하고 싶은 욕망을 가지게 된다. 화가 홀워드의 스튜디오에서 도리언과 처음 상면한 헨리 경은 그의 신과 같은 외모마저 결국 영원히 지속되지 않으리라는 것을 상기시킨다. 이때 도리언은 막 완성된 자신의 초상화를 보며 다음과 같이 말하는데, 이는 작품 속의 중요한 반전을 미리 암시한다.

"참 슬픈 일이군요! 나는 끔찍하게, 그리고 무섭게 늙어 가겠지요. 하지만 이 그림은 언제나 젊음을 유지할 겁니다. 그림이 6월의 특정한 날인 오늘보다 더 늙는 일은 결코 없겠죠…. 만약 그 반대의 경우라면 좋으련만! 나는

언제나 청춘으로 남고 그림이 늙어 간다면 좋으련만! 그렇게만―그렇게만
된다면 나는 무엇이든 바치겠어요! 그래요, 온 세상에서 내가 포기하지 않
을 일은 없습니다! 그것을 위해서라면 내 영혼도 바치겠어요!"

"How sad it is! I shall grow old, and horrible, and dreadful. But
this picture will remain always young. It will never be older than this
particular day of June.... If it were only the other way! If it were I
who was to be always young, and the picture that was to grow old!
For that―for that―I would give everything! Yes, there is nothing in
the whole world I would not give! I would give my soul for that!"

도리언은 자신이 사귀다가 내팽개친 어린 여배우 시빌(Sibyl)이 상심
끝에 자살했다는 소식을 듣게 되는데, 바로 그 순간 벽에 걸린 자신의
초상화에 미묘한 변화가 일어났음을 깨닫는다.

『도리언 그레이의 초상』을 발표하며 영국 문단을 발칵 뒤집은 후에도
승승장구하던 와일드의 삶은 1891년 앨프리드 더글러스(Alfred Douglas)
라는, 얼마쯤 도리언 그레이를 연상시키는 21세의 젊은이를 만나면서부
터 급전직하하기 시작했다. 두 사람은 곧 당시 영국에서 금기시되던 동
성애 관계로 발전했는데(당시 와일드는 이미 아내가 있었다), 결국 그 때문에
와일드는 더글러스의 부친이자 매우 영향력 있는 귀족이던 퀸즈베리 후
작(Marquis of Queensberry)과의 송사에 말려들어 전 재산을 잃고 감옥까
지 가는 고초를 겪었다.

평생 펜대 외에는 무거운 것 한 번 들어 본 적 없던 와일드는 2년간의
중노동형을 치른 끝에 그 후유증으로 1900년 46세의 한창 나이에 병을
얻어 파리에서 사망했다. 반면 더글러스는 이후에도 아버지의 작위까지
물려받아 잘 먹고 잘 살았다. "예술이 인생을 모방하는 것보다도 훨씬

오스카 와일드와 그의 동성 연인 앨프리드 더글러스. 흡사 도리언 그레이를 연상케 하는 더글러스와의 애정 행각은 와일드의 사회적, 경제적, 예술적 삶을 파멸시켰다.

더 인생은 예술을 모방한다(Life imitates art far more than art imitates Life)"고 말했던 와일드. 결국 자신의 인생을 철저하게 파멸시킴으로써 한 편의 아이러니한 비극 작품으로까지 승화시킨 셈이다.

버나드 쇼의 이유 있는 독설

와일드와 다르면서도 비슷한 작가로는 조지 버나드 쇼(George Bernard Shaw, 1856~1950)를 들 수 있다. 일단 두 사람은 출생 연대가 비슷하며, 극작가로서 명성을 쌓았고, 아일랜드 출신으로 영국에서 성공했다는 것, 독설과 냉소로 유명하다는 것 등이 공통점이다. 하지만 조금 더 자세히 들여다보면 차이점도 분명하다. 와일드가 얄미울 정도로 재기 발랄한 독설과 역설의 대가라면, 버나드 쇼의 언어는 조금 더 중량감이 있다. 와일드의 문장이 권투 선수 무하마드 알리의 표현대로 "나비처럼 날아가 벌처럼 쏘는" 따끔하고 시원한 것이라면, 버나드 쇼의 그것은 오히려 조지 포먼이나 마이크 타이슨의 펀치처럼 무게가 있다고 할까, 독설의 대상을 정면으로 공격하는 도발적(in your face) 돌직구에 가깝다.

쇼의 독설과 관련된 에피소드로는 20세기 초 유럽 사교계를 주름잡았던 무용가 이사도라 덩컨(Isadora Duncan)과 나눴다는 다음과 같은 대화가 유명하다.

덩컨 당신은 세상에서 가장 뛰어난 두뇌의 소유자고 나는 가장 아름다운 육체의 소유자니, 우리 완벽한 아이를 만들어 볼까요.

쇼 하지만 만약 그 아이가 나의 육체와 당신의 두뇌를 가지고 태어나면 어떡하오?

Duncan You have the greatest brain in the world, I have the most graceful body. Let us, then, produce the perfect child.

Shaw But what if the child turned out to have my body and your brain?

이 일화는 1920년대 어느 잡지의 가십 칼럼에 처음 등장했다고 하는데, 정말 사실인지는 확실치 않다. 하지만 역시 쇼라면 그런 말을 했으리라고 사람들이 믿을 만했으니 소문도 퍼졌을 것이다.

한편 와일드가 정치적으로 다소 개인주의자 내지 무정부주의자였던 데 비해, 쇼는 온건 사회주의자들의 모임인 파비우스 회(Fabian Society)의 창설 멤버로 활동하는 등 평생 사회 변혁에 관심을 가졌다. 끈질긴 지구전으로 적의 전의를 상실하게 하는 전략으로 유명했던 로마 공화정 시대의 군사 지휘관 파비우스(Fabius Maximus, 기원전 280~203)의 이름을 딴 파비우스 회는 급진 공산주의자, 무정부주의자들과는 달리 폭력 혁명 같은 무리수를 두지 않고 완만한 개혁을 통해 점진적으로 사회주의의 이상에 접근하는 것을 목표로 했다.

종종 시니시즘(냉소주의)의 끝판왕으로 불리는 아일랜드 출신 극작가 조지 버나드 쇼. 하지만 그의 작품 세계는 단순한 냉소주의를 뛰어넘는 사회 개조와 변혁의 의지로 가득 차 있다.

버나드 쇼의 이러한 정치사상과 극작가로서의 재능을 동시에 잘 보여 주는 작품으로 『바버라 소령Major Barbara』을 꼽을 수 있다. 제목의 바버라 소령은 무슨 전쟁 영웅이 아니라 런던의 빈민 급식소에서 감리교 구세군 소속(그래서 '소령')으로 봉사하는 바버라 언더섀프트(Barbara Undershaft)라는 여성을 가리킨다. 바버라는 빈민을 도우면 사회가 나아진다는 매우 단순한 이상주의에 빠져 열심히 봉사 활동을 펼치는데, 어느 날 무기 제조업으로 큰 부를 일구었으나 가족과 오래전에 소원해졌던 부친 언더섀프트 씨(Andrew Undershaft)가 출현하면서 상황이 약간 복잡해진다. 언더섀프트 씨는 처음에 바버라의 순진함을 비웃지만, 결국 열심히 살아가는 딸의 모습에 마음이 움직여 둘이 함께 더욱 구체적이고 건설적으로 사회를 개혁할 방법을 궁리하게 된다. 또한 바버라를 짝사랑하는 시인이자 고전학자인 쿠진스(Adolphus Cusins)와 딸을 맺어 주기 위해서도 노력한다. 여기서는 빈민 급식소를 운영하면서 항상 능력보다는 의욕이 앞서는 바버라를 어떻게 하면 좋을지를 놓고 언더섀프트와 쿠진스가 나누는 대화를 감상해 보자.

쿠진스 선생님도 역시 바버라와 사랑에 빠진 건가요?

언더섀프트 그렇소, 아버지의 사랑이지.

쿠진스 다 자란 딸에 대한 아버지의 사랑이야말로 상사병 가운데서도 가장 위험한 것이죠. 저의 희미하고 내숭스러우며 미덥지 못한 몽상을 선생님의 그것과 동렬에 놓고 말했으니 사과드립니다.

언더섀프트 주제를 벗어나지 마시오. 우리는 바버라의 마음을 사로잡아야 하오. 그런데 우리 둘 다 감리교 신자가 아니란 말이야.

쿠진스 그건 문제없습니다. 바버라가 여기서 행사하는 힘—아니 바버라를 조종하는 힘은 칼뱅교적인 것도, 장로교적인 것도, 감리교적인 것도 아니니까요.

언더섀프트 고대 그리스의 이교도 아니겠군, 그럼?

쿠진스 그렇습니다. 바버라의 종교는 매우 독창적인 것이죠.

언더섀프트 (의기양양하게) 아하! 바버라 언더섀프트답군. 그 아이의 영감은 자기 내부에서 나오는군.

쿠진스 어떻게 그런 결론을 내리신 거죠?

언더섀프트 (매우 흥분하여) 그건 언더섀프트 가문의 기질이라오. 횃불을 내 딸에게 넘겨줘야겠어. 그 아이는 내 추종자들을 만들고 내 복음을 설교할 테지.

쿠진스 뭐라고요! 돈과 화약의 복음을 말입니까?

언더섀프트 그렇소, 돈과 화약, 자유와 권력. 삶과 죽음을 장악하는 것이지. (…) 자자, 교수 양반! 적절한 이름으로 우리를 부르기로 합시다. 나는 백만장자고 당신은 시인, 그리고 바버라는 영혼의 구원자요. 노예와 우상 숭배자들로 이루어진 평범한 군중과 우리 세 사람이 무슨 공통점이 있다는 말이오? (군중에 대한 경멸의 뜻으로 어깨를 으쓱하며 도로 앉는다.)

쿠진스 말씀을 삼가 주십시오. 바버라는 보통 사람들과 사랑에 빠져 있습니다. 저도 그렇고요. 그런 사랑의 기분을 느껴 보지 못하셨나요?

언더새프트 (차갑고 냉소적으로) 성 프란체스코처럼 빈곤과 사랑에 빠져 본적이 있소? 성 시메온처럼 불결과 사랑에 빠져 보았소? 우리의 간호사와 자선가들처럼 질병 및 고통과 사랑에 빠져 보았소? 그런 열정은 미덕이 아니라 모든 악덕 가운데서도 가장 부자연스러운 거라오. 보통 사람들에 대한 사랑이 백작의 손녀딸과 대학 교수[바버라와 쿠진스]를 만족시킬지는 모르겠지만, 보통 사람이자 가난한 사람으로 살아온 내게는 전혀 연애 감정이 들지 않소. 빈곤이 축복이라는 위선은 빈자들더러 떨라고 그러시오. 겸손을 설파하며 비굴함을 종교로 삼는 비겁자에게 맡깁시다. 우리가 그 정도로 어리석지는 않소. 우리 세 사람은 보통 사람들을 넘어 단결해야 하오. 그러지 않고서야 어떻게 그들의 자식이 우리와 나란히 서도록 삶을 개선시켜 줄 수 있겠소? 바버라는 구세군이 아니라 우리에게 속해야 하오.

CUSINS Have you, too, fallen in love with Barbara?

UNDERSHAFT Yes, with a father's love.

CUSINS A father's love for a grown-up daughter is the most danger-ous of all infatuations. I apologize for mentioning my own pale, coy, mistrustful fancy in the same breath with it.

UNDERSHAFT Keep to the point. We have to win her; and we are neither of us Methodists.

CUSINS That doesn't matter. The power Barbara wields here—the power that wields Barbara herself—is not Calvinism, not Presbyte-rianism, not Methodism—

UNDERSHAFT Not Greek Paganism either, eh?

CUSINS I admit that. Barbara is quite original in her religion.

UNDERSHAFT [triumphantly] Aha! Barbara Undershaft would be. Her inspiration comes from within herself.

CUSINS How do you suppose it got there?

UNDERSHAFT [in towering excitement] It is the Undershaft inheritance. I shall hand on my torch to my daughter. She shall make my converts and preach my gospel.

CUSINS What! Money and gunpowder!

UNDERSHAFT Yes, money and gunpowder; freedom and power; command of life and command of death. (⋯) Pooh, Professor! let us call things by their proper names. I am a millionaire; you are a poet; Barbara is a savior of souls. What have we three to do with the common mob of slaves and idolaters? [He sits down again with a shrug of contempt for the mob.]

CUSINS Take care! Barbara is in love with the common people. So am I. Have you never felt the romance of that love?

UNDERSHAFT [cold and sardonic] Have you ever been in love with Poverty, like St Francis? Have you ever been in love with Dirt, like St Simeon? Have you ever been in love with disease and suffering, like our nurses and philanthropists? Such passions are not virtues, but the most unnatural of all the vices. This love of the common people may please an earl's granddaughter and a university professor; but I have been a common man and a poor man; and it has no romance for me. Leave it to the poor to pretend that poverty is a blessing: leave it to the coward to make a religion of his cowardice by preaching humility: we know better than that. We three must stand together above the common people: how else can we help their children to climb up beside us? Barbara must belong to us, not to the Salvation Army.

비록 냉소적인 독설로 포장하고 있기는 하지만 의식 있는 자본가 언더섀프트의 일장 훈계는 쇼 자신의 사상과도 일맥상통한다고 할 수 있다. 언더섀프트는 빈민들에게 단지 자선을 베푸는 것은 그 동기의 순수함 때문에 어쩌면 더욱 위험할 수도 있다고 주장한다. 그래 봐야 빈민은 빈곤과 무지에서 빠져나오지 못하며, 자선 사업은 자칫 자선가와 봉사자들의 자기만족에서 끝나 버리기가 쉽기 때문이다. 전설적인 청빈으로 이름난 성 프란체스코와 성 시메온마저 비웃으며, 언더섀프트는 오히려 민중을 도탄에서 구해 내려면 자신과 같이 깨어 있는 자본가, 쿠진스 같은 지식인, 딸 바버라 같은 강인한 성격의 사회 운동가가 대동단결하여 민중을 계몽하고 의식화해야 한다고 말하는 것이다.

쇼는 니체의 초인 사상과 사회주의적 개혁의 메시지를 절묘하게 버무린 『인간과 초인Man and Superman』, 히긴스(Henry Higgins)라는 음성학자가 심한 런던 하층민 사투리를 쓰는 처녀 일라이자(Eliza Doolittle)를 가장

런던 국립초상화미술관에 있는 쇼의 흉상. 쇼는 90세가 넘도록 장수하며 『인간과 초인』, 『바버라 소령』, 『피그말리온』 등 수많은 걸작 희곡을 남겼다.

우아한 언어를 구사하는 숙녀로 변모시키려고 시도하는 과정을 그린 희곡 『피그말리온*Pygmalion*』으로도 유명하다. 피그말리온은 원래 그리스 신화에 나오는 조각가로 자신이 제작한 조각상과 사랑에 빠지는 인물인데, 촌스러운 일라이자를 하드 트레이닝 시키면서 점점 자기도 모르게 애정을 느끼게 되는 히긴스를 상징한다. 비록 짓궂고 냉담한 인물이기는 하지만, 꽃 파는 빈민층 처녀를 위해 그저 꽃 한 송이를 사 주기보다 새로운 인간으로 거듭나도록 도와주려는 히긴스의 시도는 분명 사회 개혁적인 메시지를 담고 있다. 공연 예술을 좋아하는 독자라면 잘 알겠지만, 『피그말리온』은 브로드웨이의 역대 최고 히트 뮤지컬 중 하나이자 영화로도 큰 성공을 거둔 〈마이 페어 레이디*My Fair Lady*〉의 원작이기도 하다.

와일드(1854년생)와 쇼(1856년생)는 거의 동년배였지만, 와일드가 옥고의 후유증으로 46세의 아까운 나이에 사망한 반면, 쇼는 94세까지 장수했다. 그가 직접 쓴 자기 묘비명은 이렇다.

내 오래 살다 보면 이런 일이 있을 줄 알았지.
I knew if I stayed around long enough, something like this would happen.

쇼의 묘비명이야말로 그의 명언들 가운데서도 가장 냉소적이면서도 재치 있는 문장이 아닐까 싶다.

20th Brunch Time

『1984』, 절망의 제국

디스토피아의 전망

이상향이라는 뜻으로 인기 있는 유토피아(utopia)라는 말은 원래 16세기 영국의 정치가 토머스 모어(Thomas More)가 자신이 생각하는 이상 사회의 모습을 그린 우화 소설의 제목에서 유래했다. utopia는 그리스어로 어디에도 없는 곳(nowhere)이라는 뜻이다. 그런데 문학에서 걸작으로 꼽히는 고전들 가운데는 오히려 유토피아의 반대 개념인 디스토피아(dystopia)의 비전을 제시하는 작품들이 많다. dystopia라는 용어는 영국의 철학자 밀(J. S. Mill)이 처음 사용했는데, utopia에 부정의 접두어 dys-를 붙인 말로 이상향과는 반대되는 악몽 같은 사회 체제를 가리킨다.

이렇듯 우울한 디스토피아의 비전을 극적으로 제시한 문학 작품으로는 영국 작가 올더스 헉슬리(Aldous Huxley)의『놀라운 신세계*Brave New World*』, 미국의 전설적인 사이파이 작가 필립 K. 딕(Philip K. Dick)의『높

영국의 정치가이자 사상가 토머스 모어의 저서 『유토피아』 초판에 수록된 삽화. 이상적 사회, 이상향을 뜻하는 유토피아에 맞서 빅토리아 시대의 철학자 존 스튜어트 밀은 '디스토피아(dystopia)'라는 용어를 제안했다.

은 성의 사나이(*The Man in the High Castle*)』 등을 들 수 있다. 조너선 스위프트의 『걸리버 여행기』도 일종의 디스토피아 소설로 읽을 수 있다. 하지만 인류의 가까운 장래를 배경으로 희망의 싹이라고는 전혀 보이지 않는 절망적인 스토리, 그런 스토리가 역설적으로 전해 주는 우울하면서도 장중한 감동을 품은 현대 디스토피아 계열의 최고 걸작으로는 영국 작가 조지 오웰(George Orwell, 1903~1950)의 『1984 *Nineteen Eighty-Four*』를 꼽고 싶다. 오웰이 작품을 쓰기 시작한 1948년에 뒷자리의 두 숫자를 뒤집어 당시로서는 꽤나 먼 미래를 상정하고 발표한 소설이 다시 문제의 1984년에서 30년이 지난 지금까지도 널리 읽히고 있는 것이 공교롭다.

오웰은 평생 예술과 정치의 관계에 천착한 작가로 "모든 예술은 프로파간다이다(All art is propaganda)"라고 단언하기까지 했다. 그가 「나는 왜 쓰는가 *Why I Write*」라는 에세이에서 한 다음과 같은 말은 오스카 와일드류의 예술 지상주의자들에게 찬물을 끼얹는 듯하다.

디스토피아 계열 소설의 최고 걸작 『1984』의 저자
조지 오웰.

다시 한 번 말하지만, 진정으로 정치적 편견에서 자유로운 책은 없다. 예
술이 정치와 아무 상관이 없다고 하는 의견 자체가 정치적 태도다.

Once again, no book is genuinely free from political bias. The
opinion that art should have nothing to do with politics is itself a
political attitude.

하지만 그렇다고 항상 허접한 정치적 팸플릿이나 대자보나 쓰자는 얘
기는 절대 아니다. 다시 오웰이다.

지난 10년간 내가 가장 원했던 것은 정치적 저술을 예술로 만드는 것이
었다.

What I have most wanted to do throughout the past ten years is to
make political writing into an art.

즉 오웰에게 소설은 자신의 정치적 사상을 전달하기 위한 가장 효과

적인 도구였던 것이다. 그리고 정치적 저술을 예술로 승화시키고 싶다
던 그의 소망은 『1984』, 『동물 농장Animal Farm』 등의 작품들을 통해 성
공적으로 이루어졌다.

이제부터 디스토피아형 소설의 끝판왕이자 절망의 서사시라고 할
『1984』를 잠깐 들여다보자. 때는 '바야흐로' 1984년. 문명 세계는 서로
항구적인 전쟁 상태에 있는 세 초거대 국가로 개편되었는데, 주인공 윈
스턴 스미스(Winston Smith)는 그 가운데 하나인 오세아니아(Oceania)의
국민으로 한때 런던이라고 불렸던 지역의 '주도(chief city)'에 살고 있다.
오세아니아는 빅 브러더(Big Brother)라는 지도자가 이끄는 일당 독재 국
가이며 당(Party)은 당원들을 다시 세 계급으로 나눠 철저하게 통제한다.
스미스는 중간 계급인 외부당(Outer Party)의 일원이며 선전 선동을 담당
하는 진리성(The Ministry of Truth)에 근무한다. 소설은 한마디로 이 스미
스가 숨 막히는 체제에 대한 나름의 저항 비슷한 것을 시도하다가 그만
덜미가 잡혀 철저하게 파멸하는 과정을 그렸다.

스미스가 살고 있는 오세아니아가 어떤 사회인지는 그가 근무하는 진
리성이 국민 세뇌의 기본으로 삼는 두 가지 슬로건에 잘 나타나 있다.
첫 번째 슬로건.

빅 브러더가 당신을 지켜보고 있다
BIG BROTHER IS WATCHING YOU

빅 브러더는 당의 위대한 지도자다. 그가 정말 살아 있는 인간인지, 아
니면 당이 만들어 낸 허구의 이미지인지는 확실하지 않다. 하지만 슬로
건의 문장 그대로 오세아니아의 시민들은 도처에 설치되어 있는 빅 브
러더의 눈과 귀, 즉 고성능의 인적, 물적 감시 장치로 철저히 감시당하

고 있다. 사생활은 없다.

동전에, 우표에, 책 표지에, 현수막에, 포스터에, 그리고 담뱃갑 포장지에—모든 곳에. 언제나 사람들을 지켜보는 눈동자와 사람들을 휘감는 목소리가 있었다. 잘 때나 깨어 있을 때나, 일할 때나 먹을 때나, 실내에서나 밖에서나, 욕실에서나 침대에서나—탈출구는 없었다. 두개골 속 몇 세제곱센티미터 외에 자신의 것은 아무것도 없었다.

On coins, on stamps, on the covers of books, on banners, on posters, and on the wrappings of a cigarette packet—everywhere. Always the eyes watching you and the voice enveloping you. Asleep or awake, working or eating, indoors or out of doors, in the bath or in bed—no escape. Nothing was your own except the few cubic centimetres inside your skull.

그런데 스미스는 자신의 아파트 내에 설치된 감시 카메라가 잡지 못하는 사각지대가 있음을 알고 (혹은 그렇게 믿고) 그 자리에서 당을 비판하는 표현으로 가득한 일기를 매일 쓰고 있다. 그것이 그의 '저항'의 시작이다.

다음은 당의 두 번째 슬로건.

전쟁은 평화

자유는 예속

무지는 힘

WAR IS PEACE

FREEDOM IS SLAVERY

IGNORANCE IS STRENGTH

다른 두 초국가들과 언제 끝날지 모를 전쟁을 벌이며 항구적인 동원 체제를 유지하는 오세아니아는 이런 아이러니와 난센스를 구호로 삼고 생각/사상 범죄(thoughtcrime)를 중벌로 다스리며 국민을 억압한다. 불순 분자는 즉시 체포된다. 문명사회에서 수백 년간 존중되어 온 법률의 기본 원칙들—피의자의 인권, 법원의 영장 발부를 비롯한 적법 절차, 무죄 추정 따위의 사치는 오세아니아에 존재하지 않는다.

그것은 언제나 밤중이었다—체포는 어김없이 밤에 일어났다. 잠을 깨우는 급작스러운 손놀림, 어깨를 흔드는 거친 손, 눈을 들여다보는 불빛, 침대를 둘러싼 일단의 굳은 얼굴들. 대부분은 재판도, 체포 기록도 없었다. 사람들은 언제나 밤중에 간단히 사라졌다. 등록부에서 이름이 제거되고, 지금까지의 모든 기록이 지워지고, 예전의 존재 자체가 부인되고 잊혔다.

It was always at night—the arrests invariably happened at night.

The sudden jerk out of sleep, the rough hand shaking your shoulder, the lights glaring in your eyes, the ring of hard faces round the bed. In the vast majority of cases there was no trial, no report of the arrest. People simply disappeared, always during the night. Your name was removed from the registers, every record of everything you had ever done was wiped out, your one-time existence was denied and then forgotten.

이 대목을 계속 읽으면서 고개가 끄덕여지는 것은 비단 『1984』가 아니라도 어디선가 보았거나 들었던 느낌이 있기 때문일 것이다. 혹시 중장년 독자 가운데 이런 장면을 삶에서 직접 경험해 본 경우는 없기를 바란다.

절망의 제국

『1984』의 후반부는 윈스턴과 그의 애인 줄리아의 저항이 보기 좋게 좌절되는 과정을 배경으로 깔고, 폭력의 본질, 권력, 혁명, 인간의 저항 정신과 자유 의지 등을 둘러싼 묵직한 논의가 전개된다. 다음은 작품 속 등장인물 한 명(스포일러가 되기 때문에 누군지는 밝히지 않겠다)이 윈스턴에게 알려 주는 당의 존재 이유, 궁극의 목적이다.

"당은 전적으로 권력을 위한 권력을 추구하네. 우리는 다른 사람들의 복리에 관심이 없지. 우리는 오직 권력에 관심이 있네. 부나 사치나 장수나 행복이 아닌, 오직 권력, 순수한 권력이지. (…) 권력은 수단이 아니라 목적일세. 혁명을 보호하기 위해 독재 권력을 수립하는 게 아니라 독재를 하기 위

1938년 모스크바 정치 재판의 법정 보고서. 스탈린은 3차에 걸친 재판을 통해 소비에트 개국 공신들인 볼셰비키를 비롯한 당내 반대파의 씨를 말렸다. 오웰의 『1984』, 아서 케슬러의 『정오의 어둠』 등은 이 모스크바 정치 재판을 풍자한 걸작들이다.

해 혁명을 일으키는 걸세. 박해의 목적은 박해, 고문의 목적은 고문이지. 권력의 목적은 권력이라네."

"The Party seeks power entirely for its own sake. We are not interested in the good of others; we are interested solely in power. Not wealth or luxury or long life or happiness: only power, pure power. (…) Power is not a means, it is an end. One does not establish a dictatorship in order to safeguard a revolution; one makes the revolution in order to establish the dictatorship. The object of persecution is persecution. The object of torture is torture. The object of power is power."

권력의 영속적 추구야말로 당의 진정한 본질이다. 그런데 당을 통해, 당의 지배에 기꺼이 자신을 맡김으로써 개인들도 그 권력을 나눠 가질 수 있다.

"자네는 '자유는 예속'이라는 당의 슬로건을 알고 있지. 그것을 거꾸로 생각해 본 적 있나? 예속은 자유. 홀로 있는—자유로운—인간은 언제나 패배하게 되어 있지. 모든 인간은 가장 큰 실패를 겪어야 할, 즉 죽어야 할 운명이니 그럴 수밖에 없지. 하지만 만약 완전하고 철저한 굴종을 택할 수 있다면, 만약 자신의 정체성에서 벗어날 수 있다면, 만약 당과 자신을 합쳐 곧 당 자체가 될 수 있다면, 그때는 그 인간이 전능이자 불멸의 존재가 되는 것이네."

"You know the Party slogan: 'Freedom is Slavery'. Has it ever occurred to you that it is reversible? Slavery is freedom. Alone— free—the human being is always defeated. It must be so, because every human being is doomed to die, which is the greatest of all failures. But if he can make complete, utter submission, if he can escape from his identity, if he can merge himself in the Party so that he IS the Party, then he is all-powerful and immortal."

개인의 소멸과 당의 영생이야말로 전체주의의 궁극적 이상이다. 그는 계속한다.

"모든 호기심, 사는 동안의 모든 즐거움이 사라지네. 모든 대립되는 쾌락이 파괴될 걸세. 하지만 언제나—이 점을 잊지 말게, 윈스턴—끊임없이 증가하고 점점 미묘하게 자라나는 권력의 도취 상태가 있을 걸세. 언제나, 매 순간, 승리의 전율, 무기력한 적을 뭉개는 기분이 있을 거야. 만약 미래를 그림으로 보고 싶다면, 영원히 인간의 얼굴을 짓밟고 있는 군홧발을 상상하게."

"There will be no curiosity, no enjoyment of the process of life. All competing pleasures will be destroyed. But always—do not forget this, Winston—always there will be the intoxication of power, constantly increasing and constantly growing subtler. Always, at every moment, there will be the thrill of victory, the sensation of trampling on an enemy who is helpless. If you want a picture of the future, imagine a boot stamping on a human face—forever."

"영원히 인간의 얼굴을 짓밟고 있는 군홧발"—이것이야말로 야쿠르트가, 아니 당이 꿈꾸는 세상, 궁극의 디스토피아다.

『1984』는 비록 디스토피아적 설정을 공유하기는 하지만 〈토탈 리콜 Total Recall〉이나 〈복수의 V V for Vendetta〉 같은 할리우드 영화식 스토리가 결코 아니다. 따라서 혹시라도 짠 하고 슈퍼맨이나 배트맨이 등장하여 윈스턴 스미스를 도와 빅 브러더를 처치하고 독재를 끝내는 따위 해피엔드는 결코 일어나지 않는다. 『1984』는 오히려 끝으로 갈수록 그 우울함, 처절함, 절망감이 배가되는 경험을 독자에게 선사한다. 그리고 그 궁극의 절망감이 아이러니하게도 묘한 카타르시스를 선사하는 것 또한 사실이다.

『1984』를 펼칠 때면 떠오르는 것은 미국 원로 정치인 존 매케인(John McCain, 1936~)의 조크다. 애리조나 주 연방 상원의원을 오래 지냈고 2008년에는 공화당 대통령 후보로까지 나섰던 매케인은 원래 해군 파일럿 출신으로 베트남전 참전 중 전투기가 격추되는 바람에 월맹군에 잡혀 5년간 포로 생활을 한 것으로 유명하다. 힘든 포로수용소 생활 속에서도 매케인과 동료 포로들은 유머를 잃지 않았는데, 그들이 곧잘 즐기던 농담 중 다음과 같은 것이 있었다고 한다.

완전히 암흑이 되기 직전이 가장 어두운 법이다.

It's always darkest, right before it goes completely black.

물론 이것은 "새벽 직전이 가장 어두운 법이다(It's always darkest right before dawn)"라는, 절망 끝에 희망이 온다는 의미의 서양 격언을 뒤튼 것으로, 기약 없는 포로 생활의 고단함을 아예 "'절망' 끝에 진정한 '종말'이 온다"는 식의 체념론으로 승화(?)시킨 경우라고 할 수 있다. 내 생각에 이 문장만큼 『1984』라는 소설의 본질을 잘 표현하는 해설도 달리 없는 것 같다.

Chapter

7

시의 향연

메인 브런치

· 영국의 낭만주의

· 프랑스 상징주의 시편들

· 생과 신의 찬미

· 지성의 두 가지 양상—엘리엇과 프로스트

원전 토핑

· 『워즈워스 시선』 윌리엄 워즈워스

· 『바이런 시선』 조지 고든 바이런

· 『악의 꽃』 샤를 보들레르

· 『지옥에서 보낸 한 철』 아르튀르 랭보

· 『말라르메 시선』 스테판 말라르메

· 『발레리 시선』 폴 발레리

· 『키플링 시선』 러디어드 키플링

· 『헨리 시선』 윌리엄 어니스트 헨리

· 『기탄잘리』 라빈드라나트 타고르

· 『엘리엇 시선』 T. S. 엘리엇

· 『프로스트 시선』 로버트 프로스트

21st Brunch Time

영국의 낭만주의

워즈워스―이름값을 한 계관 시인

약간은 우스갯소리 같지만, 영국의 낭만파 시인 윌리엄 워즈워스
(William Wordsworth, 1770~1850)는 일단 그 이름부터가 심상치 않다. 마치
그의 가문에서 위대한 문인이 나오도록 오래전부터 운명 지어져 있었던
듯한 느낌이다. 왜냐하면 Wordsworth라는 이름을 곰곰 뜯어보면
worth of words(말의 가치), 혹은 worthy words(가치 있는 말)라는 뜻으로
해석될 여지가 있기 때문이다. 그리고 그의 '말(words)', 즉 그의 시편들
은 그의 이름값을 받쳐 줄 만한 '가치(worth)'가 있기도 하다. 「수선화
Daffodils」라고도 불리는 그의 시 「구름처럼 외로이 헤매었다네*I Wandered
Lonely as a Cloud*」의 첫 연을 감상해 보자.

나는 외로이 헤매었다네,
골짜기와 언덕 위 높이 떠도는 구름처럼.

영국의 낭만파 시인 워즈워스의 49세 때 모습. 그의 작품 「수선화」, 「무지개」 등은 지금까지도 애송되는 명시들이다.

그때 문득 보았다네,
황금빛 수선화 무리가
호숫가 나무 밑에서
미풍에 한들한들 춤추는 것을.
I wandered lonely as a cloud
That floats on high o'er vales and hills,
When all at once I saw a crowd,
A host, of golden daffodils;
Beside the lake, beneath the trees,
Fluttering and dancing in the breeze.

　여기 무슨 부연 설명이 더 필요할까. 시적 자아인 방랑자가 호숫가에서 수선화를 발견하고 마음의 평온을 얻는다는 내용은 더할 나위 없이 명료하다. 다만 시의 영어 원문을 뜯어보면 이른바 '각운(rhyme)'의 배치가 눈에 들어온다. 즉 1행의 마지막 단어 cloud는 3행의 crowd와, 2행의 hills는 4행의 daffodils와, 그리고 5행의 trees는 6행의 breeze와 흡사한 소리로 끝나며 각운을 맞추고 있는 것이다.

단지 영시뿐 아니라 어느 나라, 어느 언어를 막론하고 고대부터 시작하여 근대까지도 각운을 맞추는 정형시는 시작(詩作)에서 압도적인 다수였고, 시를 감상한다는 것은 바로 이 각운을 감상하는 것이 큰 부분을 차지했다. 뭐니 뭐니 해도 시는 산문이 아니라 리듬과 가락이 있는 운문인 것이다. 한 언어로 쓰인 시를 다른 언어로 번역하는 것은 매우 까다로운 일인데, 거기에 더해 각운의 느낌까지 번역으로 전달하는 것은 정말 어렵다. 이스라엘 시인 비알리크(H. N. Bialik)는 번역된 시를 읽는 것은 "아름다운 여인과 베일을 가운데 두고 키스하는 것과 같다(like kissing a beautiful woman through a veil)"고 했다. 시가 각 언어의 고유한 리듬과 음가 등이 반영된 독특한 장르임을 고려하면 정말 정곡을 찌른 탁견이 아닐 수 없다. 하지만 그렇다고 아예 번역된 시를 전혀 읽지 않는 것도 능사는 아닐 것이다. 누구 말따나 아름다운 여인이라면 베일이 끼어들건 말건 일단은 키스부터 하고 보는 게 그래도 남는 장사 아니겠는가?

총 네 연으로 이루어진 워즈워스의 「수선화」는 다음과 같이 마무리된다.

> 이따금, 공허한 마음에, 혹은 수심에 잠겨
> 자리에 누워 있노라면
> 내 마음속 눈앞에서 반짝이는
> 수선화는 고독의 축복일진저.
> 내 가슴은 기쁨에 넘쳐
> 수선화와 함께 춤춘다네.
> For oft, when on my couch I lie

In vacant or in pensive mood,

They flash upon that inward eye

Which is the bliss of solitude;

And then my heart with pleasure fills,

And dances with the daffodils.

이번에는 「무지개*The Rainbow*」를 감상해 보자. 「무지개」는 「수선화」보다도 더 짧고 담백하며 또 그만큼 널리 애송된다.

내 마음 두근거리노라,

하늘의 무지개를 보노라면.

내 삶의 시작에도 그러하였고

어른 된 지금도 그러하니

늙어서도 그러할지어다.

아니라면 차라리 죽으리!

어린이는 어른의 아버지.

원컨대 내 생애의 하루하루가

자연의 경건한 마음으로 이어질진저.

My heart leaps up when I behold

A rainbow in the sky:

So was it when my life began;

So is it now I am a man;

So be it when I shall grow old,

Or let me die!

The Child is father of the Man;

I could wish my days to be

Bound each to each by natural piety.

　7행에 워즈워스의 트레이드마크 시구 중 하나인 "어린이는 어른의 아버지(The Child is father of the Man)"가 등장하는 것이 눈에 띈다. 워즈워스가 이렇게 짧고 간단한 시만 쓴 것은 아니다. 실제로 이 「무지개」를 완성한 지 얼마 지나지 않아 「송시: 이른 어린 시절의 회상으로부터 얻은 불멸에의 암시 Ode: Intimations of Immortality from Recollections of Early Childhood」라는, 제목부터 뭔가 심상치 않은 대작의 집필을 시작했다. 총 120행이 넘는 장시로 완성된 이 작품은 워즈워스의 생명 회귀 사상이 잘 나타나 있으며, 문학과 철학의 경계를 넘나드는 걸작으로 불린다. 「송시」의 1연을 감상해 보자.

　"어린이는 어른의 아버지.
　원컨대 내 생애의 하루하루가
　자연의 경건한 마음으로 이어질진저."

　풀밭, 숲, 시내,
　대지 그리고 모든 일상의 모습이
　내게는 천상의 빛을 머금어
　꿈의 영광과 생기를 입은 듯
　보일 때가 있었건만,
　지금은 옛날 같지 않아라.
　어디를 돌아보나
　밤이나 낮이나

내 일찍이 보았던 것들을 지금은 다시 볼 수 없다네.

"The Child is father of the Man;

And I could wish my days to be

Bound each to each by natural piety."

There was a time when meadow, grove, and stream,

The earth, and every common sight,

To me did seem

Apparelled in celestial light,

The glory and the freshness of a dream.

It is not now as it hath been of yore; —

Turn wheresoe'er I may,

By night or day,

The things which I have seen I now can see no more.

　　이렇게 "어린이는 어른의 아버지"로 시작되는 명구(epigraph)는 바로 「무지개」의 마지막 세 행을 인용한 것이다. 「송시」의 창작 과정이 정확히 어떻게 이루어졌는지는 알 길 없지만, 「무지개」의 이 구절이 탈고 후에도 계속 시인의 내면에서 메아리치며 다음 작품, 그것도 엄청난 스케일의 대작을 위한 시혼을 자극했던 것이 분명하다. 그럼 「송시」의 10연도 음미해 보자.

　　한때 그토록 찬란하던 광채였건만

　　이제 영영 내 시야로부터 거두어졌나니.

　　비록 그 시간 돌이킬 수 없을지라도

계관 시인 시절의 워즈워스. 그는 「송시」 등의 작
품을 통해 단순한 서정성을 넘어 명상과 생의 철
학을 구가하는 원숙한 시 세계를 펼쳐 보였다.

초원의 광휘여, 꽃의 영광이여,

우리는 서러워하기보다 차라리

그 자취 속에서 강해지리니.

What though the radiance which was once so bright

Be now for ever taken from my sight,

Though nothing can bring back the hour

Of splendour in the grass, of glory in the flower;

We will grieve not, rather find

Strength in what remains behind;

이 10연은 「초원의 광휘 *Splendour in the Grass*」라는 제목으로 마치 별도
의 작품처럼 대접받기도 하는데, 이는 같은 제목의 1961년도 미국 영화
덕분이다. 실제로 워즈워스의 시구는 사랑에 빠진 두 청춘 남녀가 성숙
해 가는 과정을 다룬 영화의 주제를 완벽하게 포착하고 있었다(물론 그러
니까 제목이 되었겠지만).

워즈워스는 평생의 뛰어난 시작 활동을 인정받아 말년에 계관 시인 (Poet Laureate)에 임명되기도 했다. 계관 시인은 영국에서 시작된 직책으로 원래는 왕을 수행하면서 왕의 업적을 찬양하는 시를 쓰던, 즉 문자 그대로의 '어용 시인(御用 詩人)'을 일컫는다.

자고 일어나니 유명해진 바이런

영국 낭만파의 또 다른 거두 바이런(George Gordon Byron, 1788~1824)은 "어느 날 아침 일어나 보니 유명해져 있었다(I awoke one morning and found myself famous)"는 '유명한' 표현의 원조로 알려져 있다. 바이런의 전기에 따르면, 그가 1812년 『해럴드 공자의 순례기Childe Harold's Pilgrimage』라는 시를 발표한 뒤 시인으로서 갑자기 인기가 폭발한 상황을 가감 없이 털어놓은 표현이라고 한다.

바이런의 시편들 가운데 지금까지도 일반 독자들에게 꾸준히 읽히는 작품은 연애시들이다. 이들 시에는 여성 편력이 복잡했던 그의 실제 인생 경험이 고스란히 녹아 있다. 현재 남아 있는 초상화를 보면 바이런은 상당한 미남이었던 것 같고, 거기다 귀족 출신이라는 배경에 아름다운 시를 쓰는 재능까지 갖추어 뭇 여성들의 가슴을 설레게 했다. 절름발이 였지만 오히려 그의 불구는 여성들의 모성 본능을 자극해서 돌봐 주고 싶은 마음을 불러일으켰다고 한다. 바이런의 연애시 가운데 좀 독특한 작품이라면 「아름다운 퀘이커 소녀에게To a Beautiful Quaker」를 들 수 있다. 그 도입부를 감상해 보자.

상냥한 소녀여! 우리 단 한 번 만났지만
그 만남을 나는 영원히 잊지 못하리.

시인 조지 고든 바이런의 초상. 작품뿐 아니라 실제 삶에서도 자유분방의 극치를 추구한 낭만주의의 아이콘적 인물이다.

그리고 우리 결코 다시 만날 일 없겠지만

기억은 그대의 자태를 그대로 보전하리.

"사랑한다"고 말하지 않으려 해도

내 육감은 내 의지와 다투는구려.

그대를 내 가슴속에서 몰아내려 해도 헛일,

그대의 생각 자꾸 억눌러 봐도.

차오르는 한숨을 참으려 해도 헛일,

또 다른 한숨만이 먼저의 탄식에 이어질 뿐.

혹시 이것이 사랑은 아닐지 모르지만, 그래도

우리의 만남 영원히 잊지 못하리.

Sweet girl! though only once we met,

That meeting I shall ne'er forget;

And though we may ne'er meet again,

Rememberance will thy form retain.

I would not say, "I love", but still

그리스 전통 의복을 입은 바이런. 그리스 독립 전쟁에 깊이 관여하던 말년의 초상이다. 뭘 어떻게 입어도 그 빼어난 용모는 바래지 않는다.

My senses struggle with my will:

In vain, to drive thee from my breast,

My thoughts are more and more represt;

In vain I check the rising sighs,

Another to the last replies:

Perhaps this is not love, but yet

Our meeting I can ne'er forget.

퀘이커라고 하면 기독교 교파 가운데서도 엄격한 금욕주의로 유명한 종파다. 그래서인지 천하의 바이런조차 퀘이커교도 소녀만은 어쩌지 못하고 아쉽게 헤어졌다는 얘기인 것 같다. 즉 이 시는 당대의 '작업남' 바이런의 성공담이 아닌 실패담이라고 하겠다.

바이런의 시 가운데 또 다른 독특한 작품으로는 「어느 개에게 바치는 묘비명Epitaph to a Dog」이 있다. 유명한 동물 애호가이기도 했던 바이런이 말 그대로 자신이 기르던 개가 죽었을 때 실제 묘비명 형식으로 쓴 시인데, 그 내용이 상당히 진솔하면서도 설득력이 있다.

이곳 가까이

한 존재의 유해가 묻혀 있노라.

아름다움을 지녔으되 자만심이 없었고

힘을 지녔으되 오만함이 없었으며

용기를 지녔으되 포악하지 않았고

인간의 모든 덕목을 가졌으되 악덕은 지니지 않았도다.

이런 찬사가 인간의 유해 위에 쓰였더라면

의미 없는 아첨이 되었으련만,

1803년 5월 뉴펀들런드에서 태어나

1808년 11월 18일 뉴스테드 애비에서 영면한

개 보선을

추모하는 데는 적절한 찬사일진저.

Near this spot

are deposited the remains of one

who possessed beauty without vanity

strength without insolence

courage without ferocity

and all the virtues of man without his vices,

This praise, which would be unmeaning flattery

if inscribed over human ashes,

is but a just tribute to the memory of

Boatswain, a dog

who was born at Newfoundland, May, 1803,

and died at Newstead Abbey, Nov. 18, 1808

무슨 개 한 마리 죽은 일에 이런 호들갑일까 싶지만, "아름다움을 지녔으되 자만심이 없었고 / 힘을 지녔으되 오만함이 없었으며 / 용기를 지녔으되 포악하지 않았고"로 이어지는 대목을 읽다 보면 저도 모르게 눈시울이 붉어진다. 1803년에서 1808년이라면 개의 평균 수명을 생각할 때 보선은 단명한 셈인데, 공교롭게도 이렇게 가슴을 울리는 묘비명을 바친 주인 바이런 역시 고작 37세의 나이로, 그것도 영국에서 멀리 떨어진 객지 그리스에서 요절하고 말았다.

22nd Brunch Time

프랑스 상징주의 시편들

상징주의란 무엇인가?

흔히 문학사에서 '상징주의(symbolism)'라고 하면 19세기 중반에서 20세기 초반 프랑스에서 특히 시를 중심으로 일어난 문학 운동을 말한다. 이유파의 족보는 전통적으로 샤를 보들레르(Charles Baudelaire, 1821~1867)를 시조로 하고, 다시 아르튀르 랭보(Arthur Rimbaud, 1854~1891)에 이어스테판 말라르메(Stéphane Mallarmé, 1842~1898), 폴 발레리(Paul Valéry, 1871~1945) 등 기라성 같은 시인들의 이름으로 이어진다. 상징주의는 약간 단순화해서 말하자면 비유법(metaphor)을 극한까지 끌어올린 문학 사조라고 할 수 있다. 특히 후기 상징주의에 속하는 말라르메와 발레리에이르면 시구를 통해 '상징'하려던 대상은 이미 불분명하거나 사실상 존재하지 않고, 메타포는 거의 메타포 자체를 위한 메타포가 되어 버린다. 또한 상징주의자들은 원래 현실 속의 대상을 표현하기 위한 도구인 언어 속으로 깊숙이 침잠해 들어가 단어와 그 단어가 가리키는 대상의 전통적인 일대일 대응 관계 자체를 부정 내지 무시하는가 하면, 단어의 음가나 형태의 미학에 치중하는 시를 쓰기도 했다.

무엇에도 쉽게 감동하는 것은 청춘의 자격이지만, 특히 문학에 관심이 있는 젊은이에게 상징주의는 충분히 매력적이다. 하지만 많은 프랑스 상징주의 시인들이 굳이 큰 의미를 부여할 가치가 없는 언어 조작 게임에 빠져 버렸으며, 그들의 세계 인식이라는 것도 대개 아주 피상적인 경우에 머물렀다는 비판이 있는 것도 사실이다. 다만 그런 한계를 고려한다고 해도 상징주의 시편들 가운데는 여러 세대를 거쳐 지금까지 읽혀 왔고 다음 세대에도 살아남을 걸작들이 적지 않다.

물론 프랑스 상징주의 시편들은 프랑스어로 감상할 수 있으면 가장 좋지만, 영어로 감상하는 것도 차선은 된다. 실제로 프랑스 상징주의와 영어의 인연은 의외로 깊다. 약간은 놀랍게도 이 유파의 대표 시인들은 예외 없이 미국의 작가이자 시인인 에드거 앨런 포에게 경도되어 있었다. 우선 보들레르는 포의 저작들을 파리에서 처음 프랑스어로 번역, 출판한 인물이다. 그런가 하면 말라르메 역시 포의 시편을 다수 번역했으며 「에드거 앨런 포의 무덤The Tomb of Edgar Allan Poe」이라는 시를 쓰기도 했다. 다시 말해 원래 영어로 쓰인 시편들이 프랑스 상징주의 시 운동의 촉발제가 되었던 셈이다. 왜 하필 포였을까? 포의 유명한 시 「갈가마귀The Raven」의 일부를 감상해 보면 약간은 감이 온다. 시에서 연인의 죽음을 슬퍼하던 화자는 갑자기 무언

에드거 앨런 포의 장시 「갈가마귀」를 극화한 무대극의 포스터. 포가 대서양 건너 프랑스 상징주의 시인들에게 끼친 영향은 깊었다.

가가 창문을 끈질기게 두드리는 소리를 듣는다. 결국 창문을 열자 나타 난 방문객이 있었으니―시 중반부의 두 연이다.

내가 덧창문을 열어젖히자, 부단히 곁눈질과 날갯짓을 하며
성스러운 태고의 나날에 속한 듯한 위엄스러운 갈가마귀가 걸어 들어왔다.
조금의 경의도 표하지 않고, 잠시도 멈추거나 머무르지 않고 그는
하지만 영주나 귀부인의 풍채로 내 방문 위에 걸터앉았지.
내 방문 바로 위 팔라스 흉상 위에 걸터앉았지,
걸터앉았지, 그리고 그뿐이었네.

그러자 이 검은 새는 신중하고 근엄한 그 점잖은 표정으로
슬픈 환상에 젖은 나를 미소 짓게 했다.
내가 말했지. "관모가 깎이고 밀려 버렸으되 그대는 분명 비겁하지는 않군.
밤의 해변을 방랑하는 섬뜩하리만치 엄숙한 태고의 갈가마귀여―
밤의 저승의 해안에서 불리는 그대의 고귀한 이름을 말해 다오."
갈가마귀는 말했네. "두 번 다시는."

Open here I flung the shutter, when, with many a flirt and flutter,

In there stepped a stately raven of the saintly days of yore;

Not the least obeisance made he; not an instant stopped or stayed he;

But, with mien of lord or lady, perched above my chamber door —

Perched upon a bust of Pallas just above my chamber door —

Perched, and sat, and nothing more.

Then this ebony bird beguiling my sad fancy into smiling,

By the grave and stern decorum of the countenance it wore,

"Though thy crest be shorn and shaven, thou," I said, "art sure no craven,

Ghastly grim and ancient raven wandering from the Nightly shore—

Tell me what thy lordly name is on the Night's Plutonian shore!"

Quoth the raven, "Nevermore."

이렇듯 포가 제시하는 음울한 환상, 꿈을 꾸는 듯한 몽롱함, 그 이면에 무언가 신비한 메시지를 감춘 듯한 시어들(이게 바로 '상징주의'가 아니고 뭔가!)은 전통적인 서정시류에 매달려 있던 19세기 중엽 프랑스 시단에 신선한 충격을 몰고 왔다. 포로 대표되는 미국 문학과 프랑스 상징주의의 관련성은 미국 독립 전쟁과 프랑스 혁명의 역사적 인연을 연상시키기도 한다. 프랑스 혁명이 미국 독립 전쟁에 자극받은 것은 주지의 사실이지만, 미국 혁명도 따지고 보면 프랑스 계몽주의 사상가들에게서 심대한 영향을 받았으니, 대서양을 가운데 둔 이 두 나라 간 지적 교류의 역사는 뿌리 깊다. 또한 프랑스에서 상징주의 운동을 촉발시킨 포 역시 프랑스 문학—아니 딱히 문학이라기보다는 프랑스 문화 전체에 대한 동경이 있었음은 물론이다. 그의 추리 소설이 모두 보스턴이나 뉴욕이 아닌 파리를 무대로 하고 있다는 것이 좋은 예라고 하겠다.

보들레르와 『악의 꽃』

보들레르의 시집 『악의 꽃The Flowers of Evil』(프랑스어 원제: Les Fleurs du mal)에서 '서시'에 해당하는 첫 번째 시 「독자에게To the Reader」를 발췌, 감상해 보자. 시인의 관심이 전통적인 시의 주제인 대자연의 아름다움

43세 때인 1863년경의 보들레르. 프랑스 상징주의 운동은 그의 시집 『악의 꽃』과 함께 본격적으로 시작되었다고 해도 과언이 아니다.

이나 남녀 간의 사랑 타령 따위가 아니라는 것은 첫 두 연만 봐도 분명해진다.

> 어리석음, 과오, 죄악, 탐욕이
> 우리 정신을 차지하고 육신을 괴롭히며,
> 거지들이 몸에 벼룩을 키우듯이
> 우리는 즐거운 회한을 먹이도다.
>
> 우리 죄악들 끈질기고 참회는 무른고야
> 고해의 값을 듬뿍 치러 받고는
> 치사스러운 눈물로 모든 오점 씻어 내린 줄 알고
> 좋아라 흙탕길로 되돌아오네.
>
> Folly, error, sin, avarice
> Occupy our minds and labor our bodies,
> And we feed our pleasant remorse

As beggars nourish their vermin.

Our sins are obstinate, our repentance is faint;
We exact a high price for our confessions,
And we gaily return to the miry path,
Believing that base tears wash away all our stains.

마치 시인이 언어의 현미경을 들고 인간 영혼의 치부를 구석구석 들
춰내는 느낌이다. 여기에 그치지 않고 시인은 인간의 내면 속으로 한 걸
음 더 들어간다.

강간, 독약, 비수, 방화 따위가
아직 그 멋진 구상으로 우리 가련한 운명의
시답잖은 화폭을 수놓지 않은 것은
그야 우리 넋이 그만큼 담대하지 못하기 때문.

하지만 승냥이, 표범, 암사냥개,
원숭이, 전갈, 독수리, 뱀 따위
우리 악덕의 더러운 동물원에서
짖어 대고 부르짖고 으르렁대고 기어가는 괴물들,

그중에서도 더욱 추악하고 간사하고 고약한 놈이 있어!
놈은 큰 몸짓도 고함도 없지만,
기꺼이 대지를 부숴 조각을 내고
하품하며 세계를 집어삼키리니.

If rape, poison, daggers, arson

Have not yet embroidered with their pleasing designs

The banal canvas of our pitiable lives,

It is because our souls have not enough boldness.

But among the jackals, the panthers, the bitch hounds,

The apes, the scorpions, the vultures, the serpents,

The yelping, howling, growling, crawling monsters,

In the filthy menagerie of our vices,

There is one more ugly, more wicked, more filthy!

Although he makes neither great gestures nor great cries,

He would willingly make of the earth a shambles

And, in a yawn, swallow the world;

시인은 인간의 내면을 이렇게 온갖 추잡한 맹수들로 상징되는 "악덕의 더러운 동물원"이라고 정의하더니, 다시 그 악덕 가운데서도 최악의 존재는 따로 있다고 진단한다. 그렇게 파괴력이 큰 악덕이란 무엇을 말하는 것일까? 그 '놈'의 정체를 한번 보자. 격정에 넘치는 피날레, 시의 마지막 연이다.

권태!—눈물이라도 고인 듯한 젖은 눈으로,

놈은 담뱃대 물고 교수대를 꿈꾸지.

그대는 알리라, 독자여, 그 까다로운 괴물을,

위선의 독자여,—내 동류,—내 형제여!

It's ennui!—His eye watery as though with tears,

He dreams of scaffolds as he smokes his hookah pipe.

You know him reader, that refined monster,

—Hypocritish reader,—my fellow,—my brother!

원래 프랑스어이기도 한 ennui는 흔히 권태(boredom)로 해석되지만, 무료함, 따분함보다는 삶에 대한 의지나 정열 자체가 식은 보다 심각한 정신 상태를 의미한다. 인간이 한번 여기에 빠지면 술, 마약, 도박 등의 보다 파멸적인 자극을 찾는 단계로 넘어가기 쉽다. 나락으로 떨어지는 것이다. 보들레르가 권태를 이토록 요주의 괴물로 묘사한 이유 역시 "교수대를 꿈꾸는", 즉 인생을 한 방에 훅 가게 할 수 있는 파괴력을 염두에

대표적인 인상주의 화가 모네의 작품 〈아르장퇴유〉. 모네를 비롯한 여러 인상주의 화가들은 파리 근교의 소도시 아르장퇴유의 풍경을 즐겨 화폭에 담았다. 인상주의는 상징주의 시학과도 관련이 깊다.

두었기 때문일 것이다.

"위선의 독자여,—내 동류,—내 형제여!"로 마무리되는 이 시 한 편에서 알 수 있듯이, 보들레르의 미덕은 무엇보다 그 솔직함과 화끈함에 있다. 시인 자신의 감정과 생각을 솔직하게 까발리는 것은 물론이요, 그렇게 하면서 독자에게도 어서 그 구질구질한 속내를 드러내고 발가벗으라고 다그친다. 보들레르의 시를 읽으면 마치 구정물에 몸을 담갔다가 나온 듯한 느낌과 함께 역설적으로 그 구정물로 깨끗하게 '씻김굿'을 당한 듯한, 일종의 뒤틀린 카타르시스를 경험하게 된다.

보들레르는 비단 시작뿐 아니라 문학, 미술, 음악 등 전방위 평론가로도 이름 높았으며, 실제 삶도 당대의 기준과는 전혀 다르게 살아간 인물이다. 그가 향년 46세로 1867년 사망했을 때 사인은 매독이었다.

랭보, 『지옥에서 보낸 한 철』

이번에는 상징주의 계보에 속하면서도 초현실주의의 시조로도 평가받는 조숙한 천재 시인 랭보의 시집 『지옥에서 보낸 한 철A Season in Hell』을 조금 감상해 보자. 『지옥에서 보낸 한 철』의 프랑스어 원제는 Une saison en enfer인데, 여기서 지옥을 뜻하는 프랑스어 enfer는 영어/이탈리아어인 inferno와 스펠링 및 발음이 얼추 비슷하다. 프랑스어, 영어, 이탈리아어가 모두 서로 인척 관계에 있다는 것이 여기서도 증명된다. enfer/inferno 하다 보니 다시 『신곡: 지옥 편』이 떠오르는데, 지옥을 죄지은 영혼들이 형벌을 받는 무시무시한 장소로 그린 단테와는 달리 랭보의 경우는 오히려 지옥을 안락한 응접실 삼아 퍼질러 노는 분위기라고 할까. 아무것에도 구애받지 않는 자유로운 영혼을 가진 시인의 스타일은 첫 번째 시 「서시Introduction」의 도입부에서부터 바로 나타난다.

프랑스 화가 팡탱라투르가 그린 랭보(부분). 18세 때인 1872년의 모습이다. 랭보는 상징주의 시인 가운데서도 가장 조숙한 천재였으나 고작 20세 때 절필을 선언하고 이후 문학과는 거의 인연이 없는 삶을 살았다.

예전에, 내 기억이 정확하다면, 나의 삶은 모든 사람들이 가슴을 열고 온갖 와인이 흐르는 잔치였다.

어느 날 저녁, 나는 미(美)를 내 무릎에 앉혔다―그런데 그녀는 쓴맛이었다―그래서 그녀를 모욕해 주었다.

나는 정의에 대항하여 나를 단련시켰다.

나는 도망쳤다. 오. 마녀들이여, 오 비참함이여, 오 증오여, 내 보물은 바로 그대들의 보살핌에 맡겨졌다!

Once, if my memory serves me well, my life was a banquet where every heart revealed itself, where every wine flowed.

One evening I sat Beauty on my knees—And I found her bitter—And I reviled her.

I steeled myself against justice.

I fled. O witches, O misery, O hate, my treasure was left in your care!

랭보는 『지옥에서 보낸 한 철』을 10세 연상의 유부남 시인 베를렌(Paul Verlaine)과 한창 동성애 행각을 벌이던 1873년경 쓰기 시작했다. 그리고 바로 얼마 뒤 격렬한 다툼 끝에 베를렌이 랭보에게 총을 쏘아 살인 미수 혐의로 감옥까지 가는 사건이 벌어진다. 혹시 랭보의 시 초고를 몰래 본 베를렌이 자신들의 관계 속 어느 비밀스러운 장면의 힌트라도 얻었던 것일까? 『지옥에서 보낸 한 철』이란 말 자체가 바로 그와 베를렌 사이의 격동 치는 관계의 상징일까? 시는 이렇게 끝난다.

"너는 하이에나에 머물리라, 등등…." 그토록 멋진 양귀비꽃으로 나에게

19세기 말 대영박물관 부속도서관의 모습. 랭보는 시인 폴 베를렌과 1년간 런던에 머물 당시 이 도서관에서 많은 시간을 보냈다. 카를 마르크스가 『자본론』을 위한 자료를 수집했던 곳도 여기다.

화관을 씌워 준 악마가 외친다. "너의 모든 욕망들, 모든 이기심, 그리고 모든 7대 죄로 죽음을 구할지라."

아! 나는 이미 그놈들에게 너무 많이 당했다. 하지만, 친애하는 사탄이여, 간청하노니, 그렇게 언짢은 표정을 짓지는 마시라! 하여 나는 몇 가지 때늦은 비열한 짓거리를 저지를 기회를 기다리면서, 글쟁이에게서 묘사하거나 훈계하는 역량의 부재를 높이 치는 그대를 위해, 저주받은 자의 수첩에서 이 흉측한 몇 장을 뜯어내 전한다.

"You will stay a hyena, etc...," shouts the demon who once crowned me with such pretty poppies. "Seek death with all your desires, and all selfishness, and all the Seven Deadly Sins."

Ah! I've taken too much of that: — still, dear Satan, don't look so annoyed, I beg you! And while waiting for a few belated cowardices, since you value in a writer all lack of descriptive or didactic flair, I pass you these few foul pages from the diary of a Damned Soul.

이렇게 섬뜩하면서도 발랄한(모순인 것 같지만, 이 두 가지 정서가 공존하는 것이야말로 랭보 시의 독특함이다) 「서시」 다음으로 「나쁜 혈통Bad Blood」, 「지옥의 밤Night in Hell」, 「어리석은 처녀—지옥의 색시The Foolish Virgin—The Infernal Spouse」 등 악몽, 백일몽, 환상과도 같은 언어의 향연이 계속 이어진다. 말 나온 김에 「어리석은 처녀—지옥의 색시」의 일부를 감상해 보자.

지옥에 있는 우리 동지 한 명의 고백을 들어 봅시다.

"오 하늘에 계신 신랑, 주여, 당신의 하녀 중에서도 가장 가련한 계집의 고백을 거절하지 말아 주세요. 저는 길을 잃었답니다. 저는 취했답니다. 저는 더럽혀졌답니다. 정말 한심한 인생이죠!

저를 용서해 주세요, 하늘에 계신 아버지, 용서해 주세요! 아, 용서해 주세요! 눈물이 얼마나 흐르는지! 그리고 바라건대 얼마나 더 많은 눈물을 나중에 흘려야 할지! 차후에, 나는 하늘의 낭군을 알게 되겠지요. 저는 그분의 종이 될 운명이랍니다. 다른 분은 이제 저를 두들겨 팰 수도 있어요!

바로 지금이 세계의 종말이랍니다. 오, 친구들!… 아니, 친구가 아니지… 이런 광란과 고문을 겪은 적은 결코 없었으니… 이 무슨 어리석음!

아, 나는 울부짖고 고통을 겪고 있답니다. 그럼에도 가장 경멸스러운 영혼들에게 경멸스러운 보호를 받고 있으니 나는 원하는 것은 무엇이든 할 권리가 있죠."

Let us hear the confession of a comrade in hell.

"O heavenly Bridegroom, my Lord, do not refuse the confession of the sorriest of your handmaids. I'm lost. I'm drunk. I'm impure. What a life!

"Forgive me, heavenly Father, forgive me! Ah! forgive me! How many tears! And how many more tears later, I hope! Later on, I will know the celestial Bridegroom. I was born to be His slave.—That other one can beat me now!

"Right now it's the end of the world! O my friends!… No, not my friends… I've never gone through such madness or tortures like these… How stupid!

"Oh! I'm crying, I'm suffering. Yet I've got a right to do whatever I

want, now that I am covered with contempt by the most contempt-
ible hearts."

역시나 『신곡: 지옥 편』에 등장하는 벌 받는 영혼들의 절규와는 톤이
다르다. 도대체 이 '색시'가 겪는 심리를 어떻게 이해해야 할까? 색시는
계속 잘못을 뉘우친다고, 자기를 불쌍히 여겨 달라고 목청을 높이지만,
그 속에서는 키득키득거리는 비웃음 역시 함께 느껴진다.

랭보는 '견자론'으로도 유명하다. 이때 견자는 욕설 '개××'의 한자
표현 犬子가 아니라 '보는 이(見者)'를 뜻한다. 그런데 '견자'를 뜻하는 프
랑스어 voyant(영어로는 seer)은 단순히 사물의 외양을 보는 것을 넘어 사
물을 꿰뚫어 본다, 세계의 본질을 파악한다는 의미가 있다. 실제로 랭보
의 별명이 프랑스어로 '랭보 르 부아양(Rimbaud le voyant)', 즉 '견자 랭보
(Rimbaud the Seer)'이다. 랭보는 이미 16세 때인 1871년 처음 시작을 배
운 스승 이장바르(Georges Izambard)에게 보낸 편지에서 다음과 같이 피
력한 바 있다.

나는 시인이 되고 싶습니다. 그리고 나는 스스로를 '견자'로 만들기 위한
작업을 진행 중입니다. (…) 모든 감각을 흩뜨려 놓아 미지의 세계에 다다를
생각입니다. 거기에는 엄청난 고난이 따릅니다만, 시인이란 모름지기 강해
야 하며 타고나야 합니다.

I want to be a poet, and I'm working at turning myself into a seer.
(…) The idea is to reach the unknown by the derangement of all the
senses. It involves enormous suffering, but one must be strong and
be a born poet.

이것만 봐도 랭보가 얼마나 조숙한 '앙팡
테리블(enfant terrible, 무서운 아이)'이었는지
를 알 수 있다. 이런 편지를 보내는 학생에
게 선생님은 과연 뭐라고 답해야 할까?
"그래, 견자가 되거라" 하고 격려해야 할
까? 아니면 "'견자(seer)'보다는 '학습자
(learner)'가 되는 것이 어떠니", 즉 "쓸데없
는 소리 말고 공부나 열심히 해" 하고 꾸짖
어야 할까?

랭보의 대표작 『지옥에서 보낸
한 철』과 『일뤼미나시옹』의 시편
을 모은 프랑스어판 시집. 그가
그린 자화상을 표지에 이용한 것
이 눈에 띈다.

랭보는 20세에 절필을 선언하고 해외를
떠돌며 무기 매매상 등 전혀 문학과는 상
관없는 일을 하며 살다가 37세에 객사했
다. 생물학적 나이로만 따지면 랭보보다 더 일찍 요절한 천재들도 있지
만, 16세에 데뷔하여 20세에 '은퇴'하면서 세계문학계에 그만큼 자취를
남긴 인물도 별로 없지 싶다.

말라르메의 선언―모든 책을 읽었노라

프랑스 후기 상징주의의 대표적 시인 스테판 말라르메의 시는 대부분
워낙 난해한 데다 프랑스어 고유의 특징에 특화되어 있어 종종 '번역 임
파서블'로 평가받는다. 하지만 그가 22세 때 쓴 「바다의 미풍 Sea Breeze」
(프랑스어 원제: Brise marine)이라는 작품은 나 같은 평범한 독자가 읽기에
도 비교적 부담이 없는 담백한 시다. 말라르메가 트레이드마크인 난해
한 시작법 테크닉을 연마하기 이전 순수한 문학청년의 시심으로 지은
작품이기 때문일 게다. 여기 전문을 소개한다.

오! 육체는 지쳤고, 나는 모든 책을 읽었노라.

떠나 버리자, 저 멀리 떠나 버리자! 나는 감지한다,

취한 새들이

낯선 거품과 하늘 속으로 깊이 날아가는 것을!

내 눈에 비친 오래된 정원도, 그 무엇도

바닷물에 젖은 이 마음을 잡아 두지 못하리,

오, 밤이여, 혹은 흰빛이 빈 곳을 채워 주는 백지,

그 위에 쏟아지는 내 램프의 버려진 빛이여,

아이를 돌보는 여인도 안 된다.

나는 가리라! 선부(船夫)여, 그대 돛을 흔들어 세우고 닻을 올려

이국의 싱싱함으로 배를 띄워라!

잔인한 희망에 시달린 어느 권태는

아직도 손수건의 그 거창한 작별을 믿고 있는지!

그런데 돛들이 이제 천둥을 부르니

우리는 어쩌면 바람에 밀려 길 잃고

돛도 없이 돛도 없이, 비옥한 섬에도 닿지 못한 채 난파하는가….

그러나, 오 내 마음이여, 뱃사람들의 노래를 들어라!

Alas, the flesh is weary, and I have read all the books.

Let's leave! Far away! Let's leave! I sense

That somewhere the birds, intoxicated, fly

Deep into the unknown foam and the skies!

Nothing—not even old gardens reflected by eyes—

Can suppress this heart that steeped in the sea,

O nights, nor the lone light of my lamp,

On the blank paper, that whiteness shields,

후기 상징주의의 영수 격이
었던 시인 말라르메의 초상.
모네와 쌍벽을 이루는 인상
파 화가 마네의 그림이다.
말라르메는 "시는 아이디어
가 아니라 단어들로 쓰는
것"이라는 말을 남겼다.

No, not even the young woman nursing her baby.

I will go! Steamer, straining at your ropes

Set your sail for an exotic wilderness!

An Ennui, desolate by cruel hope

Still has faith in the last farewell of handkerchiefs!

And perhaps the masts, inviting thunders,

Are they the wind explores shipwrecks,

Lost, without masts, without masts, no fertile isle...

But, oh my heart, listen to the chant of sailors!

첫 행 "오! 육체는 지쳤고, 나는 모든 책을 읽었노라"는 매우 유명한
문장인데, 죽고 사라지는 육체에 제한된 정보와 지식을 제공하는 책 속
에서도 궁극적인 진리, 이상을 찾을 수 없었다는 시인의 탄식이라는 설
명을 어디선가 읽은 적이 있다. 어쩐지 파우스트의 한탄과도 맥락이 통
한다. 뭐 어떤 식으로 이해한들 대세에 지장은 없을 것이다. 시를 감상
하는 데 자구의 정확한 이해가 필요한 것은 아니며 좋은 시는 흔히 다양
한 해석의 공간을 제공한다.

프랑스 조각가 카리에벨뢰즈의 〈목신과 님프〉. 말라르메의 대표작 「목신의 오후」는 낮잠에서 깨어난 목신이 님프들에 대해 명상하는 것으로 시작된다.

그런데 흔히 말라르메의 대표작으로 불리는 장시 「목신의 오후 The Afternoon of a Faun」에 오면 약간 사정이 다르다. 이 경우 시는 단지 다양한 해석의 가능성들로 활짝 열린 공간이 아니라 너무나 정교하고 촘촘하게 만들어진 미궁(迷宮)과도 같아서, 독자는 아예 방향을 찾지 못하고 길을 잃기 십상이다. 그리스 신화 속에서 상반신은 인간, 하반신은 염소의 모습으로 등장하는 목신은 흔히 강렬한 성욕을 상징하는 존재다. 말라르메의 시는 오후의 나른한 잠에서 막 깨어난 어느 목신이 님프(nymph)들을 바라보며 떠올리는 갖가지 환영과 생각을 묘사하고 있다—혹은 그렇게 보인다. 시의 첫 두 연을 감상해 보자.

아, 이들 님프가 영원하기를.
　　그토록 밝은
그 심홍색 살갗이 가벼이,
농밀한 잠으로 나른한 대기 속에 맴돈다.
내가 꿈을 사랑했던 것인가?
나의 의심, 오래된 밤의 덩어리가
수많은 여린 가지로 돋아나 진실의 숲으로 남았으니,
아, 나 역시 자신을
홀로 의기양양하여 그릇된 장미의 이상에 봉헌했음을 증명했도다.

생각해 보자…

혹 그대가 점찍은 저 여인들이

그대의 엄청난 감각적 욕망을 반영하는지!

목신이여, 환영은 지극히 순결한 여인의,

눈물의 샘 같은 차갑고 푸른 눈동자를 벗어난다.

그러나 한숨 가득한 또 다른 여인은 말하자면

그대 양털 위로 흐르는 한낮의 미풍처럼 도드라지는가?

아니! 그 혼미함 속, 육중하고 움직임 없는

숨 막히는 열기 속, 서늘한 아침의 고투여,

물은 없으되 내 피리가 쏟아 내는

숲 속에 퍼져 나가는 가락의 속삭임, 그리고

쌍둥이 대롱에서 뿜어져 나온 외로운 미풍은

메마른 빗속에서 소리를 흩뿌리기 전까지

지평선의 주름에 교란받지 않는다.

인공적이고 평화로운,

일찍이 본 적 없는 고도로 회귀하는 영감의 가시적 숨결.

Oh, these nymphs, I want to perpetuate them.

So bright

Their crimson flesh that hovers there, light

In the air drowsy with dense slumbers.

Did I love a dream?

My doubt, heap of ancient night, ends extreme

In many a subtle branch, that remaining the true

Woods themselves, proves, alas, that I too

Offered myself, alone, as triumph, the false ideal of roses.

Let's see...

or if those women you note

Reflect your fabulous senses' desire!

Faun, illusion escapes from the blue eye,

Cold, like a fount of tears, of the most chaste:

But the other, she, all sighs, contrasts you say

Like a breeze of day warm on your fleece?

No! Through the swoon, heavy and motionless

Stifling with heat the cool morning's struggles

No water, but that which my flute pours, murmurs

To the grove sprinkled with melodies: and the sole breeze

Out of the twin pipes, quick to breathe

Before it scatters the sound in an arid rain,

Is unstirred by any wrinkle of the horizon,

The visible breath, artificial and serene,

Of inspiration returning to heights unseen.

이게 도대체 다 무슨 소리일까? 언젠가 말라르메는 절친이었던 화가
이자 문필가 드가(Edgar Degas)가 "시를 쓸 아이디어는 많은데 시가 잘
써지지 않는다"고 불평하자 이렇게 응수했다고 한다.

시는 아이디어가 아니라 단어들로 쓰는 거라네.
We do not write poems with ideas, but with words.

이 한마디가 사실상 말라르메, 나아가 후기 상징주의자들의 시 철학

을 집대성한다고 해도 좋지 않을까. 또한 말라르메의 시학은 「목신의 오후」 속 그 수수께끼 같은 문장과 단어의 조합들을 이해하는—엄밀히 말하면 기껏해야 그 조합들의 목적 내지 의도를 추측하는 것이겠지만—단서로도 작동한다. 말라르메가 '단어'라고 말했을 때, 그는 어떤 대상을 포착하여 묘사하는 단어의 전통적인 기능뿐 아니라 각 단어 고유의 '소리' 내지 '음가'까지 염두에 두었던 것으로 보인다. 언제나 운문에는 운율과 리듬이라는 음악적 요소가 있지만, 상징주의자들의 경우 급기야 언어와 음악을 혼동하는 단계에까지 도달한 듯한 조짐은 도처에서 감지된다. 도대체 왜 멀쩡한 음악을 두고 언어로 음악을 하려 했던 것인지 궁금하기는 하다. 음악은 음악으로 해야 하는 것 아닐까? 혹시 상징주의 시인들은 죄다 길을 잘못 든 음악가들이 아닐까?

말라르메는 자타가 공인하는 후기 상징주의 시학의 영수였지만, 시작으로 생계를 꾸린 것은 아니었다. 말라르메는 요샛말로 하면 '투잡'을 뛰었던 평범한 생활인이기도 했는데, 낮에는 등기 사무소 직원으로 일하는 한편 틈틈이 영어 과외 선생을 하면서 용돈을 벌었다. 흥미롭게도 말라르메 본인은 이 영어 교습 활동을 약간 부끄럽게 생각했다고 하는데, 왜 그랬는지 궁금하다. 보들레르가 포의 시를 프랑스어로 번역한 최초의 인물이라는 얘기는 이미 했지만, 영어 선생 말라르메까지 놓고 보면, 가장 프랑스적인, 프랑스어와 떼어 놓고는 상상도 할 수 없을 것 같은 상징주의 시학이 영어와 맺은 깊은 인연은 생각할수록 공교롭다.

발레리의 시 세계

종종 프랑스 상징주의의 완성자 내지 최후의 거장으로 불리는 폴 발레리는 말라르메의 충직한 제자였으면서도 결국에는 스승보다 한 차원 높은 시 세계를 구축한 것으로 평가받는다. 미국의 저명한 평론가 에드먼드 윌슨(Edmund Wilson)은 말라르메를 예쁘장한 장식 무늬에 능한 '수채화가(water-colorist)'에 비유한 반면, 발레리의 신화적, 신비적 분위기의 시편들은 '대리석 조각 같은(marmoreal)' 3차원적 질감과 양감을 보인다고 평가한 바 있다.

발레리는 1917년 발표한 장장 5백 행이 넘는 장시 「젊은 파르크*The Young Parque*」로 유명하다. 파르크는 그리스 로마 신화 속 운명의 여신 '파르카(Parca)'의 프랑스식 표현이다. 이 운명의 여신은 대개 세 명의 존재로 표현된다. 한 여신이 인간의 운명의 실타래를 물레에서 뽑아내면, 다른 여신은 그 운명(실)의 길이를 재고, 마지막 세 번째 여신은 그 실을 잘라 내는, 즉 각 인간의 수명을 결정하는 역할을 맡는다. 발레리가 시적 자아로 선택한 것은 이 가운데 가장 젊은 세 번째 여신이다.

뭐 이 정도로 배경지식도 웬만큼 갖추었으니 이제 '가벼운 마음'으로 문제의 시를 조금만 읽어 보자. 소설가 앙드레 지드(André Gide)에게 바치는 헌사에 이어 "뱀 한 마리가 살 집을 위해 / 하늘은 이 불가사의의 더미를 만들었는가(Heaven formed this pile of wonders / For the residence of a snake)"라는 17세기 프랑스 시인 코르네유(Pierre Corneille)의 수수께끼 같은 인용문을 지나가면 우리는 다음과 같은 문장들과 마주친다.

누가 우는가, 거기서 이 순간에, 단지 바람이 아니라면,
궁극의 금강석 때문에? …한데 누가
우는가, 이토록 가까이서 하필 내가 울음을 터뜨리려는 순간에?

내 얼굴을 만지기를 꿈꾸는,
어떤 깊은 목적에 넋 놓고 순종하는 이 내 손,

후기 상징주의가 배출한 가장 위대한 시인 폴 발레
리. 젊은 시절 말라르메의 수제자였으나 스승이 죽
은 뒤 오랫동안 절필했다가 40대 중반에 시작을 재
개한 특이한 경력이 있다.

내 연약함에서 녹아내린 한 줄기 눈물을,

그리고 나의 다른 운명의 여신들로부터 점차 분리되어,

상처받은 마음을 침묵 속에 밝혀 주는 가장 순수한 것을 기다리니.

물결은 내게 책망의 그림자를 속삭이거나

돌투성이 협곡 속으로 뒷걸음쳐,

쓸쓸히 도로 삼켜진 어떤 실망덩어리처럼,

탄식과 억제의 풍문을….

너는 무엇을 찾는가, 탱탱하게 융기하여? 그리고 이 얼음의 손,

그리고 내 드러난 젖가슴의 섬인 너의 가운데에 버티고 선

한 점 색 바랜 잎사귀의 떨림은 무엇이란 말이냐?…

나는 이 미지의 하늘에 결박된 채 반짝인다….

재난을 바라는 나의 갈망 위에서 거대한 무리가 빛난다.

Who is it, weeping there at this time, if not the simple wind,

With ultimate diamonds? …But who

Weeps, so close to myself on the brink of tears?

This hand of mine, dreaming it touches my face,

Absentmindedly submissive to some deep end,

Waits for a tear to melt out of my weakness

And, gradually dividing from my other destinies,

For the purest to silently illuminate a broken heart.

The surf murmurs to me the shadow of a reproach,

Or withdraws below, in its rocky gorges,

Like a disappointed thing, drunk back in bitterness,

A rumor of lamentation and self-constraint....

What seek you, bristling, erect? And this hand of ice,

And what shivering of an effaced leaf is it

Persists amid you, isles of my naked breast?...

I am glittering and bound to this unknown heaven....

The giant cluster gleams on my thirst for disasters.

발레리가 말라르메보다 더 뛰어난 시인인지는 독자들의 판단에 맡길 일이지만, 적어도 그가 난해함에서 스승보다도 한 단계 더 나아간 것은 확실하다. 「젊은 파르크」는 말라르메가 사망한 뒤 거의 20년간 절필했던 발레리가 40대 중반에 모처럼 다시 시작에 전념하려 마음먹고 쓴 작품이기도 하다. 그는 이 엄청나게 길고도 난해한 시를 '습작(exercise)'이라고 불렀다.

발레리의 명언 중 "어리석음은 나의 능사가 아니다(Stupidity is not my forte)"라는 말이 있다. 그런데 나로 말하면 오래전 「젊은 파르크」를 처음 읽으면서 "어리석음이야말로 나의 숙명(fate)" 아닌가 싶은 의구심이 들기도 했음을 고백해야겠다. 도대체 그 시의 문장들이 무슨 뜻인지 알

수가 없었기 때문이다. 그러다가 언젠가부터는 나의 우둔함을 탓하는
데 그치지 않고, 약간은 무엄하게도 혹시 발레리의 시구들이 실은 신비
로운 분위기를 풍기는 것 자체를 목적으로 쓰인 공허한 단어들의 합성
에 불과한 것 아닐까 하는 발칙한 의혹이 일기 시작했다. 진실은 어느
쪽일까? 발레리가 직접 내린 시의 정의는 "단어들을 가지고 시적인 심
리 상태를 생산하는 일종의 기계(a kind of machine for producing the poetic
state of mind by means of words)"라는 것이었다. 역시 이론적으로도 스승
말라르메를 본받았으면서도 그보다 한 차원 더 앞서간 내공이라고 하
겠다.

　내가 개인적으로 좋아하는 발레리의 시 가운데 그가 20대 초반에 쓴
「헬레네Hélène」라는 작품이 있다. 제목 그대로 트로이 전쟁의 원인 제공
자인 절대 미인 헬레네를 화자로 내세운 시인데, 그리 길지 않으니 일단
전문을 감상해 보자.

　　하늘이여! 나예요… 저승의 동굴에서

파리의 폴 발레리 가. 폴 발레리 가의 끝은 빅토르 위고 거리로 이어진다.

당신의 바닷가 파도의 조화를 들으러,

그리고 그늘진 파도에서 황금빛 노 위에 다시금 되살아나

눈부신 빛에 휩싸인 갤리선들을 보러 돌아온 나랍니다.

내 고독한 손길은, 소금기 머금은 수염으로

내 순수한 손끝을 간지럽히던 왕들을 부릅니다.

나는 눈물을 흘렸지요. 그들은 함선이 떠나온 커다란 만과

휘두른 검의 어두운 승리를 노래했고요.

해변을 따라 노래하는 깊숙한 소라고둥 소리,

노와 장단을 맞추는 전투 나팔 소리,

만에서 폭풍을 견디는 사공들의 노래가 들려옵니다.

영웅적인 뱃머리 위 높은 곳에는

물보라에 모욕당한 채 태고의 미소를 머금고

조각된 관대한 팔을 내게 내미는 신들이 보이네요.

Azure! It's I... who came back from the caves of death

To hear the waves' concord on the ludening shores

And see those galleys in the dawn's glow once more

Resurrected on golden oars from dark waves.

My solitary hands call these lords

Whose salty beards amused my sincere fingertips;

I wept. And they sang what great bays fled their ships

And the dark victory of prowess of their swords.

I hear the deep sea conch crying along these shores,

The call of battle-horns cadencing the oars,

The oarsmen's chantey holding storms in sway;

And high on heroic bows I see, the gods

With their antique smiles insulted by the spray,

Extending to me carved, indulgent arms.

여전히 읽어 내기가 쉽지만은 않지만, 「헬레네」는 흔히 발레리의 대표
작으로 불리는 「젊은 파르크」나 「해변의 묘지The Graveyard by the Sea」처
럼 독자에게 버거울 만큼 난해하지 않으면서도 관능미와 신비스러운 분
위기를 잘 조화시킨 수작이라고 본다.

발레리는 한때 내가 매우 좋아했던 프랑스 시인이고, 그의 시 세계 및
시론에 대해 하고 싶은 얘기가 아직도 많다. 하지만 역시 언제나처럼 관

예술의 거리 몽마르트르에서 내려다본 파리. 19세기 말에서 20세기 초의 파리는 비단 프랑스뿐 아니
라 전 세계에서 모여든 문인, 예술가들이 상징주의, 인상주의, 초현실주의 등 다양한 사조들을 꽃피우
며 선의의 경쟁과 협력을 펼치던 영감과 창조의 현장이었다.

심 있는 독자들은 따로 '폴로 스루'를 해 볼 것을 당부하며, 이쯤에서 또 다른 시인들에게 눈길을 돌려야 할 것 같다.

23rd Brunch Time

생과 신의 찬미

키플링의 「만약―」, 헨리의 「인빅터스」

이쯤에서 슬슬 상징주의의 미로, 그 질척한 언어의 늪을 빠져나와 보다
분명한 메시지가 담긴 시를 몇 편 읽어 보면 어떨까. 먼저 영국의 19세
기 말~20세기 초를 대표하는 문인 러디어드 키플링(Rudyard Kipling,
1865~1936)부터 시작해 보자. 『정글 북 *The Jungle Book*』을 쓴 작가이자 재
능 있는 시인이기도 했던 키플링은 선이 굵고 담백하며 남성적인 힘이
넘치는 시를 여럿 남겼다. 그중 대표적인 작품이 총 네 연으로 이루어진
「만약―*If*―」이라는 시다. 여기서는 그 가운데 2연과 마지막 4연을 감상
해 보자.

> 만약 네가 꿈꾸되 꿈에 예속되지 않을 수 있다면,
> 만약 네가 생각하되 생각에 매몰되지 않을 수 있다면,
> 만약 네가 승리와 좌절을 마주하여

그 두 가지 허깨비를 똑같이 다룰 수 있다면,

만약 네가 말한 진실이 무뢰배에게 뒤틀려

어리석은 사람들을 속이는 것을 듣고도 견뎌 낼 수 있다면,

혹은 평생을 바쳤던 물건들이 부서지는 것을 지켜본 뒤

다시 쭈그려 앉아 낡은 연장으로 그것들을 다시 세울 수 있다면,

(…)

만약 네가 군중과 어울리면서도 덕망을 지킬 수 있다면,

혹은 왕과 걸으면서도 소박한 감각을 잃지 않을 수 있다면,

만약 너의 원수들도 사랑하는 친구들도 너에게 상처를 줄 수 없다면,

만약 모든 사람들이 너를 신뢰하되 너무 지나치지는 않다면,

만약 네가 힘겨운 일 분을

육십 초간의 달리기로 채울 수 있다면,

세상이, 그리고 그 속의 모든 것이 네 것이란다.

그리고 무엇보다도, 너는 어른이 될 것이다, 아들아!

If you can dream—and not make dreams your master,

If you can think—and not make thoughts your aim;

If you can meet with Triumph and Disaster

And treat those two impostors just the same;

If you can bear to hear the truth you've spoken

Twisted by knaves to make a trap for fools,

Or watch the things you gave your life to, broken,

And stoop and build 'em up with worn-out tools:

32세 때의 키플링. 『정글 북』, 『킴』, 「왕이 되고자
한 사나이」 등 뛰어난 소설과 함께 「만약—」, 「건
가 딘」 등 담백하고 힘찬 시도 많이 남겼다.

(…)

If you can talk with crowds and keep your virtue,

Or walk with kings—nor lose the common touch,

If neither foes nor loving friends can hurt you;

If all men count with you, but none too much,

If you can fill the unforgiving minute

With sixty seconds' worth of distance run,

Yours is the Earth and everything that's in it,

And—which is more—you'll be a Man, my son!

세계에서 가장 권위 있는 테니스 대회라고 할 윔블던(Wimbledon) 대
회가 열리는 영국 런던 교외 윔블던의 유서 깊은 센터 코트의 입구에는
바로 이 「만약—」의 2연에서 따온 "만약 네가 승리와 좌절을 마주하
여 / 그 두 가지 허깨비를 똑같이 다룰 수 있다면(If you can meet with

Triumph and Disaster / And treat those two impostors just the same)"이 쓰인 팻말이 걸려 있다.

시의 마지막에 "아들아(my son)!"라고 한 데서 알 수 있듯, 「만약―」은 키플링이 아들 존(John Kipling)에게 아버지로서 전하는 충고 내지 당부의 메시지를 담고 있다. 하지만 유감스럽게도 존 키플링은 제1차 세계대전 당시 고작 19세의 나이로 전사했다. 전쟁이 터지자마자 존은 군에 지원했지만 워낙 시력이 나빠 신체검사에 불합격했다. 그러자 결국 저명한 작가인 아버지가 군부 고위층에 힘을 써서 겨우 입대하게 했다고 한다. 다시 말해 신체 결격 사유가 있는 아들을 빽까지 써 가며 군대에 보낸 것인데, 유감스럽게도 악명 높은 서부 전선에 배치된 존 키플링은 독일군 포탄 파편에 안면이 날아가는 중상을 입은 끝에 전사했다.

물론 이 시기 목숨을 잃은 영국 고위층 자제는 키플링의 아들뿐만이 아니었다. 제1차 세계대전 때 영국에서는 막대한 재산과 함께 남작급 이상의 작위를 물려받을 최상층 명문가 직계 상속자들 가운데 2백 명 이상이 유럽의 최전방에서 전사했다. 당시 영국의 귀족 및 상류층 자제

"아직 당신을 위해 남은 자리가 있다"는 슬로건을 내건 1차 대전 당시 영국의 모병 포스터. 전쟁이 나면 지도층 자제들이 가장 먼저 지원하는 전통에 따라 수많은 영국의 상류층 출신 젊은이들이 유럽 전선에서 목숨을 잃었다. 키플링의 아들 역시 이때 참전했다가 서부 전선에서 전사했다.

들의 교육 기관으로 유명한 이튼 학교에서 재학생 신분으로 전쟁에 참가한 인원만 5600여 명에 달했으며 그 가운데 1150명이 전사했다. 영국의 대토지 귀족을 비롯한 국가 지도층, 이른바 기득권 세력은 군역에서 빠져나가기는커녕 전쟁 시 가장 선봉에 서는 것을 원칙이자 명예로 알았고, 이런 전통은 비단 중세뿐 아니라 지금까지도 면면히 이어져 내려오고 있다. 키플링이 자기 아들을 기를 쓰고 군대에 보내려 한 것은 그 부자의 애국심에 더해 지배층일수록 '노블레스 오블리주'를 실천하는 영국의 사회 분위기 때문이기도 했을 것이다. 그렇다고는 해도 아들을 어렵사리 전장에 보낸 뒤 불과 수개월 만에 사망 통보를 받았을 때 키플링의 마음은 정말 복잡했을 것 같다. 그의 시 「만약─」식으로 말한다면, "만약 당신이 아들의 전사 통보를 받고도 자식의 죽음을 슬퍼하기보다 그 희생을 자랑스러워할 수 있다면" 정도가 될까.

혹시 아들이 죽은 후 키플링이 동시대의 영국 시인 윌리엄 어니스트 헨리(William Ernest Henley, 1849~1903)의 「인빅터스Invictus」를 읽을 기회가 있었다면 약간은 위로와 용기를 얻지 않았을까 싶다. 「인빅터스」는 결핵 감염 때문에 한쪽 다리를 절단한 것을 비롯, 지독한 불운과 가난에 시달리며 젊은 시절을 보낸 시인 헨리가 그런 가혹한 운명에 꿋꿋하게 맞서는 기상을 표현한 작품이다. 이 시는 또한 남아프리카 공화국의 대통령까지 지낸 인권 운동가 넬슨 만델라(Nelson Mandela)가 내란 음모 사건에 연루되어 20년이 넘도록 오랜 감옥 생활을 치르는 사이 종종 읽으며 위로를 받았던 작품으로도 유명하다. 제목의 인빅터스(Invictus)는 라틴어로 '정복되지 않는'이라는 의미. 전문을 소개한다.

온통 검은 구덩이인 양

나를 덮은 밤에

남아프리카 공화국의 인권 운동가 넬슨 만델라가 20년 넘게 수감되었던 로벤 섬 형무소. 그는 윌리엄 어니스트 헨리의 시 「인빅터스」가 힘든 수형 생활 중 큰 위로가 되었다고 술회한 것으로 전해진다.

정복당하지 않는 내 영혼을 주신

누군지 모를 절대자에게 감사드리노라.

공포스러운 상황의 옥죔 속에서도

움츠리거나 소리 내어 울어 본 적 없나니,

불운의 매를 맞을 때면

비록 머리가 피로 물들지언정 숙이지는 않으리라.

분노와 눈물로 찬 이곳 너머

오직 어둠의 공포만이 어렴풋이 나타난다.

하지만 세월의 위협에도

나는 두려워하지 않으며 앞으로도 그럴 것이다.

미래의 문이 얼마나 좁은지

얼마나 형벌로 가득 차 있는지는 문제가 아니다.

나는 내 운명의 주인,

나는 내 영혼의 선장.

Out of the night that covers me,

Black as the pit from pole to pole,

I thank whatever gods may be

For my unconquerable soul.

In the fell clutch of circumstance

I have not winced nor cried aloud.

Under the bludgeonings of chance

My head is bloody, but unbowed.

Beyond this place of wrath and tears

Looms but the Horror of the shade,

And yet the menace of the years

Finds and shall find me unafraid.

It matters not how strait the gate,

How charged with punishments the scroll.

I am the master of my fate:

I am the captain of my soul.

특히나 시인의 기개가 느껴지는 "비록 머리가 피로 물들지언정 숙이지는 않으리라"는 문장은 "인간은 파멸할지언정 패배할 수는 없다"던 헤밍웨이의 마초 정신과도 겹친다. 깨질지언정 현실과 타협하지 않겠다는 결의—만델라 역시 이 문장을 감옥에서 꾸준히 되뇌며 인종 차별 철폐에 대한 결의를 굳히지 않았을까?

타고르, 『기탄잘리』와 「동방의 등불」 사이

인도 시인 타고르(Rabindranath Tagore, 1861~1941)는 인도가 영국의 식민지였던 1913년 아시아인으로는 최초로 노벨 문학상을 수상하면서 일약 세계적인 명사가 되었다. 그의 대표적 시집이 『기탄잘리Gitanjali』인데, 벵골어(Bengali)로 '신에게 바치는 노래'라는 뜻이라고 한다. 제목이 시사하듯이 『기탄잘리』에 수록된 시들은 인도 우파니샤드 철학(Upanishad)과 힌두교적 명상을 저변에 깔고 신의 섭리와 만물의 조화를 찬미하고 있다.

타고르는 먼저 벵골어로 썼던 『기탄잘리』를 다시 직접 영어로 번역했고, 그 영역본이 영국을 비롯한 유럽 문단에서 큰 반향을 일으키면서 결국 노벨 문학상까지 받게 되었던 것이다. 역시 노벨 문학상을 타려면 모국어로도 잘 써야 할 뿐 아니라 영어 번역을 통해 작품이 세계적으로 많이 알려져야 한다. 모국어와 더불어 영어를 구사할 수 있는 저자가 직접 번역을 하는 것도 자기 작품의 원래 느낌을 가장 잘 살리는 방법일 수 있다. 『기탄잘리』에는 총 113편의 시가 실려 있는데, 그 첫 번째 노래를 소개한다.

님은 나를 영원하게 하셨으니, 그것이 당신의 기쁨입니다. 이 연약한 배를 당신은 계속해서 비우시고, 신선한 생명으로 항상 채우시나이다.

흔히 시성으로 불리는 인도의 시인 타고르. 동양인
최초의 노벨상(문학) 수상자이기도 하다.

님은 언덕과 골짜기 너머로 이 작은 갈대 피리를 지니고 가셔서, 영원히
새로운 선율을 부르셨습니다.

님의 불멸의 손길에 내 작은 가슴은 끝을 모르는 희열에 어쩔 줄 몰라 형
언할 수 없는 말을 낳습니다.

님의 한없는 선물이 내 작디작은 두 손 위에 떨어집니다. 세월이 지나가도
님은 여전히 선물을 내리시고 여전히 채울 자리가 남아 있나이다.

Thou hast made me endless, such is thy pleasure. This frail vessel
thou emptiest again and again, and fillest it ever with fresh life.

This little flute of a reed thou hast carried over hills and dales, and
hast breathed through it melodies eternally new.

At the immortal touch of thy hands my little heart loses its limits in

힌두교의 최고신 시바와 그 아내 파르바티를 묘사한 12세기 인도 오디샤 지방의 부조(대영박물관). 타고르의 대표 시집 『기탄잘리』는 힌두교 신앙을 바탕으로 한 종교적 정서와 언어의 미학이 균형을 이룬 걸작이다.

joy and gives birth to utterance ineffable.

Thy infinite gifts come to me only on these very small hands of mine. Ages pass, and still thou pourest, and still there is room to fill.

종교적 경건함과 언어의 미학이 함께 조화를 이룬 듯하며, 처음 읽어도 어쩐지 그리 낯선 느낌이 들지 않는다. 기본적으로 종교시이면서도 이런 편안한 느낌 때문인지 타고르의 작품들은 세계적으로도 폭넓은 독자층을 확보할 수 있었다. 타고르의 시는 1910년대 일본의 식민지가 된 조선에도 번역, 소개되어 큰 인기를 누린 바 있으며, 한용운을 비롯한 당시의 한국 시인들도 그 스타일에 영향을 받은 것으로 알려져 있다.

실제로 타고르는 식민지 조선을 생각하며 쓴 「아시아의 황금기에 *In the Golden Age of Asia*」라는 작품으로도 우리 한국인들에게 친숙한 시인이다. 우리에게는 보통 「동방의 등불」이라는 제목으로 더 알려진 작품인데, 타고르가 1929년 일본을 방문해서 도쿄에 머물 당시 조선에서 온

언론인들로부터 한국에도 들러 달라는 요청을 받고 그 초대에 응하지
못하는 것을 미안해하며 써 준 시라고 한다.

아시아의 황금기에
코리아는 그 등불을 나르던 나라 중 하나였다.
그리고 그 등불은 다시 한 번 켜지기를 기다리고 있다,
동방에서 빛을 밝히려.
In the golden age of Asia ,
Korea was one of its lamp-bearers
and that lamp is waiting to be lighted once again
for the illumination in the East

원작은 여기까지다. 바쁜 여행 일정에 쫓기는 세계적인 시인이 이 정
도 작품을 써 준 것도 대단하다고 할 수 있겠지만, 그래도 뭔가 "애개개,
요게 다야?" 하는 아쉬운 느낌을 떨쳐 버릴 수는 없다. 그뿐 아니라 당
시 타고르의 스케줄이 요즘 한류 스타들만큼 바빴는지는 잘 모르겠지
만, 그래도 일본까지 온 마당에 당시 암울한 식민지 시대를 겪고 있던,
게다가 자신의 시를 읽는 팬들도 많은 조선을 들르지 않고 그냥 갔다는
것이 좀 섭섭하기도 하다.

그래서인지 한국에서는 언제부터인가 원작보다 조금 더, 아니 실은
상당히 분량이 늘어난 또 다른 버전의 「동방의 등불」이 유행하기 시작했
다. 이 긴 버전을 감상해 보자.

아시아의 황금기에
코리아는 그 등불을 나르던 나라 중 하나였다.

그리고 그 등불은 다시 한 번 켜지기를 기다리고 있다,

동방에서 빛을 밝히려.

마음에 두려움이 없고 머리를 높이 든 곳,

지식은 자유롭고

좁은 담벽으로 세계가 조각조각 깨어지지 않은 곳,

진리의 심연에서 말씀이 솟아나는 곳,

부단한 노력이 완벽을 향해 팔 뻗치는 곳,

이성의 맑은 흐름이 죽은 관습의 삭막한 모래사막 속에서 길 잃지 않는 곳,

무한히 퍼져 나가는 생각과 행동으로 우리의 마음이 인도되는 곳,

그러한 자유의 천국으로, 아버지시여, 내 나라가 깨어나게 하소서.

In the golden age of Asia,

Korea was one of its lamp-bearers

and that lamp is waiting to be lighted once again

for the illumination in the East

Where the mind is without fear and the head is held high;

Where knowledge is free;

Where the world has not been broken up into fragments by narrow
domestic walls;

Where words come out from the depth of truth;

Where tireless striving stretches its arms towards perfection;

Where the clear stream of reason has not lost its way into the
dreary desert sand of dead habit;

Where the mind is led forward by thee into ever-widening thought
and action—

Into that heaven of freedom, my Father, let my country awake.

1916년경의 타고르. 그는 문학뿐 아니라 미술, 음악에서도 탁월한 재능을 발휘했으며 영화 제작에도 관심이 많았던 팔방미인이었다.

참으로 아름답고 벅찬 감동이 밀려온다. 그런데 실은 이 긴 버전 「동방의 등불」은 네 행짜리 오리지널 「동방의 등불」에다 『기탄잘리』의 제35번째 송가를 슬쩍 이어 붙인 것이다. 그뿐 아니라 마지막 행 "그러한 자유의 천국으로, 아버지시여, 내 나라가 깨어나게 하소서"는 한국어판 「동방의 등불」에서는 종종 "나의 마음의 조국 코리아여 깨어나소서"로 둔갑하여 소개되기도 한다(한국에서 소개될 때는 대개 한국어 번역문만 등장하기 때문에 편집자의 구미에 맞게 이런저런 부분적 개작이 계속 이루어지기도 했다). 이렇게 되면 저자 본인의 승낙도 없이 인도가 아닌 코리아를 타고르의 정신적 조국으로 만들어 버린 셈이니 좀 문제는 문제다.

장시로 둔갑한 「동방의 등불」이 문학적 날조임은 분명하지만, 다른 저자가 아닌 같은 시인의 시편을 끌어모아서 그런지 전혀 다른 배경 속에서 쓰인 두 작품임에도 무리 없이 잘 어울려 드는 느낌은 있다. 타고르 선생이 이 짜깁기 사건을 생전에 알았는지 모르겠다. 하지만 설사 알았더라도 '만물의 조화'를 노래한 인품을 생각할 때 저작권 위반이라고 화를 내기보다는 "참 잘 짜깁기하셨소(What a great stitch job)!" 하고 칭찬하지 않았을까 싶다.

자기도 모르게 대한민국의 '정신적' 명예시민이 되어 버린 시성 타고르 선생의 시구처럼, 21세기를 살아가는 우리 모두는 "마음에 두려움이 없고" "지식은 자유롭고" "좁은 담벽으로 세계가 조각조각 깨어지지 않은" 나라, "이성의 맑은 흐름이 죽은 관습의 삭막한 모래사막 속에서 길 잃지 않는" 그런 나라를 만들려는 노력을 쉬지 말아야 하겠다.

지성의 두 가지 양상—엘리엇과 프로스트

「J. 앨프리드 프루프록의 연가」—그런데 연가 맞아?

T. S. 엘리엇(T. S. Eliot, 1888~1965)은 종종 20세기의 가장 위대한 시인으로 불린다. 원래 미국 세인트루이스 출신이었지만, 영국으로 유학을 갔다가 정착한 뒤 아예 귀화했다. 엘리엇은 젊은 시절 한동안은 생활비를 벌기 위해 낮에는 은행원으로 일하면서 시는 새벽에 일찍 일어나 썼다고 하니 전형적인 아침형 인간이었던 모양이다.

먼저 그의 출세작이라고 할 「J. 앨프리드 프루프록의 연가 *The Love Song of J. Alfred Prufrock*」를 잠깐 감상해 보자. 제목에서 연가(love song)라고는 했지만 이 시의 화자는 마치 '마음'이 아니라 '머리'로 사랑을 하는 것 같다. 시는 미국과 영국에서 엘리트 인문학 교육을 받은 시인의 작품답게 단테의 『신곡: 지옥 편』에서 따온 다음과 같은 이탈리아어 명구로 시작한다.

그러나 내가 만일 나의 대답이

세상으로 다시 돌아갈 사람에게 하는 것이라고 생각한다면,

이 날름거리는 불꽃은 깜박이기를 그치리라.

그러나 내 들은 바가 사실이라면

이 심연에서 살아 돌아간 사람은 아직 없으므로

나는 창피를 당할 것을 두려워하지 않고 대답할 수 있다.

S'io credesse che mia risposta fosse

A persona che mai tornasse al mondo,

Questa fiamma staria senza piu scosse.

Ma perciocche giammai di questo fondo

Non torno vivo alcun, s'i'odo il vero,

Senza tema d'infamia ti rispondo.

이 대목은 『신곡 : 지옥 편』 제27곡에서 어느 죄 많은 영혼이 단테에게
전하는 말이다. 여기서 화자는 이미 지옥에 들어선 시인(단테) 역시 자신
처럼 다시는 인간 세상으로 돌아갈 수 없는 신세라고 생각하고, 자신의
비밀, 즉 살아생전 지상에서 행한 업을 들려준다. 엘리엇은 이렇게 「연
가」를 『신곡 : 지옥 편』의 혼령이 털어놓는 비밀의 고백인 양 만들며 자
못 신비스러운 분위기를 띄우고 있는 것이다. 이어서 시의 본문이 시작
된다.

그럼 갑시다, 그대와 나,

수술대 위에서 마취된 환자처럼

하늘을 배경 삼아 저녁이 펼쳐질 때.

갑시다, 어떤 반쯤은 버려진 거리들을 뚫고,

왼쪽: 「프루프록의 연가」를 발표하고 옥스퍼드 대학교에 재학 중이던 27세 때의 엘리엇.
오른쪽: 시인을 넘어 20세기 최고 지성 중 한 명으로 명성을 구가하던 46세 때의 모습(에드거 홀러웨이 작).

하룻밤들이 싸구려 호텔의 잠 못 이루는 밤들과

굴껍질이 널브러진 톱밥 깔린 식당을 지나.

음흉한 의도의

지루한 논쟁처럼 이어지는 거리들은

그대를 위압적인 질문으로 안내하니.

오, "이게 뭐야?"라고 묻지 말고

가서 방문해 봅시다.

Let us go then, you and I,

When the evening is spread out against the sky

Like a patient etherized upon a table;

Let us go, through certain half-deserted streets,

Of restless nights in one-night cheap hotels

And sawdust restaurants with oyster-shells:

Streets that follow like a tedious argument

Of insidious intent

To lead you to an overwhelming question.

Oh, do not ask, "What is it?"

Let us go and make our visit.

이렇게 시작된 시는 갈수록 점점 무거운 톤으로 변하더니 급기야 우주와 인생에 대한 명상에까지 이른다. 엘리엇이 이 시를 완성한 것이 26세 때였다는 것을 생각하면 놀라운 수준의 식견이라고 하지 않을 수 없다.

내가 감히

우주를 뒤흔들 것인가?

단 일 분 속에도

결정과, 그것을 뒤집을 수정의 시간이 있다.

왜냐하면 나는 그 모두를 이미 알고 있기 때문이다, 그 모두를 안다.

저녁, 아침, 오후를 알고 있다.

나는 내 인생을 커피 스푼으로 재 왔다.

나는 저쪽 방에서 음악에 깔려 쓰러져

잦아드는 목소리를 안다.

그러니 내가 어찌 추정해야 할까?

Do I dare

Disturb the universe?

In a minute there is time

For decisions and revisions which a minute will reverse.

For I have known them all already, known them all:

Have known the evenings, mornings, afternoons,

I have measured out my life with coffee spoons;

I know the voices dying with a dying fall

Beneath the music from a farther room.

So how should I presume?

여기서 "나는 내 인생을 커피 스푼으로 재 왔다(I have measured out my life with coffee spoons)"는 매우 유명하다. 이 구절이 무엇을 의미하는지는 시가 발표된 이래 많은 전문가들이 아직도 연구 중이지만, 하필 꼭 커피 스푼으로만 인생을 측정할 필요는 없을 것 같다. 아닌 게 아니라 이 구절은 후대 작가나 코미디언들의 여러 오마주와 패러디가 뒤따랐다.

그런데 사실 말이 좋아 '연가'지 이렇게 장황하고 난해하게 '사랑'을 고백해서야 어느 여성이 감동할지 의문이다. 엘리엇류의 시풍을 보통 '주지주의(intellectualism)'라고도 하는데, 지나친 지적 편력, 아니 지적 방황은 때로 연애에 독이 된다.

「황무지」를 읽기 위하여

이쯤에서 「J. 앨프리드 프루프록의 연가」의 첫 두 행을 흉내 내어 이렇게 말해 볼까.

그럼 갑시다, 그대와 나,

「황무지」를 읽으러

Let us go then, you and I,

To read "The Waste Land"

그렇다. 이제 슬슬 엘리엇의 대작 「황무지The Waste Land」로 가 볼 때다. 장장 433행에 달하는 장시 「황무지」는 1922년 발표된 후 지금까지도 독자와 문학 평론가들의 머리와 마음을 사로잡는 작품이며, 그 메시지를 두고도 제1차 세계대전 이후 서구의 정신적 공황 상태를 상징했다는 이론부터 동양 철학의 지혜를 표현했다는 주장까지 온갖 해석이 난무한다. 제목부터도 예외가 아니다. 황무지 혹은 불모지라는 의미로 쓰이는 영어 단어는 wasteland인데 왜 엘리엇은 굳이 waste와 land를 분리해서 The Waste Land라고 했을까? 모르긴 몰라도, 엘리엇이 왜 그랬는지 그 '심오한' 이유를 분석한 영문학 박사 학위 논문도 몇 편은 쓰였을 것이다. 앞서 문제의 「연가」와 마찬가지로 「황무지」 역시 본문에 앞서 짧은 명구가 소개된다.

"Nam Sibyllam quidem Cumis ego ipse oculis meis vidi

in ampulla pendere, et cum illi pueri dicerent: Σιβυλλα

τι θελεις; respondebat illa: αποθανειν θελω."

으윽, 「연가」에서는 이탈리아어가 튀어나오더니 이번에는 라틴어와 그리스어의 협공 작전이다. 간신히 한국어로 옮겨 보면 다음과 같다.

"나는 항아리 속에 들어 있는 쿠마이의 무녀를 내 눈으로 직접 보았다. 아이들이 '무녀님, 무얼 원하죠?'라고 말하자 무녀는 '죽고 싶어'라고 대답했다."

이탈리아 화가 조반니 바르비에리의 〈쿠마이의 무녀〉. 엘리엇은 이 무녀와 아폴론 신 사이의 우화를 「황무지」의 명구에 차용했다. 쿠마이의 무녀는 예수 그리스도의 출현과 죽음을 예언했다는 전설 때문에 중세 기독교에서도 상당히 존중받은 존재였다.

고대 그리스의 전설에 따르면 예언의 능력을 가진 '쿠마이의 무녀(Sibyl of Cumae)'는 눈부시게 아름다웠다고 한다. 그녀를 보고 한눈에 반한 태양신 아폴론이 소원을 말하라고 하자, 무녀는 당돌하게도 모래를 한 움큼 쥐더니 "이 모래알 숫자만큼 오래 살게 해 주세요"라고 부탁했다. 그런데 소원을 들어주었음에도 무녀가 구애를 받아들이지 않자 아폴론은 화를 내며 그냥 떠나 버렸고, 그것은 그대로 아폴론의 저주가 되고 말았다. 왜냐하면 움켜쥔 모래의 숫자만큼 오래 살게는 되었지만 노화 과정은 계속 진행되었기 때문이다. 세월이 지날수록 주름살이 늘고 몸이 쪼그라든 무녀는 급기야 항아리 속에 들어앉을 정도로 작은 몸이 되어 죽음을 희망하는 신세가 되었다.

이와 비슷한 예로 새벽의 여신 에오스(Eos)의 사랑을 받은 트로이의 왕자 티토노스(Tithonus)에 대한 그리스 전설도 있다. 이야기에 따르면 에오스는 티토노스를 너무 사랑한 나머지 제우스 신에게 졸라 영원한 생명을 주도록 한다. 하지만 에오스가 영원한 생명과 함께 영원한 젊음도 부탁하는 것을 깜박한 탓에 티토노스는 영생은 하되 한없이 늙어 가

는 신세로 전락했다는 것이다. 스위프트의 『걸리버 여행기』에도 러그내
그(Luggnagg)라는 나라에 사는 '스트럴브러그(Struldbrug)'라는 불사의 족
속이 등장한다. 여기서도 문제는 '불사(immortality)'가 영원한 젊음의 동
의어가 아니라는 것. 스트럴브러그들은 80세가 지나면 급속도로 노화가
진행되면서 사실상 좀비, 즉 산송장이 되어 버린다. 장수야 모든 인간의
소망이지만 육체의 젊음이 받쳐 주지 않으면 도대체 나이만 먹는 것이
무슨 의미가 있을까? 죽는 건 두렵지만 죽지 않고 계속 늙어만 가는 것
은 더 끔찍하다.

다시 「황무지」로 돌아가서, 이렇게 불사의 문제점을 함축한 명구를 패
스하면 이번에는 다음과 같은 헌사가 나타난다.

에즈라 파운드에게
일 밀리오르 파브로
For Ezra Pound
il miglior fabbro

미국 출신 시인 에즈라 파운드(Ezra Pound, 1885~1872)는 엘리엇을 비
롯하여 많은 시인과 작가에게 영향을 끼친 인물이다. 이탈리아어 *il
miglior fabbro*는 '최고의 장인(the best smith)'이라는 뜻이다. 일설에 의
하면 파운드는 엘리엇이 보낸 「황무지」의 초고를 읽고 분량을 대폭 줄이
며 정리해 주었다고 한다. 이런 연유로 엘리엇은 언어의 장인(wordsmith)
이라는 의미로 파운드가 사랑했던 이탈리아어를 사용하여 그에게
fabbro(장인)라는 호칭을 쓴 것 같다.

이렇게 제목을 분석하고, 서문의 내용을 이해하고, 시를 헌정한 인물
에 붙인 칭호를 해석하고 연구하다 보니 벌써 머리가 지끈거릴 지경인

엘리엇의 오랜 멘토였던 미국 시인 에즈라 파운드. 모더니즘의 개척자였지만 유럽 파시즘을 적극 옹호하는 행보 때문에 2차 대전 뒤 반역죄로 법정에 서는가 하면 정신 병원에 장기 수용되는 등 기구한 삶을 살았다.

데, 아직 시의 본문은 시작도 하지 않았다. 드디어 지친 두뇌를 이끌고 우리는 시의 그 너무도 유명한 도입부에 다다른다.

> 사월은 가장 잔인한 달,
>
> 죽은 땅에서 라일락을 기르고
>
> 기억과 욕망을 뒤섞고
>
> 잠든 뿌리를 봄비로 자극한다.
>
> April is the cruellest month, breeding
>
> Lilacs out of the dead land, mixing
>
> Memory and desire, stirring
>
> Dull roots with spring rain.

이 첫 대목에 대해서도 사람들 사이에서 온갖 해석, 해설, 잡설이 흘러넘친다. 어디선가 정신적, 지적 겨울잠에 빠져 있는 현대인들(이제는 거의 백 년도 더 이전 시대의 사람들이지만)에게 다시 '봄'과 같은 정신적 자극이 필

요하다는 시인의 메시지가 표출된 것이라는 주장을 읽은 적이 있는데,
나로서는 "글쎄올시다"이다. 위의 네 행보다는 덜 알려진, 겨울을 묘사
한 그다음 세 행을 읽어 보면 또 느낌이 약간은 다르다.

> 겨울은 우리를 따뜻하게 지켜 주었다.
> 대지를 망각의 눈으로 덮고
> 마른 구근으로 보잘것없는 생명을 연명시켰다.
> Winter kept us warm, covering
> Earth in forgetful snow, feeding
> A little life with dried tubers.

보통은 봄 = 생명, 겨울 = 죽음, 이런 공식 아닌가? 그런데 여기서는 그
통념을 거꾸로 뒤집어 봄 = 잔인한 계절, 겨울 = 착한 계절로 만들고 있
는 것이다. 따라서 시구에 숨겨진 '심오한 메시지'를 찾으려 들기보다
그저 사물을 뒤집어 보는 시적 역설(poetic paradox)의 미학을 감상하는
기회로만 삼아도 좋을 것 같다.

자, 그럼 "사월은 가장 잔인한 달"이라고 한번 읊었으니, 이것으로
「황무지」를 "뗐다"고 할 수 있을까? 전혀 그렇지 않다. 장장 총 4부 4백
행이 넘는 콘텐츠가 남아 있기 때문이다. 「황무지」는 성경과 단테의 『신
곡』을 비롯하여 다양한 고전 작품, 역사책, 신화로부터 빌려 온 표현과
인용들로 행간을 가득 채우고 있어 사실 전혀 황무지스럽지 않다. 그 예
로 「죽은 자의 매장 *The Burial of the Dead*」으로 불리는 시 제1부의 마지막
몇 행을 감상해 보자.

> "자네 밀라이에서 나와 같은 배에 탔지!

작년에 자네가 뜰에 심은 시체에

싹이 트기 시작했나? 올해엔 꽃이 필까?

혹시 때아닌 서리가 그 토양을 망쳤나?

오 개를 멀리하게, 인간의 친구 말일세.

안 그러면 놈이 발톱으로 시체를 다시 파헤칠 걸세!

그대! 위선의 독자여, ─내 동류, ─내 형제여!"

"You who were with me in the ships at Mylae!

That corpse you planted last year in your garden,

Has it begun to sprout? Will it bloom this year?

Or has the sudden frost disturbed its bed?

Oh keep the Dog far hence, that's friend to men,

Or with his nails he'll dig it up again!

You! hypocrite lecteur!─mon semblable,─mon frère!"

이게 도대체 다 무슨 소리란 말인가? 우선 밀라이(Mylae)는 기원전 260년 로마와 카르타고가 지중해의 지배권을 놓고 맞붙었던 제1차 포에니 전쟁의 전세를 결정한 밀라이 해전(Naval Battle of Mylae)을 가리킨다. "뜰에 심은 시체"는 고대 풍요제에서 풍년을 바라며 신의 형상을 땅에 묻던 관습을 좀 삐딱하게 표현한 것이라고 하는데, 시 도입부의 "죽은 땅에서 라일락을 기르고"와도 의미상의 대구를 이룬다.

"오 개를 멀리하게, 인간의 친구" 운운하는 대목은 엘리엇 자신의 주석(이제 와서 하는 얘기지만 「황무지」에는 엘리엇이 직접 단 수십여 개의 주석이 포함되어 있다)에 따르면 존 웹스터(John Webster)의 『백색 악마 *White Devil*』라는 희곡에서 따온 문장이라고 한다. 프랑스어로 된 마지막 행은 앞서 감상했던 보들레르의 『악의 꽃』 첫 번째 시 「독자에게」의 마지막 문장인 "위선의 독자여,─내 동류,─내 형제여!"이다. 하지만 물론 이렇게 각 행과 관련된 단편적인 지식을 쌓았다고 해도 그 전체가 어떤 메시지를 이루고 있는지에 대해서는 다양한 해석이 나올 수 있다. 이런 지경이니, 이 시 「황무지」 한 편만 꼼꼼히 읽어도 인문 교양 학습이 자동으로 된다.

게다가 「황무지」의 원문에서는 라틴어, 그리스어, 이탈리아어 외에도 독일어, 프랑스어에 심지어는 "샨티 샨티 샨티(Shantih shantih shantih)"라는 산스크리트어 주문까지 튀어나오는 등 언어의 백과사전을 방불케 하기도 한다. 기회가 있으면 「황무지」 전편에 도전해 보는 것도 의미 있고 유익한 일이겠지만, 그렇게 발품에 손품을 팔고 별로 좋지도 않은 머리를 혹사하면서 읽어야 하는 시가 정말 좋은 시이기는 한 걸까?

한 가지 위안이라면, 엘리엇이 꼭 이렇게 무지막지한 시만 쓴 것은 아니라는 사실이다. 특히 그가 인생의 후반기에 쓴 시들은 그 내용이나 분위기가 상당히 다채롭다. 엘리엇의 첫 번째 아내 비비언(Vivienne Haigh-Wood Eliot)은 상당히 예민하고 신경질적인 여성으로 남편 엘리엇에게 엄청난 스트레스를 주었다고 한다. 실제로 엘리엇이 젊은 시절 쓴 시편들에서 종종 비치는 비관적 분위기, 무력감 등이 극도로 불행했던 첫 결혼 생활을 반영한다는 데에 많은 평론가들이 동의한다. 비비언은 결국 신경증과 편집증이 악화된 끝에 정신 병원에 수용되어 엘리엇이 노벨 문학상을 받기 한 해 전인 1947년 사망했다.

엘리엇은 이후 자신의 개인 비서이자 40세 가까이 연하였던 밸러리 플레처(Valerie Fletcher)라는 여성과 수년간의 열애 끝에 1957년 결혼하는데, 노년에 시작한 이 두 번째 결혼 생활은 상당히 행복했던 것으로 전해진다. 그 덕분인지 두 번째 아내를 주제로 썼다고 하는 시 『키 큰 여성과 내가 함께 노는 법How the Tall Girl and I Play Together』의 다음과 같은 대목은 엘리엇의 작품이 맞나 싶을 정도로 파격적이다(정말이지 너무 파격적, 노골적이라 번역은 차마 싣기가 어렵다. 독자 여러분이 알아서 감상해 보시도록).

When my tall girl sits astraddle on my lap,

She with nothing on and I with nothing on

And our middle parts are about their business,

I can stroke her back and her long white legs

And both of us are happy, Because she is a tall girl.

젊어서는 머리로 사랑을 하려는 듯한 「프루프록의 연가」를 썼던 시인이 오히려 삶의 황혼 무렵에 사랑하는 사람과 나누는 육체의 기쁨에 눈떴으니, 엘리엇은 정말 시간을 거꾸로 산 인물이 아닌가 싶다.

엘리엇이 뮤지컬 〈캐츠*Cats*〉의 원작자라는 사실을 아는 사람은 그리 많지 않을 것이다. 〈캐츠〉는 고양이들의 습성과 생태를 묘사한 시를 모은 엘리엇의 시집 『늙은 시인의 영리한 고양이 안내서*Old Possum's Book of Practical Cats*』를 원작으로 한다(오스트레일리아 등지에 서식하는 유대류 동물 '포섬 possum'에서 따온 Old Possum은 엘리엇의 별명이었다). 뮤지컬 속 여러 아리아의 가사 역시 책 속의 시편들을 바탕으로 지어졌다. 20세기의 가장 성공적인 뮤지컬 중 한 편이 20세기의 가장 위대한 시인 중 한 명과 맺은 인연이 흥미롭다.

프로스트의 선택

그리스 로마의 고전부터 동양 철학까지 두루 섭렵하는 온갖 현학과 지적 유희로 유명한(혹은 악명 높은) 엘리엇의 시 세계와 극명한 대조를 이루는 것은, 그와 거의 동시대를 산 미국 시인 로버트 프로스트(Robert Frost,

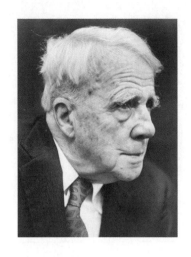

말년의 로버트 프로스트. 전원생활의 소소한 일상
을 깊이 있는 명상으로 연결시키는 독특한 시 세계
를 구가했다.

1874~1963)의 시편들이다. 엘리엇이 미국 출신이면서도 그의 지적, 정신
적 고향인 영국과 유럽에서 생의 대부분을 보낸 반면, 프로스트는 미국
뉴햄프셔 주에 정착하여 농사를 짓는 틈틈이 시작을 하며 여생을 보낸
전원시인, 농군 시인이었다.

프로스트의 시편은 한마디로 담백 그 자체다. 사용하는 어휘도 거의
한국의 중고등학교 영어 수준으로 평이하기 그지없다. 하지만 쉽게 읽
힌다고 해서 깊이가 없는가 하면 그건 또 아니다. 그의 유명한 시 「택하
지 않은 길*The Road Not Taken*」을 감상해 보자.

노란 숲 속에 난 두 갈래 길,

아쉽게도 여행자는 나 한 사람,

그래서 두 길을 다 갈 수는 없었고, 오래도록 서서

한 길을 볼 수 있는 한 멀리

덤불 속으로 굽어드는 자리까지 바라보았다.

그러곤 다른 길을 택했지. 똑같이 아름답지만

아마도 더 끌렸던 것은

풀이 우거진 데다 덜 닳았기 때문.

하기야 두 길 다 많이들 지나다닌 탓에

실은 거의 똑같이 닳기는 했지만.

그런데 그 아침 두 길은 똑같이

발길에 밟혀 더럽혀지지 않은 낙엽 속에 놓여 있었다.

아, 나는 첫째 길을 다음으로 기약해 두었다!

하지만 길은 길로 이어지는 것을 알기에

내가 되돌아올 수 있을지는 의심스러웠다.

어디에선가 먼먼 훗날

나는 한숨지으며 이렇게 말할지 몰라,

숲 속에 난 두 갈래 길, 그리고 나는—

나는 인적이 덜한 길을 택했다고,

그리고 그 결정이 모든 것을 바꾸었다고.

Two roads diverged in a yellow wood,

And sorry I could not travel both

And be one traveler, long I stood

And looked down one as far as I could

To where it bent in the undergrowth;

Then took the other, as just as fair,

And having perhaps the better claim,

Because it was grassy and wanted wear;

Though as for that the passing there

Had worn them really about the same,

And both that morning equally lay

In leaves no step had trodden black.

Oh, I kept the first for another day!

Yet knowing how way leads on to way,

I doubted if I should ever come back.

I shall be telling this with a sigh

Somewhere ages and ages hence:

Two roads diverged in a wood, and I —

I took the one less traveled by,

And that has made all the difference.

  별다른 부연 설명 없이도 내용을 이해하기가 어렵지 않을 것이다. 여기서 '길'은 읽는 사람에 따라 실제로 걷는 길뿐만 아니라 학교 전공, 진로, 심지어는 배우자를 상징할 수도 있다. 제목이 '택하지 않은 길'인 점을 들어 시인이 자신이 선택한 길보다 다른 길에 미련이 있다고 보는 해석이 대세이지만, 꼭 그렇게만 생각한 필요는 없을 것 같다. 오히려 남들이 가지 않은 길을 걸어와서 다행이라는, 일종의 안도감으로 쓴 시라고 말할 수도 있지 않을까? 성경에서도 생명으로 인도하는 문은 '좁은 문(strait gate)'이라고 했다. 그렇게 보면 마지막 연의 '한숨(sigh)' 역시 가지 않은 길에 대한 후회나 회한이라기보다는 올바른 선택에 대한 '안도

프로스트가 여생을 보낸 뉴햄프셔 주 해안가의 산책로. 그의 작품 「택하지 않은 길」의 시구가 절로 떠오르는 풍경이다.

의 한숨'이 아니었을지. 어쨌든 종종 시인지 논문인지 구별이 힘든 엘리엇의 대작들에 압도되다가, 이렇게 쉽고 명쾌한 언어로 쓰인 프로스트의 시편들을 읽다 보면 숲 속에서 신선한 공기를 마시는 듯한, 다시 말해 언어로 삼림욕을 하는 기분이 든다.

　여기서 반전 아닌 반전이라면, 프로스트가 그렇다고 순전한 농촌 출신은 아니라는 것이다. 샌프란시스코에서 언론인의 아들로 출생한 프로스트는 동부의 명문 다트머스대와 하버드대에서 수학했으며, 30대에는 영국으로 건너가 현지의 여러 문인들과 활발히 교류하면서 자신의 문학 세계를 다듬어 나간 경력이 있다. 그의 시편들이 평이한 어휘와 표현을 구사하면서도 읽는 이에게 깊은 울림을 던짐과 동시에 곰곰 생각할 여지를 주는 것은 이렇듯 폭넓은 삶의 궤적과 무관하지 않다고 하겠다. 가령 「불과 얼음Fire and Ice」이라는 시를 천천히 음미해 보자.

어떤 이들은 세계가 불로 끝나리라 말하고
어떤 이들은 얼음으로 끝나리라 말하지.
내가 맛본 욕망으로부터 생각해 본다면
불로 끝나리라는 이들에게 동의한다.
하지만 세계가 두 번 멸망해야 한다면,
나는 파괴에는 얼음 또한
훌륭하리라는 것을,
그것으로 충분하리라는 것을 깨달을 만큼
증오에 대해서도 아는 것 같다.

Some say the world will end in fire,
Some say in ice.
From what I've tasted of desire
I hold with those who favor fire.
But if it had to perish twice,
I think I know enough of hate
To know that for destruction ice
Is also great,
And would suffice.

아주 짧은 시임에도, 욕망(불)과 증오(얼음), 즉 인간의 본성을 세계 멸망의 두 가지 원인으로 본 시인의 식견은 21세기인 현재에도 긴 여운을 전한다(시가 처음 발표된 때는 1920년). 환경론자들은 화석 연료의 오용에 따른 지구 온난화로 세계가 멸망하리라고 굳게 믿는다. 그런데 생각해 보면 인류가 화석 연료를 엄청나게 소비하는 이유가 바로 넘쳐 나는 온갖 인간적 욕망을 충족하기 위해서 아닌가. 그런가 하면 과학자들은 만약 핵무기를 사용하는 제3차 세계대전이 실제로 발생할 경우 핵폭발이 만들어 내는 엄청난 구름과 재가 대기권을 덮어 지구를 끝도 모를 기나긴 혹한으로 몰아넣는 이른바 '핵겨울(nuclear winter)'이 닥칠 것이라고 경고하기도 한다. 그런데 핵전쟁을 일으켜서라도 적과 공멸해 버리겠다는 마음이야말로 극에 달한 증오가 아니고 무엇이겠는가? 다시 말해 21세기 인류 문명 전체가 어쩌면 프로스트의 예언처럼 불과 얼음이라는 두 악몽 같은 시나리오 사이에 위태롭게 끼어 있는지도 모른다. 이쯤 되면 논리를 초월하는 시인의 직관 혹은 혜안이라는 것이 정말 있다는 말이 아주 터무니없게 들리지는 않을 지경이다.

내가 개인적으로 좋아하는 프로스트의 시로 「큰개자리*Canis Major*」라는 작품이 있다. 그리스 신화에서 여신 아르테미스(Artemis)의 화살을 맞고 죽어 별자리가 된 사냥꾼 오리온(Orion)은 하늘에서도 자기가 평소 거느렸던 사냥개 '큰개자리'와 '작은개자리(Canis Minor)'의 보좌를 받고 있다. 이 중 큰개자리는 유명한 시리우스(Sirius)를 중심에 두고 약 열 개의 별로 위용을 자랑하는 반면, 작은개자리는 딱 두 개의 별로 이루어져 그 세력이 비교가 되지 않는 '안습'한 처지이다. 하지만 시는 서쪽을 향해 곧추서서 힘차게 도약하는 "하늘의 야수(That heavenly beast)"인 큰개자리의 늠름한 모습을 부러운 눈으로 바라보면서도 자기 역시 분발하겠다는 작은개자리의 다음과 같은 다짐으로 끝난다.

나는 불쌍한 작은 개,
하지만 오늘 밤은
어둠을 뚫고 떠들어 대는
큰 개에 뒤지지 않게 짖어 보련다.
I'm a poor underdog,

But to-night I will bark

With the great Overdog

That romps through the dark.

여기서 underdog과 overdog이라는 단어가 눈에 들어온다. 큰 개의 광채에도 기죽지 않고 한번 멋지게 짖어 보려고, 다시 말해 반짝거려 보려고 애쓰는 작은 개는 바로 숙명의 언더독이다. 원래 투견 용어에서 유래했다는 underdog은 약자, 힘없는 자, 운동 경기에서 약체인 팀이나 선수 등을 뜻한다. 독자 여러분 가운데도 큰개자리, 즉 오버독(overdog, 승자, 당선이 예상되는 선거 출마자)이 아닌 작은개자리, 즉 언더독의 삶을 사는 경우가 더러 있지 않을까 싶다. 내 삶 역시 오버독보다는 언더독 클럽 회원의 자격이 넘치고도 남는다. 또 바로 그래서인지 이 시를 읽을 때마다 나를 포함한 세상의 모든 언더독들을 생각하며 마음이 짠해지는 느낌을 지울 수 없다. 하지만 열심히 살다 보면 언젠가는 우리 언더독들도 한번 멋지게 껑충 뛰며 짖어 볼 날이 오지 않겠는가! 프로스트의 시는 바로 언더독들을 위한 응원가이다.

이제 즐거운 『세계문학 브런치』도 아쉬운 대로 슬슬 자리를 정리해야 할 때가 온 것 같다. 마침 프로스트의 시 「눈 내리는 저녁 숲가에 멈춰 Stopping by Woods on a Snowy Evening」의 마지막 연이 떠오른다.

숲은 사랑스럽고, 어둡고, 깊다.

하지만 나는 지켜야 할 약속들이

그리고 잠들기 전 가야 할 몇 마일이

그리고 잠들기 전 가야 할 몇 마일이 있다.

The woods are lovely, dark and deep.

뉴햄프셔 노스콘웨이 지역의 나무
숲. "숲은 사랑스럽고, 어둡고, 깊
다."(프로스트, 「눈 내리는 저녁 숲가에
멈춰」 중에서)

But I have promises to keep

And miles to go before I sleep,

And miles to go before I sleep.

나 역시 잠들기 전 읽어야 할 책 몇 권이 남았다.

나의 독서는 아직 끝나지 않았다. 여러분은 어떤가?

원전 인용 출처 및 참고 문헌

인용문 온라인 출처에 관한 참고 사항

본서에서 인용한 영어 텍스트는 저작권 문제(번역도 저작권법의 보호를 받는다) 및 독자들의 편의를 고려하여 가능한 한 온라인상에서 열람할 수 있는 퍼블릭 도메인(public domain) 콘텐츠를 이용했다. 단 명확한 의미 전달을 위해 복수의 온오프라인 텍스트를 비교한 뒤 문장을 임의로 수정한 경우도 적지 않다는 점을 밝힌다.

온라인상에서 확보 가능한 텍스트라고 해서 그 수준이 떨어지는 것은 전혀 아니다. 저작권 시효가 만료되어 이제는 퍼블릭 도메인이 된 영어 번역본 가운데는 그 자체가 해당 분야에서 하나의 스탠더드 내지는 고전으로 인정받는 경우가 많다. 종이책을 읽느냐, 인터넷을 포함한 e-book을 읽느냐는 개인의 취향과 미디어의 특성에 따라 이루어지는 선택일 뿐 어느 쪽에 우열이 있는 것은 아니다—나더러 굳이 선택하라면 종이책 쪽이기는 하지만, 그것이 익숙한 것에 대한 집착 때문인지, 아니면 종이책 자체에 어떤 독특한 이점과 매력이 있기 때문인지는 확실히 모르겠다.

고전의 영어 텍스트를 무료로 제공하는 웹사이트 가운데 대표적인 곳으로는 프로젝트 구텐베르크(Project Gutenberg, www.gutenberg.org)와 페르세우스 디지털 라이브러리(Perseus Digital Library, www.perseus.tufts.edu)가 있다. 미국의 작가이자 사업가인 마이클 하트(Michael Hart)가 발족시킨 프로젝트 구텐베르크는 지금까지 5만여 권에 달하는 장서의 영문 버전을 디지털화해 놓고 있다. 터프츠 대학교(Tufts University)에서 운영하는 페르세우스 디지털 라이브러리는 특히 그리스, 로마 고전 컬렉션에 강하다. 영문 텍스트를 그리스어, 라틴어 버전과 비교 분석하는 것도 가능하다. 나 역시 이 책 『세계문학 브런치』에 수록된 『일리아스』와 『오디세이아』 소개 챕터를 준비하며 이 사이트를 참고했다.

한편 퍼블릭 도메인이 된 세계문학 작품을 전문적으로 소개하는 사이트로는 오스트레일리아 애들레이드 대학교(The University of Adelaide)의 온라인 도서관(ebooks.adelaide.edu.au)이 깔끔하다. 끝으로 챕터 7에서 소개한 상징주의 시편은 www.poetryfoundation.org, www.poetryintranslation.com, www.ramify.org 등에 소개된 영문판을 참조했음을 밝힌다.

오프라인 참고 문헌

Chapter 1 『일리아스』와 『오디세이아』, 원전은 힘이 세다

Thucydides, *The History of the Peloponnesian War*, Richard Crawley (tr.), Donald Lateiner (intr.), Barnes & Noble Classics, 2006.

Herodotus, *The Histories*, G. C. Macaulay (tr.), Donald Lateiner (ed. with intr.), Barnes & Noble Classics, 2005.

Euripides, *Ten Plays by Euripides*, Moses Hadas and John McLean (tr.), Bantam Books, 1981.

Aeschylus, *The Oresteian Trilogy: Agamemnon/The Choephori/The Eumenides*, Philip Vellacott (tr.), Penguin Books, 1967.

Chapter 2 단테의 '여정', 괴테의 '흥정'

Hermann Hesse, *Demian*, Michael Lebeck and Michael Roloff (tr.), Harper Perennial Modern Classics, 2009.

Chapter 3 장르 문학의 모험

Agatha Christie, *The Mysterious Affair at Styles: & the Secret Adversary: An Agatha Christie Omnibus*, Carroll & Graf Publishers, 1998.

Agatha Christie, *The Thirteen Problems*, Carroll & Graf Publishers, 2002.

Dashiell Hammett, *The Maltese Falcon*, Random House, Inc., 1972.

Chapter 4 셰익스피어를 읽는 시간

Arthur Miller, *The Crucible: A Play in Four Acts*, Christopher W. E. Bigsby (intr.), Penguin Classics, 2003.

Chapter 5 근대 소설의 거인들

Leo Tolstoy, *Anna Karenina*, Louise and Almer Maude (tr.), Dover Publications Inc., 2004.

Fyodor Dostoevsky, *The Karamazov Brothers*, Ignat Avsey (tr.), Oxford University

Press, 1998.

Mark Twain, *Tales, Speeches, Essays, and Sketches*, Tom Quirk (ed.), Penguin Books, 1994.

John Steinbeck, *The Grapes of Wrath*, Penguin, 2006.

Ernest Hemingway, *The Snows of Kilimanjaro and Other Stories*, Scribner, 1995.

Chapter 6 세계문학의 악동들

Oscar Wilde, *The Picture of Dorian Gray*, Camille Cauti (intr.), Barnes & Noble, 2003.

George Bernard Shaw, *Major Barbara*, Dan H. Laurence (ed.), Penguin, 2001.

George Orwell, *1984 – Nineteen Eighty-Four*, Signet New American Library, 1964.

Chapter 7 시의 향연

Edmund Wilson, *Axel's Castle: A Study in the Imaginative Literature of 1870 to 1930*, The Scribners, 1959.

Christopher Ricks and Jim McCue (ed.), *The Poems of T. S. Eliot: Volume II: Practical Cats & Further Verses*, Faber, 2015.

Robert Frost, *The Poetry of Robert Frost: The Collected Poems, Complete and Unabridged*, Henry Holt & Company Inc., 1969.

사진 출처

Chapter 1 『일리아스』와 『오디세이아』, 원전은 힘이 세다

21쪽	ⓒ Art Renewal Center (www.artrenewal.org)
23쪽 상	ⓒ Art Renewal Center (www.artrenewal.org)
23쪽 하	ⓒ SYC Studio
27쪽	ⓒ Art Renewal Center (www.artrenewal.org)
33쪽 좌상	ⓒ SYC Studio
33쪽 우상	ⓒ SYC Studio
33쪽 하	ⓒ SYC Studio
34쪽	ⓒ SYC Studio
37쪽	ⓒ Web Gallery of Art (www.wga.hu)
39쪽	ⓒ Web Gallery of Art (www.wga.hu)
44쪽	ⓒ Art Renewal Center (www.artrenewal.org)
48쪽 좌	ⓒ Art Renewal Center (www.artrenewal.org)
48쪽 중	ⓒ Web Gallery of Art (www.wga.hu)
48쪽 우	ⓒ SYC Studio
49쪽	ⓒ SYC Studio
51쪽	ⓒ Metropolitan Museum of Art (www.metmuseum.org)
52쪽	ⓒ SYC Studio
58쪽 상	ⓒ Metropolitan Museum of Art (www.metmuseum.org)
58쪽 하	ⓒ SYC Studio
60쪽	ⓒ SYC Studio
64쪽	ⓒ Metropolitan Museum of Art (www.metmuseum.org)
65쪽	ⓒ Web Gallery of Art (www.wga.hu)
67쪽	ⓒ SYC Studio
68쪽	ⓒ SYC Studio
73쪽	ⓒ SYC Studio
74쪽	ⓒ Metropolitan Museum of Art (www.metmuseum.org)
75쪽	ⓒ SYC Studio

Chapter 2 단테의 '여정', 괴테의 '흥정'

80쪽	ⓒ Web Gallery of Art (www.wga.hu)
85쪽	ⓒ SYC Studio
87쪽	ⓒ Web Gallery of Art (www.wga.hu)
91쪽	ⓒ SYC Studio
96쪽	ⓒ Metropolitan Museum of Art (www.metmuseum.org)
99쪽 좌	ⓒ SYC Studio
99쪽 우	ⓒ SYC Studio
100쪽	ⓒ SYC Studio
103쪽 좌	ⓒ SYC Studio
103쪽 우	ⓒ TBD / Dreamstime.com
105쪽	ⓒ Art Renewal Center (www.artrenewal.org)
110쪽	ⓒ Metropolitan Museum of Art (www.metmuseum.org)
112쪽	ⓒ SYC Studio
113쪽	ⓒ National Portrait Gallery (www.npg.org.uk)
115쪽	ⓒ Art Renewal Center (www.artrenewal.org)
120쪽	ⓒ Web Gallery of Art (www.wga.hu)
127쪽 좌	ⓒ Art Renewal Center (www.artrenewal.org)
127쪽 우	ⓒ Art Renewal Center (www.artrenewal.org)
130쪽	ⓒ Art Renewal Center (www.artrenewal.org)
132쪽	ⓒ Metropolitan Museum of Art (www.metmuseum.org)

Chapter 3 장르 문학의 모험

137쪽	ⓒ Library of Congress (www.loc.gov)
139쪽	ⓒ SYC Studio
142쪽	ⓒ Library of Congress (www.loc.gov)
145쪽 좌	ⓒ SYC Studio
145쪽 우	ⓒ SYC Studio
147쪽	ⓒ Library of Congress (www.loc.gov)
151쪽	ⓒ Chiarabenedetta condorelli / Dreamstime.com
156쪽	ⓒ Carol Highsmith
159쪽	ⓒ SYC Studio
161쪽	ⓒ Library of Congress (www.loc.gov)
163쪽	ⓒ Art Renewal Center (www.artrenewal.org)
167쪽	ⓒ Library of Congress (www.loc.gov)
168쪽	ⓒ Art Renewal Center (www.artrenewal.org)
171쪽	ⓒ SYC Studio
174쪽	ⓒ Library of Congress (www.loc.gov)

Chapter 4 셰익스피어를 읽는 시간

Chapter 5 근대 소설의 거인들

368쪽	ⓒ Library of Congress (www.loc.gov)
369쪽	ⓒ Carol Highsmith
370쪽	ⓒ Library of Congress (www.loc.gov)
374쪽	ⓒ Lloyd Arnold
375쪽	ⓒ Department of Agriculture (www.usda.gov)
379쪽	ⓒ Byrdyak / Dreamstime.com

Chapter 6 세계문학의 악동들

384쪽	ⓒ Art Renewal Center (www.artrenewal.org)
385쪽	ⓒ Project Gutenberg (www.gutenberg.org)
387쪽	ⓒ Library of Congress (www.loc.gov)
389쪽	ⓒ Project Gutenberg (www.gutenberg.org)
391쪽	ⓒ SYC Studio
393쪽	ⓒ SYC Studio
394쪽 상	ⓒ Art Renewal Center (www.artrenewal.org)
394쪽 하	ⓒ Metropolitan Museum of Art (www.metmuseum.org)
402쪽	ⓒ Library of Congress (www.loc.gov)
410쪽 좌	ⓒ SYC Studio
410쪽 우	ⓒ SYC Studio
421쪽	ⓒ SYC Studio
423쪽	ⓒ Art Renewal Center (www.artrenewal.org)
424쪽	ⓒ National Portrait Gallery (www.npg.org.uk)
429쪽	ⓒ SYC Studio
432쪽	ⓒ Library of Congress (www.loc.gov)
435쪽	ⓒ Library of Congress (www.loc.gov)
439쪽	ⓒ National Portrait Gallery (www.npg.org.uk)
441쪽	ⓒ Library of Congress (www.loc.gov)
445쪽	ⓒ SYC Studio
448쪽	ⓒ Web Gallery of Art (www.wga.hu)
449쪽	ⓒ BBC wiki (www.bbc.org.uk)
451쪽	ⓒ Marxists Internet Archive (www.marxists.org)
454쪽	ⓒ Marxists Internet Archive (www.marxists.org)

Chapter 7 시의 향연

462쪽	ⓒ National Portrait Gallery (www.npg.org.uk)
467쪽	ⓒ Library of Congress (www.loc.gov)
469쪽	ⓒ SYC Studio
470쪽	ⓒ National Portrait Gallery (www.npg.org.uk)